베네딕트
비밀클럽 II

THE MYSTERIOUS BENEDICT SOCIETY AND THE PERILOUS JOURNEY
by Trenton Lee Stewart and illustrated by Diana Sudyka

Text Copyright ⓒ 2008 by Trenton Lee Stewart
Illustrations Copyright ⓒ 2008 by Diana Sudyka
All rights reserved.

Korean Translation Copyright ⓒ 2010 by BIR
Korean translation edition is published by arrangement with Trenton Lee Stewart c/o Janklow & Nesbit Associates through Imprima Korea Agency.

이 책의 한국어판 저작권은 Imprima Korea Agency를 통해 Trenton Lee Stewart c/o Janklow & Nesbit Associates와 독점 계약한 (주)비룡소에 있습니다.
저작권법에 의해 한국 내에서 보호를 받는 저작물이므로 무단 전재와 무단 복제를 금합니다.

베네딕트
비밀클럽 II

트렌톤 리 스튜어트 지음 | 김옥수 옮김

비룡소

플레처를 위해서 — T.L.S.

레몬주스 편지와 커다란 실망	9
때늦은 경고 편지	33
유리 뒤쪽 혹은 거울이 되는 창문	55
다시 모인 비밀클럽	73
모험이 시작되다	95
반쪽짜리 진실과 반쪽짜리 거짓	119
황소개구리와 비밀 창고	141
날씨도 중요해	175
실마리의 방향	201
의심스러운 선물	219
완벽한 변장	245
기차역 하나 차이	269
암흑초에 대한 몇 가지 자료	289
결정적인 봉투	317
마침내 잡히다	341

보트 창고의 죄수	365
바람을 따라가라	391
미리 찾아온 어둠	409
지붕 위의 보초들	433
현실이 된 악몽	447
판도라 상자	467
대피소에서의 결투	495
산꼭대기의 동굴	513
오랜 친구와 새로운 적	541
어둠 속에서 반짝이는 용기	575
가장 마음에 드는 평가	597
감사의 말	619
옮긴이의 말	620

레몬주스 편지와
커다란 실망

9월의 화창한 아침, 또래 아이들이 학교에서 분수와 소수점 때문에 골머리를 앓고 있을 때, 레이니라는 사내아이가 시골 길을 걸어가고 있었다. 평범한 갈색 머리와 눈, 평범한 키, 평범한 귀와 코, 모든 게 너무나 평범해 보이는 아이였다. 레이니는 혼자였다. 주변에는 아무도 없었다. 완전히 혼자였다. 시골 길 위로 높이 솟아오른 송골매 한 마리와 들판 양쪽으로 나지막이 날아다니는 들종다리 서너 마리를 제외하면 주변에 살아 있는 생명체라곤 레이니 하나밖에 없었다.

모르는 사람의 눈에는 레이니가 집에서 멀리 나와 길을 잃은 아이처럼 보일 수도 있었는데, 절반은 맞는 셈이었다. 적어도 레이니 자신은 그런 생각이 들어서 재미있었다. 지금의 모든 상황을 절반이라는 말로 나타낼 수 있을 것 같았다. 우선 레이니는 자신이 사는 돌마을의 교외에서 자동차를 타고 반나절을 달려왔으며, 제일 가까운 조그만 마을은 반 마일 떨어진 거리에 있었고, 길을 알려 준 사람에 의하면 목적지까지는 아직 반 마일을 더 가야 했다. 하지만 제일 중요한 건 가장 가까운 친구 세 명과 헤어진 지 벌써 반 년이나 되었다는 사실이다.

레이니는 곁눈으로 태양을 보았다. 멀지 않은 곳에서 흙 길은 가파른 언덕으로 이어지고 있었다. 마을에서 길을 가르쳐 준 사람이 말한 그대로였다. 언덕을 넘어가면 농장이 나타나고, 그 농장에는 케이티 웨더롤이 있을 터였다.

레이니는 신발로 땅을 박차며 걸음을 재촉했다. 이제 조금만 더 가면 케이티를 만날 수 있다! 그리고 꼬챙이 워싱턴도……. 꼬챙이는 저녁에 도착할 예정이다. 그리고 내일은 함께 자동차를 타고 돌마을로 가서…… 음, 콘스턴스 콘트레어를 만나야 하는데, 그것도 괜찮았다. 콘스턴스가 운율 맞춘 시를 읊조리며 놀려 댈 거라는 생각마저도 행복했다. 천방지축으로 날뛰는 뻔뻔한 천재 꼬맹이일지라도 콘스턴스는 레이니가 이 세상을 통틀어 진정한 친구로 여기는 몇 안 되는 사람 가운데 하나였다. 콘스턴스와 케이티와 꼬챙이는 레이니한테 가족과 같았다. 일 년 전에 처음 만났다는 사실은 조금도 중요하지 않았다. 아주 엄청난 사건을 함께 해결하면서 우정을 쌓아 올렸기 때문이다.

　레이니는 뛰기 시작했다. 그리고 몇 분 후에는 언덕 정상에 올라 두 손을 무릎에 짚은 채 강아지처럼 숨을 헐떡거렸다. 의욕이 너무 앞선 것이다. 레이니는 스스로가 우스꽝스러웠다. 케이티라면 마을에서 여기까지 땀 한 방울 흘리지 않고 곧장 달려올 수 있겠지만(아니, 물구나무를 선 채로 달려올 수도 있겠지만) 자신은 케이티가 아니었다. 몸으로 재주를 부리는 것은 레이니의 특기가 아니었다. 레이니의 몸은 별다른 특징 없이 아주 평범했다. 레이니는 이마에 맺힌 땀을 닦고 숨을 헐떡이며 눈앞에 펼쳐진 농장을 둘러보았다.

　케이티가 사는 집이 한눈에 보였다. 페인트를 새로 칠한 소박한 농가와 창고, 마당에 서 있는 낡은 트럭, 조그만 하얀색 닭장, 양과 염소 들이 몰려다니는 우리, 그리고 그 너머로 광활하게 펼쳐진 목초지. 길 건너편에는 과수원이 있었다. 몇몇 나무에 빨갛고 통통한 사과가 열려 있었지만 대부분은 아직 다 여물지 않아 제대로 보이지도 않았다. 케이티는 편지에 농장에는 아직도 할 일이 많다고 했다. 케이티가 편지에 쓴 내용은 그게 거의 전부였다. 케이티의 편지는 늘 쾌활했지만 많은 이야기가 담긴 적은 한 번도 없었다. 사실 편지는 너무 쾌활해서 레이니 혼자만 친구들을 그리워한다는 느낌까지 들 정도였다.

레이니가 언덕을 내려갈 즈음, 아래쪽 농장 건물 사이에서 종소리가 들려왔다. 레이니는 행여나 케이티가 보일까 기대하며 그곳을 쳐다보았지만 염소와 양 들이 우리에서 한 줄로 나오는 모습만 보였다. 동물들이 목초지에 나갈 수 있도록 우리에 있는 문을 누군가 미리 열어 놓은 것 같았다. 레이니는 그 모습을 가만히 지켜보다가 깜짝 놀랐다. 우리를 마지막으로 나선 염소가 돌아서서 우리 문을 살짝 밀어 닫았기 때문이다.
  레이니는 이마를 찡그렸다. 염소가 문을 닫는 것 같은 이상한 광경은 이게 전부가 아니었다. 다른 이상한 광경도 많았다. 호기심이 날 법도 했지만 지금까지 진지하게 생각한 적이 없었던 것이다. 레이니는 손으로 햇살을 가린 채 하늘을 살폈다. 조금 전에 본 송골매가 머리 위에서 나지막이 맴돌고 있었다. 기다란 검은색 구레나룻에 검은 모자를 쓴 것 같은 독특한 얼굴이 선명하게 보일 정도였다. 레이니는 자신이 새에 대해 그리 많이 안다고 생각하지 않았다.(물론 다른 사람들보다는 훨씬 많이 알고 있었다.) 그러나 공중을 맴도는 새는 송골매가 분명했다. 그리고 이런 계절에 송골매가 이 지역을 날아다니는 것은 매우 드문 현상이었다.
  레이니는 빙그레 웃으며 농장을 향해 급히 내려갔다. 뭔가 아주 이상한 일이 일어나고 있었다. 한시바삐 그 정체를 알아보고 싶었다.
  레이니는 먼저 보이는 헛간으로 달려갔다. 그리고 열린 문 사이로 머리를 살짝 밀어 넣으며 혹시 케이티가 있나 살폈다. 환한 햇살 속에 있다가 어두운 헛간을 보려니 적응하는 데 약간 시간이 걸렸다. 하지만 눈이 어둠에 익숙해지자 정겨운 모습이 보였다.

눈에 익은 노란 꽁지머리에 널따란 어깨, 소방관들이 쓰는 빨간 양동이. 케이티를 찾은 것이다. 의심할 여지가 없었다. 케이티는 등을 돌리고 서서 두 손을 허리에 댄 채 멀리 떨어진 벽을 바라보는 중이었다. 레이니는 몰래 다가가서 깜짝 놀래 줄 생각을 하다가 마음을 재빨리 바꿨다. 케이티를 깜짝 놀라게 하는 건 아주 위험할 것 같았다. 게다가 케이티를 방해하고 싶지도 않았다. 케이티는 아직도 앞만 곧장 바라보고 있었다. 무언가에 완전히 집중하고 있는 게 분명했다. 하지만 헛간 벽에는 아무것도 없었다. 그렇다면 케이티는 벽 안에 있는 무언가에 집중했거나 양동이에 넣고 다니면 좋을 도구에 대해서 곰곰이 생각하고 있을 가능성이 높았다.

갑자기 케이티가 몸을 구부리더니 기침을 하기 시작했다. 그리고 침을 튀기면서 아주 끔찍한 구역질 소리를 냈다. 숨이 막혀서 저러는 건가? 레이니가 뛰어가서 도와주려고 할 때, 케이티가 불만을 터트리며 발을 굴렀다.

"또 이래!"

케이티가 한탄하며 허리를 폈다. 그러고는 고개를 돌리다가 헛간 입구에 서 있는 레이니를 발견했다.

레이니가 먼저 입을 열었다.

"지금 뭘 하는 중인지 모르겠지만 아주 재미있는 일 같다는 생각이 들어."

"레이니!"

케이티가 파란 눈동자를 기쁨으로 번뜩이며 달려들었다. 레이니는 두 팔을 활짝 벌렸다……. 그리고 그 즉시 후회했다. 전속력으로 달려온 케이티의 환영 인사는 포옹이 아니라 미식축구 선수들이 하는 태클에 가까웠다. 두 아이는 땅바닥에 나뒹굴었고 레이니는 숨이 막혔다.

케이티가 무릎을 딛고 일어서며 흥분한 목소리로 물었다.

"지금 도착한 거니? 페루멀 선생님과 할머니는 어디에 계셔? 그리고 왜 이렇게 오래 걸렸니? 어제 도착할 예정이었잖아. 그걸 확인하려고 편지를 두 번이나 읽었어."

레이니는 숨을 쉴 수 없다는 두려움에 시달리면서도 웃으려고 애썼다. 뭔가 말하려고 했지만 소리는 나오지 않고 입술만 움찔대는 모습이 마치 물 밖에 나와서 숨을 헐떡이는 물고기 같았다.

"아니, 레이니, 말을 못할 만큼 반가운가 보구나!"

케이티가 웃으면서 말했다. 그러고는 레이니를 벌떡 일으켜 세워서 먼지를 털어 주기 시작했는데 그 손길이 너무나 아팠다.

"알아, 알아, 나도 정말 좋아. 베네딕트 선생님이 계획한 깜짝 선물도 궁금하고, 너희를 다시 만난다는 사실 자체도 진짜 기뻐! 어젯밤에 안 와서 내가 얼마나 실망했는지 몰라."

레이니는 숨을 돌리고 찰싹찰싹 때리는 케이티의 손길을 피해 뒤로 물러나며 대답했다.

"너만 그런 게 아니야. 우리 자동차가 고장 나서 마을까지 견인해 왔어. 모텔에서 하룻밤을 보냈다고."

케이티가 소리쳤다.

"마을에 있는 모텔? 우리가 알았더라면 트럭을 몰고 가서 태워 왔을 텐데!"

"미안해. 우리도 전화를 걸고 싶었지만 너희 집에 전화기가 없어서……."

케이티가 한탄했다.

"아빠의 독특한 원칙 때문이야! 물론 나는 아빠를 사랑하지만 솔직히 아빠 고집 가운데 어떤 건……."

레이니가 웃으면서 끼어들었다.

"어쨌든 자동차를 수리할 때까지 기다릴 수가 없어서 엄마한테 (레이니는 자신을 양자로 입양한 예전의 페루멀 선생님을 엄마라고 불렀다.) 허락받고 기술자 아저씨한테 길을 물어서 이렇게 찾아온 거야. 엄마랑 할머니는 자동차 수리가 끝나는 대로 이곳으로 달려오실 거야."

케이티는 근심이 가득한 얼굴로(무엇이든 쉽게 넘어가는 케이티가 이런 표정을 짓는 경우는 거의 없었다.) 레이니의 팔을 잡았다.

"우리 셋이 모두 타고 가도 될 정도로 커다란 자동차니? 내 말은 페루멀 선생님이랑 할머니랑 짐을 모두 다 싣고도 갈 수 있는 거냐고. 꼬챙이 부모님도 오시긴 하지만, 너도 알다시피 그 자동차는 조그맣잖아. 우리 가운데 하나가 다른 두 명이랑 여섯 시간이나 떨어져 있어야 한다는 건 말도 안 돼. 이미 여섯 달이나 헤어져 있었는데 말이야!"

"우리가 스테이션왜건(좌석을 접어 놓고 뒤에 짐을 실을 수 있도록 뒤에도 문이 달린 승용차/ 옮긴이)을 빌렸어. 공간은 충분해. 내 말부터 들어."

다시 입을 열려고 하는 케이티에게 레이니가 한 손을 들어 올리며 급하게 말했다.

"완전히 다른 이야기로 넘어가기 전에, 방금 뭘 하고 있었는지 말해 주지 않을래? 전에 고아원 고양이가 털 뭉치를 뱉어 낼 때 그런 소리를 지른 적이 있거든."

케이티가 어깨를 으쓱하며 대답했다.

"아, 그거? 물건을 다시 뱉어 내는 훈련을 하는 중인데, 생각보다 어려워."

끔찍해하는 레이니의 얼굴을 보고 케이티가 재빨리 설명했다.

"오래된 탈출 마술에 필요한 기법이야. 후디니(헝가리 태생의 미국인 마법사, 탈출 마술의 명수/ 옮긴이) 같은 마법사는 그렇게 할 수 있어. 열쇠 같은 걸 삼켰다가 나중에 목 근육을 이용해서 다시 끌어 올리는 거야. 무엇이든 줄에 묶어서 목구멍으로 넘겼다가 꺼내는 연습을 하면 도움이 돼. 나도 처음에 그렇게 했어. 그러다 보니 줄이 없어도 될 것 같은 생각이 들었지. 그런데 제대로 안 되는 거야."

"그렇다면 내 생각이 맞았구나. 정말 재미있겠다. 하지만 너무 위험한 거 아니니?"

레이니가 말하자, 케이티가 입술을 오므리며 곰곰이 생각했다. 그 생각을 미처 못했다는 표정이었다. 하기야 케이티는 위험에 대해 그다지 깊이 생각하는 성격이 아니었다.

케이티가 레이니의 말을 인정하며 아주 진지한 표정으로 말했다.

"세상에서 가장 안전한 훈련은 아닌 것 같아. 너는 연습하지 않는 게 좋겠어."

레이니가 웃었다. 자신이 그런 연습을 할 가능성은 전혀 없었기 때문이다. 그래도 레이니는 케이티처럼 진지한 표정으로 말했다.

"좋아, 케이티, 절대로 삼키지 않겠다고 약속할게. 음, 그런데 네가 삼킨 게 뭐니?"

케이티가 눈알을 굴리며 대답을 피했다.

"말하고 싶지 않아."

"그럼 지금 그건 어디에 있는 거니? 그러니까 네가 그것을 뱉어 낼 수 없었다면……?"

레이니가 다시 끔찍한 표정을 지으며 집요하게 물었지만 케이티는 단호하게 대답했다.

"그 얘기는 이제 안 하고 싶어."

어쨌든 두 아이는 그것 말고도 할 이야기가 많았다. 케이티는 레이니한테 농장 구경도 시켜 주고 싶었고, 베네딕트 선생님이 계획하고 있다는 깜짝 선물에 대한 생각도 듣고 싶었다. 베네딕트 선생님이 (가장 탁월한 아이들만 풀 수 있는) 아주 긴박한 사건을 해결하기 위해 네 아이를 모집한 지 정확히 일 년이 지났다. 선생님은 첫 만남 일 주년을 기념하기 위해 돌마을 저택에서 모두가 다시 모이는 자리를 만들었다. 그리고 아이들에게 편지를 보냈다.

"아마 너희 모두가 좋아할 깜짝 선물이 기다리고 있을 거야. 너희에 대한 무한한 사랑과 관심은 물론이고 너희 모두에게 감사하는 마음을 충분히 나타낼 순 없겠지만, 다행히도 이번 일이……."

베네딕트 선생님은 아이들 각자의 독특한 장점에 대한 자신의 생각과 아이들을 다시 보고 싶다는 간절한 마음을 편지에 정성스럽게 적어 놓았다. 케이티는 그 편지를 즐거운 마음으로 대충 훑어보고 옆에 치워 놓았다. 하지만 레이니는 몇 번씩 읽어서 문장 하나하나를 그대로 암기할 정도였다.

"그럼 그 편지를 통째로 외웠단 말이야? 이제 너도 꼬챙이처럼 변하기 시작하는구나."

케이티가 건초 다락을 보여 주려고 사다리를 올라가며 말했다.

"꼬챙이라면 한 번 읽는 걸로 충분했을 거야."

레이니가 대답했다. 분명한 사실이었다. 하지만 레이니가 꼬챙이 이야기를 꺼낸 이유는 자신에 대한 관심을 다른 데로 돌리고 싶었기 때문이다. 사실 레이니는 지난 여섯 달 동안 자신이 받은 모든 편지를 암기했다. 베네딕트 선생님이 보낸 편지만이 아니라 케이티가 보낸 간결하고 힘찬 편지, 꼬챙이가 너무 구체적으로 적어서 약간 따분한 느낌까지 드는 편지도 외웠다. 뿐만 아니라 콘스턴스가 우표를 찾다가 발견했다는 이상한 단추나 흙으로 만든 토끼 혹은 신문 스크랩 등과 함께 보낸 비비 꼬인 시 구절까지 그대로 암기했다. 레이니는 친구들이 보낸 단어 하나하나에 매달리며 그리움을 달랬다. 하지만 그 어떤 편지에도 레이니가 보고 싶다는 내용은 전혀 없어서 약간 부끄러운 생각까지 들었다.

케이티가 건초 다락으로 올라가는 조그만 문 사이로 레이니를 잡아당기며 물었다.

"꼬챙이 말이 나왔으니 말인데, 최근에 꼬챙이 소식 많이 들었니? 꼬챙이 말이 너희 둘이서는 나보다 편지를 자주 주고받는다고 하던데. 다른 친구랑 달리 너는 꼬챙이가 묻는 말에 성실하게 대답해 준다더라. 그 애는 내 상황이 어떤지 제대로 이해를 못하는 것 같아. 그건 그렇고 바로 여기가 건초를 보관하는 다락이야."

레이니는 주변을 둘러보았다. 다른 건초 다락과 비슷하게 보였다. (사진이나 영화에서 본 건초 다락이 전부였지만 말이다.) 그런데 케이티는 그걸 아주 자랑스러워하는 것 같았다. 그래서 레이니는 정말 대단하다는 표정으로 고개를 끄덕이며 물었다.

"꼬챙이가 이해 못한 게 뭔데? 그러니까 내 말은, 네 상황이 어떻느냐는 거야."

케이티는 건초 다락 바깥으로 난 문을 활짝 열어서 가축우리를 굽어보며 대답했다.

"음, 첫째로 나는 언제나 정신없이 바빠. 학교도 가야 하고 농장일도 해야 하고 달리기도 해야 하니까. 너도 알다시피 아빠는 임무 때문에 농장을 비울 때가 많아서 내가 거의 모든 일을 해야 해."

이런 사정은 레이니도 알고 있었다. 밀리건 아저씨는 케이트의 아빠이자 비밀 정보원이었다. 하지만 이 두 가지 사실은 최근에야 밝혀졌다. 케이티도 그 사실을 모르고 있었다. 케이티가 걸음마를 시작할 무렵, 밀리건 아저씨는 임무를 수행하다 포로가 되어서 기억을 잃는 바람에 집으로 돌아갈 수 없었기 때문이다. 엄마는 세상을 떠났고 아빠는 도망쳤기 때문에(모든 사람이 이렇게 믿고 있었다.) 케이티는 고아원에 들어갔다가 나중에 그곳에서 나와 서커스단에 들어갔다. 그런데 밀리건 아저씨는 잡혀 있던 곳에서 탈출해 베네딕트 선생님 밑에서 일하게 되었다. 그래서 딱 일 년 전 베네딕트 선생님이 모두를 불러 모았을 때에서야 케이티와 밀리건 아저씨는 비로소 진실을 깨달은 것이다.

케이티가 말했다.

"오랜 세월이 지나는 사이에 농장이 엉망진창이 되고 말았어. 하루 종일 일해도 모자랄 정도로 할 일이 많아. 물론 나는 일을 마다하는 성격이 아니야. 문제는 진득하게 앉아서 긴 편지를 쓸 시간이 없다는 거지. 꼬챙이도 이런 사정을 이해해 줘야 해, 그렇지 않니?"

"그야 물론이지."

레이니가 동의하며 문으로 다가갔다. 케이티가 양동이에서(레이니는 양동이에 뚜껑이 생겼다는 사실을 비로소 깨달았다.) 무언가를 꺼내 입술 사이에 물었다. 호루라기처럼 보이는 물건이었다. 케이티가 양동이에 다시 손을 넣었다. 그리고 두터운 가죽 장갑을 한 손에 끼우면서 호루라기를 문 입으로 계속 말했다.

"하지만 편지를 쓰기 힘든 진짜 이유는 정부 측에서 내 편지를 모두 검열하기 때문이야. 너도 알다시피 나는 고급 정보원의 딸이잖아. 그래서 내가 비밀을 폭로하지 않는다는 사실을 확인해야 하거든. 우리한테도 유명해질 권리가 있는데, 그 모든 일을 극비에 붙여야 한다는 건 정말 마음에 안 들어. 심지어 제일 친한 친구들한테 보내는 사적인 편지까지 마음대로 쓸 수 없다니! 정말 말도 안 돼!"

케이티가 화를 터트리듯 양쪽 볼을 잔뜩 부풀려서 온 힘을 다해 호루라기를 불었다. 삑 소리가 찻주전자에서 나는 소리처럼 가늘게 흘러나왔다.

"그거 내가 생각하는 거 맞아?"

레이니가 묻자 케이티가 대답했다.

"아마 맞을 거야. 너는 무엇이든 제대로 알아맞히니까. 하지만 솔직히 말해서, 꼬챙이가 편지를 짧게 쓴다고 나를 나무라는 건 불공평하다고 생각하지 않니?"

레이니는 솔직히 말하기로 마음먹었다.

"사실대로 말하면 나도 꼬챙이랑 비슷한 생각이야. 네 편지만 그런 게 아니라 다른 친구들 편지에 대해서도. 지금까지 편지에다…… 지금까지…… 괜히 나 혼자서만…… 너도 알다시피…….”

케이티가 레이니를 곁눈질로 쳐다보더니, 머리를 설레설레 흔들었다.

"레이니! 다른 사람도 아니고 설마 너까지 그렇게 생각할 줄은 몰랐어……. 너처럼 상황을 제대로 설명하는 능력이 누구에게나 있는 건 아니야, 레이니. 너는 내가 너희를 얼마나 보고 싶어 했는지 모를 거야. 솔직히 말해서 콘스턴스까지 보고 싶을 정도였다고!”.

레이니가 빙그레 웃었다. 가장 듣고 싶은 말이었다. 이곳에 온 지 오 분밖에 되지 않았는데 기분은 벌써 수백 배나 좋아졌다.

"아, 저기 오는군!"

케이티가 말하며 팔을 앞으로 내밀었다. 그와 동시에 바로 앞에서 소용돌이를 일으키며 날카로운 발톱과 커다란 날개가 달려들었다. 레이니는 뒤로 펄쩍 물러났다. 웬 송골매가 팔목까지 올라온 케이티의 두터운 가죽 장갑에 내려앉아서 머리를 이리저리 갸우뚱거리며 두 아이를 쳐다보았다.

"레이니, 폐야.”

"폐?"

"폐하의 약자. 정식 이름은 여왕 폐하야. 너도 알다시피, 이 새는 새들의 여왕이거든."

"그렇구나. 물론 그렇겠지. 새들의 여왕."

"그런 표정으로 보지 마! 네가 좋아하든 말든 이건 아주 훌륭한 이름이야. 정말 멋있는 이름 아니니, 폐?"

케이티가 양동이에 들어 있는 조그만 주머니에서 고기 한 조각을 꺼내 송골매한테 주었다. 그리고 레이니한테 깃털을 쓰다듬으라고 말한 다음(그래서 레이니가 조심스럽게 그렇게 한 다음에) 다시 날려 보냈다.

"아빠한테 생일 선물로 받아서 내가 훈련시켰어. 무슨 선물을 받고 싶은지 열 번이나 귀띔을 하고 한 달 동안 졸라서 겨우 받았지. 폐는 아주 똑똑해."

케이티는 벌써 30미터 위로 올라간 폐가 행여나 듣기라도 할까 봐 목소리를 낮추며 덧붙였다.

"너니까 하는 말인데, 사나운 맹금류치고 저렇게 똑똑한 새는 아주 드물어. 물론 폐한테 그렇게 말한 적은 이제껏 한 번도 없지만 말이야."

레이니는 송골매가 농장 위로 멀리 날아가는 모습을 지켜보았다. 영화에나 나올 법한 장면을 보여 주고 나서 아무것도 아니라는 듯 행동하는 모습이 정말 케이티 웨더롤다웠다.

"송골매를 키우려면 허가증이 있어야 하고 몇 년 동안 특별 훈련도 시켜야 하잖아."

레이니가 묻자, 케이티는 가죽 장갑을 양동이에 넣으며 대답했다.

"그야 물론이지. 내가 서커스단에 있을 때 다 해 본 거야. 동물 조련사 중에 송골매 전문가가 있었는데, 그 아저씨가 나를 조수로 삼았거든. 그래서 온갖 방법을 다 배웠어. 하지만 그 이야기는 나중에 하기로 하고……."

케이티가 손을 조급하게 흔들면서 화제를 바꿨다.

"네가 꼬챙이에 대해 말하려고 했잖아. 최근에 꼬챙이한테 편지를 받은 적이 있니?"

레이니는 이 말에 주머니에서 접어 놓은 종이 한 다발을 꺼내며 대답했다.

"사실 꼬챙이가 며칠 전에 이걸 보냈어. 우리가 해낸 임무에 대한 보고서야. 나중에 우리 임무가 기밀에서 해제될 경우에 대비해서 후손들이 보라고 만든 거지. 꼬챙이가 너한테도 보여 주라고 했어. 우리 각자의 의견을 듣고 싶대."

"꼬챙이가 그곳에서 벌어진 일을 다 적어 놓았다는 거야? 장편 소설처럼?"

"음…… 그렇다고 볼 수 있어."

레이니가 대답하며 접힌 종이 다발을 펴서 건네주었다. 케이티는 건초 더미에 그대로 앉아서 읽기 시작했다. 보고서는 모두 다섯 장으로 앞뒤에 조그만 글씨를 빼곡하게 집어넣었는데, 제목 자체도 케이티가 보낸 편지만큼이나 길었다.

베네딕트 비밀클럽이 속삭임이라고 하는 끔찍한 두뇌 청소기와(그리고 비밀클럽 이름의 유래가 된 베네딕트 선생님과 오래전에 헤어진 일란성 쌍둥이로 드러난 그 발명가 레드롭타 커튼 선생과) 싸워서 이긴 이야기: 개인적인 평가

"맙소사!"
케이티가 중얼거렸다.
"제목?"
레이니가 묻자 케이티가 고개를 끄덕이며 계속 읽었다.

여러분이, 이 글을 읽는 사람이, 인간의 마음을 바꾸는 속삭임 효과를 이용해서 세계를 정복해 강력한 통치자가 되려고 했던 커튼 선생의 좌절된 계획을 모르고 있을 경우에 대비해서 이 보고서는 그 사실을 알리고자 한다.
이 보고서는 베네딕트 비밀클럽이 만들어진 과정부터 시작한다. 일련의 시험을 거쳐서 (이 보고서의 저자) 조지 "꼬챙이" 워싱턴과 (양자로 입적되면서 이름이 레이니 멀든 페루멀로 바뀐) 레이니 멀든, 그리고 케이티 웨더롤과 콘스턴스 콘트레어는 커튼 선생의 '머리가 아주 좋은 아이들이 다니는 학습 기관'('살아라 L.I.V.E.' 라는 약칭을 사용한다.)에 기술적으로 침투해서 베네딕트 선생님의 비밀 정보원 역할을 하기로 결정되었다. 네 아이는 앞에서 언급한 학습 기관에 침투해서 아주 불손한 의도를 파악했다. 결국 네 아이는 속삭임을 망가트렸다. 하지만 불행하게도 커튼 선생과 (집

행부라고 불리던) 추종자 몇 명이 도망치고 말았다. 하지만 내 이야기는 벌써 바닥나고 있다. 자료를 충분히 모아서 사건의 전개 과정 전체를 적절하게 소개하도록 도와주기 바란다…….

보고서는 이런 식으로 계속되었다. 모험담을 최대한 정확하게 기록하려고 애쓰다 보니, 이야기가 뒤로 돌아가기도 하고 옆으로 새기도 하고 빙글빙글 돌기도 했다. 가령 한 문단 전체를 '끔찍하다'라는 단어의 어원을 설명하는 데 쏟아붓기도 하고, 반도와 달리 섬이라는 독특한 특징 때문에 생기는 야릇한 고립감에 한 문단을 또 쏟아붓고, 학습 기관의 잔인한 처벌 제도에 또 한 문단을 쏟아붓는 식이었다. 처음 한 장을 넘길 때쯤 케이티는 어깨가 축 늘어졌고 마지막 장의 마지막 문장을 읽을 즈음에는 한숨이 저절로 나왔다.

"이것으로 이 보고서는 끝난다."

케이티가 레이니를 쳐다보며 물었다.

"이건…… 음, 모두 이런 식이야?"

"그런 것 같아."

"그렇게 흥미진진하고 그렇게 스릴 넘치고 그렇게 중요한 사건을…… 어떻게 이렇게…….'"

"따분하게 정리했느냐고?"

레이니가 뒷말을 이었다. 케이티가 건초 위에 벌러덩 누워서 낄낄거리기 시작했다.

"아, 꼬챙이를 빨리 보고 싶어!"

"너무 심하게 몰아붙이지 마. 꼬챙이도 고깝게 생각하진 않겠지만 그래도 아직은 민감하니까."

"우선 꼭 껴안아 준 다음에 약을 좀 올려야겠어."

케이티가 말하자 레이니는 움찔했다. 놀리는 것보다 껴안는 게 더 고통스러울 것 같았다.

"아, 너무 오래 누워 있었군."

케이티가 중얼거리더니 벌떡 일어났다. 하지만 누워 있던 시간은 삼 초 정도에 불과했다.

"그런데 내 양동이에 대해서 뭐 궁금한 거 없어?"

레이니가 대답했다.

"그렇지 않아도 물어보려던 참이었어. 모양이 좀 바뀐 것 같아."

케이티가 급히 다가와서 양동이를 보여 주었다. 쉽게 열리고 단단히 닫히는 뚜껑을 양동이에 새로 달아서 전처럼 내용물이 튀어나오지 않았다. 게다가 안에는 쇱쇠나 밧줄, 지퍼가 달린 주머니를 여러 개 달아서 내용물을 제자리에 안전하게 고정할 수 있었다. 기다란 밧줄은 예전처럼 꽈리를 틀어 주머니 밑바닥에 깔끔하게 놓아 두었다.

"정말 대단해!"

레이니가 중얼거렸다. 그리고 뚜껑 뒤쪽에서 뚜껑이 활짝 열리게 만드는 용수철 고리를 살폈다. 케이티의 얼굴이 환하게 빛났다.

"뚜껑은 아빠가 설계했어. 아빠는 만능 허리띠 같은 게 양동이보다 편할 거라고 제안했지만, 만능 허리띠는 양동이처럼 위에 올라서서 높은 곳에 있는 물건을 꺼낼 수도 없고……."

"그리고 물을 담아서 쫓아오는 사람들한테 뿌릴 수도 없지."

레이니가 말했다. 커튼 선생의 가장 지독한 집행부이자, 학습 기관에서 아이들을 제일 심하게 괴롭힌 잭슨과 질슨을 케이티가 물리치던 장면이 떠올랐기 때문이다.

"맞아! 아빠도 내 말에 일리가 있다고 판단해서 양동이를 더 쓸모 있게 만드는 걸 도와주신 거야. 이걸 봐."

케이티가 말하며 닫힌 뚜껑 위에 올라섰다.

"이제 내용물을 비우고 뒤집을 필요가 없기 때문에 시간을 절약할 수 있어."

레이니는 예전보다 더 빨라진 케이티를 상상할 수가 없었다. 하지만 양동이 기능이 좋아진 건 확실했다.

"그래서 요즘엔 그 안에 어떤 물건을 넣고 다니니? 송골매 간식이랑 호루라기 말고."

케이티는 주머니를 하나씩 열어서 안에 든 내용물을 보여 주었다. (만화경처럼 위장한) 조그만 망원경과 군용 접는 칼, 말굽자석, 손전등 같은 것이 들어 있었다. 학습 기관에 두고 올 수밖에 없었던 물건은 다행히도 밀리건 아저씨가 나중에 구해 주었으며 새총과 공깃돌, 투명 낚싯줄을 감아 놓은 실패, 초강력 아교풀, 볼펜 전등처럼 완전히 잃어버렸거나 망가진 물건은 다른 걸로 바꾸었다. 그리고 거기에 연필 크기의 붓과 레몬주스 한 통을 최근에 추가했다. 케이티가 장난기 어린 표정으로 덧붙였다.

"직접 만나서 말할 수밖에 없었는데, 너도 레몬주스 속임수를 알지, 응? 앞으로 나는 편지를 레몬주스를 묻힌 붓으로 쓸 거야. 그러면 정부 측 스파이가 편지 내용을 볼 수 없겠지. 그런 편지를 받으면 촛불 위에 대 봐. 그러면 글씨가 나타날 테니까."

레이니가 낄낄거리며 웃었다. 레몬주스 속임수에 대해서는 많이 들었지만 직접 활용할 기회는 한 번도 없었다.

"그런데 마지막 주머니엔 뭐가 들어 있어?"

레이니가 아직 열지 않은 주머니를 가리키며 물었다.

"별거 아니야."

케이티가 따분한 듯 말하며 크기도 다양하고 모양도 다양한 열쇠가 스무 개 넘게 끼워져 있는 열쇠 꾸러미 하나를 꺼냈다.

"집 열쇠, 트럭 열쇠, 헛간 맹꽁이자물쇠 열쇠랑 닭장 맹꽁이자물쇠 열쇠, 그리고 이런저런 문이랑 찬장이랑 창고 열쇠야. 아빠는 보안이 중요하다고 여기는 사람이거든."

케이티가 한숨을 내쉬고 주머니에 열쇠 꾸러미를 집어넣었다.

"무슨 일 있어?"

레이니가 묻자 케이티가 대답했다.

"별일 아니야. 대단한 거 없어······. 바로 그게 문제인 것 같아. 너도 알다시피, 나는 농장을 좋아하고 이곳 생활도 즐거워. 하지만 가끔은 좀 따분해. 그렇게 흥미진진한 사건을 겪고 중요한 임무를 해치우고 나니까…… 아, 다른 일은 모두 다 너무 평범한 것 같아. 우리도 한때는 비밀 정보원이었는데 말이야!"

이 말을 하는 동안 케이티의 두 눈이 예전처럼 반짝거렸다. 케이티가 씁쓸하게 웃으며 덧붙였다.

"그런데 이렇게 열쇠 꾸러미를 들고 집이나 지켜야 하는 현실이 좀 따분하다는 거야."

"음, 너만 그런 게 아니야. 페루멀 선생님이 나를 입양한 후에는 하루하루가 근사한데도 내 마음은 항상 들떠 있는 것 같아……. 뭔가 긴박한 임무를 처리해야 할 것 같은데 그게 뭔지 모르겠는 기분."

"정말?"

케이티가 물었다. 두 친구는 동시에 입을 꼭 다문 채 서로를 바라보았다. 그러고는 함께 해낸 모든 일들, 온갖 위험과 난관을 뚫고 임무를 해치운 쾌감, 혼자 있으면서 느낀 고립감과 함께 지내면서 느낀 스릴을 떠올렸다. 다른 사람은 아무도 모르는 세계를, 그 누구한테도 말하면 안 되는 비밀을 자신들은 알고 있다는 표정이 순간 스쳐 갔다.

"생활이 너무나 평범해서 따분해."

마침내 케이티가 입을 열더니 건초 다락 모퉁이로 걸어가며 말을 덧붙였다.

"그래도 그렇게 나쁜 건 아니야. 일상생활을 흥미롭게 만드는 방법이 아주 없는 건 아니니까."

이 말과 함께 케이티가 공중으로 높이 뛰어오르며 서까래에 매달린 밧줄을 잡아당겼다. 그러자 바닥에 있던 뚜껑이 활짝 열렸고 케이티는 손을 흔들며 그 구멍 밑으로 떨어졌다. 곧 아래층에서 케이티가 바닥에 쿵 떨어지는 소리가 났다.

"어서 와! 사과나 따러 가자."

케이티가 소리쳤다.

레이니는 머리를 흔들며 사다리가 있는 곳으로 걸어갔다. 어쨌든 케이티는 일상생활을 흥미롭게 만들고 있었고, 생각해 보면 예전의 모험을 아쉬워할 필요는 전혀 없었다. 위험을 무릅쓰지 않으면서도 친구들과 함께 지낼 수 있다면 그 편이 레이니로서는 더 고마운 일이었다. 세상에 위험을 좋아할 사람이 어디 있을까? 적어도 레이니는 좋아하지 않았다.

그러나 레이니가 위험한 일을 좋아하든 싫어하든, 레이니와 친구들 앞에는 위험한 일이 기다리고 있었다. 하지만 레이니는 그 사실을 알아챌 방법이 없었다.

그리고 위험한 일은 그리 오래 지나지 않아 일어났다.

때늦은 경고 편지

케이티와 레이니는 잡다한 일을 하며 남은 오전 시간을 보냈다. 농장 일은 재미있었다. 밀린 이야기를 나눌 수 있어서 특히 더 좋았다. 사과를 따는 동안에는 케이티가 자신의 학교생활에 대해 들려주었다.(수업 내용은 아주 쉬운데 책상에 오랫동안 앉아 있기가 어렵다는 이야기였다.) 그리고 가축이 마실 물통을 채울 때는 케이티가 아빠랑 함께 돌아왔을 때 농장이 얼마나 끔찍한 상태였는지 설명해 주었다. 가축우리에 달린 문에 기름을 칠하는 동안에는 아빠가 임무를 마치고 한밤중에 돌아와서 자신을 깨워 놓고 몇 시간 동안 이야기를 늘어놓곤 한다는 말도 했다.

케이티는 문에 달린 경첩이 끽끽거리지 않고 부드럽게 움직이는지 살피다가 레이니를 슬며시 바라보며 덧붙였다.

"그래도 나는 재미있어. 아빠가 온갖 극비 사항을 다 털어놓거든."

레이니가 눈썹을 추켜세우며 물었다.

"어떤 거?"

"꼬챙이가 올 때까지 기다렸다가 말하는 게 좋겠어. 그 애도 궁금해할 테니까."

케이티가 잠시 생각하다가 마지못해 덧붙였다.

"다시 생각하니까 콘스턴스도 한자리에 모일 때까지 기다려야 할 것 같아."

"그렇다면 최소한 저것에 대해선 말할 수 있겠지?"

레이니가 이렇게 말하며 헛간 모퉁이를 돌아오는 암탉들을 가리켰다. 암탉 두 마리가 곡식이 가득한 조그만 마차를 몸에 매달고 있었다. 닭들은 꼬꼬댁거리고 날개를 퍼덕거리며 가느다란 다리로 힘들게 마차를 닭장까지 끌고 있었다.

케이티가 만족스러운 표정으로 고개를 끄덕이며 대답했다.

"치킨 배달이야. 가축 훈련 프로젝트 중 하나지."

케이티는 레이니를 힐끗 쳐다보며 자기 농담을 알아들었는지 살폈지만, 레이니는 암탉이 먹이를 운반하는 광경에 푹 빠져 있는 것 같았다.

"암탉이 끄는 마차라니. 저런 훈련은 어떻게 시킨 거야?"

레이니가 케이티의 농담을 점잖게 못 들은 척하면서 물었다.

"닭을 훈련시키는 건 쉬워. 제일 힘들었던 건 폐가 닭을 사냥하지 않도록 훈련시키는 거였어. 암탉을 두 마리나 잃은 다음에야 알아듣게 만들었으니까."

케이티가 잠시 말을 멈추고 목숨을 잃은 암탉 두 마리의 명복을 빈 다음, 쾌활하게 계속 말했다.

"내가 동물 조련사한테 기술을 많이 배웠다고 말한 거, 기억나? 농장 가축들한테 잡일을 하도록 훈련시켰어. 아빠는 밖으로 나도는데 농장에는 일손이 많이 필요하거든. 그렇다면 우리 수중에 있는 일손부터 사용하는 게 좋지 않겠어?"

레이니가 아주 진지한 표정으로 대답했다.

"정말 놀랍다. 닭은 먹이를 스스로 운반하고 염소와 양은 문을 스스로 열고 닫아."

케이티가 기쁜 표정으로 물었다.

"그것도 봤어? 그래, 무초 아저씨가 종을 울리면 그 소리에 맞춰서 스스로 나갔다가 들어와."

케이티가 과수원을 가리키며 덧붙였다.

"무초 아저씨 얘길 하니까 저기 나타나는군. 무초 아저씨! 레이니가 왔어요!"

케이티가 편지에 무초 브라조스 아저씨에 대해 쓴 적이 있어서 레이니도 아저씨를 대충 알고 있었다. 아저씨가 옛날에 서커스단에서 케이티와 함께 생활했다는 것도 레이니가 아는 사실 중 하나였다. 밀리건 아저씨는 자기가 임무 때문에 자리를 비우는 동안 케이티를 돌보고 농장 일도 거들 사람을 구하려고 했다. 그때 케이티가 무초 아저씨를 추천했다고 한다. 하지만 사과나무 사이에서 나타난 까무잡잡하고 덩치 큰 아저씨를 보자, 레이니는 케이티가 아저씨의 중요한 특징 몇 가지를 알려 주지 않았다는 사실을 깨달았다. 하지만 이제 와서 다시 물을 필요는 없었다. 거대한 근육과 기름칠한 머리칼 그리고 자전거 핸들처럼 생긴 콧수염을 보니 아저씨가 서커스단에서 차력사였다는 사실을 단숨에 알 수 있었기 때문이다.

무초 아저씨는 레이니와 케이티가 그날 아침에 따 놓은 사과가 가득 담긴 무거운 통을 어깨에 메고 운반하는 중이었다. 두 아이는 무초 아저씨가 운반하기 쉽도록 과수원 모퉁이에 사과를 모아 두었다. 그때 레이니는 무초 아저씨가 사과를 트럭에 실어 운반할 거라고 생각했지, 직접 들고 운반할 거라고는 상상도 하지 못했다. 하지만 무초 아저씨는 맨손으로 사과 통을 옮겼다. 아저씨의 두 손에 들린 사과 통은 체리가 담긴 사발처럼 보였다.

무초 아저씨가 다가오며 말했다.

"네가 그 훌륭한 레이니 멀든이구나. 너에 대한 이야기는 아주 많이 들었어."

산만 한 덩치와 달리 아저씨의 목소리는 무척 부드럽고 다정했다. 작업복에 걸친 꽃무늬 앞치마와 실내용 슬리퍼도 무척 독특했다. 아저씨는 사과 통을 내려놓고 레이니의 손을 다정하게 붙잡았다.

"만나서 정말 반가워."

"무초 아저씨, 늦잠 잤죠, 그렇죠?"

케이티가 묻는 바로 그 순간에 무초 아저씨가 하품을 하며 대답했다.

"밤늦게까지 잠을 안 자고 기다렸잖아."

"폐랑 나는 늦도록 안 잤지만 아저씨는 아홉 시에 잤잖아요."

"너도 잘 알다시피, 내가 잠잘 시간이 훨씬 지난 때였어. 그러니까 너무 나무라지 마, 꼬마 아가씨. 오늘 밤에 내가 만든 사과 파이를 조금이라도 얻어먹고 싶다면 말이지."

무초 아저씨가 말하자, 케이티는 그 즉시 말을 돌리며 레이니 가족은 자동차가 고장 나서 마을에 있다고 말했다. 무초 아저씨는 농장 트럭을 몰고 가서 페루멀 선생님과 할머니를 데려오겠다고 했지만 레이니는 정비사가 점심 전까지 고쳐 주기로 약속했으니 이제 도착할 시간이 되었다고 대답했다.

"음, 그 시간까지 오지 않으면 내가 데리러 갈게."

무초 아저씨가 말한 다음 사과 통을 집어 들고 집으로 가다가 덧붙였다.

"마을에서 점심을 드시게 할 순 없어……. 식당 음식이 끔찍하거든."

레이니는 무초 아저씨를 줄곧 바라보았다. 사과 통을 가뿐하게 들고 가는 모습이 놀라울 뿐이었다.

"네가 너희 아빠한테 저 아저씨를 고용하자고 한 이유를 알겠어. 저 정도면 서너 사람 몫을 충분히 해낼 거야."

케이티가 빙그레 웃으며 대답했다.

"그 정도는 당연히 해내겠지. 하지만 아저씨가 만든 파이를 맛볼 때까지 기다려. 그러면 진짜 이유를 알게 될 테니까."

정오에 레이니와 케이티는 케이티네 집 지붕 꼭대기에 앉아 있었다. 지붕에 올라가서 부서진 지붕 널을 바꾸고 수탉 모양의 풍향계를 조정한 다음, 그 위에 주저앉아서 주변 풍경을 둘러보기 시작한 것이다. 높은 곳에서 바라보는 전망은 무척 좋았다. 케이티가 멀리 떨어진 저수지를 가리켰다. 오래된 기억이(아빠랑 수영하던 기억이) 서려 있는 장소였다. 바로 그때 멀리서 자동차 소리가 들려왔다. 두 친구는 고개를 돌리고 흙 길 멀리서 피어오르는 먼지구름을 살폈다.

"엄마랑 할머니가 분명해."

레이니가 말했지만 케이티는 먼지구름에 망원경을 고정한 채 소리쳤다.

"모두 함께 오고 있어, 레이니! 꼬챙이도 온다고!"

레이니가 망원경을 받았다.(케이티가 힘차게 건네주는 망원경을 받다가 지붕 밑으로 떨어질 것 같아서 두려웠다.) 정말이었다. 먼지 사이로 페루멀 선생님과 할머니가 탄 스테이션왜건이 달려오고 그 뒤에서 낡은 승용차가 따라오고 있었다. 워싱턴 가족이 예상보다 일찍 도착한 것이다.

케이티는 지붕 모서리로 재빨리 기어가서 사다리 옆을 움켜잡더니 사다리가 소방서 기둥이라도 되는 것처럼 단숨에 미끄러지듯 내려갔다. 레이니가 훨씬 전통적인 방식으로 사다리를 다 내려갔을 즈음에는 농장 마당에 자동차가 꽉 들어차 있었다. 페루멀 모녀와 워싱턴 부부는 (그들을 맞이하려고 서둘러 나온) 무초 브라조스와 인사를 나누는 중이었고 케이티는 바닥에 쓰러진 꼬챙이를 일으켜 세워서 먼지를 털어 주고 있었다.

레이니는 꼬챙이 모습이 일 년 전과 똑같은 걸 보고 깜짝 놀랐다. 옅은 갈색 피부에 깡마른 체구, 불안한 눈동자(하지만 이번에는 미처 숨을 돌리지 못해서 그런 것 같았다.), 완벽한 대머리가 그랬다. 가장 이상한 건 대머리였다. 마지막으로 만났을 때 머리칼이 다시 자라는 걸 보았는데, 지금은 모두 사라지고 없었기 때문이다. 안경도 없었다. 하지만 그건 케이티가 껴안는 바람에 바닥에 떨어뜨렸기 때문이었다. 케이티는 바닥에 떨어진 꼬챙이의 안경을 집어 들고 있었다.

꼬챙이가 갈비뼈를 움켜쥔 채 힘없이 웃으며 레이니를 바라보았다. 그러다가 두 아이는 웃음을 터트리며 서로 껴안고 등을 두드렸다. 옆에서는 어른들이 엉터리 카뷰레터(자동차에 들어가는 기계 장치로 가솔린과 공기를 적당하게 혼합하여 실린더에 보낸다./ 옮긴이)에 대한 이야기와 고속도로를 신나게 달리다가 마을 입구에서 우연히 마주쳤다는 이야기를 나누고 있었다. 꼬챙이 아빠가 아내를 위해 트렁크에서 휠체어를 꺼내기 시작했다. 꼬챙이 엄마는 무릎이 아파서 많이 걸을 수 없었지만, 힘들게 몇 걸음 걸어와 레이니와 케이티를 껴안았다. 호두색 피부에 키는 작고 어깨는 좁았으며, 입술은 부루퉁했지만 눈빛은 다정했다. 꼬챙이 엄마는 아이들의 얼굴을 두 손으로 잡은 채 이쪽저쪽으로 돌려 보며 줄곧 고개를 저었다.

"너희 둘은 많이 큰 것 같구나."

꼬챙이 엄마가 슬픈 듯 말했다. 그 생각 자체를 견딜 수 없는 것 같았다. 꼬챙이 아빠가 휠체어를 밀고 다가오자 꼬챙이 엄마는 휠체어에 앉아 반짝거리는 눈가를 가볍게 닦았다. 키는 컸지만 날씬한 체구와 안경을 낀 모습이 꼬챙이와 똑같은 꼬챙이 아빠는 입을 꼭 다문 채 다정하게 웃으며 두 아이의 어깨를 가볍게 쓰다듬어 주었다.

한편 페루멀 선생님은 (두 팔을 교차시켜서 가슴을 보호한 채) 다가와서 케이티를 껴안으며 감탄했다.

"정말 예쁘게 컸구나, 케이티! 아, 양동이에 뚜껑까지 달았네! 정말 멋있어!"

케이티가 환하게 웃었다. 다른 사람이 양동이를 칭찬하는 소리를 들으면 기분이 좋았다. 케이티가 양동이를 열어서 페루멀 선생님한테 내용물을 자세히 보여 주지 않은 것은 오로지 두 친구랑 몰래 빠져나가서 정겨운 이야기를 나누고 싶었기 때문이다. 하지만 세 아이만 빠져나오려면 아주 오랜 시간을 기다려야 할 터였다. 우선 안으로 짐을 옮기고 점심을 먹고 설거지를 하고 손님들이 묵을 방을 정해야 했기 때문이다. 물론 이 모든 일은 완벽하게 진행되었지만 너무 오래 걸렸다. 오후 시간이 한참 지나고 세 친구가 그리움의 눈길을 끊임없이 주고받았을 즈음에야 드디어 페루멀 선생님이 어른들끼리 할 이야기가 있다며 나가서 놀라고 했다. 세 친구는 단숨에 문 쪽으로 달려갔다.

과수원으로 들어설 때 꼬챙이가 의심쩍은 시선으로 집을 돌아보며 물었다.

"어른들끼리 할 이야기가 뭐지? 뭔가 이상해."

레이니가 대답했다.

"베네딕트 선생님이 계획한 깜짝 선물 때문이야. 지금 그 얘기를 하는 중일 거야."

"그래? 우리 부모님이 조그맣게 속닥거린 이유가 바로 그것 때문이었구나. 나는 엄마가 두 번째 직장에 들어가는 것에 대해서 상의하는 거라고 생각했어. 내가 결사반대한다는 걸 두 분이 아시거든. 너희도 알다시피 내가 퀴즈 사업에 빨리 뛰어들어야 하는데, 그건 또 두 분이 결사반대하셔."

레이니는 꼬챙이가 보낸 편지를 통해서 꼬챙이 아빠가 이미 동시에 두 직장에 다니고 있다는 사실을 알고 있었다. 꼬챙이네 가족은 작년에 일어난 여러 가지 불행한 사건 때문에 경제적으로 몹시 힘든 상태였다. 예전에 꼬챙이는 놀라운 기억력과 독서 능력 덕분에 탁월한 퀴즈 챔피언이 되었다. 하지만 퀴즈 대회에 나가 돈을 많이 벌어야 한다는 압박감 때문에 괴로워하다가 결국 집에서 도망치고 말았다. 그러자 워싱턴 부부는 돈을 다 쓰고 나중에는 빚까지 지면서 꼬챙이를 찾으러 돌아다녔다. 그때부터 워싱턴 부부는 돈의 유혹을 멀리하고 꼬챙이한테 부담을 주지 않겠다는 고집스러운 원칙을 세웠다. 그래서 워싱턴 가족은 아주 가난하게 지내고 있었다.

(꼬챙이는 편지에 이렇게 썼다. "두 분은 우리가 학습 기관에서 겪은 이야기를 듣는 것조차 힘들어하서. 내가 위험한 상황에 처해 있었다는 생각만 떠올라도 몸이 덜덜 떨리신대.")

세 친구가 사과나무 그늘에 앉자 꼬챙이가 물었다.

"어른들이 깜짝 선물 이야기를 한다는 사실을 너는 어떻게 알았니?"

레이니가 대답했다.

"엄마가 베네딕트 선생님한테 편지를 받으셨어. 엄마 옷장에 있는 걸 내 눈으로 직접 보았는데 엄마가 그 말씀을 안 하시는 거야. 그래서 나중에 할머니랑 둘이 나누는 이야기를 살짝 엿들었어. 할머니 귀가 안 좋으셔서 엄마가 좀 큰 소리로 말씀하셨거든. 이야기를 다들은 건 아니지만 내가 모르는 무언가를 두 분이 알고 계신다는 사실 하나는 확실히 알 수 있었어. 그리고 얼마 후에 베네딕트 선생님이 우리에게 보낸 편지를 보면 우리한테 뭔가 좋은 걸 준비하고 있는 게 분명해."

"당연히 좋은 거겠지! 어떻게 좋지 않을 수 있겠니? 이렇게 함께 모이는 자체로도 벌써 이렇게 좋은데, 그렇지 않니? 이제 내일이면 베네딕트 선생님을 만나게 되는 거야!"

케이티가 만족스럽게 웃으며 팔꿈치를 올려서 머리를 기댔다.

"론다랑 넘버 투도 만날 수 있겠지? 그 두 사람도 빨리 만나고 싶어."

레이니가 베네딕트 선생님의 훌륭한 두 조수(두 사람은 베네딕트 선생님의 양녀이기도 하다는 사실이 나중에 드러났는데, 널리 알려진 사실은 아니다.) 이야기를 꺼냈다.

"나도 마찬가지야!"

꼬챙이가 말하고는 많이 가라앉은 목소리로 덧붙였다.

"그리고…… 음…… 물론 콘스턴스도. 그런데 케이티, 밀리건 아저씨는 어떻게 되신 거야? 아까 네가 점심을 먹을 때 아저씨는 베네딕트 선생님 저택에서 우리랑 만나실 거라고 했잖아. 여기 안 계신 이유가 뭐야?"

"원래 그럴 계획이었는데 임무를 받고 멀리 떠났어."

"어떤 임무?"

레이니와 꼬챙이가 동시에 물었다. 어떤 임무인지 무척 궁금했다. 케이티는 어깨를 으쓱했다.

"나도 몰라. 나한테 미리 말해 준 적은 한 번도 없어. 다 끝난 다음에 얘기하지. 임무를 미리 알아 두었다가 말하고 싶어서 신문을 열심히 읽는데 도무지 알아낼 수가 없어."

"그럼 너도 열심히 노력하는 중이구나. 내가 지난 편지에 물어봤을 때는 아무 대답도 없더니만."

꼬챙이가 말했다. 꼬챙이는 약간 화난 목소리였지만 케이티는 이렇게 대답했다. 꼬챙이의 기분을 가볍게 무시한 것 같기도 하고 눈치채지 못한 것 같기도 했다.

"당연히 열심히 노력하는 중이지! 하지만 나는 너랑 달라, 꼬챙이. 너처럼 아침마다 신문을 열 가지씩 읽을 수는 없어. 게다가 그중 절반은 외국어 신문이잖아. 나는《돌마을 타임스》만 읽는다고. 왜? 뭔가 의심스러운 기사라도 찾아냈니?"

꼬챙이가 투덜거렸다.

"그러기라도 하면 좋겠어. 너는 어때, 레이니?"

누가 들으면 굉장히 이상한 대화라고 생각하겠지만(아이들이 신문에 대해서 토론하는 일도 드물지만 "의심스러운 기사"를 찾아냈느냐고 묻는 건 더더욱 드문 일이다.) 레이니와 두 친구한테는 아주 자연스러운 이야기였다. 세 아이는 오래전부터 신문을 읽는 습관이 있었고 사실 아이들이 베네딕트 선생님을 만나게 된 것도 신문 광고 때문이었다. 게다가 어려운 임무를 마친 다음부터는 일간 신문의 머리기사를 더 열심히 살피고 있었다. 커튼 선생에 관한 이야기가 극비에서 해제되어 신문에 나올 가능성은 없었지만 그래도 은밀한 연관이 있는 기사가 무심코 실릴 가능성은 언제나 있었기 때문이다. 보통 사람은 몰라도 세 아이가 그 연관성을 알아볼 가능성은 높았다. 신문을 읽는 것 자체는 흥미진진한 현장 작업과 비교할 수 없었지만 세 아이는 이런 식으로나마 비밀 정보원 같은 기분을 느끼고 싶었다.

예를 들어, 오늘 아침에 나온 조간신문 《돌마을 타임스》 일 면에는 머리기사로 「급하게 오르는 이자」, 그다음엔 「처녀항해에 나서는 화물선 지름길 호」, 그다음엔 「남부 삼림을 갉아먹는 소나무 벌레」 등, 금융과 화물과 삼림에 대한 암울한 기사가 잔뜩 실려 있었다.

"의심스러운 기사? 소나무 벌레에 대한 기사가 뭐가 의심스러워? 내가 읽은 기사는 전부 다 고리타분한 것밖에 없었어."

레이니가 말하자 케이티가 눈빛을 반짝였다.

"이봐, 그 말을 들으니까 떠올랐어! 꼬챙이, 네가······."

레이니가 헛기침을 하며 케이티한테 경고의 눈초리를 보냈다. 그러나 이미 늦었다. 꼬챙이는 분위기를 눈치채는 속도는 느릴지 몰라도 누가 자신을 모욕하는 걸 눈치채는 속도는 아주 빨랐다.

꼬챙이가 얼굴을 두 손에 파묻으며 말했다.

"계속해. 내가 정리한 보고서에 대한 거지, 그렇지?"

그제야 케이티가 후회하는 표정으로 중얼거렸다.

"아…… 내 말은, 단지…….”

케이티가 난감한 표정으로 레이니를 바라보았다. 뭐라고 말해야 좋을지 몰랐다.

다행히 꼬챙이가 두 손을 내리고 빙그레 웃었다. 수줍은 미소였지만 적어도 상처받은 표정은 아니었다.

"솔직하게 말해.”

"음…… 아주 구체적이야.”

케이티가 말했다.

"그리고 생각이 깊어.”

레이니가 덧붙이며 주머니에 있는 보고서를 급히 꺼냈다. 무엇이든 칭찬할 말을 찾아야 했다. 레이니가 종이를 펼치는 동안 케이티가 고개를 열심히 끄덕거리며 말했다.

"아, 그래. 생각이 아주 깊어! 게다가 문법도 정확하고!”

꼬챙이가 얼굴을 찡그렸다.

"그 정도로 나빠? 그래, 나도 그게 쓰레기 같을 거라고 생각했어. 너희가 초고를 보았어야 하는 건데. 이건 여섯 번이나 고친 글이야.”

꼬챙이가 레이니한테서 보고서를 받아들고 우울한 표정으로 훑어보더니 자기 주머니에 집어넣었다.

"걱정 마. 어차피 책으로 만들 수 없다는 건 알고 있었으니까. 이번 만남을 기념하기 위해 뭔가 하고 싶었을 뿐이야.”

그 말에 레이니가 갑자기 깨달았다는 듯 물었다.

"그래서 머리털을 모두 없앤 거니? 맙소사!"

꼬챙이가 인정했다.

"네가 알아챌 거라고 생각했어. 이번에는 아빠가 면도기로 미는 걸 도와주셨어. 탈모제는 이제 안 발라."

꼬챙이가 옛날 생각을 떠올리며 몸서리를 쳤다.

"뭐, 내 눈엔 멋있기만 한데!"

케이티가 이렇게 말하면서 꼬챙이 머리를 다정하게 쓰다듬었다. 레이니도 빙그레 웃으며 정말 그렇다고 고개를 끄덕거렸다.

세 친구는 과수원에 오랫동안 머물며 학습 기관에서 활약했던 즐거운 추억에 흠뻑 빠져들었다. 장면 하나하나가 머릿속에 아직도 생생하게 떠올랐다. 셋은 웃고 한숨을 쉬고 가끔 부르르 떨면서 오후를 보냈다. 그러다 케이티가 어느새 길어진 그림자를 발견하고는 깜짝 놀라며 벌떡 일어났다.

"맙소사! 어른들이 어서 들어오라고 부를 텐데, 꼬챙이한테 아직까지 폐를 보여 주지 못했어!"

"폐가 누군데?"

꼬챙이가 물었다.

"여왕 폐하!"

케이티가 대답했다. 이 말 한마디가 모든 걸 설명한다는 표정이었다. 케이티는 두 친구를 재빨리 일으켜서 농장 마당으로 데려간 다음 호루라기를 불고 가죽 장갑을 꼈다. 그와 동시에 송골매가 눈에 안 보일 정도로 높은 공중에서 쏜살같이 내려와 케이티 팔목에 앉았다.

당황했던 꼬챙이는 이제 불안해졌다. 송골매의 날카로운 발톱과 새까맣게 반짝이는 눈동자는 감탄을 절로 자아냈지만(꼬챙이는 고개를 끄덕이고 "맹금류 송골매, 가장 빠른…… 인상적인 새……."라고 감탄사를 연발하며 뒷걸음질을 쳤다.) 개인적으로 친하게 지내고 싶은 생각은 전혀 없었다. 꼬챙이는 셔츠 주머니에서 천 쪼가리 하나를 최대한 느긋하게 꺼내고 안경을 벗었다.

레이니는 혼자 빙그레 웃었다. 꼬챙이가 불안할 때마다 안경을 닦는 습관이 있다는 건 잘 알고 있었지만 지금 모습을 보니 왠지 기분이 좋았다. 친구를 속속들이 알고 있다는 것은 서로 비밀을 간직하는 것만큼이나 특별한 기쁨을 주었다. 게다가 케이티의 새를 자기만 두려워하는 게 아니라는 사실도 기분 좋았다.

케이티가 송골매한테 고기 조각을 주면서 말했다.

"걱정 마, 페. 금방 돌아올 테니까."

케이티는 페를 다시 높이 날려 보낸 다음에 혀를 쯧쯧 차면서 말했다.

"불쌍한 것, 저 새가 안절부절못하는 걸 너희도 보았니? 내가 멀리 떠난다는 사실을 아는 거야. 그래서 불안해하는 것 같아."

"그래그래, 불쌍한 것."

꼬챙이가 레이니한테 의심스러운 시선을 보내며 대답했다. 레이니는 케이티의 등을 쓰다듬으며 위로했다.

"저 귀여운 매가 꾹 참으며 기다리고 있을 거야."

무초 브라조스 아저씨는 호사스러운 저녁 식사를 준비했다. 떠들썩하고 만족스러운 행복한 시간이었다. 모두가 와자지껄 떠들어 대고 음식 접시는 이리저리 돌아다녔다. 무초 아저씨는 후식으로 모두가 기대하는 사과 파이를 내왔다. 모두 여섯 판이었는데 무초 아저씨가 먹는 양을 생각하면 이건 그리 많은 양도 아니었다.

설거지가 끝날 즈음에는 유쾌한 소동이 사그라지고 말소리도 줄어들었다. 모두가 졸기 시작했다. 정말 기나긴 하루였다. 내일도 마찬가지일 터였다. 그래도 세 친구는 밤을 꼬박 새우고 싶은 마음이 간절했다. 하지만 바로 일 년 전에는 삶과 죽음을 가르는 결정을 내리며 비밀 임무를 처리했던 세 친구도 지금은 보호자의 명령에 따라야 하는 처지였다. 그래서 목욕을 한 다음 서로 잘 자라는 인사를 나누고 잠자리에 누울 수밖에 없었다.

케이티가 하품을 하면서 이렇게 말했다.

"어차피 금방 다시 일어나야 할 거야. 동틀 녘에 수탉이 울어 대거든."

다음 날 이른 새벽 레이니는 정말로 수탉의 울음소리에 잠에서 깼다. 짚으로 만든 요를 바닥에 깔고 잔 레이니는 흐릿한 눈으로 일어나 앉았다. 그러고는 창문 너머로 밝아오는 회색 새벽과 침대에 일어나 앉아서 빙그레 웃고 있는 페루멀 선생님을 보았다.

페루멀 선생님이 말했다.

"오늘은 정말 좋은 날이야. 너도 마음이 설레지? 자정이 지나도록 잠을 못 이룬 걸 보면 말이야."

"엄마도 깨어 계셨어요?"

레이니가 물었다. 여러 생각에 깊이 빠져 있어서 페루멀 선생님의 숨소리를 듣지 못했다. 반면 페루멀 선생님은 레이니의 숨소리를 귀 기울여 들은 것이 분명했다.

"나도 마음이 설레. 너희 모두 깜짝 선물이 마음에 들 거야."

페루멀 선생님의 표정에는 레이니를 주저하게 만드는 무언가가 있었다. 선생님은 레이니를 위해 기뻐하는 중이었다. 레이니도 확실히 느낄 수 있었다. 하지만 그게 전부가 아니었다. 페루멀 선생님이 더는 가르칠 게 없다는 사실을 깨닫고 레이니가 베네딕트 선생님이 실시하는 시험을 보게 했던 날이 떠올랐다. 그날과 마찬가지로 지금도 페루멀 선생님의 두 눈에는 자부심과 기대감과 함께 약간 슬픈 기색이 뒤섞여 있었다. 하지만 이제 한 가족이 되었으니 페루멀 선생님이 레이니를 떠나보내야 할 이유는 아무것도 없을 터였다. 그렇다면 페루멀 선생님이 깊은 생각에 빠진 이유는 무엇일까?

페루멀 선생님의 눈빛이 갑자기 바뀌었다. 깜짝 놀란 표정으로 살짝 웃으며 얼굴을 피하더니, 고개를 다시 돌리고 나무라는 듯 손가락을 흔들며 말했다.

"네가 표정을 읽는 실력이 뛰어나다는 사실을 깜빡 잊었구나. 내 표정을 그렇게 자세히 관찰하지 마, 레이니. 깜짝 선물을 망치고 싶진 않겠지?"

두 사람은 할머니를 깨웠다. 잠이 들면 수탉이 우는 소리 정도에는 끄떡도 안 하지만 발가락을 간질이면 금방 깨어나는 할머니였다. 할머니는 깔깔 웃다가 두 사람을 악당이라고 꾸짖으며 자리에서 일어났고, 세 사람은 떠날 채비를 갖추기 시작했다.

레이니는 넘버 투가 지난달에 생일 선물로 보낸 셔츠를 입었다. 어쩔 수가 없었다. 물론 넘버 투가 레이니를 아끼는 마음에서 이 셔츠를 만들었다는 사실을 레이니도 알고 있었다. 하지만 셔츠를 볼 때마다 콧잔등이 저절로 찡그려지는 건 어쩔 수가 없었다. 넘버 투는 자기 피부색과 똑같은 색의 옷이 가장 잘 어울리는 옷이라고 확신하고 있었다.(넘버 투 역시 노란 옷으로 온몸을 감싸 자신의 노란색 피부를 강조했다.) 따라서 넘버 투는 이 흐리멍덩한 살구색 셔츠를 만들며 레이니한테 완벽하게 어울릴 거라고 생각한 게 분명했다. 그리고 어찌 보면 그 생각이 맞는 것 같기도 했다. 하지만 레이니의 눈에는 몹시 괴상하고 불편한 셔츠로만 보였다.(넘버 투가 쓴 편지에 따르면 "내구성이 좋은" 텐트용 천으로 만든 셔츠였다.) 그런데도 레이니는 오늘 넘버 투를 만난다는 이유 하나 때문에 그 셔츠를 입은 것이다.

"너도 그런 거야?"

레이니를 복도에서 만난 꼬챙이가 물었다. 꼬챙이는 안에 두터운 패드를 댄 옅은 갈색 셔츠를 입고서 새벽의 추운 공기에도 불구하고 굵은 땀방울을 흘리고 있었다. 두툼한 셔츠가 상체를 집어삼킨 것처럼 보였다.(레이니는 꼬챙이 생일이 1월이라는 사실을 떠올리고 그때는 그런 셔츠가 훨씬 어울렸을 거라고 생각했다.)

"두 분이 이걸 억지로 입히셨어."

꼬챙이가 투덜대며 자신이 부모님과 함께 묵은 방을 엄지손가락으로 가리켰다. 그리고 레이니를 위아래로 훑어보며 물었다.

"네 모습이 큰 핸드백처럼 보인다는 건 알고 있니?"

"그래도 나는 풍선처럼 보이진 않아. 케이티를 찾아보자."

레이니가 말했다. 하지만 오래 찾을 필요가 없었다. 계단에 올라서기도 전에 케이티가 계단 난간에서 미끄럼을 타며 내려왔기 때문이다. 그런데 케이티는 청바지에 아주 평범한 셔츠 차림이었다. 케이티가 두 친구 옆에 내려서 환하게 웃으며 놀렸다.

"야, 너희 둘 다 아주 멋있어! 파티에 가기라도 하는 거니?"

꼬챙이가 뚱뚱해진 두 팔로 팔짱을 끼며 항의했다.

"이런 차림은 안 돼, 케이티. 어서 돌아가서 생일 선물로 받은 셔츠를 입어."

"맞아. 다수결의 원칙에 따라, 케이티. 똑같이 고생해야지."

레이니가 거들었다.

케이티는 레이니가 입은 텐트용 천을 손으로 쓰다듬으며 그 촉감을 느끼더니 휘파람을 불고 안타까운 표정으로 말했다.
"미안하지만 내 건 너무 작아서 입을 수가 없어. 그래서 가위로 잘라 양동이 주머니를 만들었어. 내가 너희한테 보여 줬던가? 재질이 아주 튼튼해서……."

케이티가 양동이 뚜껑을 열 기회를 반기며 말을 꺼내자 꼬챙이는 풀이 죽어 대답했다.
"그건 어제 보여 줬잖아. 그런데 너는 어떤 선물을 받은 거니?"
"나? 응, 조끼였어. 술이 달린."

레이니가 의심스러운 표정으로 쳐다보며 물었다.
"그런데도 못 입을 정도로 작아졌단 말이야?"
"음, 언젠간 그렇게 되겠지."

케이티가 교활하게 웃으며 대답했다.

아직 이른 시각, 스테이션왜건과 승용차가 미끄러지듯 나아가기 시작했다. 차에 탄 사람들은 잠은 부족했지만 배는 든든히 채운 상태였다. 무초 브라조스는 자동차가 언덕 너머로 사라질 때까지 농장 마당에 서서 손을 흔들었다. 그리고 우울한 표정으로 한숨을 내쉬며 커다란 콧수염을 쓰다듬었다. 지금까지는 활달한 어린 친구가 있어서 시간 가는 줄 몰랐는데, 케이티가 떠난 지금은 모든 게 따분하기만 했다. 무초는 머리를 쓸쓸하게 흔들면서 과수원으로 발길을 돌렸다.

손을 봐야 할 나무가 몇 그루 있었다.

불과 몇 분 후, 한 젊은이가 스쿠터를 타고 도착했을 때 농장 마당은 이미 텅 비어 있었다.

젊은이는 문가로 달려가서 벨을 눌렀다. 벨을 여러 차례 누른 다음에 헛간으로 갔다가, 부리로 손잡이를 눌러서 조그만 마차에 곡식을 채우는 암탉 한 마리를 발견했다. 젊은이는 깜짝 놀랐다. 하지만 정신을 재빨리 가다듬고 자신이 가져온 전보를 전달할 사람을 다시 찾아다니기 시작했다. 헛간 뒤로 돌아가면서(과수원을 뒤지기 시작한 건 시간이 꽤 흐른 다음이었다.) 젊은이, 정확히 말해 전보를 취급하는 마을 잡화점 점원은 누구든 나타나기만을 기대했다. 그가 맡은 임무는 "웨더롤 농장에 있는 아무한테나" 전보를 전해 주는 일이었다. 젊은이는 이 농장에 전화가 없어서 전보가 필요하다는 사실을 알고 있었다. 늙은 상점 주인은 그에게 몇 년 만에 온 아주 이상한, 하지만 아주 긴급한 전보라고 말했다. 전보 내용은 이랬다.

얘들아 오면 안 돼 멈춰 너무 위험해 멈춰 지금 당장 전화해 그러면 내가 소식을 알려 줄게 멈춰 아 정말 나쁜 소식이야 멈춰 반복하는데 오지 말고 지금 당장 전화해 너희 안전이 걱정돼 멈춰 너희를 사랑하는 론다가 슬퍼하며

유리 뒤쪽 혹은 거울이 되는 창문

돌마을에 있는 베네딕트 선생님의 집에 가려면 서너 시간이 걸리지만, 출발한 지 이십 분도 안 돼서 레이니의 마음은 벌써 그곳에 가 있었다. 레이니는 꿈꾸듯 멍하니 앉아 있었다. 스테이션왜건 앞자리에서는 할머니가 사방에 울려 퍼진다는 사실도 모른 채 혼자 콧노래를 흥얼거렸고 페루멀 선생님은 웃음을 참는 중이었다. 그리고 뒷자리에 앉은 레이니 옆에서는 케이티와 꼬챙이가 서로 안부를 묻느라 정신이 없었다. 반면에 레이니는 꼬챙이보다 일찍 도착했고, 케이티보다 열심히 편지를 주고받았기 때문에 지금 두 친구가 나누는 이야기를 이미 모조리 알고 있었다. 예를 들어, 꼬챙이가 잠시 여자 친구를 사귀었는데 '영혼의 이데아'라는 말을 했다가 ("그 말은 '아름답다'는 뜻이라고 아무리 말해도 그 애가 믿질 않는 거야." 하고 꼬챙이가 말하자, 케이티는 머리를 절레절레 흔들며 이렇게 대답했다. "그래서 언제나 쉬운 단어를 쓰는 게 좋아. 내가 그런 말을 들었다면 너한테 한 방 날렸을 거야.") 헤어진 일도 그 가운데 하나였다. 워싱턴 부부가 꼬챙이가 대학에 가는 것을 반대했다는 이야기도 알고 있었다. 페루멀 선생님은 레이니가 나이에 비해 아주 성숙하다고 판단하고 대학에 입학시킬 가능성을 진지하게 고민한 반면, 꼬챙이 부모님은 지금 당장 꼬챙이한테 중요한 것은 감정의 안정이라고 주장했다. (꼬챙이는 이렇게 덧붙였다. "내가 충분히 감당할 수 있다고 말하고 또 말했지만 두 분은 꼼짝도 안 하셔.")

그래서 두 친구가 대화를 나누는 동안 레이니는 자동차를 앞질러, 담쟁이덩굴이 가득한 정원과 회색 돌담이 정겨운 돌마을 저택에 도착해 베네딕트 선생님에게로 달려가는 상상을 했다. 언제나 엉망진창으로 헝클어진 하얀 머리칼, 커다란 안경 뒤에서 반짝이는 녹색 눈동자, 크고 뭉뚝한 코, 그리고 언제나 입고 있는 녹색 체크무늬 양복까지, 베네딕트 선생님의 모습이 지금 레이니의 눈앞에 생생하게 떠올랐다. 모르는 사람의 눈에는 베네딕트 선생님이 멍청이로 보일 수도 있다는 생각이 들자 레이니는 화가 치밀었다. 베네딕트 선생님은 천재일 뿐 아니라 훌륭한 인격자이기 때문이다. 그리고 레이니가 볼 때 그렇게 훌륭한 분은 아주 드물었다.

이 문제에 대해서 베네딕트 선생님은 레이니와 생각이 달랐다. 레이니는 그때 나누었던 이야기를 빠짐없이 기억하고 있었다. 아이들이 학습 기관에서 어려운 임무를 마치고 돌아와 몇 달이 지난 다음이었다. 레이니는 아직 돌마을에 그대로 살고 있었다. 그래서 매주 한 번씩 베네딕트 선생님을 찾아갔고 선생님은 다양한 업무에 시달리면서도 시간을 내주었다. 케이티는 그때 이미 농장에 들어가서 살기 시작했고 꼬챙이는 부모님과 함께 차로 몇 시간 떨어진 도시에서 살고 있었다. 네 아이 중에서 베네딕트 선생님이 입양 과정을 밟고 있던 콘스턴스 혼자만 돌마을에 남을 예정이었다. 페루멀 선생님이 교외의 커다란 아파트로 이사할 준비를 하고 있었기 때문이다. 이사를 하면 레이니에게 방을 마련해 줄 수 있었고, 레이니가 걸어 다닐 수 있는 거리에 도서관도 있었다. 그래서 결국 이사를 한 다음에는 베네딕트 선생님과 일주일에 한 번씩 만나는 것도 불가능하게 되었다. 레이니는 그때를 떠올리며 무한한 존경심과 애정을 느끼곤 했다.

한번은 베네딕트 선생님이 책이 가득한 서재에 혼자 있었다. 선생님은 평소와 마찬가지로 레이니를 아주 따뜻하게 맞아 주었다. 두 사람은 바닥에 함께 앉았다.(베네딕트 선생님은 기면증이 있어서 강한 감정을 느끼면 갑자기 잠에 곯아떨어졌다. 그래서 넘버 투와 론다가 귀찮을 정도로 따라다녔는데 아주 드물게 혼자 있을 때는 잠이 들어 넘어져도 다치지 않도록 바닥에 앉았다.) 전에도 수없이 그랬던 것처럼 베네딕트 선생님은 레이니가 마음속으로 무언가 곰곰이 생각하고 있다는 사실을 한눈에 알아차렸다. 그래서 빙그레 웃으며 말했다.

"내가 전에도 말했지만 지금 우리는 상대의 마음을 읽는 묘기나 자랑하려고 만난 게 아니야, 친구. 그러니 무슨 생각을 그렇게 하고 있는지 나한테 털어놔 보렴."

레이니는 무슨 말부터 해야 할지 몰랐다. 모든 게 너무 복잡해서 어떤 이야기부터 시작해야 좋을지 도통 알 수 없었다. 그러다 베네딕트 선생님이 자신이 제대로 표현하지 못하더라도 늘 그 뜻을 바로 알아주었던 게 생각났다. 그래서 레이니는 단순하게 이야기했다.

"요즘은 모든 게 예전과 다르게 보여요. 그리고 그게…… 절 괴롭히는 것 같아요."

베네딕트 선생님은 면도를 하다가 놓친 뻣뻣한 턱수염을 만지작거리며 레이니를 가만히 바라보았다. 그리고 뭉툭한 코로 숨을 내쉬며 말했다.

"저번 임무랑 관계가 있는 거니?"

레이니는 고개를 끄덕거렸다. 베네딕트 선생님이 잠시 생각하다가 다시 물었다.

"사악한 사람들이 너무 많아서 힘들다는 말을 하고 싶은 거니? 가령 내 쌍둥이 동생이나 집행부와 그 추종자, 학습 기관에 있던 다른 학생들……."

"모두 다요."

레이니가 불쑥 말했다.

"모두 다?"

"제 말은…… 거의 모두 다라고요. 물론 선생님은 아니에요. 선생님이 모은 우리도 마찬가지고요. 그리고 페루멀 선생님과 선생님의 어머니를 비롯한 몇몇 사람도요. 하지만 일반적으로 볼 때……."

레이니가 어깨를 으쓱하며 계속 말했다.

"저는 우리가 속삭임을 망가뜨리면 세상이 좋은 쪽으로 바뀌기 시작할 거라고 생각했어요. 커튼 선생의 은밀한 메시지가 사람들 마음에 더 이상 영향을 미치지 않을 테니까요. 하지만 그런 일은 아직까지 조금도 일어나지 않고 있어요."

"너희가 훌륭한 일을 해냈다는 것까지 의심하지 않았으면 좋겠구나."

레이니가 머리를 흔들었다.

"그런 건 아니에요. 전 우리가 끔찍한 일을 막았다는 걸 알고 있어요. 제가 사람들과 이 세상을 이런 식으로 바라보게 될 줄은 미처 몰랐던 것뿐이에요."

베네딕트 선생님이 벌떡 일어나려다가 멈칫하며 입을 열었다.

"오래된 습관이야. 가끔 걷고 싶은 마음이 솟구치는데 너도 알다시피 나한텐 경솔한 행동이지. 쓰러지다가 책장에 머리라도 부닥치면 넘버 투가 앞으로 나를 꼼짝도 못하게 할 거야."

레이니가 깔깔 웃었다. 넘버 투의 무시무시한 보호 본능을 잘 알고 있었기 때문이다.

베네딕트 선생님이 책상에 등을 대고 앉았다.

"레이니, 네가 그런 식으로 느끼는 건 당연해. 이 세상에는 사람들이 눈으로 보고 느끼는 것보다 훨씬 더 많은 일이 일어나고 있어. 그리고 거의 모든 사람이 거울의 표면을 바라볼 때 너는 그 뒷면을 보지. 너는 지금까지 그렇게 보았고 앞으로도 계속 그럴 거야. 하지만 다른 사람들은 그러지 못해. 나라면 너처럼 어린 나이에 그런 것까지 보려고 하지 않았을 거야. 어쨌든 지금까지 너는 그 능력을 키워 왔지. 앞으로 그게 축복이 될지 저주가 될지는 너 자신한테 달려 있어."

"선생님, 죄송하지만 사람을 믿을 수 없다고 생각하는 게 어떻게 축복이 될 수 있나요?"

베네딕트 선생님이 레이니를 곁눈으로 쳐다보았다.

"그 질문에 대한 대답보다는 우선 네가 세운 가설에 초점을 맞추는 게 좋을 것 같아. 인간은 거의 다 믿을 수 없다는 가설 말이야. 레이니, 너는 선보다 악이 우리 눈에 훨씬 잘 보인다는 사실에 대해 생각한 적이 있니? 악이 훨씬 두드러져 보인다는 사실 말이야."

레이니가 의심스러운 표정으로 바라보자, 베네딕트 선생님이 고개를 끄덕이며 계속 말했다.

"나는 네가 마음속 생각을 그렇게 쉽게 바꿀 거라고 기대하지 않

아. 너는 사람을 있는 그대로 꿰뚫어 보는 데 익숙하니까. 너한테 아주 탁월한 통찰력이 있다는 사실을 우리 모두가 알아. 그리고 네가 내린 결론에 너 스스로 문제를 제기하기란 쉽지 않을 거야. 하지만 레이니, 내가 일어나서 걸어 다니려는 낡은 습관을 조심하는 것처럼 너도 너 자신을 옆길로 빠지게 만드는 낡은 습관을 조심해야 해."

베네딕트 선생님이 팔짱을 끼고 레이니를 날카롭게 바라보았다.

"한 가지 물어보자꾸나. 발밑에 끔찍한 독사가 보이는 것 같더니 갑자기 사방에서 독사가 나타나서 순식간에 온몸을 에워싸는 꿈을 꾼 적이 있니?"

레이니는 깜짝 놀랐다.

"네, 그런 꿈을 계속 꾸고 있어요. 끔찍한 악몽이에요."

"그래. 악이 세상에 널리 퍼졌다는 사실을 처음 깨달았을 때 그런 꿈을 꾸는 것 같아. 그런 꿈을 꾸고 나면 세상이 그렇게만 보이게 될 수도 있어. 그래서 그 꿈이 악몽인 거지. 하지만 그런 시각은 사물을 올바로 바라보는 시각이 절대 아니야. 너처럼 관찰력이 예리한 사람한테는 언제나 끔찍한 독사가 눈에 보일 수밖에 없거든. 하지만 네가 독사만 보고 있다는 사실을 깨닫는다면 그렇게 힘들지 않을 거야."

레이니는 이 말을 계속 곰곰이 생각하다가—사실, 지금도 약간의 의심조차 품지 않은 채 골똘히 생각하고 있다.—베네딕트 선생님과 체스를 두기 시작하면서 잠시 잊어버렸다. 레이니는 베네딕트 선생님을 이긴 적이 한 번도 없었다. 하지만 체스를 몇 번 두지 않았는데도 아주 많은 걸 배울 수 있었다. 체스에 관해서만 배운 건 아니었다. 체스를 두다가 다른 주제에 대해 오랫동안 이야기를 나누게 될 때가 많았는데, 이번에도 다르지 않았다. 그래서 베네딕트 선생님은 삼십 분 후에 장군을 불렀을 때 레이니가 갑작스러운 질문을 했어도 조금도 놀라는 기색이 없었다.

"그렇다면 선생님도 독사가 나타나는 악몽을 꾸세요?"

"물론이지."

베네딕트 선생님이 대답하며 자신이 잡은 성장(장기의 차에 해당하는 성 모양의 말/ 옮긴이)을 조심스럽게 치웠다.(베네딕트 선생님은 레이니의 말을 언제나 조심스럽게 대했다. 잡힌 말을 불행한 운명의 희생자라고 여기는 것 같았다.)

"일상적인 악몽이야. 그런 꿈을 아주 많이 꿨어. 더 희귀한 꿈도 많이 꾸고. 고질병이라고 할 수 있지."

"그게 무슨 뜻인가요?"

레이니가 물었다. 베네딕트 선생님이 기면증 때문에 갑자기 잠에 빠져들곤 했다는 사실은 예전부터 알고 있었다. 그런데 그 외에는 아는 게 거의 없다는 생각이 갑자기 떠오른 것이다.

베네딕트 선생님이 잠시 입을 다물고 난생처음 보기라도 하는 표정으로 자기 손가락을 가만히 바라보았다. 레이니가 보기에 선생님은 알 수 없는 이유 때문에 대답을 꺼리면서도 동시에 레이니의 질문을 무시하지 않으려고 애쓰는 것 같았다. 하지만 두 번째 충동이 더 강한 게 분명했다. 오랫동안 손가락을 바라보다가 마침내 입을 열었기 때문이다.

"레이니, 나 같은 사람한테는 밤 시간도 낮 시간만큼이나 고통스러울 수 있어. 물론 낮에는 잠들지 않기 위해 싸워야 하지만 밤에는 자도 되니 편안하지. 하지만 가끔 악몽을 꾸거나 발작을 일으켜. 온몸이 마비되고 너무나 무서운 환각을 보기도 하지."

"정말 끔찍하네요! 그런 줄 몰랐어요."

레이니가 말하자 베네딕트 선생님이 대답했다.

"음, 이미 오래전에 익숙해졌어. 마귀할멈이랑 친구가 되었을 정도니까."

"마귀할멈이요?"

"환각으로 자주 보이는 인물 가운데 하나지. 잠에서 깨어났는데 침대 끝에서 웅크리고 있는 마귀할멈이 보일 때가 있어. 슬프게도 이 환각은 온몸이 마비되는 증상으로 이어질 때가 많아."

레이니는 기가 막혔다.

"침대 끝 어두운 곳에 마귀할멈이 웅크리고 있는데 선생님은 움직일 수도 없다는 뜻인가요?"

"소리를 지를 수도 없어. 아주 불편해."

베네딕트 선생님이 말했다. 레이니는 그 장면을 상상하며 몸서리쳤다.

"저라면 무서워서 기절할 거예요!"

베네딕트 선생님이 빙그레 웃으며 말했다.

"그게 가장 일반적인 반응이지. 내가 마귀할멈과 친구 사이가 되었다는 말은 농담일 뿐이야. 마귀할멈이 보여도 예전보다 훨씬 빨리 회복한다는 표현이 정확할 거야. 어차피 환각과 마비 증상은 일 분 이상 지속되는 경우가 거의 없으니까."

레이니는 그 일 분이 영원처럼 느껴질 거라는 생각이 들었다. 그러다가 다른 생각이 문득 떠올랐다.

"커튼 선생은 어떨까요? 그 사람도 그런 증상에 시달리지 않을까요? 모든 걸 지배하려는 강박관념을 품게 된 원인이 바로 그거라고 생각하지 않으세요?"

베네딕트 선생님이 코를 툭툭 쳤다.

"아주 날카롭구나, 레이니. 나 역시 가끔 그런 생각을 해. 쌍둥이 동생이 밤마다 고통을 겪고 낮에는 힘들게 싸운 나머지 그런 강박관념을 가지게 되었다 해도 전혀 놀라운 일은 아니야. 나는 순간적으로 찾아오는 무기력증을 오래전에 받아들였지. 그래도 창피한 느낌까지 내던진 건 불과 몇 년 전이야. 쌍둥이 동생은 나와 다른 방법을 택한 탓에 아직까지도 받아들이지 못한 게 분명해."

선생님은 아주 가볍게 말했다. 하지만 레이니는 커튼 선생의 무시무시한 은빛 안경과 정교하게 제작한 고성능 휠체어가 무서울 정도로 또렷하게 떠올랐다. 자신의 고질병을 숨기려고 만든 장비였다. 커튼 선생의 겉모습은 베네딕트 선생님과 똑같았고 두뇌의 천재성도 비슷했다. 하지만 두 사람이 세상을 바라보는 방식은 완전히 달랐다.

순간적으로 레이니는 커튼 선생과 만났던 불쾌한 기억 속에 빠져들었다.(이 기억이 불쾌한 이유는 당시 상황이 위험했기 때문이기도 하지만 레이니가 아찔한 위기의 순간에 쌍둥이 형제 가운데 누가 좋은 쪽인지 헷갈린 적이 있었기 때문이다.) 그러나 다행스럽게도 조그맣게 코고는 소리가 들려와 깊은 생각에서 금방 빠져나올 수 있었다. 베네딕트 선생님은 고개를 푹 숙인 채 두 손을 옆에 늘어뜨리고 있었다. 체스판 위로 금방이라도 쓰러질 것 같았다. 레이니는 선생님이 계속 자도록 슬며시 빠져나오고 싶은 충동을 느꼈다. 하지만 선생님은 자신이 기면증에 빠질 때마다 바로 깨워 달라고, 계속 자더라도 깨우려는 시도라도 하라고 레이니한테 수없이 강조해 왔다.

"베네딕트 선생님! 베네딕트 선생님!"

레이니가 소리치자, 베네딕트 선생님이 깜짝 놀라며 정신을 차렸다. 선생님은 하품을 하고 헝클어진 머리칼을 두 손으로 쓰다듬으며 미안한 표정으로 레이니를 바라보았다.

"오래 기다린 게 아니면 좋겠구나."

"일 분도 안 걸렸어요."

레이니가 대답하자 베네딕트 선생님이 한숨을 쉬었다.

"사라진 동생이 마음에 계속 걸려서 이러는 것 같아. 동생 생각만 하면 속이 뒤집혀서······."

레이니는 충분히 이해할 것 같았다. 자신도 커튼 선생만 떠올리면 속이 뒤집혔기 때문이다. 하지만 베네딕트 선생님의 표정을 본 레이니는 선생님의 심정을 복잡하게 만드는 건 분노나 공포나 모욕감이 아니라는 사실을 깨달았다. 그건 슬픔이었다.

베네딕트 선생님이 손으로 체스 판을 가리키며 말했다.

"음, 너를 밀어붙이고 싶은 생각은 없지만 이제 방법이 없는 것 같구나. 그렇지 않니?"

레이니도 체스 판을 바라보았다. 하지만 걱정 때문에 좋은 수가 떠오르지 않았다. 베네딕트 선생님은 이제 혼자 있고 싶은 게 분명했다. 레이니는 일어서며 이렇게 말했다.

"다음에는 쉽게 물러서지 않을 거예요."

"기대하지."

베네딕트 선생님이 대답하며 함께 일어섰다. 그리고 레이니 어깨를 다정하게 껴안은 채 방문으로 걸어갔다.

"그때까지는 친구, 기분 좋은 꿈을 꾸도록."

레이니가 기분 좋은 꿈을 꾸고 있을 때 케이티가 레이니를 쿡 찔러서 깨웠다. 레이니는 눈을 끔벅거리며 주변을 둘러보고 자신의 꿈이 실현되었다는 사실을 깨달았다. 친구들은 바로 옆에 있었고 돌마을의 커다란 건물들이 차창 사이로 보였다. 베네딕트 선생님과 그 일행을 금방 만날 수 있다는 뜻이었다. 레이니는 졸린 눈으로 케이티를 바라보고 빙그레 웃으며 말했다.

"깜빡 졸았던 것 같아."

케이티가 대답했다.

"곤히 잤다는 말이 더 어울려. 너만 그런 게 아니야. 꼬챙이도 다양한 난 종류에 대해서 말하다가 갑자기 곯아떨어졌으니까. 자기가 생각해도 자기 말이 너무 따분했나 봐."

꼬챙이는 케이티 건너편에 앉아서 빙그레 웃기만 했다. 잠에서 깨어난 꼬챙이는 즐거운 표정으로 안경을 닦고 있었다. 기분이 너무 좋아서 토를 달고 싶지 않은 표정이었다. 레이니는 꼬챙이 머리에 달라붙은 보풀 몇 가닥을 발견했다. 꼬챙이가 케이티 어깨에 기대고 자는 동안 묻은 것이다.

돌마을로 들어간 자동차는 다양한 건물을 지나쳤다. 모두가 눈에 익은 건물이었다. 레이니가 일 년 전까지 살았던 고아원도 보이고 페루멀 선생님과 함께 산책하던 공원도 보이고 항구 근처의 번잡한 도심지를 지날 때는 수도원 건물도 보였다. 레이니가 베네딕트 선생님의 시험을 치르러 왔다가 꼬챙이와 케이티를 만난 곳이었다.

"기분이 이상해."

케이티가 혼자 중얼거렸다. 그리고 경이로운 표정으로 수도원 건물을 바라보았다. 그곳에서 밀리건 아저씨를 처음 만났을 때만 해도 케이티는 난생처음 보는 사람이라고 생각했다. 자신들이 부녀 사이라는 사실을 두 사람 모두 모르고 있었다.

페루멀 선생님이 차를 몰고 베네딕트 선생님 집으로 이어지는 거리로 들어설 때 꼬챙이가 말했다.

"잘 믿어지지가 않아. 일 년 전까지만 해도 우리는 베네딕트 선생님을 몰랐어. 그런 일을 하게 될지도 몰랐고! 너희 생각에는……."

레이니가 말을 자르며 물었다.

"무슨 일이에요, 엄마?"

페루멀 선생님이 이마를 걱정스럽게 찌푸리고 무언가를 보고 있었다. 아이들은 안전벨트를 잡아끌며 앞을 보려고 했다. 하지만 스테이션왜건이 모퉁이를 돌아선 순간, 페루멀 선생님이 목격한 장면을 확인할 수 있었다. 베네딕트 선생님 집 안마당에 자라는 느릅나무 밑에 경찰관 세 명이 서 있었다. 정부 관리 몇 명이 함께 이야기를 나누고 있었는데 표정이 아주 심각했다. 아이들이 임무를 마치고 돌아온 다음에 이런저런 질문을 받는 과정에서 눈에 익은 정부 관리들이었다.

페루멀 선생님이 말했다.

"무슨 일이 있는 게 분명해. 너희는 안에서 기다려……."

하지만 아이들은 벌써 자동차 밖으로 뛰어나가고 있었다. 케이티를 선두로 세 아이 모두 마당에 들어가는 철문으로 돌진했다. 그러자 아이들이 처음 보는 사내가 엄숙한 표정으로 손을 내밀며 제지했다. 케이티보다 약간 클 뿐, 덩치가 조그만 사내였다. 하지만 불쾌한 표정과 신경질적이고 날카로운 목소리는 위협적이었다.

"지금 어딜 가려고 그러는 거냐? 너희는 누구지?"

"우리는 베네딕트 선생님의 친구들이에요."

케이티가 대답하자 사내가 눈을 가늘게 뜨며 물었다.

"친구들?"

"아, 맙소사!"

귀에 익은 목소리가 저택에서 흘러나왔다. 문 앞에 서 있는 사내 너머로 새까만 피부에 머리를 땋아 내린 젊고 아름다운 여인이 나타났다. 론다 카젬베였다. 계단을 급히 내려오는 얼굴에 당혹감이 가득했다. 론다가 물었다.

"어떻게 왔니? 내가 보낸 전보를 못 받았니?"

케이티가 밀치며 들어가려고 했지만 사내가 어깨를 꼭 움켜잡으며 론다한테 물었다.

"이 아이들은 누군가요?"

"괜찮아요, 베인 씨, 우리 친구들이에요. 게다가 지금 당신이 무례하게 잡고 있는 아이는 밀리건 아저씨의 딸이랍니다."

사내가 (그렇지 않아도 놓아주려고 하던 참에) 깜짝 놀라며 케이티를 놓아주었다. 론다는 정부 관리들을 가리키며 말했다.

"당신만 빼고 다른 사람은 다 이 아이들을 알아요. 가서 당신 상관한테 물어보도록 하세요."

베인이 그렇게 하려고 뚜벅뚜벅 걸어간 사이에 론다는 문을 열고 세 아이를 동시에 껴안더니 "아, 맙소사!"하고 중얼거리며 다시 꼭 껴안았다.

"너희는 오지 말아야 했어. 하지만 어차피 왔으니, 최소한 너희 걱정은 안 할 수 있겠구나."

레이니가 물었다.

"무슨 일이에요, 론다?"

론다가 대답하기도 전에 페루멀 선생님과 할머니가 다가오고 워싱턴 부부가 그 뒤를 이었다. 론다가 아주 다행이라는 표정으로 인사를 건네고 차분하게 말했다.

"우선 안으로 들어가요. 안에 들어가서 모두 말해 줄게요."

케이티가 물었다.

"모두 말해 주다니, 뭘요?"

"베네딕트 선생님과 넘버 투가 납치당했어."

론다가 대답했다. 갑자기 눈가에 눈물이 어렸다.

아이들이 깜짝 놀란 표정으로 쳐다보았다. 납치를 당했다고?

"도대체…… 도대체 누가……?"

꼬챙이가 더듬거렸다. 론다가 화난 표정으로 눈물을 훔치며 되물었다.

"그럴 사람이 누구겠니?"

세 아이는 그 답을 단숨에 깨달았다. 레이니가 커다란 목소리로 물었다.

"커튼 선생이죠, 네?"

"우선 안으로 들어가서 자세히 설명할게. 이렇게 밖에 있으면 위험할 수도 있어. 누가 엿들을 수도 있고. 그쪽 사람들이 근처에 숨어 있다가 무슨 짓을 저지를지 아무도 몰라."

"뭘 엿들어요?"

레이니가 물었지만 론다는 아무 말도 않은 채 일행을 안으로 안내했다.

베네딕트 선생님의 저택에서 그리운 사람을 모두 만나겠다는 레이니의 꿈은 깨지고 말았다. 레이니는 돌을 복잡하게 쌓아 올려 지은 3층 건물을 아주 잘 알고 있었다. 하지만 베네딕트 선생님과 넘버 투가 납치당했다는 사실을 듣고 나서는 낯설게 느껴질 뿐이었다. 꼬챙이 아빠가 아내를 부축하며 앞 계단을 오르고 론다는 휠체어를 들었다. 레이니와 친구들은 불안한 표정으로 사방을 둘러보았다.

일행은 앞문을 지나서 론다와 세 아이가 속속들이 알고 있는 베네딕트 선생님의 미로에 들어섰다. 미로는 침입자를 막기 위한 방어 장치이자 베네딕트 선생님이 낸 시험의 마지막 관문이었다. 일행은 똑같은 방이 계속 연결된 미로를 빠르게 지나서 그 건너편 층계참을 통해 마침내 거실에 들어섰다. 그곳에 모여 있던 정부 관리들이 깜짝 놀라며 걱정스러운 표정으로 입구를 바라보았다.

은빛 머리의 여인이 론다한테 말했다.

"아, 당신이군. 미안해요, 우리가 지금 신경이 약간 날카로워서."

여인이 미심쩍은 표정으로 아이들을 보며 다시 말했다.

"혹시 이 애들이……?"

"네, 미즈 알젠트. 이 애들한테도 그걸 보여 주면 좋겠어요."

론다가 말하자, 미즈 알젠트와 그 동료들이 애매한 시선을 주고받으며 아이들에게 길을 내주었다.

"베네딕트 선생님과 넘버 투의 미래는 바로 여기에 달려 있어."

론다가 상자를 가리키며 억지로 말했다. 아직도 믿을 수 없다는 말투였다. 그러고는 혼잣말처럼 조그맣게 다시 속삭였다.

"모든 게 바로 여기에 달려 있어."

아이들은 가까이 다가갔다. 과일 상자만 한 크기에 구멍이 여러 개 뚫린 평범한 상자였다. 세 아이는 구멍 사이로 어두운 상자 속을 들여다보았다. 너무나 궁금했다. 도대체 그 안에 무엇이 들어 있기에 자신들이 사랑하는 두 사람의 운명이 걸려 있단 말인가!

비둘기 한 마리! 그게 전부였다. 상자에는 비둘기 한 마리가 들어 있었다.

다시 모인 *비밀클럽*

"이 비둘기가 납치 사건과 무슨 관계가 있다는 거예요?"
케이티가 물었다.
정부 관리들이 대답을 꺼리자, 론다는 아이들도 이번 사건에 직접적인 관계가 있을 가능성이 높다고 지적했다. 그러자 광대뼈가 툭 튀어나온 금발 남자가 앞으로 나서며 대답했다.
"이 비둘기는 소식을 전하는 전서구야. 커튼 선생이 다리에 메시지를 달아서 보냈어. 우리도 똑같은 방법으로 답장을 보내야 해."

"정확히 말하면, 이건 장거리 전서구예요."

꼬챙이가 끼어들었다.

안에 있던 사람들이 모두 꼬챙이를 바라보았다. 페루멀 선생님, 할머니와 함께 문가에 서 있던 워싱턴 부부는 아들이 제대로 말한 건지, 행여나 무례했던 건 아닌지 불안한 표정이었다.

금발 남자가 주먹에 대고 기침을 했다.

"얘야, 네 말에 반박하고 싶은 생각은 없지만……."

"그럼 가만히 있어요. 내가 보기엔 아주 중요한 차이 같은데, 꼬챙이?"

론다가 갑자기 끼어들자 꼬챙이가 대답했다.

"그럴 거예요. 장거리 전서구는 굉장히 먼 거리를 날 수 있어요. 수천 킬로미터는 날 수 있죠. 일반 전서구는 그렇게 긴 비행에 적합하지 않아요."

은발 여인 미즈 알젠트가 물었다.

"그렇다면 전서구가 날아갈 곳이 돌마을 주변일 가능성은 낮다는 말인가?"

꼬챙이가 고개를 끄덕였다.

"전서구의 보금자리가 어느 대륙에 있을지 모르는 거죠."

미즈 알젠트가 어두운 표정으로 의미심장한 시선을 보내자, 금발 남자가 전화할 데가 있다고 중얼거리며 밖으로 나갔다.

론다가 밖으로 나가는 금발 남자를 걱정스러운 표정으로 바라보며 물었다.

"설마 벌써 조사를 시작한 건 아니겠죠?"

미즈 알젠트가 대답했다.

"걱정 마세요. 우리가 적절한 조치를 취하고 있으니까."

"내가 걱정하는 게 바로 그거예요."

론다가 톡 쏘면서 몸을 홱 돌렸다. 그리고 입을 꼭 다문 채 친구들한테 따라오라고 손짓하며 밖으로 나갔다. 론다는 복도 건너편에 있는 식당에 들어가서 친구들을 기다란 식탁에 앉게 했다. 그런 다음 문을 닫으며 중얼거렸다.

"더 확실한 내용을 알아내기도 전에 저렇게 일을 시작해선 안 되는데……. 앞으로는 반대 입장을 분명히 밝혀야겠어."

페루멀 선생님이 물었다.

"론다, 메시지는 어떤 내용이었나요?"

론다가 대답했다.

"여러분한테 직접 보여 줘야 하는데, 저 사람들이 벌써 증거물로 압수했어요. 핵심 내용은……."

"문장을 하나하나 구체적으로 알려 줄 수 있어요? 문장 자체에 어떤 중요한 의미가 있을 수도 있으니까요."

레이니가 말했다. 론다는 꼬챙이만큼이나 기억력이 정확했기 때문이다.

"네 말이 맞아. 그럼 시작할까?"

론다가 메시지 내용을 암송하기 시작했다.

친애하는 미스 론다 키젬베에게,

당신의 두 친구가 커다란 위험에 처했다는 사실과 그들을 궁지에 몰아넣은 사람이 바로 나라는 사실을 알리기 위해 이 글을 보내는 바이오. 그러니 행여나 의심하지 않도록 하시오.

내 말을 잘 들으시오. 내가 토로로 잡은 니콜라스 베네딕트 선생이 입을 꼭 다물려고 했음에도 불구하고 결국에는 아주 희귀한 식물에 관한 비밀을 털어놓을 수밖에 없었다오. 그 양반의 마지못한 고백에 따르면 그 식물이 자라는 정확한 위치와 특징 등 내가 필요로 하는 정보를 알고 있는 사람은 단 한 명밖에 없다고 하오. 그리고 그 사람은 베네딕트 자신이나 오린 피부의 조수가 아닌 다른 사람이지만 베네딕트와 "아주 가까운" 사람이라고 하오. 나는 베네딕트의 말이 사실이라 확신하오. 나는 설사 당신이 그 사람은 아니더라도 최소한 베네딕트가 말하는 사람이 누구인지는 알고 있으리라 추측하오. 베네딕트의 안전을 위해서라도 둘 중 하나이길 바라는 바이오.

내가 요구하는 정보를 이 비둘기 편으로 정확히 나흘 안에 보내시오. 이 비둘기에게 추적 장치를 부착하는 등, 어떤 형태로든 그 목적지를 추적하려고 한 경우에는 금방 들통 날 거라는 사실을 명심하시오. 그 같은 배신 행위는 당신 친구의 안전에 좋지 않을 것이오. 두 사람을 다시 만나고 싶다면 내가 원하는 내용을 구체적으로 알려 주기 바라오. 늦지 않게.

아, 제발 늦지 마시오, 미스 론다 키젬베. 당신이 늦장을 부리면 모두가 힘들어질 테니까.

그럼 안녕히.

레드롭타 커튼.

론다가 메시지 암송을 끝내고 모두가 그 의미를 곰곰이 생각하는 동안 잠시 불안한 침묵이 흘렀다. 그 침묵은 워싱턴 부인이 손수건으로 입을 가린 채 숨죽이며 흐느끼는 소리에 깨졌다. 그러자 모두가 동시에 입을 열려고 했다. 론다가 손을 들어 올렸다.

"아직 아무도 말하지 마세요."

론다가 문가에 가서 엿듣는 사람이 없다는 것을 확인한 다음, 식탁으로 돌아와 나지막한 목소리로 아이들한테 물었다.

"편지에 나오는 식물이 뭔지 아는 사람 있니?"

아는 사람은 아무도 없었다.

"다행이군. 평범한 질문 몇 가지만 참아 내면 될 테니까."

론다가 어깨 너머로 엄지손가락을 흔들어서 거실에 있는 정부 관리들을 가리키며 덧붙였다.

"저 사람들은 커튼 선생이 구하려고 애쓰는 식물에 대해서 관심이 아주 많아. 속삭임과 무슨 관련이 있진 않을까 걱정하고 있어."

식탁에 앉아 있는 사람들은 커튼 선생의 악명 높은 기계가 지금 이곳 베네딕트 선생님 저택의 지하실에 쭉 세워 놓은 거대한 컴퓨터에 연결되어 있다는 사실을 모두 알고 있었다. 몇 개월 전에 베네딕트 선생님은 복잡한 속삭임의 기능을 일부 수정했다. 그리고 그것을 사용해서 커튼 선생의 속삭임에 기억을 빼앗긴 사람들이 기억을 되찾도록 도와주고 있었다. 최근에 보낸 편지에서 베네딕트 선생님은 속삭임 때문에 기억을 잃은 거의 모든 사람의 기억을 회복시켰다고 했다. 이렇게 일 년 동안 열심히 일하다 보면 나중에 짧은 휴가도 낼 수 있을 거라며 좋아했다.

"식물이 속삭임과 무슨 관계가 있을까요?"

꼬챙이가 묻자 론다가 대답했다.

"나도 몰라. 베네딕트 선생님은 나한테 식물에 대한 말씀을 하신 적이 한 번도 없어. 내가 아는 건 베네딕트 선생님이 개인적인 조사를 하러 멀리 떠나셨다는 사실 하나야. 물론 베네딕트 선생님은 넘버 투를 데리고 가실 수밖에 없었지. 넘버 투가 절대로 선생님을 혼자 보내지 않으려고 했거든. 나는 여기에서 여러분을 맞이할 준비를 했고. 하지만 그런 곳에 가신다는 사실을 알았다면 넘버 투가 결사적으로 반대했을 거야. 그러지 않은 걸 보면 넘버 투도 몰랐던 게 분명해. 베네딕트 선생님은 깜짝 놀래 주는 걸 좋아하시거든."

케이티가 끼어들었다.

"잠깐만요. 베네딕트 선생님이 멀리 떠나셨다고요? 여기서 우리와 만날 예정이 아니었어요?"

"베네딕트 선생님과 넘버 투는 지난주에 떠났어. 너희를 위한 깜짝 선물 중 하나였지."

론다가 대답했다. 더 말하려고 했지만 갑자기 슬픔이 몰려드는 표정으로 침묵에 빠져들었다. 페루멀 선생님이 아이들을 바라보며 설명했다.

"물론 우리 어른들은 모두 알고 있는 내용이야. 베네딕트 선생님이 행사를 준비하기 전에 우리한테 허락을 구하셨거든. 너희가 신비로운 모험을 떠나게 해 주고 싶다고 하셨어."

꼬챙이는 깜짝 놀라 부모님을 쳐다보았다. 지난 일 년 동안 철저한 보호를 받은 터라, 신비로운 거든 뭐든 상관없이 자신이 모험을 떠나는 것 자체를 부모님이 허락했다고 믿기가 어려웠다.

워싱턴 부인이 손수건을 내렸다.

"우리는 너한테 공부를 많이 시키려고 안달복달했었어. 너는 아주 특별한 아이야. 우리는 네가 지닌 특별한 재능을 단 한 번도 의심한 적이 없어. 하지만 너무 어린 나이에 대학에 보내고 싶지는 않았어. 이 문제에 대해서 수십 번씩 전화 통화를 하며 의견을 나눠야 했단다. 그렇지 않나요, 페루멀 선생님?"

페루멀 선생님이 대답했다.

"네, 맞아요. 그리고 일주년을 기념해 다시 만나자는 계획을 베네딕트 선생님한테 들었을 때도 우리는 그 가능성에 대해서 계속 생각하는 중이었어. 그래서 우리 고민을 말씀드렸더니, 베네딕트 선생님은 모험이 너희한테 좋은 교육이 될 수 있다고 제안하셨어. 아주 특별한 여행이라고 하셨지. 베네딕트 선생님은 너희한테 아주 위험한 임무를 맡길 수밖에 없었던 걸 항상 안타깝게 여긴다고 하셨어. 하지만 너희가 그 임무를 수행하면서 많이 성장했다는 사실은 부정할 수 없다고도 하셨어. 물론 우리도 인정할 수밖에 없었지. 그사이에 너희가 많이 성장한 건 분명하니까. 너희가 서로를 무척 그리워한다는 사실은 말할 필요도 없고.”

워싱턴 부인이 그 뒤를 이었다.

“그래서 베네딕트 선생님이 모험을 제안하신 거야. 이번에는 모험 자체를 즐기면서도 완벽하게 안전한 여행을 준비하겠다고 하셨어. 어차피 연구 때문에 여행을 떠날 예정이어서 시기가 완벽하다고, 프로그램을 하나만 추가하면 된다고 말씀하셨지. 베네딕트 선생님과 넘버 투가 며칠 먼저 떠나고 너희 네 사람은 그 흔적을 따라가는 거야. 론다랑 밀리건 아저씨도 함께. 바로 그게 깜짝 선물이었어.”

페루멀 선생님이 몸을 기울여서 레이니의 귀에 대고 중얼거렸다.

“이 주일 동안 여행하는 거였어. 너한테 아주 즐거운 시간이 되었을 거야. 물론 나로서는 네가 무척 보고 싶겠지만.”

페루멀 선생님이 슬픈 미소를 보냈고 레이니는 고개를 끄덕거렸다. 아침에 페루멀 선생님이 쓸쓸하게 웃은 이유를 알 것 같았다.

워싱턴 부인이 (부모님이 어떻게 그런 여행을 허락했는지 궁금해하는 꼬챙이를 의미심장하게 바라보며) 입을 열었다.

“베네딕트 선생님은 너희한테 많은 빚을 졌다고 하셨어. 그리고 론다랑 밀리건 아저씨가 함께 다닐 거니까 안전에 대해선 조금도 걱정할 필요가 없다고도 하셨어. 하지만 지금 다시 생각하면······.″

워싱턴 부인이 손수건을 들어 얼굴을 가렸다. 그러나 두려운 표정은 충분히 드러났다. 부인은 말을 이었다.

″너희가 여행을 떠난 다음에 이런 일이 일어났다면······ 너희가 어떻게 되었겠니?″

케이티가 달래듯 대답했다.

″우리한텐 아무 일도 일어나지 않았을 거예요. 우리 아빠도 함께 간다고 하지 않았나요? 아빠가 옆에 있으면 아무도 우릴 건드릴 수 없어요.″

워싱턴 부인은 마음속에서 일어나는 두려움을 어떻게든 떨쳐 내려고 애쓰면서 고개를 살짝 끄덕이고 손수건을 내렸다. 이제껏 거의 입을 열지 않았던 워싱턴 씨가 아무 말 없이 아내의 어깨를 꼭 껴안았다. 하지만 두 눈에는 걱정이 가득했다.

″이번 모험은 어떤 식으로 진행되는 건가요? 우리가 어디를 가게 되는 거예요?″

레이니가 묻자 페루멀 선생님이 대답했다.

″그건 비밀이야. 베네딕트 선생님은 전혀 알려 주지 않으셨어. 너희는 추리력이 굉장히 뛰어나서 조금만 알려 주어도 금세 모두 다 짐작할 거고 그러면 교육 효과가 떨어질 거라고 판단하셨지. 결국 우리가 아는 건 너희가 베네딕트 선생님과 넘버 투를 만나게 되고 론다가

너희를 집에 매일 전화를 걸도록 만든다는 게 전부였어. 그 외에 밝히신 건 하나도 없어. 다른 건 론다가 알려 줄 거야."

"나도 그러고 싶어요."

론다가 다시 문가에 가서 엿듣는 사람이 없는지 확인한 다음에 계속 말했다.

"하지만 베네딕트 선생님은 한마디도 하지 않으셨어요. 나까지도 깜짝 놀래 주려고 하신 것 같아요. 선생님이 무엇을 조사하시는지도 말씀하지 않으셨으니까요. 하지만 그걸 찾으려는 열의는 대단하셨던 것 같아요."

론다가 복도 쪽을 마지막으로 살펴보고 문을 다시 꼭 닫았다.

"그렇게 조심하는 이유가 뭐예요, 론다? 저 사람들도 베네딕트 선생님을 구하려고 하는 거 아닌가요?"

케이티가 묻자 론다가 딱딱하게 굳은 얼굴로 대답했다.

"일부는 그래. 하지만 일부는 아닐 수도 있어. 베네딕트 선생님 혼자만 속삭임을 다룰 수 있다는 사실에 불만을 품은 사람이 많거든. 속삭임을 베네딕트 선생님 혼자서 책임지고 계시잖니. 정부 측에서 몇몇 사람이 그걸 다른 목적으로 사용하자고 했지만 선생님은 줄기차게 거부하셨어. 그 사람들은 베네딕트 선생님이 영원히 사라지길 바라고 있을지도 몰라. 그리고 나는 그들이……."

론다가 머리를 흔들며 계속 말했다.

"엉터리 구조 작전을 펼치다가 모든 걸 엉망으로 만들지 않을 거란 확신이 없어. 능력이 너무나 부족해. 저 사람들을 전부 합쳐도 커튼 선생 절반도 따라갈 수 없어."

"그럼 우리가 어떻게 해야 할까요?"

꼬챙이가 물었다.

"먼저 밀리건 아저씨랑 조용히 상의해야 해. 지금까지는 접촉할 수 없었지만 이제 곧 나타날 거야. 사실은 벌써 도착할 예정이었지만. 베네딕트 선생님이 밀리건 아저씨한테 이번 모험에 대해 좀 더 구체적으로 말씀하셨을지도 몰라. 너희한테 완벽한 여행이 되길 원하셨으니까. 아, 선생님이 떠날 때 지으셨던 표정을 너희가 볼 수 있었다면! 너희한테 깜짝 선물을 할 수 있게 되었다며 정말 기뻐하셨는데!"

바로 그때 문이 쾅 열렸다. 모두가 깜짝 놀라며 쳐다보았다. 하지만 이상하게도 문가에는 아무도 없는 것 같았다. 레이니는 처음에 바람이 유별나게 세게 불어서 문이 열렸다고 생각했다. 집이 낡아서 외풍이 심했기 때문이다. 하지만 이상한 생각이 들어서 시선을 낮추었다. 그제야 비로소 콘스턴스 콘트레어의 잔뜩 찡그린 얼굴을 발견할 수 있었다.

콘스턴스가 물었다.

"나만 빼놓고 만나는 거야? 왜 나한테 알리지 않은 거야?"

론다가 피곤한 목소리로 대답했다.

"어서 와, 콘스턴스. 네가 혼자 가만있게 내버려 두라고 한 거 기억 안 나니? 그리고 우리도 지금 막 모인 거야. 겨우 몇 분 전에 도착했거든."

콘스턴트는 이 대답에 만족하지 못한 게 분명했다. 하지만 불만을 터트릴 기회는 없었다. 케이티가 순식간에 콘스턴스를 공중에 들어올려서 한마디도 못하게 꼭 껴안았기 때문이다.

"이렇게 만나서 정말 기뻐, 콘스턴스. 아주 끔찍한 상황이긴 하지만."

케이티가 슬픈 목소리로 말했다.

콘스턴스의 연한 파란색 눈동자가 반짝거리고 통통한 두 뺨은 빨개지고 두 발은 케이티 무릎 근처에서 힘없이 흔들렸다. (콘스턴스는 이제 겨우 네 살이라는 나이에 어울리지 않을 정도로 똑똑했지만 체구는 평범했다. 반면에 케이티는 키가 아주 컸다.) 케이티가 마침내 바닥에 다시 내려놓은 다음에는 레이니와 꼬챙이가 번갈아 가며 껴안고 그다음엔 어른들이 껴안았기 때문에 콘스턴스는 정신을 차릴 수가 없었다. 이윽고 모두가 인사를 마쳤다. 머리핀으로 누른 가느다란 금발은 얼굴 밑으로 흘러내렸고 넋이 나간 듯한 표정은 마치 마법의 힘으로 생명을 불어넣은 커다란 인형 같았다.

"어이쿠. 알았어, 알았어. 안녕."

콘스턴스가 당황하며 대답했다. 그사이 미즈 알젠트가 식당 문가에 나타나서 소동이 가라앉기만을 기다리다 물었다.

"론다, 당신에게 몇 가지 물어보고 싶은 게 있어요."

"알았어요, 금방 나갈게요."

론다가 대답했다.

미즈 알젠트는 떠나고 싶지 않은 표정이었으나 식당에 있는 모든 사람이 조급한 표정으로 물끄러미 쳐다보자 얼굴을 살짝 붉히며 나갔다.

론다는 미즈 알젠트가 멀어진 것을 확인한 다음, 벽에 맞닿은 탁자로 가서 서랍을 열고 봉인된 봉투 하나를 꺼냈다. 그리고 아이들을 진지하게 바라보며 말했다.

"너희한테 이걸 주라고 하셨어. 모험을 시작하는 법에 대한 베네딕트 선생님의 지침이 들어 있지. 아직 나도 이 안에 있는 내용을 보지 못했어. 미즈 알젠트 쪽 사람들한테 들키면 안 되는데, 지금까지 혼자 몰래 읽을 기회가 전혀 없었거든. 이제 너희가 모두 모였으니, 너희 네 사람이 먼저 읽어 보는 게 좋을 것 같아. 어차피 베네딕트 선생님도 너희가 보길 원하셨으니까. 나는 가서 저 사람들이 무슨 계획을 세우는지 알아봐야겠어. 그러니 편지 내용에 대한 토론은 내가 돌아온 다음에 하도록 하자."

콘스턴스가 앞으로 나와서 편지를 잡으려 하자 론다가 편지를 들어 올리며 다시 말했다.

"이걸 넘겨 주기 전에 나한테 약속할 게 있어. 베네딕트 선생님과 넘버 투가 있을 만한 장소가 편지에 쓰여 있을 경우, 밀리건 아저씨나 나를 제외한 그 누구한테도 말하지 않는다고 약속해. 미즈 알젠트

쪽 사람이 너희를 몰래 불러내서 물어볼지 모르니까 특히 조심해야 해."

아이들이 약속하자, 론다는 콘스턴스가 편지를 낚아채도록 놔두었다. 그리고 아주 슬픈 표정으로 아이들과 어른들을 차례대로 바라보며 다시 말했다.

"여러분, 정말 미안합니다. 최대한 편하게 머물도록 하세요. 부엌에 있는 건 무엇이든 편하게 이용하시고요. 하지만 명심하세요. 내가 없을 때는 그 누구한테도 말하지 마세요. 나로선 이 상황을 해결하기 위해 모든 수단을 동원할 수밖에 없답니다."

론다가 또다시 흐르는 눈물을 훔치며 덧붙였다.

"두 분이 무사히 돌아오게 해야 하니까요. 무슨 일이 있어도……."

페루멀 선생님이 론다를 문까지 배웅하며 말했다.

"우리도 그러길 바라고 있어요. 이제 우리 걱정은 마세요. 우리도 잘할게요."

"신중하게 행동할게요."

워싱턴 부인이 덧붙였다.

론다가 떠나자마자 아이들은 간절한 얼굴로 어른들을 쳐다보았다. 어른들은 그 시선을 무시할 수가 없었다. 마침내 페루멀 선생님이 문 쪽으로 손을 흔들며 말했다.

"가 봐. 하지만 집 안에 있어야 해. 론다가 한 말을 명심하고."

워싱턴 부인이 덧붙였다.

"그리고 얼른 돌아와서 뭘 좀 먹으렴. 기나긴 하루가 될 테니 충분히 먹어 둬야지."

"가련한 아이들. 아, 불쌍해, 너무 불쌍해!"

할머니가 말했다. 할머니는 속으로 중얼거렸을지 모르지만 급히 밖으로 나가는 아이들한테도 그 소리가 들렸다.

아이들은 콘스턴스의 침실 바닥에 동그랗게 앉았다. 콘스턴스가 벗어 던진— 일부는 더럽고 일부는 깨끗한— 옷들이 침실 여기저기에 쌓여 있어서 옆으로 밀치고 앉아야 했다. 콘스턴스의 조그만 책상 의자 뒤에도 옷이 여러 벌 걸려 있었고 치우지 않은 침대에는 담요와 수건이 아무렇게나 널려 있었다. 사방에 옷이 지저분하게 널려 있는 것을 보면 옷장 서랍이 텅 비었다 해도 전혀 이상하지 않을 터였다. 긴박한 상황만 아니라면 세 아이 가운데 하나가 옷장 서랍을 들여다보고 진짜 그런지 확인했을 것이다. 하지만 지금은 방이 지저분한 걸로 콘스턴스를 놀릴 분위기가 아니었다.

창문에는 블라인드를 내렸고 문은 잠갔다. 아이들은 소리 죽여 말했으며 혹시 복도에서 몰래 엿듣는 사람은 없는지 툭하면 확인했다. 초조하고 긴박한 상황에서 조심스럽게 토론하다 보니 예전 분위기가 다시 살아나는 것 같았다. 베네딕트 비밀클럽이 학습 기관에 침투해서 이런 모임을 열었던 것이 불과 일 년 전이었다. 동그랗게 둘러앉은 아이들 한가운데에는 봉인된 봉투가 놓여 있었다.

레이니는 조금 후에 봉투를 열자고 했다. 하지만 그 이유는 말하지 않았다. 대신 콘스턴스한테 질문을 했다. 베네딕트 선생님이 떠난 여행에 대해 조금이라도 알고 있을 것 같았기 때문이다.

"베네딕트 선생님이 따로 말씀하신 거 없니?"

콘스턴스가 날카롭게 받아쳤다.

"그런 게 있으면 내가 진작에 말했지. 저 멍청한 비둘기가 나타난 다음부터 나도 아침 내내 울었단 말이야, 레이니. 중요한 사실이 떠올랐다면 너희한테 당장 말했을 거야."

"나도 알아. 그러니까 그렇게 화내지 마. 그래도 비둘기가 여기에 나타난 과정에 대해선 알려 줄 수 있겠지?"

레이니가 부드럽게 말했다. 레이니는 콘스턴스를 잘 알았고 어떻게 대해야 좋은지도 잘 알고 있었다.

콘스턴스가 콧방귀를 뀌며 손등으로 두 눈을 훔쳤다.

"문을 두드리는 소리가 들렸어. 경비원이 문을 열었더니 상자 하나가 문가에 놓여 있는 거야. 누가 가져다 놓았는지는 못 봤지만 2층에 있던 다른 경비원이 창가를 내다보고 있었어. 그 사람이 양복 입은 남자가 상자를 갖다 놓는 걸 보았지. 서류 가방을 들고 있었대."

"그럴 줄 알았어. 텐 맨(Ten Man)이었구나."

케이티가 입술을 추켜올리며 증오심을 가득 담아 중얼거렸다. 다른 아이들이 케이티를 쳐다보았다. 꼬챙이가 물었다.

"누구?"

"처음부터 그럴 거라고 생각했어. 커튼 선생의 모집원 기억나?"

콘스턴스가 어이없다는 얼굴로 케이티를 보며 되물었다.

"모집원이 기억나느냐고? 으으음, 조금만 기다려 봐, 케이티. 아, 그래! 나를 납치하려고 했던 사람 말이지? 손목시계로 철사 같은 걸 쏘고 전기 충격으로 정신을 잃도록 만들어서 나를 가방에 집어넣은 사람?"

케이티가 대답했다.

"맞아, 그 사람들. 그들은 아직도 커튼 선생 밑에서 일하고 있어. 지금은 모집원이라고 부르지 않는 것만 달라. 우리 아빠를 비롯한 정보원들은 그들을 텐 맨이라고 불러."

"심장이 없어서?"

레이니가 『오즈의 마법사』에 나오는 양철 나무꾼인 '틴 맨(Tin Man)'을 떠올리며 물었다.

"틴 맨이 아니야, 레이니. 텐 맨이라고. 하지만 심장이 없는 것처럼 무자비한 건 사실이야. 게다가 지금은 훨씬 더 위험해. 정보원들이 텐 맨이라고 부르는 이유는 그들이 사람을 해치는 열 가지 장비를 지니고 있기 때문이야."

"충격 시계 하나가 아니고?"

꼬챙이가 물었다. 하지만 알고 싶지 않은 듯 몸을 움츠렸다.

"몸에 지닌 장비가 아주 많아졌어."

케이티가 대답했다. 레이니는 턱을 문지르며 생각에 깊이 잠긴 듯 말했다.

"텐 맨 한 명이 비둘기를 갖다 놓았다면 다른 텐 맨은 비둘기가 돌아갈 둥지에서 기다리고 있을 가능성이 높아. 아마 커튼 선생은 그곳에 없을 거야. 비둘기가 돌아오면 텐 맨한테 보고를 받을 수 있으니까. 이 말은 커튼 선생이 이 세상 어디에 있는지 알 수 없다는 뜻이야. 그런데 커튼 선생이 있는 곳은 바로 베네딕트 선생님이랑 넘버 투가 있는 곳이야."

"마치 네가 직접 찾아 나서기라도 할 것처럼 들리네?"

"나 혼자가 아니라 우리 모두 함께 가는 거야."

"우리 모두 함께 간다고?"

당황한 꼬챙이가 물었다.

"좋아, 레이니, 그럼 어서 봉투를 열어 보자. 시간을 끄는 이유가 뭐야?"

콘스턴스가 묻자, 레이니는 봉투를 들고서 뜨거운 눈으로 노려보며 대답했다.

"먼저 우리가 결의를 할 필요가 있기 때문이야. 베네딕트 선생님이 뭐라고 쓰셨든 이 안에는 선생님의 흔적에 대한 암시가 들어 있을 거야."

레이니가 고개를 들며 덧붙였다.

"그리고 우리는 그 흔적을 따라가는 거야."

"그럼 예정대로 여행을 떠나자는 거야?"

꼬챙이가 눈을 크게 뜨며 물었다.

"우리끼리만?"

케이티도 물었다. 그리고 번개처럼 생각한 다음에 덧붙였다.

"좋아, 나는 끼겠어."

콘스턴스가 어렴풋이 희망적인 표정으로 물었다.

"우리가 두 사람을 찾을 수 있을 것 같아?"

"시도할 가치는 있어."

레이니가 대답했다.

꼬챙이는 안경알을 닦기 시작했다. 대머리에는 땀방울이 송골송골 맺혔다. 꼬챙이가 물었다.

"위험할 거야. 너도 위험하다는 걸 알고 있어, 그렇지?"

레이니가 대답했다.

"그래. 하지만 두 분을 찾거나 근처까지 접근하기만 하면 우리끼리 나서는 멍청한 짓을 할 필요는 없어. 론다랑 밀리건 아저씨한테 연락하면 어떻게 할지 알려 줄 테니까."

"그러다가 텐 맨이랑 마주치면?"

콘스턴스가 묻자, 케이티는 걱정할 필요 없다는 표정으로 손을 흔들며 대답했다.

"그건 걱정 마. 양복 차림에 서류 가방을 들고 있는 사람만 조심하면 되니까. 죽어라 도망칠 준비를 하고 있으면 돼."

"고마워. 안심이 되는 것 같아."

콘스턴스가 떨리는 목소리로 대답했다. 레이니가 덧붙였다.

"텐 맨은 우리를 주목하지 않을 거야. 어린애 네 명이 구조대로 보이진 않을 테니까."

"음, 그 말도 맞는 것 같아."

콘스턴스가 좀 더 자신 있는 목소리로 대답했고 레이니는 자신만만하게 웃었다. 물론 레이니는 자신이 조금 전에 한 말을 완전히 믿지 않았다. 커튼 선생의 추종자 가운데 일부는 자신들에 대한 이야기를 들었을 것이다. 하지만 커튼 선생 정도의 인물이라면 자기가 어린 애들한테 당했다는 사실을 인정하기 싫을 것이다. 그렇다면 아이들에 대한 이야기를 일부러 빠트렸을 가능성도 있었다. 게다가 콘스턴스라면 어찌 됐든 함께 길을 나설 거라는 확신이 들었기 때문에 이왕이면 사기를 북돋아 주는 게 좋겠다는 생각도 들었다.

케이티가 손가락 관절을 뚝뚝 꺾으며 말했다.

"이왕 떠날 거라면 빨리 시작하는 게 좋아. 편지에 적힌 기간은 나흘이야. 시간이 부족해."

꼬챙이가 천 쪼가리를 주머니에 넣고 안경을 다시 쓰며 물었다.

"그렇다면 어떻게 할 계획인데?"

레이니가 대답했다.

"우리 모두가 동의한다면 이 편지에 나온 곳으로 가는 거야. 물론 아무도 모르게. 어른들은 절대로 보내 주지 않을 거야. 론다랑 밀리건 아저씨가 함께 갈 수 없다면 더더욱 그렇겠지."

케이티가 동의했다.

"그야 당연하지. 몰래 빠져나가야 할 거야."

미처 이 생각을 못한 꼬챙이가 당황하며 말했다.

"아, 맙소사! 텐 맨한테 죽지 않으면 우리 부모님 손에 죽고 말 거야."

레이니도 얼굴을 찡그렸다. 자기가 사라지면 페루멀 선생님이 어떤 반응을 보일지 눈에 선했기 때문이다. 하지만 레이니는 (그 누구도 도와줄 수 없는 머나먼 곳에서 텐 맨한테 잡히는 상상을 조금 전에 억지로 몰아냈듯이) 그 상상을 재빨리 몰아냈다.

"그럼 우리 모두 동의한 거야?"

케이티가 물었다.

"그래."

콘스턴스와 레이니가 대답하자, 꼬챙이도 깊은 한숨을 내쉬며 대답했다.

"그래."

이제 모두 봉투를 바라보았다. 그 안에 어떤 메시지가 들어 있을지, 어떤 위험이 기다리고 있을지 궁금했다.

모험이 시작되다

레이니는 봉투를 연 다음 편지지 두 장을 꺼내서 읽기 시작했다.

사랑하는 친구들에게,

지금 나는 멀리서 너희한테 인사하는 거야. 지금쯤 너희는 서로 다시 만나서 마음껏 즐거워하고 있겠지. 생각만 해도 기쁘구나.

> 론디가 너희 여행에 대한 몇 가지 원칙을 알려 줄 거야. 나머지 원칙은 하나뿐이야. 론디와 밀리건이 함께 여행하지만 너희는 두 사람을 승객으로 여기고 스스로를 조종사로 여겨야 한다는 거지. 실마리를 풀어 가며 길을 찾고 우리가 다시 만나는 기쁨을 누릴 사람은 바로 너희 자신이야. 나는 너희한테 그 이상의 능력이 있다는 걸 알고 있어. 그래서 너희에게 즐거운 여행담을 들을 수 있기만 고대하고 있어.
> 이번 여행은 이 집에서 시작해. 너희 넷이 다시 만난 집 말이야. 다음 장에 실린 속수께끼를 풀면 가장 먼저 가야 할 곳이 나와. 물론 집에서 멀리 떠나야 하겠지. 이번 모험이 서로가 가까워지는 계기가 되길 바란다.
>
> 사랑해,
> 베네딕트.

아이들은 한동안 입을 꼭 다물고 가만히 앉아 있었다. 모두 베네딕트 선생님의 다정한 마음씨에 깊은 감동을 받았다. 선생님은 네 아이한테 아주 특별한 선물을 주기 위해 여러 가지 불편을 무릅썼다. 물론 자신이 끔찍한 상황에 빠지게 되고 자신의 선물로 인해 네 아이까지 위험해질 수 있으리란 사실은 조금도 몰랐을 것이다. 베네딕트 선생님은 적어도 자기 때문에 네 아이가 위험해지는 것은 절대 바라지 않을 것이다. 바로 이 사실 때문에라도 네 아이는 선생님의 안전이 더 걱정스러웠다.

"준비됐어?"

마침내 레이니가 물었다.

다른 세 아이가 그렇다고 중얼거리며 정신을 집중했다. 레이니는 수수께끼를 큰 소리로 읽었다.

"무언가를 찾고 있니? 나를 열어 봐.

너희가 찾는 건 내 안에 들어 있는 게 분명해.

물론 너희는 언제나 나한테서 희망(hope)을 찾을 수 있어.

하지만 그 전에 좌절(despair)이 나오고 나중에 놀람(surprise)이 나오지.

찾는 것은 사람마다 달라.

어떤 사람은 손잡이를 찾고 어떤 사람은 컵을 찾지.

또 어떤 사람은 자연을 찾고 또 다른 사람은 산양을 찾아.

무엇을 찾는지는 사람마다 다를 수 있어.

그럼에도 불구하고 (아주 이상하게 들리겠지만)

내 안에 들어 있는 내용은 정해져 있고 앞으로도 변하지 않아.

내가 누구인지 아직도 모르겠으면 힌트를 줄게.

정답은 그리고 내가 누구인지는 내 안에 들어 있어."

레이니가 다 읽자 케이티가 항의했다.

"말도 안 돼. 이런 수수께끼가 어디 있어? 이건 말도 안 되는 소리야! 도대체 말이 되질 않아!"

레이니가 묘한 얼굴로 케이티를 바라보며 대답했다.

"이건 말도 안 되는 소리가 아니야, 케이티."

콘스턴스도 눈알을 굴리며 말했다.

"해답을 찾는 건 불가능해. 내가 베네딕트 선생님한테 화가 날 수도 있다는 생각은 미처 못했어. 꼭 이렇게 어려운 수수께끼를 내야 했을까? 이런 식이면 우리가 베네딕트 선생님을 어떻게 구할 수 있겠어?"

꼬챙이가 감탄하며 말했다.

"나한테는 마술처럼 들리는걸. 베네딕트 선생님이 우리한테 불가능한 수수께끼를 내진 않으셨을 거야. 정답을 찾는 게 불가능한 것처럼 보일 수도 있지만 진짜 그런 건 아니야. 마술처럼 말이지!"

콘스턴스가 꼬챙이의 시선을 억지로 잡아끈 다음에 다시 눈알을 굴리며 말했다.

"이건 마술이 아니야, 꼬챙이."

꼬챙이가 이글거리는 눈으로 노려보며 반박했다.

"그럼 더 좋은 생각이라도 있는 거야? 이게 말도 안 되는 소리가 아니고 불가능한 것도 아니고 마술도 아니라면……."

바로 그때 레이니가 벌떡 일어나며 대답했다.

"그건 사전이야. 어서 사전을 찾으러 가자."

이 말과 동시에 케이티는 손으로 자기 이마를 탁탁 때리던 것을 멈추었고 꼬챙이는 그 이유를 곰곰이 생각하다가 커다랗게 소리쳤다. ("'hope'가 'despair' 다음에 나오지만 'surprise' 앞에 나오는 이유가 바로 알파벳 순서 때문이구나! 이제 알겠어!") 콘스턴스는 수수께끼가 이미 풀렸으니 꼬챙이가 구태여 설명할 필요까진 없다고 무례하게 지적했으며 레이니는 꼬챙이가 손가락으로 콘스턴스의 머리를 아프게 누르지 못하도록 팔을 꽉 잡았다. 그리고 모두가 마음을 가라앉힌 다음에 계획을 세웠다.

네 아이가 아주 잘 알고 있듯이, 베네딕트 선생님 집에는 사방에 책이 가득했다. 거의 모든 공간에 책 더미가 쌓여 있었고 벽마다 책꽂이가 빈틈없이 늘어서 있었다. 이 집 어디에 무슨 책이 있는지 정확히 기억하는 꼬챙이에 따르면 사전은 모두 열일곱 권이고 외국어 사전까지 더하면 스물여섯 권이 있는데, 이 가운데 한 권에 다음 실마리가 들어 있을 가능성이 높았다. 네 아이는 콘스턴스의 침실이 있는 3층부터 시작해서 한 층씩 내려가며 조사하기로 결정했다.

3층에는 기다란 복도 세 개, 방이 열 개 있었으며 구석과 빈틈이 굉장히 많아서 수천 권에 달하는 책이 사방에 쌓여 있었다. 꼬챙이가 없었다면 사전 자체를 찾는 데 모든 시간을 쏟아부어야 할 정도였다. 하지만 꼬챙이 덕분에 아이들은 책꽂이 사이를 빠르게 움직이며 꼬챙이가 가리킨 사전을 하나씩 꺼내서 살필 수 있었다. 그리고 몇 분이 지난 다음에는 3층에 있는 사전을 모두 살폈다. 들어가자마자 슬품이 몰려들던 베네딕트 선생님의 조그만 방에 있는 그리스 어와 라틴 어 그리고 에스페란토 사전도 살폈다. 수많은 책 벌레와 예쁜 비단 책갈피 하나(콘스턴스는 이걸 자기 주머니에 슬그머니 넣었다.) 그리고 꼬챙이의 관심을 끄는 그리스 단어 하나를 찾았지만 실마리는 없었다.

"넘버 투 침실은 어때?"

케이티가 묻자 꼬챙이가 대답했다.

"그 방엔 사전이 없어. 넘버 투가 자기는 필요할 때마다 사전을 찾아다니는 게 좋다고 말한 적이 있어. 그러면 어느 책꽂이에 어떤 책이 있는지 기억하는 데 좋다면서."

콘스턴스는 지금 막 톱밥이 맛있다는 말이라도 들은 표정으로 꼬챙이를 물끄러미 바라보며 물었다.

"둘이서 사전에 대한 이야기를 나눈 거야?"

"예전에. 그러고 나서 몇 개월을 못 만난 거야."

꼬챙이가 슬프게 대답하더니, 콘스턴스가 자신을 놀린 거라는 사실을 깨닫고 다시 말했다.

"너도 시간이 날 때마다 사전을 뒤지는 게 좋을 거야, 콘스턴스. 어휘력이 늘어나면 네 엉터리 시도 좋아질 테니까."

"나무로 만든 귀만 아니라면 내 시가 멋있게 들릴 거야."

콘스턴스가 반박하자, 꼬챙이가 부드득 이를 갈며 대답했다.

"내 귀는 좋아."

"조각칼로 조금씩 깎아 내기엔 정말 좋을 거야. 하지만 시를 감상하기엔……."

레이니가 끼어들었다.

"제발 좀 그만해, 콘스턴스. 지금 중요한 건 그런 게 아니야. 사전을 찾아야 한다고."

그리고 꼬챙이한테는 "그냥 못 들은 척 무시해."라는 의미가 또렷하게 담긴 신호를 몰래 보냈다.

"내 눈에도 보여!"

콘스턴스가 소리치며 찡그린 얼굴로 노려보자, 레이니는 한숨을 쉬었다.

3층 복도는 이제 하나만 남았다. 그곳을 제일 뒤로 미룬 이유는 바로 그쪽 방에 속삭임이 있었기 때문이다. 방문 앞에는 항상 경비원 두 명이 보초를 섰으며 아이들은 그들과 마주치고 싶지 않았다. 하지만 꼬챙이 말에 의하면 그쪽에 사전 두 권이 있어서 그 앞으로 갈 수밖에 없었다. 꼬챙이는 다행히도 방 안에는 사전이 한 권도 없다고 말했다. 누구나 알고 있듯이, 베네딕트 선생님이 없으면 그 방에는 아무도 들어갈 수 없기 때문이다. (레이니는 자신들이 들어갈 수 없는 곳에 베네딕트 선생님이 실마리를 남겨 놓지는 않았을 거라고 꼬집어 말하지 않았다. 그리고 콘스턴스 머리에서 그 생각이 떠오르지 않은 것을 다행스럽게 여겼다.)

아이들은 철통같이 경비하는 방에 베네딕트 선생님을 따라서 딱한 번 들어간 적이 있었다. 방문객을(베네딕트 선생님은 거부감을 느끼지 않도록 환자들을 "방문객"이나 "손님"이라고 불렀다.) 차분하게 만들어 주는 편안한 색상과 아늑한 조명이 무척 좋았다. 사실 베네딕트 선생님한테는 방문객을 차분한 상태로 유지하는 것이 아주 중요했다. 그들은 커튼 선생에게 모든 기억을 빼앗긴 불행한 희생자들이며, 베네딕트 선생님은 개조한 속삭임을 이용해서 그 기억을 되찾아 주어야 했기 때문이다. 속삭임이 있었던 커튼 선생의 춥고 무서운 방과는 완전히 다른 아늑한 공간이었다.

그때 베네딕트 선생님은 이렇게 말했다.

"기억이 갑자기 돌아와서 오랫동안 생각도 못하던 중요한 일이 한꺼번에 떠오르면 큰 충격을 받을 수가 있어. 나는 그 충격을 줄이기 위해 최선을 다할 뿐이야."

베네딕트 선생님은 구석에 놓인 아주 푹신한 의자를 가리키며 계속 말했다.

"저게 손님이 앉는 의자야. 속삭임의 활동 범위 안에 넉넉하게 들어가니까 손님들도 아마 저기에 앉는 게 훨씬 편안할 거야. 쌍둥이 동생이 설치했던 의자에 비하면 훨씬 덜 위협적이기도 하고."

베네딕트 선생님은 화려하게 장식한 장막 뒤에 속삭임을 숨겨 놓았지만 아이들은 그 모습을 생생하게 떠올릴 수 있었다. 케이티를 제외한 세 아이 모두가 딱딱한 금속 의자에 앉아서 팔목에 수갑을 차고 머리에 딱딱한 헬멧을 쓴 적이 있었다. 그리고 몇 걸음 떨어진 곳에서도 커튼 선생이 그 기계를 이용해서 기억을 모두 씻어 낼 수 있다는 사실을 알고 끔찍한 공포에 시달린 적도 있었다. 커튼 선생은 그 일을 두뇌 청소라고 불렀다. 그렇다, 네 아이의 머릿속에는 속삭임이 너무나 완벽하게 떠올랐다. 그래서 아이들은 장막 뒤에 속삭임을 숨기고 방문에 자물쇠를 채운 다음 경비를 철저히 세운 건 정말 잘한 일이라고 생각했다.

그 방으로 이어진 복도에 아이들이 들어서자, 문을 지키고 있던 경비원 두 명이 다정한 미소를 보냈다. 경비원은 근무 중에 빈틈을 보이지 말아야 했고 아이들이 복도를 자유롭게 돌아다녀도 된다는 사실을 알고 있었다. 따라서 아무것도 묻지 않고 아이들이 지나가도록 놔둘 터였다. 하지만 높은 등급의 국가 기밀에 접근할 수 있는 경비원이라면 네 아이가 예전에 무슨 일을 했는지 알고 있을 가능성이 있었다. 레이니는 경비원이 네 아이의 독특한 행동을 의심스러운 눈초리로 바라볼까 봐 걱정스러웠다.

"여기에 사전이 있는 게 분명해?"

레이니가 아무 일도 없다는 듯 꼬챙이한테 물었다.

"그래, 확실해, 레이니. 분명히 여기 있어."

꼬챙이가 잔뜩 긴장한 목소리로 대답해서 레이니는 하마터면 얼굴을 찡그릴 뻔했다. 자연스럽게 행동할 필요가 있었다. 이런 점에서 케이티는 꼬챙이나 레이니에 비해 장점이 많았다. 케이티는 꽁지 머리를 느긋하게 다시 묶으며 두 경비원한테 윙크한 다음 명랑하게 말했다.

"단어를 좀 찾아보려고요."

경비원들이 고개를 끄덕였지만 그 가운데 한 명이 약간 의심스러운 표정으로 아이들을 가만히 바라보았다. 커다란 덩치에 불도그처럼 생긴 사내였다. 레이니는 불안한 표정을 숨기는 게 좋을 것 같아서 등을 돌렸다. 꼬챙이는 벌써 사전 한 권을 찾아서 급히 훑어보고 있었고 다른 아이들은 그 옆에서 구경하고 있었다. 이윽고 꼬챙이가 실망스러운 한숨을 내쉬며 사전을 덮었다.

"없어."

불도그 경비원이 몸을 숙이며 물었다.

"아주 독특한 단어인가 보지, 응? 그렇다면 다른 사전을 찾아보도록 해. 아주 커다란 사전이 있어."

"다른 사전이 있다는 사실을 어떻게 아세요?"

꼬챙이가 깜짝 놀라며 물었다.

"여기서 하루 종일 둘러볼 거라곤 책장밖에 더 있겠니?"

경비원이 이렇게 말하고 약간 아래쪽에 있는 책장을 가리켰다.

"바로 저기에 있어. 아주 크고 두툼한 사전이지. 아니, 그런데 그게 어디로 갔지? 기억이 생생한데. 책 이음새가 떨어져 나가고 상태가 무지 안 좋았어. 분명히 바로 저기에 있었거든."

"아저씨가 말하는 사전을 저도 알아요. 바로 저기에 있었어요."

꼬챙이가 책들 사이에 생긴 빈틈을 가리키며 대답했다. 그때 다른 경비원이 불도그 사내한테 말했다.

"그건 베네딕트 선생님이 가져가셨어! 이 주일 전에 러스 자네가 휴가를 냈을 때 사전을 손봐야겠다면서 가져가셨지. 하지만 떠나기 전까지 그 일을 끝내지는 못하신 것 같아. 이틀 전에 선생님 서재에 있는 걸 보았는데 상태가 그대로였거든."

레이니는 심장이 쿵쾅거렸다.

"선생님 서재요? 그럼 서재로 가 봐야겠네요."

레이니가 말하며 친구들과 함께 재빨리 떠나려고 했지만 커다란 러스가 앞을 막았다.

"요런 꼬맹이들, 나는 너희가 왜 그러는지 알아."

아이들은 당황한 표정으로 러스를 물끄러미 바라보았다. 이 사람이 그걸 어떻게 알지? 제대로 시작하기도 전에 모험이 끝장나면 어떻게 하지?

레이니가 억지로 힘을 내며 물었다.

"우리가 왜…… 그러는지 아신다고요?"

러스가 대답했다.

"지금 너희는 관심을 다른 데로 돌리고 싶은 거야. 나도 이해해. 베네딕트 선생님이랑 넘버 투가 너무 걱정스러워서 다른 데로 관심을 돌리려고 애쓰는 거야. 내 말이 맞지?"

"맞아요!"

꼬챙이가 레이니 뒤에서 소리쳤다. 그 소리가 너무 신나게 들려서 러스가 이상하게 생각할 정도였다. 하지만 콘스턴스가 팔짱을 끼고 퉁명스럽게 대답하며 위기를 넘겼다.

"그럴 수도 있겠지요."

그러자 러스가 턱을 긁으면서 말했다.

"내가 충고하겠는데, 관심을 정말 돌리고 싶다면 베네딕트 선생님 서재에 가지 마. 너희 방으로 돌아가서 신나게 게임이나 해라, 알겠지?"

"왜요? 왜 선생님 서재에 들어가면 안 돼요?"

레이니가 물었다.

"사람들이 그곳을 철저히 조사하는 중이거든. 지금 선생님 서류철과 책들을 샅샅이 뒤지면서 선생님이 어디로 가셨는지 실마리를 찾는 중이야. 그래서 너희를 들여보내지 않을 거야. 적어도 그 작업이 끝날 때까지는."

"고맙습니다. 정말…… 좋은 충고예요. 가자, 얘들아. 가서 게임이나 하자."

레이니가 최대한 차분하게 대답했다.

아이들은 인사를 남기며 서둘러 떠났다. 겁에 질린 채 뛰어가는 것처럼 보이지 않으려고 애쓰면서 앞서거니 뒤서거니 서로 부닥치며 기다란 복도를 정신없이 걸어갔다. 경비원들은 그런 아이들을 물끄러미 바라보았다.

러스가 나지막이 중얼거렸다.

"불쌍한 녀석들. 두려움을 떨쳐 내려고 몸부림치는 거야."

경비원들의 시야에서 벗어나자마자 아이들은 아무 방이나 먼저 눈에 띄는 방에 들어가서(그런데 그 방은 넘버 투가 쓰던 방이었다.) 문제를 해결할 방법을 찾기 시작했다.

케이티가 문을 닫으며 말했다.

"저 사람들이 실마리를 찾아내면 우리는 그걸 영원히 못 보게 되는 거야."

"벌써 찾아냈을 수도 있어. 그럼 저 사람들은 우리 의견을 무시한 채 아주 끔찍한 구출 계획을 세울 거야."

콘스턴스가 말했다. 그러고는 넘버 투가 짜서 바닥에 깔아 놓은 노란 양탄자에 힘없이 주저앉았다.

레이니가 반박했다.

"저 사람들이 그걸 벌써 찾아냈을 가능성은 없어. 베네딕트 선생님 서재에는 책과 서류가 엄청나게 많으니까 다른 걸 다 뒤진 다음에야 사전을 살펴볼 생각을 할 거야."

"소란을 일으켜야 해. 저 사람들을 밖으로 끌어낸 다음에 우리가 살짝 들어가서 가져오는 거야."

케이티의 말에 레이니가 물었다.

"좋은 생각 있어?"

꼬챙이가 좋은 방법을 찾으려는 듯 주변을 둘러보기 시작했다. 노란 옷이 정렬되어 있는 옷장, 침대 맡에 쌓여 있는 바느질감 바구니와 과학 잡지들(넘버 투는 한두 시간밖에 자지 않았기 때문에 기나긴 밤에는 바느질을 하거나 과학 잡지를 읽었다.), 조그만 책상과 연필이 가득 꽂혀 있는 컵, 과자가 잔뜩 쌓여 있는 벽장(넘버 투는 잠이 적은 반면에 항상 무언가를 먹어야 했다. 그러지 않으면 머리가 어지럽고 짜증이 나기 때문이다.) 등, 모든 것이 눈에 너무나 익숙했다.

"이 방에 들어오지 않는 건데 그랬어."

꼬챙이가 우울해져서 중얼거렸다. 사라진 넘버 투를 떠오르게 만드는 물건이 너무 많았다. 꼬챙이는 눈길을 다른 데로 돌리기 위해 창가로 걸어갔다.

하지만 창가에서 꼬챙이가 본 광경은 이상하기 이를 데 없었다. 그렇게 이상한 광경은 난생처음이었다. 아래쪽 마당에서 경찰관 세 명이 다리를 들어 올린 채 자전거 바퀴살처럼 빙글빙글 돌고 있었다. 그들은 모두 지금 자신들을 뺑뺑 돌리는 뭔지 모를 물체에 매달리려고 애쓰는 중이었다. 모자가 모두 바닥으로 떨어지고 한 명은 가발까지 벗겨졌다. 가발은 근처 바닥에 깜짝 놀란 족제비처럼 떨어져 있었다. 한편 담장 뒤 인도에서는 베인 씨가 지금 막 물구나무를 서다가 낭패를 당한 것처럼 보였다. 바닥에 등을 대고 누워서 하늘만 멍청하게 쳐다보고 있었던 것이다. 꼬챙이는 꿈을 꾸는 것 같았다. 하지만 그게 전부가 아니었다. 이상하기 이를 데 없는 광경을 두뇌가 서서히 받아들일 즈음, 커다란 새 한 마리가 쏜살같이 내려와서 경찰관의 가발을 움켜쥐고 처마로 날아올랐다.

꼬챙이는 두 눈을 비비고는 다시 바라보았다. 이제 비로소 이해가 되었다.

"일부러 소동을 일으킬 필요까진 없을 것 같아. 무초 브라조스 아저씨가 찾아왔으니까."

창가로 달려온 아이들은(꼬챙이는 콘스턴스가 밖을 내다볼 수 있도록 몸을 들어 주었다.) 아래에서 소동이 일어난 이유를 순식간에 깨달았다. 무초 아저씨가 어떤 이유 때문에 케이티를 찾아왔는데 베인 씨가 무례하게 길을 막다가 담장 너머로 날아간 것이다. 그러자 다른 경찰관 세 명이 덩치 큰 무초 아저씨를 막으려고 무작정 움켜잡았다. 하지만 아저씨가 경찰관들을 공중에 들어 올려서 빙글빙글 돌리며 내던지려 하자 나가떨어지지 않으려고 필사적으로 매달리는 중이었다.

그때 아래층에서 비상벨이 시끄럽게 울렸다. 여기저기에서 문이 쾅쾅 열리는 소리와 사람들이 복도와 계단을 뛰어가는 소리가 들렸다. 경비원들이 출구로 몰려가고 다른 사람도 창가로 재빨리 모여들어서 상황을 살폈다.

"꼬챙이 말이 맞아! 기회가 온 거야!"

레이니가 말하며 재빨리 몸을 돌렸다. 하지만 방문이 벌써 활짝 열리고 케이티는 사라진 다음이었다.

아이들은 계단을 내려가려고 하다가 위로 올라오는 케이티를 발견했다. 두 팔에는 다 낡은 커다란 사전이 들려 있었고 파란 눈동자는 흥분으로 반짝거렸다. 케이티가 다시 돌아가라는 신호를 보내자 아이들은 몸을 돌려서 곧장 콘스턴스 방으로 향했다. 이윽고 케이티가 문을 잠그고 창가로 가서 밖을 내다보며 말했다.

"다행이야. 론다가 내려가서 상황을 정리하는 중이야. 시간은 충분해."

케이티가 혀를 찼다.

"불쌍한 무초 아저씨. 전보를 받고서 간이 콩알만 해졌을 거야."
"들키진 않았어?"

꼬챙이가 묻자 케이티는 어깨를 으쓱했다.

"응, 안 들켰어."

아이들은 예전부터 케이티의 뛰어난 실력을 잘 알고 있었지만 케이티를 물끄러미 바라보며 또 한 번 감탄했다. 다른 아이들이 계단에 막 도착했을 때쯤 케이티는 순식간에 계단 밑에 있는 서재로 들어가서 사전을 찾아 아무에게도 들키지 않고 다시 올라온 것이다. 믿을 수 없을 만큼 빨랐다.

케이티는 친구들의 시선을 깨닫고 벽에 걸린 거울을 들여다보며 물었다.

"왜 그래? 내 얼굴에 뭐라도 묻었니?"
"그 멍청한 사전이나 보여 줘."

콘스턴스가 짜증을 내며 말했다. 콘스턴스는 아직까지 신발 끈조차 제대로 매지 못했기 때문이다.

케이티가 두꺼운 책을 바닥에 내려놓자 아이들은 무릎을 꿇고 자세히 살폈다. 오래전에 물이 묻어서 겉장이 너덜너덜 울퉁불퉁하고 이음새가 엉망으로 벌어진 낡은 사전이었다. 레이니는 사전이 더 망가지지 않도록 조심스럽게 펼쳐서 한 장씩 넘기기 시작했다. 개중에는 딱 달라붙어서 떨어지지 않는 쪽도 있었고 만지자마자 뜯어지는 쪽도 있었다. 곰팡내가 방 안에 가득 들어찼다.

"이런 건 진작 버렸어야지. 사전 역할을 할 수가 없잖아."

콘스턴스가 곰팡내에 코를 찡그리며 중얼거렸다.

레이니가 계속 넘기다 보니, 사전 속에 직사각형으로 깊이 파낸 공간이 나타나고 거기에 다른 책 한 권이 들어 있었다.

"사전 역할은 못해도 중요한 물건을 숨기기에는 완벽해."

안에서 나온 책은 갈색 가죽 표지가 붙어 있고 부피도 비교적 큰 편이었다. 레이니가 첫 장을 재빨리 넘기자, 텅 빈 종이에 이런 글이 쓰여 있었다.

여행자는 항상 일지를 작성해야 하고, 일지에는 항상 비밀이 담겨 있어야 해. 이 일지도 예외는 아니야. 신계를 무릅쓰고 내가 첫 글을 써 넣었어. 빨리 읽고 움직이도록. 즐거운 여행이 되길 바랄게.

베네딕트.

다른 아이들이 어깨 너머로 살펴보는 동안 레이니는 몇 장을 더 넘겨 보았다. 베네딕트 선생님이 선물로 받은 고급 일지인지, 불량품을 모아서 파는 싸구려 상점에서 푼돈을 주고 집어 온 일지인지 헷갈렸다. 종이는 두텁고 질이 좋았지만 끝을 고르게 자르지 않아서 크기가 다른 종이가 뒤섞여 있었던 것이다. 종이는 모두 비어 있었고 오른쪽 면의 바깥쪽 아래 귀퉁이에만 단어가 하나씩 적혀 있었다. 레이니는 일지를 맨 뒤로 훌훌 넘겼다. 모두 똑같았다. 한 쪽에 한 단어. 하지만 단어를 연결해도 제대로 된 문장은 나오지 않았다.

"주의해서 천천히 살펴보자."

케이티가 말했다.

레이니는 제일 앞으로 가서 종이를 한 장씩 넘기기 시작했다. 그런 식으로 끝까지 넘겼다. 처음 몇 쪽을 연결하니까 이런 단어 조합이 나왔다.

지름길 이발 지름길 파란

지름길 상고머리 지름길 가라

지름길 냉육 치즈 지름길 너희

지름길 어퍼컷 지름길

지나서.

그다음부터는 또 다른 단어 조합이 나왔다.

찾아 우리 형제의 행운 찾아

중요한 결과 찾아 불한당

찾아 연고 속에서 날아 찾아

신경 찾아 퍼즐 찾아 돔발상어

먹어 메기 정답.

그리고 마지막 3분의 1에서는 이런 단어 조합이 나왔다.

떠나 장미를 꺾어서 세 개를 떠나

기회 찾아서 떠나 믿을 시간 찾아서

떠나 계피향 양초를 찾아서 떠나

공책 떠나 나의 통치자 역시 떠나

장갑을 벗고 집으로 가.

"단어 퍼즐 같은 건가 봐."
꼬챙이가 머리를 긁으며 중얼거렸다.
"여기에도 '퍼즐'이란 단어가 있어. 혹시 그게 힌트 아닐까?"
케이티가 물었다.
꼬챙이와 케이티는 궁금하다는 표정으로 레이니를 쳐다보았지만 콘스턴스가 가장 먼저 입을 열어서 모두를 깜짝 놀라게 만들었다. 혼자서 중얼거린 소리 같았다.

"지름길 찾아 떠나."

"뭐라고?"

꼬챙이가 묻자 콘스턴스가 이번에는 훨씬 자신 있게 선언했다.

"바로 이게 정답이야. 지름길 찾아 떠나."

레이니가 콘스턴스를 오랫동안 가만히 바라보자, 콘스턴스는 할 말이 있으면 하라는 표정으로 노려보았다. 하지만 레이니는 다른 친구들한테 시선을 돌리며 이렇게 말했다.

"내 생각도 콘스턴스랑 같아."

꼬챙이가 당황해서 더듬거렸다.

"하지만…… 하지만 어떻게…….'"

"그렇게 생각한 이유가 뭐지?"

케이티가 레이니와 콘스턴스를 번갈아 보며 물었다. 그래서 누구한테 묻는 건지 애매했다. 레이니가 콘스턴스한테 손을 내밀며 대답하라는 신호를 보냈다. 콘스턴스가 대답했다.

"그건 간단해. 계속 반복되는 단어는 그것 세 개밖에 없어. 다른 단어는 의미가 없어. 복잡한 미로처럼 만드는 역할을 할 뿐이야."

"그 단어가 많이 반복되는 건 맞지만 그것만 가지고 어떻게 확신할 수 있지?"

꼬챙이가 묻자 콘스턴스가 대답했다.

"자세히 봐. 세 단어는 항상 넓은 쪽 귀퉁이에 있어. 좁은 쪽 귀퉁이에는 하나도 없고. 그 자체가 중요한 거 아냐?"

꼬챙이는 다시 볼 필요가 없었다. 각 쪽에 적힌 단어가 완벽하게 떠올랐기 때문이다.

"그래, 그 말도 맞아. 하지만 넓은 쪽에 적어 놓은 게 왜 중요하지? 좁은 쪽을 빼야 한다고 어떻게 장담할 수 있지?"

콘스턴스가 어깨를 으쓱했다. 여기에 대해선 대답할 말이 없었다. 그래서 이렇게 말했다.

"어쨌든 내 말이 맞아. 장담할 수 있어."

레이니는 놀라움이 가득한 시선으로 콘스턴스를 바라보았다. 콘스턴스는 정말 대단한 아이였다. 콘스턴스가 세 살일 때 한 일을 떠올리면 네 살이 된 지금은 얼마나 더 놀라운 능력을 발휘할지 궁금할 뿐이었다. 지난 여섯 달 사이에도 많이 자란 것이 분명했다.

"레이니, 넓은 쪽에 대한 네 생각은 어때?"

케이티가 물었다.

레이니는 일지를 펼쳐서 베네딕트 선생님이 쓴 '빨리 읽고'라는 구절을 손가락으로 짚었다.

"이 구절 기억나? 나는 이 구절이 중요하다고 생각했어. 베네딕트 선생님은 우리 가운데 몇 명이, 특히 꼬챙이가 책을 아주 빨리 읽는다는 사실을 알고 계시잖아."

"이 구절이랑 속도가 무슨 상관이 있지?"

케이티가 물었다.

"속도는 눈에 보이는 단어와 관계가 있어."

레이니가 이렇게 대답하고 친구들이 보는 앞에서 일지를 왼편에서 오른편으로 부채처럼 펼쳤다. 그러자 바닥 모퉁이에 보이는 단어는 '지름길 찾아 떠나'밖에 없었다.

케이티가 웃으며 감탄했다.

"야, 대단하군, 정말! 다른 단어는 좁은 쪽에 있으니까 그런 식으로 부채처럼 펼치면……."

꼬챙이가 고개를 끄덕이며 말을 이었다.

"넓은 쪽 모퉁이에 있는 글씨만 나타나게 되지. 그래, 이제 알겠어."

"나라면 백만 년이 지나도 모를 거야."

케이티가 휘파람을 불며 감탄했다. 콘스턴스는 아주 기쁜 표정을 지었다. 레이니가 말했다.

"좋아, 이제 한 발짝 다가섰어. 다음엔 지름길을 찾아야 해. 그런데 어떤 지름길? 어디로 가는 지름길?"

아이들은 침묵에 잠겼고 레이니는 정신을 집중하기 위해 턱에 두 손을 괴었다. 그런데 콘스턴스도 똑같이 하는 모습이 눈에 띄었다. 처음에 레이니는 콘스턴스가 자신을 흉내 낸다는 생각이 들어서 그러지 말라고 하려고 했다. 그러다가 콘스턴스가 두 눈을 꼭 감고 있는 모습을 발견했다. 골똘히 생각하는 중이 분명했다. 레이니는 이상한 기분이 들었다. 감동적이었다. 하지만 이 느낌에 오랫동안 빠져 있을 시간이 없었다. 누군가 문을 두드렸기 때문이다.

"모두 여기에 있니? 손님이 찾아왔어."

론다가 말했다.

아이들은 실망스러운 눈길을 주고받았다. 의심을 사지 않으려면 선택의 여지가 없었다. 베네딕트 비밀클럽의 회합은 잠시 미뤄야 했다.

반쪽짜리 진실과 반쪽짜리 거짓

무초 브라조스 아저씨는 이렇게 말했다.

"나는 론다가 보낸 전보를 받은 즉시 출발했어. 빨리 쫓아가서 알려 주려고 했지만 거리가 너무 많이 벌어져 있었지. 그래서 여기에 도착할 즈음에는 심하게 긴장했던 것 같아."

페루멀 선생님이 냉육 치즈가 담긴 접시를 건네며 말했다.

"충분히 이해할 수 있어요. 우리한테 전보를 전해 주려고 그런 고생을 하시다니 정말 친절하시네요."

이번에도 모두가 식당에 모였다.(무초 아저씨가 일으킨 소동 때문에 중단된 논의를 계속하러 돌아간 론다만 빠졌다.) 소동은 이미 정리된 다음이었다. 무초 아저씨와 경찰관들은 화해했으며 화를 달래지 못한 베인 씨만 불만이 가득했다. 케이티는 호루라기를 불어서 처마 밑에 있는 폐를 불렀다. 꼬챙이가 본 커다란 새는 케이티의 똑똑한 송골매가 맞았다.

("야, 정말 대단한 새야! 내가 스테이션왜건에 타는 걸 보고 여기까지 쫓아온 게 분명해! 아, 정말 힘들겠구나, 이 멍청한 녀석, 개구쟁이!" 케이티는 송골매의 깃털을 쓰다듬으며 감탄사를 연발하다가 꾸짖었다. 자신에게 매달린 송골매가 좋아서 어쩔 줄 모르는 표정이었다. 그럼에도 불구하고 케이티는 폐를 밖으로 내보낼 수밖에 없었다. 한집에 있는 귀중한 비둘기한테 달려들지 않을 거라는 확신이 없었기 때문이다.)

"밀리건 씨도 이런 사실을 알고 있나요?"

무초 아저씨가 물으면서 냉육 치즈 조각을 점잖게 집어 들었다.

"론다 말로는 아직까지 연락이 안 된대요."

워싱턴 부인이 대답했다. 뒤이어 창밖을 내다보던 워싱턴 씨가 이곳에 도착하고 나서 처음으로 입을 열었다.

"그나저나 밀리건 씨는 지금 무슨 일을 하는 걸까? 베네딕트 선생님이 기억을 회복시킬 사람은 다 찾아낸 거 아니었나?"

"커튼 선생이랑 사라진 집행부만 빼고 다 찾아냈어요."

케이티가 냉육 조각을 입에 가득 넣은 채 말하다가 꿀꺽 삼킨 다음에 덧붙였다.

"최근에는 약간 다른 임무를 수행하고 있어요. 아빠는……저…… 사실 내가 그런 걸 알고 있으면 안 되는 건데……."

케이티가 당황하며 말을 더듬자 워싱턴 부인이 말했다.

"얘야, 말하면 안 되는 건 말하지 말렴."

"하지만 커튼 선생과 관련된 임무라면 우리도 알아 두는 게 좋을 거야."

레이니가 재빨리 끼어들었다. 베네딕트 선생님이 남긴 봉투로 화제가 넘어가지 않도록 만들어야 했다. 워싱턴 씨가 식탁으로 다가와 앉으며 거들었다.

"그 말이 맞아. 우리도 관계가 있으니까. 혹시 그런 내용이 있니, 케이티? 하지만 관계없는 이야기는 당연히 꺼내지 말아야 해."

케이티가 경계하는 시선으로 식당 문을 바라보았다. 페루멀 선생님의 어머니가 그걸 보고 자리에서 일어나며 말했다.

"내가 경비를 서마. 나한테는 나중에 알려 주면 된단다. 어차피 이렇게 속닥거리는 말은 들리지가 않는데, 그렇다고 큰 소리로 말해 달라고 할 수도 없으니 말이다."

할머니가 밖으로 나가자 사람들은 기대 어린 표정으로 케이티를 바라보았다.

케이티가 입을 열었다.

"아빠는 커튼 선생을 치사하게 따라다니는 추종자들의 움직임을 수사하는 중이에요. 지난 몇 달 사이에 텐 맨들이 사무실에 침투하고 연구실에서 자료를 훔치는 걸 보면 무슨 음모를 꾸미는 게 분명해요. 그 음모가 무엇인지 알아내야 하죠."

"텐 맨? 이름이 정말 이상하구나."

페루멀 선생님이 말하자, 꼬챙이가 아는 척하며 끼어들었다.

"그렇게 부르는 이유는 그들이 사람을 해치는 열 가지 장비를 지니고 있기 때문이에요."

꼬챙이 부모님이 꼬챙이에게 고개를 돌렸다. 워싱턴 씨가 입을 열었다.

"예전에 그런 말을 들었나 보군."

"하지만 자세한 건 우리도 몰라요."

레이니가 재빨리 끼어들자 꼬챙이는 눈길을 다른 곳으로 돌렸다. 케이티가 다시 말했다.

"텐 맨은 겉으로는 아주 평범한 사업가처럼 보이기 때문에 정부 사람들이 찾아내기 어려워요. 하지만 그들이 들고 다니는 건 모조리 무기예요. 충격 시계는 뭔지 아실 거예요, 그렇죠? 거기다가 넥타이는 채찍처럼 쓸 수 있어요. 그리고 주머니에 든 손수건에는 어떤 물질이 묻어 있어서 코에 대면 정신을 금방 잃어요. 서류 가방에도 사악한 물건이 잔뜩 들어 있어요. 면도칼처럼 날카로운 연필, 독이 들어 있는 껌, 진짜 레이저 광선이 나오는 레이저 봉 같은 거요. 그냥 빨간 빛만 나오는 게 아니라 귀를 단숨에 잘라 낼 수 있는 레이저 광선이 나온대요!"

이 말에 식탁에 앉아 있던 모든 사람은 불안한 표정으로 냉육 치즈 접시만 바라보았다. 꼬챙이가 두 손으로 양쪽 귀를 감싸며 물었다.

"귀를 진짜로 잘라 낸단 말이야?"

"음, 그건 나도 몰라. 하지만 그들이 마음만 먹으면 그렇게 할 수 있어."

케이티가 대답했다.

"어떤지 알 것 같아. 나쁜 사람들이군."

워싱턴 부인이 이렇게 말하며 접시를 멀찍감치 밀어내자, 케이티가 고쳐 말했다.

"역겨운 사람들이지요. 제가 분명히 장담하는데, 아빠는 그들 때문에 끔찍하게 힘들 거예요. 하지만 우리 아빠가 아니면 그런 일을 해낼 사람이 없겠죠."

케이티 옆에서는 꼬챙이가 안경을 열심히 닦고 있었다. 텐 맨과 마주칠 생각에 또다시 불안감이 몰려들었기 때문이다. 어른들도 불안한 건 마찬가지였다. 식탁에 둘러앉은 사람들 모두가 아주 우울한 표정으로 머리를 절레절레 흔들며 혀를 찼다. 레이니 혼자만 케이티 말을 듣고서도 전혀 놀라지 않았다. 레이니는 베네딕트 선생님의 반박에도 불구하고 여전히 인간은 원래 사악하다고 생각했기 때문이다.

반쪽짜리 진실과 반쪽짜리 거짓 *123*

"그게 제가 아는 전부예요. 우리 상황을 이해하기에는 별다른 도움이 안 될 것 같아요."

케이티가 미안한 듯 말했다.

레이니는 페루멀 선생님이 깊이 생각하는 표정을 짓는 모습을 발견하고 마음의 준비를 갖추었다. 페루멀 선생님이 무슨 말을 할지 알 것 같았다. 예상대로 선생님은 레이니를 보며 이렇게 말했다.

"론다가 건네준 봉투에 별다른 내용이 없었나 보구나. 그렇지 않다면 벌써 우리한테 말했을 텐데."

"두 분이 있을 만한 곳에 대한 힌트는 전혀 없었어요. 밀리건 아저씨가 알고 계실 거예요. 아마 금방 도착하시겠죠."

레이니가 대답했다. 반쪽짜리 진실이었다.

"그렇다면 우리도 편지를 볼 수 있을까?"

워싱턴 씨가 묻자, 레이니는 친구들이 깜짝 놀라서 실수하기 전에 재빨리 대답했다.

"당연하죠. 3층 콘스턴스 방에다 놓고 왔는데, 지금 가져올까요?"

레이니가 일어나는 척했다.

"식사부터 끝내고. 그다음에 다녀와도 늦지 않아."

페루멀 선생님이 말했다. 레이니가 바라던 대로였다.

레이니는 다시 자리에 앉았다. 불안해서 음식을 먹고 싶은 생각이 없었지만 억지로라도 먹어 두어야 했다. 어차피 친구들과 몰래 빠져나가야 한다면 기회는 점심 식사가 끝난 직후일 터였다. 그러면 언제 다시 음식을 먹을 수 있을지 아무도 모른다.

 마침내 론다 카젬베가 다시 나타나서 식당 문을 꼭 닫았다. 그리고 머리를 힘없이 흔들면서 미즈 알젠트가 아이들한테 꼭 물어볼 게 있다고 했지만 나중으로 미뤄 놓았다고 말했다. 론다는 이렇게 덧붙였다.
 "너희가 충격에서 벗어날 시간을 줘야 하고 어차피 너희들은 아는 게 하나도 없다고 내가 주장했어. 그래, 편지에 뭐라고 쓰여 있던? 중요한 걸 발견했니?"
 레이니는 반쪽짜리 진실을 재빨리 반복하며 둘의 행적에 대한 내용은 하나도 없다고 대답했다. 그 말을 믿지 못할 이유가 전혀 없는데다 레이니의 의견을 언제나 존중하는 론다는 크게 실망한 표정이었다. 그러더니 우선 급한 일부터 처리하고 직접 편지를 읽어 봐야겠다고 말했다. 레이니는 고개를 끄덕거렸다. 마음이 놓이는 동시에 죄책감이 들었다.
 론다는 콘스턴스 옆으로 가서(콘스턴스는 행여나 속마음이 드러날까 두려워서 몸을 불안하게 꿈틀거렸다.) 의자에 앉은 다음, 어설프게 포장한 조그만 상자 하나를 식탁에 올려놓으며 말했다.
 "이제야 이걸 줄 수 있게 되었구나. 베네딕트 선생님 서재에 있었는데, 그 방을 뒤지던 사람들이 조사를 철저히 마칠 때까지 아무것도 손대지 못하게 했거든. 베네딕트 선생님이 너한테 주는 개인적인 선물인데도 저 사람들이 먼저 열어 보게 해서 미안해. 내가 다시 포장해 달라고 했어."

케이티가 선물을 보며 말했다.

"정말 엉터리로 쌌군요. 포장지가 뒤집혔어요!"

"나도 알아."

론다가 대답하더니 우울하게 덧붙였다.

"베네딕트 선생님이 보시면 재미있다고 하실 거야, 그렇지 않니? 웃다가 잠이 드실지도 몰라."

"그게 뭔데요?"

콘스턴스가 묻자 론다가 대답했다.

"미리 주는 생일 선물."

모두가 단숨에 알아차렸다. 베네딕트 선생님은 작년에도 아이들이 임무를 마친 다음, 아직 한 달이나 남았는데도 콘스턴스에게 생일 케이크를 만들어 주었다. 아이들이 금방 헤어지게 된다는 사실을 잘 알고 있었기 때문이다. 그리고 아이들은 그제야 콘스턴스가 겨우 세 살이라는 사실을 알게 되었다. 그전까지 아이들은 콘스턴스를 덩치가 유별나게 조그맣고 일이 서툴며 버릇이 없는 고집쟁이로만 알고 있었다.

"그렇다면 이건 기념품이네요. 일 년 전을 떠올리게 만드는."

꼬챙이가 말했다.

콘스턴스가 상자에서 제일 먼저 꺼낸 것은 카드였다. 이런 글이 적혀 있었다.

콘스턴스, 생일 축하해! 진주조개가 진주를 품듯이 항상 마음 속에 세상을 품으렴.

사랑해, 베네딕트.

콘스턴스는 금방이라도 눈물을 터트릴 것 같았다. 하지만 목을 가다듬고 레이니한테 카드를 아무렇게나 건네주었다. 선물 상자는 조그맣고 섬세한 반면에 콘스턴스는 인내심이나 손재주가 없어서 선물을 꺼내기가 쉽지 않았다. 그래도 여러 번 시도한 끝에 마침내 아름다운 목걸이를 꺼낼 수 있었다. 가느다란 금줄에 짙은 녹색과 파란색으로 칠해진 작은 지구 모형이 걸려 있었고, 지구 한가운데에는 조그만 수정이 박혀 반짝이고 있었다.
"아, 정말 아름답구나, 얘야!"
워싱턴 부인이 감탄했다.
"괜찮네요."
콘스턴스가 심드렁하게 대답했지만 갑자기 눈물이 흘러 앞을 제대로 볼 수가 없었다.
"나는 내 방으로 갈게요."
콘스턴스는 통통한 손가락으로 목걸이를 꼭 움켜쥐고 급히 밖으로 나갔다.

"우리도 가 보는 게 좋겠어요."

레이니가 말했다.

꼬챙이와 케이티도 고개를 끄덕이며 식탁에서 일어나자 어른들이 마지못한 표정으로 승낙했다. 레이니는 식당을 나서기 직전에 문가에서 걸음을 멈추고 페루멀 선생님을 마지막으로 바라보았다. 우연히 페루멀 선생님 역시 레이니를 정면으로 바라보고 있었다. 페루멀 선생님의 이마에는 걱정스러운 주름이 가득했다. 물론 레이니에 대한 걱정 때문이었다. 레이니는 선생님을 최대한 안심시키는 표정으로 바라본 다음에 문을 닫았다. 페루멀 선생님과 언제 다시 만날 수 있을지 궁금했다.

그리고 레이니 자신에게도 안심시키는 표정을 보여 주고 싶었다.

콘스턴스 콘트레어는 침대 가득한 속옷 사이에 앉아서 우울한 표정으로 목걸이를 목에 걸었다. 친구들이 들어오자, 콘스턴스는 짜증스럽게 뭐라고 중얼거리며 시선을 다른 곳으로 돌렸다. 다른 사람의 속마음을 잘 헤아리는 레이니조차도 콘스턴스의 변덕을 종잡을 수 없었다. 콘스턴스는 변덕을 몸에 달고 살았기 때문이다.

하지만 그건 콘스턴스 잘못이 아니었다. 비록 일 년 전보다 나이를 먹고 똑똑해지고 몸집도 커졌지만 콘스턴스는 자신의 고집이 임무 달성에 중요한 역할을 했다는 사실을 아주 잘 알고 있었다. 콘스턴스는 남의 말을 절대 듣지 않는, 둘째가라면 서러운 고집쟁이였다. 물론 콘스턴스는 친구들도 중요한 역할을 했고 자신의 고집이 남의 눈에 그리 좋아 보이지 않는다는 것을 잘 알고 있었다. 사실 속마음은 정반대일 때도 많았다. 하지만 콘스턴스가 이렇게 어깃장을 놓아도 사람들은 다정한 관심을 보여 주곤 했다. 어쨌든 콘스턴스는 세 살짜리 아이였던 것이다. 머리는 천재일지 몰라도 마음은 또래의 다른 아이들과 마찬가지로 까다롭고 제멋대로일 뿐이다. 그래서 한편으로는 명랑하고 예의 바르고 좋은 행동을 하고 싶었지만 다른 한편으로는 금방 짜증을 터트리며 투덜거렸다. 콘스턴스가 그러는 것은 아주 당연했다.

친구들도 마찬가지였다. 정도의 차이는 있었지만 모두 나름대로 비슷한 문제를 겪고 있었다. 머리는 나이에 걸맞지 않게 영리했지만 마음은 아직 어렸기 때문에 갈등이 일어나곤 했다. 그래서 지금처럼 민감한 순간에는 어른들 세상에서 아이로 사는 것이 어떤 의미인지 아주 날카롭게 다가왔다. 세 아이는 아무 말 없이 침대에 올라가서 콘스턴스와 나란히 앉았다. 이런 말을 하는 것은 콘스턴스에게 어울리지 않겠지만 콘스턴스는 베네딕트 선생님을 이 세상 누구보다 사랑했으며, 세 아이는 그걸 잘 알고 있었다. 아이들은 한동안 가만히 앉아 있었다. 하지만 오래가지 않았다. 콘스턴스가 찡얼대면서 침대 밑으로 내려갔기 때문이다. 콘스턴스는 일부러 의도했을 때를 빼곤 다른 사람이 자신을 동정하는 것을 절대로 견딜 수 없었는데, 지금이 바로 그랬다. 게다가 다행스럽게도 분노가 슬픔을 압도했다. 콘스턴스는 옷 더미 속에서 베네딕트 선생님이 남겨 놓은 일지를 단호한 표정으로 꺼냈다. 그리고 비밀이 스스로 드러나길 바라는 듯 열심히 들여다보며 입을 열었다.

"왠지 내가 지름길이 뭔지 알고 있다는 느낌이 들어. 어디서 본 것 같은 느낌을 지울 수가 없어. 그런데 어디서 봤는지가 떠오르지 않아."

"나도 똑같은 느낌이 들어."

레이니가 말하자, 케이티가 맞장구치며 물었다.

"이봐, 나도 마찬가지야! 너는 어때, 꼬챙이?"

꼬챙이가 어깨를 으쓱했다.

"나는 항상 그런 느낌을 달고 살아. 문제는 어디에 관심을 집중해야 할지 모르겠다는 거야."

케이티가 다시 말했다.

"음, 한 가지는 확실해. 베네딕트 선생님이 전에 지름길 비슷한 말을 한 적이 있다면 너희들이 금방 떠올렸을 거야. 아마 나도 그럴 거고. 그렇지 않은데도 지름길이란 말이 우리 모두한테 익숙하게 느껴지는 이유는 도대체 뭘까?"

레이니가 대답했다.

"우리가 어딘가에서 들은 적이 있거나……. 혹시 신문에서 본 건 아닐까?"

케이티가 말했다.

"그래, 그럴지도 몰라! 베네딕트 선생님도 우리가 모두 신문을 매일 본다는 사실을 알고 있으니까."

레이니가 턱을 문지르며 중얼거렸다.

"그렇다면 문제는 어떤 신문이……."

하지만 꼬챙이가 벌써 기억을 더듬은 다음에 잔뜩 흥분해서 끼어들었다.

"처녀항해에 나서는 화물선 지름길 호! 기억나? 어제 신문에 나왔잖아."

"자세히 말해 봐."

콘스턴스가 묻자, 꼬챙이가 거들먹거리며 암송했다.

"역사상 가장 빠른 화물선이 내일 처녀항해에 나설 예정이다. 오후 4시에 돌마을 항구를 떠나……."

케이티가 소리쳤다.

"오후 4시! 지금 당장 떠나야 해!"

"아직 몇 시간 남았어."

꼬챙이가 투덜거렸다. 자기 말을 중간에 가로챈 것도 기분 나빴지만 떠날 생각을 하니까 불안감이 몰려들었기 때문이다.

레이니가 반박했다.

"하지만 항구까지 가려면 시간이 걸려. 그 전에 이 집을 몰래 빠져나가는 것도 그렇고."

"그거라면 문제없어. 복도 끝에 숨겨진 세탁물 통로가 있는데, 아래쪽으로 뚫려서 미로 앞으로 이어져."

케이티가 이렇게 말하면서 밧줄을 꺼내자, 꼬챙이가 물었다.

"네가 그걸 어떻게 알아? 내 말은, 숨겨진 거라면······."

"지난번에 찾아냈어. 너희가 책장을 구경하는 동안 나는 이 집을 구석구석 탐험했거든. 통로를 막아 놓진 않았을 거야. 그렇지, 콘스턴스?"

케이티가 묻자, 콘스턴스가 주변에 가득 쌓인 빨랫감을 가리키며 대답했다.

"내가 그걸 어떻게 알아. 이걸 처리할 방법도 제대로 모르는데. 넘버 투가 모두 쓸어서 바구니에 담아갈 때까진 계속 이런 식이야. 넘버 투 말이, 내 버릇을 고쳐 주고 싶지만 너무 지저분해서 도저히 두고 볼 수가 없대. 그래서 나는 넘버 투를 빨래 박사라고 불러."

"넘버 투가 아주 힘들었겠구나."

꼬챙이가 말하자, 콘스턴스가 재미있는 추억이라도 되는 듯 살짝 웃으며 대답했다.

"그래, 정말 그랬어!"

"그럼 너는 이 집에 살면서 이런 것조차······?"

케이티가 깜짝 놀라더니 고개를 저으며 덧붙였다.

"정말 어이가 없어, 콘스턴스. 어쨌든 내가 이 밧줄로 너희를 밑에 내려 준 다음에 뒤따라 가면 될 거야."

레이니가 창문 아래쪽 마당을 살피며 말했다.

"경찰관이 떠났어. 하지만 베인 씨가 아직도 정문을 지키고 있어. 어느 누구도 허락 없이 들여보내거나 내보내지 말라는 명령을 받은 게 분명해."

케이티가 중얼거렸다.

"그게 문제구나. 베인 씨가 우리를 막는 사이에 어른들이 우리를 발견할 거야."

레이니가 입을 열었다.

"내가 좋은 방법을 생각해 볼게. 그러는 동안 너는 몰래 내려가서 꼬챙이랑 내가 입을 셔츠를 갖다주지 않을래? 지금 입고 있는 건 너무 가려워."

그러자 케이티가 망설이며 대답했다.

"이 집에는 너희한테 맞는 셔츠가 없을 거야. 그냥 그대로 입고 나가는 편이……."

"우리 아빠가 여행 가방에 담아 오셨어."

꼬챙이가 끼어들더니 의심스러운 표정으로 바라보며 물었다.

"계단 옆에 있는 걸 너도 보지 않았어? 바로 그 옆을 지나왔는데?"

"아, 그렇구나, 여행 가방."

케이티가 대답하고 한숨을 내쉬며 밖으로 나갔다. 두 친구의 우스꽝스러운 옷차림이 무척 재미있어서 다른 옷으로 갈아입는 것이 싫었기 때문이다.

케이티가 셔츠를 가지고 돌아왔을 때 레이니는 지저분한 책상을 싹 치우고 급하게 쪽지를 쓰고 있었다. 어른들한테 모든 것을 설명한 다음, 걱정을 끼쳐서 미안하다고 썼다. 아주 조심스럽게 행동하겠으며 뭔가 유익한 내용을 찾는 즉시 론다와 밀리건 아저씨한테 연락하겠다는 약속도 덧붙였다. 그리고 맨 밑에 차례대로 이름을 써 넣은 (콘스턴스의 서명은 낙서처럼 보였다.) 다음, 서로를 우울하게 바라보았다. 서명까지 하고 나니, 지금 자신들이 얼마나 엄청난 일을 저지르고 있는 건지 절실하게 느껴졌기 때문이다. 아이들은 단호하게 고개를 끄덕이며 한 명씩 밖으로 나갔다.

케이티가 좁은 공간을 지나 내려와 보니 콘스턴스와 레이니는 세탁기와 문 사이에 끼어 있었고 꼬챙이는 공간이 부족해 건조기 위에 앉아 있었다. 세탁실은 미로 앞 계단 밑에 만들어 놓아서 세탁실이 아니라 옷장처럼 보였다.

"왜 이렇게 오래 걸렸니?"

꼬챙이가 속삭이자, 케이티가 대답했다.

"론다 때문이야. 방문 두드리는 소리가 들렸거든. 론다가 그냥 들어와서 쪽지를 발견하면 안 된다는 생각이 들었어. 그래서 다시 재빨리 올라갔어. 론다한테 금방 내려갈 거라고 대답했지. 완전히 틀린 말은 아니잖아. 어디로 내려가느냐가 문제지."

"어서 이곳을 벗어나야겠어."

꼬챙이가 말하자, 케이티가 문밖을 살짝 내다보며 나무랐다.

"목소리 좀 낮춰. 그러지 않으면 아무 데도 못 갈 거야. 레이니, 너도 숨소리 좀 작게 내. 고래가 물을 내뿜는 것 같잖아. 됐어, 밖에 아무도 없어."

아이들은 재빨리 미로로 들어갔다. 이제는 익숙한 통로였다. 현관문에 순식간에 도착한 아이들은 레이니만 바라보았다. 레이니는 숨을 깊이 들이마시며 마음을 다진 다음에 숨겨 놓은 문고리를 열었다.

베인 씨는 느릅나무 밑 벤치에 앉아서 정문을 감시하다가 아이들을 발견하고 얼굴이 굳었다. 하지만 레이니는 베인 씨가 무슨 일이냐고 묻기도 전에 불쑥 말했다.

"베인 아저씨, 워싱턴 아저씨의 자동차까지 우리를 호위해 주세요. 짐을 가져와야 해요."

레이니가 아래쪽 블록을 가리키며 덧붙였다.

"저 모퉁이만 돌아가면 돼요."

베인 씨가 어두운 표정으로 쳐다보았다.

"한 가지 말할 게 있는데, 꼬마, 나는 그렇게 지시하는 말투가 싫어. 론다 카젬베의 꼬마 친구들이 그러는 건 특히 더 싫어하지. 둘째로, 나는 지금 근무 중이야. 너희가 나 대신 현관을 지켜 줄 것도 아니잖아."

"삼사 분이면 충분해요!"

레이니가 짜증스럽게 말하며 계단을 내려갔다. 다른 친구들은 그 뒤를 따랐다.

베인 씨가 벌떡 일어나서 앞길을 막으며 소리쳤다.

"너희는 '근무 중'이란 말이 무슨 뜻인지 모르니? 나는 현관을 지켜야 한다고!"

친구들이 레이니를 물끄러미 쳐다보았다. 이게 계획이었어? 베인 씨를 화나게 하는 거? 이런 일이 없도록 조심해야 하는 거 아니었어?

"음······."

레이니가 무언가를 생각하며 잠시 망설이다가 물었다.

"그럼 우리끼리 갔다 오면 문을 열어 줄 거죠? 아저씨도 알다시피 우리한테는 그럴 권리가 있잖아요."

베인 씨의 표정이 살짝 변했다. 아주 조그만 변화였다. 하지만 레이니는 바로 그런 변화를 기다리고 있었다. 짜증스러운 표정 속에서 떠오르는 교활한 미소. 베인 씨가 현관문을 열면서 말했다.

"너희 꼬맹이들은 무엇이든 마음대로 해도 된다고 생각하는 것 같아. 정중하게 부탁하는 것조차 몰라."

베인 씨가 조롱하는 표정으로 허리를 숙이며 옆으로 한 발 비켜나자, 아이들은 밖으로 급히 나왔다. 그러자 베인 씨는 교활하게 웃으며 현관문을 닫았다.

"짐을 들고 계단을 올라가려면 아저씨 도움이 필요할 거예요. 아주 무겁거든요."

레이니가 친구들과 함께 인도를 내려가며 소리쳤다.

"나는 여기를 지켜야 해."

베인 씨는 이렇게 대답한 뒤 아이들이 듣지 못하도록 뭐라고 중얼거렸다.

"야, 정말 대단해, 레이니. 이런 방법은 생각도 못했어."

케이티가 나지막이 말했다. 그런 다음 무릎을 꿇고 손을 내밀자, 콘스턴스가 그 손을 잡고 등에 올라타며(빨리 걸을 때는 케이티가 콘스턴스를 등에 업는 게 관례였다.) 말했다.

"저 사람 얼굴 표정 봤어? 아주 단단히 벼르는 표정이야. 우리가 다시 돌아가면 문을 열어 달라고 애걸복걸하게 만들 셈이군."

"그런 다음에는 우리가 무거운 짐을 들고 계단을 낑낑거리며 올라가는 걸 구경하고. 정말 잘했어, 레이니."

꼬챙이가 덧붙였다.

레이니는 아무 말도 하지 않았다. 계획이 성공해서 다행이었지만 베인 씨의 불쾌한 성격을 이용할 수밖에 없었다는 사실이 그다지 만족스럽지 않았다. 어차피 자신들을 도와야 할 베인 씨가 보여 준 모습은 인간에 대한 레이니의 생각을 다시 한 번 증명할 뿐이었다.

"폐가 괜찮으면 좋겠어. 처마 밑에 없었거든. 비둘기 사냥을 나간 것 같아."

케이티가 말하며 콘스턴스를 편한 자세로 추켜올렸다.

하지만 꼬챙이야말로 행여나 잡히지나 않을까 전전긍긍하며 도망치는 비둘기 같은 심정이었다. 꼬챙이가 물었다.

"여기서 빨리 벗어나야 해. 누구 택시 탈 돈 없니?"

아무도 없었다. 있는 돈을 다 털었지만 푼돈에 불과했다. 하지만 시내버스를 탈 수는 있었다. 아이들은 제일 가까운 버스 정류장으로 빠르게 걸었다. 중간쯤 갔을 때 콘스턴스가 비명을 질렀다. 베네딕트 선생님이 준 일지를 놓고 온 것이다.

"잘했어. 길조는 아니지만."

꼬챙이가 중얼거렸다.

"'길조'가 뭐야?"

콘스턴스가 물었다. 금방이라도 화를 터트릴 것 같은 표정이었다. 케이티가 말했다.

"신경 쓰지 마. 잘 놓고 왔다는 뜻일 거야. 짐이 그만큼 줄어드니까."

"하지만 여행하는 동안 베네딕트 선생님이 말한 대로 일지를 적고 싶었단 말이야."

레이니가 콘스턴스를 달랬다.

"돌아온 다음에 써도 괜찮아. 그렇지, 얘들아? 우리 모두 나중에 일지를 쓰기로 약속하는 거야……. 음, 앞으로 일어날 모든 일을."

꼬챙이와 케이티는 그러겠다고 약속했다. 콘스턴스는 그다지 마음이 풀리지 않았지만 지금 돌아갈 수는 없었다. 아이들은 버스 정류장으로 급히 가서 가장 먼저 도착한 버스에 올라탔다. 아이들이 가야 할 항구 근처를 지나지 않는 노선이라도 상관없었다. 다른 버스가 올 때까지 기다리는 위험을 감수할 수 없었기 때문이다.

　버스는 돌마을의 다른 구역으로 들어갔다. 아이들은 눈에 익은 거리와 건물들이 뒤로 물러나는 광경을 바라보며 한동안 입을 다물었다. 이렇게 몰래 나온 것을 조금도 후회하지 않는 아이는 케이티밖에 없었지만, 그런 케이티조차도 착잡한 마음을 달랠 수가 없었다. 대도시에 내동댕이쳐진 고아 신세 같았기 때문이다. 게다가 모든 일이 예상대로 잘 풀린다 해도, 그 너머에는 동전 한 푼 없는 어린애들끼리 헤쳐 나가야 할 더 커다란 세상이 기다리고 있을 뿐이었다.

황소개구리와 비밀 창고

돌마을이 번잡한 도시라면 돌마을 항구는 정신이 하나도 없을 정도로 복잡했다. 아니, 항구 자체가 하나의 도시 같았다. 콘크리트와 철재로 만든 선착장은 해안선을 따라 끝없이 뻗어나갔고 드높이 쌓아 올린 화물과 기중기가 사방에 들어차 있었다. 부두 일꾼과 뱃사람들은 사방에서 바쁘게 뛰어다녔다. 거대한 배들이 선착장을 굽어보았으며 배 옆면은 쇠로 만든 거대한 절벽처럼 번뜩였다. 어떤 배는 화물을 싣는 중이고 어떤 배는 화물을 내리는 중이었다. 육중한 닻을 올리고 먼 세상을 향해 포구를 빠져나가는 배는 마치 육지에서 떨어져 나와 바다를 둥둥 떠가는 도시처럼 거대했다. 절거덕, 끼익, 쾅, 우두둑. 종과 기적과 엔진과 호루라기 소리, 그리고 무언가가 부딪치는 거대한 소리가 사방에서 시끌벅적 일어나, 머리 위에서 솟구쳤다가 내리꽂히는 갈매기 울음소리를 잠재웠다.

아이들은 선착장 보안 검색대 바깥에 우두커니 서서 동그란 눈으로 물끄러미 항구를 바라보았다.

"나는 저기 들어가지 않을 거야."

콘스턴스가 이렇게 말하며 뒷걸음질을 쳤다. 레이니 역시 혼란의 도가니로 서둘러 내려가고 싶지는 않았지만 지름길을 제시간에 찾으려면 그래야 했다. 그런데 콘스턴스를 꼬여서 데려갈 방법을 떠올리기도 전에 파란 유니폼을 입고 모자를 쓴 키 큰 젊은 남자가 승객용 카트를 몰고 휭 다가와서는 시끄러운 소음을 뚫고 소리쳤다.

"여기까지 내려오는 아이들은 별로 없어!"

남자는 카트를 몰고 아이들 주변을 한 바퀴 돌면서 다정한 갈색 눈동자로 위아래를 훑어보며 물었다.

"그리고 생긴 모습도 딱 맞아! 지름길을 타려고 온 거지, 그렇지?"

아이들이 고개를 끄덕였다. 케이티가 물었다.

"저, 우리한테 표 같은 게 있어야 하나요?"

"표? 아니야, 너희는 선장님 손님이야! 그런데 선장님이 여섯 명이라고 하셨는데…….”

젊은 사내는 마지막 순간에 누가 나타나기만 바라는 표정으로 왼쪽 오른쪽을 살피고 물었다.

"너희가 전부니? 어른은 없어?"

"우리가 전부예요."

레이니가 대답했다. 그리고 이렇게 소리치며 다른 질문을 막았다.

"설명할 시간이 없어요!"

"맞아!"

젊은 남자는 아주 기쁜 표정으로 대답하고 브레이크를 밟은 다음 아이들한테 올라타라는 신호를 보내며 덧붙였다.

"너희가 제시간에 와서 정말 다행이야! 이 분만 늦었어도 육지아나 선장님이 나한테 당장 가서 너희를 데려오라고 하셨을 거야."

아이들이 탄 카트는 앞으로 움직이다가 선착장 보안 검색대를 향해 쏜살처럼 달렸다. 남자는 뒤를 돌아보며 소리쳤다.

"나는 조 슈터야. 하지만 대포알이라고 부르도록 해. 친구들이 다 그렇게 불러! 나는 지름길 삼등 항해사야. 어이쿠, 잠깐만!"

조 슈터가, 아니 대포알이 종이 한 장을 홱 꺼내서 흔들며 보안 검색대를 지나갔다. 그곳을 지키던 직원은 그를 잘 안다는 표정으로 고개를 끄덕였다. 벌써 무서울 정도로 빠르게 달리던 카트가 한층 더 빠르게 달리기 시작했다.

"선착장 끝까지 한참 가야 해!"

대포알은 지게차와 화물과, 공포에 질린 부두 일꾼들 사이를 누비면서 미친 듯이 달렸다. 아이들은 카트 옆구리를 꼭 움켜잡았다.

"그래, 너희 모두 여행을 떠날 준비가 됐니? 가방이 하나도 보이지 않네! 나는 뭐가 뭔지 하나도 모르겠어! 그건 그렇고, 포르투갈에 뭐 하러 가는 거니? 그냥 경험 삼아서 외국에 나가는 거니?"

그때 카트가 왼쪽으로 휙 돌았다. 콘스턴스는 비명을 지르며 공중으로 튀어 올랐고 케이티는 콘스턴스의 옷자락을 잡아서 다시 재빨리 끌어 내렸다. 대포알은 계속 소리쳤다.

"말이 별로 없구나, 응? 괜찮아! 내가 나쁜 사람이 아니라는 걸 너희도 알게 될 테니까! 잘 잡아, 이곳 4번 터미널 주변은 좀 위험하거든!"

케이티를 제외한 세 아이는 눈을 꼭 감았다. 레이니는 롤러코스터를 탄 적이 한 번도 없었지만 그 느낌이 지금과 똑같을 거라고 상상했다. 차라리 정비를 잘해서 사고 날 위험이 전혀 없는 아주 안전한 롤러코스터를 타고 있다고 상상하는 편이 나을 것 같았다. 그때 케이티가 레이니의 귀에 대고 속삭였다.

"레이니, 그 배가 포르투갈로 간다는 사실을 알고 있었니?"

"리스본 항."

레이니는 눈을 꼭 감은 채 고개를 끄덕이며 대답했다. 그러다가 머리 위에서 무언가가 휙 지나는 소리와 쾅 부딪치는 소리와 누군가가 욕하는 소리에 움찔했다.

케이티가 말했다.

"음, 나는 몰랐어. 그럴 거라면 비행기를 타는 게 좋지 않을까? 비행기 값은 어떤 식으로든 구할 수 있을 거야. 최소한 너라면 말이야. 그러면 훨씬 빨리 도착할 수 있잖아."

"리스본 자체는 별로 중요하지 않을 수도 있어. 베네딕트 선생님은 지름길을 타라고 하셨지 리스본에 대한 얘긴 안 하셨잖아. 다음 실마리가 배 안에 숨어 있을 수도 있고 바다에서만 찾을 수 있는 걸지도 몰라."

레이니가 지적했다.

"아차, 그렇구나. 내 생각엔······."

바로 그 순간에 카트가 쿵 하고 어딘가에 부딪혔다. 케이티는 레이니와 머리를 심하게 부딪쳤다. 비명을 듣고 대포알이 소리쳤다.

"왜 그래? 무슨 일이야?"

케이티와 레이니는 머리를 움켜잡았다. 너무 아파서 대답조차 할 수 없었다. 하지만 콘스턴스는 포르투갈이 어디에 있는지 굉장히 궁금하다고 소리쳤다.

대포알이 웃으면서 손을 귀에 대고 물었다.

"제대로 못 들었는데, 포르투갈이 어디에 있느냐고 물은 거니?"

아이들이 물끄러미 바라보자, 콘스턴스가 얼굴을 찡그리며 물었다.

"왜? 너희가 알려 줄래?"

"바다 건너편."

꼬챙이가 대답했다. 불안한 표정으로 한 손으로는 카트를 움켜잡고 다른 한 손으로는 코에 걸친 안경을 잡고 있었다.

"나도 그 정돈 알아. 됐어, 말하지 마. 몰라도 되니까."

콘스턴스가 받아쳤다.

"다 왔어!"

대포알이 선언하더니 배에 올라타는 트랩 입구에서 카트를 끼익 세우면서 덧붙였다.

"모두 내리도록!"

아이들이 우르르 내렸다. 그리고 바로 앞에 우뚝 서 있는 거대한 배를 경이로운 눈빛으로 쳐다보았다. 다른 선박과 마찬가지로 옆에서 본 지름길 역시 위압적이었다. 축구 경기장 두 배 길이에 돌마을 시청 건물보다 높은 어마어마한 규모는 정말 장난이 아니었다.

대포알도 함께 배를 올려다보며 감탄했다.

"정말 아름다워, 그렇지 않니? 세상에서 가장 빠른 최신형 화물선이야! 지금까지는 말이지. 특수한 선체 디자인! 특수한 제트 추진 시스템! 안 믿어도 좋은데, 얘들아, 이 배는 조용한 바다를 달릴 때 최고······."

"최고 60노트까지 속력을 낼 수 있어요. 그래서 이틀이면 대서양을 횡단할 수 있어요, 그렇죠?"

대포알이 손가락으로 딱 소리를 내며 꼬챙이를 가리켰다.

"정확해! 딱 맞아!"

대포알이 꼬챙이를 거칠게 껴안더니 다시 순식간에 내려놓으며 덧붙였다.

"나는 배를 잘 아는 아이가 좋아! 자, 이제 모두 가자!"

대포알은 자기 모자를 꼬챙이 머리에 씌워 주고 트랩을 힘차게 올라갔다.

"나는 저 사람이 마음에 들어."

케이티가 말했다. 레이니는 전혀 놀라지 않았다. 대포알과 케이티는 비슷한 점이 많았기 때문이다.

대포알이 어깨 너머로 소리쳤다.

"다 올라왔어! 이제 사소한 몇 가지만 조심하면 돼! 아, 말이 나왔으니 말인데……."

대포알이 트랩에서 발을 멈추고 무릎을 꿇었다. 그리고 뒤에서 따라오던 아이들이 집중해야 들을 수 있는 아주 조그만 목소리로 말했다. 도통 적당한 목소리는 못 내는 것 같았다.

"내 말 잘 들어. 회사 중역들이 마지막 순간에 이 배에 타기로 결정했어. 최고 경영진 말이야. 최고 우두머리들."

대포알이 몸을 움츠리고 얼굴을 우스꽝스럽게 만들며 덧붙였다.

"황소개구리들이라고도 하지. 그래서 공간이 많이 부족하기 때문에 너희 네 사람만 온 걸 아시면 육지냐 선장님도 좋아하실 거야."

대포알이 갑자기 일어서며 말했다.

"자, 이제 가자."

주갑판은 선착장과 마찬가지로 북적거렸다. 유니폼을 입은 남녀 수십 명이 사방에서 자신이 맡은 작업에 열중하느라 정신이 없었다. 대포알은 아이들한테 이 자리에 그대로 있으라고 말한 다음 갑판을 가로질러 달려갔다. 그리고 하얀 유니폼을 입은 사람과 함께 금방 돌아오며 말했다.

"선장님이셔!"

"육지아냐라고 한다."

선장님은 이렇게 말하며 아이들과 악수했다. 육지아냐 선장님은 모든 것이 깔끔했다. 회색 수염도 깔끔하고 회색 머리칼도 깔끔했으며 체격도 깔끔하고 동작도 깔끔했다. 하지만 로봇처럼 뻣뻣한 건 아니었다. 효율성을 아주 중시하는 사람처럼 보였을 뿐이다.

"이렇게 만나서 기쁘구나. 니콜라스 베네딕트와 나는 오랜 친구 사이야. 너희에 대한 이야기를 아주 많이 들었어. 그런데 밀리건과 론다는 어떻게 된 거지? 두 사람이 정말로 안 온 거야?"

육지아냐 선장님은 약간 흥분한 것 같았다. 하지만 레이니는 자신들 때문에 그런 게 아니라는 사실을 깨달았다. 대포알이 아까 한 말에 따르면, 갑자기 들이닥친 회사 고위직 방문객들이 많이 부담스러운 것 같았다.

레이니가 대답했다.

"계획이 약간 바뀌었어요. 나중에 바쁘시지 않을 때 설명해 드릴게요."

"그래, 지금은 좀 정신이 없구나. 정말 미안해. 원래는 오늘 너희 와 저녁을 먹을 예정이었어. 그런데 불행하게도 호출을 받았구나."
육지아냐 선장님 얼굴이 조금 화난 표정으로 변했다.
"내 말은 다른 약속을 잡을 수밖에 없었다는 뜻이야. 그래서 정말 당황했지. 얘들아, 너희가 용서하렴. 괜찮다면 급한 일이 끝나고 늦은 시간에 만나서 간단히 차나 함께 들자꾸나."
아이들은 금방 동의했다. 육지아냐 선장님은 대포알한테 아이들을 아래층 숙소로 안내하도록 지시하고 급히 떠났다.
잠시 후 대포알이 아이들을 사다리 밑으로 안내하며 말했다.
"안타깝게도 객실이 하나뿐이야. 황소개구리들이 객실을 다 차지하겠다고 고집을 부렸지. 그래서 너희 네 명이 좁은 객실 하나를 써야 해. 선장님이 많이 화나셨어. 너희는 선장님한테 중요한 손님이거든. 하지만 회사가 그런 식으로 나오면 어쩔 도리가 없어."
사다리 밑에 있는 좁은 통로에서 선원 한 명이 대포알을 옆으로 끌어당기더니 귀에 대고 속닥거렸다.
"그래, 그래."
대포알이 대답하자 선원은 사다리를 올라 사라졌다. 대포알이 아이들한테 속삭였다.
"너희도 필요할 때마다 나한테 목소리 낮추라고 충고해 주면 고맙겠어. 자, 이쪽으로 와!"
일행은 더 많은 통로를 지나고 또 다른 사다리를 내려가서 마침내 객실에 도착했다. 공간은 비좁고 하나밖에 없는 창문은 너무 높아서 케이티를 제외한 아이들은 밖을 내다볼 수도 없었다. 케이티조차도 발끝으로 서야 간신히 밖이 보였다. 침상은 양쪽 벽에(대포알에 따르면 받침벽에) 위아래로 하나씩 붙어 있었다. 모두 서 있을 자리조차 부족했다. 레이니는 베네딕트 저택의 세탁실이 떠올랐다. 아이들은 서로 팔꿈치로 찌르거나 발가락을 밟는 일이 없도록 각자 침상에 올라갔다. 대포알은 객실 문을 닫았다. 말을 끝내려는 것 같았지만 아니었다. 대포알은 사실상 입을 다문 적이 한순간도 없었다. 화제를 바꾸었을 뿐이다.

"본격적인 항해에 나서면 배를 구경시켜 줄게. 하지만 차분하게 둘러볼 시간은 없을 거야. 황소개구리들 덕분에 일손이 많이 부족하거든."

"일손이 왜 부족해요?"

레이니가 묻자 대포알이 환하게 웃으며 대답했다.

"훌륭한 질문이야! 대장 황소개구리는 거물 보석 상인인데, 지금 엄청나게 많은 다이아몬드를 유럽으로 운송하는 중이야. 물론 이 자체는 문제가 아니야. 지름길은 아주 안전하거든. 그런데 마지막 순간에 이 황소개구리가 경비원을 추가하자고 고집을 부린 거야. 선장님은 객실이 부족하다는 사실을 지적했어. 선원이 묵을 공간도 필요하니까. 그러니까 이 황소개구리가 뭐라고 했는지 아니? 선원을 줄이라는 거야! 선장이라면 부족한 선원으로 항해할 줄도 알아야 한다면서! 선장님은 선택의 여지가 없었고 우리는 제대로 항해하기 위해 두 배로 일하게 되었지."

"정말 불공평해요."

케이티가 말했다.

"그게 전부가 아니야! 하지만 지금은 그런 말을 할 시간이 없어. 당장 비밀 창고에 내려가서 모든 게 제대로 정리되었는지 확인해야 하거든. 원한다면 너희끼리 갑판에 다시 올라가도 좋아. 선원들만 방해하지 않으면 돼. 그리고 황소개구리들을 만나면 예의 바르게 행동하고! 그들이 너희를 바다로 던지라고 명령하면 우리도 어쩔 수가 없거든!"

대포알이 웃으면서 윙크한 다음에 꼬챙이 머리에 있는 모자를 낚아채 밖으로 나갔다. 꼬챙이는 머리를 만지작거리며 한숨을 쉬었다.

"모자 덕분에 머리가 따뜻했는데 아쉬워. 맨머리로 바람을 맞는 게 아직도 익숙하지 않거든."

케이티가 베갯잇을 던지며 말했다.

"자, 그럼 이걸 머리에 둘러."

꼬챙이가 대답했다.

"지금 농담하는 거지, 그렇지? 이걸 쓰면 아주 우스꽝스러울 거야!"

"그 모자를 쓴 것보다 심하진 않아."

케이티가 단호하게 말했다.

꼬챙이는 입을 다물었다. 케이티가 자기를 도와주려고 한다는 사실을 깨달은 것이다. 하기야 항상 양동이를 들고 다니는 여자애라면 보기에 좋은 것보다 기능성에 초점을 맞출 수밖에 없을 거라는 생각이 들었다. 그래서 베갯잇을 다시 던져 주며 말했다.

"어쨌든 고마워. 이제 갑판에 올라가서 진수식을 구경하지 않을래?"

아이들은 모두 일어났다. 하지만 콘스턴스는 아니었다. 이미 곯아떨어진 것이다. 깨우려고 하니까 콘스턴스가 베개로 머리를 덮었다. 케이티가 말했다.

"옛날이랑 똑같아."

"콘스턴스한테는 아주 힘든 하루였어."

레이니가 말했다.

세 아이는 콘스턴스가 낮잠을 자도록 놔두고 갑판으로 다시 올라갔다. 오후의 태양이 기다란 그림자를 드리우고 항구의 미풍이 귓가를 휙휙 지나갔다. 멀리 떨어진 갑판 건너편에는 옷을 잘 차려입은 사람들이 선착장 쪽 난간에 몸을 기댄 채 서 있었다. 회사 중역들 같았다. 육지아나 선장님도 그 옆에 있었다. 진수식 준비에 바쁜 선원들을 손으로 가리키며 무슨 일을 하는지 간단명료하면서도 효율적으로 설명하는 중이었다.

아이들은 그들이 보이지 않는 곳으로 가기로 결정하고 반대편 난간으로 가서 몸을 기댔다. 취주악단은 보이지 않았지만 아래 선착장 어디에선가 연주하는 소리가 들리더니, 멀리서 술병이 배에 부딪치며 쨍그랑 깨지는 소리와 함께 환호성이 일었다. (꼬챙이는 "오랜 전통"이라고 말했지만 두 친구도 아는 사실이었다.) 이윽고 아래 깊숙한 곳에서 엔진이 으르렁거리는 느낌이 전해졌다. 지름길은 선착장에서 움직이며 항구 밖으로 코를 내밀기 시작했다.

배가 천천히 방향을 트는 순간, 세 아이는 돌마을에서 노만산 섬으로 들어가는 길과 커튼 선생의 학습 기관이 있던 울퉁불퉁한 바위산을 볼 수 있었다. 그와 동시에 그곳에서 지냈던 기억이, 어둡고 스릴 넘치는 추억 모두가 샘물처럼 솟아나기 시작했다. 세 친구는 입을 꼭 다문 채 거의 무의식적으로 모여서 어깨를 기댔다. 그리고 바닷물이 흐르는 해협 건너편을 함께 바라보았다. 시간을 거슬러 올라가는 기분이었다. 어떤 일이 벌어질까 두려워하며 그 섬에 들어간 것이 불과 일 년 전이었다. 그런데 거대한 화물선 난간 앞에 선 지금은 베네딕트 선생님을 구해야 하는 급박한 임무가 머릿속에 빙빙 맴돌고 있었다. 커튼 선생은 베네딕트 선생님과 넘버 투를 어떻게 할 생각일까? 과연 아이들이 커튼 선생을 막을 수 있을까?

마치 서로 이런 생각에 대해 이야기를 나누고 있었던 것처럼 케이트가 갑자기 말했다.

"그래도 여기까지 왔어. 시작은 한 셈이야, 그렇지?"

지름길은 이제 선착장에서 완전히 벗어나 속도를 올리고 있었다. 조금만 지나면 항구를 완전히 빠져나가 대서양의 파도를 가르게 될 것이다.

꼬챙이가 머리를 흔들면서 말했다.

"생각해 봐. 겨우 몇 시간 전만 해도 나는 엄마와 아빠가 몰래 떠난 나를 어떻게 하실까 걱정했어. 그런데 지금은 대서양을 건너고 있어. 그리고 우리는 우리 앞에 무엇이 기다리고 있을지 몰라."

케이티가 동정 어린 표정으로 바라보았다.

"이제 너희 부모님을 걱정할 필요는 조금도 없어."

꼬챙이가 눈알을 굴렸다.

"내 말이 바로 그 말이야, 케이티."

"그래? 그래, 맞아, 좋은 말이야."

케이티가 손바닥으로 꼬챙이의 등을 치며 대답했다.

지름길은 이제 본격적으로 항해하기 시작했다. 번잡한 항구는 뒤편으로 사라지고 앞에는 끝없이 펼쳐진 대서양 바닷물이 반짝거렸다. 속도는 점차 빨라졌다. 속도가 너무 빨라서 두 귀를 스치는 소금기 어린 공기가 돌풍처럼 느껴질 정도였다. '지름길'이라는 이름은 배가 물살 위를 화살처럼 날아서 더 빨리 도착한다는 뜻에서 붙여진 것 같았다. 세 아이 중 누구도 이런 배를 타 본 경험이 없었다. 아이들은 그 자리에 한 시간 넘게 못 박힌 듯 가만히 서 있었다. 그러고는 배가 끊임없이 밀어붙이는 바다를 촉촉한 눈으로 바라보며 뼛속까지 파고드는 쾌감에 온몸을 부르르 떨었다. 황홀한 나머지 누구도 뒤돌아볼 생각조차 하지 못했다. 그러는 사이에 돌마을은 뒤편으로 사라져 수평선 아래에 파묻혔다.

"여기에 있었구나! 너희를 계속 찾아다녔어!"
대포알이 소리쳤다.
아이들은 고개를 돌려서 빙그레 웃는 대포알을 쳐다보았다. 대포알은 바람에 날려 가지 않도록 모자를 꽉 움켜잡고 있었다. 그 옆에는 대포알의 다리를 꼭 붙잡은 채 얼굴을 잔뜩 찡그린 콘스턴스가 있었다. 혼자만 남겨 두고 나왔기 때문이거나 낮잠이 충분하지 않아서 화가 난 것 같았다. 뭐라고 입술을 계속 움직이는데 바람 소리가 너무 커서 들리지 않았다. 마음껏 짜증을 내는 게 분명했다. 세 아이는 고개만 끄덕이며 미안한 표정을 지으려고 애썼다. 심한 짜증은 피하고 보는 게 상책이었다.
"이제 배를 둘러볼 준비가 됐니?"
대포알이 소리쳤다.
아이들은 뱃머리부터 배꼬리까지 따라다니며 지름길의 선체 디자인과, 갑판에 있는 다양한 건물과 시설물의 기능에 대한 설명을 흥미진진하게 들었다. 갑판에는 걸어 다닐 공간이 많지 않았다. 쇠로 만든 거대한 컨테이너가 사방에 가득했기 때문이다. 대포알의 설명에 따르면 컨테이너에는 화물이 들어 있었다. 보통 화물선은 기중기로 컨테이너를 올리고 내리면서 오랜 시간을 낭비하는 반면에 지름길은 특별히 설계한 컨테이너가 있어서 화물을 금방 싣고 내릴 수 있었다.
"중요한 건 속도거든! 이 배는 다른 화물선보다 화물을 적게 실을지 모르지만 속도는 다섯 배나 빨라!"
대포알이 소리쳤다.
하지만 쇠로 만든 거대한 컨테이너 무리에 별다른 감흥을 받지 못한 콘스턴스는 유리창 안에서 육지아냐 선장님이 다른 선원들과 일하는 나지막한 건물을 가리키며 물었다.
"저긴 뭐하는 곳인가요?"
"저건 함교잖아!"
대포알이 깜짝 놀라며 소리쳤다. 함교도 모르는 사람이 있으리라는 생각은 미처 하지 못한 게 분명했다.
"안타깝게도 너희는 저곳에 들어갈 수 없어!"
대포알이 주변을 살피더니 조그맣게 소리치려고 애썼다.
"아이들이 함교에 올라가는 걸 황소개구리들이 보면 싫어할 거야."
아이들은 이 말에 눈살을 찡그렸다. 대포알은 안타까운 표정으로 고개를 절레절레 저으며 다른 쪽으로 걸어가기 시작했다.
"맙소사! 폐야! 폐가 또 나를 쫓아왔어! 내가 버스에 올라타는 걸 본 게 분명해."
케이티가 소리쳤다. 함교 건물 꼭대기에 앉아 있는 눈에 익은 커다란 새를 지금 막 발견한 것이다.

"폐?"

대포알이 물었다. 케이티가 송골매를 가리키며 설명하자 대포알은 눈이 휘둥그레졌다. 그리고 케이티가 망원경을 꺼내서 송골매에게 초점을 맞추자 둥그런 눈이 더 커졌다. 함교 위에 앉아 있는 송골매가 더 신기한지 각종 장비가 가득한 양동이를 들고 있는 여자애가 더 신기한지 모르겠다는 표정이었다. 어쨌든 화물선에서는 둘 다 보기 힘든 장면이었다. 하지만 대포알은 재빨리 정신을 차리고는 다정하게 웃으며 말했다.

"우리 작은할아버지도 송골매를 기르셨어. 그래서 어릴 때는 작은할아버지네 집에 가는 게 굉장히 좋았지. 송골매는 정말 놀라운 새야. 지금까지 충성심이 그렇게 뛰어난 새는 보지 못했어."

이 말을 들은 케이티는 당연히 환한 얼굴로 망원경을 건네주었다. 하지만 아이들은 폐를 오래 보고 싶은 생각이 없었다. 폐가 불쌍한 갈매기를 잡아서 맛있게 먹는 모습을 보자 구역질이 났기 때문이다. 케이티는 폐를 부를 생각으로 호루라기와 가죽 장갑을 꺼냈다. 하지만 대포알이 그냥 집어넣으라고 부탁하며 지금 막 갑판에 나타난 풍채 좋은 회사 중역을 의미심장하게 바라보았다.

"미안하지만 지금은 안 돼. 여자애가 잘 훈련된 송골매를 데리고 다니는 비정상적인 장면을 보면 저 사람이 싫어할지도 몰라. 괜찮다면 나중에 부르도록 하자. 게다가 폐는 한창 식사 중인데 방해하면 좋아하지 않을 거야. 그렇게 생각하지 않니?"

케이티는 실망스러웠지만 갑판 밑으로 이끄는 대포알을 얌전하게 따라갔다. 갑판 아래에 내려선 순간 바람 소리가 갑자기 사라졌고 모두 더 이상 소리를 지르듯 말하지 않아도 되었다.(대포알 역시 보통으로 여겨지는 목소리로 말했다.)

대포알이 물었다.

"비밀 창고를 보고 싶니? 화물 컨테이너는 사실 볼만한 게 별로 없지. 하지만 비밀 창고는 그렇지 않을 거야!"

아이들은 비밀 창고가 당연히 보고 싶었고 대포알은 배 안 가장 깊숙한 곳으로 아이들을 안내했다. 일행은 바삐 움직이는 선원과 경비원 들을 지나쳐서 은행 금고처럼 보이는 곳에 도착했다. 두터운 금속 문에 자동차 운전대처럼 생긴 손잡이가 달려 있었다. 대포알이 말하자, 경비원 한 명이 마지못한 표정으로 문을 열어서 일행을 들여보내고는 문가에서 동작 하나하나를 일일이 감시했다. 비밀 창고는 놀라울 만큼 넓었다. 크기는 테니스장만 했고 벽에는 사물함과 커다란 상자, 금고가 길게 늘어서 있었다.

대포알이 설명했다.

"이 비밀 금고의 놀라운 특징은 안에서 잠글 수 있는 데다 필요한 경우에 선원 전체를 수용할 수 있을 정도로 규모가 크다는 점이야."

"왜 그래야 해요?"

레이니가 묻자 대포알이 단호하게 말했다.

"공격을 받을 경우에 대비한 추가적인 안전장치일 뿐이야. 회사 중역진이 지름길을 아주 좋아하는 이유 가운데 하나지. 엄청나게 빠른 속도에다 이런 비밀 금고까지 있는 배라면 소중한 화물을 해적들한테 빼앗길 염려가 없거든."

콘스턴스가 소리쳤다.

"해적이라고요! 농담하는 거죠?"

케이티가 웃으며 말했다.

"옛날이랑 지금을 혼동하고 있는 것 같아요, 대포알 아저씨."

대포알이 반박했다.

"그건 너희가 모르는 사실이야! 물론 요즘 해적은 해골과 뼈다귀가 그려진 깃발을 달지도 않고 옛날처럼 수가 많지도 않아. 하지만 세상에는 아직 해적이 꽤 많이 남아 있어. 그래서 많은 회사가 상당히 큰 손해를 입고 있지."

"실제로 해적이 작년 한 해 동안 세계 경제에 끼친 손실은 삼백억 달러가 넘어."

꼬챙이가 끼어들자, 대포알이 눈을 동그랗게 뜨고 기뻐하며 꼬챙이를 또다시 껴안았다.

"어린애가 해적과 세계 경제에 대해서까지 알고 있다니! 도대체 그런 건 어떻게 알았니?"

레이니가 대답했다.

"꼬챙이는 책을 많이 읽어요."

케이티가 덧붙였다.

"그러면 그 내용이 머리에 꽂혀요. 그래서 꼬챙이란 별명이 생긴 거예요."

"설마! 정말 대단해. 지금까지 내가 만난 사람은……."

문가에 서 있던 경비원이 짜증스럽게 마른기침을 하며 물었다.

"얼마나 더 걸릴 것 같아요, 대포알?"

대포알이 경비원을 노려보며 대답했다.

"나도 몰라요. 그리고 나를 부를 때는 슈터 항해사라고 하세요."

대포알이 다시 아이들을 바라보며 말했다. 웃지 않으려고 애쓰는 표정이었다.

"어쨌든 너희는 해적 걱정을 할 필요가 없어. 우리가 가는 항로에는 해적이 나타난 적이 없으니까. 그런데도 황소…… 아니, 회사 중역들은 안전을 완벽하게 보장받으면서 화물을 해외로 수송하고 싶어 하지."

"저 다이아몬드 같은 것들을."

콘스턴스가 말했다. 그러자 대포알이 불안한 표정으로 경비원을 바라보았다. 경비원은 무전기에 대고 뭐라고 말하는 중이었는데, 제대로 들리지 않았다.

"그래, 에헴. 지금은 그런 말을 하지 말자, 알았지? 너희가 그런 것까지 알아도 되는지 확실히 모르겠어. 무슨 말인지 알겠지?"

"네, 그렇게 전하겠습니다."

경비원이 무전기에 대고 중얼거리더니 무전기를 입에서 떼고 말했다.

"견학은 끝났어요, 여러분. 모두 나와요."

"음, 이렇게 친절하게 부탁하니, 그럽시다."

대포알은 이렇게 대답하고 눈을 찡긋하더니 밖으로 나갔다.

견학을 마친 아이들은 저녁을 먹으러 객실로 돌아갔다. 대포알은 아이들이 먹을 음식을 가지러 갔다. 선원들과 함께 식당에서 먹는 게 옳다고 생각했지만 회사 중역들은 아이들을 화물선에 태웠다는 사실에 벌써부터 짜증을 내는 중이었다. 그래서 육지아냐 선장님은 아이들한테 객실에 머물라는 전갈을 사과의 말과 함께 보냈다.

음식을 기다리는 동안 콘스턴스가 투덜거렸다.

"중역이란 사람들이 어쩜 저렇게 뻔뻔한지 모르겠어. 육지아냐 선장님을 하인처럼 부려먹고, 우리는 생쥐 취급 하잖아. 까딱하다간 여기서 굶어 죽겠어!"

"아마 그 사람들은 그렇게 되길 바라고 있을 거야."

레이니가 대꾸했다.

"기다리는 동안 이물에 다녀올게."

케이티가 문으로 걸어가며 말했다. 콘스턴스가 어리둥절한 표정으로 물었다.

"이물?"

"바다에서는 '화장실'을 그렇게 불러."

케이티가 대답하며 나가자, 콘스턴스가 투덜거렸다.

"평범하게 부르지 않는 이유가 뭐람? 그냥 화장실이라고 하면 좋잖아. 웅장한 별명으로 망가트리지 말고."

"'이물'이라고 부르는 게 웅장하다고?"

"웅장하다는 건 시적인 표현이야. 이런 짜증스러운 상황을 더 좋은 운율로 나타낼 수 있으면 그렇게 해 봐."

콘스턴스는 거만하게 말했고 꼬챙이는 부자연스럽게 웃으며 눈알을 굴렸다.

레이니와 꼬챙이가 더 좋은 운율을 떠올리려고 애쓰는 사이에 대포알이 식당에서 돌아오며 말했다.

"케이티가 뱃멀미를 하는 것 같아."

그리고 샌드위치와 음료수 병을 내밀며 덧붙였다.

"이물을 지나다가 안에서 나는 소리를 들었어. 속이 뒤집히나 봐, 불쌍한 것. 구역질을 해 대며 속에 든 걸 다 토하는 중이야."

"케이티가 아닐 거예요. 밖으로 나갈 때만 해도 멀쩡했어요."

꼬챙이가 대답했다. 레이니는 저절로 나오는 웃음을 숨겼다. 케이티가 뭘 하러 나갔는지 알 것 같았다.

"혹시 모르니까 나가서 확인해 볼게요."

레이니가 밖으로 나가면서 말했다.

레이니는 객실 앞 좁은 통로에서 케이티를 만났다. 예상대로 땀이 맺히고 빨갛게 달아오른 얼굴이었다. 그런데 짜증이 난다는 표정으로 쿵쿵 걸어오고 있었다. 케이티는 레이니를 발견하고 아무렇지 않은 표정을 지으려고 했지만 이미 늦었다. 레이니 얼굴에 재미있다는 표정이 가득했다.

"할 말 없어."

케이티가 말하며 홱 지나쳤다.

"잘 안 됐어?"

레이니가 물었다.

"무슨 말을 하는 건지 모르겠는걸."

케이티가 뒤도 돌아보지 않고 대답했다.

대포알은 할 일이 있어서 아이들끼리만 저녁을 먹었다. 그런 다음 케이티는 창문 밑에 양동이를 놓고 레이니와 꼬챙이가 그 위에 올라서서 밖을 내다보게 해 주었다. 동그란 보름달 빛이 바닷물에 반사되어 반짝거렸다. 사랑스러운 광경이었다. 케이티는 콘스턴스도 그 광경을 보도록 들어 올려 주겠다고 제안했다. 하지만 콘스턴스는 침상에 누운 채 목걸이만 들여다보며 그럴 기분이 아니라고 대답했다.

사실 콘스턴스는 지금 괴로움에 시달리고 있었다. 끔찍한 소식이 배달된 그날 아침 이후, 콘스턴스는 복잡한 감정의 소용돌이에 휘말려 도무지 빠져나올 수가 없었다. 어쩌면 당연한 일이었다. 콘스턴스는 지난 일 년 동안 베네딕트 선생님에게 완전히 의지하며 살았다. 그전까지 돌봐주는 사람이 거의 없었던 콘스턴스에게 일 년은 아주 오랜 시간이었다.

베네딕트 선생님이 사라지고 어쩌면 평생 못 보게 될 수도 있는 지금, 콘스턴스는 그동안 베네딕트 선생님이 자신에게 어떤 사람이었는지 골똘히 생각했다. 지금까지 베네딕트 선생님은 다정한 보호자이자 정신적인 지주였다. 그러나 콘스턴스의 아빠는 아니었다. 적어도 지금까지는. 콘스턴스에게는 그 차이가 무척 크게 느껴졌다. 왜 그런지는 콘스턴스 자신도 알 수 없었다. 하지만 베네딕트 선생님의 양녀가 되면 자신의 생활은 완전히 달라질 거라고 오랫동안 믿어 왔다. 집 없는 괴상한 고아가 아니라 새로운 사람으로 다시 태어나는 것이다. 그런데 이제 그럴 가능성이 사라질 위험에 처하고 말았다.

이 생각을 하다 보니 서너 달 전 이른 아침에 나누었던 이야기가 떠올랐다. 베네딕트 선생님이 넘버 투와 함께 식당에 들어서던 장면부터 아주 생생하게 기억났다. 콘스턴스가 졸린 표정으로 시리얼을 거의 다 먹었을 즈음이었다. 두 사람은 녹색과 노란색과 빨간색의 절묘한 조화를 이루며 나타났다. 베네딕트 선생님은 평소처럼 녹색 격자무늬 양복 차림이었고 새빨간 머리를 풀어헤친 넘버 투는 평소처럼 노란 옷을 입고 있었다. 콘스턴스의 흐릿한 눈에 두 사람은 피카소가 그린 교통 신호등처럼 보였다.

"나는 피카소도 마음에 들지 않아."

콘스턴스가 인사 대신 중얼거렸다.

"콘스턴스도 잘 잤니?"

베네딕트 선생님이 말했다. 넘버 투는 여러 가지 그림과 공책을 꺼내기 시작했다.

"싫어요. 너무 이르잖아요."

콘스턴스가 항의했다. 아직은 말하기도 싫었고 베네딕트 선생님의 이상한 훈련은 더더욱 싫었다. 이 집에 들어온 후 베네딕트 선생님은 콘스턴스에게 거의 매일 이상한 과제를 내주고 있었던 것이다.

베네딕트 선생님이 빙그레 웃으며 두 손을 양복 주머니에 찔러 넣었다.

"하지만 얘야, 지금이 제일 좋은 시간 같구나."

"아침 먹는 중이잖아요."

"시리얼은 다 먹었잖아. 우유만 조금 남았네."

넘버 투가 지적했다.

콘스턴스는 이 말에 토를 달고 싶었지만 그럴 수 없다는 사실을 깨닫고 물었다.

"내가 도대체 왜 이런 훈련을 받아야 하는 건데요? 그래야 한다는 말도 안 되는 법이라도 있나요?"

"미안하지만 그 이야기는 벌써 끝나지 않았니?"

베네딕트 선생님이 깜짝 놀란 척하면서 물었다. 그것에 대해 전에 충분히 토론했기 때문이다. 그것도 한 번 이상. 베네딕트 선생님이 식탁 의자에 앉자, 열심히 지켜보던 넘버 투도 의자에 앉았다. 그리고 약간 피곤한 표정으로 주머니에서 꺼낸 아몬드를 입안에 한 움큼 털어 넣었다.

베네딕트 선생님이 말했다.

"나는 비공식 보호자로서 네 교육에 대해 상당한 책임감을 느끼고 있어. 이렇게 피곤한 훈련을 시키는 이유는 바로 그 때문이야. 법적으로 우리는 이렇게 할 의무가 없어. 아직은 너와 내가 법적으로 규제받는 관계는 아니니까."

"내가 아직까지 합법적인 양녀는 아니라는 뜻인가요?"

콘스턴스가 묻자, 베네딕트 선생님이 대답했다.

"그런 부분도 있어. 하지만 실제로는 훨씬 복잡해."

콘스턴스는 시선을 피했다. 지금까지 콘스턴스는 베네딕트 선생님의 양녀가 되고 싶다는 말을 제대로 꺼낸 적이 없었다. 오히려 그런 이야기가 나올 때마다 마음이 불편했다. 하지만 불안한 마음이 더 컸다. 레이니가 공식적으로 페루멀 선생님의 양자가 되었다는 소식을 두 달 전에 들었는데, 자신은 왠지 모를 이유 때문에 그렇게 되지 않았다. 그래서 콘스턴스는 베네딕트 선생님이 생각을 바꾼 건 아닌지 의심스럽기까지 했다.

"'복잡하다'는 건 구체적으로 무슨 뜻인가요? 아직까지 나를 양녀로 입양하지 않은 이유가 뭐예요?"

콘스턴스는 아무래도 괜찮다는 말투로 물었다.

베네딕트 선생님은(보통 때처럼 이가 빠진 빗으로 빗은 듯) 헝클어진 백발을 한 손으로 쓸어 넘기고 한숨을 쉬면서 대답했다.

"절차상의 문제 때문이야, 콘스턴스. 너는 모르겠지만, 공식 기록에 의하면 너는 존재하지 않아. 그래, 네 생각은 다르다는 걸 알아.

그리고 나 역시 그렇게 생각해. 하지만 공식적으로는 그렇지 않아. 따라서 나는 네가 이렇게 존재한다는 사실을 관계 기관에 증명해야 하는데 거기서는 네가 이렇게 생생하게 살아서 숨 쉬고 있다는 구체적인 사실을 인정하지 않고 있어. 확실하진 않지만, 네가 태어났다는 증거 자료가 없기 때문인 것 같아."

베네딕트 선생님은 잠시 말을 멈추고 콘스턴스가 웃는지 살펴보았다. 두 사람은 그 누구도 재미없어 하는 농담을 자주 즐기는 편이었고, 베네딕트 선생님은 쉽게 흥분하는 콘스턴스의 성격을 우스운 농담으로 달래 주곤 했다. 하지만 콘스턴스가 눈살만 찌푸리자 선생님은 목청을 가다듬으며 말을 이었다.

"어쨌든 관계 기관은 공식 서류를 보여 달라고 하는데 그런 서류는 어디에도 없는 것 같아. 그래서 너도 알겠지만 지금 우리는 커다란 벽에 부딪혔어. 하지만 분명한 건 너라는 존재가 법적으로 인정되기만 하면 입양 과정 전체가 부드럽게 진행될 거라는 사실이야. 그리고 그렇게 될 때까지 너는 우리와 똑같은 가족의 일원으로 살아가는 거야. 법이 인정하든 안 하든 상관없이."

하지만 콘스턴스는 이 말에 조금도 만족할 수 없었다.

"속삭임을 쓰면 어때요?"

콘스턴스가 묻자, 베네딕트 선생님이 눈썹을 치켜 올리며 되물었다.

"속삭임?"

"속삭임을 사용해서 내가 태어난 곳을 떠올리게 하면 되잖아요!

선생님이 속삭임을 고쳐서 기억을 살릴 수 있도록 만들었으니까요. 그렇죠? 그러니까 나한테 그렇게 하세요! 그럼 내가 태어난 곳이 어디고 부모님이 누군지 알 수 있을 거……."

베네딕트 선생님이 머리를 흔들었다.

"안타깝지만 지금 당장 그렇게 할 순 없어."

콘스턴스가 잔뜩 흥분해서 물었다.

"왜요? 관계 기관이 그렇게 못하게 해서요? 그렇다면 최면은 어때요? 밀리건 아저씨가 선생님은 최면술 실력이 뛰어나다고 했어요. 그러니 나한테 최면을 거세요! 그럼 찾아낼 수 있어요……. 다 찾아내서……."

베네딕트 선생님의 표정을 본 콘스턴스는 용기를 잃고 말끝을 흐렸다. 선생님은 절대로 콘스턴스에게 속삭임을 사용하지 않을 것이다. 하지만 콘스턴스는 안타까운 마음에 계속 고집을 부리며 팔짱을 낀 채 선생님을 노려보기만 했다. 넘버 투는 의자에 앉아 불안하게 움직이며 두 사람을 번갈아 보았다. 그리고 아몬드만 조용히 씹어 먹으려고 애썼다.

베네딕트 선생님이 다정하게 말했다.

"콘스턴스, 너한테 최면이나 속삭임이 통할지 모르겠구나. 세 살짜리 아이의 마음은 기억을 간직할 수가 없어. 그럴 정도로 충분히 발달하지 않았거든. 사람들은 자신이 걸음마를 배우던 때를 기억할 수가 없어."

콘스턴스가 화를 내며 반박했다.
"나는 곧 네 살이에요. 게다가 나는 다른 사람과 달라요. 그렇기 때문에 이런 멍청한 훈련을 시키는 거 아닌가요?"
베네딕트 선생님이 대답했다.
"네가 나한테 왔을 때는 두 살이었어. 그래, 맞아. 너는 특별한 능력이 있어서 도움을 충분히 받으면 과거를 떠올릴지도 몰라. 하지만 그래서 기억이 떠오른다 해도 너는 그 기억을 받아들일 마음의 준비가 되지 않은 것 같아. 나는 그런 모험을 할 수 없어. 콘스턴스, 여러 정황으로 미루어 보건대, 너를 그렇게 어린 나이에 혼자 세상으로 내몬 상황을 떠올리는 건 아주 고통스러울 거야. 나이가 들면 모르지. 하지만 지금 당장은 너한테 그런 고통까지 겪게 할 수 없어. 너와 친구들은 벌써 충분히 힘든 일을 겪었어. 그리고 너는 아직 아주 어리다는 사실을 잊지 말아야 해."
콘스턴스가 으르렁거렸다. 마음속 깊숙한 곳이 아파 왔다.
"좋아요. 그래서 나를 입양할 수도 없고 그렇게 하는 데 필요한 조치도 취하지 않겠다는 거군요. 괜히 얘기해서 미안해요. 그럼 그 멍청한 훈련이나 시작해 보세요."
"나를 봐, 콘스턴스."
베네딕트 선생님이 말했다. 콘스턴스는 시선을 피했다. 선생님이 다시 속삭였다.
"애야, 너는 잘 모르겠지만 나는 너한테서 아주 독특한 재능을 발

건했어. 그래서 네가 그 능력을 깨닫도록 도와줄 생각이야. 네가 그걸 깨닫게 되면 무척 당황할 거라는 사실을 잘 알기 때문에 중요한 재능이 아니라면 너한테 말도 꺼내지 않았을 거야. 하지만 그건 아주 중요한 재능이야. 그러니 제발, 콘스턴스. 나를 봐."

화가 나 있었지만 호기심이 일었고, 여전히 베네딕트 선생님을 사랑하는 마음에 콘스턴스는 고개를 들었다. 베네딕트 선생님은 안경을 벗고 밝은 녹색 눈동자로 자신을 가만히 바라보고 있었다. 콘스턴스는 처음에 베네딕트 선생님이 곧 잠들 거라는 느낌을 받았다. 그런 다음에는 왜 그런 느낌이 드는지 궁금했다.

베네딕트 선생님이 말했다.

"너는 어떤 것에 대해서 모른 척할 때가 많은데, 그 이유는 자신이 그걸 어떻게 알게 되었는지 모르기 때문이야. 그래서 혼란스러워하지. 하지만 너는 확실히 알고 있어, 콘스턴스. 네가 지금부터 그 사실에 집중하면 좋겠어. 네가 지금 막 눈을 들었을 때 나는 그 눈에서 궁금증이 이는 걸 보았어. 어떤 느낌이 떠오른 거야, 그렇지 않니? 내 마음속 생각이나 감정 상태에 대해서 말이지."

콘스턴스가 중얼중얼 대답했다.

"선생님이 잠들 것 같았어요. 하지만 왜 그런 느낌을 받았는지 모르겠어요."

베네딕트 선생님이 빙그레 웃었다.

"내 표정에서 눈에 익은 특징을 발견한 게 분명해. 다른 사람은 볼 수 없는 특징이겠지. 설명은 나중으로 미루고 지금 당장은 한 가지에 집중하도록 하자. 네가 마음이 내킬 때만 그런 느낌을 알 수 있게 하는 거야. 잠시 동안만 그렇게 할 수 있겠니?"

콘스턴스는 잠시 망설이다가 고개를 끄덕였다.

"무슨 말인지 모르겠지만…… 좋아요, 그렇게 해요."

"고마워. 네가 완벽하게 집중하는 동안 나는 솔직하게 말할게. 너한테 하고 싶은 말이 있는데, 내가 그 말을 하는 동안 나를 계속 봐야 해. 준비됐니?"

콘스턴스는 마음을 다잡았다. 심장이 콩닥거렸다. 어떤 말이 나올지 몰랐기 때문이다.

"준비됐어요."

"내가 말하고 싶은 건 이거야. 우리 식구들은 모두 너를 사랑한다는 거. 론다도 너를 사랑하고 넘버 투도 너를 사랑하고 나도 너를 사랑해. 우리는 이미 너를 한 가족으로 여기고 있어. 그리고 우리는 모든 수단을 동원해서…… 그래, 무슨 일이 있어도…….'

베네딕트 선생님이 말하다가 눈을 감더니, 식탁으로 풀썩 쓰러지며 콘스턴스가 먹던 시리얼 사발을 엎질렀다. 우유가 공책과 그림 쪽으로 흐르기 시작했다.

"맙소사."

넘버 투가 깜짝 놀라며 일어섰다. 그리고 우유가 베네딕트 선생님의 머리칼에 묻기 전에 셔츠 소매로 닦으며 한탄했다.

"이렇게 될 거라고 예상했어야 하는 건데."

콘스턴스는 깜짝 놀라서 눈만 깜빡거렸다. 자신은 그렇게 될 거라고 예상했기 때문이다. 베네딕트 선생님이 곯아떨어지기 직전에 "이제 잠이 들겠다"는 생각이 번뜩 떠오른 것이다. 베네딕트 선생님 말이 맞았다. 콘스턴스는 일어날 상황을 미리 느낄 수 있었다…….

"선생님 말씀이 진심이란 사실을 네가 깨닫길 바랄게."

넘버 투가 말했다. 무뚝뚝한 목소리였지만 그래서 콘스턴스는 넘버 투가 베네딕트 선생님의 말에 더욱더 깊은 감동을 받았다는 사실을 알 수 있었다.

"나도 알아요. 내 말은, 적어도…… 그 정도는 알 것 같아요."

콘스턴스는 베네딕트 선생님이 말하는 동안 자신이 확실하게 받은 느낌을 떠올리며 대답했다.

"그래야지. 다행이야. 그런데 너는 내가 이걸 치우는 걸 도와줄 생각이니 아니면 가만히 앉아서 구경만 할 생각이니?"

콘스턴스는 천천히 미소를 띠었다. 갑자기 굉장한 행복이 밀려들었다. 그리고 넘버 투가 예상하는 그대로 대답했다. 자기는 가만히 앉아서 구경만 하겠다고.

지름길 호의 객실 침상에 누워서 그날 아침에 있었던 일을 떠올리다 보니, 콘스턴스는 그때 느낀 커다란 행복만큼이나 커다란 슬픔을 느꼈다. 자신이 어디에서 왔는지도 모르고 지금 어디로 가고 있는지도 몰랐다. 지난 생활도 거의 떠오르지 않았다. 떠오르는 건 베네딕트 선생님과 함께 살던 시절밖에 없었다. 자신이 의지할 것은 그것밖에 없었다. 그런데 지금은 그조차도 사라지고 말았다. 콘스턴스는 최대한 조용하게 코를 훌쩍거렸다.

레이니가 침상 옆에서 무릎을 꿇고 위로했다.

"두 분 다 괜찮으실 거야."

콘스턴스는 콕콕 쑤시는 눈을 문지르며 물었다.

"그걸 네가 어떻게 알아? 그 무서운 사람이 두 사람한테 벌써 끔찍한 짓을 저지르지 않았다는 걸 네가 어떻게 아느냐고. 두 사람이 아직까지…… 아직까지……."

"그냥 알아."

레이니가 대답했다. 콘스턴스는 레이니가 없는 믿음을 억지로 끌어 올리며 대답한다는 사실을 알았다. 하지만 그 말에 매달리고 싶었다. 그래서 희망을 최대한 많이 담은 눈으로 레이니를 물끄러미 바라보았다.

"그냥 알아."

레이니가 다시 말했다. 두 친구는 그 말이 맞기를 진심으로 바랄 뿐이었다.

날씨도 중요해

아이들이 육지아냐 선장님을 기다리는 동안 시간은 슬금슬금 지나갔다. 대포알이 갑판에 올라가도 괜찮을 거라고 판단한(비가 와서 회사 중역진 모두가 갑판 밑으로 내려갔다.) 짧은 순간을 제외하고 아이들은 갑갑한 객실에 계속 갇혀 있었다. 그리고 갑판에 올라 갔을 때도 비를 피하기 위해 머리에 방수포를 뒤집어써야 했기 때문에 별다른 재미가 없었다. 우선 나가 있었던 시간 자체가 너무 짧았다. 콘스턴스는 황소개구리와 방수포 돼지에 대해(레이니와 꼬챙이가 자신을 너무 밀어붙인다고 비난하면서 콘스턴스가 사용한 표현) 근사하게 투덜대는 시 한 편을 썼고, 레이니와 꼬챙이는 얼굴을 잔뜩 찡그린 시인 친구와 함께 있으면 비가 쭈룩쭈룩 내리는 추운 저녁 시간이 더욱더 비참해진다는 사실을 절실히 느꼈다. 케이티는 함교 꼭대기에 있는 폐를 불러서 대포알의 방에 몰래 숨겨 놓았다.(예의 바른 대포알이 아이들 객실은 너무 비좁다며 고집을 부렸다.) 이 모든 일이 일어나는 데 오 분도 걸리지 않았다. 그러고 나서 아이들은 갑판 밑으로 물러나 아무것도 하지 않고 계속 기다리기만 하는 중이었다.

콘스턴스는 마침내 포기하고 침상에서 꾸벅꾸벅 졸았다. 그 위쪽 침상에서는 꼬챙이가 두 발을 밑으로 대롱거리며 앉아 머리를 슬슬 긁으면서(살짝 자라난 머리칼이 사포처럼 느껴지기 시작했다.) 현대의 대형 선박에 대해 끝없이 설명을 늘어놓았다. 처음에는 지름길에 대한 신문 기사 이야기만 했지만 이야깃거리가 떨어지자 항해와 관련된 온갖 것에 대해 말하기 시작한 것이다.

레이니는 건너편 위쪽 침상에 누워서 팔로 머리를 받친 채 배의 구조적인 혁신에 대해 생각했다. 하지만 최근 들어 말이 몹시 많아진 꼬챙이에 대해서 더 많이 생각했다. 예전에 꼬챙이는 사람들이 자기를 보거나 자기 말에 귀 기울이는 것 자체를 힘들어했다. 그런데 요즘은 정반대로 변한 것 같았고 그 결과 몹시 따분한 아이가 되었다. 천성적으로 호기심이 많은 레이니조차 꼬챙이가 묻지도 않은 내용에 대해 강의할 때면 듣고 있기가 괴로웠다. 레이니는 하품을 하면서 몸을 쭉 폈다. 그리고 케이티를 내려다보았다. 케이티가 어떻게 견뎌 내는지 궁금했다. 성격이 아무리 좋은 케이티라 해도 몇 시간 동안 갇혀 있기는 쉽지 않을 터였다.

케이티는 사람들이 가장 고통스러워하는 자세로 양쪽 다리를 정교하게 꼰 채 바닥에 앉아서 양동이에 내용물이 제대로 들어 있는지 확인하는 중이었다. 레이니가 본 것만 벌써 다섯 번째였다. 케이티는 꼬챙이의 강의를 대충 흘려듣는 것 같았다.

그런데 바로 그 순간, 꼬챙이가 이제 쉬어야겠다고 중얼거리면서 몸을 틀어 벽 쪽으로 얼굴을 돌렸다. 자신이 잘난 척하는 말투로 너무 오래 떠벌렸다는 사실을 갑자기 깨닫고 당황한 나머지 얼굴이 빨갛게 달아올랐기 때문이다.

꼬챙이도 자신의 이런 모습이 몹시 싫었다. 전에는 이런 적이 없었다. 하지만 최근 들어서 자기도 모르는 사이에 그렇게 행동할 때가 많았다. 사람들은 꼬챙이가 정말 대단한 아이라는 듯 바라보곤 했는데 그럴 때마다 기분이 날아갈 것 같았다. 대포알이 깜짝 놀란 표정으로 꼭 껴안았을 때 밀려들었던 황홀함이 바로 그런 느낌이었다. 하지만 별다른 반응이 없을 때, 또는 사람들이 죽도록 따분해하거나 자신의 설명이 틀리기라도 했을 때는 화가 솟구치거나 창피해서 죽고 싶었다. 꼬챙이는 레이니의 침착하고 태연한 성품이 부러웠다. 케이티의 흔들리지 않는 용기와 명랑한 성격은 말할 것도 없었다. 심지어 콘스턴스조차 부러웠다. 콘스턴스한테는 그렇게 행동할 수밖에 없는 핑계라도 있었기 때문이다. '그런데 지금 네 살짜리 아이까지 부러워하고 있는 거야?' 꼬챙이는 베개로 얼굴을 눌렀다. 자기한테 정말 심각한 문제가 있다는 생각이 들었다.

하지만 그것은 전혀 심각한 문제가 아니었다. 꼬챙이는 몰랐지만, 그것은 가슴에 자부심이라는 새로운 마음이 자리 잡고 있다는 증거였다. 꼬챙이는 일 년 전만 해도 자부심 같은 것을 거의 느끼지 못했다. 지금 느끼는 괴로움은 거기에 적응하면 해결될 문제에 불과했다.

콘스턴스가 눈을 깜짝이며 불안한 표정으로 주변을 둘러보자, 레이니가 말했다.

"이제 깨어났구나. 괜찮아, 콘스턴스. 네가 잠시 졸아서⋯⋯."

"누가 오고 있어!"

콘스턴스가 날카롭게 속삭였다. 레이니와 꼬챙이는 몸을 똑바로 폈고 케이티는 벌떡 일어나서 상체를 숙인 채 방어 자세를 취했다.

"진정해, 콘스턴스. 꿈을 꾼 거야. 여기는 안전해⋯⋯."

레이니가 말했다. 심장이 쿵쾅거렸다.

바로 그때 문을 두드리는 소리가 났다. 모두가 얼어붙었다.

"아무도 없니?"

어른 목소리가 들렸다. 육지아냐 선장님이었다. 케이티가 깜짝 놀란 표정으로 콘스턴스를 보며 물었다.

"도대체 어떻게⋯⋯? 아니야, 나중에 얘기하자."

케이티가 말을 마치고 문을 열었다.

육지아냐 선장님이 조그만 상자를 들고 복도에 서 있었다. 얼굴에 피곤한 기색이 가득한데도 선장님은 아이들을 보고 다정하게 웃으며 안으로 들어와서 말했다.

"그래, 우리 친구들, 이럴 수밖에 없는 상황이 안타까워. 너희를 내 선실로 초대하고 싶었는데 말이지. 그래도 결국 이렇게 만나서 정말 기쁘구나. 지름길을 탄 기분이 어떠니? 정말 빨리 달리지 않니?"

아이들이 반가운 표정으로 예의 바르게 대답하자, 육지아냐 선장님이 무릎을 꿇고 상자를 열었다. 그러자 빼곡하게 집어넣은 조그만 접이식 식탁과 접시, 커피 주전자와 컵, 크림 한 병과 과자 깡통 두 개가 나왔다. 육지아냐 선장님은 식탁을 펼치고 먹을 것을 꺼냈다. 레이니와 꼬챙이는 조그만 식탁을 건드리지 않도록 침상에서 조심스럽게 내려와야 했다. 바닥이 발을 디딜 틈도 없을 정도로 좁았기 때문이다. 네 아이가 아래쪽 침상에 두 명씩 앉자 식탁 모서리는 무릎을 눌렀고 발은 그 밑에서 어색하게 뒤섞였다. 육지아냐 선장님이 양쪽 팔꿈치를 옆구리에 딱 붙인 채 미안한 표정으로 웃으며 컵을 하나씩 나눠 주었다.

"누가 심하게 움직이지만 않으면 그런대로 괜찮을 것 같아. 해군 커피를 마셔 본 적이 있니?"

"그게 뭔데요?"

케이티가 주전자에 들어 있는 새까만 액체를 의심스러운 눈초리로 바라보며 물었다. 꼬챙이가 대답했다.

"소금을 조금 넣고 끓인 커피야. 그러면 소금 때문에 쓴맛이 줄어들거든."

"너는 자주 마셨나 보구나!"

육지아냐 선장님이 대단하다는 표정으로 꼬챙이를 바라보며 말했다. 그러고는 컵에 해군 커피를 차례대로 조심스럽게 따랐다.

"걱정 마, 케이티. 그렇다고 소금 맛이 나는 건 아니니까. 맛이 강하고 산뜻해."

아이들은 차례대로 컵에 크림을 넣었다. 선장님은 객실 문에 등을 댄 채 점잖게 기다렸다. 마침내 모든 준비가 끝나자, 선장님은 커피가 샴페인이라도 되는 듯 모두의 건강을 위해 건배했다. 그런 다음 두 눈을 감고 천천히 커피를 마시며 그 맛을 음미했다.

레이니는 해군 커피를 마시다가 하마터면 숨이 막힐 뻔했다. 커피가 아니라 휘발유나 감기약을 들이킨 느낌이었다. 다행히도 육지아냐 선장님은 여전히 두 눈을 꼭 감고 있어서 레이니가 얼굴을 찡그리고 커피를 억지로 삼키는 모습을 보지 못했다. 레이니는 친구들에게 경고하는 시선을 보냈지만 약간 늦은 것 같았다. 케이티가 잔뜩 찡그린 얼굴로 억지로 웃으려고 애쓰는 중이었다. 레이니가 목멘 소리로 물었다.

"그럼 선장님은 해군 출신이신가요?"

"해군에서 베네딕트와 만났지. 베네딕트와 나는…… 너희, 왜 그러니?"

육지아냐 선장님이 갑자기 물었다. 두 눈을 활짝 뜬 선장님이 자신을 불안한 표정으로 바라보는 아이들을 발견한 것이다.

사실 아이들은 집으로 돌려보내질 위험을 무릅쓰고 선장님에게 모든 것을 털어놓기로 결정한 상태였다. 하지만 막상 말을 꺼내려니 겁이 났다. 선장님이 리스본에 도착하자마자 아이들을 비행기에 태워서 돌려보내면 어떻게 하지? 혹은, 도와주고 싶어도 도와줄 수 없다면 어떻게 하지? 실마리가 더 나오지 않으면 어떻게 하지?

"베네딕트 선생님에 관해 선장님께 드릴 말씀이 있어요."

레이니가 잠시 멈춘 다음에 다시 말했다.

"지금 선생님은······."

바로 그때, 객실이 기우는 것 같았다. 아이들은 하마터면 침상에서 떨어질 뻔했고 커피 주전자와 접시는 식탁 건너편으로 미끄러졌다. 육지아냐 선장님이 벌떡 일어나 그것들을 붙잡았다. 객실은 곧 옆으로 기울었을 때처럼 금세 똑바로 돌아왔다.

육지아냐 선장님은 아이들이 방금 일어난 일을 눈치채지 못했다고 생각하는 듯 이렇게 말했다.

"바다가 점점 거칠어지는 것 같아. 하지만 걱정하지 마. 그리 심각한 것도 아니고 오래가지도 않을 테니까. 아침이면 우리는······ 잠깐, 베네딕트에 관해서 나한테 할 말이 있다고 했지?"

잠시 후 아이들이 간단히 설명을 마쳤다. 육지아냐 선장님은 두 손에 턱을 괸 채 조그만 상자에 앉아 있었다. 굉장히 놀란 표정이었다.

"믿을 수가 없어. 바로 지난주에 리스본에서 나한테 전화를 했거든. 넘버 투와 함께 재밌는 여행을 즐기는 중이라면서."

"그럼 두 분은 리스본에 계시는 건가요?"

레이니가 희망 어린 표정으로 묻자, 육지아냐 선장님이 대답했다.

"그때는 그랬어. 그날 오후에 떠난다고 했으니까. 준비가 제대로 되었는지 확인하려고 전화한 거야. 몇 달 전에, 나는 이 배의 처녀항해에 동승할 손님으로 베네딕트를 초대했지. 베네딕트는 자기 대신 너희를 태워 줄 수 있느냐고 물었어. 나는 기꺼이 그러겠다고 대답했지. 그래서 나는 베네딕트가 너희를 위해 계획한 깜짝 선물에서 중요한 역할까지 맡게 되었어."

"어떤 역할요?"

케이티가 물었다.

"베네딕트가 몇 주일 전에 나한테 보낸 봉인된 편지를 너희한테 건네는 역할이지. 베네딕트는 뭔가를 준비하는 중이라고 했어. 준비가 제대로 끝나면 리스본에서 전화를 걸 테니, 우리가 항구에 도착한 다음에 너희한테 봉투를 주라고 당부했어. 너희가 국경을 통과하는 데 필요한 서류와 함께."

"지금 그 봉투를 가지고 계세요?"

레이니가 물었다.

"내 선실에 있어. 이걸 다 먹은 다음에 가져올 테니까 그때 함께 열어 보자. 너희끼리 이 일을 해결하려는 용기는 가상하지만 너희의 안전을 위해서는 허락할 수 없어. 물론 너희를 돌려보내진 않을 거야. 하지만 내가 함께 가서 도와야겠어."

육지아냐 선장님이 말하자, 레이니가 대답했다.

"우리가 도움을 바라지 않는 건 아니에요. 그리고 어른의 보호가 싫은 것도 아니에요. 하지만 커튼 선생은 의심이 많고 아주 똑똑해요. 텐 맨이라는 충실한 부하들이 선생님을 감시하고 있을 거예요. 그리고……."

육지아냐 선장님이 말을 가로챘다.

"나도 알아. 정부가 끼어들면 안 된다는 거지? 최대한 은밀하게 진행해야 하고. 그건 괜찮아, 레이니. 적절한 조치를 취할 테니까. 너희는 모르겠지만 베네딕트는 나한테 생명의 은인이야. 그러니 다시 말해 봐. 필요한……."

바로 그때 문을 두드리는 소리가 났다.

"선장님, 안에 계세요?"

"방해하지 말라고 했잖아!"

육지아냐 선장님이 소리치자, 대포알이 머리를 들이밀며 대답했다.

"비상사태는 예외라고 하셨잖아요, 선장님."

육지아냐 선장님이 벌떡 일어서며 물었다.

"무슨 일인데, 대포알?"

젊은 항해사는 닫힌 문에 등을 기대고 서서(거기 말고는 설 자리가 없었다.) 대답했다.

"저, 선장님, 프레시우스 이사님이 다른…… 음, 다른 이사님들한테 자신이 어마어마한 양의 다이아몬드를 가지고 있다고 말한 걸 아시나요? 그 가치가 지름길은 물론이고 선원까지 모두 합친 것보다 높다고 한 말요."

"기억나는 것 같군."

선장님이 냉랭하게 대답했다.

"그런데 선장님께서 나가신 다음에 프레시우스 이사님이 토마스 이사님한테……."

대포알이 주저하며 아이들을 보았다.

"말해도 괜찮아, 대포알."

"네, 선장님. 다이아몬드 모조품이 있다는 말을 했습니다."

육지아냐 선장님이 아이들한테 설명했다.

"프레시우스 이사가 플라스틱 다이아몬드를 한 상자 가져왔어. 강도가 들이닥치면 미끼로 쓰려고 생각한 것 같아. 영화를 보고 그런 생각을 떠올린 게 분명해."

선장님이 계속 냉랭한 표정으로 말했다. 하지만 아이들은 육지아냐 선장님이 프레시우스 이사를 아주 어리석은 사람으로 여긴다는 인상을 강하게 받았다.

"그래서 대포알, 무슨 일이 일어났다는 거지?"

"네, 선장님. 저, 프레시우스 이사님이 모조품도 아주 정교하고 지금까지 만든 것 가운데 최고라고 자랑했습니다. 토마스 이사님이 봐도 그 차이를 모를 거라고요. 자기가 모든 분야에 있어서 전문가라고 자부하던 토마스 이사님은 당연히 그 말이 마음에 들지 않아서…….”

"그게 어떻게 비상사태라는 거야?"

육지아냐 선장님이 물었다.

"지금 그 설명을 드리는 겁니다, 선장님. 그래서 토마스 이사님과 프레시우스 이사님이 저한테 비밀 창고로 안내해서 상자를 열라고 강요했습니다. 저는 어떻게 해야 좋을지 몰랐습니다. 선장님이 그분들의 기분을 거스르지 말라고 하신 데다 다이아몬드는 어차피 프레시우스 이사님 소유라고 판단한 저는…….”

"그래, 그건 자네가 잘한 거야."

선장님이 말하자 대포알이 다행이라는 표정으로 대답했다.

"고맙습니다, 선장님. 문제는 프레시우스 이사님이 내기에서 이기게 되었다는 것입니다. 현미경이 없으면 진짜 다이아몬드와 플라스틱 다이아몬드를 구분할 수가 없더군요."

"그게 왜 문제라는 건가?"

육지아냐 선장님이 물었다.

"왜냐하면…… 저, 선장님, 몇 분 전에 배가 흔들린 걸 알아채셨나요? 한쪽으로 약간 기울었을 때요. 토마스 이사님과 프레시우스 이사님이 상자 뚜껑을 열고서 불빛이 더 밝은 곳에 비춰 보려고 할 때 그 일이 일어났는데, 두 분 모두 흔들리는 배에 아직 제대로 적응하지 못해서, 그래서…… 다이아몬드와 모조품이, 두 분이…… 그걸 모두 바닥에 쏟고 말았습니다."

"바닥에 쏟아?"

"그렇습니다, 선장님. 그래서 다이아몬드가 뒤섞였습니다. 비밀 창고 사방에 흩어져서……."

"멍청이들!"

육지아냐 선장님이 이렇게 소리치더니 한 손으로 이마를 짚었다.

"말하지 않아도 돼. 프레시우스 이사가 그 사태를 직접 수습하지 않으려고 하겠지. 자네한테 진짜랑 가짜를 분류하라고 했겠군."

"네, 선장님. 물론 엄중한 감시를 받으면서요. 프레시우스 이사님이 저한테 현미경으로 다이아몬드를 하나씩 검사해야 한다고 했습니다. 제가 작업을 끝내면 자신이 다이아몬드를 검사하겠지만 처음에 골라 내는 작업은 절대 하지 않겠답니다. 그건 정말 짜증스러운 일이라면서 말입니다. 배가 흔들리지 않았다면 애초에 그런 일도 일어나지 않았을 거랍니다."

"당연히 그렇게 말했겠지. 그래서 자네는 뭐라고 대답했나?"

"저는 먼저 선장님께 보고를 드려야 한다고 대답했습니다. 선장님이 다른 사람을 지명할 수도 있다고요. 몇 시간은 걸릴 텐데 저는 할 일이 많아서……."

"누구나 할 일이 많아!"

육지아냐 선장님이 날카롭게 소리치더니 숨을 깊이 들이마시고 천천히 내쉬며 다시 말했다.

"미안하네. 어디가 됐든 몇 시간 동안 일손을 빼내는 건 불가능해. 지금도 일손이 부족한 형편이야. 모든 선원이 잠자는 시간까지 줄여 가며 두 배로 근무하는 중이고, 파도는 점차 거칠어지고 있어. 게다가……."

육지아냐 선장님이 아이들을 의미심장한 표정으로 바라보며 계속 말했다.

"여기에 있는 우리 친구들이 나한테 지금 막 아주 중요한 문제를 알려 주었어."

대포알이 두 손에 들고 있던 모자를 쥐어짰다. 그리고 바닥을 내려다보며 말했다.

"죄송합니다, 선장님. 저는 미처 그 사실을……."

"자네 잘못이 아니야, 대포알. 이사들 잘못이야. 처음에는 선원을 줄이도록 밀어붙이더니, 지금은 이러고 있군. 그러고도 지름길이 늦게 도착하면……. 조금이라도 문제가 생기면……."

육지아냐 선장님의 표정이 어두워지고 목소리는 잦아들었다. 대포알이 걱정스러운 얼굴로 대답했다.

"저도 압니다. 그게 선장님한테 무얼 의미하는지 저도 잘 알고 있습니다, 선장님. 그렇게 되면…… 음, 제가 도울 수만 있다면…… 저라도……."

육지아냐 선장님이 다시 부드러워진 표정으로 대포알 어깨에 한 손을 올려놓으며 말했다.

"괜찮아, 대포알. 능력껏 최선을 다하고 나머진 운명에 맡길 수밖에 없어. 이제 어떻게 하면 좋겠나? 지금 당장 함교에 올라가야 하는데, 누구를 지명하면 좋을까? 자리를 비울 수 있는 사람이 누구지?"

케이티가 손을 들었다.

"제가 할게요. 저는 눈이 좋고 손이 빨라요. 그 정도는 간단하게 처리할 수 있어요."

"저도 도울 수 있어요. 우리 모두 할 수 있어요."

꼬챙이도 말했다. 대포알이 환한 표정으로 대답했다.

"정말 좋은 생각이구나! 선장님 생각은 어떠세요? 저 아이들한테 그 일을 맡기면 어떨까요?"

육지아냐 선장님이 입을 열었다.

"정말 친절하구나, 얘들아. 고마워. 하지만 프레시우스 이사가 받아들이지 않을 거야. 그건 자네도 잘 알지 않나, 대포알? 자, 서두르는 게 좋겠어. 아, 누굴 보내야 할까?"

대포알이 침울한 얼굴로 대답했다.

"그렇군요, 선장님. 프레시우스 이사님이 거부하실 거예요. 좋아요. 그렇다면 제니 브리그가 어떨까요? 아니, 잠깐만요, 그 친구가 맡은 일도 중요한데······. 매튜 태너는 어떨까요?"

선장님이 머리를 흔들었다.

"태너는 프래트가 하던 역할까지 맡고 있어. 카바나프는 어떨까?

아니면······."

"잠깐만요, 육지아냐 선장님!"

레이니가 끼어들자 선장님이 수염을 긁었다. 최대한 인내심을 발휘하고 있다는 표시였다.

"그래. 왜 그러니, 레이니?"

"다이아몬드 모조품이 플라스틱이라고 하셨는데, 그 말이 맞나요? 그러면 모두 모아서 물이 가득한 욕조에 담으세요. 모조품과 진품을 함께요. 그러면 플라스틱 모조품만 물 위에 떠오를 거예요."

육지아냐 선장님과 대포알이 눈을 껌뻑거렸다. 그러다가 서로 쳐다보며 웃음을 터트렸다.

육지아냐 선장님이 커다랗게 소리쳤다.

"레이니 멀든, 네 덕분에 우리 선원이 자리를 비우지 않아도 되겠구나. 물에 넣어서 둥둥 뜨는 걸 골라낸다니, 내가 이런 생각을 왜 못했을까? 떠오르는 물건에 내 인생이 달려 있는 셈이군! 대포알, 자네가······."

"벌써 가고 있습니다, 선장님!"

대포알이 대답하고 잠시 멈춰서 레이니의 머리칼을 헝클어트린 다음에 서둘러 나갔다.

"고맙다는 말을 어떻게 해야 좋을지 모르겠구나."

육지아냐 선장님은 레이니의 잔에 커피를 다시 따르려고 하다가 레이니가 거의 마시지 않았다는 사실을 깨달았다.

"어서 마셔! 그리고 저것도 먹어라. 너희 모두 그럴 자격이 충분해. 레이니 덕분에 생각하기도 싫은 악몽에서 벗어나게 되었구나."

콘스턴스가 젤리를 친구들 몫까지 주머니에 집어넣다가 물었다.

"어떤 악몽이요?"

육지아냐 선장님이 대답했다.

"그야 물론 해고되는 거지. 이 처녀항해는 굉장히 중요해! 회사 중역들은 지름길이 이틀 안에 대서양을 건널 수 있는 믿음직한 화물선이라고 광고했지. 지름길이 그 사실을 증명해야 그들이 돈을 벌게 된단다. 하지만 실패하면 그들은 선박이 아니라 다른 데 문제가 있었다고 떠넘길 거야. 물론 그 화살을 자신들한테 돌리진 않겠지. 그럴 가능성은 전혀 없어. 나한테 짐을 싸라고 하면 되니까."

"그러면 다른 배를 찾으면 되잖아요. 저런 얼간이들 밑에서 일해야 하는 이유가 도대체 뭔가요?"

케이티가 묻자 육지아냐 선장님이 지친 표정으로 대답했다.

"간단한 문제가 아니야, 케이티. 내가 지름길 선장 자리에서 해임되면 다른 자리를 찾기가 쉽지 않아. 중역들은 내가 너무 무능해서 해고했다고 주장할 테니까. 그러다 보면 물 밖으로 밀려나는 신세가 될 거야. 그것만은 도저히 견딜 수 없어. 나는 바다에서 살아야 해."

선장님의 진심이 너무나 분명하게 느껴졌다. "물 밖으로 밀려나는 신세"라는 말을 할 때는 눈동자가 심하게 흔들리고 턱이 덜덜 떨릴 정도였다.

육지아냐 선장님이 마음을 진정하며 다시 말했다.
"이런 이야기는 이걸로 충분해. 신경을 곤두세워야 할 일이 아직 많거든. 이제 함교로 돌아가야겠다. 하지만 시간이 나면 봉인된 봉투를 가져올게. 다시 올 때 커피를 더 가져올까? 기꺼이 커피를 새로 끓여 주마."
아이들은 자신들 때문에 일부러 수고할 필요가 없다고 사정했다. 그러자 육지아냐 선장님은 최대한 빨리 돌아오겠다고 약속하며 밖으로 나갔다.

아이들은 과자 깡통을 비우면서 새로운 용기를 느꼈다. 베네딕트 선생님이 리스본에서 전화를 걸었다면 방향을 제대로 잡은 것이었다. 선장님이 도와준다면 항구에 도착하기 전에 다음 행선지를 알아낼 수도 있었다. 정말 다행이었다. 리스본에 도착할 즈음에는 베네딕트 선생님과 넘버 투한테 남은 시간이 이틀로 줄어들기 때문이다.
객실이 다시 흔들리기 시작했다. 처음에 기울었던 것처럼 심하지는 않았지만 레이니는 배 속이 흔들리는 불쾌한 느낌을 받았다. 파도가 흔들리는 기운이 배 속으로 연결된 것 같았다. 레이니는 반쯤 깨물었던 박하 쿠키를 포기하고— 무언가를 먹는다는 것 자체가 갑자기 너무나 끔찍하게 여겨졌다.— 조그만 접이식 식탁을 치우기 시작했다. 쓰러질 염려가 있었기 때문이다. 반면, 케이티는 과자 깡통을 바닥에 내려놓고 다음엔 무엇을 먹을까 고민하며 우적우적 맛있게 씹어 먹는 중이었다. 객실이 흔들려도 아무렇지 않은 것 같았다.

꼬챙이가(레이니와 마찬가지로 우울한 표정으로 쿠키를 포기하며) 제안했다.

"이제 콘스턴스가 보여 준 행동에 대해서 이야기해 볼까? 문을 두드리는 소리가 나기도 전에 육지아나 선장님이 오고 있다는 사실을 어떻게 알았어?"

콘스턴스가 눈알을 굴렸다.

"레이니 말이 맞아. 꿈을 꾼 거야. 잊어버려."

하지만 꼬챙이는 물러서지 않았다.

"설사 꿈을 꾼 거라 해도 누가 오고 있다는 사실을 정확히 예측했잖아."

"내가 보기엔 우연히 맞힌 것 같아. 네 생각은 어떠니, 레이니?"

케이티가 이렇게 말하며 일어나서 식탁 치우는 것을 도와주었다. 레이니가 균형을 못 잡고 비틀거리면서 선장님이 가져온 상자에 정강이를 계속 부딪치고 있었다.

레이니는 바닥에 풀썩 주저앉았다. 순간적으로 속이 뒤집히는 것 같았다. 레이니가 대답했다.

"잘 모르겠어. 전에도 그런 적 있니, 콘스턴스?"

콘스턴스가 어깨를 으쓱했다.

"아마 그럴 거야. 잘 모르겠어."

"그 말이 무슨 뜻이야?"

꼬챙이가 짜증스럽게 물었다. 콘스턴스는 찌푸린 얼굴로 꼬챙이를 쳐다보며 대답했다.

"전에도 그런 적은 있지만 그게 우연인지 아닌지 내가 어떻게 알겠어? 누구는 무엇이든 다 아는지 몰라도 나는 그런 사람이 아니야."

꼬챙이는 이 말을 듣고 창피해서 입을 꾹 다문 채 안경 닦는 천을 꺼냈다. 레이니가 다정하게 물었다.

"그럼 네가 알고 있는 내용만 우리한테 말해 줄래? 베네딕트 선생님이 뭐라고 하셨니……? 네 재능에 대해서 말이야."

콘스턴스는 바닥만 바라보았다. 어떻게 대답해야 좋을지, 대답을 할지 말지 곰곰이 생각하는 것 같았다. 잠시 후 케이티가 대답을 재촉하려고 했다. 하지만 레이니는 콘스턴스의 심정이 복잡하다는 사실을 알아채고 머리를 살짝 흔들어서 케이티를 말렸다. 레이니는 자신이 그렇게 한 것을 콘스턴스가 모른다고 확신했다. 그러나 콘스턴스 그 즉시 고개를 들어서 고맙다는 표정으로 레이니를 바라보았다. 레이니는 콘스턴스에게 머릿속 생각까지 읽힌 것 같아서 기분이 이상했다. 과연 그런 일이 가능할까? 베네딕트 선생님과 레이니 자신처럼 콘스턴스도 단지 직관력이 발달해서 그런 게 아닐까? 하지만 만약에…….

콘스턴스가 말했다.

"베네딕트 선생님도 별 말은 안 했어. 내가 어떤 규칙을 알아낼 수 있는데, 그것 때문일 수도 있고 그렇지 않을 수도 있다는 정도야."

"'어떤 규칙'이라니…… 무슨 뜻이지?"

꼬챙이가 물었다. 이번에는 강요하는 태도가 아니었다.

"베네딕트 선생님이 그걸 어떻게 설명하셨어?"

레이니도 물었다. 콘스턴스는 곰곰이 생각하다가 대답했다.

"좋아, 선생님은 그건 사람들이 익숙한 단어를 볼 때 철자를 일일이 살피지 않는 것과 비슷한 식이라고 설명했어. 아무리 긴 단어라도, 가령…… 아주 긴 단어가 뭐가 있지, 꼬챙이?"

"줄사닥다리?"

꼬챙이가 대답했다.

"좋아, 그건 꼬챙이가 종이에 적힌 그 단어를 볼 때랑 비슷한 거야. 꼬챙이는 그 단어를 이미 알고 있기 때문에 철자를 일일이 확인할 필요가 없어. 그렇지, 꼬챙이? 어떤 글자가 올지 알고 있으니까. 나도 그런 식이야. 훨씬 복잡한 것을 알고 있다는 것만 다를 뿐이지."

"예를 들면?"

케이티가 물었다.

콘스턴스는 당황한 표정으로 손톱을 물어뜯기 시작했다. 그리고 간신히 들리는 목소리로 말했다.

"날씨 같은 거."

"날씨?"

레이니가 눈썹을 추켜세우며 물었다.

콘스턴스가 속이 안 좋다고 중얼거렸다. 거짓말이 아니었다.(콘스턴스 혼자만 그런 게 아니라, 꼬챙이와 레이니도 배를 움켜잡고 있었다.) 하지만 친구들이 물러나지 않을 것 같았다. 그래서 마침내 입을 열었다.

"그래, 나는 날씨를 미리 알 수 있어. 베네딕트 선생님이 지적할 때까지 나도 그 사실을 모르고 있었어. 선생님은 아침마다 오늘 비가 올 것 같으냐고 물었고 나는 대충 아무렇게나 생각해서 대답했어. 날씨는 늘 내가 대답한 대로였지."

"어떻게 그럴 수가 있지?"

꼬챙이가 묻자 콘스턴스가 어깨를 으쓱했다.

"베네딕트 선생님은 사람의 마음이 주변 환경을 항상 느끼고 있다고 말했어. 우리가 그 사실을 모를 때조차도 그렇대. 풍경, 냄새, 기온 변화 같은 모든 걸 말이지. 의식적으로 그러려고 하지 않아도 느끼게 되는 거야. 베네딕트 선생님 말이, 특별히 주의를 기울이지 않아도 두뇌는 모든 대상을 저장하고 분석한대. 그래서…… 어떤 규칙을 만들어 낸다는 거지. 그 규칙을 제대로 아는 사람은, 베네딕트 선생님은 내가 그렇다고 하는데, 어떤 일을 미리 예측할 수 있다는 거야."

"그럼 네가 그 규칙을 알고 있기 때문이구나. 알겠어."

레이니가 대답하자 꼬챙이가 물었다.

"하지만 그게 아까 일어난 일과 어떻게 연결되는지 모르겠어. 어떤 규칙을 알아냈기에 선장님이 문을 두드리기 전에 예측할 수 있었던 거지?"
레이니가 자기 짐작대로 대답했다.
"콘스턴스의 무의식은 복도에서 들린 발소리를 구별해 낸 거야. 반면에 우리는 그 소리를 배에서 나는 익숙하지 않은 다양한 잡음 중 하나로 느꼈겠지. 어떤 잡음이든 일정한 규칙이 있을 거야. 어떻게 보면 아주 간단한 거지."
꼬챙이가 곰곰이 생각하다가 중얼거렸다.
"고도로 발달한 무의식 인식 규칙. 좋아, 받아들이지."
그때 케이티가 끼어들었다.
"그런데 혹시 콘스턴스가 점쟁이일 가능성은 없을까? 베네딕트 선생님이 그럴 가능성에 대해선 말하진 않았니, 콘스턴스?"
이제 배 속이 아주 거북해진 콘스턴스가 짜증을 내며 대답했다.
"그럴 가능성도 있다는 건 너도 알잖아, 케이티. 이제 그런 멍청한 질문 좀 그만해."
콘스턴스는 팔짱을 낀 채 두 눈을 감았다. 속이 거북하기도 했고 질문 자체가 싫기도 했다. 이런 질문은 더더욱 싫었다.
정신력을 조절하기는 정말 힘들 거라고 레이니는 생각했다. 콘스턴스처럼 어린 아이는 특히 더 힘들 것이다. 그런 능력이 있을지도 모른다는 가능성 자체가 콘스턴스를 심하게 괴롭히는 것 같았다. 하지만 레이니는 입을 꾹 다물었다. 지금 당장은 속이 부글부글 끓어오르는 느낌 때문에 몹시 괴로웠기 때문이다.

하지만 케이티는 이 문제를 접어 두지 않았다.

"네가 제대로 대답하면 나도 더 묻지 않을게, 콘스턴스. 베네딕트 선생님이 네가 점쟁이일 가능성에 대해서 말했다는 거니, 안 했다는 거니?"

콘스턴스가 끙끙대며 말했다.

"내가 대답하면 이제 그만 물어볼 거야?"

"좋아, 약속하지."

케이티가 대답했다.

레이니와 꼬챙이는 아무 말도 하지 않았다. 메스꺼운 속을 달래느라 정신이 없었다. 그러나 불행하게도 시간이 지날수록 객실은 더 세게 흔들렸다. 마치 그물 침대가 흔들리는 것처럼 느껴질 정도였다. 선장님이 가져온 조그만 상자는 앞뒤로 미끄러지며 계속 움직였다. 처음에는 문에 부딪혔다가 다음엔 반대편 벽에 부딪혔다. 케이티가 밧줄을 꺼내서 상자를 침상에 묶어 버렸다.

콘스턴스는 옆으로 누워서 축 늘어진 채 대답했다.

"베네딕트 선생님은 내가 점쟁이는 아니지만 겉으로 그렇게 보일 순 있다고 말했어. 사람의 표정이나 말버릇 같은 습관은 모두 일정한 규칙을 이루고 있어. 그리고 나한테는 그걸 알아채는 능력이 있는 거야. 지금도 마찬가지야. 나는 지금 네가 나한테 어떤 예가 있는지 물어보려고 한다는 걸 알 수 있어."

케이티는 두 눈을 동그랗게 떴다.
"그걸 어떻게 알았니?"
콘스턴스가 대답했다.
"나도 몰라. 네 눈에 쓰여 있을 수도 있고 내가 무슨 설명을 할 때마다 네가 항상 그런 식으로 물었기 때문일 수도 있어. 요점은 사람은 누구나 일정한 규칙에 따라 움직인다는 거야. 너 역시 마찬가지고."
"야, 정말 재미있다! 그렇다고 해서 네가 사람의 속마음을 읽을 수 있다는 가능성을 지운 건 당연히 아니야."
케이티가 소리쳤다. 콘스턴스는 이 상황을 전혀 재미있게 생각하지 않는다는 사실을 눈치채지 못한 것이다.
콘스턴스가 다른 쪽으로 돌아누우며 대답했다.
"그래, 맞아. 하지만 나한테 따지지 마. 나는 다 대답했어. 게다가 속이 너무 거북해. 견딜 수가 없어."
레이니와 꼬챙이도 마찬가지였다. 둘 다 가는 숨을 몰아쉬며 바닥이 단단한 육지를 그리워하는 중이었다. 하지만 케이티는 아무렇지 않았다. 케이티는 콘스턴스의 대답을 곰곰이 생각하며 깡통에 있는 과자를 하나 더 낚아채고 객실을 거닐기 시작했다. 이렇게 하려면 굉장히 뛰어난 균형 감각이 필요했다. 이리저리 거닐기에는 객실 안이 너무 좁았고 바닥은 계속 흔들렸기 때문이다. 하지만 케이티는 계속 중얼거리며 돌아다녔다. 남자아이들은 정신을 집중할 수가 없었다.

레이니는 두 눈을 감고 케이티를 보지 않으려고 애썼다. 하지만 그렇게 하니까 속이 더 거북한 것 같았다.

"케이티, 그만 좀 돌아다닐 수 없니? 너 때문에 속이 더 거북해."

케이티가 걸음을 멈췄다.

"속이 더 거북해? 어이쿠, 표정이 안 좋아 보여, 레이니! 그리고 꼬챙이 너도 마찬가지야! 어디 아픈 거니?"

"의사 같은 소리 그만해."

꼬챙이가 끙끙거리며 말했다.

얼마 후, 세 아이는 큰 소리로 끙끙대기 시작했다. 객실은 개구리가 울어 대는 연못처럼 변했다. 친구들 상태가 계속 나빠지자 케이티는 배 안에 있는 화장실로 통하는 다양한 지름길을 찾아 나섰다.(신음 소리만 가득한 객실에서 빠져나올 좋은 핑계였다.) 덕분에 친구들은 케이티가 찾아낸 지름길을 나중에 아주 유용하게 이용할 수 있었다. 하지만 너무 아파서 고맙다는 말조차 하지 못했다.

실마리의 방향

레이니는 깨어나자마자 배가 고팠다. 전날 저녁부터 지금까지 아무것도 먹지 못했는데 벌써 시간이……. 그런데 지금 몇 시나 됐을까? 레이니는 자신이 얼마나 오랫동안 잤는지 궁금했다. 이제 뱃멀미는 사라졌다. 차라리 속이 쓰릴 정도로 배고픈 편이 뱃멀미보다 나았다. 뱃멀미만 아니라면 그 어떤 고통도 괜찮을 것 같았다.

레이니와 꼬챙이와 콘스턴스는 지름길에 올라탄 첫날을 그 어느 때보다 고통스럽게 보냈다.(케이티는 세 아이를 다양한 화장실로 안내하고 나서 조용한 객실에서 평화롭게 잠들었다.) 새벽이 되어서야 멀미가 좀 가라앉았고, 세 아이 모두 침상에 쓰러져서 정신을 잃다시피 했다. 육지아냐 선장님이 문가에서 케이티와 조그맣게 속닥거리던 기억이 희미하게 떠올랐다. 혹시 꿈을 꾼 걸까? 그 외에는 아무것도 떠오르지 않았다.

베네딕트 선생님과 넘버 투가 천천히 생각났다. 이제 남은 시간은 사흘이었다. 어제 아침부터 느꼈던 위기감이 새롭게 몰려들었다. 레이니는 눈을 뜨고 일어나 앉았다. 객실이 어두웠다. 잠을 편하게 자라고 케이티가 창을 가렸나? 아니었다. 창을 살펴보았지만 가려져 있지는 않았다. 레이니는 머리를 긁으며 하품을 하다가 입을 꾹 다물었다. 케이티가 어둠 속에서 침상으로 불쑥 올라왔기 때문이다. 레이니는 그 바람에 혀를 깨물어서 무척 아팠다. 케이티가 볼펜 전등을 켜서 레이니 얼굴을 비추었다.

"왜 그래? 나 때문에 놀랐니?"

케이티가 묻자 레이니가 투덜거렸다.

"괜찮아. 아무 일 없어? 내가 얼마나 잤니?"

"아주 오래. 벌써 저녁이야. 선장님이 금방 오실 거야."

"저녁?"

"그래, 너희가 깨어나기만 기다리다가 머리가 도는 줄 알았어. 대포알이 점심시간에 폐랑 겨우 몇 분만 만나게 해 줬어. 나는 얘기할 사람도 없는 이곳에 하루 종일 갇혀 지냈지. 그건 그렇고, 폐는 잘 지내고 있어. 대포알이 식당에서 제일 좋은 고깃덩이를 주거든. 대포알은 그걸 '개구리 음식'이라고 하더라. 내 생각에는 폐가 대포알이랑 사랑에 빠질 것 같아."

"아까 선장님이 오셨니? 아니면 내가 꿈을 꾼 거니?"

"꿈이 아니야. 오늘 아침에 선장님이 들르셨어. 기억 안 나니? 네가 일어나 앉아서 뭐라고 중얼거린 다음에 다시 잤잖아."

케이티가 종이를 내밀며 계속 말했다.

"선장님이 이걸 가져오셨어. 내용을 이해할 수가 없다고 하시면서 나중에 와서 다시 보자고 하셨어."

레이니는 종이를 들여다보았다. 하지만 너무 어두워서 읽을 수 없었다.

"선장님이 이걸 읽으셨다고? 우리가 먼저 볼 때까지 기다린 게 아니고?"

"음, 아니야. 이미 읽으셨어. 도움이 되고 싶어서 읽어 보신 게 분명해."

케이티가 말했다.

"그렇겠지."

레이니는 불편한 기분으로 대답했다. 론다는 아이들이 봉투를 먼저 열어 보게 했다. 그래서 레이니는 육지아냐 선장님도 그렇게 할 거라고 생각했다. 하지만 상황이 모두 바뀌었다는 사실을 곧 떠올렸다. 지금으로서는 선장님이 관심을 보이는 것 자체를 반겨야 할 것 같았다.

"그 종이를 하루 종일 들여다봤어. 그냥 수수께끼가 아니라 방향을 알려 주는 것 같은데, 도대체 무슨 뜻인지 모르겠어."

케이티가 말했다.

"볼펜 전등 좀 빌려 줘."

레이니가 말했다. 그러고는 종이에 전등을 비추며 편지를 읽었다.

잘했어, 친구들. 대서양 횡단을 마음껏 즐기도록! 힌트를 따라 내려간 다음에 실마리들이 이끄는 대로 몰라가. 그러면 다음 봉투가 있을 거야.

베네딕트.

종이 한가운데는 텅 빈 채 그을린 자국만 남아 있었다. (케이티가 "레몬주스 편지가 아니었어." 하고 중얼거렸다.) 밑으로 쭉 내려가자, 이런 내용이 적혀 있었다.

Castle of Sticky's name 꼬챙이 이름이랑 똑같은 성
Against westernmost wall 제일 서쪽 담벼락
Not visible 보이지 않아
Need tool 도구가 필요해
Olive trees nearby 올리브 나무 근처

No cork or pine for two meters
2미터 안에 향명나무나 소나무가 없어

케이티가 말했다.
"내 생각엔 성이 언덕 위에 있는 것 같아. 그래서 '실마리가 이끄는 대로 올라가'라고 말한 거지. 하지만 지금까지 나는 꼬챙이나 조지나 워싱턴 같은 성 이름은 들어 본 적이 없어. 넌 들어 봤니?"
레이니가 머리를 흔들었다.
"하지만 꼬챙이는 분명히 알 거야."
"내가 깨울게."
케이티가 이렇게 말하며 침상에서 내려갔다.
잠시 후 꼬챙이가 어둠 속에서 내지르는 비명 소리와 케이티가 "나 때문에 놀랐니?" 하고 묻는 소리가 들렸다.
꼬챙이가 케이티에게 여전히 투덜거리는 동안 육지아나 선장님이 저녁거리를 들고 찾아왔다. 쟁반에 땅콩버터 샌드위치와 과일, 쿠키, 우유가 놓여 있었다. 다행히 커피는 없었다.
아이들이 콘스턴스를 깨우고 전등을 켜자 육지아나 선장님이 말했다.
"안타깝게도 지난밤에 커피 주전자를 여기 놓고 간 것 같아. 게다가 프레시우스 이사가 전용으로 쓸 주전자를 자기 선실에 갖다 놓으라고 해서 남은 것도 없어."

아이들은 그런 건 충분히 이해할 수 있다는 말로 선장님을 위로한 다음, 음식을 게걸스럽게 먹기 시작했다.(콘스턴스가 제일 먼저 손댄 건 물론 쿠키였다.)

"너희가 좋아져서 다행이야."

육지아냐 선장님이 말했다. 그러나 정작 선장님은 건강이 나빠진 것처럼 보였다. 유니폼은 어제처럼 파삭파삭하고 말끔했지만 선장님은 오랫동안 자지 못한 게 분명했다. 어깨는 축 늘어졌고 두 눈엔 핏발이 돋았다. 얼굴은 푸석푸석했으며 연신 하품을 했다.

"그래, 편지를 해독했니? 나는 시간이 없어서 충분히 생각하지 못했어."

레이니가 대답했다.

"그건 저희도 마찬가지예요. 저만 대충 훑어보고 콘스턴스랑 꼬챙이는 아직 보지도 못했어요."

레이니가 편지를 건네주려고 하자 콘스턴스는 아직 잠이 덜 깬 표정으로(너무 졸려서 쿠키를 자기 몫보다 많이 차지하는 것조차 잊어버렸다.) 밀쳐 내며 중얼거렸다.

"나는 나중에 볼게."

레이니는 편지를 꼬챙이한테 건넸다. 꼬챙이가 편지를 한번 훑어보더니 이렇게 선언했다.

"정말 쉽군! 이 성은 리스본에 있어!"

이 말이 꼬챙이 입에서 나오는 순간 케이티가 꼬챙이 등을 때렸다. 너무 세게 때려서 하마터면 꼬챙이는 샌드위치가 목에 걸릴 뻔했다. 레이니도 좋아서 빨갛게 달아오른 얼굴로 "네가 알고 있을 줄 알았어."라고 연달아 말했다. 심지어 콘스턴스조차도 꼬챙이가 한눈을 파는 사이에 꼬챙이 쿠키를 몰래 훔치지 않는 방법으로 고마운 마음을 드러냈다. 새로운 희망이 간절하게 필요한 상황에서 꼬챙이가 그 희망을 보여 준 것이다.

모두가 마음을 가라앉힌 다음에 육지아냐 선장님이 물었다.

"네 이름이 조르제니, 꼬챙이?"

"아니요, 조지예요."

꼬챙이가 대답했다.

"아, 그렇구나!"

육지아냐 선장님이 감탄한 표정으로 말했다. 꼬챙이는 환하게 웃다 못해 얼굴이 반짝거릴 정도였다.

"어떻게 된 영문인지 우리한테 설명해 줄 사람 없나요?"

콘스턴스가 묻자, 육지아냐 선장님이 대답했다.

"성 조지 성. 포르투갈 말로는 카스테로 드 사웅 조르제라고 하지. 포르투갈에 있는 성이어서 나는 그 이름으로 기억하고 있었어. 그런데 포르투갈 말을 어디에서 배웠니, 꼬챙이? 앞으로 너를 조르제라고 부를까?"

"저는 다양한 언어를 알아요. 별거 아니에요."

꼬챙이가 웃으며 대답했다. 레이니 눈에는 약간 소심한 웃음으로 보였다.
(레이니는 그 대답이 육지아냐 선장님의 질문에 대한 정확한 대답이 아니라는 사실을 알아챘다. 하지만 어쨌거나 선장님은 상관하지 않았다.)
육지아냐 선장님이 말했다.
"베네딕트가 너희를 그 성 위에 보내려고 하는 이유를 알 것 같아. 그 친구는 그 성에서 내려다보이는 경치를 아주 좋아하거든. 그래서 너희한테도 그 경치를 보여 주고 싶었을 거야."
"그렇다면 그 성은 언덕 위에 있는 거네요. 그럴 줄 알았어요."
"리스본에서 제일 높은 언덕이란 말이 더 정확할 거야."
육지아냐 선장님이 대답했다. 그와 동시에 피곤해 보였던 두 눈에 갑자기 깊은 생각에 빠진 우울한 기색이 서렸다. 완전히 다른 사람의 눈 같았다.
"오래전에 베네딕트와 함께 그곳에 올라간 적이 있어. 그 친구는 경치에 감격한 나머지 잠이 들어서 하마터면 성벽 밑으로 떨어질 뻔했지. 아, 그렇게 됐다면 나는 나 자신을 평생 동안 용서할 수 없었을 거야! 그때 나는 강을 내려가는 여객선을 구경하느라 친구를 지켜보지 않았거든. 계속 지켜보고 있어야 했는데."
"그래서 어떻게 되었나요?"
콘스턴스가 물었다. 숨이 막혔다. 마치 바로 지금 베네딕트 선생님이 절벽에서 떨어지기라도 할 것 같았다.

"별일 없었어. 다행히 앞이 아니라 뒤로 쓰러졌거든. 머리를 심하게 부딪히긴 했지만, 반대편으로 쓰러졌을 경우를 생각하면……."

육지아냐 선장님이 몸을 부르르 떨더니, 손가락을 튕기며 계속 말했다.

"그렇게 되었다면 나는 그 친구를 영원히 잃고 말았을 거야. 그 친구가 그 한 해 동안 구한 수많은 목숨은 말할 것도 없지. 내가 순간적으로 저지른 잘못 때문에 다 망칠 뻔했어."

"선생님이 떨어질 뻔한 장소가 제일 서쪽에 있는 성벽이었나요?"

레이니가 물었다. 사실 레이니는 궁금한 것이 많았다. 베네딕트 선생님이 수많은 목숨을 구했다는 말이 무슨 뜻일까? 하지만 지금 당장은 실마리를 풀고 어떻게 할지 정하는 것이 더 중요했다.

"그래, 맞아."

육지아냐 선장님이 대답하고 하품을 하더니, 아직까지 침상에 묶여 있는 상자를 가리키며 물었다.

"주전자에 커피가 남아 있진 않겠지, 응? 어젯밤에 다 마셨니?"

"저…… 그럴 수 없었어요. 선장님이 가시자마자 뱃멀미에 시달렸거든요."

레이니가 대답하자, 육지아냐 선장님이 틈을 비집고 지나가서 상자를 열었다.

"야, 아직도 절반이나 남았어! 정말 다행이야!"

육지아냐 선장님이 전날 밤에 쓰던 컵을 비우고 새까만 액체를 가득 채웠다. 레이니는 차갑게 식고 김이 빠져서 커피 맛이 좋아지면 좋아졌지, 더 나빠지진 않았을 거라고 생각했다. 어쨌든 선장님은 아이들한테 커피를 권하는 걸 잊어버렸다. 아이들은 정말 다행이라고 생각했다.

육지아냐 선장님은 커피 반 컵을 단숨에 들이켜고 다시 컵을 채운 다음, 상자를 닫고 그 위에 앉으며 말했다.

"훨씬 좋군. 내가 잠들면 너희한테 아무 도움도 안 되잖아. 베네딕트가 어디를 말하는 건지 이제 알 것 같아. 성에 올라가면 모든 게 술술 풀릴 거야."

"어떻게요?"

레이니가 묻자 선장님이 대답했다.

"음, 너희도 상상할 수 있겠지만 성 안에는 올리브 나무가 없어. 그렇다면 베네딕트가 말한 건 성 바깥쪽 담이야. 커다란 공원처럼 생긴 곳이지. 서쪽으로 아주 길게 뻗어 나간 담이 기억나. 하지만 다른 힌트를 참고하면 장소를 좁힐 수 있어. 그 친구가 봉투를 묻은 장소를 금방 찾을 수 있을 거야. 흙을 팠다가 묻은 흔적만 찾으면 돼."

"봉투가 땅에 묻혀 있다고 생각하세요?"

꼬챙이가 물었다.

"물론이지. '볼 수 없다'는 말과 '도구가 필요하다'는 말이 바로 그런 뜻이야. 땅 밑에 있다는 뜻이지. 항구에 도착하는 즉시 대포알한테 삽을 가져오라고 할게."

아이들은 다행스러움과 놀라움이 뒤섞인 표정으로 서로를 바라보았다.

"야, 정말 쉬워요. 이제 그곳에 올라가는 일만 남았네요."

케이티가 이렇게 말하며 편지를 양동이 안에 넣자, 육지아냐 선장님이 말했다.

"그것도 나한테 맡겨. 내가 항구에 택시를 대기시키라고 무전기로 미리 연락할 테니까. 그런 것 때문에 시간을 낭비할 순 없어. 대포알과 내가 민간인 복장으로 갈아입고 너희랑 함께 성까지 갈 거야. 남의 시선을 끌면 안 되니까."

"민간인 복장이라니요? 선장님은 민간인이 아닌가요?"

콘스턴스가 묻자, 육지아냐 선장님이 턱수염을 긁으며 소리쳤다.

"맞다, 맞아! 오래된 습관이야, 콘스턴스. 해군에 너무 오래 있다 보니 이제는 상황이 달라졌다는 사실을 깜빡 잊을 때가 많아. 내 말은 유니폼을 갈아입는다는 뜻이었어."

"그러니까 생각났는데, 선장님과 베네딕트 선생님은 해군에서 만났다고 하셨죠?"

케이티가 묻자 육지아냐 선장님이 대답했다.

"그래, 맞아. 우리는 해군 정보국에서 근무했어. 물론 아주 오래전이지……. 베네딕트가 말하지 않았니?"

육지아냐 선장님은 자기를 멍하니 쳐다보는 아이들을 발견하고 껄껄 웃으며 머리를 흔들었다.

"그래, 말하지 않았을 법도 하구나. 거기서 있었던 일을 전부 이야기했다가는 너희에게 허풍처럼 들릴 수도 있을 테니까. 베네딕트는 허풍을 아주 싫어하지. 하지만 나는 그 친구에 대한 허풍을 떠는 게 좋아. 예전에 나는 그 친구가 날마다 아침 먹기 전에 백 사람 목숨을 구한다는 농담을 자주 했지. 사실 아주 틀린 말도 아니었어. 그때는 끔찍한 전쟁 중이었단다. 지금은 다 잊어버려서 입에 담기조차 싫구나. 베네딕트는 최고의 암호 해독 전문가였어. 적군의 무선 통신 내용이 포착될 때마다 곧장 그 친구를 찾아갔지. 그러면 아무리 늦어도 몇 분만 지나면 암호를 풀었어. 베네딕트 덕분에 우리 병사가 수많은 기습 공격을 피할 수 있었지."

아이들은 빙그레 웃었다. 베네딕트 선생님을 칭찬하는 말을 들으니까 기뻤다. 베네딕트 선생님이 없어서 그런지, 아이들은 선생님에 대한 이야기를 더 많이 듣고 싶었다. 그러다 보면 선생님이 무사히 돌아오기라도 할 것 같은 기분이 들었다.

"베네딕트 선생님이 선장님 목숨도 구해 주셨다고 하지 않으셨나요?"

레이니가 물었다. 육지아냐 선장님은 컵에 남은 커피를 단숨에 들이켜고 상자를 열려고 일어나 있었다. 선장님이 커피 주전자를 꺼내서 컵을 다시 채웠다.

"사실 베네딕트가 내 목숨을 구한 건 한 번이 아니야. 처음은 우리가 비밀 임무를 수행하는 중이었어. 아주 중요한 임무였지. 그렇지 않으면 본부에서도 베네딕트를 보내지 않았을 거야. 현장 활동을 한 적이 전혀 없었거든. 기면증 때문에 위험에 빠질 수 있으니까. 어쨌든 우리는 임무를 간신히 완수했어. 하지만 적군에게 포로로 잡혔지. 아니, 내가 잡혔다는 말이 옳아. 베네딕트는 잡히지 않았거든. 하지만 그 친구는 나를 구하려고 스스로 적군을 찾아와서 항복했어."

육지아냐 선장님이 상자에 다시 앉았다.

"그때는 나도 지금 너희가 생각하는 그대로 생각했어. 스스로 잡혀서 도대체 나를 어떻게 구하겠다는 거냐 말이지! 하지만 그제야 나는 베네딕트야말로 세상에서 설득력이 가장 뛰어난 사람이라는 사실을 깨달았어. 신비로울 정도였지. 그 친구는 이틀에 걸쳐서 적군 사령부에 있는 모든 장교와 대화를 나누었어. 설득할 수 없는 장교가 나타나면 다른 장교를 대화 상대로 보내 달라고 요구했지. 하지만 베네딕트는 어떤 식으로든 항상 성공했어. 그리고 이튿날이 저물 즈음에는 누구한테 어떤 식으로 말해야 좋은지 알아내서 결국엔 우리를 석방해야 한다고 설득할 수 있었지. 지금 다시 생각해도 도저히 믿을 수 없어."

"정말 대단해요! 베네딕트 선생님은 어떻게 그럴 수 있었을까요?"

케이티가 감탄하며 묻자 선장님이 대답했다.

"확실히 말할 순 없지만 베네딕트가 사람들한테 믿음을 주었기 때문인 것 같아. 완전히 틀린 말은 아닐 거야. 아주 훌륭한 사람도 베네딕트에 비하면 그다지 신뢰할 수 없을 것만 같으니까."

레이니는 갑자기 날카로운 의혹을 느꼈다. 선장님의 마지막 표현은 말이 되지 않는 것 같았다. 신뢰할 수 없는 사람을 어떻게 '아주 훌륭한 사람'이라고 부를 수 있는 걸까? 게다가 이 말을 하는 선장님의 표정도 레이니가 도저히 해석할 수 없도록 미묘하게 변했다. 베네딕트 선생님의 믿음직한 성품과 사람들이 보이는 신뢰가 부러워서 그런 것일 수도 있었다. 더 믿음직한 사람이 되고 싶은 마음은 당연히 들 수 있다. 그럼에도 불구하고 레이니는 마음이 불편해졌다.

꼬챙이는 베네딕트 선생님이 또 어떻게 목숨을 구해 주었느냐고 물었다. 레이니는 의혹을 누른 채 귀를 기울이려고 애썼다. 어쨌든 레이니는 육지아냐 선장님이 마음에 들었다. 게다가 베네딕트 선생님이 믿는 사람을 레이니가 믿지 못할 이유가 없었다.

육지아냐 선장님이 다시 말했다.

"그 친구는 적절한 시기에 적절한 사람을 설득해서 나를 또 구해 주었어. 이번엔 그 상대가 바로 나였지. 전쟁이 끝나자마자 베네딕트는 연구를 다시 시작하려고 해군을 떠났어. 나도 해군을 떠나려고 생각하는 중이었어. 그때는 늘 기분이 끔찍했지. 나는 배 위에서 자랐어. 우리 아버지가 상선을 몰았거든. 그런데 전쟁이 끝나고 나니까 뭔가 허전한 거야. 내가 얼마나 우울한 시간을 보냈는지 너희는 모를 거야.

그래서 그 이야기를 꺼냈더니 베네딕트는 폭소를 터트리다가 잠이 들더군. 지금이니까 말하는데, 나는 굉장히 화가 났어. 하지만 베네딕트는 언제나 웃는 걸 좋아했지. 그리고 잠에서 깨어난 다음에 진지하게 사과하며 이렇게 말했어. '육지아냐, 자네가 비참한 느낌이 드는 건 지금 배에 타고 있지 않기 때문이야. 배에서 내렸기 때문이라고. 자네는 배가 항구로 들어갈 때면 항상 기분이 가라앉아서 육지에서는 줄곧 우울하게 지냈어. 바다로 다시 나가는 날만 즐거워했지. 육지에서 지낸다는 건 자네한테 최악의 선택이 될 거야.'

아, 그건 어린애도 알 수 있는 정말 분명한 사실이었어. 인정하기 싫지만, 그때 나는 바보 멍청이가 된 기분이었어. 베네딕트한테 화가 날 만큼. 그 친구가 나 자신에 대해서 나보다 더 많이 알고 있었던 거야. 나는 바다에 있으면 언제나 행복해. 그래서 이번 처녀항해가 아주 중요한 거란다. 훌륭한 선장이라는 평판에 흠집을 내선 안 돼. 육지에서 살아야 한다면 나는 죽은 목숨이나 마찬가지야."

"그럼 왜 해군에서 나오셨어요?"

콘스턴스가 물었다.

"선택의 여지가 없다고 느꼈어. 본부에서 오래전부터 나를 승진시키려고 했거든. 물론 승진 자체는 좋은 거야. 하지만 높은 사람이 되면 육지에서 편하게 지내야 하는데, 그건 나한테 고문이야! 나는 계속 빠져나갈 핑계를 만들었지만 본부에서도 더는 물러나지 않았어. 결국 나는 해군에서 나와 일자리를 구했고 지금까지 아주 만족스럽게 일하고 있어. 지름길은 거의 모든 시간을 바다에서 보낼 거야. 그 어떤 배보다 화물을 빨리 싣고 내리기 때문에 항구에 머무는 시간이 적거든. 나는 회사 중역진한테 말했듯이……."
 육지아냐 선장님이 겸연쩍은 표정으로 말끝을 흐리다가 다시 말했다.
 "내가 신세 한탄을 너무 많이 늘어놓았군. 너희가 듣고 싶은 건 베네딕트 이야기인데 말이야. 베네딕트는 내가 아는 가장 훌륭한 친구야. 그렇게 많은 고통에 시달리면서도 끄떡 하지 않았지. 너희도 알다시피, 베네딕트는 아주 어려서 부모님을 잃은 걸로도 모자라 기면증과 힘들게 싸워야 하지. 갑자기 잠드는 건 물론이고 아, 그 끔찍한 악몽들!"
 육지아냐 선장님이 빨갛게 충혈된 눈을 문질렀다. 마치 선장님 자신이 밤새도록 끔찍한 악몽에 시달린 것처럼 보였다.
 "나는 배에서 베네딕트와 선실을 함께 쓴 적이 몇 번 있어. 베네딕트는 자다가 끔찍한 비명을 내질렀고 나는 두 눈을 동그랗게 뜬 채 몇 시간을 떨곤 했어. 그 친구는 밤마다 찾아오는 유령한테 시달렸지. 그중에서도 마귀할멈이 제일 끔찍했어. 듣기만 해도 머리가 쭈뼛쭈뼛 일어서더구나. 낮 동안에는 또 어떤 고통에 시달리는지 아무도 몰라. 그래도 항상 명랑하고 용감해. 그게 베네딕트야. 그런데도 언젠가는…… 잠깐!"
 육지아냐 선장님이 갑자기 뻣뻣하게 굳어서 커피를 쏟으며 소리쳤다.
 "생각났다! 아, 내가 정신을 어디다 빼놓고 다니는 거야? 깜빡 잊고 있던 게 떠올랐어!"
육지아냐 선장님이 아이들을 둘러보며 덧붙였다.
"미안해. 지금까지 잊고 있었는데, 실마리가 하나 더 있어!"

의심스러운 선물

육지아냐 선장님에 의하면 일 년 전쯤, 네덜란드에 있는 한 과학 박물관에서 베네딕트 선생님에게 은밀한 장소에서 어떤 서류를 찾았다는 전갈을 보냈다. 그것은 선생님의 부모님이 남긴 일기장 한 권과 자료 한 묶음이었다. 아기 때부터 고아로 지낸 베네딕트 선생님은 당장 그 자료를 보고 싶었다. 하지만 그때는 커튼 선생과 속삭임에 관련된 은밀한 메시지를 조사하느라 한창 바빴다. 급한 일이 끝나고 그것을 받으러 갈 시간을 낼 수 있게 된 것은 아주 최근이었다.

"그렇다면 선생님이 리스본에서 전화하신 건 네덜란드로 가기 직전이었군요."

레이니가 묻자 육지아냐 선장님이 대답했다.

"아니면 그곳에서 돌아온 직후이거나. 잘 모르겠어. 그때 시간이 없어서 조금밖에 통화를 못했거든. 안타깝게도 그 박물관 이름은 물론이고 어느 도시에 있는지조차 몰라. 하지만 그 친구가 이번 기회에 그곳에 다녀오려고 한 건 분명해."

꼬챙이가 입을 열었다.

"선생님 부모님이 네덜란드 과학자였다는 말은 들었어요. 그런데 그 자료들이 왜 박물관에 있을까요? 예전에 베네딕트 선생님한테 갔어야 하는 거 아닌가요?"

육지아냐 선장님은 법적인 문제가 약간 있는 것 같다고 설명했다. 베네딕트 선생님의 부모님은 모든 자료를 박물관에 기증했는데, 베네딕트 선생님의 견해에 따르면 새로 발견된 자료는 그 가운데 일부가 아닐 가능성이 많다는 것이다. 육지아냐 선장님은 이렇게 덧붙였다.

"어쨌든 베네딕트는 아주 좋아했어. 너희도 알겠지만, 지금까지 그 친구는 부모님의 흔적을 느낀 적이 거의 없잖아. 부모님의 초기 논문 일부가 과학 학술지에 실렸다는 사실을 알고 그걸 찾아서 읽은 정도야. 기면증에 대해 연구한 아주 복잡한 논문인데, 베네딕트는 그걸 보고서 자신의 기면증은 부모님 가운데 한 분에게서 유전된 거라는 결론을 내렸지. 하지만 그것 외에는 부모님에 대해서 아는 게 하나도 없어."

"저도 그게 궁금했어요. 베네딕트 선생님은 정보를 찾는 능력이 아주 뛰어나잖아요."

레이니가 묻자 육지아냐 선장님이 대답했다.

"베네딕트도 여유만 있었다면 기꺼이 조사를 시작했을 거야. 하지만 젊었을 때는 너무 가난해서 이리저리 돌아다닐 수가 없었고, 그 다음엔 끔찍한 전쟁이 일어났어. 그리고 세월이 꽤 흐른 뒤에야 비로소 돈이 생겼지. 하지만 그때는 커튼 선생의 음모를 파헤치는 작업에 깊이 빠져든 다음이었어. 우리 모두에게 아주 필요한 작업이었지. 그 와중에 쌍둥이 동생이 있다는 엉뚱한 사실까지 밝혀졌고. 태어나자마자 떨어져서 다른 친척한테 가게 된 동생이 있었던 거야. 이런 슬픈 이야기는 서로 다시 만나서 기뻐하는 결말로 끝나야 마땅해. 하지만 그럴 수가 없었지. 베네딕트는 쌍둥이 동생이 사악한 사람이란 사실을 깨닫고 무척 괴로워했어. 당연히 그럴 수밖에 없겠지. 지금까지 가족이 없다고 생각하며 오랜 세월을 살아왔는데, 동생을 찾자마자 다시 잃은 셈이잖니!"

이 말을 듣고 아이들은 양심의 가책을 느꼈다. 베네딕트 선생님의 고통을 충분히 이해할 수 있었다. 그러나 베네딕트 선생님이 자신의 고통을 숨기고 아이들 문제에 전념한 반면, 아이들은 그 상황에 대해서 진지하게 생각한 적이 한 번도 없었다. 레이니는 특히 큰 죄책감을 느꼈다. 베네딕트 선생님이 괴로움을 털어놓다가 재빨리 말을 돌린 적이 있었는데 레이니는 그 일을 금방 잊어버렸기 때문이다.

육지아냐 선장님이 손을 이마에 올리며 덧붙였다. 불편한 표정이 또렷했다.

"너희한테 이런 말까지 하는 게 아닌데. 미안해. 베네딕트라면 너희한테 걱정을 끼치는 건 바라지 않았을 거야. 너희는 그 친구를 구하기 위해 위험한 일에 뛰어들고 있는데 나는 너희한테 걱정만 끼치고 말았어."

케이티가 말했다.

"괜찮아요. 베네딕트 선생님한테 중요한 거라면 저희도 알고 싶으니까요. 물론 베네딕트 선생님은 선생님이 저희를 보호해야 한다고 생각하시겠지만요."

케이티의 말이 맞았다. 그럼에도 불구하고 레이니는 육지아냐 선장님이 진실을 말하고 있는지 의심하지 않을 수 없었다. 베네딕트 선생님은 자신의 감정을 아이들한테 드러내지 않으려고 애써 왔는데 육지아냐 선장님은 지금 그걸 이야기해 버렸다. 나쁜 의도는 없었겠지만, 그래도…….

육지아냐 선장님이 말했다.

"음, 어쨌든 자료에 대한 말이 나왔으니 말인데, 베네딕트가 그 자료를 특히 중요하게 여긴 또 다른 이유가 있어. 어쩌면 그 안에 기면증을 치료할 방법이 쓰여 있을지도 모른다고 생각한 거야. 마귀할멈과 악수를 하고 나서 쫓아낼 거라고 농담까지 했으니까."

콘스턴스가 물었다.

"그건 또 무슨 말이에요? 마귀할멈이라는 말이 나온 게 벌써 두 번째예요."

"마귀할멈은 악명이 높은 환각이야. 불면증이 있는 사람한테 가끔 나타나지. 마귀할멈이 침대 옆에 웅크리고 있거나 가슴 위에 앉아 있는 거야. 그 환각을 보는 사람은 엄청난 공포에 시달리게 돼."

꼬챙이가 반사적으로 책을 읽듯 대답했다. 육지아냐 선장님이 눈썹을 치켜 올렸다.

"꼬챙이 너는 정말 많은 걸 아는구나. 네 말이 정확히 맞아. 그건 아주 무서운 환각이야. 베네딕트는 지금까지 그 괴로움을 수없이 겪었어."

그러자 케이티가 불쌍하다는 듯 휘파람을 불고 말했다.

"그렇다면 선생님이 마귀할멈을 쫓아내려고 한 게 당연하네요. 밤에 잠자리에 드는 것 자체가 무서울 테니까요."

이 말이 신호라도 되는 듯, 육지아냐 선장님이 하품을 하면서 시계를 쳐다보았다.

"잠자리 얘기가 나왔으니 말인데, 친구들, 이제부터 서너 시간이라도 잠을 자야 할 것 같아. 우리 모두 아주 중요한 날을 앞두고 있으니까. 긍정적으로 생각하자고, 알겠지? 너희 계획이 마음에 들어. 우리가 직접 베네딕트와 넘버 투를 찾아서 론다와 밀리건에게 연락한다는 거. 론다는 작전을 짜는 머리가 대단하고, 사람을 구출하는 일에는 밀리건이 최고잖아. 분명히 찾을 수 있을 거야. 그러니까 모두 기운 내, 친구들."

레이니, 꼬챙이, 콘스턴스는 그 말대로 긍정적인 표정을 지으려고 애썼다. 케이티는 아빠를 칭찬하는 말에 환하게 웃다가 선장님에게 윙크하며 엄지손가락을 들어 올렸다.

육지아냐 선장님이 흐뭇한 얼굴로 말했다.

"그래, 그래야지. 그럼 이제, 레이니, 이것들을 내 선실로 옮기는 걸 도와줄래? 다이아몬드 문제를 해결하도록 도와주었으니까 팔다리를 쭉 펼 자격이 충분해. 너희를 이렇게 좁은 객실에 가두어서 정말 미안하구나. 빈 쟁반이랑 우유병만 들어. 상자는 내가 들 테니까."

다른 아이들은 선장님을 뒤따라 나가는 레이니를 부러운 눈으로 바라보았다.

좁은 통로를 따라 걸어가는 동안 육지아냐 선장님이 레이니에게 주의를 주었다.

"길을 잘 기억해 둬. 불쾌한 사람과 만나지 않으려면 약간 돌아가야 하니까."

선장님은 인색한 황소개구리와 마주치지 않기 위해 슬쩍 돌아가려는 게 분명했다. 레이니는 그 생각 자체는 마음에 들지 않았지만 많이 걷는 것은 괜찮았다. 찌뿌듯한 몸을 푸는 데 좋을 것 같았다. 하지만 레이니는 혼자 눈살을 찡그렸다. 친구들에게도 같은 기회를 주지 않는 건 너무 불공평하다는 생각이 들었기 때문이다. 친구들 역시 레이니만큼이나 오랫동안 좁은 객실에 갇혀 있었다. 친구들도 함께 데려가는 게 정말 그렇게 어려운 일이었을까?

육지아냐 선장님 선실에 들어서는 순간, 선장님이 친구들을 홀대한다는 생각이 더욱 커졌다. 선실 자체는 아주 넓고 아늑했으며 시설도 훌륭했다. 이 선실에 비하면 자신들이 묵는 객실은 옷장 정도에 불과했다. 하지만 안이 난장판이라서 별로 호감은 가지 않았다. 레이니는 이렇게 지저분한 방을 본 적이 없었다. 더러운 접시와 쟁반, 은으로 만든 식기류와 유리잔이 사방에 널려 있었고, 바닥에는 구겨진 냅킨과 더러운 음식 찌꺼기가 흩어져 있었다. 서랍장과 찬장, 쓰레기통까지, 주방에 있던 물품을 누군가가 선실로 모두 옮겨 놓은 것 같았다.

육지아냐 선장님은 물품이 깔끔하게 담긴 조그만 상자를 바닥에 내려놓고 한숨을 쉬며 설명했다.

"회사 중역들한테 파티를 열어 줄 수밖에 없었어. 그런데 일손이 부족해서 미처 치우질 못했단다. 항구에 들어갈 때까지 이대로 지내야 할 것 같아. 지금 나한테 중요한 건 잠을 자는 거야."

"제가 치워 드릴까요?"

레이니가 제안했다. 사실은 구역질이 날 정도여서 모른 척하고 싶었다. 하지만 자신은 잠을 충분히 잤으니, 그렇게 묻는 게 예의일 것 같았다.

그러나 육지아냐 선장님은 레이니의 제안을 거절했다. 레이니로서는 정말 다행이었다.

"아니, 아니야. 너는 이미 많은 일을 했어. 레이니, 사실 나는 너한테 다이아몬드 문제를 해결한 상으로 뭐라도 주고 싶었어. 거절할 생각은 마. 네 덕분에 일자리를 지킬 수 있었으니까. 너도 알다시피, 나한테는 이 일이 전부야. 그러니 손을 내밀어. 진심이야."

이 말을 듣자 다행이라는 마음이 사라지고 왠지 모를 두려움이 밀려들었다.

육지아냐 선장님은 복도를 이리저리 살피며 아무도 없다는 사실을 확인한 다음, 선실 문을 닫고 주머니에 손을 넣었다. 그러더니 반짝거리는 단단한 물건을 레이니 손바닥에 놓고 손가락을 꼭 쥐어 주었다.

"우리 둘만 아는 비밀로 하자. 알겠지, 레이니?"

레이니는 심장이 쿵쾅거렸다.

"네. 저…… 고맙습니다, 선장님."

"아니야, 내가 고마워."

선장님은 문을 열더니, 복도 양쪽을 다시 살피고 고개를 끄덕인 다음 한 발 물러나며 말했다.

"잘 가, 레이니."

레이니는 선장님한테 안녕히 주무시라고 인사하고 밖으로 나왔다. 손은 펴 보지도 않고 주머니 깊숙이 찔러 넣었다. 육지아냐 선장님이 준 물건을 보고 싶은 마음도 없었고 친구들한테 보여 주고 싶지도 않았다. 물론 레이니는 그 물건을 살짝 보았다. 게다가 손에 느껴지는 감촉도 레이니가 생각하는 그 물건이 분명했다. 하지만 자세히 살펴보고 싶진 않았다. 최악의 의심을 확인하고 싶지 않아서였다.

이틀 남았다. 딱 이틀이다. 그런데 이번 여행이 얼마나 오래 걸릴지 알 수가 없었다. 이틀이면 충분할까?
다음 날 아침, 레이니의 머릿속에는 이런 걱정스러운 생각이 가장 먼저 떠올랐다. 대포알이 나타나서 육지아냐 선장님이 함께 가지 않을 거라고 알려 주었을 때는 더 걱정스러워졌다. 레이니의 의심은 계속 쌓여 갔다.
대포알은 허리를 숙이고 토스트와 잼이 담긴 쟁반을 바닥에 내려놓으며 말했다.
"너무 실망하지 마. 내가 너희랑 함께 갈 거니까. 너희가 어떤 일을 겪었는지 선장님한테 자세히 들었어. 두 분이 그렇게 돼서 정말 안타까워. 정말 진심으로 안타까워. 하지만 두고 봐. 우리가 두 분을 안전하게 구출해서……."
레이니가 말을 끊으며 물었다.
"육지아냐 선장님도 함께 가신다고 하셨는데 왜 갑자기 마음이 바꿔셨나요?"

레이니의 목소리에서 비난하는 분위기를 알아챘는지 어쨌는지, 대포알은 아무렇지 않은 표정으로 대답했다.

"이번에도 황소개구리 프레시우스 때문이야. 원래 우리는 리스본에서 며칠 동안 기념 축제를 열 계획이었어. 선장님은 그 시간에 너희랑 함께 갈 생각이셨지. 그런데 프레시우스가 지름길을 몰고 바다로 곧장 다시 나가야 한다고 통보한 거야. 이틀 동안 항구 주변을 돌자면서."

"도대체 왜 그렇게 하자는 거예요?"

케이티가 물었다. 그리고 졸린 눈동자를 굴리며 침상에서 나온 콘스턴스가 발로 밟기 전에 토스트를 옮겨 놓았다.

대포알도 눈을 굴리며 대답했다.

"우스꽝스러운 다이아몬드 때문이야. 프레시우스는 누군가가 그걸 훔치려 할 거라고 확신하고 있어. 그래서 항구에 도착하면 기자와 선원들이 모두 보는 앞에서 가짜 다이아몬드 상자를 공개하는 대대적인 쇼를 할 거야. 그리고 그 상자를 영국에 있는 개인 금고로 운반할 거라고 선언할 거야. 그런 다음 진짜 다이아몬드는 자신이 직접 기차에 싣고 어디론가 가져가는 거지. 그래서 경비원이 더 필요하다고 고집을 부린 거야. 가짜 다이아몬드에 경비원을 딸려 보내야 진짜처럼 보일 테니까. 처음부터 그럴 계획이었던 게 분명해. 선장님한테 자세히 말하지 않은 것뿐이야."

"그리고 육지아냐 선장님은 당연히 그 요구를 거절할 수 없었던 거고요."

레이니가 말했다. 진짜로 하고 싶었던 말은 "선장님은 프레시우스 이사의 요구를 당연히 거절하지 않겠죠."라는 말이었다. 육지아냐 선장님은 베네딕트 선생님이 생명의 은인이라면서도 그 은인을 위해 위험을 감수할 의지가 없는 게 분명했다.

"그럼 이제 어떻게 하나요?"

꼬챙이가 묻자 대포알이 대답했다.

"배에서 화물을 내릴 때 살짝 빠져나가는 거야. 행사를 시작하기 전에. 내가 무전기를 가져갈 거야. 선장님이 우리 소식을 계속 확인하고 싶어 하셔. 우리를 돕고 싶은 마음이 간절하시니까. 이 배에 남아서라도 말이지."

레이니는 입술을 깨문 채 다른 곳을 바라보았다. 케이티가 대포알에게 물었다.

"폐는 어떻게 하죠? 돌봐 줄 사람이 있나요? 오래 걸리진 않을 거예요. 잘 아시겠지만, 이틀 정도면······."

케이티가 말끝을 흐렸다. 이틀이라는 짧은 시간 안에 두 사람을 구해야 한다는 생각에 마음이 답답해졌기 때문이다.

대포알이 대답했다.

"내가 벌써 조치를 취해 놓았어. 걱정하지 마. 폐는 내 선실에서 여왕처럼 대접받을 테니까."

지름길은 오후 느지막이 항구에 들어갈 예정이어서 아이들이 목욕할 시간은 충분했다. 이렇게 황홀한 목욕은 난생처음인 것 같았다. 아이들은 오랫동안 옷을 갈아입지 못한 건 물론이고 이조차 닦지 못했다. 그래서 서로한테 악취를 내뿜을 수밖에 없었을 뿐 아니라 기분까지 우울했다. 아이들이 갈아입을 깨끗한 옷은 없었지만 대포알이 수건과 비누 그리고 자신이 쓰던 반쯤 납작해진 치약을 건네주었다. 아이들은 목욕을 마친 다음에 손가락으로 이를 닦았다.

깨끗이 씻고 돌아온 아이들은 차례대로 객실 창문 바깥을 내다보았다. 지금까지는 끝없는 바다와 하늘만 보여서 잘 몰랐다. 하지만 포르투갈 땅이 멀리 나타난 지금은 지름길이 얼마나 빠른지 새삼 느낄 수 있었다. 수평선 너머 희미한 점처럼 보이던 육지가 순식간에 또렷한 해안선으로 변하고 있었다.

꼬챙이가 양동이에서 내려오며 말했다.

"이제 얼마 안 남았어. 항구는 타호 강을 몇 킬로미터 거슬러 올라가면 있어. 수심이 충분히 깊은 곳이라서……."

꼬챙이는 자신의 지식을 자랑하는 기나긴 설명을 시작하려다가 갑자기 인상을 쓰며 말을 멈추고 했던 말을 다시 했다.

"이제 얼마 안 남았어."

마침내 대포알이 삽 한 자루를 들고서 '민간인' 복장으로, 아니 그렇게 여겨지는 복장으로 나타났다. 대포알은 무릎 위까지 올라오는 짧은 바지에 화려한 꽃무늬 셔츠를 입고 샌들을 신었다. 햇볕에 그을린 얼굴은 선크림을 발라서 관광객처럼 보이려고 했다. 하지만 불행하게도 동료에게 빌린 셔츠가 큰 덩치에 맞지 않았다. 객실에 들어선 순간 단추 하나가 툭 떨어지더니 콘스턴스의 침상 밑으로 굴러 들어갔다.

"내가 꺼내 줄게요."

콘스턴스가 아주 태연하게 말해서 아이들은 깜짝 놀랐다. 하지만 목소리는 떨렸으며 침상 밑에서 빠져나올 때는 몹시 불안해 보였다. 마음을 차분하게 유지하려고 애쓰고 있었지만 새로운 곳으로 나아가야 하는 순간을 앞두게 되자 두려움이 비집고 올라오는 게 분명했다.

대포알이 콘스턴스 옆에 무릎을 꿇고 단추를 받았다. 그리고 감탄하는 표정으로 바라보며 말했다.

"내가 단추를 왜 좋아하는지 아니? 아주 조그만 단추가 훨씬 커다란 걸 하나로 묶어 주기 때문이야. 단추는 아주 중요해. 조그맣지만 강하지."

대포알이 눈을 찡긋하면서 다시 일어났다. 콘스턴스의 표정이 차분해졌다. 대포알에 대한 아이들의 믿음은 더욱 커졌다.

"자, 서류를 받아."

대포알이 다양한 정부 직인이 찍힌 서류를 펼쳤다. 뒤에는 아이들이 일 년 전에 찍은 사진이 붙어 있었다.

"베네딕트 선생님이 이걸 너희한테 주라고 선장님한테 보냈어. 여권 같은 건데, 훨씬 좋은 거야. 잘 보관해 둬."

케이티가 아무 생각 없이 서류를 전부 받아서 양동이에 넣었다. 친구들도 반대하지 않았다. 케이티의 양동이가 제일 안전하기도 했지만 사진이 너무 끔찍해서 자세히 보고 싶은 마음이 전혀 없었기 때문이다.

"이제 다 왔어."

대포알이 말하면서 머리를 조심스레 들었다. 그리고 엔진 소리에 귀를 기울이며 창문 너머로 아래쪽 항구를 보았다. 아이들도 바깥에서 울려 퍼지는 밴드 연주를 들을 수 있었다.

"지금이야. 어서 빠져나가자."

대포알이 말했다. 그러고는 아이들과 함께 환한 햇살과 따듯한 미풍, 혼란스러운 소리가 가득한 곳으로 나갔다. 위아래 갑판과 선착장은 아수라장이었다. 수많은 사람이 외쳐 대는 환호성과 음악 소리가 울려 퍼졌고 사방에 가득한 색 테이프와 색종이가 산들바람에 흔들렸다. 항해 기록을 세운 화물선을 환영하기 위해 리스본 사람들이 모두 몰려든 것 같았다. 강둑 전체가 축제의 현장처럼 보였다.

대포알은 팔을 열심히 흔들며 아이들을 택시가 기다리는 곳으로 데려갔다. 택시를 타고 문을 닫자 시끄러운 소리도 잠잠해졌다. 택시는 성 조지 성을 향해 쏜살같이 달렸다. 자갈로 포장한 도로가 미로처럼 이리저리 날카롭게 굽이쳤다. 택시는 오래된 어촌 마을을 지나 성이 자리한 가파른 언덕을 향해 오르고 또 올랐다. 모퉁이를 돌 때마다 성이 더 커다란 모습으로 다시 나타나더니, 마침내 택시가 성

아래쪽 마당으로 통하는 정문 앞으로 다가섰다. 마당을 에워싼 돌담 너머로 웅장한 성이 자리 잡고 있었다. 하지만 아이들에게 중요한 건 돌담이었다.

택시 운전사가 차를 세우더니, 뒤돌아보며 독특한 영어 억양으로 손님들에게 말했다.

"내가 경고하는 말을 잘 들어요. 양동이와 삽이 보이는데, 당신들이 뭘 하려는지 모르지만 여기를 삽으로 팔 순 없을걸요. 이 성은 공공 장소예요. 경비원들이…… 그, 뭐라고 하나……. 경비원들이 당신들을 들어쫓을 거예요."

"내쫓는다고요?"

레이니가 틀린 표현을 고쳐 주자, 택시 운전사가 빙그레 웃으며 대답했다.

"그래! 바로 그거야! 내쫓을 거야."

"경고해 줘서 고마워요."

대포알이 말했다. 그리고 요금을 낸 다음에 잠시 기다려 달라고 부탁했다.

왠지 모르지만 그동안 레이니는 성 조지 성이 사람들이 없는 폐허일 거라고 생각했다. 하지만 레이니의 짐작과는 정반대로 그곳은 사람들이 길게 줄을 서서 드나드는 아주 유명한 관광지였다. 레이니는 일행과 함께 길을 건너서 열려 있는 정문으로 들어섰다. 선장님이 말한 대로 아름다운 공원으로 꾸며 놓은 마당 여기저기에 관광객이 가득했다. 사람들은 조그만 숲 사이를 거닐기도 하고 벤치에 앉아 있기도 했다. 안내 책자를 뒤지거나 성을 바라보며 이야기를 나누는 사람들도 있었다. 거리의 악사가 올리브 나무 근처에서 기타를 치며 노래했다. 돌담이 사방을 에워싸고 있었다. 위에 앉아도 될 정도로 나지막한 담도 있고 기다란 그림자를 드리울 정도로 높은 담도 있었다.

"제일 서쪽에 있는 담을 뒤져야 하잖아, 그렇지? 그런데 서쪽이 어느 쪽이니?"

콘스턴스가 묻자 레이니는 늦은 오후의 태양을 가리키며 대답했다.

"저쪽."

꼬챙이가 어이없다는 표정으로 끼어들었다.

"콘스턴스! 너는 해가 지는 쪽이……."

말싸움이 일어나기 직전이었지만 다행히 대포알의 무전기에서 지지직대는 소리가 울려 퍼져 꼬챙이는 입을 다물었다. 대포알은 아이들한테 잠시 기다리라는 신호를 보내고 조용한 장소로 걸어가서 무전기에 대고 뭐라고 말했다. 그러고는 아주 우울한 표정으로 돌아와서 설명했다.

"육지아냐 선장님이야. 인파가 몰려서 컨테이너를 내릴 수 없으니까 내가 와서 문제를 해결해야겠대. 하지만 걱정하지 마. 일단 항구에 도착하면 금방 해결할 수 있는 문제야. 나는 앞부분만 해결해 주면 되니까 금방 돌아올 수 있을 거야. 한 시간이나…… 늦어도 두 시간 안에."

"하지만 그렇게 안 되면요? 우리도 시간이 없다고요, 대포알! 두 분한텐 우리 도움이 필요해요!"

케이티가 따지자 대포알은 우울하게 대답했다.

"나도 알아. 정말 미안해. 육지아나 선장님도 마찬가지고. 선장님이 너희한테 용서를 구한다고 말씀하셨어."

대포알이 케이티한테 무전기와 삽을 건네주며 다시 말했다.

"너희끼리 먼저 찾아봐, 알겠지? 행운이 따르면 너희들이 다 파기 전에 내가 도착할 수 있을 거야. 문제가 생기면 무전기로 선장님한테 말해. 내가 최대한 빨리 달려올 테니까!"

대포알은 이 말과 함께 달려갔지만 레이니는 그전에 대포알의 얼굴을 볼 수 있었다. 아이들만 남겨 두고 떠나야 하는 이 상황이 끔찍하다는 표정이었다. 명령만 아니라면 결코 이렇게 하지는 않았을 것이다. 레이니는 머리를 흔들며 발길을 돌렸다. 케이티는 무전기를 양동이에 넣고 콘스턴스를 업은 다음, 친구들과 함께 성 반대편에 있는 서쪽 끝 담장을 향해 걷기 시작했다.

아이들은 관광이나 소풍을 나와 옹기종기 모인 사람들 사이를 누비며 나아갔다. 계단을 오르고 넓적한 돌이 깔린 조그만 광장을 가로지르고 굽이친 길을 따라서 조그만 숲을 지나갔다. 공작새 몇 마리가 발소리를 듣고 덤불에서 나오더니, 깜짝 놀란 듯이 꽥꽥거리고 날개를 퍼덕이며 아이들 발 사이를 바쁘게 뛰어다니다가 다시 덤불 속으로 도망쳤다.

케이티가 하마터면 새 두 마리를 밟을 뻔한 뒤 중얼거렸다.

"멍청한 새들이 많아. 페가 여기에 있으면 신났을 텐데."

조그만 숲 너머로 뻗어나간 길은 성 모퉁이로 이어졌다. 아이들은 모퉁이를 막 돌아서다가 깜짝 놀라며 걸음을 멈췄다. 서쪽 끝 담장이 바로 눈앞에 있었다. 하지만 그 담장은 양쪽으로 끝없이 뻗어나간 것처럼 보였다. 게다가 사방에 사람들이 가득했다. 담에 앉아서 그 밑으로 펼쳐진 도시와 강을 내려다보는 사람도 있었고 일정한 간격으로 담장에 세워 놓은 검은색 옛날 대포를 바라보며 감탄하는 사람도 있었다. 담과 성 사이의 녹색 잔디밭에서 사진을 찍으러 돌아다니는 사람도 있었다. 그런데 사람만 많은 게 아니었다. 올리브 나무도 사방에 널려 있는 것 같았다. 베네딕트 선생님의 힌트가 갑자기 캄캄하게 느껴졌다. 케이티는 편지를 꺼내서 다시 읽었다.

Castle of Sticky's name 꼬챙이 이름이랑 똑같은 성
Against westernmost wall 제일 서쪽 담벼락
Not visible 보이지 않어
Need tool 도구가 필요해
Olive trees nearby 올리브 나무 근처
No cork or pine for two meters
2미터 안에 향병나무나 소나무가 없어

케이티가 말했다.

"음, 그다지 도움이 안 돼. '근처'에 올리브 나무가 있는 곳이 담장 전체야. 그리고 소나무는 한 그루도 보이지 않고. 황병나무가 어떤 거지, 꼬챙이? 나는 하나도 모르겠어."

"저기, 저게 황병나무야. 그리고 저기랑 저기. 내 눈에 보이는 건 저게 전부야."

꼬챙이가 지적했다. 그러자 레이니가 말했다.

"그렇다면 편지 내용이 정말 이상해. '올리브 나무 근처'라는 말과 '2미터 안에 황병나무나 소나무가 없어'라는 말을 왜 했을까? 담장 전체가 거의 똑같은걸. 그렇다면 이건 장소를 가리키는 말이 아니야. 편지 좀 보여 줄래, 케이티?"

레이니가 이마를 찡그린 채 편지를 곰곰이 들여다보고 있을 때 케이티가 어깨를 으쓱하며 말했다.

"담장을 따라서 걸어가며 찾아보는 건 어떨까? 육지아냐 선장님이 옳다면 흙을 메운 지점이 금방 눈에 보일 거야."

케이티가 주변에 가득한 사람을 다시 둘러보며 계속 말했다.

"그런데 흙을 파면 사람들한테 들키기 십상이야. 시간만 충분하다면 밤에 몰래 들어오는 방법도 괜찮을 거야. 어쩌면 베네딕트 선생님은 우리가 그럴 거라고 생각했을지 몰라. 그렇지 않고는 사람들한테 들키지 않고 해낼 방법이 없어."

"내 생각도 그래. 그래서 뭔가 이상해. 내가 보기에는······."

레이니가 편지를 계속 살피며 말하는 순간, 콘스턴스가 도망치는 말의 고삐를 낚아채는 것처럼 케이티의 머리를 잡아당기며 말했다.

"뒤로 물러서, 모두! 물러서! 모퉁이 뒤로 물러서! 잭슨이야! 잭슨이 나타났어!"

"도대체 무슨 소릴 하는 거야? 아파, 콘스……."

케이티가 짜증을 내며 머리칼을 움켜쥔 콘스턴스의 손가락을 잡아 빼려고 하자 레이니가 그 팔을 움켜잡으며 말했다.

"시키는 대로 해, 케이티! 뒤로 물러나."

케이티는 짜증스러운 표정으로 성 모퉁이 뒤에 숨었다. 그리고 콘스턴스를 신경질적으로 바닥에 내려놓으며 말했다.

"진작 이렇게 하는 건데 그랬어."

콘스턴스는 이 말을 무시한 채 탐색하는 눈빛으로 레이니를 보며 물었다.

"잭슨이 왜 나타난 것 같아, 레이니? 우리가 온다는 사실을 알고 있는 걸까? 이제 어떻게 하지?"

레이니가 콘스턴스의 어깨에 두 손을 올려놓으며 말했다.

"자, 진정하고 어떻게 된 건지 말해 봐. 잭슨을 봤니? 아니면 혹시……."

"갑자기 그런 생각이 들었어. 그냥 알 수 있어."

"집행부 잭슨이 여기에 나타났다는 거야?"

꼬챙이가 물었다.

"그래."

레이니가 대답했다. 그리고 성 모퉁이 너머로 얼굴을 살짝 내밀고 담장과 대포 근처, 잔디밭에 있는 사람을 모두 살폈다. 그러다가 그를, 올리브 나무 그늘에서 으스대며 걸어 나오는 청년을 발견했다. 잭슨이었다. 처음에는 아닌 것 같았지만 잭슨이 분명했다. 학습 기관에서 언제나 입고 있던 집행부 유니폼과 허리띠가 없었을 뿐이다. 칼처럼 생긴 날카로운 코, 으스대는 걸음걸이, 조그만 키에 새빨간 머리. 레이니는 쿵쾅거리는 심장을 느낄 수 있었다.

"콘스턴스 말이 맞아. 내 눈으로 확인했어."

"말도 안 돼. 어떻게 여기에?"

꼬챙이가 기운 없이 물었다. 콘스턴스도 긴장한 것 같았다.

"어쩌면 내가 잭슨을 얼핏 보았는데 미처 깨닫지 못했을 수도 있어, 그렇지?"

"그래, 분명히 그랬을 거야, 콘스턴스. 어쨌든 미리 알아채서 다행이야. 그러지 않았다면 우린 들키고 말았을 거야. 잭슨은 지금 담장 주변을 뒤지고 있어."

레이니가 최대한 차분히 말하려고 애썼다.

"뒤지고 있다고?"

케이티가 묻자, 레이니는 모퉁이 너머를 다시 살피고 대답했다.

"응, 그러는 것처럼 보여. 이리저리 거니는 모양이 마치 무언가가 나타나기만 기다리는 것 같아."

"혹은 누군가가."

콘스턴스가 말하자, 꼬챙이가 안경 닦는 천을 꺼내며 중얼거렸다.

"어쩐지 너무 쉽게 풀리는 것 같았어."

케이티의 얼굴이 어두워졌다.

"레이니, 만일 잭슨이 여기에……."

"그렇다면 질슨도 여기 있겠지."

잭슨 한 명도 위험하지만 그의 영원한 동반자 질슨과 함께 있으면 두 배로 위험했다. 아이들은 두 사람이 남매인지 애인 사이인지, 아니면 단순한 공범 관계인지 아직까지 제대로 알 수가 없었다. 잭슨과 질슨이라는 이름이 아이들이 알고 있는 전부였다. 그나마도 성일 수도 있고 이름일 수도 있고 별명일 수도 있었다. 하지만 그건 중요하지 않았다. 중요한 건 잭슨이 자신들과 담장을 사이에 두고 서 있으며 근처에 질슨이 분명히 숨어 있을 거라는 사실이었다.

레이니가 물었다.

"콘스턴스, 질슨에 대한 느낌이 있니?"

콘스턴스가 대답했다.

"물론이지. 나는 질슨이 정말 싫어. 너는 안 그래?"

"내 말은 이 근처에 질슨이 있는지 느껴지느냐고."

"아, 그건 아니야. 느껴지면 벌써 얘기했겠지. 하지만 그렇다고 해서 질슨이 여기에 없다고 볼 순 없어. 성 반대편에 있을 가능성도 있으니까."

콘스턴스가 대답하자 케이티가 희망적으로 말했다.

"아니면 아주 끔찍한 사고를 당했거나. 질슨은 머리를 항상 철사로 꽁꽁 묶었잖아. 기억나? 그것 때문에 번개에 맞았을지도 몰라!"

"이런 때 어떻게 그런 농담까지 할 수 있는지 정말 모르겠어."

꼬챙이가 불안한 표정으로 주변을 둘러보며 말하자, 케이티가 되물었다.

"내가 언제 농담을 했다는 거야? 어쨌든 질슨이 나타나면 우리가 처리할 수 있을 거야, 그렇지 않아? 나 혼자서 질슨을, 잭슨도 괜찮고, 아무튼 둘 중 하나를 처리하고 너희 셋이······."

케이티가 콘스턴스를 보면서 다시 말했다.

"음, 너희 둘과 절반이 나머지 한 명을 맡으면 싸워도 이길 수 있어. 최소한 둘이 나 살려라 도망치게 만들 순 있겠지."

레이니가 대답했다.

"그런 일은 없어야 해, 케이티. 잭슨이 여기까지 온 이유는 모르겠지만 만일 우리를 발견하면 커튼 선생한테 곧장 연락할 거고 그러면 모든 게 엉망이 될 거야. 우리가 여기 있다는 사실을 잭슨한테 들키지 말아야 해. 베네딕트 선생님이랑 넘버 투를 위험에 빠트리고 싶지 않으면."

콘스턴스가 물었다.

"그럼 어떻게 하지? 땅을 어떻게 파야 해? 파야 할 곳은 또 어떻게 찾아내고?"

레이니는 재빨리 편지를 다시 살펴보았다. 베네딕트 선생님이 해답을 알려 주었다는 확신이 들었다. 그 해답을 찾아내면 된다. 이런저런 방향은 아무런 의미가 없다는 생각도 들었다. 여행 일지 맨 밑에 적어 놓은 단어들처럼 정신만 산만하게 만드는 함정 같았다. 그런데 힌트를 따라 내려간 다음에 실마리들이 이끄는 대로 올라가라는 말은 무슨 뜻일까? 베네딕트 선생님은 실마리들을 편지 제일 밑에 적어 두었는데 그 실마리들은 아이들을 언덕 위에 있는 성으로 이끌었다. 그런데 왜 이런 식으로 말했을까? 그리고 마치 힌트는 하나밖에 없다는 듯 "힌트"라고 먼저 쓰고 "실마리들"이라는 복수형을 그다음에 쓴 이유는 뭘까? 베네딕트 선생님은 "힌트"와 "실마리들"이라는 두 단어로 무엇을 말하고 싶었을까? 왜 이런 식으로 말했을까?

꼬챙이는 점점 불안해졌다. 케이티가 잭슨과 질슨을 처리할 수 있다고 장담하는 것은 충분히 일리가 있었다. 케이티는 동작이 아주 빨라서 최소한 그들한테 당하진 않을 것이기 때문이다. 하지만 꼬챙이는 케이티와 달랐다. 꼬챙이라면 그들한테 당할 게 뻔했다. 이 생각을 하니까 식은땀이 절로 났다.

꼬챙이가 말했다.

"레이니, 서둘러야 해."

레이니가 여전히 편지를 들여다보며 대답했다.

"나도 알아. 그래서 지금 내가 힘들어하는 거야. 베네딕트 선생님이라면 우리가 다음 실마리를 찾아서 몇 시간씩 돌아다니게 할 것 같지 않아. 금방 찾아내서 남한테 들키지 않고 재빨리 손에 넣을 수 있도록 하셨을 거야. 그 해답은 이 편지에 들어 있는 게 분명해. 꼭 그래야 해!"

콘스턴스가 대뜸 말했다.

"그럼 찾아내. 어서, 레이니, 제대로 해 봐. 우리가 어디를 팔까?"

레이니는 해답이 드러나기를 간절히 바라며 편지를 들여다보았다. 그때 갑자기 답이 나타났다. 레이니는 깜짝 놀라며 고개를 들었다.

"그럴 필요는 없을 것 같아."

"파지 않는다고? 하지만 육지아냐 선장님이 말하길……."

콘스턴스가 으르렁거렸다. 그러나 레이니는 아이들이 깜짝 놀랄 정도로 날카롭게 말을 가로채며 말했다.

"육지아냐 선장님이 뭐라고 했든 상관없어. 접합제랑 페인트 껍질만 조금 긁어 내면 될 거야. 그래서 장비가 필요한 거야. 케이티가 칼로 긁어 내면 충분해."

아이들이 레이니를 물끄러미 바라보았다. 케이티가 물었다.

"무슨 말인지 모르겠어. 어디에 있는 접합제랑 페인트 껍질을 긁어 낸다는 거야?"

레이니는 케이티에게 편지를 건네주며 대답했다.

"베네딕트 선생님은 힌트를 따라 내려가라고 하셨어. 그건 편지 제일 아래쪽으로 내려가라는 의미가 아니야. 이건 눈속임이야. 이것을 따라 내려가라, 저것을 찾아 올라가라는 말은 재미삼아서 쓴 거라고. 하지만 좀 더 자세히 들여다봐. 힌트를 따라 내려가 봐. 각 줄의 첫 번째 글자를 연결해 보라고."

케이티는 레이니가 시키는 대로 했다. 케이티의 눈이 휘둥그레졌다. 콘스턴스와 꼬챙이도 달려들어서 편지를 들여다보았다. 바로 거기에 해답이 있었다. 대낮처럼 또렷이 보였다.

완벽한 변장

"**너는 이런 걸** 왜 진작 알아내지 못했니? 이렇게 똑똑히 보이는 걸!"

콘스턴스가 믿을 수 없다는 표정으로 씩씩거리며 말했다.

"그럼 다음부터는 네가 찾아보도록 해."

레이니는 화내지 않으려고 애쓰며 대답했다.

"제일 가까운 대포(cannon)에서 찾아보면 돼. 다른 대포는 다 2미터 안에 황병나무나 소나무가 있어."

케이티가 성벽 모퉁이 너머를 살피며 말했다.(케이티는 거리를 정확히 재는 능력이 있어서 확실히 말할 수 있었다.) 그러고는 망원경을 꺼내서 대포를 자세히 살폈다.

"이상한 게 보이니?"

레이니가 물었다.

"아직은 아냐."

"포신 안에 있을 수도 있어."

꼬챙이가 말했다.

"아니야, 지금 뭔가 보이는 것 같아. 그래, 바로 저거야! 대포 아래쪽에 약간 검은 부분이 있어······."

케이티가 망원경을 낮춰서 살피다가 빙그레 웃었다.

"직사각형이야."

"편지 봉투처럼."

레이니가 말을 덧붙이자 케이티가 고개를 끄덕거렸다.

"네 말이 맞는 것 같아. 접합제랑 페인트를 써서 눈에 잘 띄는 곳에 편지 봉투를 숨길 수 있었던 거야."

케이티가 망원경을 내려놓고 접는 칼을 꺼내며 말했다.

"십오 초면 저걸 가져올 수 있어."

"잭슨의 관심을 다른 데로 돌려야 하지 않을까?"

꼬챙이가 물었다.

"너무 위험해."

케이티가 대답했다. 그리고 허리춤에 묶은 양동이를 풀어서 바닥에 내려놓더니 머리를 풀기 시작하며 말했다.

"사람이 너무 많고 시간도 없어. 질슨이 언제 나타날지 몰라. 잭슨이 다른 쪽을 보는 동안 재빨리 갔다 오는 게 좋겠어."

레이니가 케이티 의견에 찬성했다.

"나도 그러는 게 좋겠어. 하지만 잘 들어, 만일 잭슨이 네 쪽을 보면……."

"내가 너보다 먼저 도망칠 거야, 친구."

케이티는 이렇게 대답한 다음, 머리를 열심히 흔들었다. 그런 뒤, 머리카락 사이에 손가락을 넣고 부풀어 올려 얼굴을 거의 완벽하게 가리고 물었다.

"꼬챙아, 안경 좀 빌려 줄래?"

꼬챙이가 주춤했다. 하지만 거절할 수는 없었다.

"깨트리지 않도록 조심해, 알겠지?"

"내가 언제 조심하지 않은 적 있어?"

케이티가 말하고는 안경테 너머로 앞을 볼 수 있도록 안경을 코끝에 걸쳤다.

"내가 어떻게 보이니?"

케이티가 물었다.

"희미하게."

꼬챙이가 눈을 가늘게 뜨고 대답했다.
"이상해."
콘스턴스가 대답했다.
"완벽해."
레이니가 고개를 끄덕이며 대답했다.
케이티는 한쪽 신발 끈을 풀고 모퉁이 너머를 다시 살폈다.
"잭슨이 여전히 왔다 갔다 하고 있어. 계속 똑같은 거리를 왔다 갔다 해. 왼쪽을 보고 오른쪽을 보고 다시 왼쪽을 봐. 나는 잭슨의 저런 점이 마음에 들어. 충분히 예측할 수 있거든. 됐어, 갔다 올게!"
레이니는 케이티의 뒷모습을 지켜보았다. 케이티는 빠르게 걸었다. 하지만 남이 이상하게 볼 정도로 빠른 걸음은 아니었다. 그리고 살짝 안짱다리처럼 걸었다. 순간적으로 떠올린 위장술치고는 굉장히 훌륭했다. 헝클어진 머리칼, 한쪽만 풀린 신발 끈, 안짱다리, 철사 안경, 그리고 빨간 양동이가 없는 여자애. 모르고 보면 레이니조차 케이티를 알아볼 수 없을 것 같았다. 레이니는 잭슨 쪽을 바라보았다. 잭슨은 여전히 다른 방향으로 걸어가고 있었다. 아직까진 괜찮다.
케이티는 사진을 찍으려고 대포를 향해 다가가는 가족을 살짝 돌아서 신발 끈이 풀린 걸 이제 막 깨달았다는 표정으로 대포 바로 옆에서 무릎을 꿇고 끈을 묶었다. 그것도 한 손으로. 레이니는 케이티의 다른 손에서 번뜩이는 칼날을 보았다. 하지만 케이티의 놀라운 솜씨에 감탄할 시간이 없었다. 케이티가 눈 깜짝할 사이에 움직였기 때문이다. 케이티는 벌써 봉투를 긁어 내고 신발 끈을 다 묶은 다음, 다시 일어나서 봉투와 칼을 주머니에 넣으며 의기양양하게 웃었다. 그런데 바로 그때 가족과 함께 온 아주머니가 케이티한테 다가오며 뭐라고 말하면서 카메라를 내밀었다. 사진을 찍어 달라고 부탁하는 게 분명했다.

"아, 맙소사!"

레이니가 조그맣게 외쳤다.

"무슨 일이야?"

콘스턴스가 소근소근 물었다.

"도망칠 준비해."

레이니가 말했다. 두 친구가 숨을 들이키는 소리가 들려왔다.

케이티는 못 알아듣는 척하면서 머리를 흔들었다. 아주머니가 케이티의 손을 잡고 이해를 시키려고 애썼다. 하지만 케이티는 미안하다는 미소와 함께 팔을 교묘하게 빼내며 빠져나왔다. 하지만 너무 늦었다. 레이니는 긴장했다. 표정을 보건대, 케이티 역시 그렇게 생각하고 있었다. 케이티는 과감하게 걸었다. 하지만 빨리 뛰는 모험을 할 수는 없었다. 레이니는 잭슨을 보았다. 잭슨이 케이티를 발견했는지 궁금했다.

잭슨은 아직 몰랐다. 하지만 질슨은 아니었다.

질슨이 분명했다. 180센티미터에 달하는 키와 기름기가 번질거리는 갈색 머리 그리고 무쇠 같은 두 팔. 질슨이 멀리 떨어진 성 모퉁이를 막 돌아 나와서 잭슨한테 다가가다가 케이티 쪽을 바라보았다. 확실하게 알아본 표정은 아니었지만 의심을 품은 것은 확실했다. 케이티가 모퉁이를 돌기 직전에 잭슨도 케이티를 보았다. 잭슨이 알아보았는지는 몰랐지만 레이니는 들키지 않으려고 뒤로 재빨리 물러났다.
"잭슨이 나를 봤어?"
케이티가 묻자 레이니가 대답했다.
"질슨이 봤어. 빨리 피해야 해."
"질슨이?"
꼬챙이가 놀라며 물었다. 케이티가 레이니한테서 삽을 빼앗으며 말했다.
"그럼 빨리 피해! 콘스턴스를 업고 가. 나중에 정문 앞에서 만나."
이러쿵저러쿵할 시간도 꼬챙이가 안경을 돌려받을 시간도 없었다. 레이니는 콘스턴스를 등에 업었고 꼬챙이는 눈을 가늘게 뜬 채 레이니 바로 뒤를 따랐다. 세 아이는 숲 속으로 굽이친 길을 급히 걸었고 덤불에 숨어 있던 공작새들은 또다시 호들갑을 떨었다. 아이들은 광장을 지나고 계단을 내려가서 정문을 향해 달렸다. 달리는 동안 레이니는 고개를 돌려서 케이티가 공작새 몇 마리를 모아 성 모퉁이 건너편으로 보내는 모습을 바라보았다. 꽤 멀리 떨어져 있었는데도 레이니는 건너편에서 젊은 여자가—질슨 같았다.—깜짝 놀라며 화내는 소리와 공작새들이 날개를 퍼덕이며 꽥꽥 울부짖는 소리를 들을 수 있었다.

그사이 케이티는 삽을 창처럼 잡고 조그만 숲 한가운데로 던졌다. 정문에 거의 다 와서 레이니가 다시 뒤돌아보았을 때, 케이티는 가장 멀리 떨어진 모퉁이를 돌아 사라지고 있었다. 잭슨과 질슨이 다른 모퉁이를 돌아오는 순간에 레이니는 정문 밖으로 튀어나갔다.

똑같이 뒤를 돌아보고 있던 콘스턴스가 말했다.

"둘은 우릴 못 본 것 같아. 하지만 사람들한테 물어보면 어쩌지? 우리가 정문으로 뛰어가는 걸 본 사람이 많잖아."

정말이었다. 몇몇 사람은 아직도 아이들을 쳐다보고 있었다. 개중에는 아이들 부모가 어디에 있는지 궁금하다는 표정으로 주변을 둘러보는 사람도 있었다.

꼬챙이가 대답했다.

"잭슨이랑 질슨이 포르투갈 말을 알아들을 가능성은 없어. 주변에 영어를 아는 사람이 없기만 바랄 뿐이야. 어쩌면 물어볼 생각조차 안 할지도 몰라. 너희도 잘 알다시피, 둘 다 그렇게 똑똑한 편은 아니잖아."

꼬챙이의 주장을 증명이라도 하듯, 숲에서 쾅 소리와 함께 크게 욕하는 소리가 들렸다. 케이티가 일부러 던져 놓은 삽을 잭슨이 밟은 것이다. 소리로 판단해 보건대 잭슨이 삽날을 밟는 순간에 손잡이가 확 일어나서 몸에 세게 맞은 것 같았다. 생각만 해도 재미있는 일이었지만 잭슨이 화를 터트리며 투덜대는 소리가 가까이 다가오는 지금은 별로 재미있지 않았다.

레이니는 정문을 불안하게 바라보며 중얼거렸다.

"똑똑한 편이든 아니든, 지금 둘은 이쪽으로 오고 있어. 어서 빠져나가야 해. 하지만 케이티가······."

"내가 뭐?"

모두 깜짝 놀라며 고개를 돌렸다. 케이티가 빙그레 웃고 있었다.

"어느 쪽으로 온 거야?"

콘스턴스가 물었다.

"멀리 떨어진 담장을 넘어왔어."

케이티가 대답했다. 그리고 꼬챙이한테 안경을 건네주며 말했다.

"잘 들어, 저 두 사람이 하는 말을 들었어. 내가 누군지 확실히 알아내지 못했지만 자세히 확인하려고 애쓰는 중이야. 자, 레이니, 콘스턴스는 내가 없는 게 좋겠어."

아이들은 성에서 급히 빠져나왔다. 사람들 사이를 헤치며 자갈이 깔린 비비 꼬인 길을 내려가고 또 내려간 다음, 돌이 깔린 광장 여러 개를 지났다. 그러고는 길이 좁아지다가 골목이 이리저리 갈라지는 지점을 향해 마냥 내려갔다. 이윽고 생선을 파는 시장이 나타났다. 아이들은 걸음을 멈추고 숨을 돌리며 주변을 둘러보았다. 낡은 돌담을 뒤덮으며 활짝 피어 있는 부겐빌레아 꽃향기가 생선 냄새와 미묘하게 뒤섞였다. 동네 사람들과 관광객들이 어깨가 스치는 좁은 거리를 오르내리며 조그만 상점들로 몰려들고 있었다.

레이니와 꼬챙이는 숨을 헐떡이며 옆구리를 움켜잡았다. 꼬챙이는 한쪽 무릎을 꿇은 채 셔츠로 이마를 훔치고 있었다.

"너희 곧 죽을 것처럼 보여."

콘스턴스가 케이티의 등에 업혀 둘을 바라보며 말했다.

케이티는 자신들이 지나온 길을 돌아보는 중이었다. 망원경은 아무 소용이 없었다. 길이 심하게 꼬여서 어느 쪽이든 한 블록 이상 보이지 않았다. 하지만 아이들이 두려워하던 것과 달리, 잭슨과 질슨이 바로 뒤쫓아 오지 않는 것 하나는 확실했다.

레이니가 숨을 헐떡이며 말했다.

"아직 우리는 어디로 가야 할지 몰라. 실마리를 찾아야 해."

아이들은 골목으로 들어가서 커다란 생선이 통나무처럼 쌓여 있는 가판대 뒤에 웅크리고 앉았다. 거리에서 보이지 않는 곳이어야 했다. 통통한 생선 장수가 생선 칼을 들고 힐끗 쳐다보더니, 어린애들만 있다는 사실을 알아채고 다시 생선 머리를 자르기 시작했다. 케이티는 칼로 봉투를 갈랐다. 안에서 종이 한 장과 열쇠 하나가 나왔다.

케이티는 종이를 바라보았다.

"도대체 무슨 소리인지 모르겠어."

케이티가 중얼거리며 종이쪽지를 꼬챙이한테 넘겨주고 열쇠에 관심을 집중했다. 쇠로 만든 평범하고 조그만 열쇠였는데 37이라는 숫자가 새겨져 있었다. 케이티는 농장 열쇠 꾸러미를 꺼냈다. 일일이 비교하면 어떤 열쇠인지 알아낼 수 있을 것 같았다. 캐비닛 열쇠……
아니, 사물함 열쇠 같았다. 농장 헛간에 있는 사물함 열쇠와 모양이 비슷한 데다 사물함 열쇠에는 대개 번호가 적혀 있었다.

그사이 꼬챙이는 쪽지를 큰 소리로 읽었다.

"이 기차역 단어 풀면 퍼즐 나올 거야."

"그런데 기차역 단어가 뭐야?"

케이티가 묻자, 꼬챙이가 대답했다.

"나도 이런 말은 들어 본 적이 없어. 어쩌면 이건……."

콘스턴스가 끼어들었다.

"기차역. 그렇지, 레이니? 이 단어 퍼즐 풀면 기차역 나올 거야. 해답은 이것밖에 없어!"

꼬챙이가 깜짝 놀란 표정으로 자기가 들고 있는 종이쪽지와 콘스턴스를 번갈아 바라보았다. 다른 사람이 모르는 규칙을 알아챌 수 있는 콘스턴스가 새삼 대단해 보였다.

"그 말이 맞는 것 같아."

레이니가 대답하자, 케이티가 소리쳤다.

"그렇다면 이건 기차역에 있는 사물함 열쇠가 분명해! 빨리, 꼬챙이! 이 아저씨한테 기차역으로 가는 길을 물어봐!"

케이티가 생선 장수의 어깨를 톡톡 쳤다. 하지만 꼬챙이는 눈을 끔뻑거리며 입을 열었다가 다시 닫았다. 생선 장수는 케이티와 꼬챙이를 차례대로 보더니, 생선 칼을 짜증스럽게 흔들며 포르투갈 말로 뭐라고 소리쳤다.

"나는…… 나는 포르투갈 말을 몰라."

꼬챙이가 말했다. 케이티는 깜짝 놀라며 머리를 쓸어 올렸다. 콘스턴스가 넌더리가 난다는 표정으로 물었다.

"하지만 화물선에서 육지아나 선장님이 물어봤을 때는……."

"글씨는 쓸 수 있어!"

꼬챙이가 대답하고 주머니를 뒤져서 연필을 꺼냈다. 그리고 베네딕트 선생님이 남긴 쪽지를 뒤집은 다음 질문을 글로 써서 생선 장수에게 보여 주었다. 아이들이 걱정스러운 눈길을 주고받았다. 생선 장수는 포르투갈 말로 또 뭐라고 중얼거리며 손으로 쓰는 동작을 하더니 어깨를 으쓱하며 머리를 흔들었다.

"이 아저씨는 글씨를 모른대."

레이니가 말했다.

"그러니까 꼬챙이는 포르투갈 어로 글을 쓸 수 있지만 말할 순 없고, 이 아저씨는 말할 순 있지만 글을 모른다는 거야?"

케이티가 울어야 할지 웃어야 할지 모르겠다는 표정으로 물었다. 꼬챙이는 금방이라도 눈물을 터트릴 기색이었다.

"스페인 어는 할 수 있으세요?"

레이니가 생선 장수에게 스페인 어로 물었다. 고아원에서 학교를 다닐 때 스페인 어를 이 년 동안 공부한 적이 있었다. 포르투갈은 스페인 옆이니까 어쩌면…….

"응, 조금."

생선 장수가 레이니 쪽으로 고개를 돌리며 대답하자, 케이티가 물었다.

"저 아저씨가 뭐라고 한 거야?"

"스페인 어를 조금 할 수 있대."

레이니가 대답했다. 그리고 기차역이 있는 곳을 재빨리 물었다. 짧은 말을 어렵게 주고받은 다음에(두 사람 다 스페인 어가 아주 서툴렀다.) 레이니는 기차역이 걸어가도 될 만큼 가까운 거리에 있다고 추측하고 약도를 그려 달라고 부탁했다. 생선 장수는 기꺼이 고개를 끄덕이며 베네딕트 선생님이 남긴 쪽지 뒤에 아주 훌륭한 약도를 그려 주었다. 거리 이름은 적을 수 없었지만 또박또박 큰 소리로 알려 주었다. 레이니는 진심으로 고맙다고 말하고는 친구들과 함께 그쪽으로 돌아섰다.

여자아이들은 벌써 출발했다. 케이티는 콘스턴스를 업은 채 사람이 붐비는 거리를 이리저리 살피며 잭슨과 질슨이 없는지 확인하는 중이었다. 그사이 꼬챙이는 레이니의 시선을 피하고 있었다. 어떤 불평을 해도 감수하겠지만 레이니한테 핀잔을 듣고 싶은 생각은 없었다. 지금 당장은 그럴 마음이 아니었다.

기차역은 사람이 북적거리고 시끄러운 곳이었다. 플랫폼 몇 곳에 사람들이 가득 몰려 짐을 싣고 있었다. 말소리가 끊임없이 들려왔다. 기차들은 우르릉 쾅쾅 씩씩거리며 역을 드나들었고 커다란 확성기 소리까지 사방에서 메아리쳤다. 어떤 소리든 선명하게 들릴 수 있는 장소가 아니었다.

"다시 해 봐."

콘스턴스가 말했다.

케이티는 대포알 무전기로 육지에 있는 선장님에게 연락을 시도했다. 하지만 수신기에서 꽥꽥대는 소리를 알아들을 수가 없었다. 게다가 자신의 목소리 역시 상대편에게는 그저 꽥꽥대는 소리로 들릴 게 분명했다. 선장님이 자신의 말을 알아들었는지 알 수 없는 것은 둘째 치고, 무전기를 받은 사람이 선장님이라는 사실조차도 불확실했다. 케이티는 배터리를 아끼려고 무전기를 껐다. 나중에 다시 연락하는 게 좋을 것 같았다.

"성에서 무전 연락을 했어야지, 케이티."

콘스턴스가 얼굴을 찌푸리며 말했다. 그러자 케이티가 가볍게 대답했다.

"기억을 못하나 본데, 그때 나는 너희가 도망칠 시간을 버느라 약간 바빴어."

레이니는 아무 말도 하지 않았다. 선장님에게 연락하려는 케이티를 희망과 걱정이 이상하게 뒤섞인 느낌으로 지켜볼 뿐이었다. 이런 느낌이 드는 이유를 정확히 알아낼 때까지는 입을 꾹 다물고 있는 게 최선이라고 생각했다.

매표소에 갔던 꼬챙이가 급히 돌아와 종이 한 장을 흔들며 말했다.

"지도를 구했어. 사물함은 저쪽이야."

세 아이는 꼬챙이를 따라 문을 지나서 짧은 복도를 걸었다. 만약 열쇠에 맞는 사물함이 없으면 처음부터 다시 시작해야 한다. 아이들은 37번 사물함에 열쇠를 꽂는 케이티를 간절한 표정으로 지켜보았다. 케이티가 열쇠를 돌리자 자물쇠가 열렸다.

사물함 안에는 봉투 하나와 지폐 한 다발이 있었다. 색깔이 화려한 지폐였다. 아이들이 알고 있는 지폐와는 완전히 달랐다. 콘스턴스가 의심 어린 눈초리로 친구들을 바라보며 물었다.

"가짜 돈이잖아? 우리한테 가짜 돈을 남긴 이유가 뭘까?"

그러자 꼬챙이가 설명했다.

"저건 유로화야. 유럽에서 쓰는 지폐지."

"알겠어. 그렇다면 진짜 돈이군. 그럼 저걸로 뭘 사야 하지?"

콘스턴스가 물었다.

"기차표겠지."

레이니가 대답하고 편지를 꺼내서 커다랗게 읽었다.

너희는 타고난 재능(gift)을 활용해서 여기까지 왔어.
(정말 잘했어.)
다음 단계 역시 재능(gift)이 필요해.
특히 콘스턴스의 재능(gift).

콘스턴스가 물었다.

"나? 내가 뭘 어떻게 해야 하는 거지? 날씨 따위를 예측하는 거?"

다른 친구들은 낙심해서 서로를 바라보았다.

"주변을 둘러보면 어떨까? 그러면 해답이 떠오를지도 몰라."

레이니가 제안했다.

"좋아, 잠시 기다려!"

콘스턴스가 이렇게 말하더니 가만히 정신을 집중했다. 그리고 통로를 이리저리 살폈다.

"사물함이 보여. 그게 전부야."

"아무런 규칙도 없어?"

꼬챙이가 물었다.

"으으음, 사물함이 번호 순서대로 배치된 것 같아. 이런 게 뭐가 중요하지?"

콘스턴스가 빈정거렸다.

"농담하지 마. 숫자가 중요할 수도 있어."

케이티가 사물함에 있던 지폐를 양동이에 집어넣으며 말했다. 그리고 사물함 문에 붙어 있던 숫자를 톡톡 치며 덧붙였다.

"'37'이라는 숫자에 어떤 의미가 있을 수도 있어."

"그건 베네딕트 선생님이 이 사물함을 이용하기 직전에 앞에 있는 서른여섯 개는 차 있었다는 뜻일 거야."

콘스턴스가 말했다.

"나쁜 생각은 아니야. 우리 모두 곰곰이 생각해 보자."

레이니가 말했다.

하지만 아무리 열심히 생각해도 37이라는 숫자에서는 별다른 의미를 찾을 수 없었다. 그러는 동안 콘스턴스는 주변을 거닐기 시작했다.(레이니와 비슷한 행동이었다.) 그런 모습은 처음이었다. 레이니는 콘스턴스를 가만히 살피며 베네딕트 선생님의 의도를 알아내려고 애썼다. 베네딕트 선생님은 콘스턴스의 급한 성격을 누구보다 잘 알고 있었다. 콘스턴스에게 이렇게 커다란 부담을 안겨 주는 것은 베네딕트 선생님답지 않았다. 물론 베네딕트 선생님은 상황이 이렇게 복잡하게 꼬일 거라는 사실도 예상하지 못했다. 그렇더라도 이번 실마리를 콘스턴스 혼자 풀라는 뜻은 아닐 것 같았다.

콘스턴스가 이리저리 거닐다 멈추었다. 레이니는 콘스턴스가 자신을 물끄러미 바라보는 것을 눈치챘다.

"왜 그래?"

레이니가 묻자 콘스턴스가 대답했다.

"네가 해답을 거의 찾아냈어. 분명해."

"내가? 확실해?"

레이니가 물었다.

꼬챙이와 케이티는 서로를 바라보았다. 뭔가 중요한 일이 일어나고 있다는 사실을 느낄 수 있었다. 콘스턴스가 말했다.

"네 눈빛 때문일 수도 있고 표정 때문일 수도 있어. 또는 네가 숨

쉬는 모습이나 아니면…… 잘 모르겠어. 하지만 분명해. 너는 지금 해답을 찾아내기 직전이야."

콘스턴스는 희망과 두려움이 뒤섞인 눈으로 레이니를 열심히 살펴보았다.

레이니는 침착함을 유지하려고 애썼다. 콘스턴스를 도우려면 마음을 차분하게 가다듬어야 할 것 같았다. 그러나 사실은 심장이 계속 쿵쾅거렸다. 머릿속 생각이 이런 식으로 드러나다니 기분이 무척 이상했다. 그래도 레이니는 실마리가 무엇을 뜻할지 이런저런 면에서 궁리해 보다가…….

레이니가 눈을 동그랗게 뜨며 입을 열려고 할 때 콘스턴스가 소리쳤다.

"그래! 드디어 찾아냈어!"

레이니는 입을 재빨리 다물었다. 그리고 숨을 깊이 들이마신 다음에 다시 열었다.

"그래, 정말 묘한 기분이야, 콘스턴스."

"해답이 뭐야. 왜 하필이면 나인 것 같아?"

콘스턴스가 물었다. 케이티는 이제 잠자코 있을 수가 없었다.

"도대체 뭐야? 해답이 뭐야? 어서 시원하게 말해!"

레이니가 콘스턴스의 목걸이를 가리키며 대답했다.

"그건 목걸이야. 베네딕트 선생님이 말한 '기프트(gift)'는 '재능'이 아니라 '선물'이란 뜻이었어!"

케이티가 웃었다.

"야, 정말 대단해. 너한테 준 선물이 실마리였다니! 어서, 콘스턴스, 자세히 살펴보자!"

콘스턴스가 목걸이를 풀어서 케이티 앞에 내밀며 조그만 지구 모형을 손가락으로 돌렸다. 그러면서 슬픈 표정으로 목걸이를 가만히 바라보았다. 선명한 녹색과 파란색 그리고 반짝거리는 조그만 수정이 다시금 감탄을 자아냈다. 베네딕트 선생님은 생일 카드에 진주조개처럼 세상을 품으라고 적었다. 이제 아이들은 이 선물에 또 다른 뜻이 있다는 사실을 알 수 있었다. 선생님은 흥미진진한 세계 여행을 계획할 때만 해도 자신이 위험에 빠질 거라는 사실을 모르고 있었다. 그리고 콘스턴스를 비롯한 아이들은 지금 그 뒤를 따라가는 중이었다.

"자, 받아. 마음대로 살펴봐."

콘스턴스가 목걸이를 케이티한테 내밀며 목멘 소리로 말했다. 그러고는 휙 돌아서서 복도를 따라 몇 걸음 멀어졌다. 화가 난 게 분명했다.

다른 친구들이 걱정스러운 표정을 지었지만 지금 당장은 콘스턴스를 위로할 방법이 없었다. 게다가 어서 다음 행선지를 찾아내야 하는데, 생각처럼 쉽지 않을 것 같았다. 지구 모형에는 오 대양 육 대륙이 선명하게 그려져 있었지만 목적지를 나타내는 표시는 전혀 없었기 때문이다. 수정은 태평양 한가운데에 박혀 있어서 아무런 도움이 되지 못했다.

"좋은 방법 없어?"

케이티가 묻자 레이니는 머리를 긁으며 말했다.

"베네딕트 선생님이 진주조개 이야기를 쓰셨어, 그렇지? 조개 안에 진주가 들어 있는 거잖아. 문제는 그걸 어떻게 찾느냐는 거야. 어쩌면 목걸이 안에 기계 장치가 들어 있을지도 몰라. 수정을 세게 눌러 보자."

케이티가 수정을 눌렀지만 아무 변화도 없었다. 스위치처럼 위아래로 움직여 보고 다이얼처럼 돌려 보기도 했다. 하지만 수정은 단단히 붙어서 꼼짝도 하지 않았다. 케이티는 지구 모형을 돌려 가며 자세히 살폈다. 떨어질 것 같은 틈새도 없었고 열 수 있는 장치도 없었다. 케이티는 복도 저쪽에 있는 콘스턴스를 보며 속삭였다.

"이걸 부숴야 하는 거 아닐까?"

그러자 꼬챙이가 얼굴을 찡그리며 말했다.

"그러지 않으면 좋겠어. 콘스턴스는 지금도 힘들어하고 있는걸."

"베네딕트 선생님이 콘스턴스한테 그런 고통을 겪게 하실 리 없어. 분명히 다른 방법이 있을 거야."

레이니가 덧붙였다.

"칼로 수정을 뜯어내면 어떨까? 이 밑에 어떤 단서가 숨어 있을 수도 있잖아. 수정은 나중에 다시 붙이면 돼."

케이티가 어깨를 으쓱하며 말을 이었다.

"물론 우리가 그때까지 살아 있다면."

꼬챙이가 얼굴을 감쌌다.

"그런 말은 정말 듣고 싶지 않아."

"목걸이를 깨트리거나 수정을 뜯지 않고 속을 들여다볼 순 없을까?"

레이니가 물었다.

"있을 거야."

케이티가 대답했다. 그리고 수정 모서리를 자세히 들여다보았다.

"잠깐, 뭐가 있는 것 같아……."

케이티가 수정을 한쪽 눈앞에 갖다 대고 다른 눈을 감았다.

"우아!"

"뭐야? 뭔데 그래?"

콘스턴스가 급히 돌아오며 물었다. 케이티가 빙그레 웃으며 목걸이를 건네주었다.

"이건 수정이 아니야. 겉을 보지 말고 속을 들여다봐."

콘스턴스가 한쪽 눈을 감고 목걸이를 다른 쪽 눈에 갖다 대더니 깜짝 놀랐다. 미처 몰랐다는 표정이었다.

"우아!"

콘스턴스는 목걸이를 흔들더니 한쪽 눈으로 수정을 다시 들여다보았다.

레이니와 꼬챙이도 금방 깨달았듯이, 수정은 사실 돋보기였다. 목걸이 안에는 네덜란드 지도가 그려져 있었다. 아주 조그만 지도였지만 돋보기 덕에 충분히 잘 보였다. 선바아카겐이라는 도시에 새빨간 X 표시가 있고 지도 아래쪽에는 호텔 이름과 주소가 적혀 있었다.

"열차 시간표에서 이 도시를 봤어! 기차가 십 분 후에 떠나!"

꼬챙이가 소리쳤다.

"그럼 그 기차를 타야지."

레이니가 말했다.

아이들이 기차에 타려고 서두르고 있을 즈음, 잭슨과 질슨이 기차역에 들어섰다. 그리 급하진 않았지만 목적이 또렷한 걸음걸이였다. 둘은 찡그린 얼굴로 인파를 훑어보았다. 둘 다 원래부터 체계적으로 생각하는 성격이 아니었다. 그래서 처음에는 역 안을 아무렇게나 살피기 시작했다. 하지만 몇 분을 둘러보아도 아무런 성과가 없자, 잭슨이 첫 번째 플랫폼부터 기차역 건너편까지 천천히 걸어가며 모든 플랫폼을 살펴보자고 질슨에게 제안했다.

"나는 누구한테 어떻게 하라는 말을 듣고 싶지 않아."

질슨이 대답하자 잭슨이 타일렀다.

"그렇겠지. 하지만 너는 결정을 내리는 것도 싫어하잖아."

"맞아."

질슨이 대답하고는 지나가던 한 젊은 사업가를 옆으로 밀치며 걸어갔다. 그러자 그는 신문을 떨어뜨리며 바닥에 쓰러질 듯 몸을 휘청했다.

"너는 나한테 이래라저래라 하면서 그 이유는 말해 주지 않아. 마지막으로 묻겠는데, 이 기차역까지 온 이유가 뭐야?"

잭슨은 그 질문을 무시했다. 그러고는 첫 번째 플랫폼에 도착하자마자 입을 열었다. 좋은 방법을 떠올린 자신이 자랑스러웠다.

"너는 역 안쪽을 봐. 나는 여기 플랫폼 쪽을 볼 테니까."

질슨은 투덜거리며 잭슨이 시키는 대로 했다. 하지만 플랫폼 두 곳을 지날 때까지 성에서 목격한 머리가 헝클어지고 안경을 쓴 여자애는 보이지 않았다. 행동이 이상했을 뿐 아니라 왠지 낯익어 보이는 여자애였다. 그러다가 질슨은 잭슨이 아직까지 자기 질문에 대답하지 않았다는 사실을 떠올렸다.

"이봐, 도대체 여기까지 온 이유가 뭐야? 또 대답하지 않으면 나한테 맞을 줄 알아."

이번에는 잭슨이 기꺼이 대답했다.

"그건 베네딕트가 여기에 왔었기 때문이야, 질슨. 기억 안 나? 그날 아침, 베네딕트가 불안해 보이는 여자를 데리고 성에 왔다가 여기로 왔잖아."

"당연히 기억하지. 그런데 그게 어때서?"

"그들은 여기에 와서 기차를 타지 않고 그냥 떠났어. 나중에도 기차를 타는 대신 비행기를 타고 떠났지. 그 말은 두 사람이 기차역에 볼일이 있어서 왔다는 뜻이야. 기차가 아닌 다른 볼일 때문에."

질슨이 멍한 눈으로 쳐다보며 물었다.

"그래?"

잭슨이 짜증을 내며 대답했다.

"그래. 우리가 아는 것 가운데 이 도시에서 베네딕트랑 관련된 장소는 성이랑 이곳밖에 없어. 우리가 성에서 급히 사라진 의심스러운 여자애를 보았다면, 그리고 길에서 찾지 못했다면, 너는 이곳을 뒤져야 한다고 생각하지……."

잭슨이 이렇게 말하면서 다음 플랫폼으로 다가갔을 때, 기차 한 대가 막 출발하려 하고 있었다. 승객은 모두 기차에 타고 있어서 플랫폼에는 아무도 없었다. 하지만 남은 승객이 있었다. 기차가 막 움직이는 순간에 한 여자아이가 마지막 객차에 올라탄 것이다.

양동이를 들고 다니는 금발 여자애.

잭슨이 걸음을 멈추며 소리쳤다.

"지금 막 기차에 올라타는 케이티 웨더롤을 봤어!"

"나도 봤어!"

질슨이 외쳤다. 자신은 기차가 아니라 역 안쪽을 살펴보기로 했다는 사실을 깜빡 잊은 것이다. 질슨은 그쪽을 보지 않았기 때문에 인파 사이에서 한 남자가 걸어 나와 자신과 잭슨 바로 뒤까지 다가온 사실을 알아챌 수 없었다.

그는 질슨이 조금 전에 옆으로 밀쳤던 바로 그 사업가였다. 하지만 아까처럼 힘없는 모습이 아니었다. 서류 가방을 든 사업가는 값비싼 양복을 입고 값비싼 로션을 발랐으며 값비싼 손목시계 두 개를 각각 양팔에 차고 있었다. 질슨이 조금 전에 이런 모습을 보았다면 밀칠 생각은 절대 하지 못했을 것이다.

질슨이 말했다.

"케이티 웨더롤이라. 정말 대단하군. 완전히 똑같이 생겼어. 하지만 확신할 수 있어? 확실하지 않은 건 보고하고 싶지 않아. 너도 알다시피 괜히 실수하면 야단만 맞잖아."

잭슨이 비웃으며 질슨의 목소리를 흉내 냈다.

"확신할 수 있어? 항상 양동이를 들고 다니는 여자애가 이 세상에 또 있겠어? 케이티 웨더롤이 분명해. 의심할 여지가 없어. 저 기차가 어디로 가는지 알아보자. 그런 다음……."

잭슨이 말을 멈췄다. 몸이 굳었다. 값비싼 로션 냄새를 맡은 것이다. 잭슨의 이상한 행동을 알아챈 질슨 역시 몸이 뻣뻣해졌다. 두 사람은 동시에 몸을 돌려서 바로 뒤에 서 있는 사업가를 발견했다. 사업가는 엄숙한 표정이었지만 두 눈에는 만족스러운 기색이 또렷했다. 미소를 짓기까지 했다.

사업가는 서류 가방을 내려놓더니 한 손을 잭슨의 어깨에, 다른 손은 질슨의 어깨에 올려놓으며 말했다.

"잘했어. 이제 나를 따라와."

기차역 하나 차이

선바아카겐까지는 밤새도록 기차를 타야 해서 아이들은 침대칸을 예약했다. 객실 안으로 들어서자마자 콘스턴스가 아래층 침상 위로 몸을 던졌다. 아이들은 콘스턴스의 나이를 몰랐을 때와 달리 이젠 그런 행동을 자연스럽게 받아들였다. 겨우 네 살짜리 아이로서는 오후 내내 업혀 온 건 말할 것도 없고 늘 걱정과 고민 속에서 지내기가 쉽지 않을 터였다. 사실, 다른 아이들도 모두 기진맥진한 상태였다. 케이티도 마찬가지였지만 그 정도로 주저앉을 성격이 아니었다. 케이티는 문을 닫자마자 양동이를 열고 대포알이 준 무전기를 꺼내며 말했다.

"여기는 훨씬 조용해. 어쩌면 아직 지름길이 있는 곳까지 연결될지도 몰라."

레이니는 두 손을 주머니에 넣은 채 객실 창가에 서 있었다. 기차는 아직 도시를 벗어나지 못했다. 창밖으로 스쳐 지나가는 건물 유리창에서 저녁 햇빛이 반짝거렸다. 이제 곧 어둠이 깔릴 것이다. 그리고 도시와 항구, 아이들을 이곳까지 실어다 준 화물선은 금방 멀어질 것이다. 레이니는 주머니에 들어 있는 육지아냐 선장님의 선물을 만져 보았다. 아직 꺼내 보지는 않았지만 시간이 지날수록 확신이 들었다.

"무전기 좀 보여 줄래, 케이티?"

레이니가 말했다. 케이티는 이상하다는 표정으로 레이니를 쳐다보았다. 레이니의 목소리가 왠지 마음에 걸렸기 때문이다. 지금까지 자기에게 말하던 그런 목소리가 아니었다. 어떻게 해석해야 좋을지 몰랐다. 케이티는 레이니한테 무전기를 건네주며 물었다.

"왜 그래? 말투가 이상해."

그때 레이니가 창문을 열더니 무전기를 밖으로 던졌다. 케이티가 소리쳤다.

"도대체 뭐야? 왜 그런 거야?"

콘스턴스가 일어나 앉아서 레이니를 물끄러미 쳐다보았다. 꼬챙이는 무전기를 손으로 잡기라도 할 듯 창문으로 달려가서 밖을 내다보았다. 하지만 당연히 잡을 수 없었다. 꼬챙이는 멀리 떨어지는 무전기를 멍하니 바라보며 믿을 수 없다는 표정으로 머리를 흔들었다.

레이니가 대답했다.

"선장님한테 우리가 어디로 가는지 알리고 싶지 않아. 선장님을 못 믿겠어."

꼬챙이는 여전히 창밖을 쓸쓸하게 쳐다보고 있었다. 무전기가 있다는 사실은 그나마 꼬챙이한테 많은 위로가 되었던 것이다. 무전기가 있으면 자신들을 보호해 줄 어른들과 연락할 수 있었다.

"우리랑 먼저 의논했어야지, 레이니."

"미안해. 너희가 반대할까 봐 두려웠어."

"혼자서 교활한 음모를 꾸민 거야! 그래서 그런 목소리로 말했구나. 내가 눈치를 못 챌 수밖에. 네가 다른 사람한테 그런 투로 말한 건 여러 번 들었지만 우리한테 그런 건 처음이야. 분명히 말하는데, 마음에 안 들어."

케이티가 투덜댔다.

"미안해."

레이니가 다시 말했다. 힘이 하나도 없었다. 레이니는 콘스턴스 맞은편 침상에 풀썩 주저앉았다. 몸이 무거웠다. 체중이 갑자기 불어나기라도 한 것 같았다.

"레이니."

콘스턴스가 차분하게 불렀다. 레이니는 마지못한 표정으로 고개를 들며 대답했다.

"왜?"

콘스턴스의 엷은 파란색 눈동자에서 눈물이 반짝거렸다. 슬픔이 가득한 시선이었다.

"지금 네가 육지아나 선장님에 대해 어떤 느낌을 받았는지 모르겠지만, 나는 너한테서 그런 느낌을 받고 싶지 않아."

레이니는 눈에서 눈물이 솟아나는 것을 느끼고 고개를 돌렸다. 콘스턴스가 계속 말했다.

"두 번 다시 그러지 마. 나한테 약속해."

레이니는 눈물을 꾹 삼키고 콘스턴스와 억지로 눈을 마주쳤다. 그런 다음 케이티와 꼬챙이를 바라보았다. 두 친구 역시 이상한 눈으로 자신을 바라보고 있었다. 심한 상처를 받은 표정이었다. 두 친구에게는 레이니를 믿을 수 없다는 느낌이 끔찍하게 여겨질 터였다. 콘스턴스는 한층 더할 것이다. 하지만 가장 괴로운 사람은 레이니 자신이었다.

"약속할게."

레이니가 대답했다.

콘스턴스가 빙그레 웃었다. 레이니의 진심을 알아본 미소였다.

레이니는 다음 날 아침 일찍 불안한 마음으로 깨어났다. 무언가를 놓쳤는데 그게 무엇인지 도무지 생각나지 않았다. 눈을 뜨자 잠에서 깨어난 꼬챙이가 보였다. 역시나 불안해하는 표정이었다. 꼬챙이는 창가에 서서 이맛살을 찌푸린 채 회색 하늘을 쳐다보고 있었다.

꼬챙이가 레이니가 깨어난 걸 보고 이렇게 중얼거렸다.

"이제 하루 남았어. 내일이 최종 기한이야."

레이니가 우울한 표정으로 고개를 끄덕이며 물었다.

"어디쯤 왔어?"

"네덜란드. 방금 전에 표지판을 봤어."

아이들은 포르투갈과 스페인, 프랑스, 벨기에를 통과하는 동안 계속 잠만 잔 것이다. 하지만 전혀 이상한 일은 아니었다. 모두 끔찍이 피곤했기 때문에 어젯밤엔 금세 곯아떨어져 버렸다. 저녁조차 거르고 말이다. 처음에 아이들은 절로 나오는 하품을 참으며 레이니한테 육지아나 선장님에 대한 질문을 던지려고 했지만 바로 그때 차장이 나타나 기차표를 보여 달라고 했다. 아이들은 어른들 없이 여행하는 자신들을 보고 깜짝 놀란 차장에게 미리 준비한 변명을 늘어놓아야 했고, 차장이 사라지자마자 긴장이 한꺼번에 풀리고 말았다. 결국 잘 자라는 인사조차 제대로 하지 못한 채 각자 자기 침상에 쓰러지고 만 것이다.

레이니와 꼬챙이가 말하는 소리에 여자아이들이 깨어났다. 콘스턴스는 한쪽 눈만 뜬 채 짜증을 낼 참이었고 케이티는 아주 상쾌한 표정으로 기지개를 펴고 머리를 하나로 묶었다. 자리에서 일어난 아이들은 꼬챙이가 있는 창가로 가서 낯선 들판 풍경을 내다보았다. 네덜란드는 모두 처음이었다. 진짜 풍차가 점점이 흩어져 있었고 운하도 보였으며 기차가 도시에 들어서자 오래된 건물들이 아름답게 펼쳐졌다. 양옆에서 누르기라도 한 것처럼 얇디얇은 건물들이었다. 꼬챙이는 건물 계단이 아주 좁고 비비 꼬여 있어서 위층에 사는 사람들은 가구를 집에 들일 때 밧줄로 끌어 올려 창문으로 집어넣어야 한다고 설명했다. 콘스턴스는 배가 너무 고파서 가구 같은 건 아무 관심도 없으니, 지금 당장은 식당 칸으로 가는 길이나 알려 달라고 대꾸했다.

"잘 잤니, 콘스턴스?"

레이니도 콘스턴스에게 아침 인사를 건넸다.

모두 배가 고팠다. 아니, 굶어 죽을 지경이었다. 아이들이 식당 칸에서 음식을 한가득 주문하자, 웨이터는 눈썹을 추켜세우며 돈을 먼저 보여 달라고 요구했다. 아이들한테는 더 많은 음식을 시키고도 남을 돈이 있었다. 음식을 마음껏 먹고 나자 꼬챙이는 할 일이 있다면서 따로 객실로 돌아가겠다고 말했다.

"잘난 척할 상대를 찾아가려는 거야."

객실로 돌아와서 콘스턴스가 중얼거렸다. 케이티가 나무라듯 말했다.

"그런 식으로 말하지 마. 꼬챙이도 어쩔 수 없을 때가 있으니까. 꼬챙이처럼 지식이 많은 사람은 가끔 그걸 드러내지 않을 수가 없어.

그렇지 않니, 레이니?"

레이니가 창가에서 깊은 생각에 빠져 있다가 대답했다.

"응? 아, 그래. 아마 그럴 거야."

콘스턴스가 물었다.

"도대체 지금 무슨 생각을 하는 거야? 정말 이상해. 평소보다 훨씬 이상하다고."

레이니가 대답했다.

"왠지 불안한 느낌이 들었는데 지금 막 그 이유를 깨달았어. 만일 육지아냐 선장님이 무전 연락을 들었다면, 지금 우리가 어디로 가는지 알아내는 건 그리 어렵지 않을 거야. 물론 못 들었을지도 모르지만 어쨌든 우리가 기차역에 있다고 했잖아. 매표소에 가서 우리 모습을 설명하면서 물어보면 우리가 선바아카겐 행 차표를 샀다는 것쯤은 알 수 있을 거야."

케이티가 어깨를 으쓱했다.

"그래서? 네가 선장님을 못 믿는다는 건 알겠어. 그리고 실제로 그리 믿음직한 사람이 아닐 수도 있지. 그래도 선장님은 베네딕트 선생님 친구잖아. 선장님한테는 우리를 막을 이유가 없어."

레이니는 선장님이 돈 때문에 변했을지도 모른다는 생각을 떨쳐낼 수가 없었다.

"그럴 수도 있겠지. 하지만 우리를 도우려는 마음에 이상한 판단을 내릴 수도 있는 거 아닐까? 가령 경찰한테 신고를 한다든가……."

우리를 보호해야 한다는 생각에서 말이야. 경찰이 우리를 잡으려고 선바아카겐 역을 지키고 있을지도 몰라. 그렇게 되면 우리는 베네딕트 선생님이랑 넘버 투를 결코 구할 수 없을 거야."

케이티가 동의했다.

"일리가 있어. 그럼 어떻게 하는 게 좋을까?"

"기차에서 내려야 해. 만약에 대비해서 선바아카겐 직전에 있는 역에서 내리는 거야."

케이티와 콘스턴스는 괜찮은 계획이라고 생각했다. 조심해서 나쁠 건 없었다. 하지만 레이니가 육지아냐 선장님을 의심하는 이유를 분명히 알고 싶었다.

"지금은 아무래도 상관없잖아, 그렇지?"

레이니가 대답했다. 베네딕트 선생님의 친구를 믿을 수 없는 것이 슬펐지만 죄책감은 전혀 들지 않았다. 그래도 선장님에 대해 나쁜 말은 하고 싶지 않았다.

"그래, 이젠 아무래도 상관없겠지. 네가 연락할 방법을 완전히 없애 버렸으니까."

케이티가 용서할 수 없다는 듯 엄숙한 목소리로 말했다. 레이니는 고개를 숙였다.

"그렇게 해서 정말 미안해. 입이 열 개라도 할 말이 없어. 그리고······."

케이티가 낄낄거리며 레이니의 팔을 찰싹 때렸다.

"맙소사, 레이니, 장난을 친 것뿐이야! 너한테 나쁜 감정이 있는 척한 거라고."

"나는 나쁜 감정이 있어."

콘스턴스가 이렇게 말하며 레이니를 무섭게 노려보더니, 레이니의 팔을 찰싹 때렸다. 장난이 분명했다.

레이니는 기차 운행표를 급히 찾아서 친구들과 함께 자세히 살핀 다음, 선바아카겐 외곽에 있는 나안센메겐이라는 기차역에서 내리기로 결정했다. 그곳에서 호텔로 가는 버스나 택시를 타면 될 터였다. 레이니가 그럴 돈은 아직 충분하다고 말하고는 이 지역 지도를 사자고 제안하려는데 놀랍게도 꼬챙이가 바로 그 지도를 가지고 돌아왔다.

아이들이 질문을 퍼붓자 꼬챙이는 서부 유럽에서 일반적으로 사용하는 몇 가지 언어로 쪽지를 써서(선장님에게 약간 허풍을 떨긴 했지만 실제로 꼬챙이는 거의 모든 언어를 말할 줄 모른다 해도 읽을 순 있었다.) 객실을 차례대로 돌아다니며 보여 준 결과, 마침내 지도를 빌릴 수 있었다고 대답했다. 그리고 이렇게 덧붙였다.

"다음 역에 도착하기 전에 돌려주기로 약속했어. 그때까지 자세히 살펴보자."

레이니는 꼬챙이가 목구멍까지 올라온 말을 하지 않으려고 애쓰는 걸 알아차렸다. 한 번만 보면 지도에 그려진 모든 거리와 교차로를 외울 수 있다는 말이었다. 물론 꼬챙이는 지금 그렇게 할 것이다. 아니, 이미 다 외웠을 가능성도 있었다. 하지만 그 사실을 자랑하지 않으려고 조심하는 기색이 뚜렷했다.

꼬챙이가 덧붙여 말했다.

"그리고 알아낸 게 또 있어. 선바아카겐에 과학 박물관이 있어. 지도에 나와 있더라고."

"대단해! 정말 바빴겠구나, 그렇지?"

레이니가 지도를 바닥에 펼치며 감탄했다.

"많은 사람한테 물어야 했으니까."

꼬챙이가 대답했다.

"이게 베네딕트 선생님이 가려던 바로 그 박물관인 것 같니?"

케이티가 어깨 너머로 지도를 바라보며 묻자, 레이니가 대답했다.

"그럴 거야. 그렇지 않다면 무엇 때문에 우리를 이곳으로 이끄셨겠어?"

꼬챙이가 박물관이 표시된 곳을 손가락으로 짚었다. 박물관은 도시 외곽에 있었다. 꼬챙이는 손가락으로 큰 도로를 따라가다가 지도 한가운데에 있는 교차로를 톡톡 치며 말했다.

"우리 호텔은 여기야. 시내에 있어."

"그렇다면 박물관부터 가는 게 좋겠어."

레이니가 고개를 끄덕이며 말했다.

"왜 그래야 해? 다음 실마리는 어떻게 하고?"

콘스턴스가 받아쳤다. 레이니는 인내심을 발휘하려고 애쓰며 차분하게 대답했다.

"베네딕트 선생님은 다음 실마리를 남기지 못했을 가능성이 높아. 호텔에는 무언가 있을지도 모르고 없을 수도 있지. 베네딕트 선생님이 언제 어디에서 납치되었는지 모르잖아. 박물관 자체가 실마리야, 콘스턴스. 어차피 가야 할 곳인데, 거리가 가까우니까 그곳부터 가자는 거야. 시간을 벌 수 있으니까."

"알겠어. 그 생각을 미처 못했어."

콘스턴스가 눈을 몇 차례 껌뻑거리다가 레이니의 설명을 이해하고 대답했다. 그러더니 입술을 덜덜 떨고 발을 질질 끌며 침상으로 가서 두 눈을 감은 채 드러누웠다. 손가락으로 목걸이를 꼭 붙잡고 있었다.

친구들이 당황하며 서로를 쳐다보았다. 실마리가 생겼는데 왜 슬퍼하는 걸까? 이건 좋은 소식 아닌가?

케이티가 물었다.

"콘스턴스, 왜 그러니? 금방 갈 수 있을 거야."

"나도 알아."

콘스턴스가 웅얼거렸다.

"그런데 뭐가 문제야?"

콘스턴스가 울면서 말했다.

"호텔에 아무것도 없으면 어떻게 하지? 그리고 박물관에서 아무것도 못 찾으면 어쩌지? 그럼 이번 일은 끝장이야! 막다른 벽에 부딪치고 말 거야. 두 분을 못 구할 거라고!"

레이니는 자신을 때려 주고 싶었다. 훨씬 조심스러운 표현을 골라 말해야 했다. 그렇지 않아도 콘스턴스는 이미 충분히 불안해하고 있었다.

"내 말 잘 들어, 콘스턴스."

케이티가 명령하듯 말하자, 콘스턴스는 즉시 울음을 멈추고 진지한 표정으로 귀를 기울였다. 레이니와 꼬챙이도 마찬가지였다. 케이티가 이렇게 진지한 목소리로 말한 적은 한 번도 없었다.

"레이니를 봐."

케이티가 말하자 콘스턴스가 레이니를 바라보았다. 레이니는 자신을 보라는 이유가 무엇인지 몰랐지만 자신만만한 표정을 지으려고 최선을 다했다. 케이티가 다시 말했다.

"이번엔 꼬챙이를 봐."

콘스턴스는 꼬챙이를 보았다. 꼬챙이는 콘스턴스의 시선이 부담스러워서 안경을 닦고 싶어졌다. 하지만 꾹 참으며 침착한 표정으로 고개를 살짝 끄덕였다.

"이제 나를 봐."

케이티가 말했다. 콘스턴스는 그 말대로 케이티를 보다가 깜짝 놀랐다. 케이티가 갑자기 두 배로 커진 것 같았다. 널따란 어깨를 뒤로 쭉 펴고 턱을 앞으로 내민 모습이 무서운 사자를 연상시켰다. 하지만 무엇보다 무서운 건 케이티의 파란 눈동자가 내뿜는 날카로운 눈빛이었다. 케이티와 적이 아닌 것을 고마워하게 만드는 시선이었다.

케이티가 단호하게 말했다.
"이 일은 절대 끝나지 않아. 우리 스스로 포기하지 않는 한."

기차가 역으로 들어서는 동안 옷을 잘 차려입고 손에 서류 가방을 든 사내 한 명이 그늘에 서서 기다리고 있었다. 사내는 기차에서 내리는 승객들을 지켜보며 양동이를 지니고 있는 금발 여자아이를 찾았다. 하지만 그런 여자아이는 보이지 않았다. 사내의 얼굴이 어두워졌다. 사내는 그늘에서 나와 기차에 올라탔다. 그리고 객차를 차례대로 지나며 모든 자리를 하나하나 검사했다. 그렇게 마지막 객차까지 지나왔지만 기차에는 아무도 없었다. 사내는 광택이 번뜩이는 뒤꿈치를 빙글 돌려 기차 제일 앞쪽으로 빠르게 걸었다. 그곳에서 짐꾼 한 명과 농담을 주고받는 차장을 발견했다. 차장은 사내의 눈빛을 보고 입을 다물었다. 얼굴에 떠오르던 미소도 얼어붙었다. 일 분 후에 사내는 필요한 정보를 듣고 기차역을 빠져나갔다.
아이들이 나안센메겐 역에서 내린 것이다.

바로 그 순간, 문제의 아이들은 자전거를 타고 나안센메겐 거리를 질주하고 있었다. 기차역 앞에서 버스 정류장을 찾다가 꼬챙이가 자전거 대여소 간판을 발견한 것이다. 말다툼도 망설임도 없었다. 태양이 환하게 반짝이고 돈은 충분했다. 아이들은 자전거를 빌렸다.

콘스턴스는 꼬챙이가 탄 자전거 바구니에 올라타서 두 다리를 바구니 앞으로 내밀고 대롱거렸다. 딱딱한 금속 바구니가 여기저기를 찌르고 몸이 찌부러지는 느낌이었지만 투덜거리지 않았다. 지금까지 자전거를 한 번도 타 본 적이 없었던 콘스턴스는 하늘로 솟아오르는 놀라운 느낌을 난생처음으로 만끽했다. 긴 언덕을 따라 줄기차게 내려올 때 미풍이 양쪽 귀를 간질이는 느낌이 무척 좋았다. 태양이 반짝이는 시원한 날인 데다 페달조차 돌릴 필요가 없어서 특히 더 상쾌했다. 심지어 헬멧까지 마음에 들었다. 머리에서 반짝거리는 빨간 헬멧은 마치 막대 사탕 같았다. 콘스턴스는 기분이 좋아 저도 모르게 미소를 지었다.

레이니와 꼬챙이 그리고 케이티도 웃음이 터져 나왔다. 자전거가 빨라질수록 며칠 동안 마음을 내리누르던 걱정과 두려움이 싹 달아나는 것 같았다. 수증기처럼 증발되어 파란 하늘로 올라가는 것 같았다. 앞으로 자전거를 얼마나 탈 수 있을지 모르지만 지금 이 순간만은 무척 평화롭고 유쾌했다.

나안센메겐에는 자전거를 타는 사람이 아주 많았다. 자전거가 자동차보다 많을 정도였다. 그래서 아이들은 가능하면 공원이나 골목, 옆길로 들어갔다. 당연히 케이티가 제일 앞에서 달렸다. 그리고 가끔 자전거를 획 돌려서 환한 얼굴로 아이들을 바라보며 달려오다가 다시 획 돌려서 앞으로 질주했다.

"저래서 내가 이 자전거를 타는 거야."

콘스턴스가 꼬챙이한테 말했다. 꼬챙이도 충분히 짐작하고 있었다. 자신이 콘스턴스라고 해도 케이티의 자전거에 타고 싶지는 않았을 거다. 하지만 콘스턴스가 특별히 자기 자전거에 타겠다고 고집을 부려서 꼬챙이도 기분이 좋았다. 꼬챙이는 그걸 앞으로 잘 지내자는 화해의 인사로 받아들였다. 그래서 힘이 그만큼 더 들어도 투덜대지 않고 받아들인 것이다.

레이니는 맨 뒤에서 자전거를 타고 가다가 꼬챙이와 콘스턴스가 하는 이야기를 들었다. 기분이 좋았다. 꼬챙이와 콘스턴스는 둘 사이의 긴장감을 어떤 식으로든 풀 필요가 있었다. 더 힘든 일이 다가오려는 지금 꼭 해야 하는 일이었다. 레이니는 앞으로 아주 위험하고 어려운 일이 몰아닥칠 거라는 강한 예감을 받았다. 잭슨과 질슨은 성에서 무언가를 기다리며 보초를 서고 있던 게 분명했다. 앞으로 실마리를 찾아가다 보면 더 많은 보초와 마주칠 수도 있다는 뜻이었다.

레이니는 눈살을 찡그렸다. 예전의 끔찍한 기억이 갑자기 떠올랐다. 자전거를 타는 즐거움과 꼬챙이와 콘스턴스의 화해 덕분에 느낀 기쁨은 이미 사라졌다. 텐 맨이 다시 떠오를 뿐이었다. 평화는 정말 너무나 짧았다.

"왼쪽!"

꼬챙이가 소리쳤다.

앞에서 케이티가 왼쪽으로 방향을 틀었다. 아이들은 기차에서 빌린 지도를 보고 어떤 길로 갈지 결정했고 길이 갈라질 때마다 꼬챙이의 기억력에 의지하고 있었다. 길은 운하 다리를 넘어서 나안센메겐을 벗어나 선바아카겐으로 이어졌다. 두 도시는 크게 다르지 않았다. 나안센메겐은 훨씬 큰 도시인 선바아카겐의 연장선일 뿐이었다. 길쭉한 집들이 늘어선 풍경은 그대로였지만 그래도 왠지 모르게 기분이 달라지는 것 같았다.

나안센메겐에서는 위험한 곳을 향해 달려가고 있을 뿐이었지만 선바아카겐에 들어섰다는 것은 위험한 곳에 도착했다는 의미였기 때문이다.

선바아카겐에 있는 과학 박물관은 좁지만 우아하고 고풍스러운 4층 벽돌 건물이었다. 건물과 도로 사이에는 돌을 깐 조그만 마당이 있었다. 마당 벤치에는 한 대머리 남자가 파이프 담배를 태우며 앉아서 신문을 읽고 있었다. 정수리에 하얀 붕대를 감고 있어서 마치 인형 모자를 쓰고 있는 것처럼 보였다. 짧은 상의 가슴에 달린 배지는 남자가 박물관 직원임을 알려 주었다. 아이들이 자전거를 밀며 정문에 들어서자, 대머리 남자는 신문 너머로 아이들을 바라보며 이상하다는 표정으로 눈썹을 치켜 올렸다. 아이들은 학교에 있을 시간이라고 생각한 게 분명했다. 남자는 다시 신문으로 눈길을 돌렸다.

박물관 안으로 들어간 아이들은 불안한 표정의 경비원을 지나서 안내 데스크로 갔다. 데스크에는 최근에 뺨을 꿰맨 자국이 있고 왼쪽 팔에 깁스를 한 완고한 표정의 여자가 앉아 있었다.(레이니는 이곳에 있는 여자가 바깥에 있는 대머리 남자와 함께 사고를 당한 것 같다고 생각했다.) 여자가 아이들에게 안내물을 주면서 네덜란드 말로 뭐라고 물었다. 꼬챙이는 이런 일에 미리 준비하고 있었다. 꼬챙이는 자기들이 미국에서 온 교환 학생이며 견학을 나왔다고 적어 놓은 쪽지를 건네주었다. 여자는 투덜대면서 먼저 준 안내물을 돌려받고 영어로 된 안내물을 주었다. 안내물에 의하면 박물관은 일반인에게 무료로 공개되었다. 1층부터 3층까지는 전시물이 진열되어 있고 도서관은 4층에 있었다. 아이들은 승강기 표시를 따라갔다.

  도서관에 들어서는 레이니의 가슴이 설렜다. 도서관이 한눈에 마음에 들었다. 다른 도서관도 모두 마찬가지였지만 이곳은 특히 좋았다. 짙은 색 원목 탁자와 삐걱거리는 마루 판자가 페루멀 선생님과 복도를 거닐며 수많은 시간을 보낸 정겨운 돌마을 도서관과 비슷했다. 이제까지 레이니는 페루멀 선생님을 떠올리지 않으려고 무던히 애써 왔다. 지금쯤 레이니를 많이 걱정하고 있을 텐데…….

  콘스턴스가 레이니의 손을 꼭 움켜잡았다가 놓았다. 순식간이었다. 하지만 레이니는 그 느낌이 굉장히 좋았다. 콘스턴스가 예상보다 많은 것을 느끼고 있다는 증거였다. 특히 레이니 자신에 대해서 말이다. 레이니는 앞으로 말뿐만 아니라 머릿속 생각도 조심해야겠다고 다짐했다. 콘스턴스는 레이니를 의지하고 있었다. 레이니는 방금 그걸 깨달았다.

박물관 도서관에 있는 책은 각종 사전과 백과사전 몇 권뿐이었고 나머지는 모두가 확인할 필요조차 없는 참고 서적이었다. 중요한 책과 자료는 모두 뒷방에 보관하고 있었는데 직원에게 요청하면 꺼내 주었다. 아이들은 직원이 앉아 있는 책상으로 다가갔다. 직원은 아이들을 흥미로운 표정으로 계속 바라보고 있었다. 도서관에는 네 아이밖에 없었다. 아이가 이곳을 찾아오는 경우는 아주 드물었을뿐더러 학교를 가는 평일에 보호자 없이 찾아오는 경우는 거의 없었기 때문이다. 반짝이는 금발에 담갈색 눈동자가 명랑해 보이는 젊은 여자 직원은 꼬챙이가 쪽지를 건네자 의아한 표정을 지었다. 그리고 쪽지를 보더니 깜짝 놀라며 꼬챙이한테 영어로 물었다.

"네가 쓴 거니? 네덜란드 어 실력이 대단한걸. 하지만 말은 못하나 보구나? 영어로 말하면 되겠니?"

"네."

꼬챙이가 대답하자 여직원이 다정하게 웃으며 말했다.

"좋아. 네덜란드 사람은 거의 다 영어를 할 줄 안단다."

꼬챙이는 급히 대답하려고 했다. 자기도 물론 그 사실을 안다고, 만약을 위해서 쪽지를 써 놓은 거라고, 최근 조사에서 네덜란드 시민 가운데 약 15퍼센트는 영어를 모르는 걸로 나타났기 때문이라고, 그리고……

그때 콘스턴스가 눈알을 굴리더니, 꼬챙이도 들릴 만큼 큰 소리로

"최근 조사에서"라고 중얼거렸다.

꼬챙이가 갑자기 입을 다물었다. 그리고 화난 눈으로 콘스턴스를 노려보았다. 그러나 직원이 다시 빙그레 웃으며 말했다.

"너희는 공부를 정말 열심히 하는구나! 이렇게 화창한 오후에 도서관에 찾아온 이유를 알 것 같아. 얘들아, 내 이름은 소피야."

직원이 쪽지로 시선을 돌렸다.

"가만있자. 특별한 논문이 보고 싶은 거니?"

"종이를 뒤집으면 설명이 적혀 있어요."

꼬챙이가 말했다.

소피가 종이를 뒤집어 보았다. 그러고는 미간을 찌푸리고 아이들을 보았다. 소피는 아이들 뒤에 있는 문을 바라보다가 쪽지로 다시 눈을 돌렸다. 미간 주름이 깊어졌다.

"얘들아, 문제가 있어. 대체 무슨 일이 일어나고 있는 건지 알고 싶구나."

꼬챙이가 소심한 표정으로 바라보자, 레이니가 물었다.

"무슨 말씀이세요? 뭘 알고 싶으신 건가요?"

소피가 불안한 시선으로 레이니를 바라보았다.

"이 논문에 이렇게 많은 사람이 관심을 보이는 이유가 뭐니?"

"이렇게 많은 사람이라니요?"

소피가 레이니를 살피더니 머리를 흔들며 말했다.

"우연의 일치인가? 게다가 너희는 착한 아이들처럼 보이는데."

케이티가 끼어들었다.

"우리는 착해요. 그런데 지금 무슨 말씀을 하시는 건지 모르겠어요. 그 논문에 무슨 문제가 있나요?"

소피가 진지하게 대답했다.

"사람들이 다쳤어. 너희가 보고 싶다는 그 논문 때문에."

암흑초에 대한 몇 가지 자료

질문을 피하는 가장 좋은 방법은 먼저 질문하는 것이다. 그리고 레이니는 이런 계산이 빨랐다. 레이니가 소피에게 물었다.

"자세히 설명해 주시면 고맙겠어요. 도대체 무슨 일이 있었던 건가요?"

"하지만 아까 너희는 아무것도 모른다고 하지 않았니?"

소피가 혼란스러운 표정으로 물었다.

"아까 아줌마가 문제가 있다고 했잖아요. 그게 어떤 문제인지 알고 싶어요."

"말해도 괜찮을지 모르겠어. 그 일을 떠올리는 것 자체가 불쾌하거든."

소피가 경계하는 표정으로 대답했다. 케이티가 사정했다.

"제발 부탁이에요. 우리를 도와주세요."

소피가 탐색하는 눈초리로 물었다.

"너희를 도와줘? 내가 어떻게……."

소피가 한숨을 쉬며 괴로운 표정으로 머리칼을 쓸어 넘겼다.

"좋아. 너희는 신문을 읽을 수 없었겠지. 지난주에 여러 사람이 이 자료를 찾아왔어. 그 가운데 일부는…… 정장 차림에 딱딱하고 조그만 가방을……. 영어로 뭐라고 하지? 조그만 가방?"

"서류 가방."

꼬챙이가 우울한 목소리로 대답했다.

"그래, 서류 가방. 아무튼 그 사람들이 경비원을 공격했어. 그 경비원은 지금 병원에 있어. 박물관 직원 몇 명이 도와주려고 했는데 그들 역시 지금 병원에 있지. 심하게 다치지 않은 세 사람을 제외하고 직원 모두가 입원해 있어. 그 사건 이후 우리는 모두 두려워하고 있어. 경비원이 새로 왔는데, 그 사람도 겁을 먹었고."

"정장을 입은 사람들이 논문을 훔쳐 갔나요?"

레이니가 물었다. 어떤 대답이 나올지 두려웠다. 소피가 씁쓸하게 대답했다.

"아니, 못 가져갔어. 멍청한 사람들이었거든. 논문을 보여 달라고 했는데, 내가 빨리 대답하지 않으니까 나를 깨어나지 않게 만들었어. 난 그들이 너무 무서웠지. 그걸 뭐라고 하지? 의식 불명? 그들이 나를 의식 불명으로 만들었어. 내가 나중에 눈을 떴을 때도 그들은 여전히 논문을 찾는 중이었어. 그들은 우리 도서관 시스템을 몰랐어. 화를 내며 엉망으로 만들어 놓기만 했지. 그때 길에서 사이렌 소리가 들렸어. 경찰이 달려온 거야. 그러자 그들은 떠나기로 결정했어. 그들이 떠날 때 내가 그들한테 소리쳤어. 이곳은 무료로 개방하는 공공도서관이에요! 요청만 하면 다 된다고요!"

소피가 부르르 떨었다.

"그 남자들이, 그들이…… 그들이 나한테 전기 충격을 줬어. 가느다란 전선으로."

소피가 손을 움직여 손목에서 무언가가 날아가는 흉내를 냈다. 그러고는 재빨리 두 눈을 가렸다. 눈물을 참으려고 애쓰는 게 분명했다.

콘스턴스가 책상 앞으로 다가가더니 조그맣게 말했다.

"나도 그 느낌을 알아요, 소피 아줌마."

다른 아이들이 깜짝 놀라며 콘스턴스를 바라보았다. 정체를 드러내는 말은 절대 하지 않기로 약속한 터였다. 아무도 믿지 말자고, 어떤 정보도 주지 말자고 레이니가 특히 강조했다. 그런데 지금 콘스턴스는 자신도 전에 텐 맨을 만나 그런 일을 당한 적이 있다고 공공연하게 인정한 것이다. 기적이 일어나지 않는 한 곧 경찰서에 갇히게 될 게 분명했다.

소피가 한 손을 내리고 의아한 표정으로 바라보자, 콘스턴스는 이렇게 말했다.

"손목시계랑 전선. 나도 그 느낌을 알아요. 나도 그 사람들한테 전기 충격을 당했어요."

소피는 콘스턴스를 가만히 바라보았다. 그러다가 책상 너머로 팔을 뻗어서— 아주 많이 뻗어야 했다.— 콘스턴스의 조그만 얼굴을 손으로 다정하게 만졌다. 평소에는 누가 손으로 이렇게 만지는 걸 무척이나 싫어하던 콘스턴스가 몸을 빼거나 움츠리지 않았다. 충분히 이해할 수 있다는 표정으로 소피의 동정 어린 눈을 가만히 바라볼 뿐이었다.

소피가 말했다.

"미안해. 자, 얘들아, 탁자에 가서 앉아 있어. 너희가 이러는 이유는 모르겠지만 내가 논문을 가져올게."

아이들은 자신들이 나누는 이야기가 들리지 않도록 책상과 멀리 떨어진 건너편 끝에 있는 탁자에 앉았다. 소피가 보호용 봉투에 들어 있는 얇은 종이 묶음과 일기장 한 권을 들고 뒷방에서 나왔다. 그리고 아이들에게 다가와서 일기장을 탁자에 올려놓고 봉투 안에 있는 종이 묶음을 조심스럽게 꺼냈다. 첫 장에 필기체로 된 글씨가 적혀 있었는데, 당연히 네덜란드 어였다.
"궁금한 게 있으면 나중에 물어보렴. 그리고 이 논문은……."
소피가 종이 묶음을 손가락으로 집으며 말을 이었다.
"부탁하는데, 조심해서 다루고 모든 자료는 탁자 위에 잘 보이도록 놓아야 해. 내 책상에서 볼 수 있도록. 이건 자료를 보호하기 위한 우리 도서관의 방침이지, 너희를 못 믿어서 그러는 게 아니야. 이해해 주면 좋겠구나."

아이들은 충분히 이해한다고 대답했고 소피는 자기 책상으로 돌아갔다. 소피가 마음을 진정시키려고 숨을 천천히 들이마시며 열심히 지켜보는 것을 아이들은 느낄 수 있었다.

일기장은 낡아서 뒤틀리고 제본도 엉성하게 들뜬 상태였다. 논문 묶음도 오랜 세월을 거치면서 샛노랗게 변했다. 양파 껍질처럼 쉽게 부서질 것 같은 종이도 있었다. 꼬챙이가 손을 살짝 떨면서 자료를 자기 앞으로 끌어당기자 다른 아이들은 바싹 긴장한 표정으로 바라보았다. 꼬챙이는 천으로 안경을 한 번 닦더니, 조금 초조한 표정으로 조심스럽게 일기장을 펼쳤다.

꼬챙이가 책을 읽는 모습은 정말 특이했다. 두 눈이 거의 움직이지 않는 것 같았다. 아주 많은 부분을 머릿속에 한 번에 집어넣기 때문이다. 숨을 한두 번 쉬면서 한 장을 노려본 다음, 뒷장으로 넘어가는 식이었다. 노려보고 숨을 쉬고 또다시 넘겼다. 이런 속도라면 일기장을 몇 분 안에 다 읽고 삼사 분만 더 들이면 논문 묶음도 읽을 수 있을 터였다. 하지만 꼬챙이가 이해하는 속도는 내용을 암기하는 속도보다 훨씬 느렸고, 일단 이해한 다음에는 그 내용을 요약하는 시간이 필요했다. 그래서 생각을 정리하는 데 시간이 꽤 걸릴 수 있었다.

텐 맨이 금방이라도 문을 열고 들어올 것 같았다. 하지만 레이니는 꾹 참고 기다려야 한다고 생각했다. 꼬챙이를 몰아붙이지 말아야 했다. 그러면 꼬챙이가 불안한 마음에 내용을 헷갈릴 가능성이 높았다. 최근에는 그런 일이 많이 줄었지만 지금도 충분히 그럴 수 있었다. 오래전부터 꼬챙이를 괴롭혀 온 약점이었다.

하지만 이런 생각을 하면서도 레이니는 꼬챙이의 태도가 미묘하게 달라진 것을 알아챘다. 꼬챙이가 손가락으로 일기를 짚으며 다른 종이를 살피기 시작한 것이다. 그리고 "편지"라고 중얼거리며 친구들을 바라보았다. 꼬챙이는 맨 위에 있는 편지를 아주 진지한 표정으로 살핀 다음, 옆에 놓고 일기를 다시 들여다보며 안경을 고쳐 썼다. 학자처럼 느긋한, 무의식적인 몸짓이었다. 하지만 완전히 무의식적인 태도는 아니었다. 꼬챙이가 자신의 중요성을 느끼고 있다는 사실을 레이니도 알아차릴 수 있었다.

레이니가 보기에 꼬챙이는 케이티네 농장에서 다시 만난 이후 자만심을 억누르기 위해 계속 몸부림치는 것이 분명했다. 꼬챙이의 갑작스러운 허영심을 용서하고 싶은 마음이 들었다. 지금까지 둘이서 함께한 일이 너무나 많아서 레이니는 꼬챙이의 마음을 속속들이 잘 안다고 생각했다. 꼬챙이는 그 누구보다 고상하고 용감했다. 꼬챙이는 겁이 많고 소심하지만 아무리 무서운 일이 기다리고 있더라도 결국에는 언제나 올바른 길을 선택했다. 이렇게 볼 때, 꼬챙이는 아주 용감한 사람이 분명했다. 최소한 레이니 생각은 그랬다. 가끔 잘난 척을 하지만 그건 별로 큰 문제가 아니었다. 꼬챙이는 케이티와 콘스턴스가 자신에게 가차 없이 달려들 때도 대개 자연스럽게 받아들였다.

이윽고 꼬챙이가 자료를 다 읽었다. 꼬챙이는 입술을 꼭 다물고 안경을 벗은 채 생각에 빠져들었다. 있지도 않은 먼 허공을 물끄러미 쳐다보며 안경을 닦더니, 다시 쓰고 깊이 생각하는 표정으로 숨을 길게 들이마신 뒤 레이니처럼 턱을 문지르기 시작했다. 그 모습을 보다가 레이니는 갑자기 짜증이 났다. 용서하는 마음이 사라졌다. 하지만 꾹 참았다. 생각을 정리하려고 애쓰는 꼬챙이를 다그칠 순 없었다.

하지만 콘스턴스는 의자에서 내려와(팔이 짧기 때문에 앉은 자리에서는 꼬챙이가 닿지 않았다.) 꼬챙이 옆으로 가더니 온 힘을 다해 꼬챙이의 손을 찰싹 때렸다. 꼬챙이는 아프기도 하고 깜짝 놀라기도 해서 손을 홱 빼다가 안경을 떨어트렸다. 그 순간, 케이티가 눈 깜짝할 사이에 손을 내밀어 안경을 낚아채고, 다른 손으로는 또 때리려고 달려드는 콘스턴스의 손을 붙잡았다.

어리벙벙한 표정으로 눈을 끔뻑이며 바라보는 꼬챙이에게 콘스턴스가 날카롭게 속삭였다.

"정신 차려! 잘난 척 그만하고 이제 털어놓으란 말이야!"

꼬챙이의 얼굴이 침울하게 변했다.

"여기에 실린 내용을 영어로 설명할 방법을 궁리하는 중이야."

꼬챙이가 케이티한테 안경을 건네받으며 다시 말했다.

"불만이 있다고 사람을 때리면 어떻게 하니, 콘스턴스!"

"또 맞고 싶어?"

콘스턴스가 케이티한테 잡힌 손을 빼내려고 하면서 소리쳤다.

"콘스턴스."

레이니가 날카롭게 말했다. 그러면서 머리로 책상을 가리켰다. 소피가 의자에서 일어나 걱정스러운 표정으로 아이들을 바라보고 있었다. 레이니가 손을 흔들며 소피를 안심시켰다.

"괜찮아요. 죄송해요. 아무 일 아니에요."

소피가 의심스러운 표정으로 다시 앉자, 레이니가 중얼거렸다.

"나중에 둘이서 마음껏 다투도록 해. 지금 당장은 말고. 알겠니?"

꼬챙이와 콘스턴스는 서로 노려보다가 결국엔 둘 다 고개를 끄덕였다. 콘스턴스는 자기 의자로 다시 올라갔다. 꼬챙이는 잠시 마음을 달랜 다음에 잘난 척하는 기색 없이 알아낸 내용을 설명했다. 일기는 베네딕트 선생님의 어머니인 얀키 베네딕트 여사가 쓴 것이었다. 편지는 미국에 있는 얀키 여사의 언니, 즉 베네딕트 선생님의 이모와 선생님의 부모님과 친하게 지냈던 '한 데 레이제거'라는 동료 과학자가 보낸 것이었다.

꼬챙이가 말했다.

"여러 가지 사실을 알 수 있었어. 우선, 베네딕트 부부는 배 속에 있는 아기가 쌍둥이란 사실을 몰랐어. 얀키 여사는 '아기들'이 아니라 '아기'가 태어날 예정이고 사내아이가 태어나면 이름을 니콜라아스로 짓겠다고 여러 번 언급했어."

꼬챙이는 일기에 쓰인 이름을 가리키며 계속 말했다.

"그런데 선생님의 이모가 나중에 니콜라스라고 이름의 철자를 바꾼 게 분명해."

"분명해."

콘스턴스가 놀리듯 말을 따라 했다. 꼬챙이는 얼굴을 찡그렸지만 아무 대꾸 없이 말을 이었다.

"그런데 그 뒤로는 아무런 기록이 없어. 그래서 박물관 측도 쌍둥이란 사실을 모르고 베네딕트 선생님한테만 연락한 거야. 나중에 커튼 선생이 그 사실을 알아낸 게 분명해."

꼬챙이 얼굴이 굳었다. 콘스턴스가 또 놀릴 거라고 생각했기 때문이다. 하지만 이번에는 콘스턴스가 꾹 참았다.

"텐 맨이 이 일기를 손에 넣진 못했지만 커튼 선생은 베네딕트 선생님이 이 일기를 보고 발견한 내용을 어떤 식으로든 알아낸 것 같아. 부모님이 기면증을 치료할 가능성을 찾았다는 사실을……."

"정말?"

레이니와 케이티가 동시에 묻자 꼬챙이가 대답했다.

"가능성은 있지만 확실한 건 아니야. 아주 희귀한 식물이……."

"희귀한 식물!"

케이티가 소리쳤다.

"커튼 선생이 편지에서 언급한 바로 그 '희귀한 식물'?"

콘스턴스가 물었다. 꼬챙이는 입술을 꼭 다물었다. 중간에 말이 계속 끊겨서 설명하기 어려웠지만 그런 말을 하면 잘난 척한다는 비난만 들을 것 같아서 망설여졌다. 레이니가 구원의 손길을 내밀었다.

"우선 꼬챙이 말을 가만히 듣는 게 좋지 않을까? 계속해, 꼬챙아."

여자아이들도 진지한 표정으로 귀를 기울이자, 꼬챙이가 입을 다시 열었다.

"좋아. 뒤로 조금 돌아가야겠어. 베네딕트 선생님의 부모님도 기면증이 있었던 게 분명해. 한 분이 아니라 두 분 모두."

꼬챙이가 일기장에 적힌 구절을 가리켰다.

"얀키 여사는 처음에는 저주를 받았다고 생각했지만 이제 자신과 남편은 그걸 은총으로 받아들인다고 썼어. 둘이 똑같은 증상이 있었기 때문에 과학적인 관심 분야 역시 같았고, 그래서 두 사람이 만나게 된 거라고 여기에 적어 놓았지.

뿐만 아니라 작업할 때는 서로 손발이 척척 맞고 두 분이 동시에 잠드는 경우는 드물기 때문에 서로를 보호할 수 있다고도 썼어. 확실한 건 두 분이 놀라울 정도로 똑똑했다는 거야. 두 분은 중요한 연구 프로젝트 몇 가지를 계획했어. 부족한 건 그걸 시작할 자금이었지. 두 분은 이미 기면증에 대한 논문을 몇 편 발표한 상태였어. 하지만 이 논문은 희귀한 식물과 아무런 관계가 없어. 이 식물은 일기장의 거의 마지막에 등장해. 내 생각엔 두 분의 삶이 거의 끝나갈 즈음인 것 같아. 이 편지를 받은 다음이지."

꼬챙이가 꾸러미에서 종이 세 장을 조심스럽게 들어 올렸다.(레이니가 이미 목격했듯이, 마지막 한 장에는 한가운데를 직사각형으로 잘라낸 공간이 있었다.)

"이건 동료 과학자 한 데 레이제거가 보낸 편지야. 예전에 멸종한 것으로 알려진 트랜스루시두스 솜니페룸, 다른 말로 암흑초라고 하는데, 생생하게 살아 있는 암흑초 표본을 자기가 발견했다는 거야."

꼬챙이가 잠시 망설이다가 입을 열었다.

"너희가…… 너희가 알고 싶다면 이 식물에 대해서 내가 좀 설명할 수 있어. 전에 읽은 적이 있거든."

"당연히 관심이 있지, 이 멍청아! 지금 농담해? 이번 사건의 핵심이 바로 그 식물이란 말이야!"

케이티가 웃으면서 말하자, 꼬챙이가 어깨를 으쓱했다.

"음, 안 그러는 게 좋다는 생각이 가끔…… 좋아. 에헴, 고대 서적에는 암흑초라는 말이 드물게 나와, 아주 드물게. 굉장히 강력한 효능을 지닌 전설적인 약초로 알려져 있어. 약간의 냄새로 모든 사람을 잠들게 할 정도지. 노르웨이에 이런 옛날이야기가 있어. 안개가 자욱한 어느 날 오후에 바이킹이 마을에 쳐들어왔는데, 마을 사람 전체가 자고 있었다는 거야. 침대는 물론이고 땅바닥이랑 담벼락이랑 작업대까지, 사방에 널브러져서.

바이킹은 너무 놀란 나머지 아무것도 건드리지 않았어. 잠자는 사람들을 살피며 마을을 그대로 지나갔지. 그런데 마을 변두리에서 피우다 만 모닥불과 그 옆에서 암흑초 잎사귀를 손에 쥔 채 자고 있는 아이를 발견한 거야. 아이가 암흑초를 조금 불 속에 넣어서 피어오른 연기가 마을 사람 전체를 잠들게 한 거지. 눈에 안 보일 정도로 적은 연기가. 믿겨져?"

"영화배우 뺨치는 연기네!"

케이티가 소리치며 주변을 둘러보았다. 친구들이 자신의 농담을 알아차렸는지 궁금했다. 하지만 친구들은 아무 관심도 보이지 않았다. 케이티는 또다시 말하기가 쑥스러워서 이 말만 덧붙였다.

"정말 강력한 식물이구나."

그러자 꼬챙이가 말했다.

"강력하면서도 약해. 암흑초는 아주 독특한 환경에서만 자라는데 다른 곳으로 옮겨 심으면 그냥 사라지고 말아. 이건 일기를 보고 안 거야. 베네딕트 부부가 전에 표본 몇 포기를 발견해서—— 얀키 여사는 그 장소를 밝히지 않았어.—— 연구를 하기 위해 연구실로 한 포기 가져왔어. 그런데 암흑초는 순식간에 먼지로 변하고 말았대. 하지만 그 후에 암흑초가 기면증을 치료할 수 있다는, 적어도 최악의 증상은 없앨 수 있다는 확신을 가지게 됐어. 암흑초에 화학 물질 몇 가지만 섞으면 되는 거야. 과학자라면 누구나 쉽게 구할 수 있는 평범한 화학 물질이지."

"그렇다면 두 분은 암흑초가 있는 곳을 알아낸 다음에도 치료약을 만들지 않은 거구나. 이유가 뭐지?"

레이니가 묻자 꼬챙이가 대답했다.

"불행하게도 충격적인 일이 일어나서 두 분은 크게 실망하고 말았어. 그곳에 다시 찾아가서 다른 표본을 채취했는데 그건 암흑초가 아니었던 거야. 겉모습만 아주 비슷한 식물이었지. 암흑초랑 생김새도 비슷하고 완전히 똑같은 환경에서 살지만 가장 중요한 화학 성분이 달랐던 거야. 쉽게 말해서 소용이 없었지. 아니, 소용이 없는 정도가 아니었어. 그 식물은 생명력이 질긴 데다 호전적인 성질을 지니고 있었거든. 암흑초가 귀한 이유는 바로 그것 때문이야. 암흑초만 생기면 이 식물이 달려들어서 죽이거든. 얀키 여사는 이걸 '방해초'라고 불렀는데 두 분은 이 모방 식물이 암흑초를 죽이고 서식지를 빼앗는다고 믿었어. 베네딕트 부부는 암흑초가 있던 곳에 다시 가서 주변을 샅샅이 뒤졌지만 좋은 결과는 없었어. 방해초만 가득했지."

"그렇다면 한이라는 동료 과학자가 찾아낸 게 진짜 암흑초란 사실을 어떻게 확신할 수 있지?"

콘스턴스가 묻자 꼬챙이가 대답했다.

"베네딕트 부부가 그 사람한테 연구 자료를 보여 주었어. 그래서 한이라는 과학자는 서식지에서 그 특징을 현미경으로 확인했지. 처음엔 전부 방해초일 거라고 생각했고 실제로 방해초가 있었지만 대부분은 암흑초였어. 굉장히 많은 암흑초."

레이니는 이맛살을 찡그렸다. 설명을 듣다 보니 왠지 걱정스러운 기분이 들었는데, 그 이유를 정확히 알 수가 없었다. 베네딕트 부부가 암흑초를 찾아낸 게 맞다면 그건 과학적으로 아주 훌륭한 세기적인 발견일 것이다. 그런데도 그 사실을 논문으로 발표하지 않은 이유가 무엇일까? 언론에 발표조차 하지 않은 이유가 무엇일까?

"그건 그렇고 암흑초는 어떻게 생겼는데?"

케이티가 묻자 꼬챙이가 대답했다.

"그건 나도 몰라."

콘스턴스가 믿을 수 없다는 표정으로 비웃었다.

"모른다고? 나는 네가 무엇이든 알고 있는 줄 알았어! 그래서 그 말은 믿을 수가 없어, 조지 워싱턴."

꼬챙이가 으르렁거렸다.

"네가 믿든 말든 상관없어. 정말 모르니까."

레이니가 걱정스러운 표정으로 소피를 향해 손을 흔들며 말했다.

"진정해, 모두. 콘스턴스, 꼬챙이는 사실을 말하는 거야. 지금 네가 흥분해서 그러는데, 마음을 가라앉히고 차분하게 보면 알 수 있을 거야."

콘스턴스는 벌써 꼬챙이를 바라보는 중이었다. 하지만 사실은 노려보고 있었고, 누군가를 노려보아서는 마음속 깊숙한 곳까지 들여다볼 수 없었다. 그래서 콘스턴스는 마음을 가라앉히려고 최대한 노력했다. 그리고 꼬챙이의 화난 표정에 담겨 있는 진실을 바라보았다. 꼬챙이는 진짜 모르고 있었다.

레이니가 다시 말했다.

"이제 드디어 이해가 되는 것 같아. 얀키 여사가 암흑초를 처음 발견한 장소를 구체적으로 언급하지 않은 이유 말이야. 굉장히 놀라운 사실을 발견하고도 세상에 알리지 않고 이 논문들을 숨겨 놓은 이유도. 모든 이유가 하나로 통해. 베네딕트 부부는 그 사실을 비밀로 한 거야."

"베네딕트 부부만 그런 건 아니야. 지금까지 식물의 역사를 공부한 학자들은 모두 암흑초를 가장 신비로운 식물로 여기고 있어. 고대 서적에 암흑초에 관한 내용이 있다는 사실이 밝혀지면 누군가가 그 내용을 재빨리 삭제했어. 그 식물의 특징과 서식지에 대한 정보를 없애 버린 거지."

꼬챙이가 콘스턴스를 무뚝뚝한 표정으로 본 다음에 덧붙였다. 그러자 레이니는 한가운데가 잘려 나간 종이를 가리키며 말했다.

"동료 과학자가 보낸 편지를 베네딕트 부부가 잘라 낸 것처럼 말이지. 잘려 나간 부분에는 아마 암흑초에 관한 내용이 있었을 거야, 그렇지?"

꼬챙이가 고개를 끄덕였다. 케이티가 물었다.

"그걸 비밀로 한 이유가 뭐지? 그게 그렇게 중요한 거라면……."

레이니가 진지한 표정으로 대답했다.

"잘 생각해 봐. 고작 약간의 암흑초를 태운 연기가 마을 사람을 모두 잠들게 만들었어. 이런 식물이 나쁜 사람의 손에 들어가면 무슨 일이 일어날까? 케이티, 네가 말했듯이 이건 아주 강력한 식물이야. 이런 식물을 나쁜 사람이 찾아내는 걸 그 누구도 바라지 않았던 거야."

"하지만 베네딕트 부부는 암흑초에 대해 알게 되었어. 그리고 가장 믿음직한 동료와 그 사실에 대해 토론했어. 그리고 그 과학자는 베네딕트 부부한테 지도를 보냈지만 그 지도는 여기에 없어. 베네딕트 부부가 그것도 없앤 것 같아."

꼬챙이가 말했다.

"무슨 지도?"

케이티가 물었다.

"한 데 레이제거가 암흑초를 발견한 섬의 지도. 그 과학자는 섬으로 가는 길을 나타낸 지도와 섬 내부 지도 두 장을 보냈어. 암흑초가 자라는 위치를 자세히 표시해 두었지. 편지에는 섬에 대한 설명이 조금 있을 뿐 섬 이름이나 그 위치를 알 수 있을 만한 내용은 하나도 없어. 설사 그런 내용이 있었다 해도 베네딕트 부부가 그 부분 역시 오려 냈을 거야. 따라서 지금으로선 그 위치를 아는 사람이 아무도 없다고 할 수 있지."

콘스턴스가 끼어들었다.

"하지만 커튼 선생은 그 위치가 알고 싶었던 거야. 그리고 베네딕트 선생님이 그 위치를 안다고 생각한 거지. 아니면 베네딕트 선생님이랑 '아주 가까운' 사람이 알 거라 추측했든가. 그래서 협박 편지에 그렇게 쓴 거 아니겠어?"

레이니가 대답했다.

"아마 그럴 거야. 그런데 이거 알아? 지금 생각해 보니, 베네딕트 선생님은 그 섬을 알고 있을 가능성이 아주 높아. 문제는 베네딕트 선생님이 그 섬으로 갔느냐 아니냐 하는 거야. 그걸 알 수 있다면······."

케이티가 말을 가로챘다.

"베네딕트 선생님이 그 섬을 어떻게 찾을 수 있다는 거지, 레이니? 지도가 없잖아!"

레이니가 대답하려는 순간 도서관 문이 활짝 열리면서 대머리에 붕대를 감은 남자가 들어왔다. 마당에서 본 남자였다. 그는 무관심한 표정으로 아이들을 흘끗 쳐다보더니 책상으로 가서 소피에게 수군거렸다. 그러다가 갑자기 머리를 획 돌려서 커다란 눈으로 아이들을 노려보고 아이들이 있는 탁자로 급히 걸어왔다. 소피가 그 뒤를 불안한 표정으로 따라왔다.

사내가 무뚝뚝한 영어로 말했다.

"내 이름은 스쿠일러라고 해. 너희가 누군지 물어봐도 되겠니?"

"학생들이에요. 교환 학생요, 스쿠일러 씨."

뒤따라 온 소피가 대답했다. 스쿠일러가 담뱃대로 일기장과 편지를 가리키며 물었다.

"이걸 보는 이유가 뭐지?"

이번에도 소피가 대답했다.
"사건이 일어났다는 소식을 듣고 궁금증이 생긴 거예요. 재들은 어린 학생이에요, 스쿠일러 씨."
스쿠일러가 의심스러운 표정으로 곰곰이 생각하는 것 같았다. 하지만 곧 투덜거리면서 담뱃대를 입에 물고 말했다.
"그렇다면 몇 가지 말할 게 있어. 아주 재미있는 이야기지."
스쿠일러가 의자를 잡아 빼서 풀썩 주저앉으며 다시 말했다. 소피는 의자에 무릎을 부딪치지 않으려고 뒤로 물러났다.
"어디부터 시작할까?"
"처음부터 시작하는 게 어때요?"
레이니가 말하자 스쿠일러가 입을 열었다.
"아, 처음이 아주 어려워. 너희도 알겠지만, 이 자료는 법적으로 우리 도서관 소유야. 하지만 어떤 미국인이 이 자료에 대한 소유권을 주장했어. 이 자료를 원래 가지고 있던 사람의 아들이지. 나는 법원에 재판을 청구하는 건 자유라고, 그래서 법원이 권리를 인정하면 자료를 내주겠다고 대답했어. 물론 법원은 권리를 인정한다고 판결을 내릴 게 분명해. 하지만 판결이 나오기 전까지 이 자료는 도서관에 있어야 해! 그게 세상 이치야.
그런데 이 남자는 아침에 갑자기 도서관에 나타나서 이 자료를 보고 싶다고 요청했어. 이곳은 무료로 운영하는 공공 도서관이니까 우리는 당연히 그렇게 해 주었어. 그러자 그 사람은 자기 신분을 밝히고 자기를 전에 본 적이 있느냐고 물었어. 나는 본 적이 없다고 사실대로 대답했어. 그 사람은 자신이 가끔 휠체어를 탄다고 말하면서 도서관에서 전에 자신을 본 사람이 진짜 아무도 없느냐고 다시 물었어. 나는 본 적이 없다고 대답했고 소피도 본 적이 없다고 했어. 내 말이 맞지, 소피?"

소피가 대답하려고 입을 열었지만 스쿠일러는 계속 말했다.

"그래, 내 말이 맞아. 그래서 우리가 당신은 당신 생각만큼 유명한 사람이 아니라고 간신히 설득하니까, 그 사람은 함께 온 사람과…… 머리는 빨갛고 옷은 온통 노란 게 마치 연필처럼 보이는 여자였지. 그럴싸한 비유라고 생각하지 않아, 소피? 그 여자가 연필 같다는 거 말이야. 나는 그때도 그렇게 말했을 거야. 내가 무슨 말을 하는 중이었지? 아, 그래. 그 사람은 함께 온 사람과 떠났어. 하지만 오 분 뒤에 그 사람이 전화를 해서 자기가 가져야 할 물건을 가져갔다고 말하는 거야. 그 말만 하고 전화를 끊었어.

너희는 나이가 어려서 그 말이 무슨 뜻인지 모르겠지만 나는 아니었지. 나는 일기장과 논문이 있는 곳으로 곧장 달려가서 그 사람이 편지 일부를 가져가고 한 장은 가운데를 오려 냈다는 사실을 발견했어! 도서관 재산을 훔친 걸로 모자라서 파손까지 한 거야!"

레이니는 정신을 바싹 차리고 열심히 들었다. 자신이 궁금해했던 내용을 스쿠일러가 지금 막 확인해 주었기 때문이다. 그렇다면 베네딕트 선생님은 섬 위치를 알아낸 게 분명했다. 지도 두 장을 빼낸 사람은 베네딕트 부부가 아니라 베네딕트 선생님이었다. 편지 한가운데를 오려 낸 사람도 베네딕트 선생님이었다. 선생님의 부모님은 어차피 자료를 은밀한 장소에 숨겨 놓았기 때문에 그 안에 들어 있는 민감한 정보를 없애야 한다는 생각은 하지 않은 것 같았다.

스쿠일러가 다시 말했다.

"그 사람은 범죄 행위를 저질렀고 나는 그걸 확인했어. 자기 딴에는 똑똑하다고 생각했을지 몰라도 실제로는 정반대였다고!"

스쿠일러가 책상 뒷벽 높은 곳에 걸려 있는 보안 카메라를 가리켰다.

"저거 보여? 나는 증거가 있어. 그런데 무슨 일이 있었는지 아니, 얘들아? 바로 그 사람이 도서관에 그날 다시 찾아온 거야! 참 나! 그래서 어떻게 됐는지 아니?"

"아저씨가 경찰에 전화를 했겠죠."

레이니가 침착하게 대답했다. 하지만 속으로는 베네딕트 선생님의 뛰어난 순발력이 감탄스러울 뿐이었다. 베네딕트 선생님이 그렇게 한 이유는 분명했다. 우선, 커튼 선생이 이 자료를 보았는지 확인한 것이다.(도서관 직원에게 자신을 아느냐고 물어본 이유가 바로 그것 때문이었다.) 그런 다음 쌍둥이 동생이 도서관에 나타나면 경찰에 신고해서 체포하게 만들려고 한 것이다.

스쿠일러가 대답했다.

"맞아, 내가 경찰에 전화했어. 그날 경찰에 전화한 게 처음은 아니었어. 그 전에는 서류 가방을 든 사내들이 찾아왔거든. 그 사람들에 대한 이야기는 들었지?"

"텐 맨요?"

콘스턴스가 되묻자 아이들은 놀라지 않은 척하려고 애썼다. 콘스턴스는 자신이 경솔했다는 사실을 그 즉시 깨달았지만 이미 늦었다. 다행히 스쿠일러는 자기 말에 열중하느라 조그만 여자애가 하는 말에 별다른 관심을 기울이지 않고 가볍게 대답했다.

"텐 맨(열 사람)이냐고? 아니야, 네가 잘못 들었어. 두 사람이었지. 하지만 두 명으로도 충분히 위험한 사람들이었어. 그들은 미국인과 연필 여자가 떠난 직후에 나타났어. 나는 마당에 있었지. 내가 맡은 임무는 박물관을 이리저리 돌아다니는 일이거든……."

(아이들은 스쿠일러가 마당에서 담뱃대를 물고 신문을 읽고 있었던 이유를 알아차렸다.)

"나는 그들이 문으로 들어가는 것을 보았지. 하지만 비명 소리가 들릴 때까지 무슨 일이 있었는지 아무것도 몰랐어."

이 말과 함께 스쿠일러가 몸을 돌려서 소피의 손을 쓰다듬으며 위로하려고 했지만 소피는 손을 재빨리 빼냈다. 그러자 스쿠일러는 의자 팔걸이를 쓰다듬었다. 애초에 그럴 생각이었던 것처럼 아주 자연스러운 동작이었다.

소피가 입을 열었다.

"두 사람은 '베네딕트'라는 이름과 관련된 자료를 포함해 그날 도서관에 찾아온 사람들이 신청한 자료를 모두 보고 싶다고 요구했어. 나는 두 사람이 찾는 자료가 무엇인지 알고 있었어. 하지만 아까도 말했듯이 첫째로 너무 무서워서 입을 열 수 없었고 둘째로……."

소피의 말을 스쿠일러가 가로챘다.

"그래, 비명 소리가 끔찍했어. 하지만 나는 그 소리를 듣고 정신이 바짝 들었지. 그래서 두 사람이 밖으로 나오는 순간에 벤치 뒤에서 달려들었어……."

(이 말을 듣고서 아이들은 스쿠일러가 벤치 뒤에 숨은 채 벌벌 떨며 훔쳐보았을 거라고 생각했다.)

"하지만 한 명이 나한테 치명적인 무기를 쏘았어. 나는 뛰어난 반사 신경으로 머리를 숙였지만 약간 늦어서 부상을 입고 말았지."

스쿠일러가 정수리에 감아 놓은 하얀 붕대를 조심스럽게 만지며 덧붙였다.

"나는 피를 아주 많이 흘렸고 머리칼도 많이 없어졌어."

아이들은 눈썹을 찡긋거렸고 케이티는 웃음을 억눌렀다. 붕대의 위치와 크기로 판단하건대, 애초에 머리칼 자체가 거의 없었던 것 같았다. 하지만 부상을 입은 건 분명했다.

스쿠일러가 지난 일을 떠올리며 계속 말했다.

"두 사람은 내가 키가 크지 않은 걸 다행으로 여겨야 한다고 말했어. 그런 다음에 깔깔 웃으며 떠났고, 나는 경찰에 전화했어."

"사실 경찰에 전화한 사람은 에다예요, 스쿠일러 씨. 스쿠일러 씨가 부른 건 구급차였죠. 부상 때문에."

소피가 조그맣게 말했다. 스쿠일러가 담뱃대를 짜증스럽게 빨며 중얼거렸다.

"그런 건 중요하지 않아. 게다가 그다음에 미국인이 다시 왔을 때 경찰에 전화한 사람은 분명히 나야. 이번에는 자신의 말대로 휠체어를 타고 왔더군. 두 사람을 데리고 왔는데, 한 명은 표정이 어색하고 발이 커다란 젊은 사내였고 또 한 명은 까맣게 반짝이는 기다란 머리칼에 표정이 아주 거만한 아가씨였어. 정말 거만한 여자였지! 떠나면서 나한테 한 말을 떠올리면……."

레이니와 친구들은 몰래 눈길을 주고받았다. 스쿠일러가 말하는 사람은 학습 기관에서 커튼 선생과 함께 도망친 집행부 S. Q. 큰 발과 마티나 크로가 분명했다. 그리고 휠체어에 탄 사람은 당연히 커튼 선생이었다.

스쿠일러가 계속 말했다.

"그 미국인은 그날 아침에 자신이 본 자료를 전부 다시 확인하고 싶다고 했어. 도서관에 불행한 사태가 있었다고 들었기 때문에 자료가 아직 무사한지 확인해야겠다면서. 마치 아무런 범죄도 저지르지 않은 사람처럼 굴더군. 나한테 전화해서 그 사실을 말한 적이 없는 것처럼! 정말 뻔뻔한 사람이야!"

커튼 선생이 뻔뻔한 건 맞지만 허풍을 떨었다기보다는 교활했다고 레이니는 생각했다. 커튼 선생은 베네딕트 선생님이 박물관 도서관을 방문한 이유를 알고 싶었다. 하지만 텐 맨이 빈손으로 돌아오자 자신이 직접 찾아와서 쌍둥이 형을 흉내 낸 것이다.

스쿠일러가 계속 말했다.

"음, 너희도 충분히 짐작할 수 있겠지만, 나는 똑똑하게 행동했어. 당황하지 않고 함정을 팠지. 이번에는 그 사람이 서두르는 것 같았거든. 그리고 일기장과 편지를 하나도 빠트리지 않고 복사해서 가져가겠다고 말했어. 그래서 나는 자료가 너무 낡아서 금방 상하기 때문에 특수 기계를 사용해야 하고 복사도 도서관 직원이 해야 한다고 대답했지. 실제로도 그렇긴 해. 하지만 그렇다고 해서 내 계획이 엉클어진 건 아니야. 소피가 복사를 하는 동안 내가 몰래 경찰에 전화해서 당장 오라고 했거든. 물론 사이렌은 울리지 말고. 내가 그렇게 말한 이유를 알겠니, 얘들아? 그렇게 하면 아무한테도 들키지 않잖아! 그래서 복사가 끝난 다음에 그 사람이 동료 두 명과 승강기를 타려고 로비로 나가다가 경찰과 마주친 거야. 정말 기막힌 계획 아니니?"

"그런데 뭐가 잘못된 건가요?"

레이니가 물었다. 커튼 선생이 도망친 게 분명했기 때문이다. 스쿠일러는 화가 나서 부르르 떨었다.

"내가 멋진 계획을 세워 주었는데도 경찰이 그 사람을 놓치고 말았어. 그 사람이 휠체어에서 벌떡 일어나더니 경찰을 깜짝 놀라게 만들고 어떻게 했는데…… 음, 구체적으로 어떻게 했는지는 아직 밝혀지지 않았어. 그 사람이 경찰관을 가볍게 건드리기만 한 것 같았는데 모두 바닥에 쓰러져서 몇 분 동안 움직이질 못했으니까. 그리고 그 악당은 일행을 이끌고 도망쳐서 두 번 다시 나타나지 않았지."

스쿠일러가 머리를 흔들며 담뱃대 너머로 아이들을 바라보았다. 레이니는 스쿠일러가 칭찬을 바라고 있다는 사실을 깨닫고 이렇게 말했다.

"정말 훌륭한 설명이에요, 스쿠일러 아저씨. 아주 이상하고 무시무시한 사건이네요. 한 가지 물어봐도 괜찮을까요?"

스쿠일러가 시계를 보는 척하더니 어쩔 수 없다며 한숨을 쉬었다. 아이들을 위해서라면 계속 말할 수 있다는 표정이었다.

"그래, 좋아. 뭔데?"

"도둑맞았다는 자료요. 그게 뭔가요?"

"자료? 아, 그건 일종의 지도야."

"지도요? 구체적으로 무슨 지도요?"

레이니는 그 자료가 지도라는 것을 알고 있었지만 모르는 척하며 물었다. 스쿠일러가 그 섬의 위치를 알고 있기를 바랄 뿐이었다.

스쿠일러는 그 질문이 마음에 들지 않았는지 눈살을 찡그리며 담뱃대로 탁자를 톡톡 쳤다.

"우리도 몰라. 그 자료는 오래전에 분류해서 보관하던 거야. 오랫동안 아무도 들여다보지 않았어."

레이니는 포기할 수 없었다. 그래서 스쿠일러와 소피를 번갈아 쳐다보며 물었다.

"그럼 그걸 분류해서 보관한 사람이 누군가요? 그분을 만날 수 있을까요?"

소피가 스쿠일러를 바라보는 순간에 레이니는 깨달았다. 스쿠일러가 바로 그 사람이었다. 다만 지도를 확인하지 않은 채 보관한 것이 분명했다. 스쿠일러가 짜증스럽게 말했다.

"내가 본 걸 모두 기억할 순 없어. 여기서 나는 아주 많은 일을 하고 있거든."

스쿠일러가 갑자기 의자에서 일어나며 덧붙였다.

"사실 지금 당장 해야 할 일도 있어. 그럼 잘 가렴. 너희도 경찰에 협조하는 게 좋을 거야. 예의 바르게 행동하길 바란다."

"경찰요?"

아이들이 동시에 물었다. 스쿠일러가 빙그레 웃었다.

"응, 그래, 여기서 경찰을 기다리고 있어야 해. 경찰에서 이번 사건에 관련된 사람을 모두 조사하고 싶어 하거든. 이 자료를 보겠다고 했으니 너희도 조사를 받아야지. 소피, 경찰에 전화는 했겠지?"

소피가 깜짝 놀라더니, 미안하다는 표정으로 아이들을 바라보며 대답했다.

"아직 안 했어요."

"아직까지 안 했어? 좋아, 전화하는 게 번거롭다면 내가······."

스쿠일러가 깜짝 놀라며 화난 목소리로 말하자, 소피가 책상으로 급히 걸어가며 말했다.

"제가 지금 당장 전화할게요."

"제발, 스쿠일러 아저씨. 우리 사정이……."

레이니가 벌떡 일어나며 사정했다. 하지만 스쿠일러는 끝까지 듣지도 않고 단호하게 말했다.

"안 돼. 그럴 수 없어."

그러고는 돌아서서 책상을 지나 뒷방으로 뚜벅뚜벅 들어갔다.

소피는 수화기를 손에 든 채 스쿠일러가 지나가는 것을 바라보고 잠시 귀를 기울이다가 아이들을 보며 조그맣게 말했다.

"전화기에 문제가 있는 것 같아. 제대로 작동이 안 돼. 조금 이따가 다시 걸어야겠어. 그런데 너희, 화장실에 가고 싶지 않니? 아래층에 있거든."

꼬챙이가 물었다.

"화장실요?"

그때 케이티가 꼬챙이를 잡아끌며 속삭였다.

"우리를 보내 주는 거야, 꼬챙이. 빨리 움직여."

아이들은 재빨리 걷다가 문가에서 잠시 걸음을 멈추고 소피를 고마운 표정으로 바라보았다.

"고마워요, 소피 아줌마."

레이니가 속삭였다.

"애들아, 행운을 빌어."

소피도 속삭였다. 그리고 아이들이 떠나는 모습을 걱정스러운 표정으로 바라보았다. 아이들을 그냥 보내는 것이 과연 잘하는 일인지 고민하는 게 분명했다. 무엇을 하려고 어디로 가는 건지 모르지만, 아직 어린애들인데! 소피는 아이들의 안전이 걱정스러웠다.

아이들도 똑같은 의문을 품었다.

결론은 안전하지 않다는 것이었다.

결정적인 봉투

레이니는 베네딕트 선생님과 넘버 투가 어딘지 모를 섬으로 떠났으며, 커튼 선생은 그 뒤를 쫓아갔다고 확신했다. 아이들이 두 사람을 찾을 수 있을지는 모르지만 한 가지는 분명했다. 서두른다고 해결될 일은 아니라는 사실이다.

"미안해! 그만 쉬어야겠어!"

레이니가 가쁜 숨을 몰아쉬며 자전거 핸들을 틀어서 풀밭으로 들어가더니, 비틀비틀 자전거에서 내려 벌러덩 누웠다. 두 다리는 장딴지부터 넓적다리까지 시큰거렸다. 허파는 울렁거렸고 땀이 두 눈으로 흘러들어서 앞을 볼 수가 없었다. 박물관을 벗어난 직후부터 지금까지 페달을 미친 듯이 밟은 터였다.

옆에서 급하게 숨을 몰아쉬는 소리가 들렸다. 레이니는 두 눈에 흘러드는 땀을 닦고 소리가 들리는 곳을 바라보았다. 꼬챙이가 몇 발짝 떨어진 풀밭에 누워서 숨을 헐떡이고 있었다. 다리 하나가 자전거에 깔린 모습이 마치 전쟁터에서 자신이 타던 말에 깔린 기마병 같았다. 숨이 가빠서 말도 못하고 너무 지쳐서 자전거에서 내리지도 못한 채 레이니를 따라 풀밭에 들어오다가 그냥 쓰러진 것이다.

케이티가 남자아이들을 살피려고 돌아왔다. 케이티는 자전거에 앉아 페달도 돌리지 않은 채 똑바로 서서 놀라운 균형 감각을 보여 주었다. 콘스턴스는 바구니에 가만히 앉아 있었다. 둘 다 실망한 표정이었다.

"서둘러야 해."

콘스턴스가 말했다. 케이티의 자전거로 바꿔 탄 이유도 서두르기 위해서였다.

"나는…… 더 이상 못 가겠어. 너희끼리 가…… 나는 빼고."

레이니가 숨을 헐떡이며 대답하자 케이티가 깜짝 놀라며 물었다.

"지금 농담하는 거야?"

레이니가 고개를 끄덕이며 몸을 일으켜서 앉았다. 하지만 이런 자세로는 숨을 제대로 쉴 수가 없어서 다시 바닥에 누웠다. 콘스턴스가 불만스러운 표정으로 눈살을 찡그렸다. 한 할머니가 조그만 푸들을 끌고 지나가다가 푸들이 꼬챙이한테 가서 코를 킁킁거리자 걸음을 멈추었다. 꼬챙이는 눈만 껌뻑이고 숨을 몰아쉬며 가만히 있었다. 할머니가 혀를 쯧쯧 차며 아이들한테 네덜란드 말로 뭐라고 하고는 가던 길을 계속 갔다.

박물관에서 호텔로 가는 길은 직선으로 길게 뻗은 넓은 도로였다. 하지만 경찰이 아이들을 찾고 있을 가능성 때문에 사람들의 눈을 피해 옆길로 가는 중이었다. 주변은 조용한 동네였다. 레이니와 꼬챙이가 쓰러져 있는 풀밭은 원래 조그만 공원이었던 것 같았다. 하지만 지금은 주차장보다 약간 더 넓은 공간에 낡은 벤치 하나와 바싹 마른 느릅나무 한 그루만 남아 있었다.

잠시 후 레이니와 꼬챙이는 다시 기운을 차렸다. 케이티가 말했다.

"계속 생각했는데, 베네딕트 선생님이 생각한 여행의 끝이 이곳이면 어떻게 하지? 선생님은 우리가 호텔에 도착하기 전에 돌아올 수 있을 줄 알고 넘버 투랑 섬으로 떠났을지도 몰라. 베네딕트 선생님도 여기 도착한 다음에 비로소 섬에 대해서 알게 된 거잖아. 섬에 가는 건 원래 계획에 없었을 거야."

레이니 역시 이런 생각을 했지만 혼자 가슴속에 담아 두고 있었다. 콘스턴스를 우울하게 만들고 싶지 않았기 때문이다. 예상한 대로 케이티가 그 이야기를 꺼내자마자 콘스턴스의 얼굴이 한층 더 어두워졌다.

레이니가 재빨리 말했다.

"그 섬도 여행에 들어 있을 가능성이 아주 높아. 어떤 경우든 선생님이 호텔에 실마리를 남겨 놓았을 거야. 혹시 실마리가 없다고 해도 한 데 레이제거를 찾아보면 돼. 베네딕트 부부의 동료 과학자 말이야. 지금쯤 나이가 아주 많겠지만……."

그때 꼬챙이가 어색한 표정으로 입을 열었다.

"저, 음, 미안해. 그분은 당시에도 나이가 많으셨어. 이미 오래전에 돌아가셨지. 베네딕트 선생님의 이모가 쓴 편지에 그렇게 적혀 있었어."

"정말? 그런데 왜 아까 말하지 않았어?"

콘스턴스가 꼬챙이를 노려보며 따졌다. 꼬챙이는 이를 악물고 말했다.

"그 말을 꺼내기 직전에 스쿠일러 씨가 들어왔기 때문이야, 콘스턴스."

"편지에는 뭐라고 적혀 있었어?"

레이니가 묻자 꼬챙이가 입을 열었다.

"그 편지는 영어로 적혀 있었어. 내용을 그대로 말해 줄까? 아니면 요약해서……."

"당연히 그대로 말해야지."

케이티가 말했다. 그래서 꼬챙이는 편지 내용을 그대로 암송했다.

사랑하는 양키에게,

이번에는 영어로 편지를 쓸게. 내 영어 실력이 얼마나 좋아졌는지도 보여 주고(이제 나도 다른 미국인이랑 똑같아.) 너랑 네 남편이 영어 공부를 하도록 재촉할 겸 말이야. 너희 부부가 몇 개 국어를 하면서도 영어 실력이 유난히 떨어지는 걸 보면 얼마나 이상한지 아니?

이런 말로 시작해서 미안해. 원래는 너희 친구 한 테 레이제거가 세상을 떠나서 슬프다는 말부터 적을 생각이었어. 나이가 아주 많으신 분이란 사실이 그나마 위로가 될 거야. 게다가 아주 흥미진진한 삶을 사시지 않았니? 그리고 평소에 바라시던 대로 세계 일주를 하다가 돌아가셨지. 그 정도면 많은 복을 누리며 사신 거야.

네가 보낸 편지를 보니까 나한테 오로지 돈으로 도움을 청할 정도로 어렵다는 생각은 안 드는구나. 그래서 미안하지만 거절할 수밖에 없어. 너도 알다시피, 지금 내 처지도 그리 만만치 않아. 네 행복가 몇 년 전에 돌아가신 다음부터는 매달 월세를 내는 것도 벅차. 그런데 갑자기 어디로 여행을 간다는 거니? 정말 그렇게 급한 여행이면 언니한테까지 비밀로 해야 하니? 나한테 여행 경비를 부탁하려면 먼저 설명부터 충분히 해 주렴.

어쨌든 네가 말한 실험은 안 하는 게 좋을 것 같구나. 물론 실험에 성공하면 정부에서 상당한 지원이 나오겠지. 하지만 사고가 날 가능성도 고려해야 하는 거 아니니? 그래서 다른 사람들이 피하는 거 아니야? 아마 너는 그들이 너희 부부의 재능을 몰라서 그런다고 생각하겠지만, 네덜란드에는 너희 말고도 그런 실험을 할 수 있는 과학자가 아주 많아.

결정적인 봉투

폭탄이 터지는 이유는 그 안에 폭발하는 성분이 들어 있기 때문이야. 그 성분을 없앨 수 있는 방법은 없어. 네가 편지에 적은 것처럼 아무리 "숭고한 목적"이 있다 해도, 아무리 많은 생명을 구할 수 있어도, 지금 분명히 말하는데, 나는 그런 일에 끼어들지 않을 거야. 내가 과학자가 되지 않은 건 바로 그것 때문일 거야.(게다가 과학은 어려운 기호가 너무 많아서 답답하기도 하고.)

아기가 태어날 때까지 기다릴 생각이라니, 정말 다행이야. 애초에 서두를 필요가 없었어. 아기와 실험과 너희 부부가 떠난다는 신비로운 여행 모두가 나한테는 너무 갑작스럽기만 해! 여유를 가져, 안키! 이제야 고백하는데, 네가 단 한순간도 낭비하기 싫어서 두 손으로 동시에 글을 쓰는 것 자체가 나는 정말 짜증스러워. 너 자신은 굉장히 과학적인 사고를 한다고 생각하겠지만 여성이 그렇게 서두르는 모습은 보기에 안 좋아.

아이들은 깜짝 놀랐다. 나머지는 정신없는 물가 폭등과 시끄러운 이웃집에 대한 이야기였다. 정말 불쾌한 편지였다. 꼬챙이가 암송을 끝낸 순간 레이니는 베네딕트 선생님이 이 편지를 보고 무슨 생각을 했을까 궁금했다. 레이니가 아는 베네딕트 선생님이라면 편지가 재미있다고 생각하며 넘어갈 것 같았다. 선생님은 나쁜 일에 관심을 많이 기울이는 사람이 아니었기 때문이다. 하지만 다시 생각하니, 식구들 사이에서 일어난 불쾌한 일에 대해 알게 되어 무척 실망했을 것 같기도 했다.

케이티가 말했다.

"동료 과학자와 신비로운 여행에 대한 이야기 때문에 두 분이 일부러 편지를 숨긴 것 같아. 만약의 사태가 생길까 봐 잔뜩 경계하고 있었던 거야."

"이렇게 구역질 나는 편지라면 그냥 찢어 버리면 되는 거 아냐? 양키 여사가 이걸 보관한 이유가 도대체 뭐지?"

콘스턴스가 물었다. 케이티가 콧방귀를 날리며 웃었다. 콘스턴스가 지금까지 보낸 얼마 안 되는 편지 중에 유쾌한 느낌이 드는 편지는 단 하나도 없었기 때문이다.

"아마 내가 네 편지를 보관하는 이유랑 같을 거야, 콘스턴스."

콘스턴스는 얼굴을 찡그렸다. 케이티가 자신을 흥보는 건지 자기와 친해서 저런 말을 하는 건지 헷갈렸다. 그러다가 둘 다라고 생각하는 게 좋겠다는 결론을 내렸다.

엄격히 말해서, 선바아카겐이 있는 곳은 원래 해안선 너머였다. 네덜란드의 다른 많은 도시와 마찬가지로, 똑똑한 네덜란드 국민이 바다를 개간해서 만든 도시가 선바아카겐인 것이다. 사실 지금도 도시가 바다처럼 보이기는 했다. 앞으로는 북해가 펼쳐지고 여기저기에 수많은 운하가 얽혀 있기 때문이다. 이런 지리적 특징을 이용해 어업과 해운업이 활발하게 이루어졌고 해상 교통 수단도 발달했다.

그 덕분에 선바아카겐은 대도시는 아니어도 사람이 많고 화려한 도시가 되었다. 레가알 호텔은 그 도심지 한가운데 자리하고 있었다.

레이니와 꼬챙이와 콘스턴스는 호텔에서 두 블록 떨어진 번잡한 모퉁이에 서 있었다. 아이들은 호텔로 바로 가지 않고 정찰을 떠난 케이티가 돌아오기만 기다리고 있었다. 그동안 세 아이는 바로 옆 손수레에서 팔고 있는 여러 가지 음식을 열심히 바라보며 침을 질질 흘렸다. 레이니는 감자튀김 냄새가 너무나 황홀했다. 하지만 자전거를 빌리느라 남은 돈이 한 푼도 없었다.

그때 그 자전거 가운데 한 대가 쏜살같이 달려왔다. 안경을 쓰고 산발한 여자애 한 명이 자전거를 멈추고 모퉁이에서 깡충 뛰어내리다가 하마터면 손수레에 부닥칠 뻔했다. 손수레 주인은 발등을 밟힐까 봐 뒤로 껑충 물러나더니 나무라는 듯 네덜란드 말로 쌀쌀맞게 투덜거렸다.

"푸들을 데리고 가던 할머니 말이랑 똑같네."

콘스턴스가 혼자 중얼거렸다. 레이니도 그 말을 듣고 정말 그렇다고 생각했다.

"정장 차림에 서류 가방을 든 사람이 아주 많아. 하지만 S. Q. 큰발이랑 마티나 크로는 없으니까 일단 가 보는 게 좋겠어."

케이티가 이렇게 보고하며 꼬챙이한테 안경을 건네주고 양동이를 돌려받았다.

"어차피 우리한텐 선택의 여지가 없는 것 같아."

레이니가 말했다. 그리고 손수레 주인과 눈이 마주치기만 기다리다가 자전거를 잠시 맡아 줄 수 있느냐고 부탁했다.

손수레 주인은 레이니가 영어로 말하는 소리를 듣고 쌀쌀맞은 표정을 지으면서 그렇게 하겠다고 대답했다. 네덜란드 아이들은 마음에 안 들지만 미국 아이들은 그런대로 괜찮다는 태도였다. 하지만 자전거 때문에 오후 내내 신경 쓰고 싶지 않으니 빨리 와야 한다고 퉁명스럽게 덧붙였다. 레이니가 고맙다고 말하자, 주인은 또다시 고개를 못마땅하게 끄덕였다. 그러더니 뜨겁고 가느다란 감자튀김을 종이봉투에 수북이 담아서 마요네즈 같은 소스를 듬뿍 뿌린 다음 레이니한테 주며 말했다.

"이걸 보고 있었지? 자, 어서 다녀와."

아이들은 호텔을 향해 천천히 걸어갔다. 감자튀김을 정신없이 집어 먹으며 경계하는 눈초리로 지나는 사람들을 살폈다. 인도에 붐비는 사람들은 대부분 우아한 정장 차림이었다. 아이들은 그런 사람이 나타날 때마다 심장이 쿵쾅거렸다. 이렇게 조바심을 내며 길을 걸어 본 적은 없었다. 호텔에 도착하자 안도의 한숨이 절로 나왔다.

레가알 호텔은 전성기가 지난 호텔이었다. 로비 장식은 낡고 바닥은 닳았으며 공기 중에 곰팡내가 감돌았다. 현대식으로 내부를 단장하면서도 화려했던 과거를 담아 내려고 노력한 흔적이 가득했다. 얼마나 문질렀는지 낡은 장식은 반짝거릴 정도로 윤이 났고 닳은 바닥은 먼지 하나 없이 깨끗했으며 정면에 있는 안내 데스크 직원은 멋들어진 유니폼을 입고 있었다. 그중 잿빛 머리의 나이 많은 직원이 안으로 들어오는 아이들을 보고 네덜란드 말로 중얼거렸다. 몸이 약해 보이며 얼굴이 해쓱하고 눈 밑에 검은 기미가 있는 진지한 표정의 여직원이 고개를 끄덕이며 동의했다.

"이번에도 똑같은 말을 하는군."

콘스턴스가 중얼거리며 얼굴을 찡그렸다.

이번에는 레이니도 확실히 알아차렸다. 처음에는 푸들을 데리고 가던 할머니, 그다음에는 손수레 주인이 중얼거렸던 바로 그 말이었다. 세 번이나 똑같은 말을 듣고 모른 척할 수는 없었다. 레이니는 친구들 앞으로 불쑥 나서서 직원한테 영어를 할 줄 아느냐고 물었다. 그와 동시에 이제 알겠다는 표정이 두 직원의 얼굴에 떠올랐다.

"그야 당연하지. 그래, 무슨 일로 찾아왔니?"

회색 머리의 남자가 영어로 친절하게 대답했다. 두 뺨은 붉게 반짝거렸으며 아주 가늘고 조그만 염소수염은 마치 턱에다 지문을 찍은 것처럼 보였다.

"방금 저희한테 하신 말씀이 무슨 뜻인가요? 다른 사람들도 우리한테 그렇게 말하는 걸 들었는데 무슨 뜻인지 궁금해서요."

레이니가 물었다. 남자 직원이 깜짝 놀라면서도 재미있다는 듯 대답했다.

"주의력이 정말 대단하구나! 아까 나는 너희 모두 학교에 있어야 할 시간이라고 했어. 아마 다른 사람들도 나처럼 너희를 학교에 안간 네덜란드 아이 정도로 생각했을 거야. 하지만 너희는 미국 아이들이잖아, 그렇지? 수학여행을 온 거니?"

"비슷해요."

케이티가 대답했다.

레이니는 바보가 된 느낌이었다. 불안감이 몰려들었다. 도시를 지나오는 동안 예상보다 많은 사람의 눈길을 끌었을 거라는 생각이 들었다. 하지만 이제는 어쩔 도리가 없었다. 실마리를 최대한 빨리 찾아서 신속하게 이곳을 벗어나는 수밖에 없었다.

"우리한테 남긴 메시지가 있나요? 니콜라스 베네딕트라는 이름으로 남긴 메시지요."

레이니가 물었다. 그러자 남자 직원이 환하게 웃었다.

"베네딕트라고 했니? 드디어 나타났구나! 이렇게 재미있는 예약을 받아 본 적 있어요, 다아체?"

남자 직원이 물었지만 다아체라는 직원은 관심 없다는 표정으로 다른 곳만 쳐다보았다.

"아마 없을 거야."

남자 직원이 다시 아이들을 보며 말했다. 하지만 흥분한 표정은 전혀 가라앉지 않았다. 아이들 얼굴에 정말 다행이라는 표정이 떠올랐다.

"얘들아, 내 이름은 허브레체라고 해. 이렇게 너희를 만나서 정말 기뻐. 그야 물론이지! 베네딕트 선생이 남긴 메시지가 있고말고!"

아이들은 허브레체가 메시지를 전해 주기를 기다렸다. 하지만 허브레체는 환하게 웃는 얼굴로 아이들을 가만히 보기만 했다. 무언가를 기다리는 표정이었다.

"그럼, 저, 메시지를 알려 주시면 안 될까요?"

케이티가 말했다. 허브레체가 좌우를 살피더니, 장난기 가득한 표정으로 상체를 앞으로 내밀며 조그맣게 속삭였다.

"먼저 보여 줘야지. 물건을……."

허브레체가 눈썹을 이상하게 꿈틀거렸다.

"물건요?"

꼬챙이가 물었다.

"그래, 물건! 베네딕트 선생이 방을 예약하면서 자기 이름을 말하는 사람한테 물건을 확인한 다음 방을 내주라고 했어……. 그 물건을 가져왔니? 베네딕트 선생은 그게 없으면 너희가 여기에 올 수 없을 거라고 했어. 힌트는 이게 전부야."

"또 수수께끼야!"

꼬챙이가 피곤한 표정으로 말했다. 레이니가 머리를 긁적거리며 중얼거렸다.

"우리가 꼭 가지고 와야 하는 물건이 뭘까?"

"양동이? 나는 항상 양동이를 가지고 다니잖아."

케이티가 말했지만 허브레체는 빙그레 웃으며 고개를 저었다. 그러고는 콘스턴스를 바라보았다. 콘스턴스가 무언가를 알고 있을 거란 표정이었다. 하지만 콘스턴스는 안내 데스크 모서리 밑에 붙어 있는 껌 조각을 불쾌한 표정으로 바라보며 투덜거렸고 허브레체는 시선을 점잖게 다른 곳으로 돌렸다.

"그게 없으면 여기에 올 수 없는 물건이 뭘까?"

레이니가 물었다.

"옷이 아닐까?"

꼬챙이가 과감하게 말하자 다른 아이들이 꼬챙이를 물끄러미 쳐다보았다.

"그래, 그 말이 맞아, 꼬챙이. 어서 네 옷을 보여 주고 방으로 들어갈 수 있나 알아봐."

콘스턴스의 말에 케이티는 웃음을 참느라 애썼다. 꼬챙이가 변명하듯 대답했다.

"내 말에도 일리가 있어. 옷이 없으면 우리 모두 체포당했을 테니까, 그렇지? 그렇다면 여기에 올 수 없지 않겠어?"

하지만 허브레체는 고개를 저었다.

꼬챙이는 당황한 나머지 자신을 놀린 콘스턴스의 갈비뼈를 콕 찔렀다. 콘스턴스가 비명을 지르면서 꼬챙이의 정강이를 걷어찼다. 꼬챙이가 얼굴을 찡그리며 펄쩍펄쩍 뛰자 콘스턴스는 만족하며 다시 걷어차려고 했다. 바로 그 순간에 케이티가 물었다.

"혹시 열차 시간표 아니에요? 아니면 열차표?"

허브레체가 머리를 흔들었다. 그러면서 해답은 콘스턴스한테 있다는 표정으로 다시 콘스턴스를 바라보았다. 이번에는 레이니도 그 이유를 알아차렸다. 콘스턴스가 그 해답을 지니고 있었고 허브레체는 그것을 바라본 것이었다.

"네가 받은 생일 선물! 그게 없었다면 여기에 오지 못했어!"

레이니가 이렇게 소리치며 콘스턴스의 지구 모양 목걸이를 가리켰다. 콘스턴스는 꼬챙이의 손을 물어뜯으려다가, 깜짝 놀라며 자기 목걸이를 내려다보았다.

허브레체가 손뼉을 쳤다.

"바로 그거야! 조그만 세계……. 베네딕트 선생이 말한 그대로구나! 잘했어, 애들아. 열쇠를 줄게."

허브레체가 손을 데스크 밑으로 내리며 계속 말했다.

"경쟁이 치열해서 정말 재미있는걸! 다른 사람이 찾아왔을 때부터 궁금하던 참이었어."

레이니가 허브레체한테 열쇠를 받으며 물었다.

"그렇다면 우리보다 먼저 찾아온 사람이 있었다는 말인가요?"

"그야 당연하지! 이건 시합이잖아, 그렇지? 어른과 어린이가 겨루는 시합. 걱정하지 마! 열쇠를 받은 건 너희가 처음이니까. 그 방에 들어간 사람은 아무도 없어……. 호텔 직원을 포함해서 말이지. 베네딕트 선생이 지시한 그대로 했어."

"어떤 사람이 왔었나요?"

꼬챙이가 물었다.

"정장 차림의 신사 두 명이었어. 베네딕트 선생이 방을 빌린 바로 그날이었지. 두 신사는 베네딕트 선생이 여기에 머물고 있느냐고 물었어. 하지만 베네딕트 선생과, 같이 온 젊은 사람은 방을 검사한 다음에 나한테 열쇠를 맡기고 그냥 떠났어. 어쨌든 두 신사가 베네딕트 선생의 이름을 말했기 때문에 나는 지시받은 대로 두 사람이 정해진 물건을 보여 주면 베네딕트 선생의 칭찬을 전하며 방 열쇠를 내주겠다고 대답했지. 나는 서류 가방에 그 물건이 들어 있을 거라고 생각했어. 하지만 아니더구나. 두 사람은 괜찮다고 하면서 그냥 떠났어. 우리 호텔이 한창 잘 나갈 때 자주 왔음직한 훌륭한 정장 차림의 점잖은 신사들이었지. 그래서 이번에는 또 어떤 사람이 나타날까 궁금했단다. 그러다가 하루하루가 지나면서 아무도 안 올 것 같다는 생각이 들기 시작하던 참이었어. 다아체 씨도 그렇게 생각했죠?"

허브레체가 다아체라는 동료 직원에게 묻자, 옆에서 가만히 듣고 있던 다아체가 깜짝 놀라며 대답했다.

"나는 전혀 모르는 이야기예요, 허브레체 씨."

레이니는 다아체가 당황하는 것 같다고 생각했다. 자신들을 싫어하는 것 같지는 않았지만 아주 불편해 보이는 표정이었다. 허브레체 혼자서 베네딕트 선생의 장난이 재미있다며 즐거워하는 걸 보고 소외감이라도 느끼는 것일까? 하지만 다아체가 물끄러미 바라보고 있는 사람은 허브레체가 아니었다.

레이니는 다아체가 원래 아이들을 싫어하는 사람이라고 믿고 싶었다. 하지만 그럴 수가 없었다. 베네딕트 선생님은 방 안에 돈을—최소한 음식을 사 먹을 돈이라도—남겨 두었을 것이다. 다아체가 그 돈 가운데 일부를, 혹은 전부를 훔쳤을지 모른다는 의심이 들었다. 다아체는 그 방에 아무도 없다는 사실을 알고 있으니 그리 어려운 일도 아니었다. 혹시 나중에 들통이 나도 아무것도 모르는 허브레체나 다른 호텔 직원에게 뒤집어씌울 생각이었을 것이다. 다아체의 얼굴에는 바로 그런 표정이, 죄책감이 드러나 있었다. 마음이 무거워진 레이니는 스스로를 달랬다.

'너무 앞서지 마, 레이니. 방에 들어가면 금방 밝혀질 테니까.'

하지만 바로 그 순간에 콘스턴스가 보였다.

콘스턴스는 다아체를 뚫어지게 바라보고 있었다. 그러는 동안 표정이 점차 어두워지더니, 마침내 무서운 눈초리로 노려보기 시작했다. 다아체가 콘스턴스의 시선을 느끼고 의자에 앉아 이리저리 꿈틀대며 시선을 피하는 동안, 허브레체가 객실로 가는 길을 알려 주었다. 케이티와 꼬챙이가 고맙다고 말하고 승강기가 있는 곳으로 걸어가자, 레이니는 콘스턴스의 팔을 잡아끌며 조그맣게 물었다.

"왜 그러니? 저 여자가 무슨 짓을 한 거야?"

"나도 몰라. 하지만 느낌이 좋지 않아."

콘스턴스가 험상궂게 대답하며 계속 뒤돌아보았다.

"그게 전부야? 좋지 않은 정도?"

"그건 아주 나쁘단 뜻이야."

"그래서 나도 속으로 걱정하는 중이었어."

레이니가 말했다.

"무슨 말을 그렇게 속닥거리는 거니?"

꼬챙이가 끼어들며 물었다.

"우리끼리 있을 때 말해 줄게. 하지만 정신 바짝 차려야 해. 뭔가 문제가 있어."

"아, 나는 그런 말이 정말 싫어."

꼬챙이가 손으로 안경을 잡으며 말했다.

"승강기에 탄 다음에는 말해도 될 거야."

케이티가 눈을 가늘게 뜨고 중얼거렸다. 승강기 문이 열려 있었고 안에는 아무도 없었다. 승강기에 올라탄 아이들은 공간이 넉넉한데도 서로 꼭 달라붙었다. 케이티는 양동이 뚜껑을 열고 필요한 물건을 재빨리 움켜잡을 준비를 갖추었다. 그러는 사이에 승강기 문이 스르르 닫혔다.

로비 건너편에서는 다아체가 멀어져 가는 아이들을 지켜보고 있었다. 마음이 어지럽고 정신이 없었다. 허브레체가 괜찮으냐고 물을 정도였다. 다아체가 말했다.

"사실은 머리가 끔찍하게 아픈데, 두통약 가진 거 있으세요?"

"아니요, 하지만 물품 보관함에 있잖아요. 내가 가져올게요."

허브레체가 물품 보관함 열쇠를 이리저리 찾다가 어리둥절한 표정으로 말했다.

"열쇠가 사무실에 있나 봐요. 걱정 마요, 내가 찾아올 테니."

허브레체가 사라지자, 다아체는 주머니에서 물품 보관함 열쇠를 꺼내서 우연히 떨어진 것처럼 바닥에 떨어뜨렸다. 그러고는 돌돌 말린 종이쪽지를 꺼내더니 쪽지를 펴고 거기에 적힌 전화번호를 떨리는 손가락으로 눌렀다.

"여보세요? 네, 다아체예요……. 호텔에 있는……. 네. 마침내 기다리던 사람이 나타났어요. 지금 막. 어린아이들이에요. 약속한 돈은 우리 집으로 보내 줄 거죠? 나는…… 뭐라고요? 안 돼요, 객실 번호는 알려 줄 수 없어요. 어린아이들이라고 했잖아요. 아니에요, 나는 그런 말을 한 적이 없어요. 그건 호텔 방침에 어긋날 뿐 아니라…… 아니, 절대 안 돼요! 그럴 순 없어요……. 그럴 수는……."

다아체는 두려움이 가득한 눈으로 뒤를 살폈다. 아무도 없었다. 다아체가 전화기에 대고 속삭였다.

"그렇게 하면 절대 안 돼요. 그럴 순…… 설마…… 알겠어요."

다아체가 마른침을 꿀꺽 삼키며 말했다.

"제발 부탁인데…… 아이들을 해치지 않겠다는 약속을……."

오랜 침묵이 흘렀고 다아체는 아랫입술을 꼭 깨물었다. 잠시 후 다아체는 객실 번호를 단숨에 말한 다음 수화기를 쾅 내려놓았다. 그러고는 끔찍한 충격을 받은 사람처럼 뒤로 펄쩍 물러났다.

"내가 먼저 들어갈게."

케이티가 말했다. 불안한 목소리였다.(케이티가 불안할 정도면 다른 아이들은 끔찍한 공포에 시달리고 있다는 뜻이었다.) 케이티와 두 소년은 카펫이 깔린 복도를 살금살금 걸어 객실로 다가갔다. 콘스턴스는 승강기 앞에서 문을 열어 놓은 채 기다렸다. 객실은 5층이었다. 안에 이상한 사람이 있을 경우에 대비해서 재빨리 도망칠 준비를 갖추어야 했다.

케이티가 문에 귀를 대고 가만히 소리를 듣다가 자물쇠를 열고 안을 들여다보았다. 그리고 불안한 눈으로 두 소년을 본 다음에 안으로 살그머니 들어갔다. 레이니와 꼬챙이는 마음을 졸이며 기다렸다. 평소에 아이들은 자신만만한 케이티를 보며 불안함을 달랬지만 지금은 그런 케이티조차 불안해하고 있었다. 아주 길게 느껴진 숨 막히는 일 분이 지났다. 이윽고 케이티가 괜찮다고 소리치자, 두 소년은 다행이라는 시선을 주고받았다. 전처럼 쾌활한 목소리였다. 둘은 콘스턴스한테 그만 들어오라는 신호를 보낸 다음, 객실로 들어갔다.

객실 입구가 비좁은 데다 그 앞에 탁자까지 놓여 있어서 문은 절반만 열렸다. 허리춤 높이의 탁자에는 비단으로 만든 꽃이 화병에 꽂혀 있고 그 옆에는 사탕이 가득한 사발과 "어서 와!"라고 쓰인 쪽지가 놓여 있었다. 넘버 투가 휘갈겨 쓴 알아보기 힘든 글씨였다. 지금 이 순간에 넘버 투가 무슨 고생을 겪고 있을까 생각하니 레이니는 마음이 아팠다.

탁자 너머에 널따란 거실로 이어지는 또 다른 문이 있었다. 그 안으로 의자 몇 개와 침대 하나, 침대 겸 소파 하나, 그리고 벽에 접혀 있는 간이침대 두 개가 보였다. 네 아이와, 함께 올 예정이었던 밀리건과 론다가 머물기에 충분한 공간이었다. 실마리를 찾던 케이티는 창문 커튼 뒤쪽을 뒤지며 무언가를 깨물며 쩝쩝 빨아 먹고 있었다. 사발에 들어 있던 끈적거리는 사탕을 먹는 중이었다.

레이니는 어이가 없었다. 어떤 위험이 숨어 있을지 모르는 텅 빈 방에 혼자 들어와서 사탕을 까먹을 생각까지 하다니……

"이상한 건 하나도 없져. 화장실도 째끗해."

케이티가 사탕을 빨며 말하자, 꼬챙이가 걱정스러운 표정으로 주변을 둘러보며 말했다.

"여기가 끝인 것 같아. 베네딕트 선생님은 우리가 묵도록 이 방을 빌려 놓고 나중에 돌아올 계획이었을 거야. 이제 실마리가 없을지도 몰라."

"아직은 포기하지 말자."

꼬챙이가 한 말을 콘스턴스가 못 들었기만을 바라며 레이니가 말했다. 그때 벽과 맞닿은 카펫에 눌린 자국 네 개가 눈에 띄었다. 레이니는 무릎을 꿇고 그 자국을 살폈다.

케이티가 접는 칼을 열고 이쑤시개를 꺼내서 입안에 붙은 사탕 조각을 긁어 내며 말했다.

"나도 눌린 자국을 봤어. 의자 비슷한 가구가 그곳에 있었던 것 같아."

"문가에 있는 탁자! 탁자를 그곳에 옮겨 놓은 이유가 있을 거야. 그 위에 올라가거나……."

레이니가 벌떡 일어나며 소리쳤다. 바로 그때 콘스턴스가 객실로 들어왔다. 한 손에는 사탕을 가득 움켜쥐고 다른 손에는 봉투 한 장을 든 채 창백한 파란 눈을 반짝거리며 소리쳤다.

"이걸 아무도 못 본 거야? 이게 탁자 밑에 매달려 있었어."

레이니가 대답했다.

"그래, 아무도 못 봤어. 하지만 베네딕트 선생님은 네가 그걸 단번에 찾아낼 거란 사실을 알고 계셨어. 다른 사람은 다 키가 크니까. 베네딕트 선생님은 네가 그걸 찾아내길 바라신 게 분명해."

이 말에 콘스턴스가 빙그레 웃었다. 베네딕트 선생님이 그런 생각까지 했다는 사실이 기뻤다. 하지만 봉투 안에 들어 있을 메시지를 생각하니 미소가 사라지고 말았다. 그냥 이곳에서 머물며 기다리라는 내용이면 어쩌지? 여기가 끝이면 어쩌지? 콘스턴스가 레이니에게 봉투를 불쑥 내밀며 말했다.

"네가 읽어. 나는 못 읽겠어."

레이니는 봉투에 들어 있는 편지를 꺼내서 큰 소리로 읽었다.

사랑하는 친구들에게,

여러분 모두 이곳에서 편히 쉬고 나서 다음 여행길에 나서기를. 다음에

찾아갈 곳은…… 음, 여러분이 직접 찾아내도록. 하지만 서두를 필요는 없어. 해답을 못 찾겠으면 자면서 생각해.

여러분을 사랑하는 베네딕트가.

"침대!"

네 아이가 동시에 소리치고 나서 커다랗게 웃었다. 네 명이 동시에 똑같은 의견을 말한 적은 아주 드물었기 때문이다. 네 아이는 침대로 달려가서 담요와 시트, 베개를 사방에 집어 던지고 매트리스까지 단숨에 뒤졌다. 봉투는 없었다. 아이들은 매트리스를 끌어내렸다. 아무것도 없었다.

"침대 소파를 뒤져 보자."

레이니가 말했다. 걱정이 스멀스멀 피어올랐다.

다른 아이들이 소파에서 방석을 걷어 내는 동안 케이티는 천으로 만든 손잡이를 움켜잡고 벽에 접혀 있는 매트리스를 잡아당겼다. 그러자 매트리스가 펴지면서 커다란 봉투 하나가 나왔다. 봉투에는 베네딕트 선생님의 메시지가 적혀 있었다.

배가 고프거나 호기심이 일어날 때 열어 봐.

케이티가 접는 칼로 봉투를 갈라서 안에 든 내용물을 매트리스에

쏟더니 "식비야."라고 만족스럽게 말했다. 그리고 지폐 다발을 옆으로 밀어 놓은 다음에 종이 한 장을 집어 들며 덧붙였다.

"주소도 있어! 리스커 수상 운송. 바로 여기 선바아카겐이야!"

꼬챙이가 주소를 읽었다.

"부두가 있는 곳이야. 지도에서 본 적이 있어. 여기서 멀지 않아. 이제는……."

"왜 그래, 레이니?"

콘스턴스가 물었다. 레이니는 지폐 다발을 물끄러미 바라보며 대답했다.

"봉투는 봉해져 있었어. 그리고 돈도 그대로야. 그렇다면 그 여자가 무슨 짓을 한 걸까?"

"그 여자가 무슨 짓을 하다니?"

케이티가 물었다.

"다아체, 데스크에 있던 여직원 말이야. 나는 베네딕트 선생님이 남겨 놓은 돈을 그 여자가 훔쳤을 거라고 생각했거든."

레이니는 이리저리 거닐며 생각을 정리하려고 했지만 바닥에 가득 널려 있는 매트리스와 방석과 베개가 발에 걸렸다.

"그런데 그 여자는 아무것도 훔치지 않았어. 지금 다시 생각하니, 기껏 허브레체를 찾아와서 고맙다는 말만 하고 떠났다는 텐 맨이 떠올라. 그들은 허브레체한테 방을 보여 달라고 하지 않았어. 정말 이상하지 않니?"

레이니가 묻자 케이티가 대답했다.

"이 방에 뭐가 있는지 몰라서 그랬을 거야. 베네딕트 선생님이 방을 빌려 놓고 떠난 거라고 생각했겠지. 나중에 도착할 사람이 묵을 방을."

"맞아. 그래서 나중에 이 방에 묵을 사람이 누군지 알려고 했을 거야. 그리고 그걸 알아내는 가장 좋은 방법은……."

레이니가 중얼거리다가 갑자기 눈을 동그랗게 뜨며 덧붙였다.

"지금 당장 여기서 나가야 해."

"네 말은 다아체가 그들과 한편이라는 거야? 그 여자가 텐 맨한테 전화해서 우리가 왔다는 사실을 알려 줄 거라고?"

꼬챙이가 믿기 싫다는 듯 물었다.

"서둘러, 꼬챙이!"

케이티가 꼬챙이를 잡아끌며 말했다.

하지만 콘스턴스가 길을 막은 채 꼼짝도 하지 않았다. 두 눈은 멀리 떨어진 벽을 바라보고 있었다. 그 벽 너머에 있는 복도를 보는 것 같았다. 콘스턴스가 속삭였다.

"너무 늦었어. 이미 그들이 도착했어."

마침내 잡히다

바깥쪽 문이 열리면서 누군가 입구에 있는 탁자에 부딪히는 소리와 동시에 고급 향수 냄새가 실내에 들어찼다. 바닥 마루가 삐걱거렸다. 서류 가방을 든 덩치 큰 사내가 안쪽 문 사이로 얼굴을 들이밀고 아이들을 보았다. 파란색 고급 양복을 입었고 머리는 새까맸다. 피부는 아주 창백한 하얀색에 입술에도 핏기가 하나도 없어서 몸속의 피를 모두 뽑아냈거나 냉동 상태에서 갓 풀려난 사람처럼 보였다. 텐 맨은 짙은 검은색 눈동자를 번뜩이며 바닥에 흩어진 매트리스와 베개, 시트를 훑어보았다. 그리고 아이들을 바라보며 가지런한 이를 드러낸 채 빙긋 웃었다.

"이런, 이런, 꼬맹이들, 방 안을 엉망진창으로 만들어 놓았구나. 무언가를 찾는 중이었니?"

아이들은 물끄러미 쳐다보기만 했다. 움직일 수도 입을 열 수도 없었다. 텐 맨이 윙크하며 다시 말했다.

"영어를 모르는 척해도 소용없어. 너희에 대한 이야기는 많이 들었으니까. 자, 그럼, 우리 착한 콘스턴스, 손에 들고 있는 그 종이를 이리 건네주겠니? 나도 보고 싶어. 그리고 너, 케이티, 등 뒤에 숨기고 있는 걸 이리 가져오렴."

텐 맨이 서류 가방을 들고 있지 않은 손을 내밀었다. 엄청나게 기다란 팔을 앞으로 쭉 뻗고, 핏기가 하나도 없는 가느다란 손가락을 폈다 오므렸다 하며 어서 달라고 손짓하는 모양이 마치 죽어 가는 거미 같았다.

텐 맨의 두 눈을 뚫어지게 바라보던 콘스턴스가 찡얼거리기 시작했다. 텐 맨의 속마음을 읽고 너무나 무서워진 것이다. 편지를 꼭 움켜쥔 손이 부르르 떨렸다. 콘스턴스 옆에서는 케이티가 몸을 살짝 웅크린 채 갑작스러운 공격에 맞설 채비를 갖췄다.

하지만 텐 맨은 서둘러 공격하지 않았다. 동작 하나하나가 느긋하고 편안했다. 그는 안타깝다는 표정으로 혀를 끌끌 차며 내민 손을 거두고 서류 가방을 내려놓았다. 팔이 굉장히 길어서 허리를 많이 숙일 필요도 없었다.

"그래그래, 우리 귀여운 여우. 네 눈을 보니까, 내 손을 당장이라도 깨물 것 같구나. 너는 예전에 전기 충격을 받아 본 적이 있니?"

"한번 해 보시지."

케이티가 꽉 다문 이 사이로 말했다.

"아니에요, 진심이 아니에요."

꼬챙이가 사정했다. 텐 맨이 혀를 차며 말했다.

"아니야, 진심이 분명해. 케이티, 네 평판이 자자하더군. 자, 내가 너한테 본때를 보여 주면 다른 아이들도 내 말을 잘 듣겠지?"

텐 맨이 두 팔을 흔들어서 소매에 가려져 있던 커다란 은빛 시계 두 개를 드러냈다. 기계 돌아가는 소리가 실내에 가득 찼다.

"그럴 필요 없어요! 케이티를 해치지 마세요! 종이를 줄게요!"

레이니가 소리쳤다.

"그럼, 당연히 그래야지."

텐 맨이 불쌍하다는 표정으로 말하더니, 거미처럼 생긴 두 손을 케이티한테 내밀며 덧붙였다.

"하지만 나는 한번 시작하면 끝장을 봐야 하는……."

바로 그 순간, 케이티가 위로 뛰어올랐다.

상상도 못한 공격에 텐 맨이 깜짝 놀라며 움찔하는 사이에 케이티는 시트를 뛰어넘고 베개를 움켜잡으며 앞으로 돌진했다. 그와 동시에 철사 두 가닥이 날아와서 케이티가 방패처럼 올린 베개에 퍽퍽 소리를 내며 꽂혔다. 레이니는 뱀 헛바닥처럼 꿈틀거리며 텐 맨의 손목시계로 돌아가는 철사를 바라보았다. 그와 동시에 케이티가 등 뒤에 숨기고 있던 다른 손을 앞으로 내밀어 텐 맨의 얼굴에 휘두르는 광경도 보았다. 레이니는 케이티가 등 뒤에 숨긴 건 주소가 적힌 종이라고 생각하고 있었다. 하지만 그건 종이가 아니라 조그만 병이었다. 케이티는 그 안에 들어 있던 액체를 텐 맨의 두 눈에 뿌렸다.

"레몬주스 맛을 봐라!"

케이티가 소리쳤다. 텐 맨은 비명을 지르며 얼굴을 감쌌다. 그사이 케이티는 병을 놓고 서류 가방을 움켜잡아 객실 건너편에 있는 레이니에게 던졌다. 레이니는 자기 앞으로 날아오는 서류 가방을 보고 깜짝 놀랐다. 운동 신경이 그리 좋지 않은 레이니는 서류 가방에 부딪혀 이가 와장창 부러지기 직전에 가방을 간신히 잡아챘다. 정말 다행이었다. 가방이 아주 무거워서 케이티가 온 힘을 다해 던졌기 때문이다.

"레이니! 그걸 창밖으로 던져!"

케이티가 소리쳤다. 텐 맨은 순간적으로 시력을 잃었지만 이 소리를 듣고 방향을 짐작해 케이티의 머리를 낚아채서 자기 쪽으로 잡아당겼다. 하지만 금방 후회하고 말았다. 케이티가 정강이를 걷어차기 시작했기 때문이다. 결국 텐 맨은 곤욕을 치르다가 다시 케이티를 공중에 내던졌고, 케이티는 고양이처럼 빙글 돌아 양동이 옆으로 떨어졌다. 바닥에 매트리스가 깔려 있지 않았다면 갈비뼈가 부러지고 말았을 것이다. 케이티는 아파서 찡그린 표정으로, 서류 가방을 그대로 든 채 창가에 서 있는 레이니를 쳐다보며 소리쳤다.

"레이니! 빨리……."

"인도에 사람이 너무 많아서 던질 수가 없어. 이걸 맞으면 사람이 죽을지도 몰라."

레이니가 대답했다. 미안하기도 하고 너무 무서워서 넋이 나간 것 같은 목소리였다. 무서운 서류 가방을 당장이라도 내던지고 싶은 마음이 굴뚝같았지만 레이니는 여전히 가방을 가슴에 꼭 껴안은 채 가만히 서 있었다. 가방 안에서 윙윙거리는 소리가 났다. 성난 말벌이 가득한 벌통 같았다.

케이티가 얼굴을 찡그렸다. 텐 맨이 소중한 서류 가방을 찾으려고 애쓰는 사이에 도망칠 기회를 노릴 계획이었다. 하지만 레이니는 그런 모험을 할 아이가 아니었다. 이 생각을 못한 자신이 원망스러웠다. 이렇게 될 바에는 차라리 자기가 그걸 움켜쥐고 도망치는 게 옳았다. 그래서 텐 맨이 자신을 쫓아오는 사이에 친구들이 도망치도록 만들어 주어야 했다. 그런데 이제 그럴 기회도 사라져 버리고 아이들은 완전히 갇히고 말았다. 케이티도 어쩔 도리가 없었다.

레몬주스 충격에서 벗어난 텐 맨이 객실 건너편에서 아이들을 바라보았다. 두 눈이 빨갛게 부었고 더는 웃지도 않았다.

"내 생각이 맞았어, 꼬맹이. 네가 나를 깨물었어. 하지만 이제 그런 일은 두 번 다시 일어나지 않을 거야."

텐 맨의 창백한 손가락이 독거미처럼 목 위로 미끄러져 움직이더니, 자기 넥타이를 쏙 잡아당겼다. 그러자 끝에 금속 조각이 달린 가느다란 생가죽 채찍이 나타났다.

레이니가 어렵게 입을 열었다. 입이 바싹 말랐다.

"종이를 주겠다고 했잖아요. 그리고 서류 가방도 돌려줄게요. 제발 우리를 놓아주세요."

텐 맨이 대답했다.

"쯧쯧. 레이니, 너 똑똑한 아이 아니었니? 내가 너희를 놓아줄 거라고 생각하는 거야? 이런 난폭한 대우까지 받았는데 그럴 순 없지. 버릇없는 아이는 벌을 받아야 해."

텐 맨이 넥타이를 휘두르자, 공기를 가르는 날카로운 소리와 함께 꼬챙이 머리 옆에 있는 벽에서 회반죽이 떨어졌다. 아이들이 움찔했다. 꼬챙이는 기절할 지경이었다. 텐 맨이 입술을 비틀며 차가운 웃음을 머금었다.

"이제 너희가 이렇게 될 거야."

레이니는 마음이 급했다. 아이들과 출구 사이를 텐 맨이 가로막고 있었다. 텐 맨을 밀어제칠 수도 없었지만 설사 뚫고 나간다 해도 바깥문 바로 뒤에 다른 정장 차림의 남자가 숨어 있었다. 그래도 레이니가 느끼는 공포감은 더 커지지 않았다. 이미 마음이 공포로 꽉 들어차 있었기 때문이다. 하지만 도망칠 방법이 없다는 사실을, 앞으로 무슨 일이 닥치든 정신을 바싹 차려야 한다는 사실을 완벽하게 깨닫는 계기는 되었다.

바닥에서 일어난 케이티 역시 그 사실을 깨닫고 씁쓸하게 말했다.

"좋아, 마음대로 해. 하지만 조심하는 게 좋을 거야. 당신네 두 사람 모두. 내가 물어뜯을 테니까."

"우리 두 사람?"

텐 맨이 얼굴을 찡그리며 묻더니 입구 쪽을 날카롭게 쳐다보며 소리쳤다.

"승강기를 지키라고 했는데……."

텐 맨이 갑자기 눈을 휘둥그렇게 떴다.

"아니, 모티스가 아니잖아!"

"당연히 아니지."

새로 나타난 남자가 말했다.

"모티스를 어떻게 한 거야?"

텐 맨이 날카롭게 소리치고 문가로 몸을 돌리며 넥타이 채찍을 들어 올렸다.

"내가 가르쳐 주지."

남자의 대답과 동시에 휙 하는 소리가 나더니, 깃털이 달린 다트 화살이 텐 맨의 어깨에 꽂혔다. 텐 맨이 성을 내며 화살을 빼냈다. 하지만 빼낸 화살을 제대로 보지도 못한 채 바닥에 쓰러지고 말았다.

남자가 쓰러진 텐 맨을 넘어 객실에 들어와 무릎을 꿇고 두 팔을 벌렸다. 케이티가 그 품으로 달려들며 소리쳤다.
"아빠! 아, 아빠! 아빠가 왔어!"

밀리건 아저씨가 나타난 것이다. 아저씨는 곧 환호성을 내지르며 우르르 달려든 아이들에게 파묻혔다. 아저씨는 아이들을 수없이 껴안고 머리를 쓰다듬고 악수를 하고 빙그레 웃어 주었다. 그런데 밀리건 아저씨는 예전 모습과 너무도 달랐다. 노란 머리칼은 새까맣게 변했고 파란 눈동자는 갈색이 되었으며 두 귀는 이상하게 작아졌다. 불그스름한 얼굴색과 크고 홀쭉한 체구는 그대로였지만 얼핏 보면 도저히 알아볼 수 없을 정도였다.
"나는 아빠가 텐 맨인 줄 알았어요! 내가 아빠를 못 알아보다니, 믿을 수가 없어요!"
케이티가 소리쳤다. 밀리건 아저씨가 눈을 반짝이며 대답했다.
"네가 눈앞의 위험에 집중하고 있어서 그런 거야. 네 목소리가 아주 무섭더구나. 어쨌든 너희 모두 내 말 잘 들어. 지금 경찰이 오는 중이라서 시간이 없어. 여기를 빨리 벗어나야 해. 어서 빨리!"
아저씨가 손을 내밀자 레이니는 텐 맨의 서류 가방을 넘겨주면서 안도의 한숨을 내쉬었다.
"경찰이 오는 중이라고요?"
꼬챙이가 물었다.

"어서 빨리!"

밀리건 아저씨가 아이들을 재촉하며 바닥에 쓰러져 있는 텐 맨을 넘어갔다. 콘스턴스가 소리쳤다.

"저 사람을 여기에 그냥 이대로 둘 거예요? 밧줄도 묶지 않고?"

아저씨가 고개를 돌려서 콘스턴스를 보았다. 콘스턴스는 곁을 지나기도 무섭다는 표정으로 텐 맨을 물끄러미 내려다보고 있었다.

"미안해. 너희도 어서 빨리. 제발 두 번씩 말하게 만들지 마."

밀리건 아저씨가 돌아와서 콘스턴스를 안아 들고 밖으로 나갔다.

복도 끝 승강기 문짝 사이로 남자의 두 발이 튀어나와 있었다. 문짝이 스르르 닫히다가 두 발에 부딪혀서 탕 소리를 내며 다시 열리고 있었다. 검은색 고급 구두를 신은 것을 보면 마취제를 맞고 쓰러진 텐 맨의 동료가 분명했다.

"저 발 좀 치워 놓는 게 좋지 않겠어요? 탕 소리가 짜증 나요."

콘스턴스가 투덜거렸다.

"그럴 순 있지만 저렇게 승강기를 잡아 둬야 경찰이 계단으로 올라오게 되거든."

밀리건 아저씨가 아이들을 반대편으로 데려가며 대답했다. 옆으로 연결된 복도를 급히 지나자 마침내 열린 창문이 나타났다. 그 너머에는 골목으로 이어진 비상계단이 있었다. 꼬챙이가 창문을 흘깃 내다보고 안경을 매만지자 밀리건 아저씨가 꼬챙이 어깨에 한 손을 올려놓고 용기를 불어넣었다.

"밑을 보지 마. 자기 다리만 보면서 계속 내려가. 그럼 괜찮아. 케이티, 네가 앞장서. 우리가 뒤따를 테니까."

바로 그때 문이 쾅 열리는 소리와 함께 다른 쪽 복도에서 경찰들이 (계단을 올라오느라 숨을 몰아쉬며) 우르르 몰려드는 소리가 들려왔다. 케이티는 창문을 재빨리 뛰어넘어 비상계단을 내려가다가 마지막 계단 몇 개를 남기고 자동차가 서 있는 바닥으로 뛰어내렸다. 그러고 나서야 비로소 그 차가 경찰차라는 사실을 깨달았다.

위에서 밀리건 아저씨가 소리쳤다.

"어서 올라타, 케이티. 그건 우리 차야."

"경찰차인데요?"

"내가 빌렸어. 어서 서둘러, 얘들아."

밀리건 아저씨가 소리쳤다.

레이니와 꼬챙이는 얼마 남지 않은 계단을 기어 내려가 케이티가 있는 뒷좌석으로 뛰어들었다. 밀리건 아저씨가 콘스턴스를 앞자리 조수석에 태우고 운전석에 올라탔다.

"모두 다 머리 숙여."

아저씨는 이 말과 동시에 후진으로 골목을 빠져나갔다. 그리고 호텔 정면을 지나치면서 중얼거렸다.

"경찰차가 세 대라. 다행이군. 로비에 있는 저 여자가 신고한 게 분명해. 굉장히 괴로운 표정이야. 틀림없어."

"어떤 여자요?"

꼬챙이가 머리를 계속 숙인 채 물었다.

"호텔 데스크에 있는 여직원. 저 여자가 경찰에 전화를 걸어서 자신이 뇌물을 받고 협박을 당했다고 신고했어. 아주 나쁜 사람들이 호텔로 오는 중인데, 호텔에 묵은 아이들한테 나쁜 짓을 저지를까 봐 두렵다고 하더군."

"아저씨가 그걸 어떻게 알아요?"

콘스턴스가 물었다.

밀리건 아저씨가 콘스턴스를 힐끗 바라보았다. 콘스턴스는 조수석에 똑바로 앉아 있었다. 다른 아이들처럼 머리를 숙일 필요가 없었던 것이다. 밀리건 아저씨가 갑자기 얼굴을 찡그리며 말했다.

"너는 유아용 시트에 앉아야 하잖아. 그러지 않으면 위험해."

콘스턴스가 어이없다는 표정으로 물었다.

"지금 농담하는 거예요?"

"약간. 하지만 모두 안전띠를 매는 게 좋겠어."

밀리건 아저씨가 계속 앞을 바라보며 팔을 뻗어서 콘스턴스에게 안전띠를 채워 주었다. 하지만 앉은키가 너무 작아서 안전띠가 얼굴 정면을 가로지르고 말았다. 콘스턴스는 가려지지 않은 한쪽 눈으로 밀리건 아저씨를 노려보았다.

밀리건 아저씨가 씩 웃으며 말했다.

"몸에 편하게 맞추렴. 그리고 네가 아까 물어본 건 경찰 무전기 소리를 듣고 안 거야. 네덜란드 말을 잘하는 건 아니지만 무슨 말인지 알아들을 순 있거든. 다행히 내가 근처에 있었지. 경찰 무전기에서 몇 시간 전부터 너희에 대한 이야기가 나오는 중이었어. 너희가 과학박물관을 금방 떠났는데 경찰서로 데려와서 심문해야 한다더군. 너희들, 아주 바쁘게 돌아다녔더구나."

"아저씨가 나타나서 정말 다행이에요. 안 그랬으면 아주 끔찍한 일이 일어났을 거예요."

레이니가 말하자, 밀리건 아저씨가 무척 안타깝다는 표정으로 대답했다.

"너희를 곧장 따라잡지 못해서 정말 미안해. 내가 오 분만 일찍 왔어도 너희는 그런 일을 겪지 않았을 거고, 나는 걱정을 덜 수 있었을 텐데. 불행히도 나는 잡혀 있었어. 그러지 않았다면 너희가 리스본에 도착한 순간에 만났을 거야. 그리고 너희가 너무 똑똑한 것도 문제였어. 내가 선바아카겐 기차역에서 너희를 놓치고 얼마나 힘들어했는지 아니?"

이제 아이들은 모두 일어나 앉았다. 밀리건 아저씨는 자동차를 몰고 항구 근처의 모래투성이 창고 구역을 지나갔다. 키가 작은 콘스턴스를 제외한 모두가 가까운 거리에서 반짝이는 북해를 볼 수 있었다.

"하지만 우리가 그 기차에 탔다는 사실을 어떻게 알았어요? 그리고 우리가 리스본에 도착했다는 건 또 어떻게 알았어요?"

레이니가 묻자, 밀리건 아저씨가 어깨를 으쓱하며 신비로운 분위기로 대답했다.

"내가 하는 게 바로 그런 일이야. 게다가 베네딕트 선생님이 너희한테 남긴 여행 일지도 그대로 있었고."

"아! 그렇다면 우리가 그걸 놓고 온 게 오히려 잘된 거야! 내가 괜찮을 거라고 했잖아, 콘스턴스!"

케이티가 소리치자 밀리건 아저씨가 대답했다.

"그건 그래. 내가 베네딕트 선생님 저택에 도착했을 때는 너희가 남긴 쪽지를 론다가 발견한 다음이었어. 그래서 우리는 곧장 여행 일지를 찾아보았지. 하지만 실마리를 푸는 데 시간이 걸렸어. 그래서 항구로 달려갔을 때는 지름길이 바다로 나간 다음이었어. 하지만 나는 육지아냐 선장님이 너희를 잘 보살필 테고 비행기를 타면 리스본에 너희보다 먼저 도착할 거라고 생각했어. 그래서 그다지 걱정하지 않는데 막상 조 슈터를, 그러니까 대포알을 만났더니 너희끼리만 성에 있다고 하는 거야. 그래서 성으로 당장 달려가려는데 때마침 케이티 네가 무전 연락을 했지. 무슨 말인지 알아들을 순 없었지만 뒤에서 들리는 시끄러운 소리를 듣고 너희가 기차역에 있다는 사실을 알았어."

밀리건 아저씨가 머리를 흔들었다.

"그런데 너희를 한 발 차이로 놓쳤어. 너희 기차가 빠져나가는 모습까지 보았으니까. 하지만 우선 잭슨과 질슨부터 처리하는 게 급했어. 그들을 잡아서 가둬 놓았지."

아이들이 환호성을 질렀다. 아저씨가 계속 설명했다.

"우리는 많은 대화를 나누었어. 잭슨과 질슨은 고집불통이긴 하지만 다행히 머리가 아주 멍청했어. 그래서 자기네도 모르는 사이에 많은 내용을 털어놓았고, 나는 너희가 기차 여행을 무사히 마칠 수 있을 거라는 사실을 알아냈지. 그래서 이번에도 걱정하지 않고 또다시 비행기에 올라탔어. 매표소 직원이 너희가 선바아카겐으로 간다는 사실을 알려 주었거든. 나는 또다시 너희보다 먼저 도착했어. 하지만 너희가 신중하게 행동할 거란 사실은 미처 생각도 못했지. 너희가 다른 역에서 내릴 거란 사실을 예측했어야 하는 건데……. 아, 정말 완벽했어."

밀리건 아저씨가 경찰차를 도로 샛길로 몰아서 어떤 창고 안으로 들어갔다. 창고 문은 활짝 열려 있었지만 아무도 없는 것 같았다. 아저씨는 시동을 끄고 고개를 돌려서 아이들을 차례대로 보았다. 처음엔 케이티를, 그다음엔 다른 아이들을, 그리고 다시 케이티를 보았다. 아저씨가 천천히 말했다.

"너희는 정말 용감했어. 그리고 나는 너희가 사랑하는 사람을 위해서 그렇게 했다는 걸 알아. 하지만 지금 이 자리에서 분명히 말하는데, 이런 짓을 또다시 저지르면 텐 맨이나 집행부보다 내가 더 무섭다는 사실을 알게 될 거야……. 무슨 말인지 알겠니?"

아저씨는 아주 엄숙하고 딱딱한 표정을 지으며 쌀쌀맞게 말했다. 화가 치밀어 오르지만 꾹 참고 있는 듯한 태도였다.

그때 케이티가 폭소를 터트렸다. 아저씨는 눈썹을 추켜세웠다. 그걸 보고 케이티가 더 커다랗게 웃으며 소리쳤다.

"아빠, 나쁜 사람은 아빠를 당연히 아주 무서워하겠지만 우리는 아빠가 조금도 무섭지 않아요."

"맞아요. 아저씨는 진짜 화가 난 것도 아니잖아요."

콘스턴스가 거들었다. 밀리건 아저씨가 찡그린 얼굴로 레이니를 보았다. 하지만 레이니는 아저씨를 실망시키고 싶지 않아서 일부러 시선을 피했다. 레이니한테도 밀리건 아저씨의 엄숙한 경고가 전혀 무섭게 들리지 않았기 때문이다. 꼬챙이 혼자만 뒷자리에서 안경을 열심히 닦으며 밀리건 아저씨가 기대한 효과를 보여 주고 있을 뿐이었다. 하지만 꼬챙이는 원래 겁이 많은 편이라서 판단 기준으로 삼을 수가 없었다.

"음, 그렇다면 시도를 한 걸로 만족할 수밖에."

밀리건 아저씨는 편안한 얼굴로 이렇게 말하고 밖으로 펄쩍 뛰어나가더니, 아이들을 모두 내리게 했다. 그리고 트렁크에서 커다란 배낭을 꺼내고 텐 맨의 서류 가방을 트렁크에 넣었다. 아이들이 그 안에 들어 있는 다른 서류 가방 세 개를 흘낏 보는 사이에 아저씨는 트렁크를 쾅 닫았다.

"이곳에 사람이 없다면 문을 열어 둔 이유는 뭘까요?"

꼬챙이가 물었다.

"문이 고장 나서."

밀리건 아저씨가 양복 윗도리에 손을 집어넣으며 대답했다. 그러고는 단검처럼 생긴 조그만 도구를 꺼내 기계 장치를 조작하자 창고 문이 덜커덩거리며 내려왔다.

이제 창고 안은 어슴푸레한 회색으로 보였다. 더러운 창문과 깨진 채광창에서 흘러드는 빛이 전부였다. 바깥 날씨는 따뜻했지만 창고 안은 추워서 콘스턴스가 오들오들 떨기 시작했다. 밀리건 아저씨가 벗어 준 양복 윗도리가 콘스턴스의 어깨를 망토처럼 감싸며 발까지 내려왔다.

"이제 변장해야 할 시간이야. 잠시 실례할게."

밀리건 아저씨가 커다란 배낭을 집어 들며 말했다.

케이티는 아저씨를 따라서 한때 창고 사무실로 사용했던 곳으로 들어갔다. 아빠를 만난 게 너무 기뻐서 잠시도 떨어지고 싶지 않았다. 사실, 경찰차를 타고 오는 동안에도 아빠를 다시 껴안고 싶은 마음을 꾹 누르고 있었다. 마침내 케이티는 두 팔로 밀리건 아저씨를 휘감고 온 힘을 다해 껴안았다. 밀리건 아저씨가 얼굴을 찡그렸다. 자기가 껴안은 사람은 누구나 그러기 때문에 케이티는 대수롭게 생각하지 않았다. 하지만 잠시 후에 밀리건 아저씨가 셔츠를 갈아입을 때 몸에 가득한 상처를 발견하고는 깜짝 놀라 소리쳤다.

"아빠, 왜 이렇게 된 거예요?"

"응?"

밀리건 아저씨가 고개를 숙이고 자기 몸을 바라보았다.

"아, 이거. 아까 말했잖아. 잡힌 적이 있다고. 그래서 너희를 리스본에서 못 만난 거야."

케이티는 기가 막혔다.

"나는 아빠가 교통 체증에 잡혀 있었다고 생각했어요! 아니면 아주 중요한 모임 같은 게 있었거나!"

밀리건 아저씨가 다른 셔츠를 입으며 대답했다.

"모임은 모임이었어. 최근에 아주 많은 모임이 있었지. 아까 호텔에서 처리한 모임처럼 싱겁게 끝난 건 많지 않았지만."

케이티는 갑자기 아빠가 걱정스러웠다. 이런 느낌은 처음이었다. 아주 불안했고 미안한 마음도 들었다. 자신이 아빠를 이렇게 걱정할 정도라면 아빠도 자신을 최소한 이만큼은 걱정했을 것이다. 아니, 더 많이 걱정했을 게 분명했다. 자기는 아빠의 딸이니 말이다.

케이티가 입을 열었다.

"아빠, 걱정을 끼쳐서 정말 미안해요."

밀리건 아저씨가 윙크하며 대답했다.

"일부러 그런 것도 아닌데, 뭐. 하지만 그렇게 말해 줘서 고마워. 네가 떠났단 말을 들은 다음부터…… 음, 물론 케이티 네가 아주 뛰어나다는 건 알고 있지만, 나는 지금까지 하루에 두 시간 이상 잘 수가 없었어. 정말 힘들었지. 나는 넘버 투가 아니니까."

이 말과 동시에 두 사람은 우울한 표정을 지었다. 밀리건 아저씨가 한 손을 케이티 어깨에 올려놓으며 위로했다.

"걱정하지 마. 우리가 구할 수 있으니까."

아저씨의 말은 케이티의 마음을 정말로 편안하게 위로해 주었다. 케이티는 누군가에게 이렇게 위로를 받을 수 있다는 사실을 지금까지 모르고 있었다. 두 눈에서 눈물이 나왔다. 사람은 누구나 울 수 있지만 케이티는 인정하기가 싫었다. 그래서 문밖으로 얼굴을 내밀고 친구들을 쳐다보는 척했다.(레이니와 꼬챙이는 경찰차 트렁크를 열고 서류 가방을 훔쳐보고 있었으며 콘스턴스는 몸을 따듯하게 하기 위해 폴짝폴짝 뛰는 중이었다.) 케이티가 눈을 깜빡여서 눈물을 없애고 다시 돌아섰을 때는 아빠의 변신이 거의 끝나가고 있었다.

밀리건 아저씨는 낡아 빠진 겉옷에 장화를 신고 모자를 썼다. 비밀 요원이 아니라 중고품 가게에서 바가지를 쓴 사람처럼 보였다. 아빠가 기능성 벨트와 마취 총을 옷 속에 완벽하게 숨길 때마다 케이티는 감탄이 절로 나왔다. 장비 때문에 더 뚱뚱해 보여야 하는데 그런 것 같지도 않았다.

밀리건 아저씨가 모자를 고쳐 썼다.

"어때? 이제 아빠 같아?"

"검은 머리칼과 갈색 눈동자만 빼고요. 그리고 양쪽 귀가 너무 작아 보여요. 납작하게 붙인 것 같기도 하고."

케이티가 자세히 살피며 대답했다.

"아!"

밀리건 아저씨가 머리 양쪽에서 투명 테이프를 떼어 냈다. 그러자 두 귀가 원래대로 일어났다. 그리고 갈색 콘택트렌즈를 빼자 케이티와 똑같은 새파란 눈동자가 나타났다. 아저씨가 렌즈를 조그만 용기에 담으며 물었다.

"이제 괜찮아? 검은 머리칼은 한동안 어쩔 수 없을 것 같아."

케이티는 빙그레 웃었다. 아빠가 이제 훨씬 더 아빠처럼 보이기도 했고 아빠의 변장술이 아주 놀랍기도 했다.

"어떤 사람으로 변신하려고 했던 거예요?"

밀리건 아저씨가 대답했다.

"나만 아니면 아무나 괜찮아. 아빠를 무서워하는 사람이 여기저기에 있거든. 게다가 내 물건이 아닌 서류 가방을 수집하는 좋지 못한 습관도 있고. 말이 나왔으니 말인데, 설마 남자애들이 트렁크에 있는 서류 가방을 만지고 있는 건 아니겠지?"

케이티는 아빠가 그걸 어떻게 알았는지 궁금해하며 사무실 문밖으로 머리를 쭉 내밀고 레이니와 꼬챙이한테 조심하라는 눈치를 주었다. 그러자 두 아이가 고개를 끄덕이며 트렁크를 최대한 조용히 닫았다.

"지금은 아니에요."

"다행이군. 아이들한테 또다시 엄하게 말하고 싶지 않거든. 아무 효과가 없어서 당황스럽기만 하니까."

아저씨가 커다란 배낭을 집어 들며 말했다.

지금까지 아이들이 알아낸 정보를 자세히 듣고서 밀리건 아저씨가 말했다.

"잭슨과 질슨한테 들은 이야기와 똑같군. 내가 보기에는 커튼 선생이 베네딕트 선생님이 지나간 길목마다 집행부와 텐 맨을 배치한 것 같아. 아직까진 목표물이 뭔지 잘 모르는 거야. 베네딕트 선생님의 의도가 뭔지도 모르고. 그래서 무엇이든 의심스러운 것만 있으면 감시의 눈을 늦추지 않는 거지."

"그렇다면 커튼 선생은 뭐가 뭔지도 모른 채 달려든 거군요. 뭐라도 걸리기만 바라면서."

꼬챙이가 말하자, 밀리건 아저씨도 동의했다.

"맞아, 그런 식이야. 그러다가 암흑초에 대한 정보를 얻은 거지. 이게 얼마나 심각한 문제인지 너희도 잘 알 거야. 지금도 전 세계 모든 정보기관이 커튼 선생을 두려워하고 있어. 암흑초가 없는데도 말이지. 그런 커튼 선생이 암흑초까지 손에 넣으면, 그래서 도시 전체를 잠재울 수 있게 되면……."

"낮이 깜깜해지겠죠."

레이니가 우울한 목소리로 말했다.

"물론 밤도 깜깜할 거고요."

케이티가 덧붙였다.

꼬챙이는 개기 일식에다 엄청난 먹구름까지 몰려온 꼴이 될 거라고 말하고 싶었지만 콘스턴스가 심술궂은 목소리로 말했다.

"그런 얘기는 그만하고, 베네딕트 선생님이랑 넘버 투는 어떻게 하죠? 내일까지 찾아야 하잖아요!"

밀리건 아저씨가 대답했다.

"걱정하지 마. 커튼 선생이 해치지 못하도록 내가 막을 생각이니까. 그리고 암흑초가 있는 곳도 찾아내지 못하게 할 거야. 시간은 충분해, 콘스턴스. 내가 약속할게."

"어떻게 자신하죠?"

콘스턴스가 물었다.

"베네딕트 선생님과 넘버 투가 리스본에서 이곳으로 날아온 사실을 아까 공항에서 확인했어. 그런데 다시 비행기를 타고 나간 기록은 없어. 그렇다면 두 사람은 배를 타고 섬에 갔을 가능성이 높아. 베네딕트 선생님이 너희한테 수상 운송 업체 주소를 준 걸 보면 더더욱 확실해. 그리 멀리 떨어진 섬은 아닐 거야. 아마 북해 어딘가에 있는 섬이겠지."

콘스턴스가 지구 모양의 목걸이를 보다가 이렇게 소리쳤다.

"하지만 바다는 사방으로 연결되어 있어요! 배를 타고 어디든 갈 수 있다고요! 그런데도 우리가 알고 있는 건 두 분이 지구 반대편에 있다는 사실 하나밖에 없잖아요!"

콘스턴스는 화가 나서 얼굴이 빨갛게 물들었다. 밀리건 아저씨가 아주 중요한 사실을 외면하는 것 같았기 때문이다. 행여나 아저씨가 엉터리 판단을 내려서 제시간에 섬을 찾아갈 수 없다면······.

레이니가 다정하게 콘스턴스를 위로했다.

"두 분은 그렇게 멀리 가지 않았을 거야, 콘스턴스. 모든 배가 지름길처럼 빠른 건 아니야."

콘스턴스가 레이니를 잠시 쳐다보다가 꼬챙이한테 시선을 돌렸다. 꼬챙이라면 배가 드넓은 바다를 달리는 속도에 대해 잘 알고 있을 것 같았기 때문이다. 꼬챙이가 말했다.

"그 말이 맞아. 섬은 그리 멀지 않을 거야."

"흥, 그런데 그 얘기를 왜 이제 하는 거야?"

콘스턴스가 투덜거렸다. 하지만 마음이 많이 놓이는 표정이었다. 케이티가 손뼉을 치며 말했다.

"그렇다면 이렇게 기다릴 이유가 뭐야? 어서 부두로 가야지."

"이곳이 부두야. 하지만 먼저 주변을 정찰해야겠어. 지붕에 올라가서 살펴볼게."

밀리건 아저씨가 이렇게 말하고 창고 뒤편으로 갔다. 그곳에 높은 문으로 올라가는 아주 낡고 가파른 계단이 있었다.

"나도 갈게요!"

케이티가 말하며 급히 쫓아갔다.

"우리도 갈게요."

레이니도 말했다. 밀리건 아저씨가 빙글 돌아서 팔을 치켜들며 경고했다.

"아니야, 그럴 순 없어. 저 계단은 안전하지 않아. 너희는 여기에 있어. 내가 금방 다녀올게. 농담이 아니야. 그 자리에 그대로 있어."

아저씨는 자기 말이 진심이라는 뜻으로 아주 엄숙한 표정을 지었다. 그러고는 계단을 올라가서 천장에 뚫린 문 너머로 사라졌다.

아이들은 문이 닫히고 밀리건 아저씨의 발소리가 들리지 않을 때까지 기다린 다음에 그 뒤를 쫓아서 올라갔다.

보트 창고의 죄수

계단 꼭대기에 있는 문은 다용도실로 이어졌고 다용도실은 넓고 편편한 지붕으로 연결되어 있었다. 아이들은 지붕 모퉁이에 숨어 있는 밀리건 아저씨를 발견했다. 낮은 곳에 엎드려서 망원경으로 주변을 살피는 중이었다.

"내 말을 안 듣는구나."

밀리건 아저씨가 뒤도 돌아보지 않은 채 나지막이 말했다.

"계단이 아저씨 몸무게를 버텨 냈으면 우리도 괜찮을 거라고 생각했어요."

레이니가 대답하자 아저씨가 투덜댔다.

"혹시나 해서 말하는데, 나는 가볍게 걸어. 나를 기준으로 삼지 말도록."

레이니는 밀리건 아저씨가 자신을 놀리려고 그렇게 말하는지도 모르겠다고 생각했다. 하지만 아저씨가 물 위를 걸을 수 있다고 해도 전혀 놀라지 않을 것 같았다.

"뭔가 이상한 게 있나요?"

"내가 예상한 그대로야. 보트 창고 몇 채, 갈매기 몇 마리, 그리고 서류 가방을 든 고급 정장 차림의 남자가 한 명 있구나."

케이티가 자기 망원경을 꺼내서 부두를 살폈다. 길쭉한 부두 입구 위에 네덜란드 어와 영어로 쓴 간판이 걸려 있었다. 영어로는 '리스커 수상 운송 - 바다 여행 및 보트 대여'라고 쓰여 있었다. 간판 밑에서 텐 맨 한 명이 서류 가방을 발밑에 내려놓은 채 부두를 이리저리 살피는 중이었다. 가끔 몸을 돌려서 부두 끝을 바라보곤 했는데, 그곳에 있는 보트 창고 옆에 낡고 지저분한 요트 한 척이 묶여 있었다.

레이니가 케이티에게 망원경을 넘겨받고 같은 방향을 살피면서 중얼거렸다.

"저 사람이 계속 뒤돌아보는 이유가 뭘까? 누가 나타나는지 살피는 거라면 보트 창고를 둘러보는 이유가 뭐지? 게다가 저렇게 잘 보이는 곳에 서 있는 이유는 또 뭐지? 혹시……?"

밀리건 아저씨가 말을 중간에 가로챘다.

"혹시 출구를 감시하는 게 아니라……. 맞아, 저 사람은 보트 창고에 갇힌 사람을 감시하는 거야."

"어떤 사람요?"

레이니가 물었다. 보트 창고 건물에 창문이 있었지만 각도가 틀어져서 안은 보이지 않았다.

"너희가 내 말을 무시하는 큰 죄를 짓기 직전에 어떤 사람이 나와서 문가에 있는 상자 하나를 집어 들었어. 그리고 목이라도 조를 듯한 표정으로 텐 맨을 노려보았지. 하지만 텐 맨이 흘낏 쳐다보니까 겁에 질린 생쥐처럼 안으로 쏙 들어가더군."

"그럼 이제 어떻게 하나요?"

꼬챙이가 물었다.

"그건 내가 알아."

케이티가 대답했다. 그리고 밀리건 아저씨를 쿡 찌르더니 부두 바로 옆에 있는 다른 창고 지붕을 가리켰다.

"저기까지 가면 마취 총을 쏠 수 있어요. 그러면 텐 맨은 뭐에 맞았는지도 모른 채 순식간에 기절할 거예요."

아저씨가 머리를 흔들었다.

"그렇게 간단한 일이 아니야. 지금 저 사람이 부두 가장자리에 서 있는 게 보이지 않니? 저렇게 서 있는 사람한테 마취 총을 쏘면 바다에 떨어져서 빠져 죽을지도 몰라. 그런 위험을 감수할 수는 없어."

"지금 농담하는 거예요? 저놈은 괴물이에요! 물속에 떨어져도 괜찮은 놈이라고요!"

케이티가 눈을 동그랗게 뜨고 반발했다.

"지금은 그렇게 말하지만 실제로 그런 일이 일어나면 마음이 바뀔 거야. 죄책감도 들 거고. 우리는 저런 사람이랑 달라, 케이티. 우리가 저 사람들을 막아야 하는 이유가 바로 그것 때문이야."

"내 생각은 달라요."

케이티가 조급히 말했다. 아빠의 의견에 계속 반대하고 싶었지만 아무 소용이 없을 게 분명했다. 하지만 쉽게 동의할 수 없었던 콘스턴스는 최대한 귀에 거슬리는 목소리로 투덜거렸다.

"그래서 그냥 도망치게 놔두겠다는 거예요? 호텔에서 그랬던 것처럼?"

밀리건 아저씨는 꾹 참고 이마를 문지르며 텐 맨이 나타났다는 사실을 선바아카겐 정보국에 벌써 알려 주었다고 최대한 차분하게 설명했다.

"호텔에 도착한 경찰이 그들을 체포했을 거야. 나는 저들이 '그냥 도망치게 놔두지' 않아. 하지만 더 좋은 방법이 있는 한 사람을 죽이는 위험을 감수할 수는 없어. 아무리 텐 맨이라고 해도 말이지."

"그렇다면 더 좋은 방법이 있나요?"

케이티가 묻자 밀리건 아저씨가 대답했다.

"지금 생각하는 중이야. 저 사람을 쉽게 제압할 수 있는 다른 곳으로 유인할 순 있는데, 문제는 저 안에 갇혀 있는 사람이 그 틈을 타서 도망칠 가능성이 있다는 거야. 저 사람한테 아주 중요한 정보가 있을 텐데 절대 놓치면 안 되거든."

"그건 어렵지 않아요. 아저씨가 텐 맨을 유인한 사이에 우리가 저 안에 재빨리 들어가면 되잖아요."

레이니의 제안에 밀리건 아저씨가 반대했다.

"그럴 순 없어. 너희를 작전에 끌어들일 순 없지. 토론 끝."

하지만 토론은 이걸로 끝나지 않았다. 아이들이 지붕 너머로 밀리건 아저씨를 쫓아가서 에워싼 채 곰에게 달라붙은 벌 떼처럼 아저씨를 괴롭히며 따졌기 때문이다. 레이니는 텐 맨이 없으면 위험하지 않을 거라고 주장했고, 케이티는 지금 이 순간에도 시간은 흘러가는데 지금 이러고 있을 시간이 없다고 했으며, 콘스턴스는(딱히 좋은 말이 떠오르지 않아서) 그렇게 하지 않으면 이 자리에서 죽어 버리겠다고, 그렇게 되면 아저씨 책임이라고 협박했고, 꼬챙이는 보초를 세워서 문제가 생기면 당장 도망치겠다고 제안했다. 서로 자기 말이 더 잘 들리도록 동시에 목소리를 키우며 이 모든 말을 한꺼번에 쏟아냈다.

마침내 밀리건 아저씨가 곤봉으로 맞은 사람처럼 머리를 감싸며 대답했다.

"알았어, 알았어! 그럼 서로 조금씩 양보하자. 너희는 근처에 숨어서 보트 창고를 살피는 거야. 하지만 무슨 일이 있어도 밖으로 나오면 안 돼. 그러다가 저 안에 갇힌 사람이 밖으로 나와서 도망칠 것 같으면 그때 너희가 나와서 말을 거는 거야. 알겠지?"

아이들은 알겠다고 맹세했다. 정말이었다. 동시에 아이들은 만일 밀리건 아저씨의 계획이 어긋나서 텐 맨이 도망치거나 무전기로 도움을 요청하면, 자신들이 보트 창고 안에 있는 사람과 말할 기회는 사라질 테고 그러면 베네딕트 선생님과 넘버 투는 비참한 최후를 맞이하게 된다는 사실도 알았다. 밀리건 아저씨에게 아이들을 안전히 보호할 책임이 있다는 건 알았지만 아이들은 그 명령을 거부해야 할 의무를 느꼈다.

조금씩 비가 내리기 시작했다. 수를 셀 수 있을 만큼 굵은 빗방울이 사방에서 떨어지고 있었다. 아직 한낮이었지만 하늘이 어두워지자 부둣가를 걸어 다니던 사람들은 소나기가 올 거라고 예상했는지 모두 사라졌다. 하지만 콘스턴스는 비가 내릴 리 없다고 말했다. 아이들은 오래전에 문이 닫힌 기념품 가게의 차양 밑에 웅크렸다. 밀리건 아저씨는 가게 뒤편으로 가서 뒷문에 달린 자물쇠를 따는 중이었다. 멀리 떨어진 부둣가에는 텐 맨이 떨어지는 빗방울을 무시한 채 그대로 서 있었다.

레이니는 바다를 바라보았다. 빗방울에 흔들리는 짙은 잿빛의 바다가 자신의 마음을 나타내는 거울 같았다. 기다리는 건 언제나 어려웠다. 위험한 임무를 앞두고 있을 때는 특히 더했다. 잠시만 긴장을 늦춰도 온갖 생각과 느낌에 사로잡혔다. 바로 지금 레이니의 머릿속에는 그런 오만 가지 생각이 떠오르는 중이었다. 레이니는 눈앞의 위험에 맞설 용기를 불러일으키려고 애썼다. 게다가 아빠를 만나서 마냥 기뻐하는 케이티를 보며 고통스러운 향수병과도 끝없이 싸워야 했다. 페루멀 선생님의 쓸쓸한 미소와 장난기 가득한 말투가, 페루멀 선생님과 할머니의 포옹이 그리웠다. 가족과 함께 누리던 안정감도 그리웠다. 예전에는 몰랐지만 어느새 너무나 당연하게 받아들이기 시작한 느낌이었다. 그런 느낌을 언제 또다시 아주 당연하게 느낄 수 있을까!

바로 그때 꼬챙이도 바다를 바라보았다. 똑같은 이유 때문에 레이니만큼이나 불안한 마음으로 생각에 깊이 빠져든 표정이었다. 서로 다른 두 사람이 동시에 똑같은 느낌을 받는 일은 흔치 않다. 어떻게 그럴 수 있었는지 모르지만 두 아이는 서로의 마음을 읽었다. 둘은 문이 열리는 소리를 듣고 고개를 돌리다가 시선이 마주쳤다. 두 아이는 서로의 마음을 충분히 이해한다는 표정으로 빙그레 웃으며 고개를 끄덕였다. 여전히 우울했지만 혼자만 불안감과 향수병에 시달리는 게 아니라는 사실이 그나마 위안이 되었다.

밀리건 아저씨가 옆으로 비켜서서 아이들이 들어오게 했다. 케이티는 곧바로 들어갔지만 다른 아이들은 놀라움을 가라앉힐 시간이 필요했다. 밀리건 아저씨가 완전히 다른 사람으로 변했기 때문이다.

키가 눈에 띄게 작아지고 얼굴은 통통하게 부풀어 올랐다. 머리에는 너덜너덜한 어부용 모자를 썼으며 빙그레 웃을 때는 이 두 개가 황금빛으로 반짝거렸다. 긴급한 상황만 아니라면 어떻게 변신했느냐고 질문을 퍼부었겠지만 지금은 그럴 수가 없었다. 아이들은 텅 빈 기념품 가게로 말없이 허둥지둥 들어갔다. 케이티는 벌써 건너편 끝에 있는 창문에 달라붙은 채 먼지가 뽀얗게 앉은 블라인드를 살짝 들어서 망원경을 찔러 넣고 살피는 중이었다.

"위치가 좋아요. 부두 끝까지 다 보여요."

케이티가 말하자 밀리건 아저씨가 대답했다.

"다행이구나. 명심해라. 텐 맨과 내가 있는 동안에는 너희 모두 여기에 가만히 있어야 해. 저 안에 있는 사람이 도망치려고 해도 상관없어. 그런 일이 생기지 않으면 좋겠지만 어쨌든 내가 알아서 처리할 테니까. 너희를 걱정하느라 정신만 분산되지 않는다면 제대로 처리할 수 있어."

"알았어요, 아빠."

케이티가 대답했다. 사랑하는 사람의 안전을 걱정하는 일이 얼마나 고통스러운지 잘 알게 되었기 때문이다. 아빠가 위험한 임무를 앞둔 지금도 케이티는 그런 고통을 느낄 수 있었다.

"그럼, 좋아, 이제 간다."

밀리건 아저씨가 말했다. 레이니와 꼬챙이와 콘스턴스는 행운을 빌었으며 케이티는 아빠를 껴안았다.(하지만 아빠의 온몸에 가득한 상처를 떠올리고 아까처럼 꼭 껴안는 대신 강한 믿음을 담아서 가볍게 안았다.) 마침내 밀리건 아저씨가 딸의 두 팔을 풀었다. 그리고 케이티의 턱을 꼬집은 다음에 밖으로 나갔다.

케이티는 친구들을 뒤로한 채 창가로 달려가서 블라인드 밑으로 망원경을 찔러 넣었다. 밀리건 아저씨는 부둣가를 따라 천천히 걸어가고 있었다. 텐 맨은 벌써 밀리건 아저씨를 발견하고 허리를 숙여서 서류 가방을 집어 들더니 다른 손을 양복 윗도리 안에 넣었다. 그는 아저씨가 가까이 다가오는 동안 손을 계속 품 안에 넣고 있었다. 밀리건 아저씨가 무슨 말을 했는지 아니면 무슨 신호를 보냈는지 모르지만 텐 맨은 옆을 지나가는 아저씨의 등 뒤를 열심히 살필 뿐이었다.

밀리건 아저씨는 계속 걸었다. 텐 맨이 보트 창고를 흘깃 바라보며 얼굴을 찡그렸다. 그리고 시계를 살폈다……. 이번에는 다른 쪽 시계를 살폈다……. 그런 다음, 케이티가 분명히 볼 수 없을 만큼 빠른 손놀림으로 서류 가방에서 무언가를 꺼내 품 안에 넣었다.

"저게 뭐지?"

꼬챙이가 깜짝 놀라며 물었다. 바로 옆 창가에서 망원경 없이 지켜보고 있었던 것이다.

"나도 모르겠어."

케이티가 대답했다. 심장이 쿵쾅거렸다.

텐 맨이 보트 창고를 마지막으로 한 번 바라보고는 부둣가를 따라 움직였다. 밀리건 아저씨는 부두 끝에 거의 도착해서 다른 창고 건물이 모여 있는 곳으로 걸어가는 중이었다. 하지만 텐 맨은 보폭이 두 배나 넓었다. 밀리건 아저씨가 창고 건물이 가득한 곳을 돌아갈 즈음에는 거의 열 걸음 뒤까지 따라잡았다. 그런데 텐 맨이 갑자기 걸음을 멈추더니, 밀리건 아저씨가 사라진 창고 건물 모퉁이에서 곰곰이 생각하다가 뒤로 돌아서 반대편 모퉁이로 가기 시작했다. 건물을 한 바퀴 돌아서 반대편으로 가려는 게 분명했다.

케이티는 하마터면 망원경을 떨어트릴 뻔했다.

"저놈이 반대편으로 가고 있어! 기습 공격을 하려는 거야! 아빠한테 알려야 해!"

케이티가 밖으로 뛰쳐나가려고 휙 돌았지만 레이니가 바로 뒤에 서 있었다. 그러지 않았으면 케이티를 절대로 막지 못했을 것이다. 레이니는 두 팔로 케이티를 최대한 힘차게 잡으며 말했다.

"멈춰, 케이티. 너는 아저씨 머릿속에 어떤 계획이 있는지 몰라! 아마 아저씨는 저놈이 저렇게 할 거라고 예상했을 거야! 너 때문에 아저씨 계획을 망칠 수도 있어! 너 때문에……."

하지만 레이니는 이미 영문도 모른 채 바닥에 나뒹굴고 있었다. 레이니를 밀치고 문 앞으로 다가가던 케이티가 갑자기 동작을 멈췄다. 레이니의 말이 귀에 들어온 것이다. 그 말이 맞았다. 케이티는 아빠가 무슨 계획을 품고 있는지 몰랐다. 자신이 도와주려고 나서다가 오히려 아빠를 위험에 빠트릴 수도 있었다. 마음은 괴롭지만 지금으로선 아빠가 알아서 잘 처리할 거라고 믿을 수밖에 없었다.

"네 말이 맞아."

케이티가 체념 어린 한숨을 내쉬며 대답했다. 그리고 급히 다가와서 레이니를 일으켜 세운 다음에 옷에 묻은 먼지를 털어 주려고 했지만 레이니가 단호하게 거절했다.

"괜찮아? 좋아, 그럼 어서 가자!"

케이티는 콘스턴스를 등에 업고 보트 창고가 있는 기다란 부둣가를 따라 달려갔다. 밀리건 아저씨와 텐 맨은 보이지 않았다. 케이티는 보트 창고로 뛰어들다가 급히 멈추며 팔을 내뻗어서 동작이 느린 레이니와 꼬챙이가 바로 눈앞에 있는 빈 공간으로 떨어지지 않도록 막았다. 보트를 댈 수 있게 바다와 연결된 공간이었다. 아이들은 안쪽을 재빨리 둘러보았다. 보트 창고 안에 보트는 한 척도 없었고 희뿌연 바닷물과 그 양쪽에 있는 통로만 보였다. 벽 근처에 놓여 있는 탁자에서 통조림 깡통으로 피라미드를 쌓던 남자 한 명이 깜짝 놀란 표정으로 물었다.

"너희는 누구냐?"

남자가 의자에서 벌떡 일어나서 피라미드를 쓰러트리며 영어로 물었다. 남자는 어깨가 축 처졌고 시계처럼 동그란 얼굴에는 검은 수염이 덥수룩했다. 때가 잔뜩 묻은 어부 복장에, 흰머리가 군데군데 자라난 검은 머리칼은 기름기가 덕지덕지 낀 채 얼굴 밑으로 길게 흘러내려 있었다. 며칠 동안 목욕도 하지 못하고 옷도 갈아입지 못한 것 같았다.

"우리는 친구예요."

레이니가 대답했다. 꼬챙이는 문을 닫았으며 케이티는 망원경을 들고 창가에 자리를 잡았다.

"친구? 흥! 저 냉혈한이 들여보낸 걸 보면 너희는 친구가 아니야."

"아니에요, 몰래 들어온 거예요."

레이니가 말하자, 남자는 핏발이 선 눈을 커다랗게 뜬 채 레이니를 옆으로 밀치고 창가로 가서 케이티 어깨 너머로 바깥을 살폈다. 레이니는 하마터면 바닷물에 빠질 뻔했다.

"그럼 그놈이 떠났다는 거야?"

"우리 친구가 다른 곳으로 유인한 거예요. 우리가 아저씨를 만나게 하려고요. 이제 걱정 마세요. 그 사람은 아저씨를 괴롭힐 수 없을 테니까요. 우리 친구가 알아서 처리할 거예요."

레이니가 대답했다. 남자가 레이니를 곁눈질로 보며 머리를 굴리더니, 창문을 다시 내다보고 콧방귀를 뀌며 말했다.

"너희 친구? 누군지 모르지만 너희 친구가 불쌍하군. 험한 꼴을 당할 테니 말이야."

남자가 머리를 흔들면서 이리저리 거닐며 중얼거렸다.

"만일 저 아이 말이 사실이라면, 지금이 기회라는 건데……. 하지만 그리 오래 걸리지 않을 거야, 분명해. 그래서 너희가 몰래 들어왔단 사실을 저놈이 알게 되면……."

남자는 기름기 가득한 머리칼을 손으로 쥐어뜯으며 좌절한 목소리로 욕설을 뱉어 냈다.

"지금 뭐 하는 거야, 리스커, 이 멍청아. 조금만 기다리면 알 수 있잖아. 삼사 분만 기다려. 그래, 삼 분 아니면 사 분······."

남자가 다시 창가로 가서 케이티 어깨 너머로 바깥을 살폈다. 레이니가 입을 열었다.

"리스커 아저씨, 제발 제 말을 들으세요. 조금만 기다리면 모든 문제가 해결될 거예요. 우리는 베네딕······."

리스커가 레이니의 말을 가로채며 말했다.

"베네딕트! 아, 너희가 누군지 이제 알겠어. 하지만 어린애만 올 줄은 몰랐군. 게다가 네 명뿐이라서. 그 사람이 여섯 명 요금을 지불했거든."

"베네딕트 선생님이 우리 요금을 지불했다고요? 어디로 가는 요금이에요?"

콘스턴스가 물었다.

"황당한 섬으로 가는 요금이지! 내가 그 사람과 동료를 데려다 준 바로 그 섬 말이다!"

리스커가 창가에서 몸을 돌려 콘스턴스를 노려보았다. 누군가 노려볼 사람이 있어서 기쁘다는 표정이었다.

"이상한 새들만 가득한 섬이지. '그들을 이곳으로 데려오시오. 그들에게 이런저런 말을 하시오. 다른 사람한테는 아무 말도 마시오. 내 말대로 하면 나중에 보답하겠소.'라고 말했어."

"그래서 무슨 문제가 있나요?"

콘스턴스가 묻자 리스커가 화를 내며 대답했다.

"문제는 이곳으로 다시 돌아온 직후부터 고생만 잔뜩 했다는 거야. 분명히 말하는데, 베네딕트를 만난 것 자체가 문제였어. 저놈을 만나는 순간에 아마 너희도 나랑 똑같은 생각을 하게 될 거야."

리스커는 이렇게 말하며 엄지손가락으로 텐 맨이 감시하던 창고 입구를 가리켰다. 레이니는 분노가 치밀어 올랐다.

"베네딕트 선생님이 무슨 잘못을 했는데요? 우리를 무사히 데려다 주면 아저씨한테 더 많은 사례를 하겠다고 제안한 거요?"

리스커가 보트를 대 놓는 공간을 가리키며 으르렁거렸다.

"그 정도론 어림도 없어! 대여용 보트가 10미터 바닷물 속으로 모두 가라앉았어! 요트 엔진은 다 망가졌고! 하지만 나는 손도 쓰지 못하고 보트 창고에 갇힌 채 가만히 앉아서 통조림 깡통으로 끼니를 때우는 중이라고!"

리스커가 버럭 화를 내며 탁자에 있는 통조림 깡통을 쓸어 버렸다. 통조림 깡통이 시끄러운 소리를 내며 바닥을 구르다가 바닷물에 풍덩풍덩 떨어졌다.

레이니는 화를 달래려고 애썼다. 리스커의 처지가 안타깝기는 했다. 이런 사람을 자극하는 건 상황을 악화시킬 뿐이었다. 레이니는 훨씬 차분한 목소리로 말했다.

"그런 일을 겪었다니 정말 안타깝네요. 하지만 이제 괜찮을 거예요. 그리고 우리는 아저씨 도움이 정말로 필요해요. 우리 친구들이 위험해요. 그리고…….”

"그건 나도 마찬가지야."

리스커가 차가운 말투로 대답하더니, 창밖으로 머리를 쑥 내밀고 이리저리 살피며 덧붙였다.

"이제 이 분만 더 있다가 떠날 거야."

"하지만 우리한테는 정보가 필요해요! 그 섬이 어디인지 그리고 베네딕트 선생님이 무슨 말을 했는지만 알려 주세요. 그럼 더는 묻지 않을게요. 그게 그렇게 어려운 건가요?"

레이니가 따져 물었다.

"나한테 건방지게 말하지 마! 너는 내가 무슨 고생을 했는지 몰라, 그렇지? 내가 그 정보를 말한 대가는 전기 충격을 받고 사기를 당한 것밖에 없어! 그놈들이 '큰 상'을 주겠다고 했는데 그게 지금 어디에 있지? 내가 받은 상이라곤 이것밖에 없어, 꼬마야!"

리스커가 두 팔을 흔들며 엉망으로 변한 보트 창고 주변을 가리켰다. 하지만 그사이 화가 많이 누그러들었고 어깨는 축 늘어졌다. 리스커가 창밖을 다시 내다보며 중얼거렸다.

"너무 오랫동안 갇혀 있었어. 전기 충격까지 받고. 이렇게 갇혀 버렸어."

레이니는 혀를 잘근잘근 깨물었다. 리스커는 지금 부끄러워하는 게 분명했다. 하지만 이런 사람은 창피하면 더 화내며 덤벼드는 경향

이 있었다. 괜히 엉뚱한 말을 하면 역효과만 날 것이다. 레이니는 적당한 말을 찾으려고 애썼다.
바로 그 순간, 케이티가 고개를 돌려서 리스커의 지저분한 몰골을 쳐다보며 불쑥 말했다.
"결국 아저씨는 우리 친구를 배신한 거군요. 그렇다면 지금이라도 반성하고 우리 질문에 제대로 대답해야 하는 거 아닌가요? 그러면 배신했다는 죄책감에서 벗어날 수 있을 거예요."
리스커는 빨갛게 충혈된 눈을 빠끔히 내민 채 케이티를 물끄러미 바라보며 부르르 떨었다. 그러다가 갑자기 소리쳤다.
"아무 대답도 못해!"
리스커가 화를 터트리며 탁자를 내던지자, 탁자가 바닷물 속에 풍덩 빠져서 건너편으로 둥둥 떠갔다. 리스커는 숨을 헐떡이며 아이들을 둘러보았다. 그리고 머리를 흔들면서 문가로 걸어갔다.
"아니야…… 아니야, 너희랑 다툴 생각도 없어. 이제 기회가 왔어, 기회를 잡아야 해. 너희는 여기에 있다가 너희 친구가 어떻게 됐는지 확인해. 나는 떠날 테니까. 이제 나는……."
"이렇게 하면 어떨까요?"
레이니가 불쑥 말하더니 주머니에서 무언가를 꺼내며 물었다.
"이걸 갖고 싶지 않으세요, 아저씨?"
리스커가 그 자리에 얼어붙은 채 레이니가 내민 손바닥을 멍청히 바라보았다. 손바닥에는 눈부신 다이아몬드가 놓여 있었다. 다이아몬드는 희뿌연 보트 창고 안에서도 동전만 한 별처럼 반짝거렸다.

꼬챙이가 믿을 수 없다는 표정으로 눈을 동그랗게 뜨고 두 손을 머리에 올렸다.

"네가 왜 그걸 가지고 있는 거니, 레이니?"

"육지아냐 선장님이 레이니한테 주었어."

콘스턴스가 잘 안다는 표정으로 대답했다. 케이티는 너무 심한 충격에 입을 쩍 벌렸다가 마침내 엄숙하게 소리쳤다.

"레이니! 그걸 주면 안 돼! 그건 네 물건이 아니야!"

"줄 수도 있고 안 줄 수도 있어."

레이니가 리스커의 얼굴을 보며 대답했다. 리스커는 아이들이 보인 반응을 하나도 놓치지 않았다. 그리고 반짝이는 다이아몬드를 탐욕이 가득한 눈으로 계속 바라보았다. 리스커가 한 발 다가왔다. 하지만 레이니는 뒤로 한 발 물러나서 리스커의 눈을 똑바로 노려보며 다이아몬드를 든 손을 바닷물 위로 뻗었다. 그러고는 단호하게 말했다.

"우리가 묻는 말에 대답하세요. 그러면 이걸 주겠어요. 하지만 오 초 안에 말하지 않으면 이걸 바다에 던질 거예요. 선택은 아저씨 몫이에요."

리스커가 뒤로 물러났다.

"안 돼! 제발 그러지 마⋯⋯. 그게 진짜가 맞는 거야?"

"물론 진짜예요. 이제 숫자를 세겠어요. 하나⋯⋯."

레이니가 딱 잘라 말하자, 리스커가 기겁했다.

"잠깐! 그렇게 서둘지 마! 네 말이 농담이 아니란 건 알겠어. 그게 진짜가 맞는데, 내가 모조리 말하면 그걸 나한테 준다는 거지, 그렇지? 약속한 거지?"

레이니가 고개를 끄덕였다.

"그렇다면 좋아! 정말 좋아. 어차피 대답할 말도 많지 않아. 우선 물가에서 뒤로 물러나는 게 어때? 그러다가 사고가 날 수도 있잖아, 그렇지? 그게 떨어지면······."

"셋, 넷."

레이니가 소리치자, 리스커가 재빨리 대답했다.

"나한테 너희를 섬에 데려다 주고 메시지를 전해 주라고 했어! 물론 지금으로선 너희를 그곳에 데려갈 수 없지만 섬 위치는 알려 줄 수 있어. 우리가 상륙한 지점을 정확히 알려 줄게. 내가 너희 친구를 내려 준 지점이지. 그리고 메시지는 이런 내용이야. '바람을 따라가라.' 그게 전부야, 맹세해. '바람을 따라가라.' 나머지는 자잘한 내용이야."

"나는 자잘한 내용을 좋아해요. 그리고 지도를 그려 주세요."

레이니가 말했다.

"지도를 그릴 만한 도구가 없어."

케이티가 양동이에서 연필과 종이를 꺼내 주고 창가로 급히 돌아갔다. 시간이 너무 많이 지난 것 같았다. 케이티는 걱정이 돼서 얼굴이 딱딱하게 굳었다.

리스커가 서둘러 지도를 그리며 말했다.

"위도와 경도를 표시하고 섬 동쪽 해안까지는 내가 본 그대로 그리겠지만, 나는 섬으로 올라간 적은 없어. 나는 너희 친구가 물품을 내리도록 도와주고 그냥 돌아왔어. 나중에 너희도 충분히 쓸 수 있을 정도로 많은 물품이었지. 내가 아는 건 이게 전부야."

"좋아요. 이제 자잘한 내용을 알려 주세요. 얼른요. 조금 있으면 정장 차림의 사내나 우리 친구가 나타날 테니까요. 어느 쪽이든 빨리 말하는 게 좋을 거예요."

리스커는 그 말에 따랐다. 베네딕트 선생님과 넘버 투는 며칠 전에 리스커를 찾아왔다. 오랫동안 대화를 나눈 다음에 (리스커는 자신이 평가를 받는 중이라는 인상을 받았다.) 베네딕트 선생님은 섬까지 태워 달라고 부탁하며 리스커와 협상을 맺었다. 리스커는 선생님과 넘버 투를 섬으로 데려다 준 뒤 이곳으로 돌아와서 친구들이 찾아오면 섬으로 즉시 데려다 주어야 했다. 그리고 이번 여행은 물론 섬에 관해 그 누구에게도 말하지 말아야 했다. 이 모든 일이 제대로 끝나면 베네딕트 선생님은 나중에 더 많은 보수를 주기로 했다. 리스커는 이 약속을 쉽게 지킬 수 있을 것 같았다. 서류 가방을 든 사내들이 찾아올 거라고는 미처 생각하지 못한 것이다.

그들은 젊은 여자를 데리고 왔으며(리스커의 설명에 따르면 마티나 크로가 분명했다.) 아주 명랑하고 정중한 어투로 베네딕트 선생님에 대해 물었기 때문에 리스커는 섬에 대한 이야기를 꺼냈다. 한참 후에야 그들이 베네딕트 선생님의 친구가 아닌 것 같다는 사실을 깨닫고 입을 꼭 다물었지만 이미 늦었다. 리스커가 필요한 정보를 알고 있다는 사실을 그들이 깨달은 것이다.

리스커는 이렇게 말했다.

"그들이 배를 가져온 게 분명해. 내 요트를 타고 갈 수도 있었는데 엔진을 고장 내고 그 자리에 그냥 둬서 항구를 관리하는 사람들이 전혀 의심하지 않도록 만든 걸 보면 말이야. 그리고 누가 찾아오면 저곳에 있던 냉혈한이 살펴본 다음에 내가 아프다고 하면서 그냥 돌려보냈어. 내 눈으로 똑똑히 봤어. 하기야 지금 내 꼴을 보면 완전히 틀린 말도 아니지."

레이니는 상황을 점차 또렷이 이해할 수 있었다. 베네딕트 선생님은 리스커를 믿을 수 있다고 판단했지만 자신과 넘버 투를 미행하는 사람이 있다는 사실은 몰랐다. 그래서 이 남자가 끔찍한 고통을 겪게 될 거라는 사실 역시 상상도 못했다.

"하지만 그들한테 모두 다 말한 건 아니야. 바람에 대한 메시지는 말하지 않았어. 그들이 묻지도 않는 것까지 일부러 대답할 필요는 없었으니까."

리스커가 이렇게 말하고는 텐 맨에게 욕설을 퍼부었다.

레이니가 다시 물었다. 밀리건 아저씨가 너무 오랫동안 돌아오지 않아서 케이티처럼 불안해지는 중이었다.

"마지막 한 가지만 더요. 베네딕트 선생님이 아저씨를 일부러 찾아온 이유가 뭐죠? 배를 빌려 주는 곳은 부두 여기저기 널려 있잖아요. 그런데 왜 하필이면 아저씨죠? 베네딕트 선생님이 그 이유를 말했나요?"

리스커가 눈을 가늘게 뜨며 말했다.

"설마 베네딕트의 아들은 아니겠지? 그 사람이랑 분위기가 너무 똑같아."

리스커가 자기 머리를 톡톡 치며 덧붙였다.

"바로 여기가."

레이니가 아무 대답도 하지 않자(이럴 때는 가만히 있는 게 최선이라고 레이니는 생각했다.) 리스커는 어깨를 으쓱하며 말을 이었다.

"그 사람이 나를 찾아온 이유는 우리한테 공통점이 있기 때문이라고 했어. 처음에 나는 그 말을 우리가 이곳에서 태어났지만 서로 다른 곳에서 자랐다는 의미로 받아들였어."

"하지만 그런 의미가 아니었지요."

레이니가 재빨리 말하자 리스커가 인정했다.

"맞아. 그 사람은 예전에 자기 부모님이 우리 할아버지인 한 데 레이제거와 친하게 지냈다고 말했어. 내 성이 원래는 데 레이제거였거든. 몇 년 전에 리스커로 바꿨지. 베네딕트는 우리 할아버지한테 은혜를 입은 느낌이 든다고 그래서 나한테 일거리를 주는 방법으로 보답하고 싶다고 말했어. 그런 느낌이 드는 이유까지 말하진 않았지만 나는 상관하지 않았어. 어쨌든 일거리가 생겨서 좋았으니까."

꼬챙이와 콘스턴스는 레이니와 리스커를 번갈아 가며 살폈다. 리스커는 기대감이 가득한 눈초리로 레이니가 바다에 내민 손만 바라보고 있었다. 레이니는 만족스러운 표정으로 고개를 끄덕이더니, 마지막으로 다이아몬드를 경멸하듯 흘낏 바라본 다음에 리스커가 있는 쪽으로 툭 던졌다.

리스커는 아무 준비도 하지 않고 있었다. 레이니가 그 귀중한 물건을 이렇게 던지리라고는 예상하지 못한 것이다. 리스커는 눈을 커다랗게 뜨고 손을 어설프게 내밀어 다이아몬드를 받으려 하다가 손가락 끝으로 툭 건들고 말았다. 다이아몬드는 바닥을 뒹굴며 바다 쪽으로 굴러갔다. 그와 동시에 리스커가 "안 돼!" 하고 비명을 지르며 그쪽으로 달려들었다. 그리고 바닷속으로 곧장 뛰어들더니, 곧이어 허우적거리기 시작했다.

"살려 줘! 나는 수영을 못해!"

리스커가 숨을 헐떡거리며 소리치고 두 팔을 정신없이 흔들었다. 케이티가 재빨리 양동이에서 밧줄을 꺼내 한쪽 끝을 던지며 소리쳤다.

"이걸 잡아요, 아저씨! 밧줄을 잡아요!"

리스커가 핏발 선 눈으로 밧줄을 움켜잡고 필사적으로 매달렸다. 케이티가 밧줄을 잡아당기자 리스커는 숨을 헐떡이며 온 힘을 다해 가장자리로 기어올랐다.

"아저씨가 헤엄쳐서 밖으로 도망치지 않은 이유가 궁금했는데, 이제 그 이유를 알 것 같군요."

케이티가 밧줄을 감으며 말했다.

리스커가 일어선 자리에 물이 고였다. 가슴이 벌렁거리고 다리는 떨렸으며 머리는 한없이 복잡했다. 다이아몬드를 무모하게 내던진 레이니한테 달려들어서 당장이라도 목을 조르고 싶었다. 하지만 케이티한테 목숨을 빚졌으니, 그럴 수는 없었다. 리스커는 여전히 떨리는 몸으로 하마터면 빠져 죽을 뻔한 바다를 흘깃 바라보았다. 그러다가 눈가에 가득한 물기를 훔쳐 내고 눈을 몇 차례 껌뻑거린 다음 잔뜩 찡그린 얼굴로 다시 바다를 보았다.

다이아몬드가 얼음덩이처럼 둥둥 떠서 반짝거리고 있었다.

"맙소사, 저건 다이아몬드가 아니야! 다이아몬드는 물에 뜨지 않아!"

리스커가 소리쳤다.

"그렇네요! 저건 가짜네요!"

레이니가 대답했다. 육지아나 선장님에 대한 감정이 약간 좋아지는 것 같았다.

"하지만 너는 저게 진짜라고 했잖아!"

리스커가 으르렁거렸다.

"그래요, 진짜라고 했어요. 하지만 진짜 다이아몬드라고 말한 적은 없어요. 어차피 나는 저게 진짜 다이아몬드인지 아닌지 몰랐으니까요."

리스커가 입을 쩍 벌렸고 꼬챙이와 케이티는 어리둥절한 표정으로 레이니를 바라보았다. 하지만 콘스턴스는 눈알을 굴리며 이렇게 말했다.

"어떤 말이 더 엉뚱한지 모르겠어. 진짜인지 몰랐다는 말이랑 그것도 모른 채 넘겨주겠다고 한 말이랑."

"베네딕트 선생님과 넘버 투를 구하려는 노력은 엉뚱한 게 아니야, 그렇지 않니?"

레이니는 이렇게 대답하고 불안한 눈으로 리스커를 흘낏 바라본 뒤 재빨리 덧붙였다.

"자, 이제 가자. 여기에 너무 오래 있었어. 밀리건 아저씨가 왜 이렇게 오래 걸리는지 모르겠지만……."

이 말과 동시에 케이티가 걱정이 가득한 얼굴로 창문을 바라보았다. 레이니는 문가에 있는 친구들한테 걸어갔다. 리스커에게 필요한 정보는 모두 알아냈다. 그러니 리스커가 멍청한 눈으로 분노를 삭이느라 애쓰는 동안 빨리 보트 창고를 빠져나가는 게 좋을 것 같았다. 리스커가 덤벼들기 전에…….

하지만 이미 늦었다. 리스커가 달려들어서 레이니의 팔을 붙잡으며 소리쳤다. 얼굴에는 분노가 가득했다.

"나한테 사기를 치다니, 용서할 수 없어! 사람들이 보는 앞에서 허우적대는 느낌이 어떤지 너도 겪어 봐. 그럼 자신이 그리 똑똑한 편이 아니란 사실을 깨닫게 될 거다!"

"그러기 전에 바깥을 보는 게 좋을 거예요."

케이티가 빙그레 웃으며 말했다. 한 손에 서류 가방을 들고 보트 창고를 향해 걸어오는 밀리건 아저씨를 막 발견한 것이다. 케이티는 리스커가 창문을 내다보는 사이에 이렇게 덧붙였다.

"우리 아빠예요. 우리 아빠가 텐 맨을 해치울 거라고 내가 말했잖아요."

"이제 비겼어."

리스커가 조그맣게 말했다. 분노와 울분이 순식간에 사그라진 것 같았다. 리스커는 레이니의 팔을 놓아주고는 벽으로 걸어가서 몸을 무겁게 기대며 덧붙였다.

"냉혈한을 없애 주었으니까."

"케이티가 살려 준 게 남았어요."

콘스턴스가 지적하자, 리스커가 가만히 생각한 다음에 대답했다.

"그 말도 맞아. 그래도 이제 비긴 걸로 하자."

바람을 따라가라

전에는 아이들 때문에 골치가 아픈 정도였다면 지금은 이가 썩어서 콕콕 쑤시고 독감까지 걸린 느낌이었다. 쉽게 말해서 지금 밀리건 아저씨는 너무나 괴로웠다. 아이들이 말을 듣지 않았을 뿐 아니라 앞으로도 스스로 필요하다는 판단이 서면 계속 그럴 것이 분명했기 때문이다.

밀리건 아저씨는 어쩔 줄을 몰랐다. 아저씨는 지금까지 아빠 역할을 제대로 해 본 적이 없었고 보호자 역할을 한 경험은 더더욱 없었다. 자기가 아이들을 능숙하게 다룰 줄 모른다는 사실이 뼈저리게 느껴졌다. 다행스러운 건 이런 상황에서 이런 아이들을 제대로 다룰 수 있는 부모는 그리 많지 않을 거라는 사실이었다.

밀리건 아저씨는 리스커의(리스커는 따뜻한 음식과 마른 옷을 찾아 이미 집으로 돌아갔다.) 이야기를 전해 듣고 아이들이 돌마을로 안전하게 돌아가도록 해 주겠다고 말했다. 그리고 섬에는 자기 혼자 가겠다고 덧붙였다. 하지만 아이들은 반대하고 또 반대했다. 끝까지 말을 듣지 않을 기세였다.

문제는 아이들 주장에 일리가 있다는 사실이었다. 아이들이 있으면 베네딕트 선생님이 남겨 놓은 다양한 수수께끼를 훨씬 쉽게 풀 수 있을 터였다. 선생님이 아이들을 염두에 두고 수수께끼를 만들었기 때문에 특히 더 그랬다. 게다가 앞으로 얼마나 더 많은 수수께끼가 나타날지 알 수 없는 일이었다.

"아빠가 우리를 데려가지 않는다 해도 우리끼리 찾아갈 수 있어요. 하지만 아빠한테 제일 좋은 방법은 아빠 옆에 우리를 끼고 다니는 거예요. 그래야 우리를 보호할 수 있으니까요."

케이티가 말했다. 밀리건 아저씨는 두 눈을 감고 보트 창고 벽에 머리를 쿵쿵 찧었다. 레이니가 재빨리 끼어들었다.

"우리는 텐 맨이랑 마주치고 싶지 않아요. 커튼 선생은 더더욱 싫어요. 커튼 선생을 두 번 다시 안 볼 수 있다면 정말 좋겠어요. 우리는 베네딕트 선생님과 넘버 투를 구하고 싶은 것뿐이에요. 너무 늦기 전에요."

"바로 내일이에요. 내일이 지나면 모든 게 끝이에요."

꼬챙이도 덧붙였다.

"부탁해요, 밀리건 아저씨. 제발 부탁이에요. 우리가 가야 해요. 우리가 아니면 두 분을 구할 수 없어요."

콘스턴스까지 간절한 목소리로 거들었다. 그 입에서 '부탁한다'는 말이 나온 건 처음이었다.

밀리건 아저씨는 화가 나서 소리쳤다.

"하지만 너희는 내 말을 너무 안 들어! 내가 시키는 대로 하질 않잖아! 너희를 안전하게 지킬 수 있는 방법은 그것밖에 없어. 그리고 지금 나한테는 너희 안전이 가장 중요해. 케이티를 비롯한 너희 모두의 안전."

"약속할게요. 우리를 데려가면 아저씨가 하는 말을 완벽하게 들을게요."

레이니가 제안했다. 그리고 다른 친구들을 둘러보며 물었다.

"그렇지? 모두 그렇게 할 거지?"

"아빠가 우리를 빼놓지 않겠다고 약속하면요. 하지만 그리 위험하지 않은 상황에서 우리가 할 일이 있으면 우리 판단에 맡겨야 해요. 아빠가 그러겠다고 약속하면 우리도 아빠 말을 듣겠다고 약속할게요."

케이티가 말했다.

"어떤 말이든?"

밀리건 아저씨가 의심스러운 듯 물었다.

"어떤 말이든요."

아이들이 동시에 대답했다. 아저씨는 아이들의 얼굴을 살피며 물었다.

"지금 당장 모든 동작을 멈추고 바닥에 엎드려서 돼지 흉내를 내라고 해도?"

"그럼 돼지처럼 나무뿌리를 파헤칠게요."

레이니가 대답했다.

"꿀꿀거리면서 나쁜 냄새를 풍길게요."

콘스턴스가 덧붙였다.

"야생 돼지처럼요, 아니면 집에서 기르는 돼지처럼요? 이 둘은 행동 방식이 완전히 다르기 때문에……."

꼬챙이가 묻다가 말끝을 흐렸다. 밀리건 아저씨가 눈을 동그랗게 뜨고 바라보았기 때문이다. 꼬챙이는 목청을 가다듬고 다시 말했다.

"으흠, 하기야 그런 걸 물어볼 틈이 없겠네요. 꿀꿀대느라 바쁠 테니까요."

밀리건 아저씨는 아이들을 계속 뚫어져라 보았다. 꼬챙이만이 아니라 모든 아이의 눈을 한 명씩 차례대로 들여다보았다. 그러고는 아이들이 진심이라는 사실을 깨달았다.

"약속할 수 있어?"

"약속해요."

아이들이 입을 모아 대답했다.

밀리건 아저씨가 모자를 벗고 머리를 문질렀다. 아이들의 의견을 받아들여서는 안 될 것 같았지만 못 들은 척하는 것도 잘못이란 느낌이 들었다. 이래도 문제고 저래도 문제라면 차라리 케이티 말처럼 아이들을 옆에 끼고 감시하는 편이 그나마 나을 것 같았다.

아저씨가 모자를 다시 쓰며 말했다.

"좋아. 나도 약속하지. 그렇다면 시간을 낭비하지 말자고. 몇 군데 연락해서 타고 갈 만한 걸 구해야겠어. 모두 꼼짝 말고 앉아 있어. 적당한 걸 구해서 금방 돌아올 테니까."

'적당한 것'은 반짝거리는 은빛 수상 비행기로 밝혀졌다. 아저씨가 배를 가져올 것으로 예상하고 보트 창고 바깥에 서 있던 아이들은 항구를 가로지르며 나타난 수상 비행기와 조종석에 앉아 있는 밀리건 아저씨를 발견하고 입이 쩍 벌어졌다. 양쪽 날개가 햇살을 반사해서 아이들은 두 눈을 가렸다. (콘스턴스의 예상이 맞았다. 소나기는 오지 않았으며 먹구름은 금방 걷혔다.) 아저씨가 마지막 순간에 비행기를 휙 돌려서 부둣가에 부드럽게 착륙했다. 그리고 문을 열며 어서 올라타라고 소리쳤다.

"비행기? 우리가 비행기를 타는 거예요?"

케이티가 비행기에 기어오르며 감탄했다. 좋아서 두 눈이 반짝거렸다. 밀리건 아저씨가 되물었다.

"그럼 섬까지 말을 타고 갈 줄 알았니?"

다른 아이들도 비행기에 올라타 안전띠를 맸다. 밀리건 아저씨는 계기판을 살피고 아이들이 제대로 앉았는지 확인한 다음, 수상 비행기를 돌려 항구를 빠져나갔다. 배를 몰던 어부들이 부르릉거리며 지나가는 비행기를 향해 손을 흔들었다. 레이니는 그 모습을 창문 너머로 바라보았지만 손을 흔들어 줄 수는 없었다. 좌석 팔걸이를 꼭 움켜잡은 두 손을 도저히 들어 올릴 수 없었기 때문이다. 레이니는 비행기를 탄 것 자체가 처음이었다. 식은땀이 나는 미끄러운 손으로 안경을 닦는 꼬챙이와, 두 눈을 꼭 감은 콘스턴스도 마찬가지였다. 케이티 혼자만 (무례한 친구들을 대신하는 의미로 두 손을 들고) 어부들한테 손을 흔들며 답례했다. 속도를 높인 비행기는 마침내 물에서 떠올라 한쪽으로 급하게 기울며 공중으로 계속 올라가 바다에서 멀어졌다.

콘스턴스는 다시 눈을 뜨지 않았다. 잔잔한 진동에 몸을 맡기다가 공중에 떠오르자마자 잠들었기 때문이다. 하지만 다른 아이들은 눈을 말똥말똥 뜨고 밀리건 아저씨에게 다양한 질문을 던지기 시작했다. 도대체 비행기를 어떻게 이렇게 빨리 구했느냐? 누구한테 연락한 것이냐? 론다한테도 연락했느냐? 또 누구한테 했느냐? 그런데 혼자 가서 연락한 이유는 뭐냐? 아이들이 알면 안 되는 거냐? 그리고 또…….

밀리건 아저씨는 이 모든 질문에 대답하지 않는 편을 택했다. 한 번 대답하면 더 많은 질문이 나올 것이 분명했다. 하지만 론다한테 연락해서 아이들이 모두 잘 있다고 전한 사실은 알려 주었다. 그리고 아이들이 몰래 사라진 후에 워싱턴 부부와 페루멀 선생님, 할머니가 겁에 질려 있다는 이야기도 전했다. 나중에 집에 돌아가면 아마 큰 고생을, 정말 심한 고생을 하게 될 거라고도 말했다. 하지만 섬에서 맞닥트릴 위험에 비하면 그 고생은 아무것도 아닐 터였다. 앞으로 스물네 시간 동안은 살아남는 일에 집중하는 게 좋을 것이다. 끝으로 아저씨는 시계를 보며 이렇게 덧붙였다.

"말이 나왔으니 말인데, 앞으로 세 시간이면 도착할 거야."

레이니는 지형을 읽을 줄 알았고 리스커가 그린 지도를 보았기 때문에 지금 자신들이 스코틀랜드에서 그리 멀지 않은 북해의 섬으로 가는 중이라는 사실을 알 수 있었다. 그리고 이 분야에 대해 더 많이 아는 꼬챙이는 자신이 본 지역 지도에는 그 섬이 없었고 (사실 이런 섬이 지도에 실리는 경우는 거의 없다.) 영토 분쟁에 휩싸인 적 역시 한 번도 없다고 말했다. 세상 사람들에게 그 섬은 아무런 가치가 없는 곳이 분명했다. 하지만 지금 밀리건 아저씨와 아이들에게는 지구 전체에서 가장 중요한 곳이었다.

일행은 모두 깊은 생각에 빠져 침묵에 잠겨 있었다. 짧은 시간에 너무 많은 사건이 일어났고 지금까지 차분하게 돌아볼 기회가 없었다. 레이니는 그날 하루 동안 일어난 사건을 차례대로 되새기면서 행여나 놓친 것이 없는지 살폈다. 한 시간도 넘게 지난 다음에 마침내 한 가지 생각이 떠올랐다. 해결하지 않고 그냥 넘어간 아주 중요한 의문 하나가 있었던 것이다. 레이니가 물었다.

"밀리건 아저씨, 베네딕트 선생님이 말한 사람이 누군지 아세요? 암흑초에 대해서 알고 있을 거라는 사람요. 베네딕트 선생님과 제일 가까운 사람은 론다나 넘버 투일 텐데 두 사람은 아니었어요. 아저씨도 아니라면, 과연 그 사람은 누구일까요? 혹시 속임수는 아닐까요?"

밀리건 아저씨가 대답했다.

"누군지 모르지만 아마 그런 사람이 있긴 있을 거야. 편지에서 커튼 선생은 베네딕트 선생님 말이 사실이라고 강하게 확신하고 있었어. 음, 내가 보기엔 그래. 최근에 텐 맨 몇 명이 연구실에 몰래 들어가서 아주 희귀한 화학 약품을 훔쳐간 적이 있어. 그 약을 먹으면 질문이 무엇이든 사실대로 털어놓게 되지. 서너 번 사용할 분량에 불과했지만 커튼 선생은 그 가운데 일부를 베네딕트 선생님한테 최소한 한 번 이상 사용했을 거야."

꼬챙이가 물었다.

"그 말이 사실이라면 베네딕트 선생님이 다 털어놓지 않은 이유는 뭐죠? '아주 가까운' 사람이라는 표현이 어떻게 나오게 된 건가요?"

"그건 그 약품에 문제가 있기 때문이야. 한 방울만으로도 모든 걸 사실대로 말하게 할 수 있지만 딱 일 분 동안만이야. 똑똑한 사람이라면 질문 내용을 미리 예측한 다음, 사실이긴 하지만 너무 애매해서 별다른 의미가 없는 대답을 생각해 놓을 거야. 그리고 베네딕트 선생님은 그 누구보다 똑똑하시지. 커튼 선생이 베네딕트 선생님과 넘버 투를 인질로 붙잡고 있는 이유가 바로 그것 때문인 것 같아. 약품이 부족해서 다른 전술을 사용하는 거지."

"그렇다면 만일……."

케이티가 입을 열자 밀리건 아저씨가 말을 끊었다.

"너희 모두 잘 들어. 지금 당장은 더 이상 대답할 수 없어. 굳이 말하고 싶으면 너희끼리 해. 이 비행기에 기술적인 문제가 약간 있는 것 같아. 심각한 건 아니지만 정신을 집중할 필요가 있겠어."

"그렇다면 어쩔 수 없죠."

케이티가 한숨을 내쉬더니 레이니와 꼬챙이에게 시선을 돌리며 물었다.

"좋아. 그렇다면 우리가…… 이봐, 또 왜 그러는 거야?"

"문제가…… 비행기에…… 문제가…… 있다고……."

꼬챙이가 더듬거렸다. 입술이 거의 움직이지 않았다. 케이티가 눈알을 굴렸다.

"신경 쓰지 마. 아빠는 우리가 계속 묻는 게 귀찮아서 그렇게 말한 것뿐이야. 우리한테 말하고 싶지 않은 무언가가 있는 게 분명해. 그러니까 괜찮아. 베네딕트 선생님이 남긴 실마리나 풀어 보자고. 너희는 '바람을 따라가라'는 말이 무슨 뜻인 것 같니?"

"기술적인 문제."

레이니가 두 손을 머리에 올린 채 대답하자 꼬챙이가 덧붙였다.

"비행기에……."

"제대로 대답해!"

케이티가 소리치며 무섭게 다그치자 결국 두 아이는 케이티의 말을 듣기로 했다. 하지만 눈으로는 밀리건 아저씨의 얼굴을 계속 살폈다.(겉으로 보기에는 아무렇지 않은 것 같았지만 어차피 밀리건 아저씨는 불안감을 겉으로 드러내는 사람이 아니었다. 설사 비행기 날개가 부서진다 해도 아무렇지 않은 표정을 지을 것이다.)

두 아이가 관심을 보이기 시작하자, 케이티가 다시 물었다.

"'바람을 따라가라.' 이 말이 무슨 뜻인 것 같아? 어떤 바람을 말하는 걸까? 그리고 어디로 따라가라는 걸까?"

"진짜 바람은 아닐 거야. 상징적인 뜻이 아닐까?"

레이니가 말했다.

"그렇지 않아. 아마 동쪽으로 가라는 뜻일 거야."

꼬챙이가 말하자, 케이티와 레이니가 깜짝 놀란 표정으로 꼬챙이를 보았다.(밀리건 아저씨도 조종석에서 두 귀를 쫑긋 세웠다.)

"내가 말하지 않았나?"

꼬챙이가 이렇게 묻더니 친구들 표정을 살피며 말을 이었다.

"말하지 않은 것 같구나. 미안해, 지금까지 너무 바빠서."

"무슨 말을 안 했다는 거니?"

케이티가 물었다.

"한 데 레이제거가 보낸 편지에 이 섬에서는 해가 뜰 때부터 질 때까지 매일 서쪽에서 강한 바람이 분다고 적혀 있었어. 마을 사람들이 항상 그런 바람이 분다고 말했대. 아주 신기한 현상이지. 한 데 레이제거는 주변의 조류와 섬 내부의 지열 활동 때문에 그런 현상이 일어난다고 판단했지만 내가 보기엔……."

"지금 '마을 사람들'이라고 했니?"

레이니가 말을 막았다. 꼬챙이에게 외운 내용을 전해 들을 때는 요약하지 말고 전체를 알려 달라고 해야 한다는 생각이 새삼스레 떠올랐다. 꼬챙이는 이야기를 요약하면서 아주 중요한 내용을 빠트리는 경우가 많았다.

다행히 이번에는 많이 빠트린 편이 아니었다. 그 섬에는 원래 사람이 살았지만 한 데 레이제거가 편지를 썼을 즈음에는 그 수가 급속하게 줄어드는 중이었다. 마을 사람들은 바람이 매섭고 외로운 섬을 떠나 전기와 수돗물이 있고 생활이 편리한 육지로 가고 있었다. 그래서 한 데 레이제거는 몇 년만 있으면 섬에 생명체라고는 산양과 흰털발제비만 남게 될 거라고 예상했다.

"그렇다면 그곳에 산이 있겠군."

레이니가 말했다.

"그걸 네가 어떻게 알아?"

케이티가 묻더니 얼굴을 붉히고 웃으며 덧붙였다.

"그래, 맞아. 산양이 있으니까. 흰털발제비는 절벽에 살고. 음, 아주 멋진 곳처럼 들리는군."

두 시간이 지나자 섬이 모습을 드러내기 시작했다. 바다 한가운데에 길쭉한 직사각형 모양으로 우뚝 올라선 커다란 섬이었다. 멀리서 바라본 섬은 두 지역으로 또렷이 나뉘었다. 늦은 오후의 햇살이 서쪽 절반을 부드러운 노란색으로 물들인 반면, 동쪽 절반은 가운데를 가로지르는 산줄기가 햇살을 막아서 어스름하게 보였다. 봉우리가 세 개인 산줄기는 남쪽에서 북쪽으로 섬 한가운데를 나지막이 가로질렀고 나무들이 듬성듬성 퍼져 있었다. 전체적으로 등뼈를 따라 군데군데 이끼가 자라 있는 거대한 괴물이 머리와 꼬리를 바닷속에 집어넣고 있는 형상이었다.

밀리건 아저씨는 남의 눈에 띄지 않도록 굉장히 높은 공중에서 접근했다. 그리고 비행기가 섬 위를 나는 동안 케이티와 함께 각자 자기 망원경으로 지형을 살폈다. 레이니와 꼬챙이도 목을 최대한 길게 빼고 주변을 살폈다. 세로가 가로의 두 배 정도 되어 보이는 섬에는 다양한 풍경이 펼쳐져 있어서 지형을 공부하기에 아주 좋을 것 같았다. 섬 서쪽은 세 구역으로 또렷하게 나뉘었다. 초원이 펼쳐진 서남쪽과 수풀이 울창한 서북쪽 그리고 그사이를 가로지르며 서쪽 해안으로 이어지는 삼림 지대. 산줄기 동쪽은 대체적으로 검은 바위를 드러낸 평야였는데, 남동쪽에 커다란 만이 있고 해안을 따라 조그만 숲이 자리 잡고 있었다.

케이티와 밀리건 아저씨가 망원경으로 열심히 살폈지만 불행히도 이런 지형적 특색 외에는 아무것도 발견할 수 없었다. 사람의 움직임이나 만에 정박한 배, 야영 흔적 같은 건 어디에도 없었다. 버림받은 마을은 산줄기 서쪽에 있는 삼림 지대에 있었는데, 그곳 역시 최근에 사람의 발길이 닿은 흔적은 없었다. 그럼에도 불구하고 비행기에 탄 일행은 섬에 무언가가 분명히 있다는 강한 느낌을 받았다. 좋은 식으로든 나쁜 식으로든 긴 여행이 바로 그곳에서 끝날 것 같았다.

"남동쪽에 있는 저 만이 바로 리스커가 배를 댄 곳일 거야. 리스커가 지도에 그린 모습과 비슷하게 생겼어."

케이티의 말에 밀리건 아저씨가 벌써 비행기를 돌리며 대답했다.

"우리도 그쪽으로 가야 해. 비행기를 착륙시킬 곳은 거기밖에 없어. 자, 모두 꽉 잡아. 다른 사람한테 들킬 가능성을 줄이기 위해 급강하할 거니까."

"급강하를 한다는 게 무슨 뜻……."

레이니가 말을 마치기도 전에 비행기가 갑자기 아래로 뚝 떨어졌다. 마치 폭포에서 떨어지는 것 같았다. 레이니는 비행기가 고장 나서 추락하는 거라고 확신했다. 비행기가 수면에 부딪히며 산산조각이 날지 아니면 바다 밑바닥까지 곧장 내려갈지 궁금했다. 심장이 목구멍을 비집고 올라오는 느낌이었다.

꼬챙이도 똑같은 생각이 들었다. 꼬챙이는 두려움에 차라리 정신을 잃었으면 하고 몸부림쳤지만 급강하는 시작했을 때처럼 갑자기 끝나 버렸다. 몇 초 후에는 수상 비행기의 플로트(수상 비행기의 뜨고 내리는 기능을 담당하는 장치/ 옮긴이)가 수면을 스치기 시작했다.

밀리건 아저씨는 만 입구 바로 앞에 착륙해 양쪽으로 펼쳐진 나지막한 암초 사이를 지나며 만 안쪽 해안으로 비행기를 몰았다. 해안선을 따라 나무들이 길게 늘어서 있었다. 하늘에서 본 조그만 숲의 가장자리였다. 밀리건 아저씨는 비행기를 몰고 다가가면서 나무 사이를 망원경으로 살폈다. 상륙하는 데는 이 분쯤 걸렸다. 역풍이 불고 파도가 높았기 때문이다. 비행기가 얕은 물가로 미끄러지듯 나아가며 해안에 올라설 즈음, 밀리건 아저씨는 다행히 아무도 숨어 있지 않다는 사실을 확인했다. 숲에는 새와 딱정벌레, 토끼 외에 아무도 없었다.

"모두 나와. 지금 빨리."

케이티가 콘스턴스를 깨웠다. 콘스턴스는 뿌연 눈으로 바위투성이 해안선과 나무를 바라보며 깜짝 놀랐다. 선바아카겐 항구가 마술에 걸려 모습을 바꾼 것처럼 보였기 때문이다. 아이들은 비행기에서 나와 차가운 바람이 부는 땅으로 내려갔다. 밀리건 아저씨는 벌써 밖으로 나와 날개 버팀목에 밧줄을 재빨리 감은 다음 제일 가까운 나무로 뛰어갔다. 그리고 도르래를 이용해서 수상 비행기를 해안으로 끌어 올리기 시작했다. 그렇게 몇 미터만 끌어 올리면 비행기를 나무 그늘에 숨길 수 있었다.

태양이 산줄기 너머에 있어서 이쪽 지역은 벌써 어스름했다. 조금만 지나면 더 어두워질 것이다. 게다가 숲 주변은 금방이라도 유령이 나올 것처럼 으스스했다.

"휘발유 냄새가 나는 것 같지 않아?"

케이티가 코를 벌름거리며 물었다. 이 말을 듣자 다른 아이들도 그런 것 같았다. 하지만 밀리건 아저씨는 아무 대답도 하지 않았다. 아이들은 걱정스러운 표정으로 서로 쳐다보았다.

"그럼 비행기에 정말 문제가 있다는 거야?"

꼬챙이가 물었다. 비행기 고장은 밀리건 아저씨가 아이들의 입을 막으려고 둘러댄 핑계라는 케이티의 말이 사실이기만을 바라고 있던 터였다.

"문제없어."

밀리건 아저씨가 말했다. 아저씨는 눈가에 흐르는 땀을 훔쳐 내고 도르래 손잡이를 계속 돌리며 덧붙였다.

"어차피 이곳을 떠날 때는 비행기를 타지 않을 거야. 지금 중요한 건 비행기를 숨기는 일이야."

밀리건 아저씨가 비행기 안에 다시 들어가서 커다란 얼룩무늬 위장용 천막을 가지고 나왔다.

"비행기를 타지 않는다고요?"

레이니가 묻자 밀리건 아저씨가 천막을 펼치며 대답했다.

"지금 그런 것까지 물을 필요는 없어."

"하지만 섬에서 어떻게 나갈 건데요?"

콘스턴스가 묻자 아저씨가 눈살을 찡그렸다.

"지금은 그런 것까지 물을 필요가 없다고 했잖아. 나한테 한 약속을 잊지 마."

"우리한테 묻지 말라고 명령한 적은 없잖아요."

레이니가 지적하더니 재빨리 덧붙였다.

"그리고 그런 명령을 내리기 전에 지금 막 아저씨가 한 말을 듣고 우리가 얼마나 불안해할지 생각해 보세요. 너무 불안해서 아무 생각도 안 난다고요."

밀리건 아저씨는 잠시 아무 말도 하지 않았다. 아저씨는 비행기에 올라가서 천막을 끌어당겨 덮은 뒤 매서운 바람에 날아가지 않도록 사방을 단단히 묶었다. 멀리서 보면 나무와 바위에 뒤섞여 한 덩어리로 보일 것 같았다. 아저씨가 다시 내려와서 아이들 앞에 섰다.

"얘들아, 내 말 잘 들어. 너희는 섬에서 나갈 방법을 걱정할 필요가 없어. 내가 미리 손을 써 두었으니까. 커튼 선생이 우리 친구들을 가둬 둔 장소를 알아낸 순간, 나는 너희를 내보낼 생각이야. 그러니 이제 그런 질문은 그만해. 이건 명령이야."

"우리가 그런 질문을 하면 안 되는 이유가 뭔가요? 도무지 이해할 수가 없어요."

콘스턴스가 말했다. 밀리건 아저씨가 얼굴을 찡그리며 모자를 벗고 머리를 문질렀다. 말하고 싶지 않은데 억지로 말하는 표정이었다.

"콘스턴스, 그 이유는 최악의 경우에 너희가 아는 게 없을수록 좋기 때문이야. 만약 너희가 잡혔을 경우에 말이야. 너희가 지켜야 할 비밀을 캐내기 위해 커튼 선생은 수단 방법을 가리지 않을 게 분명해. 그래서 너희한테 비밀로 하려는 거야."

"아."

콘스턴스가 중얼거리며 두 눈을 동그랗게 떴다. 밀리건 아저씨가 재빨리 덧붙였다.

"물론 그런 일은 일어나지 않아. 미리 조심하자는 의미로 말한 것뿐이야."

"아저씨, 미리 손을 써 두었다는 게 혹시……?"

레이니가 물었다. 밀리건 아저씨가 뒷말을 가로채며 레이니의 걱정을 제대로 짚었다.

"정부랑 관계가 있느냐고? 아니야, 그렇지 않아. 개인적으로 아는 친구들한테 도움을 청했어. 설사 커튼 선생이 정부에 첩자를 심어 놓았다 해도 아무것도 알아낼 수 없을 거야. 정보가 새어 나가지 않도록 모든 조치를 취해 놓았으니까. 나 믿을 수 있지, 레이니?"

"물론이죠."

레이니가 대답했다. 사실이었다. 밀리건 아저씨는 레이니가 믿는 몇 안 되는 사람 가운데 하나였다.

아저씨가 다시 모자를 쓰며 말했다.

"좋아. 그렇다면 바람을 따라가라는 게 무슨 뜻인지 알아보자. 꼬챙이가 제안한 것처럼 동쪽으로 갈 순 없을 것 같아. 그러면 바다로 나가게 되니까."

꼬챙이가 실망스러운 표정으로 중얼거렸다.

"음…… 어쩌면 순풍이 아니라 역풍을 거슬러 올라가야 하는 건지도 몰라요."

모두가 조용히 깊은 생각에 빠졌다. 섬에 도착한 이후 밀리건 아저씨까지 모두가 침묵을 지킨 것은 이번이 처음이었다. 가만히 서 있다 보니 주변에서 다양한 소리가 들려오기 시작했다. 밀리건 아저씨가 묶어 놓은 천막이 펄럭이고 바람이 나뭇가지 사이를 쉭쉭 지나는 소리, 나무 밑동이 한쪽으로 기울면서 삐걱거리는 소리, 날개를 퍼덕이며 둥지로 돌아가는 새소리, 해안으로 몰려들며 철썩이는 파도 소리…….

그리고 숲 속 어디에선가 딸랑거리는 소리가 조그맣지만 또렷하게 들려왔다. 풍경 소리 같았다.

미리 찾아온 어둠

숲 속에 들어선 지 얼마 안 돼서 일행은 나지막한 나뭇가지에 매달려 있는 풍경 하나를 찾아냈다. 쇠톱으로 모서리를 깎아서 페인트를 칠한 마름모꼴 모양의 작은 금속 조각들이 묶여 있었다. 그 외에는 아무것도 없었다. 나뭇가지에 쪽지가 걸려 있거나 땅에 글씨가 적혀 있는 것도 아니었다. 실마리가 될 만한 표시는 하나도 없었다. 레이니는 풍경에 그려진 무늬에 어떤 실마리가 들어 있을 거라고 생각했다. 얼핏 보면 아무렇게나 칠한 것 같았다. 밀리건 아저씨가 풍경 조각들을 살피려고 떼어 내서 땅바닥에 내려놓는데, 갑자기 멀리서 딸랑거리는 풍경 소리가 또다시 들렸다.

"풍경 소리가 또 나는걸."

꼬챙이가 중얼거리자 레이니가 소리쳤다.

"그래, 바로 저거야! 이걸 내려놓으면 다른 풍경 소리가 들리는 거야. 두 번째 풍경 소리지. 베네딕트 선생님이 우리한테 길을 알려 주려고 풍경을 달아 놓으신 거야!"

"그러면 어서 가 보자. 앞으로 얼마나 더 있을지 누가 알아?"

케이티가 앞으로 걸어가며 말했다.

"잠깐만 기다려. 우선 이 문양부터 살펴보고."

콘스턴스가 풍경 조각을 살피려고 허리를 숙이며 말하자, 레이니가 말렸다.

"시간이 없어. 해가 지고 바람이 잦아들면 다른 풍경을 찾을 수가 없잖아. 지금도 앞이 잘 안 보이는데, 시간이 갈수록 더 어두워질 거야."

"해가 지면 바람이 잦아든다고 누가 그래?"

콘스턴스가 레이니한테 으르렁거렸다.

"한 데 레이제거. 네가 자는 동안 꼬챙이가 알려 주었어."

"맙소사, 말도 안 돼! 그런 얘긴 들어 본 적도 없어……."

콘스턴스가 투덜대는 사이, 밀리건 아저씨가 풍경을 한 손으로 잡고 다른 손으로는 콘스턴스를 안아 올리며 말했다.

"어쨌든 어서 서둘러야 해."

콘스턴스가 짜증스러운 얼굴로 어둑어둑한 숲을 둘러보며 물었다.

"하지만 해는 벌써 떨어진 거 아니에요?"

밀리건 아저씨가 풍경이 딸랑거리는 쪽으로 걸어가며 대답했다.

"산줄기 때문에 그렇게 보이는 것뿐이야. 산 너머 서쪽에는 아직도 해가 밝아. 오래가지는 않겠지만."

"해가 떨어지기도 전에 어둠이 찾아오다니! 정말 어이가 없군."

콘스턴스가 투덜거렸다.

역풍을 받으며 50미터쯤 걸어가자 두 번째 풍경이 나타났다. 그 뒤로 50미터를 더 가자 세 번째 풍경이 있었다. 그리고 숲이 끝나는 지점에 또 다른 풍경이 있었는데, 마지막 풍경인 것 같았다. 딸랑대는 소리가 더는 들리지 않았기 때문이다. 밀리건 아저씨는 앞에 펼쳐진 벌판을 살피기 위해 나무에 올라갔고 아이들은 철사에 묶인 풍경 조각을 풀어서 땅바닥에 내려놓았다. 페인트로 다양한 무늬를 그려 놓은 똑같은 크기의 마름모꼴 쇳조각 서른 개였다.

"이제 알 것 같군."

케이티의 말에 레이니가 고개를 끄덕이며 말했다.

"이건 퍼즐이야. 금속 조각 퍼즐."

"하지만 정말 복잡해. 양쪽에 페인트칠을 한 데다 모서리가 모두 똑같아. 게다가 우리는 다 맞춘 그림이 어떤 모양인지 몰라. 시간이 많이 걸리겠어!"

케이티가 조각 하나를 뒤집었다. 콘스턴스가 가까이 다가와서 퍼즐 조각을 열심히 살피더니 손가락을 가리키며 말했다.

"그 조각을 뒤집어 봐, 케이티. 아니, 그거 말고, 저거. 구석에 있는 거. 아니, 다른 거. 무슨 말인지 몰라? 비켜, 내가 할게."

콘스턴스가 무릎을 꿇고 퍼즐 조각 몇 개를 뒤집었다.

"이제 됐어. 이런 식으로 놓아야지. 이렇게 하면 뒤범벅된 지도를 훨씬 편하게 볼 수 있잖아."

다른 아이들이 콘스턴스와 땅바닥에 놓여 있는 금속 조각을 물끄러미 바라보았다. 뒤범벅된 지도가 어디에 있다는 걸까? 아이들 눈에는 복잡하게 뒤섞인 다양한 색과 선만 보일 뿐이었다.

레이니가 콘스턴스 옆에 웅크리고 앉았다. 그리고 최대한 느긋하게 말했다.

"우리는 뭐가 뭔지 구분할 수가 없어, 콘스턴스. 네가 우리 대신 퍼즐 조각을 맞출 수 있겠니?"

콘스턴스가 눈을 동그랗게 떴다.

"그럼 나만……?"

"아니야, 퍼즐은 누가 됐든 맞출 수 있을 거야. 하지만 네가 하는 게 훨씬 빠를 것 같아. 네 생각은 어때?"

레이니가 차분히 퍼즐을 가리키며 말했다.

콘스턴스는 레이니가 부담을 덜어 주려고 그렇게 말했다는 사실을 깨달았다. 그럼에도 불구하고 느긋하고 자신만만한 레이니의 목소리는 마음을 안정시키는 효과가 있었다.
"나는…… 그래, 좋아. 내가 퍼즐을 맞출게."
콘스턴스가 침을 꿀꺽 삼켰다. 그리고 떨리는 손으로 조각 하나를 집다가 떨어뜨렸다. 평소에는 신발 끈조차 제대로 매지 못하는 굼뜬 손가락이 지금 아주 중요한 임무를 수행하고 있었다. 초조해서 손이 계속 떨렸다.
"마음을 차분하게 가라앉히고 천천히 해. 아무리 오래 걸려도 우리보다는 빠를 테니까."
레이니가 말했다. 콘스턴스는 숨을 들이마시고 다시 시작했다. 마음속에 선명하게 떠오른 그림을 만들기 위해 애쓰고 있었다.
그동안 밀리건 아저씨는 나무에서 내려와 땅에 무엇이 있는지 확인하러 숲 밖으로 걸어 나갔다. 케이티는 그 옆으로 다가갔다. 숲이 끝나는 지점에 검은 바위가 놓여 있었고 그 뒤로 1킬로미터 넘게 떨어진 거리에 커다란 산이 어렴풋이 보였다.
"바닥이 너무 단단해서 아무런 흔적도 찾을 수가 없어. 이것 말고는."
밀리건 아저씨가 바로 옆에 쭈그리고 앉은 케이티에게 자갈이 깔린 자리를 가리키며 말했다. 무거운 물체가 지나간 자국이 있었다.
"이게 뭐죠? 불도저가 지나간 자국인가?"
케이티가 물었다. 불도저처럼 무거운 장비가 어떻게 여기까지 올 수 있는지 궁금했다. 밀리건 아저씨가 대답했다.

"수륙양용 장갑차 자국이야. 배가 한 척도 보이지 않은 이유가 바로 이것 때문인 것 같군. 커튼 선생은 불도마뱀을 타고 온 거야."

"뭐라고요?"

"탱크 바퀴가 달린 수륙양용 장갑차를 불도마뱀이라고 부르지. 육지에서도 빠르지만 물에선 더 빨라. 커튼 선생과 텐 맨들, 인질까지 모두 탈 수 있을 정도로 공간이 넓고."

"정말 대단하네요!"

케이티가 중얼거렸다. 하지만 커튼 선생이 일당과 함께 무서운 장갑차를 타고 왔다는 사실 자체는 조금도 놀랍지 않았다. 커튼 선생은 학습 기관에서도 빠르고 강력한 휠체어로 아이들을 공포에 떨게 만들었다. 불도마뱀은 그 사악한 휠체어를 크게 키운 장비인 것처럼 들릴 뿐이었다.

밀리건 아저씨가 북동쪽을 가리키며 계속 말했다.

"장갑차는 저쪽에서 왔어. 저 만에 상륙했지만 울창한 나무 사이를 지나갈 수 없어서 숲을 돌아서 간 것 같아. 아마 이 섬을 빙 돌면서 정찰병을 군데군데 떨어뜨려 놓았을 거야. 텐 맨은 추적하는 데 선수지. 베네딕트 선생님과 넘버 투가 숨었다 해도 도망칠 기회는 없었을 거야."

밀리건 아저씨가 화를 내며 불도마뱀 바퀴 자국을 뒤꿈치로 문질러 버렸다.

"그럼 지금 어디에 있을까요?"

케이티가 물었다. 아빠와 마찬가지로 화가 치밀어 올랐다. 커튼 선생을 지금 당장 찾아내서 주먹을 날리고 싶었다. 하지만 자신은 커튼 선생의 상대가 될 수 없다는 사실을 케이티는 잘 알고 있었다.

밀리건 아저씨가 대답했다.

"아마 산속에 숨어 있을 거야. 공중에서 불도마뱀을 보지 못한 걸 보면 계곡이나 동굴에 숨어 있겠지."

그때 꼬챙이가 다가와서 콘스턴스가 퍼즐을 거의 다 맞춰 간다고 알려 주었다. 삼 분 정도밖에 걸리지 않았다. 세 아이들이 돌아간 바로 그 순간에 콘스턴스가 마지막 조각을 내려놓았다. 눈앞에 섬 지도가 놓여 있었다. 베네딕트 선생님이 한 데 레이제거가 그린 지도를 보고 만든 게 분명했다. 선생님은 간단한 기호를 사용해서 단순하지만 분명한 지도를 남겼다. 화살표가 늘어서 있는 지점은 조그만 숲을 나타냈고 날카로운 곡선 세 개는 산을 나타냈다. 사각형이 몰려 있는 곳은 산줄기 건너편에 있는 마을을 뜻하는 것 같았다. 그런데 산줄기 밑바닥을 곧장 지나서 마을까지 이어지는 점선이 보였다.

"이 점선은 뭘까요?"

콘스턴스가 물었다.

"위치로 봐서는 터널인 것 같은데."

밀리건 아저씨가 무릎을 꿇더니 손가락으로 마을 그림을 톡톡 치며 말했다.

"원래 여기서 너희랑 만날 예정이었을 거야. 이제 내가 찾아가야 할 곳이지."

"아저씨가 찾아가야 할 곳이요? 우리 모두가 아니고요?"

레이니가 묻자 밀리건 아저씨가 일어서며 대답했다.

"너희는 여기 숲 속에 숨어 있도록 해. 내가 사방을 수색했는데 누가 다가올 기미는 전혀 없어. 내 말을 믿어. 아무도 오지 않는 걸 보면 우리를 본 사람이 없을 거야. 손전등을 켜지 마, 케이티. 그리고 너희 모두 조용히 있어. 두 눈과 귀를 활짝 열어 놓고 안 보이는 곳에 숨어 있어. 만일 내가 돌아오지 않으면……."

"아저씨! 아직 퍼즐 반대편은 보지도 않았잖아요."

콘스턴스가 나무라는 목소리로 끼어들었다.

"반대편? 뭐가 또 있는 거야?"

밀리건 아저씨가 눈이 휘둥그레져서 물었다.

"조금만 기다려요."

케이티가 말하며 양동이를 뒤지더니 연필만 한 붓 하나와 초강력 접착제를 꺼내서 퍼즐 조각 틈새에 재빨리 칠했다.

"이제 삼십오 초만 지나면 제대로 붙을 거예요."

케이티가 말했다. 이 말을 의심하는 사람은 아무도 없었다. 케이티는 숫자에 대한 감각이 뛰어나다는 사실을 모두 알고 있었기 때문이다. 실제로 삼십오 초 후에 케이티가 퍼즐을 들어 올리자, 조각은 모두 단단히 붙어서 떨어지지 않았다.

"이렇게 하면 필요할 때마다 앞뒤로 뒤집어도 떨어지지 않아요."
케이티가 지도를 뒤집어 땅바닥에 내려놓았다. 뒷면에는 모두에게 무척 익숙한 점과 선이 길게 그려져 있었다.
"정말 대단한걸!"
레이니가 빙그레 웃으며 말했다.
예전에 아이들이 학습 기관에 침투하기 전에 베네딕트 선생님은 모스 부호를 가르쳐 주었다. 아이들은 모두 그 부호를 해석할 수 있었지만 매번 실력이 가장 좋은 꼬챙이한테 의지하곤 했다. 비록 많은 시간이 흘렀어도 그 버릇은 아직까지 그대로 남아 있었다. 아이들이 꼬챙이를 바라보자, 꼬챙이는 약간 부끄러우면서도 자랑스러운 표정으로 빙그레 웃으며 모스 부호를 해석했다.

너희가 여기까지 와서 정말 기뻐. 마을에 가서 보급품과 실마리를 찾아. 너희가 도착했을 즈음에는 우리가 없을 테니까. 실마리를 풀면 우리가 있는 곳을 알 수 있을 거야. 이제 금방 만날 수 있겠구나. 베네딕트.

"실마리가 또 있대요! 이제 우리를 데려갈 수밖에 없어요, 아빠. 그래야 한다는 걸 아빠도 잘 알 거예요!"
케이티가 의기양양하게 소리치자, 놀랍게도 밀리건 아저씨는 다행이라는 표정으로 대답했다.
"어차피 너희를 내 옆에 최대한 오래 두는 편이 좋지. 하지만 먼저 마을이 안전한지 확인해야 해."

아저씨는 잠시 곰곰이 생각하다가 말했다.

"좋아, 이렇게 하자. 벌판을 가로질러서 산 밑으로 가는 거야. 너희가 거기서 가만히 기다리는 동안 내가 터널과 마을을 정찰할게. 아무런 문제가 없으면 함께 마을로 가서 실마리를 찾자. 하지만 실마리를 푼 다음에는 너희를 이곳으로 다시 데려올 거야. 거기에 대해서는 아무도 토를 달지 말도록."

아이들은 곧장 동의한 다음에 떠날 채비를 갖추었다. 하지만 밀리건 아저씨는 더 어두워질 때까지 기다려야 하며 사방으로 뚫린 벌판을 지나려면 어두울수록 좋다고 말했다.

"지도도 버려야 해. 최대한 빨리 가야 하는데 지도가 있으면 속도가 떨어질 테니까."

밀리건 아저씨가 말했다.

"콘스턴스랑 제가 지도를 숨겨 놓을게요."

레이니가 얼른 나섰다. 콘스턴스의 두 눈에 어리는 슬픔을 보았기 때문이다. 레이니는 콘스턴스가 무슨 생각을 하는지 알고 있었다. 풍경 지도는 베네딕트 선생님이 아이들을 위해 힘들여 만든 실마리이자 아이들에 대한 사랑의 증거였다. 게다가 이것은 마지막 실마리가 될 수도 있었다. 선생님이 인질로 잡히기 전에 실마리를 남겼다는 보장이 없었기 때문이다. 레이니는 콘스턴스가 지도를 조금이라도 더 오래 지니고 싶어 할 것 같아서 콘스턴스와 함께 지도를 숨기겠다고 말했다. 콘스턴스가 전혀 투덜대지 않는 걸 보니 레이니의 생각이 옳았다.

"바닥에 묻는 게 좋을까?"

콘스턴스가 레이니와 함께 지도를 들고 숲으로 조금 들어가면서 물었다. 레이니는 머리를 흔들었다. 지도를 묻다 보면 장례식을 치르는 기분이 들 테고 그러면 콘스턴스가 더욱 슬퍼할 것 같았기 때문이다.

"솔잎이랑 나뭇가지로 덮어 놓기만 하면 될 거야."

콘스턴스가 고개를 열심히 끄덕였다. 걱정을 덜어서 기뻐하는 표정이었다. 레이니가 지금까지 보아 온, 좋아하다가도 금방 짜증을 내고 포기하는 네 살짜리 여자애 같지가 않았다. 레이니는 깊은 감동을 받았다.

두 아이가 스무 걸음을 가기도 전에 케이티가 따라붙으며 말했다.

"아빠가 멀리 가지 말라고 했어. 너희 둘이 이리저리 돌아다니며 쇼핑을 즐기는 일은 없을 거라고 내가 대답했지만 아빠는 행여나 무슨 사고가 일어날까 걱정하는 것 같아."

"지금 바닷가에 수영하러 가는 중이라고 전해."

콘스턴스가 눈알을 굴리며 대답하자, 케이티가 콧방귀를 날렸다.

"우습군! 좋아, 그렇게 전하지. 아이쿠, 아빠가 입술을 실룩이는 모습이 벌써 보이는 것 같아."

케이티가 몸을 돌려서 숲 가장자리로 뛰어갔다.

"케이티가 기분이 정말 좋은가 봐."

레이니가 케이티를 가만히 바라보며 중얼거리자, 콘스턴스가 말했다.

"나도 알아. 정말 짜증나."

실제로 케이티는 기분이 좋고 마음이 붕 뜬 상태였다. 아빠가 일하는 모습을—지금 이 순간에 하늘을 물끄러미 쳐다보는 모습조차도—옆에서 지켜보는 것이 정말 좋았고, 케이티가 보기에 결국엔 성공할 수밖에 없는 인질 구출 작전에 함께 뛰어드는 것도 정말 좋았다.

레이니와 콘스턴스를 기다리는 동안 케이티가 꼬챙이한테 말했다.

"네가 모스 부호를 해석하는 동안 학습 기관에서 함께 보냈던 시간이 떠올랐어. 네가 순식간에 부호를 풀어냈던 일은 결코 잊지 못할 거야."

케이티가 깔깔 웃으며 말을 이었다.

"나는 그 시절이 그리운데, 너는 그렇지 않니? 물론 끔찍한 일은 빼고."

꼬챙이가 빙그레 웃으며 고개를 끄덕였다. 지금 이 순간을 제외한 과거의 모든 때가 그리웠다.(꼬챙이는 현재의 두려움보다 과거의 두려움이 훨씬 좋았다.) 케이티한테 칭찬까지 받자 기분이 좋아진 꼬챙이가 이렇게 대답했다.

"나는 네가 천장에서 떨어져서 우리 모두를 깜짝 놀라게 만들었을 때가 제일 그리워."

케이티가 웃으면서 꼬챙이의 머리를 힘차게 쓰다듬으려다, 가시에 찔리기라도 한 것처럼 손을 재빨리 움츠렸다.
"아얏! 머리칼이 너무 뾰족해, 친구!"
꼬챙이가 여전히 웃으며 어깨를 으쓱했다.
"미안해. 머리는 자라는 법이니까."
"우리 아빠도 항상 그런 식으로 말해. 그러면서 내가 아빠 뺨에 뽀뽀하지 않으려는 이유가 궁금하대."
케이티가 투덜거렸다.
레이니와 콘스턴스가 일을 마치고 돌아오자, 밀리건 아저씨는 모두 준비하라고 말했다. 아직 충분히 어두운 건 아니었지만 어차피 더 어두워질 가능성이 없었다. 동쪽에서 보름달이 떠올랐고 구름 한 점 없었기 때문이다. 밀리건 아저씨는 조용히 신속하게 움직여야 한다고 또다시 강조한 다음에 아이들을 데리고 벌판으로 들어섰다. 일행은 탁 트인 공간에 있는 시간을 줄이기 위해 최대한 빨리 움직였다. 밀리건 아저씨의 빠른 걸음을 따라가느라 레이니와 꼬챙이는 전속력으로 달려야 했다. 아저씨는 숨이 가쁜 사내아이들을 한 명씩 번갈아가며 들어 주었다. 케이티는 콘스턴스를 등에 업고 끝까지 달렸다. 너무 힘든 나머지, 설사 아빠가 대화를 금지하지 않았다 해도 단 한마디도 뱉을 수 없을 지경이었다.

아무리 달려도 산은 조금도 가까워지지 않는 것 같았다. 하지만 이윽고 산이 조금씩 다가오는 것 같더니 마침내 땅이 높이 솟구치는 지역에 도착했다. 터널 입구는 쉽게 찾을 수 있었다. 달빛에 비친 동그란 검은색 입구가 멀리서도 보였다. 밀리건 아저씨는 아이들을 데리고 거대한 벽에 뚫린 쥐구멍 같은 터널로 곧장 다가갔다. 그리고 모두가 가까이(하지만 너무 가깝지 않게) 모이자 자신이 정찰하고 올 때까지 가만히 기다리라고 명령했다. 콘스턴스를 제외한 아이들은 모두 숨을 헐떡이며 바위 바닥에 풀썩 주저앉았다. 아저씨는 낮은 발소리만 남긴 채 암흑에 싸인 터널 속으로 사라졌다. 잠시 후 아저씨가 돌아오며 말했다.

"아무도 없어. 터널이 좁으니까 한 줄로 걸어야 할 거야. 이리 와, 콘스턴스. 내가 업어 줄 테니까 이 손전등을 들어."

"하지만 나는 그걸 들기 싫어요……."

"좋아, 그럼 내가 들지."

밀리건 아저씨가 이렇게 대답하고 콘스턴스를 등에 업은 채 앞으로 나아갔다. 아이들은 그 뒤를 바짝 쫓았다. 동굴은 아주 좁았고 사방을 에워싼 바위 벽과 바닥은 축축하고 울퉁불퉁했다. 오랜 세월에 걸쳐서 지하수에 깎인 것 같았는데, 가끔 정과 망치로 넓힌 자국도 또렷하게 보였다. 레이니는 마을 사람들이 동쪽으로 나가는 가장 빠른 지름길로 터널을 이용하는 모습을 상상해 보았다. 산은 그리 크지 않았다. 사실 아주 조그만 편이었지만 그래도 돌아가려면 몇 시간은 족히 걸릴 터였다. 반면에 터널은 비교적 편편하게 직선으로 뚫려 있었고 약 이십 분 후, 아이들은 밀리건 아저씨를 뒤따라 공기가 상쾌한 곳으로 나갈 수 있었다.

이제 일행은 산줄기 건너편에 와 있었다. 비교적 높은 곳이어서 섬 서쪽 풍경이 잘 보일 것 같았지만 보름달이 산줄기를 넘어오기 전이라서 제대로 보이지 않았다. 그러나 비탈 밑에 있는 숲과 그 오른쪽 가장자리를 따라 펼쳐져 있는 폐허로 변한 마을, 넓은 길 양쪽으로 나란히 무너져 내린 건물들은 어둠 속에서도 구분할 수 있었다. 레이니는 마을을 본 순간 옛날 서부 영화에 나오는 개척 마을과 그 사이를 가로지르는 흙 길을 떠올렸다. 마을에는 샛길도 없고 따로 떨어진 건물도 없었으며, 쭉 뻗어 나간 길은 영화에서처럼 갑자기 시작해서 갑자기 끝났기 때문이다. 밀리건 아저씨가 건물과 주변 지역을 망원경으로 살피며 가만히 귀를 기울였다. 그런 다음 아이들을 데리고 마을로 이어진 비탈을 내려갔다.

아저씨가 아이들한테 딱 달라붙으라고 경고할 필요도 없었다. 밝은 낮에도 쓸쓸해 보였을 황폐한 마을에서는 금방이라도 유령이 나올 것만 같았다. 건물 대부분이 수십 년 동안 서풍에 시달리며 동쪽으로 위태롭게 기울었고 서너 채는 폭풍에 지붕이 날아간 상태였다. 날아간 지붕은 건물 동쪽에 떨어져 있었고 뜯겨 나간 기둥과 뒤섞인 나무 기와에는 덩굴이 뒤엉켜 있었다.

밀리건 아저씨와 아이들은 사방은 물론 발밑까지 살피며 길을 따라 움직였다. 길 여기저기에 구덩이가 파이고 잡초가 무성하게 자라서 넘어질 수 있었기 때문이다. 일행은 입을 꼭 다문 채 건물을 하나씩 지나쳤다. 문과 창문은 하나같이 깊은 어둠에 잠겨 있었다.

길 중간쯤 오자 마을 공동 우물이 나타났다. 몇몇 건물과 마찬가지로 우물 지붕도 센 바람에 날아가서 기둥과 멀리 떨어진 수풀 속에 나뒹굴고 있었다. 원래 우물 위에 걸려 있었을 녹슨 도르래는 이미 오래전 바닥에 떨어져서 썩어 문드러진 나무 양동이에 매달려 있었다.

"정말 아까워."

케이티가 중얼거렸다. 예전에는 아주 훌륭한 양동이로 쓰였을 것이 분명했기 때문이다.

일행은 밀리건 아저씨의 명령에 따라 우물 근처에 급히 모여서 어떻게 하는 게 좋을지 토론했다. 몇 년 사이에 사람이 지나간 흔적이나 표시는 어디에도 없었다. 베네딕트 선생님이 보급품을 남겨 두었다는 사실은 메시지로 알려 주었지만 어디에 숨겼는지는 전혀 알려 주지 않았다.

밀리건 아저씨가 주변을 둘러보며 말했다.

"튼튼해 보이는 건물은 절반밖에 없어. 나머지는 무너지기 직전이야. 베네딕트 선생님은 론다와 내가 너희를 위험한 건물에 들여보내지 않을 거란 사실을 잘 알고 계시니까 그런 건물은 제외해도 될 거야."

"그래도 남은 건물이 많아서 시간이 꽤 걸릴 거예요."

레이니가 끼어들었다.

"보급품을 보관한 곳은 건물이 아닐 수도 있어요."

케이티가 이렇게 말하고 돌담을 둘러친 우물 속으로 몸을 기울였다. 그리고는 어둠 속을 손전등으로 비췄다. 약 7미터 밑에서 반짝이는 손전등 불빛과 함께 찌그러진 자신의 모습이 보였다.

"없어. 물이 전부야. 보급품을 못 찾는다 해도 최소한 목말라서 고생하는 일은 없겠어. 너희는 어떤지 모르겠지만 나는 평야를 뛰어오느라 목이 좀 마르거든."

"나는 탈수 상태야."

꼬챙이가 대답했다. 약간 쉰 목소리였다. 레이니도 고개를 끄덕이며 대답했다.

"나도 목이 타."

밀리건 아저씨가 윗옷에서 물병을 꺼내 케이티에게 던져 주며 말했다.

"모두 세 모금씩 마셔."

아이들은 물을 나눠 마시며 어떻게 하는 게 좋을지 계속 토론했다. 하지만 튼튼한 건물을 하나씩 뒤지는 것보다 효율적인 방법은 없었다. 밀리건 아저씨가 물병 뚜껑을 닫으며 말했다.

"이젠 어쩔 도리가 없군. 처음으로 돌아가서 동쪽 끝부터 시작하는 게 좋겠어. 처음부터 하나씩 뒤지는 거야."

밀리건 아저씨가 들어가도 안전하다고 판단한 첫 번째 건물은 버려진 주택이었다. 일행은 어둠에 싸인 방을 조심스럽게 움직이며 실마리를 찾아다녔다. 밧줄을 꼬아 누울 자리를 만든 옛날식 침대의 수로 판단하건대, 예전에 대가족이 살던 집인 것 같았다. 지금은 박쥐와 거미만 우글대고 마룻바닥에는 수십 년에 걸쳐서 쌓인 먼지가 그득했다. 마룻바닥 여기저기에 난 발자국을 비롯해 베네딕트 선생님과 넘버 투가 다녀간 흔적을 본 아이들은 마음이 아팠다. 하지만 두 사람은 그냥 둘러보기만 한 것 같았다. 안은 분명 텅 비어 있었기 때문이다.

일행은 빈집을 두 채 더 뒤진 다음, 마을 한가운데에 돌을 쌓아 올려서 회반죽을 칠한 독특한 건물에 들어섰다. 서까래가 높고 공간이 하나로 트여 있으며 창문이 하나도 없는 걸 보면 설비 시설이나 곡식 창고(밀리건 농장의 웬만한 창고보다 규모가 훨씬 큰)로 쓰였던 건물 같았다. 그런데 굉장히 많은 나무 기둥을 바닥에 세워서 서까래를 촘촘히 받치고 있는 게 아주 독특했다. 마치 안에서 나무 숲이 자라는 것처럼 보일 정도였다. 일정한 간격을 유지하며 쭉 늘어선 나무 기둥에는 커다란 쇠고리가 박혀 있었는데, 예전에 물건을 걸어 놓았던 것이 분명했다. 먼지 가득한 바닥에는 베네딕트 선생님과 넘버 투의 발자국이 여기저기 찍혀 있었다.

케이티가 주변에 손전등을 비추며 말했다.

"이해가 안 돼. 쇠고리를 박은 높이가 60센티미터와 120센티미터로 모두 똑같아. 저렇게 낮게 박은 이유가 뭘까? 고리에 걸린 물건을 꺼내려면 허리를 숙여야 할 거야."

"마을 사람들 키가 굉장히 작을 수도 있어."

꼬챙이가 말하자 케이티가 콧방귀를 뀌었다.

"난쟁이들이 사는 마을인가?"

"문이랑 창문 크기는 정상이야."

레이니가 무릎을 꿇고 쇠고리를 살피며 말했다. 밧줄 매듭이 묶여 있었다. 레이니가 다시 말했다.

"난쟁이들이 살던 마을 같지는 않아."

"나는 난쟁이라고 한 적 없어."

꼬챙이가 재빨리 말했다.

"어쨌든 아주 이상한 곳이야."

케이티가 덧붙였다.

"놀라울 정도로 튼튼해."

밀리건 아저씨가 서까래를 손전등으로 비추며 중얼거리더니, 쇠볼트와 경첩이 달려 있는 육중한 나무 문으로 다가서며 덧붙였다.

"마을에서 가장 튼튼하게 지은 건물이야. 벽이 무너져도 지붕은 그대로 남아 있을 거야."

"제 생각엔 폭풍이 올 때 쓰는 대피소 같아요. 그래서 창문이 하나도 없는 거예요. 게다가 이렇게 튼튼하고요. 기둥과 쇠고리는 그물침대를 묶는 장치예요. 심한 폭풍이 불어 닥치면 마을 사람들은 모두 이곳에 모여서 밤을 보냈을 거예요. 폭풍이 자주 불었을걸요."

레이니가 일어서며 말했다.

"마을 대피소라. 그런 것 같아."

꼬챙이가 동의했다. 하지만 실제로는 자신이 그 사실을 밝혀 내지 못해서 짜증스러웠다.

대피소에는 아무것도 없었다. 일행은 밖으로 나갔다. 그다음에 들어간 건물은 주택이었는데, 먼지 위에 가득한 발자국 외에는 아무런 흔적이 없었다. 그리고 그다음에 들어간 집에는 발자국조차 없었다. 꼬챙이가 바닥을 흘깃 바라보고 이렇게 중얼거렸다.

"이곳을 둘러보는 건 시간 낭비야. 여기에는 들어오지도 않았어."

꼬챙이가 밖으로 나가려 할 때 레이니가 팔을 잡고 깨끗한 마룻바닥을 가리키며 말했다.

"아니야, 꼬챙이. 이곳이 분명해. 두 분은 이곳에 들어왔어. 그다음에 청소를 한 거야."

2층 벽장에서 케이티가 보급품을 발견했다. 그 옆에는 베네딕트 선생님과 넘버 투가 나무 막대기에 나뭇가지를 묶어서 임시로 만든 빗자루도 있었다. 이 집은 마을에서 가장 부유한 가족이나 실력이 좋고 성실한 목수가 살던 곳이 분명했다. 튼튼하게 지은 2층 건물에는 층마다 침실이 여러 개 있었고 방문과 덧문이 아직도 문틀에 정확히 걸려 있었다. 베네딕트 선생님과 넘버 투도 이 정도면 임시 거처이자 본부로 사용하기에 완벽하다고 판단한 것 같았다.

2층 벽장은 짧은 복도 끝에 있었다. 케이티는 반쯤 열린 벽장문 앞에서 손전등으로 선반을 비추고 있었다. 근처 침실을 뒤지던 다른 아이들이 보급품을 찾았다는 소리를 듣고 달려오는 중이었다.

벽장문 밑에는 작은 나무 막대가 단단히 괴여 있어서 문이 완전히 열리지 않았다. 그래서 레이니와 콘스턴스는 이리저리 밀치고 끼어들어 케이티 옆에서 안을 들여다보았다. 밀리건 아저씨는 그 뒤에서 아이들 머리 위로 안을 보았고 꼬챙이는 끼어들지 못한 채 뒤에 떨어져서 어쩔 줄 모르고 있었다.(발자국이 없다고 엉터리 판단을 내린 자신이 너무나 멍청해 보였다. 아무도, 심지어 콘스턴스조차도 자기를 놀리지 않았지만 너무나 창피했다.)

"물품이 이렇게 많은 걸 보면 여러 번에 걸쳐서 가져온 게 틀림없어."

케이티가 보급품을 둘러보며 중얼거렸다. 벽장은 크지 않았지만 선반마다 물, 통조림, 땅콩, 말린 과일, 분유, 그리고 제일 중요한 마시멜로와 초콜릿, 딱딱한 크래커(미국에서는 캠핑이나 바비큐 파티를 할 때 모닥불에 말랑말랑하게 구운 마시멜로를 초콜릿과 함께 딱딱한 크래커에 끼워 먹곤 한다./ 옮긴이) 등이 놀라울 정도로 많이 차곡차곡 쌓여 있었다. 아이들은 음식을 보자마자 군침이 돌았다. 몇 시간 동안 아무것도 먹지 못했기 때문이다. 이게 전부가 아니었다. 배터리를 넣은 랜턴 두 개와 모두가 쓰고 남을 정도로 충분한 침낭과 담요까지 있었다.

이번 실마리는 보급품 가운데 숨어 있을 가능성이 높았다. 일행은 물을 충분히 마시고 음식을 몇 입씩 급하게 먹은 다음, 랜턴을 켜고 벽장에 남아 있는 물품을 뒤지기 시작했다. 짜증 나는 작업이었다. 벽장문이 활짝 열리지 않아서 케이티가 물건을 꺼낼 때마다 팔꿈치를 부딪혔기 때문이다. 케이티는 이런 식으로 물건을 세 차례 꺼내더니 문짝을 떼어 내는 편이 좋겠다고 제안했다.

"그럴 필요까진 없어."

레이니가 말했다. 레이니의 얼굴을 물끄러미 바라보던 콘스턴스가 소리쳤다.

"레이니가 알아냈어!"

"뭘 알아내?"

밀리건 아저씨가 물었다. 그동안 레이니는 문 앞에서 가만히 보기만 하고 있었기 때문이다.

레이니는 입을 꼭 다문 채 눈만 껌뻑거렸다. 콘스턴스의 날카로운 예지력이 아직도 낯설게 느껴졌다. 레이니는 머리를 흔들며 벽장문 옆에 무릎을 꿇고 앉았다.

"이런 자리에 나무를 괴어 놓은 것 자체가 이상하지 않아요? 게다가 이쪽 문만 열리지 않잖아요. 이걸 보니까 호텔 객실 입구에 있던 탁자가 떠올라요. 분명히 어떤 의도가 있어요. 케이티, 여길 좀 벌려 봐."

케이티가 접는 칼로 바닥에 붙어 있는 나무 막대를 벌렸다. 막대는 속이 비어 있었고 안에 쪽지 한 장이 들어 있었다.

우리와 빨리 만나고 싶으면

마을의 쌍둥이 달 아래를 살펴봐.

"또 수수께끼네. 지도였다면 좋을 텐데."

꼬챙이가 얼굴을 찡그리며 중얼거렸다. 케이티가 쪽지를 다시 읽으며 말했다.

"다음에는 지도가 나올 거야. 아니면 쌍둥이 달 아래에 비밀 통로가 있거나."

"아니면 거기에서 시작하는 다른 실마리가 있겠지."

레이니가 말했다.

"그게 뭐든 빨리 찾아보자. 그런데 쌍둥이 달이 뭐지?"

콘스턴스가 물었다. 모두가 꼬챙이를 쳐다보자 꼬챙이는 안타까운 표정으로 어깨를 으쓱하며 말했다.

"그런 말은 들어 본 적이 없어."

"베네딕트 선생님은 쌍둥이야. 그래서 자신을 가리켜서 '마을의 쌍둥이'라고 말했을지 몰라. 그렇다면 달은 뭘까?"

레이니가 말했다. 하지만 답은 아무도 몰랐다.

"어쩌면 아주 간단할 수도 있어. 술집이나 여인숙으로 사용하던 건물일지도 몰라. '쌍둥이 달'이라는 표현 자체가 그런 곳 이름 같잖아. 낡은 간판이나 대문에 새겨진 글씨나 기호, 그림을 찾아봐야겠어."

밀리건 아저씨가 이렇게 말하고 아래층으로 내려가다가 도중에 걸음을 멈추고 머리를 곧추세웠다.

아이들이 따라가려고 움직였지만 아저씨는 꼼짝 말라는 눈빛으로 쏘아보며 손가락 하나를 입술에 댔다. 아이들은 갑자기 얼어붙었다. 밀리건 아저씨의 표정도 무서웠지만 어디선가 인기척이 들렸기 때문이다. 발소리였다. 소리가 점차 커지다가 갑자기 멈췄다. 문 앞에 누군가가 있었다. 밀리건 아저씨가 마취 총을 꺼냈다.

"아저씨, 안 돼요! 그 사람은……."

갑자기 콘스턴스가 기겁하며 외쳤다.

그사이 문이 활짝 열리고 누군가가 안으로 달려들었다. 하지만 콘스턴스의 경고와 밀리건 아저씨의 재빠른 반사 신경 덕분에 침입자는 마취 총을 맞지 않았다.

"넘버 투예요!"

콘스턴스가 남은 말을 뱉어 냈다.

케이티가 계단 밑으로 손전등을 비췄다. 정말 넘버 투였다. 넘버 투가 무릎을 꿇고 두 손으로 바닥을 짚은 채 올려다보고 있었다. 멍한 눈으로 불빛을 바라보는 중이었다. 콘스턴스가 자기 이름을 부르는 것을 듣고 넘버 투가 물었다.

"콘스턴스? 그럼 내가…… 내가 집에 온 거야? 내가 드디어……."

넘버 투가 희미하게 웃었다.

"나는 여기가…… 아, 콘스턴스, 정말 다행이야! 방금 그 끔찍한 섬에 아직까지 남아 있는 꿈을 꾸었어!"

지붕 위의 보초들

넘버 투는 허기와 피로에 지쳐서 헛소리를 했다. 커튼 선생은 넘버 투에게 많은 음식이 필요하다는 사실을 몰랐다. 물론 넘버 투도 음식이 더 필요하다고 굳이 말하지 않았다. 자신이 잠을 거의 자지 않기 때문에 그만큼 많은 에너지가 필요하다는 사실을 밝힐 수 없었기 때문이다. 넘버 투는 매일 밤 조금씩 수갑을 풀며 도망칠 기회를 노렸다.

레이니가 차가운 수프를 숟가락으로 떠서 입에 넣어 주었다. 하지만 넘버 투는 콜록거리며 기침을 해 대서 스프를 대부분 턱 밑으로 흘리고 말았다. 넘버 투가 말했다.

"베네딕트 선생님은 선생님 음식을 계속 나한테 주려고 하셨어. 나는 받지 않았지. 선생님 음식도 아주 부족했거든. 그래서 선생님이 나한테 화가 나신 건 아닐까 걱정스러워. 아직까지 화나 계시지 않았으면 좋겠는데."

넘버 투가 걱정스러운 눈으로 바라보자, 레이니가 안심시켰다.

"그럼요. 선생님은 절대로 화내지 않으세요."

밀리건 아저씨가 넘버 투를 1층 침실로 옮겨서 케이티가 담요로 덮어 놓은 그물침대에 눕혔다. 연노랑 광채가 사라진 피부는 랜턴 불빛에 납빛처럼 창백하게 보였고 구겨진 옷에는 흙이 잔뜩 묻어 있었다. 짧게 자른 빨간 단발머리는 다 떨어진 카펫처럼 너덜너덜해 보였다. 조금씩 음식을 먹은 후에도 불쌍한 넘버 투는 정신이 돌아오지 않는 것 같았다. 밀리건 아저씨가 확실하게 알아낸 것은 감시자들이 잠자는 사이에 넘버 투가 탈출했다는 사실 하나밖에 없었다. 갇혀 있던 곳이 어디냐고 물으면 넘버 투는 파리라도 내쫓는 것처럼 손을 휘저으며 이렇게 대답했다.

"아, 거기 있잖아, 그 섬 동굴 속."

일행은 다양한 방식으로 몇 차례 물어보았지만 넘버 투는 계속 이런 식으로 대답하다가 잠시 후에 정신없이 졸기 시작했다.

"잘 지켜보도록 해. 금방 돌아올 테니."

밀리건 아저씨가 엄숙하게 말하고 넘버 투의 무릎을 톡톡 친 다음 밖으로 나갔다. 아저씨가 나가는 모습을 지켜보던 콘스턴스가 입을 열었다.

"밀리건 아저씨가 당황한 것 같아. 하지만 넘버 투가 탈출했다는 건 좋은 소식 아니야? 게다가 아저씨가 자기 입으로 넘버 투가 괜찮아질 거라고 했잖아. 그리고 베네딕트 선생님이 괜찮다는 사실도 확인했으니, 이제는……."

콘스턴스가 쳐다보자 친구들이 시선을 피했다.

"이봐, 너희도 당황한 것 같아. 도대체 왜 그러는 거야?"

레이니가 망설이다가 대답했다.

"감시자들이 일어나면 넘버 투가 사라졌다는 사실을 알게 될 거야. 아직은 모른다 해도 아침이 되면 알게 되겠지."

"그 말은 그들이 넘버 투를 찾아 나설 거라는 뜻이야."

케이티가 덧붙였다.

"그러다가 우리를 발견하겠지."

꼬챙이가 말했다. 두 손은 안경을 열심히 닦고 있었다.

"그렇구나."

콘스턴스가 말했다. 괜한 말을 한 것 같았다. 콘스턴스는 마른침을 꿀꺽 삼키며 물었다.

"그들이…… 그들이 여기부터 찾아올까?"

레이니가 대답했다.

"아마 아닐 거야. 우리가 발견한 발자국은 베네딕트 선생님이랑 넘버 투 발자국밖에 없어. 이 말은 텐 맨과 커튼 선생이 두 분을 다른 곳에서 잡았다는 뜻이야. 내 생각에 넘버 투가 마을로 돌아온 이유는 여기에 식량이 있다는 사실을 알고 있었기 때문이야. 하지만 커튼 선생은 그 사실을 모를 거야. 알았다면 벌써 이곳을 뒤진 흔적이 있을 테니까."

콘스턴스는 조금이나마 안심하는 것 같았다.

"그렇다면 텐 맨이 여기에 나타나지 않을 수도 있겠네?"

"하지만 그들은 뒤를 쫓는 실력이 대단해."

케이티가 재빨리 대답했다. 콘스턴스는 가느다란 신음 소리를 내며 얼굴을 두 손에 파묻었다.

레이니도 그렇게 하고 싶은 심정이었다. 상황이 완전히 달라지고 말았다. 넘버 투가 탈출한 바람에 베네딕트 선생님을 안전하게 구출할 기회를 놓칠지도 모를뿐더러 일행 전체가 위험해질 수도 있었다. 밀리건 아저씨는 이미 세웠던 계획을 모두 바꿔서 어떤 식으로든 아이들을 보호하려고 할 것이다. 레이니는 부르르 떨면서 꼬챙이를 바라보았다. 꼬챙이는 안경 닦는 천을 주머니에 막 넣는 중이었다.

"가끔 나도 안경을 쓰고 싶다는 생각이 들 때가 있어."

레이니가 말했다.

"필요하다면 언제든 내 걸 빌려 줄게."

꼬챙이가 대답하고 레이니와 희미한 미소를 주고받았다.

밀리건 아저씨는 금세 돌아왔다. 마을을 빠르게 돌아다니며 '쌍둥이 달'을 찾아보았지만 별다른 성과가 없다고 했다.

"그렇다면 이제 방법이 하나밖에 없을 것 같아. 너희는 여기에 남아 있어. 한 사람은 넘버 투 옆에 계속 붙어 있다가 정신이 돌아오면 동굴이 어디에 있는지 알아내. 그리고 쌍둥이 달이 있는 곳도. 필요한 건 무엇이든 알아내. 내가 나가서 서너 시간 안에 동굴을 찾지 못하면 다시 돌아와서 너희한테 확인할게."

아저씨가 반대 의견을 허용하지 않겠다는 단호한 말투와 표정으로 말했다.

"만일 아빠가 동굴을 찾으면요?"

케이티가 물었다.

"그러면 아침이 되기 전에 돌아오지 않을 거야. 그렇게 되면 너희는 만에 있는 숲으로 돌아가도록. 그리고 해가 떨어질 때까지 숲 속에 숨어 있는 거야. 넘버 투가 기력을 회복하면 함께 데려가. 그렇지 않으면 여기에 그냥 둬. 내가 나중에 알아서 할 테니까."

얼굴을 찡그린 아이들을 둘러보며 밀리건 아저씨가 계속 말했다.

"물론 너희는 그렇게 하고 싶지 않겠지. 하지만 그렇게 해야 해. 넘버 투 역시 나만큼이나 너희 안전을 중요하게 생각하고 있어. 게다가 이건 명령이야."

더 많은 명령이 뒤따라 나왔다. 랜턴을 사용해도 되지만 문과 창문을 꼭 닫아서 불빛이 밖으로 새어 나가지 않도록 해라. 제일 좋은 장소를 알려 줄 테니 보초를 항상 세워 놓고 위험한 기미가 보이면 조명탄으로 신호를 보내라. 그런 다음에는 조금도 지체하지 말고 모두 대피소로 도망쳐서 문에 빗장을 걸고 아저씨가 돌아올 때까지 기다려라.

"대피소 자체가 텐 맨을 오랫동안 막아 주진 못하겠지만 내가 돌아올 때까진 버텨야 해. 걱정하지 마. 너희가 보초만 잘 서면 내가 조명탄 신호를 발견하고 돌아올 때까지 시간이 충분할 테니까."

"조명탄을 쏘면 그 사람들이 알게 되지 않을까요?"

꼬챙이가 묻자 밀리건 아저씨가 대답했다.

"너희가 텐 맨을 목격했다는 건 어차피 그들이 마을을 살피러 오고 있다는 뜻이야. 그 방법이 아니면 너희가 위험에 빠졌다는 사실을 내가 알 수 없어."

아이들은 그렇지 않아도 두려웠지만 밀리건 아저씨의 말을 듣다 보니 더욱 불안해졌다. 위로하려고 하는 말도 마찬가지였다. 밀리건 아저씨가 갑자기 랜턴을 껐다. 아이들은 어둠 속에서 두려움에 떨며 서로 모여들었다. 아저씨가 덧문을 열자 달빛이 비치는 창틀에 아저씨의 그림자가 어렸다.

"보초를 서야 할 곳을 알려 줄게."

아저씨가 창문으로 가까이 오라는 신호를 보내며 말했다. 그리고 서쪽으로 뻗어나간 길을 가리켰다. 길 끝에는 마을에서 가장 높은 건물이 있었는데, 바깥벽에 사다리까지 붙어 있어서 망루처럼 보였다.

"저 곡식 창고 꼭대기에서 두 사람이 보초를 서는 거야. 안전한 건물이고 지붕도 튼튼해. 조심하기만 하면 완벽하게 안전할 거야."

케이티가 먼저 가겠다고 나섰다. 레이니도 함께 가겠다고 말했다.

"돌아가며 보초를 서자. 두 시간 후에 꼬챙이랑 내가 교대할게."

콘스턴스가 말했다. 꼬챙이가 콘스턴스를 물끄러미 바라보더니 로봇처럼 천천히 기계적으로 말했다.

"음, 그래, 좋은 생각이야, 콘스턴스."

꼬챙이가 이렇게 말하기는 쉽지 않았다. 곡식 창고의 지붕 꼭대기는 끔찍하게 높고 위험해 보였기 때문이다.

"정말 좋은 생각이군. 보초를 서다 보면 눈이 피곤해질 테니까."

밀리건 아저씨가 덧문을 닫고 랜턴을 켠 다음 무릎을 꿇고 아이들을 모았다.

"너희 모두 잘 들어. 이 방법은 효과가 있을 거야. 용기와 인내심만 있으면 충분히 이겨 낼 수 있어. 나는 어떻게든 베네딕트 선생님을 찾아낼 거야. 내일 아침이면 너희 모두 위험에서 멀찍이 벗어날 거고 내일 밤이면 우리 모두가 한자리에 무사히 모이게 될 거야. 베네딕트 선생님과 넘버 투도 함께 말이지. 알았지?"

아이들은 고개를 끄덕였다. 그리고 서로에게 행운을 빌어 주었다. 그런 다음, 케이티와 레이니는 밀리건 아저씨를 따라 밖으로 나가서 마을 길을 걸어갔다. 뒤에서 보름달이 산줄기를 타고 올라오기 시작했다. 높은 사다리를 올라 곡식 창고 지붕에 올라서자 보름달이 절반쯤 보였다.

밀리건 아저씨가 마을 서쪽으로 뻗은 길쭉한 숲을 가리키며 말했다.

"만약을 위해서 내가 저 숲을 둘러보긴 하겠지만 너희가 저쪽까지 감시할 필요는 없을 거야. 북쪽으로 길게 펼쳐진 들판에 시선을 고정해. 숲과 수풀 사이가 보이지? 그쪽에서 누가 다가오면 한눈에 보일 거야."

아저씨가 방향을 바꾸며 다른 쪽을 가리켰다.

"남쪽도 마찬가지야. 초원이 널찍해서 방해물이 없어, 그렇지? 누가 나타나면 멀리서도 볼 수 있어. 문제는 이쪽에 있는 산이야."

산줄기 한가운데를 가리키며 밀리건 아저씨가 말했다.

"하지만 언덕 아래쪽에 방해물이 많지 않으니까 저쪽으로 오는 사람도 어렵지 않게 발견할 수 있을 거야."

"터널은 어떻게 하죠? 그쪽으로 오면 우리가 알 수 없잖아요."

케이티가 묻자 밀리건 아저씨가 안심시켰다.

"그런 일은 없을 거야. 넘버 투는 아주 먼 길을 빠르게 이동할 만한 상태가 아니야. 그러니까 산 이쪽에서 걸어온 게 분명해. 아니면 우리가 여기까지 오는 도중에 넘버 투를 발견했을 거야. 마찬가지로 그들이 수색을 시작했다면 바로 이쪽에서 다가올 거야."

밀리건 아저씨의 설명은 일리가 있었다. 그래도 레이니는 어두운 터널 입구를 불안한 눈으로 바라보았다. 어둠 속에서 무언가 튀어나올 것만 같은 상상을 억누를 수가 없었다. 몸이 부르르 떨렸다. 지금 이 순간에는 도무지 좋은 생각을 떠올릴 수가 없었다.

밀리건 아저씨가 레이니 어깨에 한 손을 올려놓으며 말했다.

"확실하지 않다면 내가 함정을 설치했을 거야. 하지만 저곳은 너희가 도망칠 통로이기도 해. 저 터널은 건너편으로 가는 가장 **빠른** 지름길이니까. 이제 내가 신호 보내는 법을 알려 줄게."

밀리건 아저씨가 윗도리에서 조명탄 총을 꺼냈다. 물딱총만 한 크기에 작동법도 간단했다.

"여기에 있는 안전핀을 젖히고 하늘을 겨냥한 다음에 방아쇠를 당겨. 알겠지? 조명탄 불빛을 보면 내가 당장 달려올게."

밀리건 아저씨는 케이티 이마에 입을 맞추고 레이니 머리를 쓰다듬었다. 그런 다음 사다리 난간을 잡고 바닥까지 단숨에 미끄러져 내려갔다. 케이티가 며칠 전에 헛간 지붕에서 했던 행동과 똑같았다. 그런데 그게 정말 며칠 전에 있었던 일인가? 레이니는 이상한 기분이 들었다. 마치 전생에 있었던 일 같았다.

아저씨는 나무 사이로 사라졌다. 레이니와 케이티는 각자 맡은 임무에 충실했다. 두 아이는 곡식 창고 지붕 한가운데서 등을 마주 댔다. 레이니는 남쪽에 펼쳐진 초원을 보았고 케이티는 숲 너머로 길게 뻗은 북쪽 들판을 살폈다. 보름달은 어느덧 산꼭대기 위로 완전히 올라와서 으스스한 빛을 사방에 흩뿌렸다.

"저기 아빠가 간다."

잠시 후에 케이티가 속삭였다. 레이니는 고개를 돌렸다. 숲 멀리서 아무것도 없는 들판을 빠르게 달리는 그림자가 보였다. 그림자는 갑자기 멈춰서 두 사람 쪽으로 팔을 천천히 크게 흔들었다. 케이티도 그렇게 했다. 너무 멀어서 밀리건 아저씨가 조그만 곤충처럼 보였다. 이윽고 아저씨는 몸을 돌려 북쪽으로 달리면서 계속 작아지더니 얼마 후에는 수풀 속으로 사라지고 말았다.

두 아이는 서로를 바라볼 뿐 아무 말도 하지 않았다. 각자가 맡은 책임이 무겁게 느껴졌다. 레이니는 남쪽을, 케이티는 북쪽을 살폈다. 섬 전체가 이상할 정도로 고요했다. 나무도 흔들리지 않았고 아주 가느다란 미풍조차 없었다. 낮에 불던 바람이 지쳐서 밤에는 쉬는 것 같았다. 삼십 분이 지나고 한 시간이 지났다. 두 어린 보초는 긴장이 감도는 침묵 속에서 달빛에 비치는 풍경을 물끄러미 바라보았다. 가슴속에서는 다가오는 자들을 제때 발견하기를 바라는 마음과 아무도 나타나지 않기만 바라는 마음이 뒤엉켰다.

두 시간 후에 콘스턴스가 곡식 창고로 이어진 길을 걸어오는 모습이 보였다. 콘스턴스가 보초를 설 수 있을지 계속 걱정하던 케이티는 레이니에게 속마음을 털어놓았다. 콘스턴스는 너무 어리고 서툴러서 지붕까지 올라올 수도 없을 것이다. 뿐만 아니라 정신이 아주 산

만한데, 만일 감시를 소홀히 하면 큰일일 것이다. 하지만 레이니는 생각이 조금 달랐다. 레이니는 콘스턴스가 보초를 서겠다고 자신하면 자기들은 그 말을 믿어야 한다고 말했다. 게다가 이곳 곡식 창고 꼭대기에는 한눈을 팔 만한 것도 없었다.

케이티는 레이니의 의견을 존중했다. 그래서 이렇게 말했다.

"네가 그렇게 말한다면 어쩔 수 없지. 하지만 내가 콘스턴스를 올려 주고 밧줄로 안전하게 묶어 주는 게 좋을 것 같아. 그사이에 북쪽도 좀 살펴봐 줄 수 있니?"

레이니는 남쪽과 북쪽을 번갈아 가며 열심히 살폈다. 겁이 나서 어느 쪽도 일 초 이상 눈을 뗄 수 없었다. 콘스턴스가 사다리 꼭대기까지 올라왔을 때 레이니는 열심히 목 운동을 하는 것처럼 보였다.

"도대체 지금 뭘 하는 거니? 아주 이상해 보여!"

콘스턴스의 질문에 레이니가 대답하는 동안 케이티는 밧줄을 꺼내 콘스턴스의 허리에 묶고 다른 쪽 끝을 사다리 꼭대기에 단단히 고정해서 만약의 경우에 밑으로 곧장 떨어지지 않도록 만들었다. 올라오기 전에 케이티가 이런 예방 조치에 대해 미리 이야기해 둔 것이 분명했다. 콘스턴스가 아무런 반발도 없이 밧줄이 너무 꽉 낀다고 투덜대기만 했기 때문이다. 레이니는 계속 고개를 돌리며 앞뒤를 살피고 또 살폈다. 마침내 콘스턴스가 케이티가 있던 자리에 앉았다. 레이니는 다시 초원 쪽에만 집중하게 되자 무척 마음이 놓였다. 케이티는 넘버 투를 보살피는 꼬챙이와 교대하러 갔다.

"뭐 달라진 거 없니?"

레이니가 콘스턴스에게 물었다. 두 아이는 서로 등을 맞대고 서 있었다.

"넘버 투가 잠깐 눈을 뜨더니 나한테 내 옷을 직접 세탁하라고 사정했어. 나는 예전처럼 넘버 투가 해 주는 편이 좋다고 대답했지. 넘버 투의 머리를 지금보다 더 혼란스럽게 만들고 싶지 않았거든. 넘버 투는 한숨을 내쉬더니 다시 잠들었어."

얼마 후에 꼬챙이가 사다리를 올라왔다. 레이니는 초원을 계속 바라보면서 조명탄 총을 꼬챙이에게 건네주었다. 조명탄 총을 콘스턴스한테 맡길 수는 없었기 때문이다. 그리고 밀리건 아저씨가 말한 지시 사항을 알려 주었다. 꼬챙이는 고개를 끄덕이고 레이니 자리를 맡은 다음 안경을 닦지 않으려고 팔짱을 꼈다. 지금은 안경을 닦을 시간이 없었다. 아무리 닦고 싶어도 참아야 했다.

레이니는 두 친구에게 행운을 빌어 주고 사다리를 내려왔다. 그리고 길을 천천히 걸으며 주변을 둘러보았다. 실마리와 연결된 무언가를 찾고 싶었다. 하지만 아무것도 보이지 않았다. 보초를 서는 동안 눈이 너무 피곤해져서 어쩔 수가 없었다. 똑바로 서서 두 시간 동안 집중하는 건 정말 힘들었다. 길고 힘든 하루를 보낸 다음이라 특히 더했다. 레이니는 오늘처럼 길고 힘든 하루는 앞으로 평생 동안 없을 거라고 확신했다. 어스름한 새벽에 박물관 도서관을 찾아갔다가 경찰을 피해 도망쳤고, 텐 맨과 마주쳤으며, 리스커를 속이고 이 섬까지 날아왔다. 그래도 위험하고 힘든 상황은 오히려 늘어나기만 했다. 바로 이 순간에도 텐 맨이 넘버 투를 찾기 위해 섬을 샅샅이 뒤지고 있을지 모른다는 사실을 레이니는 아주 잘 알고 있었다. 하지만 갑자기 너무 힘들고 눈이 가물거려서 이제 불안하지도 않았다. 힘든 게 좋을 때도 있다는 생각만 들었다.

케이티는 레이니를 힐끗 쳐다보더니 랜턴 하나를 주고 2층으로 올려 보내며 말했다.

"어서 가서 담요를 깔고 누워. 무슨 일이 생기면 곧장 깨울 테니까. 레이니, 솔직히 지금 너는 걸어 다니는 시체 같아!"

레이니는 뭐라 대꾸할 수 없었다. 계단을 오르기도 힘들었다. 이미 잠자는 기분으로 벽장에서 담요를 꺼내 들고 침실로 비틀거리며 걸어갔다. 두뇌 일부가 움직여서 랜턴 배터리를 아껴야 한다고 생각했다. 레이니는 랜턴을 끈 다음 달빛이 들어오도록 덧문을 열어 놓았다. 낡은 침대에 담요를 펼치고 그 위에 쓰러졌다. 밧줄과 버팀쇠가 느슨하게 풀리면서 침대가 축 늘어졌다. 집처럼 편안한 잠자리는 아니었지만 레이니는 조금도 신경 쓰지 않았다. 편하든 불편하든 상관없었다. 화물 열차가 지나가거나 폭풍이 불어도 잘 수 있었다.

심지어 콘스턴스가 비명을 질러도 잘 수 있었다. 정말이었다.

현실이 된 악몽

레이니가 잠에 빠져든 바로 그 순간, 창고 지붕 위에 있던 꼬챙이는 잠들지 않으려고 애쓰는 중이었다. 꼬챙이 역시 상상할 수 없을 정도로 기나긴 하루를 보냈다. 하지만 자신이 잠에 빠져들 거라고는 생각지도 않았다. 적어도 보초를 서는 동안에는 절대 잠들 수 없었다. 그러나 고요한 밤에 똑같은 곳을 마냥 바라보고 있으려니 눈꺼풀은 계속 무거워지기만 했다. 꼬챙이는 졸음이 몰려온다는 사실을 깨달았다. 베네딕트 선생님이 느끼는 게 바로 이런 기분일까? 꼬챙이는 자신을 꼬집기 시작했다. 잠시 후에는 꼬집는 것조차 잊어버렸다. 그러다가 눈꺼풀이 위험할 정도로 내려오고 있다는 사실을 깨닫자 갑자기 두려움이 몰려들었다. 꼬챙이는 몸을 쭉 펴고 눈을 끔뻑이며 초원을 열심히 내려다보았다. 쿵쾅거리는 심장 소리가 마치 발소리처럼 들렸다. 꼬챙이는 자기가 얼마나 오래 정신을 잃었는지 알아보려고 했다. 일 초, 이 초? 몇 분? 더 오래? 꼬챙이는 보름달을 쳐다보았다. 하지만 꼬챙이에게는 케이티 같은 거리 감각과 크기 감각이 없었다. 보름달은 밖에 처음 나왔을 때와 똑같이 머리 위에 그대로 있는 것 같았다.

제발, 그 어떤 움직임도 놓치면 안 돼. 꼬챙이는 각오를 다지고 숨을 깊이 들이마시며 마음을 진정시켰다. 그러자 곧 다 잘될 거라는 느낌이 들기 시작하면서 두려움이 사라지고 호흡도 정상으로 돌아왔다. 하지만 금세 똑같은 일이 반복되었다. 자기를 꼬집다가 어느새 다시 잠이 들어, 깜짝 놀라서 눈을 번쩍 뜨며 깨어난 것이다.

마침내 꼬챙이는 자신 때문에 자신은 물론이고 친구들까지 위험에 빠질 수 있다는 사실을 깨달았다. 안타깝게도 그만 포기하고 싶은 마음까지 들었다. 하지만 꼬챙이는 겁쟁이처럼 굴지 않고 맡은 역할을 확실히 해낼 방법을 궁리하기 시작했다. 졸린다고 솔직히 말해도 친구들이 믿지 않을까 봐 두려웠다. 콘스턴스는 말짱히 깨어 있는 데 아무 어려움도 없는 것 같았기 때문이다. 하지만 변명을 하게 되더라도 레이나나 케이티를 불러와야 했다. 한편으로는 그 역시 너무나 위험한 방법 같았다. 콘스턴스한테 양쪽 방향을 모두 맡길 수는 없었기 때문이다. 콘스턴스에게 말을 걸어서 잠을 쫓아 보려고도 했지만 콘스턴스는 조용히 하라면서 날카롭게 덧붙였다.
"네가 말을 걸면 내가 집중할 수가 없어."
콘스턴스의 말은 농담이 아니었다. 꼬챙이가 잠을 깨는 데는 도움이 되겠지만 콘스턴스의 집중력이 흐트러지면 북쪽을 제대로 감시할 수 없었다.
꼬챙이는 머리를 짜냈다. 몸을 꼬집는 건 효과가 없었다. 제자리에서 펄쩍펄쩍 뛰었다가는 너무 시끄러워서 콘스턴스의 정신을 흐트러트릴 수 있었다. 어떻게 하면 좋을까? 피로에 찌든 꼬챙이의 마음에 책에서 본 이야기가 자연스레 떠오르기 시작했다. 한 사내는 불타는 나뭇가지를 손가락 사이에 묶어서 타오른 불길이 살까지 파고드는 고통으로 졸음을 몰아냈다. 그런데 그게 어떤 책이었지? 이상했다. 기억이 떠오르지 않았다. 하지만 그 책을 읽은 장소는 선명하게 떠올랐다. 부모님이 있는 아늑한 집이었다. 겨울이어서 양말을 두 겹이나 신고 있었다. 꼬챙이는 두 눈을 감고 책을 한 장씩 넘기며 이야기 속으로 빠져드는 자신을 바라보았다. 창가에서 책을 읽는 재미가 쏠쏠했다. 바로 그때 아빠가 방에 들어와서 어떤 책을 읽고 있느냐고 물었다.
"기억나지 않아요."

꼬챙이가 큰 소리로 대답하며 두 눈을 번쩍 떴다. 꿈이었다. 콘스턴스가 물었다.

"뭐가 기억나지 않는데? 괜찮아. 대답하지 마. 제발 부탁인데, 좀 조용히 해. 너 때문에 깜짝 놀랐잖아."

꼬챙이가 거친 숨을 내쉬며 밤하늘을 물끄러미 바라보았다. 초원이 이상할 정도로 흐릿하게 보였다. 화가가 그린 추상화보다 더 흐릿했다. 안경이 코밑으로 너무 내려가 있었던 것이다. 꼬챙이는 안경을 재빨리 올리고 다시 쳐다보았다. 저기에 뭐가 있지? 다행히 아무도 없었다. 초원은 텅 비어 있었고 근처 산기슭도 마찬가지였다. 좋은 기회를 놓친 커튼 선생님의 부하들에게 무척 고마운 마음이 들었다.

꼬챙이는 스스로를 꾸짖었다.

이런 실수는 두 번 다시 없어야 해. 그사이에 저들이 나타나지 않아서 정말 다행이야. 아니, 지붕에서 떨어지지 않은 것만 해도 정말 다행이야.

지붕에서 떨어지면 정말 끔찍할 것 같았다. 바닥까지 높이가 얼마나 될까? 7미터? 10미터? 케이티라면 알 것이다. 꼬챙이는 조심스레 앞으로 가서 지붕 모서리 아래를 내려다보았다.

텐 맨 한 명이 밑에서 고개를 들고 쳐다보고 있었다.

공포에 사로잡힌 꼬챙이가 비명을 내지르며 뒤로 펄쩍 뛰었다. 그러다가 무슨 일인지 알아보려고 뒤를 돌아보던 콘스턴스와 정통으로 부딪혔다. 콘스턴스는 비틀거리며 지붕 밑으로 떨어졌고 꼬챙이는 겁에 질려 가만히 보고만 있었다. 콘스턴스는 비명을 지르며 떨어지다가 또다시 비명을 질렀다. 하지만 케이티의 밧줄이 콘스턴스를 잡아 주었다. 처음에 꼬챙이는 영문을 모른 채 콘스턴스가 바닥에 떨어졌다고 생각했다. 그때 곡식 창고 벽을 내차는 소리가 들려서 콘스턴스를 끌어 올리려고 그쪽으로 다가갔다. 꼬챙이는 서둘러 밧줄을 잡다가 조명탄 총을 들고 있다는 사실을 잊어버리고 말았다. 꼬챙이는 밑으로 떨어지는 조명탄 총을 바라보며 속으로 외쳤다.

'안 돼, 안 돼, 안 돼!'

조명탄 총은 텐 맨 옆에 떨어졌다. 아이들 쪽으로 걸어온 텐 맨은 의아한 표정으로 위를 올려다보고 있었다. 처마 밑에서 먹이를 다투는 제비 새끼 두 마리를 찬찬히 살피는 듯한 표정이었다.

텐 맨이 조명탄 총을 집어서 정장 윗도리에 쏙 집어넣었다. 그리고 무전기를 꺼내서 이렇게 말했다.

"마을에 움직임이 있습니다."

텐 맨은 다른 말도 했지만 꼬챙이는 그 소리를 듣지 못했다. 이제 막 정신을 차린 콘스턴스가 어서 끌어 올리라고 계속 소리쳤기 때문이다. 텐 맨은 무전기를 집어넣고 사다리를 오르기 시작했다. 고급 향수 냄새가 먼저 올라왔다. 동작 하나하나가 우아했다. 서류 가방은 조금도 방해되지 않는 것 같았다.

향수 냄새를 맡은 콘스턴스가 갑자기 조용해졌다. 그리고 꼬챙이를 멍하니 바라보았다. 겁이 나서 아래쪽은 볼 수 없었다. 밑에서 텐 맨이 사다리를 밟는 소리가 부드럽게 들려왔다.
"저런, 저런, 꼬마 아가씨. 내가 도와줄게."
텐 맨이 말했다.

레이니는 잠에서 천천히 깨어나는 중이었다. 처음에는 방향 감각이 하나도 없었다. 불쾌한 꿈을 한참 꾸고 있는데 무언가가 자신을 깨운 것이다. 사방에 어둠과 침묵이 가득했다. 자기 방이 아니라는 생각이 들었다. 창문에서 흘러드는 달빛으로 낯선 천장을 간신히 분간할 수 있었다. 형광등이 없었다. 레이니는 눈을 깜빡거렸다. 너무 졸려서 머리를 움직일 수가 없었다. 가구가 하나도 보이지 않았다. 아직도 꿈을 꾸는 중인가? 여기가 어디지? 침대는 한가운데가 푹 꺼진 데다 발판도 없었는데, 어둠에 잠긴 침대 끝에서 불쑥 올라온 혹 두 개가 보였다. 자기 발이었다. 왠지 모르지만 신발을 신은 채 자고 있었다. 그런데 그 너머에, 침대 끝 바로 너머에 무언가가 있는 것 같았다······.
어떤 물체가 어둠 속에 웅크리고 있었다.
그 눈이 보였다.
소름이 돋았다. 개미들이 사방에서 달려드는 것 같았다. 레이니는 숨을 멈췄다. 움직일 수가 없었다. 순식간에 두려움이 몰려들었다. 이해할 수가 없었다. 이건 꿈이었다. 그냥 꿈이 아니라 악몽이었다.

너무나 진짜 같고 너무나 무서운 악몽. 레이니는 억지로 숨을 쉬려고 애썼다. 하지만 가는 숨만 간신히 쉴 수 있었다. 갑자기 베네딕트 선생님의 악몽이 떠올랐다. 침대 끝에 웅크린 것은 마귀할멈이었다. 베네딕트 선생님을 계속 생각하다 보니 결국에는 이런 꿈까지……. 그래, 그렇게 된 게 분명해. 하지만 너무 무서워서 움직일 수가 없었다. 레이니는 잠에서 깨어나려고 몸부림치며 이렇게 생각했다.

'악몽. 이건 악몽이야. 어서 잠에서 깨어나.'

레이니는 끔뻑이는 눈동자를 보았다. 몸이 부르르 떨렸다. 눈동자는 어둠 속에서 레이니의 정체를 알아내려고 애쓰는 것처럼 보였다.

'아, 베네딕트 선생님이 저 환영을 무서워한 건 정말 당연해! 잠에서 어서 깨어나, 레이니. 어서, 어서!'

레이니는 자신에게 명령했다. 그리고 엄청난 노력 끝에 마침내 간신히 일어나 앉을 수 있었다.

바로 그 순간, 환영이 눈을 크게 뜨고 날카로운 소리를 내며 달려들었다.

우당탕탕 소리와 함께 현실 감각이 돌아왔다. 지금 레이니가 있는 곳은 버림받은 섬마을이었다. 그리고 지금 누군가가 자신을 침대 밖으로 끌어내리려고 애쓰는 중이었다. 레이니는 저항했지만 그 사람은 힘이 훨씬 셌다. 몇 차례 소리를 지르고 드잡이를 하다가 매섭게 얻어맞은 레이니는 마룻바닥에 턱을 아주 고통스럽게 찧으며 나뒹굴었다. 순간적으로 어둠을 가르는 가느다란 빛이 보였다. 요정이 빛 가루를 뿌린 것 같았다. 눈앞에서 별이 빙빙 돌아가고 있었다. 레이니가 정신을 차리려고 애쓰는 사이, 훨씬 밝은 빛이 실내를 밝히더니 상대의 얼굴을 비췄다.

마티나 크로였다!

몸싸움을 벌이는 사이에 기다란 검은색 머리칼이 헝클어져서 얼굴을 가렸지만 복수심에 불타는 표정은 의심할 여지가 없었다.

곧 손전등 불빛을 비춘 사람의 정체도 드러났다. 케이티였다. 케이티는 마티나 크로에게 잡혀 있는 레이니를 보고 갑자기 손전등을 천장에 닿을 만큼 높이 던지며 어둠 속으로 사라졌다. 레이니와 마티나 크로의 시선은 본능적으로 불빛을 쫓아갔다.(케이티는 바로 이런 효과를 노리고 손전등을 던진 것이다.) 순간, 케이티가 마티나 크로를 들이받으며 바닥에 쓰러뜨렸다. 마티나 크로는 레이니가 밑에서 자신을 쳤다고 생각했다. 그러나 레이니에게는 마티나 크로가 마술을 부려 케이티로 변신한 것처럼 보였다. 어느새 마티나 크로가 사라지고 그 자리를 케이티가 차지하고 있었기 때문이다.

케이티는 손전등이 바닥이 떨어지기 직전에 낚아채며 말했다.

"이리 와."

케이티가 레이니를 일으켜 세워 밖으로 끌어내더니, 마티나 크로가 방을 가로지르며 무섭게 달려오는 순간에 문을 쾅 닫았다. 그리고 바닥 틈새에 발을 집어넣어서 문이 열리지 않게 만든 다음, 레이니한테 손전등을 넘겨주고 양동이를 열었다.

마티나 크로가 건너편에서 미친 듯이 문을 차며 날카롭게 내지르는 고함 소리가 틈새로 흘러나왔다.

"도망쳐도 소용없어, 이 멍청이들아! 도망칠 곳이 없단 말이야!"

"벽장에서 담요를 한 장 가져와."

케이티가 말했다. 레이니가 담요를 가져오자, 케이티는 공깃돌 주머니를 꺼냈다. 그러고는 자기 발끝을 가리키며 말했다.

"담요를 단단히 말아서 이 틈새에 밀어 넣어. 마티나를 잠깐이라도 막을 수 있을 거야. 그런 다음에 손전등을 나한테 주고 계단 쪽으로 가."

레이니는 문과 바닥 사이에 담요를 최대한 꼼꼼히 집어넣고 마티나 크로가 방문을 내찰 때 뒤로 펄쩍 물러났다. 케이티가 발을 빼자 레이니는 그 자리에 담요를 마저 밀어 넣고 재빨리 계단 쪽으로 물러났다. 케이티도 손전등을 끄고 달가닥 소리를 내면서 뒤로 물러났다. 주머니에 든 공깃돌을 복도 바닥에 뿌린 것이다. 문이 다시 덜거덕거리다가 살짝 열리면서 마티나의 고함 소리가 훨씬 더 크게 들려왔다. 쐐기처럼 박은 담요는 오래 버틸 수 없을 것 같았다.

"가자."

케이티가 속삭였다.

두 아이는 계단을 내려가서 넘버 투가 자고 있는 침실로 급히 들어갔다. 랜턴이 켜진 채 덧문은 활짝 열려 있었고 침대는 비어 있었다.

"아, 맙소사. 문제가 생겼어."

케이티가 중얼거렸다.

"무슨 일인데? 넘버 투는 어디에 있어, 케이티?"

"아까 콘스턴스의 비명 소리가 들려서 넘버 투가 잠에서 깼어. 아직도 제정신이 아니야. 그런데도 무슨 일인지 직접 확인하러 가겠다며 고집을 부렸어. 내가 그냥 있으라고 간절히 부탁했는데……."

2층에서 쾅 소리가 나더니 동시에 공깃돌이 계단을 대그르르 구르는 소리가 들렸다. 마티나 크로의 신음 소리도 들렸다.

"서둘러. 이리 와."

케이티가 속삭였다.

두 아이는 창문을 빠져나갔다. 케이티는 길 건너편에 있는 건물 뒤로 돌아가서 몸을 숨기고 대피소가 있는 방향으로 빠르게 걸어갔다. 산줄기 쪽에서 갑자기 밝은 불빛과 함께 콰르릉 소리가 들려왔다. 천둥소리 같았다. 레이니와 케이티는 나무 더미와 바람에 날려간 지붕 뒤로 몸을 숨겼다. 그리고 정신을 차린 다음 고개를 들어 먹구름이 있는지 살폈다. 하지만 맑은 밤하늘에는 보름달만 떠 있을 뿐이었다.

"폭탄이 터지는 소리였어. 무슨 일일까, 케이티?"

레이니가 속삭였다.

"나도 잘 몰라. 넘버 투를 침실에 남겨 두고 곡식 창고로 뛰어갔는데 아무도 없었어. 대피소도 마찬가지였어. 돌아와 보니 넘버 투가 덧문을 활짝 열어 놓아서 그사이로 쏟아져 나오는 불빛이 보였어. 그래서 넘버 투가 괜찮은지 확인하고 덧문도 닫으려고 뛰어가다가 너랑 마티나가 2층에서 싸우는 소리를 들었어. 그게 전부야……. 잠깐, 너도 저 소리가 들리니?"

물론 레이니도 그 소리를 들었다. 천둥소리 같았다. 이번에는 좀 더 부드럽고 일정한 소리라는 것이 다를 뿐이었다. 초원 쪽에서 들려오던 소리가 조금씩 계속 커지더니, 마침내 사방에서 소리가 일어나는 것 같았다. 그러다가 불도마뱀이 시야에 들어왔다. 길을 따라 다가오는 중이었다. 레이니와 케이티는 무너진 지붕 뒤에 숨어서 그 모습을 훔쳐보았다. 폭 3미터, 길이 10미터에 달하는 거대한 괴물처럼 보이는 장갑차 불도마뱀이 육중한 탱크 바퀴를 굴리며 앞으로 달려왔다. 짙은 남빛 동체는 달빛을 받아서 납빛으로 번뜩거렸다. 텐 맨 한 명이 커다란 핸들에 두 손을 올린 채 키를 움켜잡은 선장처럼 앞쪽에 우뚝 서 있었다. 레이니는 바로 그 뒤에서 꼬챙이의 대머리와 겁에 질린 동그란 눈을 간신히 발견할 수 있었다. 콘스턴스가 함께 있는지는 보지 못했다.

불도마뱀은 레이니가 조금 전에 도망친 건물 쪽으로 콰르릉거리며 다가가고 있었다. 마티나 크로가 잔뜩 화난 목소리로 텐 맨에게 급하게 외치자 콰르릉거리는 소리가 멈췄다. 두 아이는 강력한 불도마뱀의 엔진이 윙윙거리는 소리를 들을 수 있었다.

레이니가 케이티를 보며 속삭였다.

"내가 주의를 끌어 볼게. 그러면 네가……."

"그야 당연하지. 어서 가. 나중에 대피소에서 만나."

케이티가 눈빛을 반짝이며 대답했다.

레이니는 건물 뒤에 몸을 숨기며 방금 왔던 길을 다시 뛰어갔다. 그리고 불도마뱀이 보이는 곳까지 가서 "이쪽!"하고 소리치며 계속 달렸다. 레이니는 마을 끝에 있는 건물 뒤쪽, 산이 시작되는 곳까지 온 힘을 다해 달리다가 갑자기 멈췄다. 다른 텐 맨이 산비탈에서 마을 쪽으로 느긋하게 내려오고 있었던 것이다. 한 손엔 서류 가방을 들었으며 얼굴에는 만족스러운 표정이 가득했다. 아주 유리한 계약을 지금 막 맺은 것 같은 표정이었다. 텐 맨 뒤에는 돌무더기가 쌓여 있었다. 터널 입구가 있던 곳이었다. 조금 전에 들린 폭발 소리의 정체를 알 것 같았다.

어둠 속으로 숨어든 레이니는 건물 뒷담에 바싹 기대 귀를 기울였다. 아무 소리도 들리지 않았다. 추적자들이 살금살금 쫓아오는 중인 것 같았다. 레이니는 모퉁이 너머로 머리를 살짝 내밀고 무너진 터널 입구에서 내려오는 텐 맨을 살폈다. 어쩌면 좋은 정보를 얻을 수도 있었다. 텐 맨이 얼굴을 찡그리거나 손을 흔들거나 득의양양한 표정을 짓는다면 레이니가 도망칠 방향을 결정하는 데 도움이 될 수 있을 터였다. 레이니는 시선을 한 번 더 끌고 나서 대피소로 온 힘을 다해 달리고 싶었다. 케이티가 꼬챙이랑 콘스턴스를 무사히 구출할 수만 있다면 순식간에 대피소로 데려갈 것이다. 문제는 레이니가 맡은 역할을 얼마나 잘 해내느냐 하는 것이었다.

텐 맨은 15미터쯤 떨어져 있었다. 달빛이 환해서 레이니는 텐 맨의 얼굴을 똑똑히 볼 수 있었다. 걱정이 하나도 없는 아주 느긋한 표정이었다. 한밤중에 서류 가방을 들고서 언덕을 내려오는 고급 양복 차림의 평범한 사업가처럼 보였다. 하지만 그 광경은 끔찍한 악몽 같았다. 레이니는 텐 맨을 살피고 또 살폈다. 텐 맨은 안경을 쓰고 있었는데, 고개를 드는 순간 안경알이 반짝이며 달빛을 반사했다.

쌍둥이 달처럼.

레이니는 깜짝 놀랐다. 베네딕트 선생님이 실마리를 찾아보라고 말한 장소를 알 것 같았다.

하지만 동시에 텐 맨이 고개를 든 이유가 궁금해졌다. 텐 맨은 지금 무엇을 보고 있는 걸까? 마을 건너편 끝 높은 곳을 보는 것 같았다. 그렇다면 곡식 창고가 분명하다. 레이니가 숨은 곳을 찾아내려고 누군가가 전망이 좋은 지붕 꼭대기에 올라간 것이다. 레이니 판단이 맞았다. 불도마뱀에 올라탄 텐 맨이 외치는 소리가 들렸기 때문이다.

"뭐가 보여요?"

"안 보여요."

마티나가 대답했다. 추적을 잠시 멈추고 곡식 창고 지붕에 올라간 것이다. 레이니에게 이보다 좋은 기회는 없었다.

레이니는 건물 뒤에서 튀어나와 길 위로 달렸다. 안경을 쓴 텐 맨이 깜짝 놀라며 고함을 질렀다. 그리고 우리에서 빠져나온 고집스러운 토끼라도 본 것처럼 껄껄 웃으면서 머리를 흔들었다. 서둘러 쫓아오는 것 같진 않았지만 어쨌든 그는 레이니를 따라 움직이기 시작했다. 레이니는 두 번 다시 뒤를 돌아보지 않고 불도마뱀을 향해 곧장 달렸다. 불도마뱀은 멀리 떨어진 마을 우물 건너편에 멈춰 있었다. 조종석에 있던 텐 맨이 달려오는 레이니를 보고 바깥으로 나오려다가 다리 하나를 모서리에 걸친 채 망설였다. 귀찮지만 뛰어내릴지 아니면 편하게 앉아서 다른 사람이 레이니를 잡는 모습을 구경할지 고민하고 있는 게 분명했다.

레이니는 속으로 외쳤다.

'뛰어내려. 어서 뛰어내려서 케이티한테 기회를 줘.'

텐 맨이 레이니를 물끄러미 바라보며 얼굴을 찡그렸다. 결정을 내리지 못한 것 같았다.

결정을 내린 사람은 케이티였다. 불도마뱀 뒤에 있던 케이티가 어둠 속에서 불쑥 나와, 꼬챙이와 콘스턴스와 텐 맨이 놀랄 틈도 없이 옆으로 뛰어올라 텐 맨을 밀어 떨어뜨린 것이다. 텐 맨은 팔다리를 아주 보기 흉하게 쭉 뻗으며 바닥에 고통스럽게 나뒹굴더니, 분노가 이글거리는 얼굴로 다시 일어섰다.

케이티는 이미 콘스턴스를 어깨에 들쳐 멘 채 불도마뱀에서 뛰어내려 정신없이 도망치고 있었다. 꼬챙이가 바로 뒤에서 쫓아올 거라 생각한 것이다. 하지만 꼬챙이는 불도마뱀을 내려오는 속도가 훨씬 느렸다. 레이니가 텐 맨의 관심을 끌려고 고함을 질러 댔다. 그러나 꼬챙이는 이미 손 안에 넣은 사냥감이었다. 텐 맨은 레이니를 무시하고, 불도마뱀 옆에 붙어 있는 꼬챙이를 옷장에서 셔츠를 꺼내듯 확 잡아당겼다. 그리고 옷이 몸에 맞는지 확인하려는 듯 깡마른 꼬챙이를 어깨 높이로 들어 올렸다. 꼬챙이는 대롱대롱 매달린 채 몸부림을 치며 발을 내찼다. 텐 맨은 실망스러운 표정으로 한 손으로는 꼬챙이를 꼼짝 못하게 만들고 다른 손으로 양복 윗주머니에서 손수건을 꺼냈다.

"가만히 있어, 꼬마. 잠을 재워 줄 테니까."

텐 맨이 말했다.

레이니는 전속력으로 달려가서 텐 맨을 공격하려고 했지만 이미 늦은 것 같았다. 꼬챙이가 사악한 손수건을 피하려고 얼굴을 이리저리 돌리자 짜증이 난 텐 맨은 꼬챙이 머리를 고정하려고 뺨으로 꼭 눌렀다. 바로 그 순간, 꼬챙이가 머리를 최대한 힘껏 앞으로 내밀며 마구 움직였다. 텐 맨이 비명을 질렀다.

"이놈이 내 얼굴을 긁었어! 이 꼬맹이가 밤톨 같은 머리로 내 얼굴을 긁었다고!"

텐 맨이 믿을 수 없을 만큼 화난 얼굴로 눈을 부릅뜬 채 으르렁거렸다. 그러면서도 한 손으로는 꼬챙이를 여전히 붙잡고 있었다. 곧 정신을 차리고 손수건 공격을 할 게 분명했다. 하지만 바로 그 순간, 레이니가 두 팔을 벌리고 머리를 숙인 채 두 눈을 꼭 감고 온 힘을 다해서 텐 맨을 들이받았다.

잠시 혼란이 일어났다. 텐 맨은 손수건으로 레이니의 코를 틀어막으려다가 놓쳤고, 꼬챙이는 텐 맨에게 매서운 펀치를 날리다가 레이니의 왼쪽 귀를 강타했으며, 레이니는 한 방 맞은 채 뒤로 물러서다가 머리끝으로 텐 맨의 턱을 들이받았다. 텐 맨이 순간적으로 정신을 잃고 뒷걸음질 치며 비틀거리는 사이, 꼬챙이는 자유를 되찾고 케이티를 뒤쫓아 피신처로 달렸다.

하지만 불행히도 레이니는 균형을 잡느라 잠시 머뭇거렸다. 그 사이에 텐 맨이 정신을 차리고 앞을 막았다. 레이니는 옆으로 돌며 두 건물 사이로 뛰쳐나갔다. 그때 안경을 쓴 다른 텐 맨이 길가에 나타났다. 재미있다는 표정으로 서류 가방을 여는 중이었다.

레이니는 건물 뒤로 뛰어가서 걸음을 멈추고 귀를 기울였다. 쫓아오는 발소리가 들리지 않았다. 목소리도 들리지 않았다. 레이니는 슬며시 모퉁이 너머를 살폈다. 불도마뱀에서 떨어진 텐 맨은 어느새 평상심을 되찾고 손수건을 윗주머니에 태연하게 꽂고 있었다. 안경을 쓴 텐 맨은 우물가 낮은 돌담에 앉은 채 서류 가방을 열어 무릎에 올려놓고 있었다. 지금 당장 살펴야 할 중요한 서류라도 있는 것 같았다. 그러다가 레이니를 보고 빙그레 웃더니 손목을 살짝 쳤다. 무언가가 레이니의 귀를 휙 스치며 어둠 속으로 사라졌다. 레이니는 너무 놀라서 움직일 수가 없었다.

"못 맞혔잖아. 나한테 연필 하나 빚졌어."

다른 텐 맨이 콧방귀를 뀌며 말했다.

"한 번 더."

안경을 쓴 텐 맨이 말하더니 서류 가방을 다시 뒤졌다. 레이니는 등을 돌려서 최대한 빠르게 달렸다.

폭풍 대피소 입구는 길가에 있었다. 길로 다시 나가야 했다. 레이니는 건물 하나를 지나고 또 지난 다음에 방향을 틀어서 다시 길 위로 달렸다. 이제 불도마뱀 쪽에서 충분히 벗어났고 대피소는 눈앞에 있었다. 텐 맨도 더 이상 보이지 않는 걸 보니 숨어서 쫓아오는 게 분명했다. 대피소 문은 아직 열려 있었다. 마지막 기회였다. 하지만 그곳으로 달려가는 도중에 마티나 크로가 근처에 있는 두 건물 사이에서 불쑥 튀어나왔다. 레이니는 이제 끝났다고 생각했다. 마티나 크로는 레이니보다 훨씬 빠르고 힘도 셌기 때문이다.

"이제 너는 내 거야, 레이니."

마티나 크로가 복수심이 이글거리는 얼굴로 말했다. 레이니는 길 한가운데서 재빨리 멈추며 소리쳤다.

"문을 닫아! 문을 닫아, 케이티!"

케이티가 어두운 문가에 나타났다. 하지만 문을 닫는 대신 새총을 들고 마티나를 겨냥했다. 갑자기 희망이 솟구쳤다. 아직은 기회가 있다! 레이니는 허리를 숙인 채 마구 소리를 내지르며 대피소 문으로 달렸다. 마티나 크로가 길을 막으려고 달려들자 케이티가 새총을 쏘았다. 마티나 크로는 무릎을 꿇은 채 머리를 감싸고 비명을 질렀다.

"너한테 주려고 공깃돌 하나를 남겨 두었어!"

케이티가 소리치는 동안 레이니는 안으로 달려 들어갔다. 바로 그 순간 케이티는 무언가 날아오는 걸 발견하고 머리를 뒤로 휙 젖혔다. 이상한 물체가 코앞을 지나서 뒤에 있는 나무 기둥에 탁 꽂혔다. 안은 어두웠지만 케이티는 그것이 아주 날카로운 연필임을 알아차릴 수 있었다. 나무에 꽂힌 연필이 화살 끝처럼 부르르 떨렸다. 케이티는 대문을 쾅 닫은 다음 쇠로 만든 빗장을 걸쳤다.

"우리가 해냈어!"

레이니가 가쁜 숨을 몰아쉬며 말했다. 믿을 수가 없었다. 창문이 하나도 없는 대피소 안은 칠흑처럼 어두웠다.

"꼬챙이, 콘스턴스, 어디에 있니? 모두 괜찮니?"

"케이티가 하마터면 내 갈비뼈를 부러트릴 뻔했어."

콘스턴스가 투덜거렸다. 좋은 징조였다.

"나는 이제 다 끝났다고 생각했어. 우리 모두 다."

꼬챙이가 말했다. 어둠 속에서 레이니는 콘스턴스가 자신의 손을 꼭 잡는 것을 느낄 수 있었다.

케이티가 텐 맨의 연필이 꽂혀 있는 나무 기둥에 손전등을 비췄다. 연필을 잡아 빼려고 했지만 시멘트에 박힌 것처럼 꼼짝도 하지 않았다. 심지어 부러트릴 수도 없었다.

"저들이 지금 뭘 하는지 궁금해."

꼬챙이가 문에 귀를 대며 말했다.

"당연히 우리가 문을 열어 주기만 기다리고 있겠지."

묵직한 목소리가 말했다. 레이니는 토할 것 같은 기분이 되었다.

목소리는 바로 머리 위에서 들려왔다.

케이티가 손전등을 비춰 서까래에 앉아 있는 텐 맨을 찾아냈다. 텐 맨 두 명이 엉덩이를 대고 웅크려 앉은 채 사악하게 웃으며 아이들을 내려다보고 있었다. 돌로 만든 빗물받이 괴물한테 양복을 입힌 것 같았다. 팔다리가 수없이 달린 거대한 거미처럼 생긴 그림자가 천장을 가득 메웠다.

"하지만…… 하지만 어떻게……?"

꼬챙이가 더듬거렸다. 텐 맨이 말했다.

"그다지 신기할 것도 없어, 꼬마. 너희 꾀에 너희가 넘어갔을 뿐이니까."

판도라 상자

"귀를 잃고 싶지 않으면 가만히 있어. 너희한테 레이저 포인터를 쓰고 싶지 않으니까. 밤새도록 재충전해야 하거든."

텐 맨 한 명이 손에 들고 있는 볼펜처럼 생긴 장비를 보여 주면서 웃음 띤 얼굴로 말했다.

귀를 잃고 싶지 않은 아이들은 순순히 손을 내밀어 수갑을 찬 다음 대피소 안쪽 벽에 등을 대고 섰다. 다른 텐 맨이 밖에 있는 동료들이

들어오도록 문을 열어 주었다. (화가 치밀어서 순간적으로 말을 잃고 손으로 머리를 감싼) 마티나 크로 외에 텐 맨이 네 명 더 있었다. 모두가 고급 정장 차림에 차분하고 명랑한 표정이었다. 대피소 안에 고급 향수 냄새가 가득 퍼졌다. 덩치가 가장 큰 텐 맨이 레이저 포인터를 들고 있는 텐 맨에게 말했다.

"가로테, 부탁 하나 하지. 랜턴 하나만 가져오겠나? 자네가 재충전 얘기를 해서 말인데, 손전등 배터리를 아끼고 싶거든."

"정말 좋은 생각이야, 맥크라켄. 가는 김에 먹을 것도 가져올까? 한밤의 야유회를 즐길 겸 말이지."

가로테가 말했다. 귀는 날카롭고 코는 납작하며 턱수염을 기른 사내였다. 검은 정장을 입은 모습이 커다란 박쥐처럼 보였다.

맥크라켄이 껄껄 웃으며 대답했다.

"고맙지만 랜턴만 가져와, 가로테. 저녁때 먹은 게 아직 그대로 있으니까."

텐 맨이 어울리지 않게 유쾌한 목소리로 말하자 화를 내거나 거칠게 말할 때보다 더 으스스했다. 아이들은 특히 더 두려울 수밖에 없었다. 심지어 케이티도 예외가 아니었다. 포로로 잡혀서 그렇기도 했지만 더 큰 이유는 맥크라켄(덩치가 가장 큰 텐 맨)의 이름을 익히 들어서 알고 있었기 때문이다.

케이티는 전에 아빠에게 맥크라켄의 이름을 들은 적이 있었다. 맥크라켄은 텐 맨 전체를 이끄는 우두머리로 베일에 싸인 인물이었다.

아빠도 직접 본 적은 없었다. 케이티는 자기가 아빠보다 먼저 맥크라켄을 만났다는 이상한 자부심을 느꼈다. 탁자처럼 떡 벌어진 어깨와 완벽하게 손질한 갈색 머리 그리고 날카로운 파란색 눈동자도 위압적이었지만 그 평판은 더욱 인상적이었다. 밀리건 아저씨의 평가에 따르면 맥크라켄은 가장 위험한 텐 맨이었다. 바로 그가 지금 어둠 속에서 빙그레 웃으며 자신들을 바라보고 있었다.

두 눈을 꼭 감은 채 이건 꿈이라고 생각하려고 애쓰는 콘스턴스에게 맥크라켄이 말했다.

"그 조그만 눈을 뜨는 게 좋을 거야, 꼬마. 너는 우리를 볼 수 없어도 우리는 너를 볼 수 있으니까."

"그냥 놔두세요."

꼬챙이가 새된 소리로 말했다. 크게 소리치려고 했지만 실제로는 알아듣기 힘들 만큼 작은 목소리가 나왔다. 맥크라켄이 아예 관심조차 기울이지 않을 정도였다. 꼬챙이는 침을 꿀꺽 삼키며 자기 목소리를 되찾으려고 애썼다. 두렵기도 했지만 두려워서가 아니라 너무 창피해서 금방이라도 쓰러질 것 같았다. 자존심은 오래전에 버렸고 자기가 위험해진다 해도 상관없었다. 지금 꼬챙이가 바라는 건 자신이 저지른 끔찍한 실수 때문에 닥쳐올 고통에서 친구들을 구해 내는 것뿐이었다. 하지만 꼬챙이에게는 친구들을 구할 방법이 없었다. 꼬챙이의 재능은 여기서 아무 소용이 없었다. 좌절과 절망만이 가슴속에서 소용돌이쳤다.

레이니는 마음이 아주 복잡했다. 맥크라켄이 상황을 재빨리 가늠하고 모든 것을 순식간에 손에 넣었다는 사실이 너무나 놀라울 뿐이었다. 맥크라켄은 몇 분 만에 마을에 있는 아이들이 어떻게 할지 알아내고 숨을 만한 곳을 추측한 다음, 대피소에 미리 들어와서 기다리고 있었던 것이다. 서까래 위에서 말한 사람이 바로 맥크라켄이었다. 아이들이 제 꾀에 넘어갔다는 그의 말은 옳았다. 그것은 맥크라켄이 그만큼 똑똑하다는 사실을 나타냈다.

레이니는 숨을 몇 차례 깊이 들이마셨다. 이곳에서 탈출할 기회를 노리려면 마음을 진정하고 머리를 굴려야 했다.

한편, 말도 못할 만큼 화가 났던 마티나 크로는 화를 금세 가라앉히고 텐 맨들에게 큰 소리로 명령하기 시작했다. 놀랍게도 텐 맨들은 그 명령에 순순히 따랐다. 그다지 좋아하는 것 같진 않았지만 (그리고 맥크라켄은 재미있다는 표정이었지만) 마티나 크로가 명령할 때마다 그들은 "네, 아가씨."라고 대답하며 시키는 대로 했다. 사실 텐 맨들은 마티나 크로가 아니라 커튼 선생의 지시에 따르는 것뿐이었다. 어쨌든 지휘자는 마티나 크로였으며, 마티나 크로는 명령하는 것을 마음껏 즐겼다.

마티나는 먼저 맥크라켄에게 아이들이 다시 도망치지 못하도록 사슬로 묶어 놓으라고 명령을 내렸다. 조금 전에 맥크라켄이 서류 가방에서 가느다란 사슬을 꺼낸 걸 보면 애초에 그렇게 할 계획이었던 것 같았다. 그러나 맥크라켄은 빙그레 웃는 얼굴로 "네, 아가씨."라고 대답하며 명령에 따랐다.

아이들의 손목은 이미 수갑으로 차례차례 연결되어 있었다. 케이티가 가장 왼쪽이었고 그 옆으로 콘스턴스, 꼬챙이, 레이니 순서였다. 맥크라켄은 수갑을 차지 않은 레이니의 손목을 기다란 사슬에 묶었다. 겉으로 보기에는 클립을 계속 이어 만든 것처럼 보이는 사슬이었다. 사업가가 따분한 전화 회의를 하는 동안 심심풀이로 만든 것 같기도 했다. 하지만 그것은 맥크라켄이 명랑하게 설명한 것처럼 아주 단단한 금속으로 만들어서 인간의 힘으로는 도저히 자를 수 없는 사슬이었다.

"나는 무엇이든 잘 자르지. 그런 나도 이건 자를 수 없어."

맥크라켄이 대피소 나무 기둥에 기다란 사슬을 돌려서 묶고 맹꽁이자물쇠를 채운 다음 눈을 찡긋하며 말하자, 마티나 크로가 야단쳤다.

"저 애들한테 친근하게 굴지 마세요, 맥크라켄. 수갑 열쇠를 나한테 줘요."

마티나 크로가 한 손을 거만하게 내밀자 맥크라켄은 노골적으로 능글맞게 웃으며 마티나의 손바닥에 열쇠를 정중히 내려놓았다. 아이들은 열쇠를 물끄러미 바라보았다. 그 열쇠는 아이들이 얼마나 난처한 처지에 빠졌는지 보여 주고 있었다. 이제 자신들은 마티나 크로의 손아귀에 들어간 것이다.

무엇보다 마티나 크로는 아이들을 몹시 증오했다.

사실 마티나 크로는 무엇이든 증오했다. 특히 아이들을 증오했지만 그건 극히 일부에 불과했다. 마티나 크로는 나약하거나 멍청한 것을 증오했으며 거의 모든 행동을 나약하거나 멍청하다고 생각했다. 그러다 보니 두 가지 범주는 아주 많은 하위 범주로 나뉘었으며 각각의 하위 범주는 더 많은 하위 범주로 나뉘었다. 결국 마티나 크로가 증오하지 않는 것은 굉장히 적었다. 그중 하나가 바로 큰 소리로 명령하는 것이었다. 마티나 크로는 큰 소리로 명령하는 것을 좋아했으며 텐 맨에게 큰 소리로 명령하는 것은 더더욱 좋아했다. 그리고 텐 맨 모두에게 골고루 나눠서 명령하는 것도 좋아했다. 예를 들어, 맥크라켄에게 열쇠를 달라고 명령한 다음에는 안경 쓴 텐 맨에게 오만한 말투로 "의자로 쓸 만한 걸 찾아오세요, 샤프!" 하고 명령했다. 랜턴을 가지고 지금 막 돌아온 가로테에게는 랜턴을 한가운데 내려놓으라고 명령했으며, 마지막으로 (대머리에 눈썹이 왼쪽밖에 없어서 얼굴을 계속 찡그리고 있는 것처럼 보이는) 네 번째 텐 맨에게는 손가락질을 하며 "대문을 닫아요, 벼룩!" 하고 명령했다.

    레이니는 대문에 빗장을 거는 벼룩을 물끄러미 바라보았다. 자기 무덤이 덮이는 모습을 보는 것처럼 비참했다. 지금까지는 밀리건 아저씨가 조금 늦는 것뿐이라고 생각하고 싶었다. 하지만 밀리건 아저씨가 돌아온다 해도 문이 잠겨 있으면 아이들을 어떻게 구할 수 있을까? 밀리건 아저씨가 이 건물을 고른 이유는 매우 튼튼했기 때문이다. 그리고 설사 안으로 들어온다 해도 밀리건 아저씨 혼자서 이들을 상대할 수는 없다. 게다가 아이들은 사슬에 묶여 있으니 도망치려는 시도조차 할 수 없을 것이다.

벼룩이 마티나 크로의 지시에 따라 다른 텐 맨들과 함께 랜턴 옆에 모였다. 안경 쓴 텐 맨 샤프는 의자로 쓸 만한 것을 찾지 못했으며 마티나 크로는 벼룩의 서류 가방을 부러운 시선으로 쳐다볼 뿐 아무 말도 하지 않았다. 마티나 크로는 서류 가방을 가질 수 없는 게 분명했다. 마티나는 그 사실 역시 증오스러울 것이다.

"음, 맥크라켄, 그 여자가 어떻게 탈출했는지 설명해 주겠어요?"

마티나 크로가 물었다.

"그 여자는 탈출한 게 아니에요."

맥크라켄이 대답했다. 나무 기둥에 박혀 있던 날카로운 연필 끝으로 느긋하게 이를 쑤시는 중이었다. 그는 기둥에 박힌 연필이 게시판에 달라붙은 압핀이라도 되는 것처럼 손쉽게 빼냈다. 레이니는 그 모습을 물끄러미 바라보았고 케이티도 입을 쩍 벌렸다.

"그 여자가 탈출한 게 아니라고?"

마티나 크로가 차가운 표정으로 묻더니, 안을 둘러보고 두 손을 올리며 다시 물었다.

"내 눈엔 안 보이는데, 그럼 지금 어디에 있는 건가요? 저 나무 기둥 뒤에 숨어 있나요?"

"지금 숲에 있어요. 숲으로 가는 걸 샤프가 보았답니다. 하지만 샤프를 시켜서 이미 터널 입구를 폭파했으니, 그 여자는 섬 건너편으로 넘어갈 수가 없어요. 마음만 먹으면 지금이라도 쫓아가서 금방 체포

할 수 있는 거죠."

"그렇다면 그렇게 하지 않는 이유가 뭔가요?"

마티나 크로가 묻자 맥크라켄이 대답했다.

"이 꼬마들부터 처리하는 게 좋겠다고 생각했어요. 저 꼬마들이 갑자기 공중에서 떨어진 건 아닐 거예요. 누군가가 데려다 준 게 분명해요. 그게 누군지를 먼저 알아내는 게 중요하다고 생각하지 않으세요?"

마티나 크로는 마지못한 표정으로 인정했다. 대피소 안에 있는 모두에게 분명한 사실은 마티나 크로 역시 아이들에게 집중하고 싶어 한다는 것이었다. 단지 넘버 투를 잡지 못한 것은 자신의 잘못이 아니라 텐 맨들의 잘못이라는 사실을 미리 확인해 놓고 싶은 것뿐이었다. 마티나 크로가 케이티 앞으로 뚜벅뚜벅 걸어갔다. 마티나는 네 아이 가운데 케이티를 특히 싫어했다. 불과 몇 분 전은 말할 것도 없고, 학습 기관에서도 케이티 때문에 한두 번 고생한 게 아니었다.

"어떻게 여기까지 오게 됐지, 케이티?"

마티나 크로가 물었다.

"마술을 부렸지. 그건 그렇고 이마는 어때? 얼음찜질이라도 해야 하는 거 아니야?"

케이티가 마티나의 눈을 차갑게 쏘아보며 대답했다.

레이니는 조금 전에 케이티가 수갑을 차지 않은 손을 양동이에 슬그머니 넣는 모습을 보고 속으로 이렇게 소리치고 있었다.

'멍청한 짓 하지 마. 그러다가 다칠 수도 있어, 케이티.'

마티나 크로가 볼록 튀어나온 이마를 만지면서 케이티를 날카로운 눈으로 노려보았다.

"그런 너는 자신의 처지를 제대로 알아야 하는 거 아니야?"

마티나 크로가 맥크라켄에게 받은 수갑 열쇠를 들어 올리며 덧붙였다.

"이게 보여? 이곳 책임자는 나야, 케이티. 너는 사슬에 묶여 있고. 그러니 괜한 고통을 겪고 싶지 않으면……."

그때 케이티가 마티나 크로의 발을 짓밟고 손에서 열쇠를 낚아챈 다음, 머리로 가슴을 힘껏 들이받았다.

마티나 크로가 뒤로 비틀거렸다. 너무 아파서 숨도 쉴 수 없었다. 마티나는 분노가 가득한 눈으로 맥크라켄을 바라보며 손가락으로 케이티를 가리켰다. 케이티는 열쇠를 수갑에 열심히 찔러 대고 있었다.

"네, 아가씨."

맥크라켄이 말없는 명령에 대답했다. 미소를 숨기려 하지도 않았다. 그렇다고 시간을 낭비한 것도 아니었다. 맥크라켄은 성큼성큼 다가와서 케이티의 팔목을 잡으며 말했다.

"정말 재미있었어, 용감한 꼬마. 하지만 이건 그다지 재미있지 않을 거야."

맥크라켄이 케이티의 손목을 비틀었다. 케이티가 괴로운 비명을 내지르며 손바닥을 폈다. 열쇠가 바닥에 떨어졌다. 맥크라켄이 수갑을 확인했다. 그대로 단단히 채워져 있었다. 마티나 크로는 열쇠를 낚아챈 다음에 케이티의 손이 닿지 않는 거리로 물러나 숨을 거칠게 몰아쉬며 말했다.

"저…… 꼬마한테…… 본때를…… 보여 주세요!"

"네, 아가씨."

맥크라켄이 서류 가방을 열며 대답했다. 레이니가 재빨리 끼어들었다.

"마티나, 우리가 여기까지 어떻게 왔는지 알고 싶지 않아?"

마티나가 의심스러운 시선으로 쳐다보며 말했다.

"방해할 생각은 하지 않는 게 좋아, 레이니. 네가 무슨 말을 하든 추잡한 네 친구는 제대로 당할 수밖에 없으니까."

레이니가 어깨를 으쓱했다.

"그렇다면 좋아. 너와 커튼 선생은 관심이 없다니 앞으로 일어날 일을 가만히 두고 보는 수밖에."

"앞으로…… 일어날 일?"

마티나 크로가 잠시 망설이더니, 레이니를 이글거리는 눈으로 바라보며 물었다.

"무슨 뜻이지?"

"우리가 아침까지 배로 돌아가지 않으면 리스커 아저씨가 경찰에 신고할 거야. 그러니 앞으로 어떻게 해야 할지 심사숙고하는 게 좋을 걸."

잠시 침묵이 흘렀다. 그러더니 텐 맨 모두가 서로 바라보며 폭소를 터트렸다. 마티나 크로도 오랫동안 머리를 흔들며 깔깔 웃다가 말했다.

"리스커? 선바아카젠의 그 탐욕스러운 겁쟁이 말이야? 알려 줘서 고맙군, 레이니. 아주 많은 도움이 됐어. 하지만 우리는 리스커 같은 작자를 그다지 두려워하지 않아. 그자가 너희를 여기까지 데려다 주었다는 사실 자체가 놀라울 뿐이야."

레이니는 기가 꺾인 표정을—기가 꺾였지만 포기하지 않으려는 표정을—지으려고 최대한 노력했다.

"우리는 그 아저씨를 믿어. 베네딕트 선생님이 우리한테 남긴 돈 절반을 그 아저씨한테 주면서 우리가 무사히 도착하면 나머지 절반을 주겠다고 약속했다고! 하지만 우리가 나타나지 않으면 그 아저씨가 틀림없이……."

"그 돈은 어디에 있지?"

맥크라켄이 끼어들었다.

"당신들이 모르는 곳이지."

레이니가 대답했다.

"그런 곳이 어디일까?"

맥크라켄이 다시 물었다. 그리고 서류 가방에서 가죽으로 감싼 우아한 시가 상자를 꺼내서 레이니의 발 사이에 내려놓았다. 상자 안에서 찰칵찰칵 날카롭고 기분 나쁜 소리가 들리더니 이윽고 조그맣게 끽끽거리는 소리가 났다. 맥크라켄이 광택이 번뜩이는 구두코로 상자를 툭 건들며 물었다.

"이걸 열어 볼까? 아니면 돈이 있는 곳을 순순히 말할래?"

레이니는 시가 상자를 물끄러미 바라보았다. 식은땀이 흐르기 시작했다.

"그 돈은…… 그 돈은 배에 있어요. 내 가방에."

맥크라켄이 안타깝다는 표정으로 혀를 찼다.

"그렇다면 리스커는 벌써 도망쳤어. 돈을 가지고 떠난 거야. 그럴 만한 작자지. 우리가 확인해 보겠지만 그 작자는 그냥 도망쳤다고 생각하는 편이 좋아. 그건 그렇고, 리스커는 어떻게 알았지? 이 섬은 또 어떻게 알았지? 빨리 말해. 그러면 상자를 열지 않고 그냥 집어넣을 테니까."

레이니는 맥크라켄한테 사실대로 털어놓기 시작했다. 아이들은 레이니가 무슨 꿍꿍이를 꾸미는지 몰라서 당황한 눈으로 바라보기만 했다. 레이니는 자신들이 베네딕트 선생님과 넘버 투를 찾기 위해 가족들 몰래 빠져나왔다고 말했다. 베네딕트 선생님이 깜짝 여행을 위해 숨겨 놓은 다양한 실마리에 대해 이야기했고 실마리를 따라가서 선생님과 넘버 투를 찾으면 론다한테 연락할 계획이었다고 털어놓았다. 레이니는 맥크라켄에게 밀리건 아저씨와 마지막 실마리에 대한 이야기만 빼고 모든 것을 말했다. 그 말은 모두 사실이었기 때문에 완벽한 설득력을 지니고 있었다.

맥크라켄은 깊은 인상을 받은 것 같았다.

"너희 꼬맹이들끼리 그 먼 길을 온 거야? 맙소사, 정말 대단한 꼬마들이군!"

맥크라켄이 시가 상자를 집어서 식은땀을 흘리는 레이니의 얼굴 앞에 갖다 대며 덧붙였다.

"정말 살짝이라도 보지 않을래?"

맥크라켄이 껄껄 웃으며 상자를 흔들자, 안에서 찰칵찰칵하는 소리가 더 커졌다.

"싫어? 판도라를 만나고 싶지 않아?"

맥크라켄이 어깨를 으쓱하고는 상자를 서류 가방에 다시 넣었다.

"자네 생각은 어때, 친구? 리스커가 문제를 일으킬 것 같아?"

가로테가 물었다.

"그럴 가능성은 없어. 그놈이 꼬맹이들 돈을 훔쳤다면 경찰에 신고할 리가 없지."

벼룩이 대답했다.

"멍청한 소리 마세요. 그래도 커튼 선생님께 이 사실을 보고해야 해요. 무전기를 주세요, 벼룩."

마티나 크로가 강압적으로 말했다. 텐 맨들이 자신을 무시하는 것 같아서 짜증이 났다. 벼룩이 하나밖에 없는 눈썹을 추켜세웠다.

"맙소사, 내가 보고하지 말자고 한 적은 없잖아요, 그렇지 않아요? 그런데 내 무전기가 고장 난 것 같아요."

벼룩이 미안한 척하면서 덧붙였다.

"동굴에서 아무 반응이 없던 거, 기억 안 나요?"

마티나 크로가 중얼중얼 욕설을 퍼붓더니 머리칼을 거만하게 넘기며 말했다.

"그럼 불도마뱀을 타고 가야겠군요. 가로테, 당신이 운전하세요. 나머지는 여기서 기다려요. 오래 걸리지 않을 거예요."

"아이들은 안 데려가나요?"

맥크라켄이 묻자 마티나 크로가 으르렁거렸다.

"그러고 싶지 않아요."

마티나는 더 설명하지 않았다. 하지만 레이니는 그 이유를 충분히 알 것 같았다. 이곳에서는 마티나 크로가 아이들을 마음대로 할 수 있지만 커튼 선생한테 데려가면 사정이 달라질 것이다. 그러니 괜히 서두를 필요가 없었다. 텐 맨에게 명령을 내리며 아이들을 한껏 괴롭힐 기회를 쉽게 포기하고 싶지 않았다. 사실 지금 당장 마음껏 괴롭히고 싶었지만 커튼 선생에게 보고를 늦추는 모험을 감수할 수는 없었다.

마티나 크로가 케이티 쪽으로 엄지손가락을 흔들어 대며 말했다.

"하지만 떠나기 전에 저 아이의 양동이를 빼앗고 주머니를 뒤지는 게 좋겠어요. 이리 와요, 맥크라켄. 내가 뒤지는 동안 저 애를 꼭 잡으세요."

마티나 크로는 얕은꾀를 부려 맥크라켄한테 케이티를 붙잡으라고 했다. 그러지 않으면 이가 몇 개나 달아날지 모르기 때문이다. 마티나 크로가 머리끝부터 발끝까지 아주 철저하고 거칠게 몸을 뒤지는 동안 케이티는 입을 열 수도 숨을 쉴 수도 없었다. 마침내 맥크라켄이 놓아주자마자 케이티는 배를 움켜쥐며 무릎을 꿇고 쓰러져서 가쁜 숨을 몰아쉬었다.

마티나 크로가 만족스러운 미소를 머금으며 말했다.

"이건 시작에 불과해. 내가 돌아올 때까지 기다리고 있어. 정말 재미있을 테니까. 어서 가요, 가로테. 맥크라켄, 저 아이들을 잘 지키세요, 알겠죠? 도망치면 안 되니까."

"저 애들이 도망치는 일은 없을 거예요."

"시키는 대로 하세요."

마티나 크로가 말했다. 그리고 억지로 일어서는 케이티를 빙그레 웃는 얼굴로 바라보면서 양동이를 집어 들고 밖으로 나갔다. 가로테는 그 뒤를 따랐고 맥크라켄은 문을 닫고 빗장을 걸었다.

"빗장까지 걸 필요는 없지 않아? 아가씨가 돌아오면 다시 열어야 할 텐데 말이야."

벼룩이 물었다.

"자네는 좋은 친구야, 벼룩. 하지만 조심하는 습관을 좀 더 길러야만 해."

맥크라켄이 대꾸했다. 벼룩이 다시 말했다.

"나는 충분히 조심하고 있다고. 아, 물론, 한두 번 심하게 당한 적은 있지만 지금은 충분히 조심하는 중이야. 맥크라켄, 최소한 자네만큼은 된다고!"

"그래도 나는 아직까지 양쪽 눈썹이 모두 달려 있는데, 자네는 아니잖아."

"자네가 졌어, 벼룩!"

샤프가 킬킬대며 말했다.

"그런데 장비에 뭔가 문제가 있는 것 같아. 그게 뭔지 알아내서 해결하고 싶어."

맥크라켄이 말했다.

"그럼 물품 정리를 해 볼까?"

벼룩이 제안하자 맥크라켄이 대답했다.

"그것도 괜찮겠군. 어차피 아가씨가 돌아올 때까지 기다려야 하니까."

무슨 신호라도 주고받은 듯, 텐 맨 세 명이 동시에 무릎을 꿇고 서류 가방을 앞에 내려놓았다. 그들은 랜턴 불빛이 가장 강한 대피소 한가운데에 자리를 잡았다. 아이들은 서류 가방이 열리는 끔찍한 소리에 몸을 움찔했다.

바깥에서 불도마뱀이 쫘르릉거리며 마을을 요란하게 빠져나갔다. 잠시 후 사방에는 침묵이 깔리고 텐 맨 세 명이 서류 가방을 뒤지는 소리만 들렸다. 아주 심각한 작업이 분명한데도 세 사람은 기대감에 부푼 기쁜 표정으로 서류 가방에 든 물건들을 하나씩 살폈다. 초콜릿 상자에서 먹고 싶은 초콜릿이라도 고르는 것 같았다.

그들은 날카로운 연필과 다양한 색상의 만년필, 쇠로 만든 식인 물고기 모양의 스테이플러 심 제거기, 날렵하게 생긴 계산기, 하얀색으로 반짝이는 명함, 우아한 종이칼이 든 이름이 새겨진 가죽 주머니, 끔찍한 레이저 포인터까지 나란히 펼쳐 놓았다. 아이들은 겁에 질려 그 모든 광경을 지켜보았다.

벼룩이 레이저 포인터를 들더니 눈썹을 꿈틀거리고 턱으로 아이들을 가리키면서 말했다.

"자네들 생각은 어때? 저 아이들 코끝을 살짝 잘라 낼까? 수집을 할 생각이거든."

맥크라켄이 눈살을 찡그렸다.

"한 번밖에 사용할 수 없는 걸 코끝을 자르는 데 쓰겠다는 거야? 그래서 자네가 조심하는 습관이 부족하다는 말을 듣는 거야, 벼룩."

벼룩이 변명했다.

"그렇게 진지하게 굴지 마. 꼬맹이들을 놀래 주려고 장난을 친 거니까."

벼룩이 아이들을 바라보며 빙그레 웃었다. 아이들을 겁주는 게 아주 즐거운 모양이었다. 그러다가 평범한 플라스틱 판처럼 생긴 것을 들어 올리며 덧붙였다.

"그래도 이건 사용해 보고 싶어."

맥크라켄이 동의한다는 표정으로 고개를 끄덕거렸다.

"하기야 자네는 그걸 사용하는 솜씨가 아주 뛰어나니까."

"정말 그래. 자네처럼 그 판을 멋들어지게 사용하는 사람을 나는 본 적이……."

샤프가 벼룩의 등을 톡톡 치며 말하는데, 마침내 자기 목소리를 되찾은 꼬챙이가 불쑥 끼어들며 소리쳤다.

"당신들은 아무것도 아닌 괴물일 뿐이에요! 당신들은 그런 모습이 구역질 나지 않으세요? 자신을 바라보세요! 당신들은 사람들을 괴롭히는 걸 좋아해요! 아이들을 겁주면서 좋아한다고요!"

아이들은 깜짝 놀라 꼬챙이를 보았다. 꼬챙이가 갑자기 조용해졌다. 자신이 폭발한 것에 대해 친구들만큼이나 커다란 충격을 받고 굉장히 후회하는 표정이었다. 도대체 어떤 바보가 텐 맨을 화나게 만들려고 할까? 사실, 꼬챙이는 자신이 그런 말을 할 거라는 사실조차 몰랐다. 아직도 감정이 소용돌이쳤다. 꼬챙이는 거친 숨을 내뿜으며 한 차례 제대로 당할 마음의 준비를 갖추었다.

하지만 텐 맨들은 관심이 별로 없는 표정으로 꼬챙이를 물끄러미 바라보았고 맥크라켄은 껄껄 웃으며 말했다.

"우리는 아이들만 겁주는 걸 좋아하는 게 아니야, 꼬마. 너희가 아직 어린 게 우리 잘못은 아니잖아? 자, 이제 어른들끼리 얘기하는 걸 방해하지 말고 조용히 있어 줄래? 우리 기분이 나빠질 수도 있거든."

샤프가 플라스틱 판으로 부채질을 하며 말했다.

"맥크라켄, 자네도 알다시피 나는 기분이 나쁘면 몸에서 열이 나.

넥타이를 풀고 싶은 마음이 들어."

"그래, 정말 열이 나. 나도 넥타이를 풀어야 할 것 같아."

벼룩이 손수건으로 대머리를 훔치는 척하면서 중얼거리자, 맥크라켄이 손수건을 바라보며 말했다.

"또 그러네, 벼룩. 미리 조심하라고."

"젠장, 그렇게 엄마 오리처럼 꽥꽥거리지 마, 맥크라켄. 이걸로 코를 풀려는 게 아니니까."

이 말에 맥크라켄과 샤프가 폭소를 터트렸고, 벼룩은 손수건을 조심스레 접어서 윗주머니에 다시 끼워 넣었다. 그리고 세 사람은 다시 은밀한 대화를 시작했다.

꼬챙이가 몸을 격렬하게 비틀자 수갑이 쨍그랑거렸다. 안경을 닦고 싶은 마음이 간절했지만 수갑 때문에 손을 움직일 수가 없었다.

"괜찮아. 괜찮아질 거야."

레이니가 속삭이자 꼬챙이가 물었다.

"어, 어떻게?"

그건 레이니도 몰랐다. 레이니는 수갑으로 연결된 콘스턴스와 케이티를 돌아보았다. 콘스턴스는 난생처음 보는 사람처럼 꼬챙이를 물끄러미 바라보고 있었다. 꼬챙이의 폭발에 깊은 인상을 받은 게 분명했다. 콘스턴스는 나름대로 잘 버티는 것 같았다. 반면에 케이티는 아직도 배를 움켜쥐고 있었다. 맥크라켄 때문에 심하게 다친 것 같았다. 레이니가 괜찮은지 물어보려고 할 때, 케이티가 갑자기 머리로 옆을 가리켰고 콘스턴스는 뻣뻣하게 굳었다. 무슨 소리가 들린 것이다. 케이티가 조용히 하라고 경고하듯이 콘스턴스의 조그만 손을 꼭 잡고서 얼굴을 벽으로 돌렸다.

맥크라켄이 힐끗 쳐다보며 물었다.

"왜 그래, 꼬마? 우리가 장비 고치는 걸 구경하고 싶지 않아?"

"토할 것 같아요."

케이티가 대답했다.

"아하! 나 때문에 배 속이 살짝 꼬였구나, 그렇지? 가끔 그럴 때가 있어. 음, 그러니까 앞으로 착하게 굴라고. 지금처럼 벽만 쳐다보고 있으면 우리가 끼어들지 않을 테니까."

맥크라켄이 서류 가방 장비를 다시 살펴보기 시작했다.

사슬에 여유가 있었기 때문에 아이들은 비교적 자유롭게 움직일 수 있었다. 레이니와 친구들은 케이티 옆으로 모여들어서 케이티를 위로하는 척했다. 하지만 눈동자는 케이티가 방금 가리킨 지점을 바라보고 있었다. 조그만 드릴 하나가 벽에 있는 돌 두 개 사이를 뚫고 들어오고 있었다. 틈새로 들어오는 드릴 소리는 조그만 곤충이 우는 소리 같았는데, 케이티와 콘스턴스는 바로 그 소리를 들은 것이다. 잠시 후에 드릴 끝이 넓어지면서 벌레 크기만 한 구멍이 생기더니 그 사이로 돌돌 만 종이가 들어왔다. 케이티가 종이를 재빨리 낚아챘다. 밀리건 아저씨의 글씨였다.

> 그 자리에 가만히 있다가 내가 나타나면 물 쪽으로 곧장 달려. 조금도 망설이지 마.

케이티가 쪽지를 넘겼다. 콘스턴스도 쪽지를 읽고 남자아이들한테 넘겼다.

"아무 일 없어? 아직 토할 게 남았나, 꼬마 아가씨?"

벼룩이 쳐다보며 물었다.

"아직 남았어요."

케이티가 억지로 대답했다.

"케이티를 건들지 마세요!"

꼬챙이가 자신도 모르는 사이에 다시 소리쳤다. 그리고 두 손으로 입을 막다가 레이니랑 콘스턴스의 손까지 무심코 들어 올렸다.

"진정해, 꼬챙이."

레이니가 주의를 주었다. 하지만 그런 꼬챙이의 모습을 보고 콘스턴스가 힘을 얻는 것처럼 보였다. 꼬챙이가 텐 맨에게 대들 때마다 콘스턴스는 두려움을 이겨 내고 원래의 신경질적인 모습을 되찾아가는 것 같았다.

샤프가 낄낄 웃으며 "저 대머리 녀석이 손수건 맛을 보고 싶은가 보네." 하고 중얼거리자 다른 텐 맨들도 맞장구쳤다.

텐 맨들은 각자 자기 물건을 서류 가방에 넣으며 나지막이 소곤대기 시작했다. 레이니한테는 그 목소리가 크게 말할 때보다 훨씬 더 불길하게 들렸다. 레이니도 케이티가 겉으로 아픈 척하는 만큼 배가 뒤틀리는 것 같았다. 밀리건 아저씨가 나타난다 해도 아이들은 모두 사슬에 묶여 있는데 대문까지 어떻게 달려가지?

콘스턴스가 레이니를 바라보며 속삭였다.

"하지만 우리가 어떻게…… 어떻게 그렇게 하지?"

"조금만 기다려."

케이티가 중얼거렸다. 케이티는 캑캑대며 구역질을 하다가 침을 뱉기 시작했다. 랜턴 옆에서 텐 맨들이 능글맞게 웃으며 콧방귀를 날렸다. 케이티는 먹이를 쪼아 먹는 암탉처럼 머리를 앞으로 몇 차례 숙이다가 마지막으로 큰 소리로 구역질을 하고는 잠잠해졌다. 그러고는 두 손을 무릎에 올려놓은 채 벌떡 일어나더니 콧구멍으로 거친 숨을 몰아쉬었다. 그런 다음, 친구들을 보고 윙크하며 활짝 웃었다.

케이티가 입에 열쇠를 물고 있었다.

케이티가 농장 열쇠 하나를 수갑 열쇠와 재빨리 바꿔치기한 것이다. 아까 레이니가 보는 사이에 양동이 안으로 손을 슬그머니 집어넣은 이유가 바로 그것 때문이었다. 케이티는 몸수색을 당할 것을 미리 알았다. 그래서 수갑 열쇠와 비슷하게 생긴 열쇠를 손으로 더듬어 찾아 놓은 다음, 수갑 열쇠를 재빨리 삼키고 맥크라켄이 움켜잡았을 때는 농장 열쇠를 떨어트린 것이다. 레이니는 이 모든 과정을 단숨에 알아차렸다. 하지만 콘스턴스와 꼬챙이는 이해할 수 없다는 표정으로 물끄러미 바라볼 수밖에 없었다. 맥크라켄이 열쇠를 빼앗아 가는 것을 분명히 보았기 때문이다.

"나중에 설명할게."

레이니가 속삭였다. 수갑 푸는 소리가 텐 맨에게 들릴 수도 있었다. 레이니는 케이티에게 뒤로 가서 토하라고 했다. 케이티는 그 말에 아주 기쁜 표정으로 재빨리 움직이며 끔찍한 소리를 계속 뱉어 냈다. 친구들은 위로하는 표정으로 모여들었다. 그동안 케이티는 수갑을 모두 풀어서 크게 벌려 놓았다. 얼핏 보면 모두 수갑을 차고 있는 것처럼 보이지만 때가 오면 순식간에 빼낼 수 있게 만든 것이다.

하지만 그때가 언제 오는 걸까? 지금으로서는 그게 가장 절박한 문제였다. 아이들은 마음의 준비를 했다.

텐 맨들은 정리가 끝난 서류 가방을 닫고 일어서더니 서로 돌아가며 악수했다. 지금 막 즐거운 모임을 마치기라도 한 것 같았다. 밀리건 아저씨는 여전히 나타나지 않고 있었다. 맥크라켄이 연필 하나를 귀에 꽂은 채 아이들에게 다가왔다.

"어디 보자……."

맥크라켄이 아주 즐거운 목소리로 말하며 콘스턴스 앞에 무릎을 꿇자, 콘스턴스는 몸을 움츠리며 시선을 피했다.

"너는 행운아야, 꼬마! 네가 맥크라켄을 도와줘야겠어!"

"당신을 도와요?"

콘스턴스가 물었다.

"그래, 맞아! 곰곰이 생각해 봤는데 너희 이야기가 너무 완벽하게 맞아떨어지는 게 이상해. 너희 말썽쟁이들이 맥크라켄한테 무언가를 숨기고 있다는 생각이 들어. 나는 그게 뭔지 알아낼 생각이야!"

"내 이야기가 마음에 들지 않는다면 나한테 물어보지 그래요?"

레이니가 끼어들었다. 맥크라켄이 콘스턴스에게서 시선을 떼지 않으며 대답했다.

"오랜 경험에 비추어 보면 가장 어린 아이가 제일 솔직하더군."

맥크라켄이 콘스턴스의 턱을 손가락 하나로 억지로 들어 올리며 물었다.

"내 말이 맞지, 꼬마? 네가 비밀을 모두 털어놓도록 만들 만한 능력이 나한테 있을 것 같지 않니?"

콘스턴스는 맥크라켄이 귀에 꽂은 날카로운 연필을 계속 보다가 입술을 떨기 시작했다. 하지만 우는 대신 얼굴을 잔뜩 찡그린 채 날카로운 비명을 질러 댔다. 맥크라켄이 움찔하며 뒤로 물러날 정도였다. 콘스턴스는 계속 그렇게 비명을 지르다가, 숨이 차서 건포도처럼 보랏빛으로 변한 얼굴로 쌕쌕대며 맥크라켄을 노려보았다.

맥크라켄은 크게 실망한 표정으로 콘스턴스를 보며 물었다.

"그러는 이유가 뭐지, 꼬마? 맥크라켄을 화나게 만드는 이유가 뭐야? 모험이 끝났다는 사실을 아직도 모르겠어? 이제 너를 도와줄 사람은 아무도 없다는 걸 모르겠느냐고?"

"그건 당신 생각이지!"

콘스턴스가 대들었다.

맥크라켄은 이마를 찡그렸다. 그리고 파란 눈을 가늘게 뜨며 콘스턴스를 노려보았다. 속을 꿰뚫어 보는 차가운 시선이었다. 콘스턴스는 실수로 삼킨 전갈이 배 속으로 내려가면서 독침을 쏘지 않기만을 바라는 표정으로 맥크라켄을 쳐다보았다.

맥크라켄이 가만히 바라보며 말했다.

"나는 너희가 리스커 같은 사람이랑 그런 약속을 했다고 믿지 않아. 절대 아니야. 멀리 떨어진 배 안에 있는 그 한심한 작자는 아니야. 너희한테 다른 사람이 있는 거야, 그렇지?"

"그래요, 맞아요! 다른 사람이……."

레이니가 재빨리 말했다. 거짓말을 한다고 믿게 해야 했다. 하지만 맥크라켄이 손가락으로 경고하며 말문을 막았다.

"너는 입 다물어. 속임수는 안 통해."

맥크라켄이 동료들을 바라보며 물었다.

"자네들 생각은 어때?"

벼룩이 눈썹을 추켜세웠다. 그리고 손가락을 튕기더니 정장 윗도리에 손을 넣고 밀리건 아저씨의 조명탄 총을 꺼냈다.

"저 깡마른 대머리가 이걸 떨어트렸어! 나는 아이들이 이걸로 서로 연락을 취하려 했다고 생각했어."

"정말이야? 조명탄 총으로? 아, 자네는 정말 멍청해, 벼룩! 이 애들은 조명탄이 없어도 서로 연락할 수 있어……. 모두 한 마을에 있으니까. 그렇다면 우리 친구가 신호를 보낸 사람은 과연 누굴까?"

맥크라켄이 머리를 긁으며 물었다.

"아무도 없어. 총을 쏘기 전에 떨어트렸거든."

"그럴 수도 있겠지, 벼룩. 하지만 우리가 터널 입구를 터트린 소리가 그 신호를 대신할 수 있지 않을까?"

맥크라켄이 입술을 꼭 깨물었다.

"자네는 서까래로 올라가는 게 좋겠어. 샤프, 자네는 빗장을 열고. 상대가 안으로 쉽게 들어오도록 만드는 게 좋겠군."

벼룩이 눈썹이 없는 오른쪽 눈을 찡긋하자 얼굴이 흉측하게 일그러졌다. 정말 기분 나쁜 모습이었다. 하지만 거미처럼 기둥을 타고 잽싸게 올라가서 어두운 서까래 속으로 사라지는 광경은 더욱 기분 나빴다.

텐 맨들은 이렇게 함정을 설치했다.

레이니는 친구들을 걱정스러운 눈길로 바라보았다. 케이티는 불안한 나머지 시선을 피한 채 두 주먹을 불끈 쥐었다 펴기만 했다. 콘스턴스는 벌써 울기 시작했고 꼬챙이는 괴로운 표정으로 콘스턴스를 위로하고 있었다.

"이렇게 엉망이 된 건 네가 아니라 나 때문이야. 그러니까 괴로워하지 마."

"그 말은 맞아."

콘스턴스가 비웃듯이 대답했다. 그러다가 갑자기 몸을 똑바로 폈다. 어떤 느낌을 받은 것 같았다. 잠시 후 바깥에서 불도마뱀이 쫘르릉대며 다가오는 소리가 들렸다.

"가로테와 마티나가 왔군."

샤프가 말하고 대문에서 물러나며 넥타이를 풀었다.

"그럴 수도 있고 아닐 수도 있어. 기다려 보면 누가 들어오는지 알 수 있겠지."

맥크라켄이 말하면서 랜턴을 끄자, 안에 어둠이 깔렸다.

맥크라켄은 그 답을 금방 알게 되었다. 문을 열고 들어온 사람은 없었다. 놀랍게도 문이 통째로 사라졌기 때문이다.

대피소에서의 결투

나무로 만든 두터운 문이 와지끈 소리를 내며 산산조각 났다. 쇠로 만든 볼트가 뽑히고 돌 더미가 사방으로 떨어지며 공중에 먼지를 흩날렸다. 그와 동시에 문이 있던 공간으로 장갑차 불도마뱀이 코를 내밀었다. 불도마뱀 안에서 누군가가 스위치를 켜자 갑자기 환한 빛이 안에 들어차며 돌먼지가 호박색 안개처럼 일렁였다.

"지금이야!"

케이티가 소리쳤다. 케이티는 순식간에 수갑을 풀고 콘스턴스를 잡았다. 그러고는 먼지 속에서 콜록거리며 눈을 가늘게 뜨고 환한 빛을 바라보며 불도마뱀을 향해 곧장 달렸다. 레이니와 꼬챙이는 그 뒤를 따랐다.

케이티는 맥크라켄과 샤프가 조금 전까지 서 있었던 지점을 곧장 지나갔다. 텐 맨들은 갑자기 켜진 불빛에, 놀란 바퀴벌레처럼 이미 사방으로 흩어져서 숨어 있었다.

밀리건 아저씨가 하늘에서 뚝 떨어진 것처럼 나타나 불도마뱀 몇 걸음 앞에서 불빛을 막고 커다란 그림자를 만들었다. 주변에서는 돌가루가 매섭게 소용돌이쳤다. 아저씨는 무릎을 꿇고 나무 기둥 쪽으로 마취 총을 쏘았다. 처음에는 왼쪽, 다음에는 오른쪽이었다. 아저씨는 텐 맨들이 숨어 있는 나무 기둥을 차례대로 겨냥하며 소리쳤다.

"얘들아, 불도마뱀에 타! 어서 빨리! 친구들이 올라타도록 도와줘, 케이티!"

케이티는 콘스턴스를 잡아끌며 아빠 옆을 지나는 중이었다.

"조심해요, 아빠! 서까래 위에 한 명 더 있어요!"

케이티의 말이 떨어지기 무섭게 밀리건 아저씨가 몸을 앞으로 날렸다. 그와 동시에 노란 연필이 마술처럼 날아와 밀리건 아저씨가 무릎을 꿇고 있던 마룻바닥에 꽂힌 채 부르르 떨었다. 아저씨는 마취 총을 서까래 쪽으로 겨냥했지만 그림자와 나무만 보였다. 뒤에서는 케이티가 친구들을 불도마뱀 위로 밀어 올리는 중이었다.

"무기를 내려놔!"

위에서 외치는 목소리가 들렸다.

"조금 이따가."

밀리건 아저씨가 으르렁거렸다. 그 목소리가 다시 소리쳤다.

"지금 당장. 그러지 않으면 저 여자애 머리 꼬랑지를 날려 버릴 테니까!"

케이티는 레이니를 불도마뱀 안으로 밀어 넣은 직후에 이 말을 들었다. 케이티가 서까래를 쳐다보았다. 처음에는 아무것도 보이지 않았지만 조금 후에 쐐기가 몸을 뒤튼 것처럼 생긴 이상한 물체를 발견했다. 벼룩이 눈썹을 꿈틀거리고 있었던 것이다. 벼룩은 어둠 속에서 케이티에게 레이저 포인터를 겨냥하고 있었다.

"케이티?"

밀리건 아저씨가 불렀다. 아저씨는 위치가 달라서 벼룩을 볼 수 없었다. 하지만 대답 없이 멍하게 서까래를 올려다보고 있는 케이티를 발견했다. 망설일 시간이 없었다. 마취 총을 바닥에 내려놓을 수밖에 없었다.

"아빠, 안 돼요!"

케이티가 소리쳤다. 하지만 이미 늦었다.

"발로 그걸 멀리 차!"

벼룩이 소리쳤다. 밀리건 아저씨가 마취 총을 발로 차서 마룻바닥 건너편으로 보냈다.

"구석으로 가서 수갑을 차고 사슬을 끼워. 수갑은 손목이 아플 만큼 세게 차도록."

밀리건 아저씨가 스스로 수갑을 차고 사슬을 끼웠다. 사슬은 아직까지 맹꽁이자물쇠로 기둥에 그대로 묶여 있었다. 밀리건 아저씨가 단단히 묶었다는 사실을 증명하기 위해 사슬을 당기자, 그와 동시에 벼룩이 포인터를 밀리건 아저씨 가슴에 겨냥한 채 바닥으로 내려왔다. 기뻐서 환하게 웃고 있었다.

"저 꼬마의 아빠라면…… 네놈이 정말 밀리건이야?"

밀리건 아저씨는 아무 대답도 하지 않은 채 몸을 앞으로 숙이고 벼룩에게 달려들었다. 하지만 사슬이 짧아서 손이 닿지 않았다.

"자네들도 들었나? 밀리건이야! 우리가 그 유명한 밀리건한테 수갑을 채워서 사슬에 묶은 거야!"

벼룩이 소리쳤다. 맥크라켄과 샤프가 한가운데로 나왔다. 맥크라켄이 입술을 실룩거렸다. 웃지 않으려고 애쓰는 것 같았다.

"밀리건이라고? 깜짝 놀랄 일이군!"

벼룩은 아저씨를 자세히 살펴보려고 앞으로 다가왔다. 하지만 밀리건 아저씨의 공격 범위에 들어가지 않도록 줄곧 사슬을 살폈다. 레이저 포인터로는 밀리건 아저씨의 가슴을 계속 겨냥하고 있었다.

"하필이면 네놈이! 원수는 외나무다리에서 만난다더니, 정말 대단해! 내 손으로 네놈을 끝장낼 수 있다는 사실이 놀라울 뿐이야."

밀리건 아저씨가 뭐라고 웅얼거렸다. 벼룩이 몸을 앞으로 살짝 숙이며 물었다.

"뭐라고?"

밀리건 아저씨가 움직이는 모습은 아무도 보지 못했다. 적어도 아저씨가 어떻게 했는지 본 사람은 하나도 없었다. 벼룩이 기쁜 표정으로 아저씨를 안으려고 몸을 내밀자 밀리건 아저씨도 앞으로 나가 벼룩을 껴안은 것처럼 보였을 뿐이다. 하지만 어느새 벼룩은 기절해서 바닥에 쓰러졌고 레이저 포인터는 밀리건 아저씨 손에 들려 있었다.

"내 말은 사슬이 자네 생각보다 길다는 거였어."

밀리건 아저씨가 중얼거렸다.

맥크라켄과 샤프는 서로 몇 미터 간격을 두고 한가운데 서서 밀리건 아저씨가 들고 있는 레이저 포인터를 노려보았다. 미소가 가신 얼굴로 꼼짝도 하지 않았다.

맥크라켄이 정신을 차리며 말했다.

"정말 똑똑하군. 사슬을 모아 들고 실제보다 짧아 보이도록 만든 건가? 정말 인상적인 솜씨야, 친구. 저 친구를 완벽하게 속였어. 어차피 시작한 김에 저 친구를 완전히 보내 버리지 그러나. 변죽만 울리지 말고."

밀리건 아저씨는 그 말을 무시했다.

"케이티, 불도마뱀을 타고 우리가 만나기로 한 곳으로 곧장 가. 네가 조종할 수 있을 거야. 트랙터랑 비슷하니까."

"아빠, 아빠만 두고 떠날 순 없어요!"

"할 수 없어! 포인터를 가지고 있잖아. 괜찮을 거야."

밀리건 아저씨가 고개도 돌리지 않은 채 소리쳤다.

"밀리건 아저씨! 맥크라켄이 아까 포인터는 한 번 쏘면 다시 충전해야 한다고 했어요!"

레이니가 불도마뱀 위에서 소리쳤다.

맥크라켄이 과자를 훔치다가 들킨 아이처럼 창피한 표정으로 어깨를 으쓱하며 물었다.

"그 말까지 들은 거야, 응? 내가 한 방 맞았군, 밀리건. 그래, 내가 그렇게 말했어. 그러니 이렇게 하면 어떨까? 아마 자네는 케이티한테 자네 무기를 집어 오라고 말하고 싶을 거야. 하지만 그렇게 하면, 내가 장담하는데, 우리 두 사람 가운데 한 명이 저 아이한테 치명적인 상처를 입힐 거야. 미안해, 하지만 세상 이치가 그런 법이야. 자네한테 우리 둘 다 당할 순 없잖아. 한 명은 모르지만 둘 다는 안 돼. 그렇지 않나, 샤프?"

"맞아, 맥크라켄. 그게 세상 이치야."

맥크라켄이 다시 말했다.

"그러니 저 꼬마들을 그냥 내보내. 그게 공평해. 저 아이들은 보내고 우리 셋이 남아서 재밌는 이야기를 나누는 거야."

밀리건 아저씨는 텐 맨 두 명에게서 단 한 순간도 눈길을 떼지 않았다.

"케이티, 지금 당장 떠나. 명령이야. 겁내지 마. 그곳에 가면 우리 친구들이 있을 거야."

"하지만……."

"어서, 케이티!"

케이티가 불도마뱀에 올라탔다. 친구들에게 아무 말도 하지 않았다. 친구들 역시 말을 잃었다. 변속 레버와 손잡이를 살피는 케이티의 눈에서 눈물이 떨어졌다. 지금 이대로 떠나야 한다는 사실을 믿을 수가 없었다. 텐 맨은 두 명이나 되는데 아빠는 혼자였다. 게다가 아빠는 사슬에 묶여 있고 포인터는 한 번만 쓸 수 있다. 그런데도 아빠를 남겨 두고 떠나야 하는 것이다.

케이티는 불도마뱀을 후진시켜 부서진 문을 지나 길로 나갔다. 케이티가 변속 레버를 바꾸자 불도마뱀이 멈추더니 엔진만 윙윙거렸다. 케이티는 고개를 돌려서 안타까운 표정으로 대피소를 바라보았다.

콘스턴스가 미안하다는 듯 말했다.

"가야 해. 밀리건 아저씨가 시킨 대로 해야 해, 케이티……. 만이 있는 숲으로 돌아가야 해."

"우리가 가야 할 곳은 그 숲이 아니야."

레이니의 말에 친구들은 깜짝 놀랐다. 레이니는 아주 냉정하고 단호한 표정이었다.

"그럼 어디로 가야 하지?"

콘스턴스가 물었다.

"베네딕트 선생님을 구하러. 기회는 지금밖에 없어."

"하지만 그곳이 어딘지도 모르……."
"아니, 알고 있어."
레이니가 대답했다.

자정이 훨씬 지난 시각이었다. 마을 우물 위에 비치던 보름달은 이제 보이지 않았다. 쌍둥이 달이 사라진 것이다. 하지만 레이니 말대로, 베네딕트 선생님은 아이들이 시간에 상관없이 실마리를 풀 수 있고 케이티가 어디에 있는 물건이든 꺼내 올 수 있을 거라고 믿었다. 선생님의 믿음은 틀리지 않았다. 케이티는 몇 초 만에 곡식 창고 지붕에서 (벼룩이 콘스턴스를 잡으면서 풀어 놓은) 밧줄을 가져와 예전에 우물 지붕을 지탱했던 기둥에 단단히 묶었다. 그런 다음 신발을 벗어던지고 칠흑 같은 어둠 속으로 내려갔다.
물을 첨벙거리는 소리가 잠시 들리더니, 케이티가 외쳤다.
"찾았어!"
케이티가 유리병을 들고 올라왔다. 병은 물속에서 짧은 밧줄에 묶인 채 무거운 바위에 눌려 있었다. 유리병 안에는 지도가 있었다.
온갖 소동과 수수께끼를 거친 끝에 나타난 마지막 목적지는 지도에 이상하리만치 단순하게 표시되어 있었다. 남쪽 끝 산봉우리 근처에 그려진 X표가 그 목적지였다. 어떤 길로 가야 할지 고민할 필요도 없었다. 초원에 찍혀 있는 불도마뱀 바퀴 자국만 따라가면 될 것이다.

"각자 자리를 찾아서 앉아."

아이들이 모두 올라타도록 도와준 다음에 케이티가 말했다. 그러고는 자신은 조종석에 앉았다. 불도마뱀 안에는 밑으로 기다란 저장 공간이 있고 불편한 의자가 두 줄로 길게 늘어서 있어서 평범한 선실 내부와 비슷했다. 레이니는 앞쪽 의자에 앉다가 바닥에 놓인 물건을 발로 차고 말았다. 케이티의 양동이였다.

케이티가 양동이를 가만히 집어 들었다. 양동이를 되찾은 것이 그나마 마음의 위로가 되었지만, 양동이를 옆구리에 차도 전처럼 자신감이 생기지는 않았다. 케이티는 무너진 대피소 문을 마지막으로 돌아보았다. 그 너머 달빛이 희미한 곳에, 아빠가 텐 맨들과 맞서고 있었다. 케이티는 얼굴을 찡그리며 고개를 다시 돌렸다. 핸들을 움켜잡고 변속 레버를 바꾸자, 불도마뱀이 한쪽으로 급하게 기울며 앞으로 나아가기 시작했다.

레이니, 꼬챙이, 콘스턴스는 의자 뒤로 나뒹굴었다.

"꼭 잡아!"

케이티가 소리쳤다. 머리카락이 뒤에서 흩날렸다.

불도마뱀이 꽈르릉거리며 마을을 빠져나가 초원으로 들어섰다. 전조등은 풀이 짓밟힌 두 줄기 흔적을 환하게 밝혀 주었다. 케이티는 그쪽으로 방향을 틀어서 줄곧 흔적을 따라갔다. 중간에 한 번 흔적을 벗어나야 했다. 초원 한복판에 기절해 쓰러져 있는 마티나 크로와 텐 맨 가로테를 피해야 했기 때문이다. 아빠는 그곳에서 보고를 마치고 돌아오는 두 사람을 기습한 것이 분명했다. 하지만 친구들은 두 사람을 보지 못했고 케이티는 그대로 두 사람 위로 지나가고 싶은 유혹에 시달렸다는 사실을 말하지 않았다. 하지만 결국에는 방향을 틀었고 불도마뱀은 꽈르릉거리며 계속 나아갔다.

이윽고 불도마뱀은 산기슭을 오르기 시작했다. 산비탈은 가파른 각도로 계속 이어져서 얼마 후에 친구들은 두 눈을 가려야만 했다. 불도마뱀 바닥에서는(모두 아직까지 의자에 올라가지 못하고 있었다.) 보름달과 하늘밖에 보이지 않아서 공중에 떠 있는 것처럼 아찔했다.

케이티는 이를 꽉 물고 잔뜩 긴장한 채 조종간을 꽉 잡았다. 친구들과 달리 케이티는 앞이 잘 보였다. 하지만 초원이 끝나고 바윗길이 시작되자 흔적이 흐릿해졌다. 정신을 바짝 차려야 했다. 무심코 엉뚱한 길로 접어들었다가는 협곡에 갇혀 최악의 결과를 맞을 수도 있었다. 하지만 밑에서 기계가 움직이는 느낌에도 관심을 기울여야 했다. 엔진 성능을 최대치로 올렸는데도 속도가 눈에 띄게 떨어지더니 탱크 바퀴가 점차 미끄러지기 시작한 것이다. 산비탈이 더 가팔라지고 불도마뱀이 기어가는 것처럼 느껴질 즈음에 케이티는 엔진을 껐다. 어차피 산봉우리에 거의 도착했다. 이제부터는 걷는 게 더 빠를 터였다.

아이들은 눈을 뜬 순간 심장이 내려앉는 것 같았다. 허공 한가운데에 떠 있는 느낌이었다. 하지만 케이티는 손전등 불빛으로 지도를 살피고 있었다.

"동굴이 멀지 않아. 자, 가자."

불도마뱀 바깥으로 가느다란 오솔길이 이어져 있어서 아이들도 쉽게 올라갈 수 있었다. 공기는 차가웠으며 식물은 거의 없었다. 들꽃과 잡초만 바위 틈새를 듬성듬성 비집고 나와 있었고 모래땅에서 이리저리 비틀린 조그만 나무 몇 그루가 자라고 있었지만 땅 위는 거의 바위로 덮여 있었다. 레이니가 암흑초처럼 연약한 식물이 이런 곳에서 어떻게 자랄까 궁금해하고 있는데 케이티의 목소리가 들렸다.

"바로 여기야."

케이티가 손짓을 하며 중얼거렸다.

동굴이 확실했다. 입구와 그 위에 뚫린 조그만 구멍에서 밝은 빛이 흘러나오는 모습이 마치 호박 속을 파내고 안에 촛불을 넣어 만든 거대한 등불 같았다. 심지어 안에서 흘러나오는 불빛이 촛불처럼 흔들리기도 했다. 하지만 그건 안에서 누군가가 움직이고 있기 때문이라는 사실을 레이니는 금방 알아차렸다.

레이니는 몸이 부르르 떨렸다. 커튼 선생을 다시 만나고 싶은 생각은 전혀 없었다. 그럼에도 불구하고 열두 달이 지나 수천 킬로미터 떨어진 장소에서 드디어 운명의 시간이 다가오고 있었다.

한편, 폐허가 된 마을 대피소에서는 아주 불쾌한 협상이 끝나 가고 있었다.

아이들은 불도마뱀을 타고 떠나면서, 기둥에 묶인 밀리건 아저씨에게 어둠 속에 숨은 텐 맨 두 명을 맡기고 도망친다고 생각했다. 하지만 그건 사실이 아니었다. 케이티가 지도를 꺼내러 우물 속으로 내려가고 있을 때 벼룩이 의식을 되찾았기 때문이다. 벼룩은 밀리건 아저씨의 근처에 쓰러진 채 눈을 깜빡거리며 정신을 차리려고 애썼다. 대피소 안은 어두웠다. 부서진 문으로 들어오는 희미한 달빛이 전부였다. 맥크라켄의 말소리가 들렸다. 그다음엔 불도마뱀이 꽈르릉거리며 마을을 빠져나가는 소리도 들렸다. 벼룩은 신음 소리를 내며 무릎을 딛고 일어나서 두 눈을 비볐다. 그리고 레이저 포인터를 들고 있는 밀리건 아저씨를 보았다. 자신의 레이저 포인터였다. 벼룩은 벌떡 일어나서 주변을 둘러보았다.

"꼼짝 마."

밀리건 아저씨가 말했다. 벼룩은 얼어붙었다.

"돌아온 걸 환영해, 벼룩."

뒤에서 맥크라켄의 목소리가 들렸다.

"뭐야…… 무슨 일이야?"

벼룩이 밀리건 아저씨를 노려보며 물었다. 맥크라켄이 대답했다.

"가만있자, 그러니까 자네가 갑자기 정신을 잃으면서 우리 적에게 무기를 넘겨주었고, 그래서 샤프와 나는 아이들이 불도마뱀을 끌고 도망치는 걸 여기서 가만히 구경하게 됐지. 이런 말까지 하고 싶지는 않지만, 벼룩, 커튼 선생님이 언짢아하실 거야."

"그래, 언짢아하실 거야."

샤프가 덧붙였다.

벼룩이 바닥에 침을 뱉었다. 정신은 완전히 돌아왔다. 굴욕감과 분노가 치밀어 올랐다.

"그런데 그냥 이렇게 서 있는 이유가 뭐야? 우리는 셋이고 저 포인터는 한 번밖에 못 쏘잖아."

"우리도 지금 그런 이야기를 하는 중이었어. 그 포인터는 커튼 선생님이 아주 정교하게 만든 레이저 무기니까 그걸 사용할 생각은 안 하는 게 좋을 거라고. 혹시 겨냥하는 방법을 제대로 모르고 휘두르다가 자기가 레이저를 맞는 불상사가 일어나면 어떻게 하겠어?"

맥크라켄이 대답했다.

"자네는 내가 레이저 포인터를 몇 개 수집한 경험이 있다는 사실을 모르는군."

밀리건 아저씨가 말하자, 맥크라켄이 느긋하게 웃으며 대답했다.

"아, 맞아, 그 생각을 못했군. 그래도 조심하는 게 좋을 거야. 잘못 쏴서 기둥이나 지붕에 불이 붙으면 안 되니까. 그렇게 사슬에 묶여 있는데 불이 나면 아주 불편하지 않겠어?"

"명심하지."

밀리건 아저씨가 말했다.

"지금 이러고 있는 이유가 뭐야? 저 친구 혼자서 우리 셋을 상대할 순 없잖아. 그건 저 친구도 잘 알아."

벼룩이 짜증스럽게 끼어들자 맥크라켄이 점잖게 대답했다.

"저 친구는 아이들이 충분히 도망칠 시간을 벌고 싶은 거야. 하지만 벼룩 말이 옳아. 그렇지 않나, 밀리건? 사실 지금 자네는 우리 모두의 시간을 낭비하고 있어. 어차피 피할 수 없는 대결을 질질 끌어서 무슨 소용이 있겠나?"

그러자 밀리건 아저씨가 맥크라켄에게 레이저 포인터를 겨냥하며 말했다.

"재미있나 보지. 이 상황을 어서 해결하고 싶다면 어디 마음대로 해 보지 그러나."

맥크라켄이 얼굴을 찡그렸다.

"아, 하지만 밀리건, 그 결과를 생각해 보게! 자네가 레이저 포인터를 한 번 쏘고 그래서 다행히 우리 가운데 한 명을 쓰러트렸다고 치세. 하지만 결국 남은 두 사람이 자네를 처리하지 않겠나? 그래…… 우리는 자네를 정말 가혹하게 다룰 거야, 밀리건. 안 그런가, 친구들?"

"당연하지."

벼룩이 대답했다. 밀리건 아저씨가 어떻게 했는지 모르지만 머리가 끔찍하게 아팠다. 샤프가 낄낄거렸다.

"물론이지. 우리는 사람을 다루는 솜씨가 대단하거든!"

맥크라켄이 다시 말했다.

"하지만 나한테 좋은 생각이 있네, 밀리건. 자네가 그 포인터를 건

네준다면 우리도 모든 걸 포기하고 커튼 선생님에게 자네를 편안히 안내해 주지. 누가 알아? 행여나 자네한테 운이 따를지……. 커튼 선생님이 자네를 유익하게 쓰실 수도 있잖은가. 어쨌든 자네가 살아날 기회는 그것밖에 없어. 내 말대로 해. 이건 우리가 손해 보는 장사니까. 자네가 우리를 이리도 힘들게 했는데 자네를 그냥 넘긴다는 건 우리가 굉장히 많이 양보한 거야."

"엄청난 양보지."

벼룩이 중얼거렸다.

"대단한 양보야."

샤프가 덧붙였다. 맥크라켄이 어깨를 으쓱하며 계속 말했다.

"하지만 그 포인터를 넘기지 않는다면…… 험악한 상황이 벌어질 거야."

"그래, 맞아. 정말 험악할 거야."

샤프가 말했다.

"아주 험악하지."

벼룩도 말했다.

"얼마나 험악한데? 자네만큼 험악한가?"

밀리건 아저씨가 아주 재미있다는 듯 벼룩에게 물었다.

벼룩은 두 주먹을 꼭 움켜쥐며 자신의 서류 가방을 간절한 눈초리로 바라보았다. 얼굴을 찡그리자 하나밖에 없는 눈썹이 안쪽으로 파고들었다.

맥크라켄이 폭소를 터트렸다.

"분명히 말하는데, 벼룩보다 더 험악할 거야, 밀리건! 안타깝지만 이제 결정을 내릴 시간이 됐어. 내가 셋을 세지. 마지막 기회야. 자네는 포인터를 돌려줄 수도 있고 그걸 사용할 수도 있어. 선택은 자네 몫이야. 준비됐나? 이제 시작하네. 하나…… 둘…….."

"선택했네."

밀리건이 말했다.

"그럴 거라고 생각했어."

맥크라켄이 겸손하게 윙크를 하며 말했다. 그리고 커다란 손을 내밀며 덧붙였다.

"이리 조심히 던지게. 아주 비싼 물건이니까."

하지만 밀리건 아저씨는 포인터를 던지지 않았다. 맥크라켄의 윙크에 대한 답으로 몸을 빙글 돌리면서 사슬을 쏘아 깨끗하게 잘랐다.

"교활한 놈! 하지만 아무 소용 없어. 자네와 문 사이에는 우리가 있으니까!"

맥크라켄이 소리쳤다. 벌써 서류 가방으로 손을 뻗고 있었다. 다른 텐 맨 두 명도 갑작스러운 충격에서 벗어나 두 팔을 흔들어 은빛 손목시계를 드러냈다.

하지만 밀리건 아저씨는 도망칠 생각이 아니었다. 한쪽으로 움직이는 척하다가 반대편으로 펄쩍 뛰면서 마취 총을 재빨리 움켜잡은 것이다.

밀리건 아저씨가 기둥 뒤로 숨자 맥크라켄이 말했다. 텐 맨들의 손목시계에서는 윙윙거리는 소리가 나기 시작했다.

"정말 대담하군! 그래도 우리한테 항복하는 편이 좋을 거야. 우리는 셋이고 자네는 혼자니까!"

"오래 걸리지 않을 거야."

밀리건 아저씨가 소리치며 기둥 뒤에서 뛰쳐나왔다.

그와 동시에 가장 처절하고 이상한 결투가, 고급 정장과 액세서리, 다양한 사무 용품을 모두 동원한 결투가, 온갖 계략과 조롱이 난무한 결투가 시작되었다. 결투는 몇 시간 동안 계속되었다. 그리고 마침내 살아남은 한 명이 폐허 속에 우뚝 섰다. 베네딕트 비밀클럽 아이들은 그 어느 때보다 커다란 위험에 빠지게 되었다. 아, 안타깝게도 마지막에 우뚝 선 사람은 밀리건 아저씨가 아니었기 때문이다.

산꼭대기의 동굴

밀리건 아저씨가 폐허로 변한 마을에서 텐 맨들과 끔찍한 전투를 시작한 바로 그 순간, 레이니와 아이들은 산봉우리의 동굴 입구 앞에 서 있었다. 안에서 흘러나오는 공기는 이상할 정도로 눅눅하고 따뜻한 데다 희미한 유황 냄새가 배어 있었다. 터널처럼 좁은 입구 안으로 들어가자 훨씬 널따란 공간이 펼쳐졌고 천장과 바닥에는 종유석과 석순이 가득했다. 쇠로 된 스탠드처럼 생긴 조명등이 여러 군데 설치되어 있어서 안이 훤히 보였다. 움직이는 물체는 하나도 없었고 아무 목소리도 들리지 않았다. 하지만 조금 전에 아이들은 불빛을 가리며 움직이는 그림자를 보았다. 저 안에 누군가 있는 게 분명했다. 레이니가 공중에서 바라본 섬은 괴물 같은 모습을 하고 있었다. 아이들은 지금 그 입으로 곧장 들어가는 중이었다.

아이들은 통로가 끝나고 널따란 동굴이 시작되는 지점에서 걸음을 멈추고 주변을 살폈다. 분위기가 섬뜩했다. 열 걸음 간격으로 바닥 여기저기에 석순이 불룩 올라와 있었으며 그보다 많은 종유석이 천장에서 아래로 자라나 있어서 어른이 손을 뻗으면 뾰족한 끝에 닿을 것 같았다. 바닥에서 천장까지 모든 것이 환한 불빛을 받으며 끈적끈적한 회색으로 반짝거렸다. 부드럽게 윙윙거리는 조명등 소리가 들릴 뿐이었다. 바로 그때 남자의 기침 소리가 들렸다.

아이들은 서로를 바라보았다. 심장이 쿵쾅거렸다. 평범한 기침 소리는 아주 가까운 곳에서 들려왔다. 케이티는 친구들에게 멈추라고 신호를 보내고 몇 걸음 앞으로 기어갔다. 레이니는 눈을 동그랗게 뜨는 케이티를 바라보았다. 케이티가 손가락 하나를 입술에 댄 채 옆으로 오라는 신호를 보냈다. 아이들은 발끝으로 조용히 걸었다.

그곳에, 석순 사이에 있는 빈 공간에, 베네딕트 선생님이 있었다.

베네딕트 선생님이 바로 몇 걸음 떨어진 석순에 등을 기댄 채 앉아 있었다. 머리는 숙인 채 두 눈을 감고 있었으며 두 손을 뒤로 돌린 자세는 아주 불편해 보였다. 석순 뒤쪽에 쇠고리가 박혀 있었다. 레이니는 그 쇠고리에 넘버 투가 묶여 있었을 것이고, 베네딕트 선생님 역시 그런 쇠고리에 묶여 있을 거라고 추측했다. 선생님이 저렇게 불편한 자세로 뒷짐을 지고 있는 이유도 그래서일 것이다. 조금 전 베네딕트 선생님을 발견한 순간 레이니는 가슴이 부풀었다. 한층 더 헝클어진 하얀 머리칼과 녹색 격자무늬 양복이 정겨웠다. 하지만 부푼 가슴은 순식간에 걱정으로 변하고 말았다. 선생님이 지금 어떤 상태인지 전혀 알 수 없었기 때문이다.

다른 아이들도 잠시 기쁜 마음이 용솟음쳤지만 침착함을 잃지 않았다. 아이들은 말없이 모든 감각을 동원해 주변을 둘러보며 커튼 선생이 있는지 살폈다. 베네딕트 선생님과 멀지 않은 곳에 기다란 작업대가 있었다. 위에는 현미경과 유리병, 마개가 달린 병 몇 개, 다양한 잡동사니와 도구 등이 놓여 있었고 밑에는 구두 상자처럼 생긴 새까만 금속 상자가 오십 개 정도 쌓여 있었다. 이 모든 장비를 가져온 사람이 베네딕트 선생님인지 커튼 선생인지는 불확실했다. 작업대에 열쇠가 놓여 있긴 했지만 그 열쇠가 베네딕트 선생님의 수갑 열쇠인지 확실하지 않은 것과 마찬가지였다. 레이니는 눈을 가늘게 뜨고 열쇠가 진짜인지 살폈지만 거리가 너무 멀었다. 그렇다고 지금 당장 그쪽으로 가는 것도 너무 위험할 것 같았다. 조금 전에 동굴 안쪽을 걸어 다닌 사람이 커튼 선생일 가능성이 높았다. 아이들은 우선 그 사람이 누구이고 어디에 있는지 알아내야 했다. 멋모르고 행동하다가 기습을 당할 수는 없었다.

레이니는 방금 지나온 통로를 불안한 눈으로 돌아본 다음, 동굴 바닥을 살피며 사람 그림자를 찾기 시작했다. 커튼 선생이 석순 뒤에 숨어 있다가 적당한 순간에 튀어나올 준비를 하고 있는 건 아닐까? 그때 케이티가 팔을 잡아끌며 왼쪽을 가리켰다. 왼쪽 멀리 떨어진 곳에 통로가 뚫려 있었고 그 너머에 불을 환하게 켜 놓은 다른 방이 있는 것 같았다. 그곳 역시 종유석과 석순이 가득해서 잘 구별이 되지 않았던 것이다. 레이니는 갑자기 희망을 느꼈다. 커튼 선생이 지금 다른 방에 있다면 그사이에 베네딕트 선생님을 구해서 도망칠 수 있을 것 같았다.

"네 생각은 어때?"

케이티가 레이니한테 속삭였다. 케이티의 목소리는 아주 작았다. 그런데 바로 그 순간, 베네딕트 선생님이 두 눈을 활짝 떴다.

아이들은 깜짝 놀랐다. 선생님을 구하러 왔다는 사실도 잊고 하마터면 비명을 지를 뻔했다.

"너희가 왔니? 하지만 어떻게……?"

베네딕트 선생님이 믿을 수 없다는 표정으로 속삭였다. 그리고 급히 말을 이었다.

"상관없어! 얘들아, 내 말 잘 들어. 시간이 없어. 암흑초를 없애야 해! 커튼 선생이 그 위치를 알아내도록 놔두면 안 돼!"

"하지만 우리는 암흑초가 어디 있는지 몰라요! 그곳이 어디인지 알려 주세요!"

케이티가 속삭이자 베네딕트 선생님이 얼굴을 찡그렸다.

"그곳을 모른다고? 하지만 나는 너희가…… 상관없어. 괜찮아. 단지…… 기다려. 조금만 기다려. 조용히. 저기 사람이 오고 있어."

아이들은 그 자리에 얼어붙은 채 사방을 둘러보았다. 다른 방 안쪽에서 무언가 움직이는 것 같더니 이윽고 사람처럼 보이는 형체가 쓱 미끄러져 지나갔다. 아이들은 등에 소름이 쫙 돋았다. 콘스턴스는 숨죽여 흐느꼈다. 아이들은 그 사람이 누구인지 알고 있었지만 유령처럼 스르르 지나가는 모습은 무서울 수밖에 없었다. 그 사람은 바로 휠체어를 탄 커튼 선생이었다. 길고 뭉툭한 코와 부스스 헝클어진 새하얀 머리칼이 너무나 익숙했다. 스르르 움직인 것은 휠체어를 탔기 때문이었다. 하지만 아무 소리도 들리지 않는 것은 이상했다. 레이니는 동굴 안에 있어서 그럴 거라고 생각했다.

베네딕트 선생님도 휠체어가 지나간 것을 알아채고 잔뜩 긴장한 것 같았다. 휠체어가 사라지자 선생님은 아이들한테 고갯짓을 하며 속삭였다.

"이제 괜찮아. 하지만 언제 다시 나타날지 몰라. 서둘러야 해!"

레이니는 두 팔에 소름이 가득 돋았다.

"어떻게 해야 하죠?"

"내 손을 풀어 줘. 어서 빨리. 이곳에서 도망쳐야 해!"

베네딕트 선생님이 말했다.

레이니는 망설였다. 뭔가 이상했다. 하지만 너무나 긴급한 상황이라 무엇이 이상한지 알 수가 없었다. 게다가 케이티는 벌써 접는 칼을 꺼내서 베네딕트 선생님에게 다가가고 있었다. 밧줄을 푸는 것보다 자르는 게 더 간단할 것 같았다. 그때 콘스턴스가 레이니의 팔을 확 잡아당겼다. 콘스턴스는 겁에 질려 끽소리도 하지 못했다. 두 눈을 커다랗게 뜬 채 머리를 미친 듯이 흔들 뿐이었다.

레이니는 이상한 느낌이 드는 이유를 깨닫고 왈칵 겁이 났다. 베네딕트 선생님이라면 밧줄을 풀어 달라고 할 리가 없었다. 선생님은 아이들에게 조금이라도 위험한 일을 시킬 사람이 아니었다. 그렇다, 베네딕트 선생님이라면 당장 도망치라고 했을 것이다. 레이니는 두 팔을 흔들며 케이티한테 달려갔다. 다른 방에 텐 맨이 있을까 봐 커다랗게 외치지 못하고 조그맣게 속삭였다.

"케이티, 멈춰! 멈춰!"

케이티가 그 소리를 듣고 고개를 돌렸지만 상황은 더 나빠지고 있었다. 이미 너무 가까이 다가갔던 것이다. 커튼 선생이 사악하게 웃으면서 벌떡 일어났고 케이티는 정신을 차리기도 전에 그 손아귀에 잡히고 말았다.

레이니가 전속력으로 달려들었다. 하지만 커튼 선생은 순식간에 케이티를 내동댕이쳤다. 케이티는 깜짝 놀라며 바닥에 나뒹굴었다. 레이니는 커튼 선생의 손에서 반짝거리는 은빛 장갑을 발견했다. 그중 한쪽 장갑이 앞으로 튀어나오며 레이니의 팔을 붙잡았다. 그와 동시에 레이니는 배 속에서 폭죽이 터지는 느낌을 받았다. 온몸이 하얗고 뜨거운 불빛을 내뿜는 것 같았다. 너무나 고통스러웠다. 폭죽이 사그라지고 선명한 밤하늘 같은 것이 나타나자 안도의 한숨이 절로 나올 정도였다. 아, 아니야, 밤하늘이 아니야……. 레이니는 두 눈을 떴다. 웃으며 내려다보는 커튼 선생의 얼굴이 희미하게 보였다. 꼬챙이가 콘스턴스에게 도망치라고 외치는 소리가 아주 멀리서 들리는 것 같았다. 그다음엔 뭔가 차갑고 단단한 금속이 손목을 옥죄는 느낌이 들었다.

"이럴 순 없어."

레이니가 중얼거렸다. 아직도 얼떨떨했다.

"아니야, 이럴 수 있어."

커튼 선생이 말했다.

아이들은 잡힌 순서대로 수갑을 찼다. 케이티의 수갑 한쪽은 석순에 박힌 쇠고리에 채워졌다. 커튼 선생은 먼저 케이티부터 확실하게 묶었다. 레이니는 케이티에게 연결되었다. 그다음이 꼬챙이였다. 꼬챙이는 은빛 장갑이 두 친구에게 어떤 고통을 주었는지 똑똑히 보고도 콘스턴스가 도망칠 수 있도록 커튼 선생한테 달려든 것이다.

"도망쳐, 콘스턴스! 뒤도 돌아보지 말고 도망쳐!"

꼬챙이가 소리치다가 잠시 후 닥쳐 온 거대한 충격에 정신을 잃고 쓰러졌다. 정신이 돌아올 즈음에는 레이니와 함께 묶여 있었다. 꼬챙이는 동굴 입구에서 끌려오는 콘스턴스를 친구들과 함께 처량한 눈으로 바라보았다. S. Q. 큰 발이 기다리고 있었던 것이다. 콘스턴스가 코를 훌쩍거리며 우느라 제대로 걷지 못하자 S. Q. 큰 발이 번쩍 들어서 데려왔다. S. Q. 큰 발은 진심으로 걱정하는 목소리로 콘스턴스를 달래 주었다.

"괜찮아, 괜찮아, 콘스턴스. 울지 마. 뭔가 오해가 있어서 그래. 내 말은 네가 오해를 받았다는 뜻이야. 네가 말을 안 들어서 말이지. 무슨 말인지 알겠니?"

"그만해, S. Q. 큰 발. 어서 수갑을 채우고 더 말하지 마."

커튼 선생이 이렇게 말하면서 은빛 장갑을 벗어 양복 윗도리에 집어넣었다.

집행부였던 S. Q. 큰 발이 예전처럼 멋진 복장에 허리띠를 매는 대신 평상복을 입은 모습이 아이들에게는 무척 이상했다. 하지만 다른 건 하나도 변하지 않은 것 같았다. 커다란 키에 호리호리한 몸집, 거대한 발, 커튼 선생에 대한 멍청한 충성심 때문에 따뜻한 본심대로 행동하지 않는 것도 똑같았다. S. Q. 큰 발은 그런 작업을 수없이 반복한 사람 특유의 기계적이고 효율적인 동작으로 꼬챙이의 손목에 연결된 수갑을 콘스턴스의 손목에 단단히 채웠다. 콘스턴스는 살을 파고드는 수갑 때문에 얼굴을 찡그렸고 S. Q. 큰 발은 안타까운 마음에 얼굴을 찡그렸다. 하지만 큰 발은 커튼 선생의 명령을 떠올리고 입을 다물었다.

커튼 선생은 포로가 된 아이들을 바라보았다. 위대한 예술 작품을 감상하는 표정이었다. 그 표정을 본 아이들은 마음이 혼란스러웠다. 커튼 선생이 아니라 베네딕트 선생님의 얼굴처럼 보였기 때문이다.

"이렇게 찾아와 줘서 모두 정말 고마워. 이처럼 좋은 선물은 어디에도 없을 거야."

"이 정도는 아무것도 아니에요."

케이티가 말했다. 사실은 무척 겁이 났지만 조금 전에 온몸에서 불꽃이 터져 나오는 고통을 안겨 준 역겨운 사내에게 벌벌 떠는 모습을 보이느니 차라리 죽는 게 나았다. 커튼 선생에게 접는 칼을 빼앗긴 바람에 쇠고리를 뜯어 낼 희망까지 사라져 버렸다.

커튼 선생이 손뼉을 치며 말했다.

"정말 용감해! 물론 나는 너희가 그 정도는 될 거라고 예상했지. 이제 너희도 깨달았겠지만, 나는 너희가 올 줄 알았어. 예전 집행부 중에 상당수가 정부에 들어가 있거든. 그중 몇몇은 베네딕트와 아주 가까운 자리에서 일하지. 너희들이 몰래 사라진 즉시 나는 보고를 받았어. 그는 너희가 사라진 걸 알고 당황했지만 나는 너희 의도를 단번에 깨달았어. 문제는 과연 너희가 사랑하는 베네딕트를 찾아낼 수 있느냐 없느냐였지. 아, 나로서는 너희가 성공하길 간절하게 바랄 뿐이었어!"

"베네딕트 선생님은 어디에 계시나요? 혹시 겁이 나서……."

레이니가 묻자 커튼 선생이 불쾌한 표정으로 손가락을 흔들며 말했다.

"레이니, 창피한 줄 알아! 너는 내가 이번에도 네 꾀에 넘어갈 거라고 생각하니? 지난번에는 내가 경계심을 늦추고 있었을 뿐이야. 하지만 지금 나는 너희가 약아빠진 아주 비열한 일당이란 사실을 충분히 알고 있어. 너는 나를 속여서 화나게 만들 수 없어, 레이니. 너 때문에 잠을 설칠 일은 절대 없을 거야. 오 콩트레르(불어로 '말도 안 돼.'라는 뜻/ 옮긴이)!"

간신히 울음을 멈춘 콘스턴스 콘트레어가 커튼 선생을 노려보며 물었다.

"왜요? 왜 불러요?"

"왜 부르냐니, 그게 무슨 뜻이지?"

커튼 선생이 물었다. 갑작스러운 질문에 당황한 것 같았다. 콘스턴스가 으르렁거렸다.

"'오, 콘트레어!'라고 했잖아요. 왜요, 왜 부른 거예요?"

커튼 선생이 너무나 익숙한 폭소를 터트렸다. 상처 입은 올빼미가 날카롭게 내지르는 비명 같은 소리였다.

"S. Q. 큰 발이 조금 전에 말한 것처럼 그대가 오해한 거야, 콘스턴스 아가씨!"

커튼 선생이 불쌍하다는 듯 머리를 흔들었다.

"상관없어, 꼬마. 중요한 건 내가 전혀 흔들리지 않고 차분한 상태를 계속 유지할 거란 사실이야. 그래, 나는 나의 다양한 재능을 효율적으로 통제할 거고 너희는 내 통제를 벗어날 수 없을 거야."

커튼 선생이 양 손가락 끝을 톡톡 부딪치며 덧붙였다.

"이제 피로가 몰려오는군. 의자에 앉아야겠어."

커튼 선생은 기대감에 부풀어 알 수 없는 미소를 머금으며 두 손을 뒤로 돌린 채 똑바로 섰다. 무언가를 기다리는 것 같았다. 아이들은 그게 무엇인지 궁금해하기도 전에 어떤 것보다 가슴 아픈 장면을 목격하고 말았다.

다른 방에서 커튼 선생의 휠체어가 아무 소리 없이 쏜살처럼 나타나더니 석순을 이리저리 돌며 주인을 향해 재빨리 굴러왔다. 하지만 바퀴가 구르는 소리는 전혀 나지 않았으며 모터와 기어도 조용했다. 마치 무성 영화를 보거나 악몽을 꾸는 것 같았다. 이 광경은 눈앞에서 실제로 벌어지고 있다는 사실이 다를 뿐이었다. 아이들에게 들리는 유일한 소리는 몸이 부르르 떨리면서 수갑이 쨍그랑거리는 소리밖에 없었다. 휠체어에는 베네딕트 선생님이 묶여 있었다. 두 손은 팔걸이에 묶여 있었고 머리는 앞으로 기울어서 코끝에 걸친 안경이 금방이라도 떨어질 것 같았다. 선생님은 깊이 잠든 것처럼 보였다.

"보다시피 내가 아주 훌륭한 원격 조종기를 만들었어."

커튼 선생이 뒤에 숨기고 있던 조그만 원격 조종기를 보여 주며 말했다.

"S. Q. 큰 발, 저 사람을 아이들 옆에 묶어 놓도록. 하지만 조심해. 가끔 일부러 자는 척할 때가 있으니까."

S. Q. 큰 발이 베네딕트 선생님을 휠체어에서 들어 올려 석순 옆에 천천히 내려놓고 다른 쇠고리 하나를 손목에 연결했다. S. Q. 큰 발이 일하는 동안, 커튼 선생은 휠체어에 편하게 앉았다. 예전 휠체어와 똑같아 보였지만 복잡한 손잡이와 단추, 페달이 늘어난 것을 보면 몇 가지 놀라운 기능이 추가된 게 분명했다.

커튼 선생이 재미있다는 듯 말했다.

"저 사람은 너희에게 경고를 보내려고 애쓰다가 잠들어 버린 것 같아. 마티나 크로에게 너희가 이 섬에 있다는 보고를 듣고 아주 힘들어 했어. 그런데 S. Q. 큰 발은 너희가 이곳으로 올라오는 중이라 하고 나는 어리석은 너희를 활용할 준비를 시작했으니 더욱 힘들 수밖에. 물론 목청껏 소리를 질렀지! 정말 시끄러웠어. 그래서 나는 새로 만든 장비를 가동해 그 성가신 목소리를 깨끗하게 지워 버렸지."

"소리를 지운다고? 하지만 성능이 그렇게 뛰어난 기계는 아직까지······."

꼬챙이가 중얼거리다가 깜짝 놀라 입을 다물었다. 자기도 모르는 사이에 말하고 있었던 것이다. 그 말을 들은 커튼 선생이 눈썹을 추켜세웠다.

"여전히 책을 많이 읽는군, 꼬챙이! 그래, 나는 차원이 다른 장비를 설치했어. 근처의 모든 소음을 잠재우는 장비지. 내 손으로 직접 만든 그 어떤 기계보다 우수할 거야. 너도 알다시피 나는 음파를 조작하는 능력이 아주 뛰어나거든. 물론 속삭임에 비하면 아무것도 아니지만……."

커튼 선생이 말을 흐리며 껄껄 웃다가 다시 말했다.

"중요한 건 너희는 베네딕트가 외치는 소리를 들을 수 없었고 베네딕트는 결국 너무 화가 나서 깊은 잠에 빠져들고 말았다는 거야."

"그런데 당신이 말하는 소리는 왜 들리는 거죠? 그 소리도 안 들리면 정말 좋을 텐데요."

콘스턴스가 말하자 커튼 선생이 얼굴을 씰룩거렸다. 처음으로 불쾌해하는 표정이었다.

"단추를 눌러서 그 기능을 해제했거든, 콘스턴스. 정신을 똑바로 차리고 지켜보았다면 알 수 있었을 거야."

"정신을 똑바로 차리고 지켜보면 뭐해요? 당신처럼 구역질 나는 사람만 보이는데."

콘스턴스가 받아쳤다. 콘스턴스가 날카롭게 반응하는 것도 당연했다. 지금까지 간절히 보고 싶어 했던 베네딕트 선생님을 이렇게 혼란스러운 분위기에서 만나고 보니, 안도감과 걱정, 두려움이 마음속에서 복잡하게 뒤섞였기 때문이다. 콘스턴스는 모욕적인 시를 한 수 덧붙이려고 하다가 커튼 선생이 노려보는 바람에 입을 다물었다.

커튼 선생이 소리쳤다.

"S. Q. 큰 발. 정신 똑바로 차려. 바보처럼 어리석게 굴지 말라는 뜻이야. 그리고 케이티한테서 몇 걸음 떨어져. 네가 들고 있는 열쇠를 쳐다보는 눈초리가 마음에 안 들어."

S. Q. 큰 발은 베네딕트 선생님을 아이들 옆에 묶고 나서 아무 생각 없이 그 옆을 어슬렁거리고 있었다. 그러다가 커튼 선생의 경고에 열쇠를 주머니 깊숙이 집어넣고 의심이 가득한 눈으로 케이티를 바라보며 몇 걸음 떨어졌다. 사실 S. Q.는 학습 기관에 있을 때도 아이들을 좋아했다. 온갖 일을 겪었는데도 아이들과 있으면 마음이 편했다. 그래서 아이들을 너무 많이 믿었다. S. Q. 큰 발은 화가 나서 머리를 흔들며 소리쳤다.

"창피한 줄 알아!"

"열쇠를 다루는 모습이 멋있어서 쳐다본 것뿐이에요. 그동안 많이 세련되어진 것 같아요, S. Q. 큰 발!"

케이티가 말했다. S. Q. 큰 발이 환한 얼굴로 물었다.

"정말 그런 것 같아?"

커튼 선생이 끼어들었다.

"S. Q.! 입 닥치고 탁자에서 냄새나는 소금이나 가져와."

"혈청 주사액도 가져올까요?"

S. Q. 큰 발이 탁자로 급히 걸어가며 물었다.

"절대 안 돼. 내가 여러 번 말했듯이, 너는 그걸 절대로 만지지 마. 그 주사액은 무척 귀한 거라서 어설픈 손에는 맡길 수 없어, S. Q. 확실히 명심하도록."

"케이티가 방금 한 말을 떠올린 것뿐이에요. 제가 많이 세련되어졌다는······."

커튼 선생이 이마를 문질렀다.

"너한테 거짓말을 한 거야, S. Q. 케이티가 멋있어하는 건 열쇠야. 그걸 다루는 네 솜씨가 아니라고. 이제 베네딕트를 깨우고 뒤로 물러나. 제발 부탁인데, 입 좀 다물어."

S. Q. 큰 발이 지시대로 냄새나는 소금을 베네딕트 선생님의 코밑에 대자, 선생님이 움찔하다가 갑자기 고개를 치켜들었다. 평소에 아주 맑고 투명했던 녹색 눈동자는 빨갛게 충혈되어 있었다. 굉장히 피곤해 보였지만 아이들을 발견한 두 눈엔 기쁨이 가득했다. 아이들의 처지가 안타까울 뿐이었다. 선생님은 묶이지 않은 손으로 안경을 밀어 올리며 씁쓸하게 말했다.

"아! 이렇게 다시 만나서 정말 기쁘구나, 얘들아! 너희가 안 오기만 빌고 있었는데……."

커튼 선생이 소리쳤다.

"당신을 구하러 온 거야, 베네딕트! 내 불도마뱀을 훔쳐서 당신을 구하러 달려왔다고! 정말 대단하지 않아?"

"그래, 정말 대단해."

베네딕트 선생님이 대답하더니 S. Q. 큰 발을 바라보며 덧붙였다.

"S. Q., 나는 자네가 내 옆에 있어도 괜찮지만 내 동생은 자네가 나랑 약간 더 떨어져 있길 바라는 것 같아."

S. Q. 큰 발이 급히 물러서는 사이에 커튼 선생이 으르렁거렸다.

"나를 그런 식으로 부르지 말라고 했잖아! 너랑 나는 형제가 아니야. 형제는 내가 오랫동안 애써 온 일을 망치지 않아. 형제는 내가 가장 소중하게 여기는 물건을 훔쳐가지도 않지. 형제라고? 아니야, 베네딕트, 당신은 내 형이 절대로 아니야!"

"그렇지만 우린 정말 비슷하게 생겼어."

베네딕트 선생님이 말했다.

커튼 선생의 꼭 깨문 입술이 하얗게 변했다. 휠체어 팔걸이를 꼭 움켜잡은 손가락 마디마디도 창백해졌다. 커튼 선생은 빙글 돌아서 베네딕트 선생님한테 등을 보였다. 휠체어 움직이는 소리는 전혀 들리지 않았다. 소음 제거 장치를 작동한 게 분명했다. 커튼 선생이 숨을 몇 차례 깊이 들이켰다.(물론 아무 소리도 들리지 않았지만 숨을 들이킬 때마다 어깨가 눈에 띄게 올라갔다가 내려왔다.) 자신에게 쌍둥이 형이 있다는 사실을 아직 받아들이지 못한 것이 분명했다. 베네딕트 선생님도 처음에 큰 충격을 받았고 지금까지도 충격이 다 가시지는 않았다. 오래전에 헤어진 형제가 서로 물러설 수 없는 강적이라는 사실을 알게 된 후 일 년이라는 시간을 보내는 동안, 커튼 선생은 꾸준히 복수의 칼날을 갈고 있었다.

커튼 선생은 평상심을 되찾고 휠체어를 돌려서 베네딕트 선생님을 정면으로 바라보았다. 입술이 달싹거렸지만 아무 소리도 나오지 않았다. 커튼 선생은 얼굴을 살짝 찡그리며 손에 있는 제어기 단추를 누르고 다시 말했다.

"아주 좋아. 당신이 형이라는 사실을 인정하겠어. 형제를 배반하고 그 꿈을 망가트린 최악의 배신자라는 사실도 함께. 이제 만족해?"

베네딕트 선생님이 대답하려고 입을 열었지만 커튼 선생이 말을 막았다.

"형식적인 질문이야, 베네딕트. 당신이 만족하든 안 하든 나는 관심도 없어."

커튼 선생이 눈동자를 굴리며 휠체어를 몰고 베네딕트 선생님에게 좀 더 가까이 다가갔다.

"이제 사업 얘기로 들어가자고. 지난 며칠 동안 계속 잠을 잤으니까, 최근에 일어난 일을 알려 주도록 하지. 나는 저 아이들에게서 암흑초에 대한 정보를 구할 수 있을 거라고 생각했어. 하지만 저 아이들 역시 아무것도 모르더군. 따라서……."

베네딕트 선생님이 끼어들었다.

"나는 넘버 투와 나를 풀어 주면 암흑초에 대한 정보를 너한테 알려 주겠다고 수없이 말했어, 커튼. 그 제안은 아직도 유효해. 우리 친구들과 내가 이곳을 안전하게 벗어나는 즉시 너에게 그 정보를 알려 주겠어."

커튼 선생이 짜증스럽게 대꾸했다.

"물론 그렇게 제안했지. 하지만 내가 당신 말을 믿는다 해도, 그 제안은 내 계획과 맞지 않아. 나는 당신 일당을 풀어 줄 수 없어. 절대로 풀어 주지 않을 거야."

"나를 잡아 두면 너무 부담스럽지 않겠어? 나는 너한테 부담을 주고 싶지 않아."
 베네딕트 선생님이 말했다. 커튼 선생이 콧방귀를 날렸다.
 "말장난을 하는군. 하지만 그런 장난도 이제 금방 끝나겠지. 아니야, 당신이 부담을 줄 가능성은 없어. 당신을 데리고 다닐 계획이 아니거든. 내가 당신으로 변할 거야."

 커튼 선생은 자신의 주도면밀한 계획을 아주 즐거운 표정으로 설명했다. 그는 지난 몇 달 동안 가만히 지켜보고 기다리며 준비했다. 진실의 약을 훔쳐 오라는 명령도 내렸다. 베네딕트 선생님 행세를 하는 데 필요한 정보와 암호를 빼내야 했기 때문이다. 그런 다음에는 새로운 신분으로 위장해서 속삭임에 다시 접근할 계획이었다. 그래서 다른 사람들의 다양한 기억과 의견을 조작한다. 베네딕트의 '새로운' 야망에 반대하는 공직자들은 적절한 절차를 거쳐서 모두 쫓아낸다. 베네딕트에게 반대한 기억 자체는 당연히 모두 지운다. 그리고 정부에 침투한 집행부 출신 요원들의 활약에 힘입어서 커튼 선생이 ―모든 사람이 베네딕트 선생님으로 알고 있는― 순식간에 절대 권력을 손에 넣는다는 것이다.
 커튼 선생은 베네딕트 선생님이 지금까지 해 온 수많은 작업이 결과적으로 자신에게 아주 많은 도움이 되었으며, 자신은 기회를 노려서 그 결실만 따먹으면 된다고 조롱하듯 말했다.

"우리 부하들은 당신이 무심코 보여 준 행동을 계속 추적했어. 그러다가 당신이 아무한테도 이유를 밝히지 않은 채 여행을 준비하고 있다는 사실을 알아낸 거야. 그 행동이 너무나 수상쩍어서 나는 이유를 알게 될 때까지 당신을 잡아들이지 않기로 결정했지. 그런데 맙소사! 내가 알아낸 사실은 정말 대단했어. 그렇지 않아? 암흑초라니! 상상을 뛰어넘을 만큼 소중한 약초! 당신과 너희 모두가 자기도 모르는 사이에 나한테 굉장히 소중한 선물을 준 거야!"

커튼 선생이 딸꾹질처럼 들리는 날카로운 웃음을 터트렸다.

"커튼, 지금 나한테 그런 말을 하는 이유가 뭐지?"

베네딕트 선생님이 물었지만 커튼 선생은 그 말을 무시한 채 아이들을 바라보며 계속 말했다.

"여기서 이 사람을 잡은 순간, 나는 근처에 암흑초가 있다는 사실을 깨달았어. 베네딕트와 조수는—내 입으로 그 이상한 이름까지 부르고 싶진 않아—이 동굴을 임시 연구실로 사용할 생각이었던 게 분명해. 필요한 건 다 있었거든. 비바람을 막아 주는 편안한 장소, 현미경, 전깃불까지. 그러나 두 사람이 견본 약초를 채집하기 직전에 내가 도착한 거야. 정말 짜증스러운 상황이었지. 나는 두 사람이 거북이처럼 느리게 움직일 거라곤 꿈에도 몰랐어. 여기까지 와서 암흑초가 자라는 장소나 암흑초의 생김새조차 모른 채 가만히 앉아서 어떤 신비로운 협력자가 필요한 정보를 알려 주기만 기다리고 있었다는 거야!"

커튼 선생이 경멸하는 눈초리로 베네딕트 선생님을 흘낏 쳐다보며 계속 말했다.

"다행히도 나는 진실의 약을 몇 방울 사용해서, 그 사람을 찾아내는 가장 좋은 방법은 베네딕트 친구들의 보호 본능을 활용하는 거라는 사실을 알아냈어. 정말 완벽한 계획이었지. 아니야, 완벽 그 이상이었어! 결국에는 내가 그 정보를 알아낸 다음에 개선장군처럼 돌마을로 돌아가게 될 테니까. 암흑초와 속삭임이 모두 내 손에 들어오는 거지! 그럼 어떻게 될까?"

아이들은 등골이 오싹했다. 커튼 선생이 무슨 일을 벌일지 눈에 선했다. 커튼 선생의 꿈은 다른 모든 사람에게 악몽과 같았다.

커튼 선생이 말을 이었다.

"물론 이 모든 기쁨을 겉으로 드러낼 순 없겠지. 다른 사람 앞에서는 조수를, 그러니까 '탈출'에 실패한 그 불쌍한 여자를 잃고서 슬퍼하는 척해야 할 테니까. 너희는 그 여자가 나와 함께 돌아갈 수 없는 이유를 충분히 이해할 수 있을 거야. 그래, 그 여자는 잔인한 커튼 선생의 손에 너무 일찍 죽은 거야. 아니면 이 세상 끄트머리 어딘가에, 전 세계의 모든 정부가 최고 요원을 아무리 많이 파견해도 알아낼 수 없는 어딘가에 죄수로 갇혀 있거나. 바로 이것 때문에 지금 이 순간에도 우리 부하가 그 여자를 뒤쫓고 있는 거야. 아직 그 여자의 운명을 결정한 건 아니지만 그래도 풀어 놓을 순 없으니까."

"커튼, 꼭 그래야 하는 건 아니잖아."

베네딕트 선생님이 우울하게 말했다. 커튼 선생이 곁눈질을 하며 대답했다.

"맞아, 하지만 나는 그렇게 하는 쪽을 선택했어. 게다가 아이들까지 와서 문제가 훨씬 간단하게 풀렸어. 당신은 내가 지금 이런 말을 하는 이유가 뭐냐고 조금 전에 물었지. 그 대답은 내가 이제 신중하게 행동할 필요가 없기 때문이라는 거야. 내가 나한테 불리한 정보를 당신한테 털어놓는 것 자체는 이제 아무래도 상관없어. 당신이 어차피 믿을 수 없는 사람이라는 사실은 진실의 약조차 무용지물로 만든 일을 통해 이미 충분히 증명되었어. 치밀하게 준비해서 형식적으로는 사실이지만 아무 쓸모가 없는 대답만 했지. 하지만 그건 추가적인, 뭐라고 말해야 좋을까? 그래, 추가적인 수단 없이 진실의 약만 사용했을 때였어. 그런데 나에게 추가적인 수단이 저절로 찾아온 거야."

커튼 선생이 반짝거리는 은빛 장갑을 꺼냈다. 아이들은 본능적으로 움찔했다. 그 반응을 본 커튼 선생은 은빛 장갑으로 무릎을 툭툭 치며 말했다.

"저 아이들이 여기에 있으니 당신은 내가 알고 싶은 사실을 솔직히 털어놓을 수밖에 없을 거야. 당신 생각은 어때, 베네딕트? 내가 '꼬맹이 장갑'을 끼는 게 좋을 것 같아?"

베네딕트 선생님이 아주 걱정스러운 얼굴로 동생을 바라보았다.

"커튼, 그러면 안……."

"나한테 이래라저래라 하지 마!"

커튼 선생이 소리치더니, 재빨리 두 눈을 감고 숨을 깊이 들이마셨다. 잠시 후 두 눈을 다시 뜬 커튼 선생은 차분하게 가라앉은 목소리로 말했다.

"그런 말은 아무래도 상관없어. 하지만 내가 원하는 대답을 하지 않으면 저 아이들이 대가를 치르게 될 거야."

커튼 선생이 휠체어를 갑자기 앞으로 몰아 아이들과 베네딕트 선생님을 아슬아슬하게 스쳐 지나가더니, 탁자 위에 있던 조그만 약병과 스포이트를 집어 들었다. 그리고 휠체어를 돌려 베네딕트 선생님에게 다가가며 물었다.

"이제 시작할까?"

베네딕트 선생님이 동생의 눈을 차분하게 바라보며 물었다.

"네가 저 아이들을 해치지 않을 거라고 어떻게 보장할 수 있지?"

커튼 선생이 스포이트로 물약 한 방울을 빨아들이며 대답했다.

"좋은 질문이야. 내가 당신을 안심시켜 주지."

커튼 선생이 머리를 뒤로 젖혀서 입을 벌리고 물약 한 방울을 스포이트로 떨어뜨렸다. 그와 동시에 테레빈유를 꿀꺽 삼켰을 때처럼 두 눈이 볼록 나오고 머리가 흔들거렸다. 커튼 선생은 잔뜩 긴장한 목소리로 재빨리 말했다.

"맹세하건대, 내가 알려고 하는 사실을 당신이 모두 대답한다면 나는 이 아이들을 조금도 해치지 않을 것이다. 나는 속삭임을 이용해서 이번 사건에 대한 저 아이들의 기억을 모두 제거할 것이며 저 아이들은 내 계획을 방해하지 않고 남은 평생을 안전하게 살아갈 것이다. 더 좋은 제안은 할 수 없지만 최소한 그 정도는 맹세한다."

두 사람은 서로를 바라보았다. 커튼 선생은 도전적인 표정이었고 베네딕트 선생님은 깊이 생각하는 표정이었다. 마침내 베네딕트 선생님이 입을 열려고 하자 콘스턴스가 소리쳤다.

"거짓말이에요, 베네딕트 선생님! 진실의 약을 마신 게 아니에요! 선생님이 잠든 사이에 약병을 바꿔 놓은 거예요!"

베네딕트 선생님이 깜짝 놀라더니, 지금 막 끔찍한 소식을 들은 사람처럼 화난 얼굴을 했다. 그리고 아이들만 간신히 들을 수 있는 나지막한 목소리로 중얼거렸다.

"나도 알아, 귀여운 아가씨."

커튼 선생이 깜짝 놀라며 콘스턴스를 물끄러미 바라보더니, 칭찬하듯 말했다.

"야, 정말 대단하군! 내가 약병을 바꿔 놓았다는 사실을 네가 어떻게 알았지?"

콘스턴스는 당황했다. 자신도 그걸 어떻게 알았는지 궁금했다. 확실한 건 베네딕트 선생님이 속을까 봐 마음이 급했다는 사실과 커튼 선생이 기뻐하는 것 같다는 사실이었다.

커튼 선생이 손가락으로 휠체어 팔걸이를 열심히 두드리며 혼잣말처럼 말했다.

"그래, 바꿔 놓은 건 맞아. 하지만 그건 네가 오기 훨씬 전이었어.

그런데 네가 그걸 알아챈 거야……. 그걸 알아채다니. 맙소사, 정말 쓸모 있는 능력이구나, 콘스턴스. 내가 미처 몰랐던 능력이야!"

"커튼, 저 애를 건드리지 않겠다고 약속해. 진실의 약은 필요 없어. 약속만 해. 그러면 네가 알고 싶은 정보를 모두 털어놓을 테니."

베네딕트 선생님이 재빨리 말했다. 커튼 선생이 기분 좋게 웃으며 대답했다.

"나는 그런 약속을 할 수 없어, 베네딕트. 하지만 당분간 저 아이들 중 누구도 해치지 않겠다는 건 약속하지. 지금 당장 털어놓아야 해. 이게 마지막 제안이야. 그래, 이제 장갑을 낄까, 아니면……."

"그럴 필요 없어. 약속만 해."

베네딕트 선생님이 말했다.

"약속하지."

커튼 선생이 이렇게 대답하고 콘스턴스에게 비열한 미소를 보내며 물었다.

"그래, 내가 지금 진실을 말한 게 맞아, 귀여운 아가씨?"

콘스턴스가 두려운 시선으로 물끄러미 바라보다가 고개를 끄떡거렸다. 커튼 선생이 기쁜 표정으로 중얼거리더니 베네딕트 선생님에게 눈을 돌렸다.

"어서 빨리 말해. 장난칠 생각 말고! 당신이 말한 그 사람이 누구야? 무슨 이야기냐고 물을 생각은 하지 마! 무슨 말인지 알 테니까. 당신과 '아주 가까운' 사람, 나한테 그 정보를 알려 줄 수 있는 유일한 인물! 당신이 그렇게 말했잖아! 자, 그 사람은 누구지?"

베네딕트 선생님이 솔직한 눈으로 동생을 바라보며 대답했다.

"너."

"나?"

커튼 선생이 깜짝 놀라며 되물었다. 눈을 가늘게 뜨고 두 손을 입가에 댄 채 손이 시린 것처럼 숨을 불었다. 흥분하지 않으려고 애쓰는 게 분명했다.

"나라니, 그게 무슨 뜻이지? 그 정보가 어떻게 나한테 있을 수 있지?"

"내가 계속 제안했듯이 우리를 풀어 주었다면 그 정보를 벌써 얻어 냈을 거야."

커튼 선생이 두 손을 높이 들었다.

"하지만 당신은 모른다고 했잖아!"

"나는 그런 말을 한 적이 없어."

휠체어가 앞으로 갑자기 달려오더니, 커튼 선생이 순식간에 공중으로 뛰어올랐다가 베네딕트 선생님 바로 앞에 내려앉았다. 커튼 선생은 손가락을 베네딕트 선생님 얼굴 앞에 대고 흔들었다.

"내가 당신 동료를 해치겠다고 협박했다면? 그러면 그때 털어놓지 않았을까?"

베네딕트 선생님이 대답했다.

"아마 그렇게 했겠지. 그래도 협박을 해서 정보를 알아내는 사람은 여전히 너야."

"그런 식으로 그다음 질문을 못하게 만들었군! 내가 진실의 약을 더 이상 낭비하지 않으려 한다는 걸 알았던 거야. 내가 그걸 아끼려고 한다는 걸 알았던 거지!"

커튼 선생이 이제야 알겠다는 듯이 소리쳤다.

"그래, 그 말이 맞아."

베네딕트 선생님이 잔뜩 화난 동생의 두 눈을 뜻 모를 차분한 시선으로 바라보았다.

아이들은 잔뜩 기대하며 지켜보았다. 커튼 선생이 너무 화가 나서 깊은 잠에 곯아떨어지면 그사이에 탈출을 시도할 수 있기 때문이다. 어쩌면······.

하지만 커튼 선생이 부르르 떨며 분노를 터트린 것은 순간에 불과했다. 커튼 선생은 곧 빙그레 웃고 고개를 끄덕이며 뒷짐을 졌다. 휠체어가 잘 훈련시킨 강아지처럼 뒤에서 다가오자, 커튼 선생이 휠체어에 앉으며 말했다.

"좋아, 좋아. 당신의 사악한 음모는 결국 나한테 유리한 결과를 만들었어. 암흑초와 속삭임이 내 손에 들어오는 건 물론이고 이 아이들도 쓸모가 아주 많다는 사실이 밝혀졌으니 말이야. 속이 무진장 쓰리겠구먼, 베네딕트."

커튼 선생이 휠체어를 돌려서 콘스턴스를 자세히 살폈다. 베네딕트 선생님이 끼어들었다.

"커튼, 내가 발견한 것을 지금 보여 줄까, 아니면 나중에 보여 줄까?"

"지금 당장 보여 줘."

커튼 선생이 베네딕트 선생님을 간절한 눈길로 바라보았다.

"그럼 전깃불을 꺼야 할 거야."

"뭐?"

"조명등 말이야. 모두 꺼. 탁자에 제어 장치가 있어."

"나도 제어 장치가 어디에 있는지 알아. 하지만 다 이유가 있어서 불을 켜 놓는 거야. 당신의 행동을 하나하나 놓치지 않기 위해서지."

커튼 선생이 말했다. 베네딕트 선생님이 억지로 웃으며 말했다.

"물론 그건 나도 알고 있어. 하지만 내가 숨긴 물건을 보고 싶다면 불을 꺼야 해."

커튼 선생이 베네딕트 선생님을 차갑게 바라보았다.

"불을 끄기 전에, 행여나 나를 속일 경우에 아이들이 받게 될 벌에 대해서 내가 자세히 설명할 필요는 없겠지?"

"그럴 필요 없어. 불이 꺼진 틈을 이용할 마음은 조금도 없으니까."

커튼 선생이 휠체어를 몰고 탁자로 가서 제어 장치를 집었다. 그리고 장치를 자세히 살펴 안전하다는 걸 확인한 다음, S. Q. 큰 발에게 그것을 건네주었다. S. Q. 큰 발은 일정한 거리를 유지하고 입을 꼭 다문 채 지켜보는 중이었다.

"그렇다면 좋아, 베네딕트. 우리 모두 당신 친구들이 불필요한 위험에 빠지는 일이 없기를 바라자고. S. Q., 스위치를 꺼!"

S. Q. 큰 발이 명령에 따르자 동굴은 칠흑같이 캄캄해졌다. 하지만 그건 순간에 불과했다. 사방을 에워싼 벽과 석순과 종유석이 밝은 녹색 빛을 내뿜기 시작했기 때문이다.

"지금 우리 눈에 보이는 식물은 반투명 이끼와 비슷해. 전깃불을 켰을 때 벽이 끈적끈적하고 축축하게 보이는 이유가 바로 저것 때문이지. 하지만 어둠 속에서는 밝은 빛을 내뿜어. 지금 우리 눈에 보이는 것처럼."

베네딕트 선생님이 설명했다. 커튼 선생은 깜짝 놀란 표정으로 오랫동안 가만히 앉아 있었다. 그러다가 웃기 시작했다. 처음에는 조그맣게, 그러다가 점차 크고 날카롭게 웃었다. 커튼 선생의 웃음 소리가 동굴 여기저기에 울려 퍼졌다.

오랜 친구와 새로운 적

그다음부터 정말 비참한 시간이 이어졌다. 베네딕트 선생님과 아이들은 커튼 선생과 S. Q. 큰 발이 벽과 석순을 열심히 긁으며 암흑초를 캐내는 모습을 물끄러미 지켜볼 수밖에 없었다. 아이들은 탁자 밑에 쌓여 있는 검은 금속 상자를 가져온 사람이 커튼 선생이라는 사실을 깨달았다. 커튼 선생은 암흑초의 생김새나 자라는 곳은 몰랐지만 암흑초의 전설에 대해 오랫동안 연구해 왔다. 그러다가 몇 년 전에 어느 깊은 오지에서, 암흑초를 운반하고 보존하는 방법이 실려 있는 고대 책자를 찾아냈다. 그 책에 따르면 빛을 완전히 차단하고 일정한 습도와 온도를 유지하는 정도면 충분했다. 검은 상자들은 커튼 선생이 그 조건에 맞춰 개발한 특수 상자였다. 커튼 선생과 S. Q. 큰 발이 소중한 이끼를 넣기 위해 뚜껑을 열 때마다 상자에서 하얀 증기가 올라왔다. 마녀가 오늘날 솥을 만든다면 저런 모양일 것 같았다.

높이 매달린 종유석으로 팔을 뻗어 암흑초를 캐내려는 동생을 바라보며 베네딕트 선생님이 말했다.

"가만히 생각해 봐, 커튼. 우리가 손을 잡으면 엄청나게 많은 일을 할 수 있을 거야. 한쪽이 모르는 걸 다른 쪽은 알고 있으니까."

그러자 커튼 선생이 암흑초 이끼를 쉽게 따려고 휠체어에 올라서며 대꾸했다.(휠체어는 인공 지능 로봇처럼 종유석을 에워싸고 빙글빙글 도는 중이었다.)

"그래, 맞아. 하지만 당신이 지금까지 충분히 겪었듯이, 나한테는 내가 알고 싶은 정보를 당신이 모두 털어놓게 만들 완벽한 능력이 있어. 당신 말처럼 손을 잡을 이유가 없는 거지."

"그럴 이유는······."

베네딕트 선생님이 입을 여는 순간, 커튼 선생이 끈적끈적한 이끼를 벗겨 내며 말을 막았다.

"멍청한 소리 해서 정신 산만하게 만들지 마. 지금 나는 그런 데 신경 쓸 여유가 없으니까."

"너무 서두르지 마."

베네딕트 선생님이 말하자 커튼 선생이 날카롭게 소리쳤다.

"당신 의견은 아무 쓸모가 없다고 내가 지금 막 말하지 않았어? 당신은 단순한 게 얼마나 중요한지 몰라, 베네딕트. 내가 지금까지 안 잡힌 이유가 뭐라고 생각해? 그건 당신처럼 질질 끌며 망설이지 않았기 때문이야. 그건 이번에도 마찬가지야. 당신의 론다가 아무런 답신을 보내지 않는다 해도 어차피 나는 오늘 이 섬을 떠날 계획이었어."

"암흑초를 포기하고?"

베네딕트 선생님이 물었다. 약간 놀란 기색이었다.

"다시 말하는데, 베네딕트, 단순하게 생각해. 내가 다른 곳에 가서 암흑초를 조사하는 동안 당연히 S. Q. 큰 발을 여기에 둬서 정보를 계속 수집하게 하겠지. 장담하건대, 어떤 식으로든 나는 암흑초를 찾아내고 말았을 거야."

이 말을 듣고서 S. Q. 큰 발이 멈칫했다. 깜짝 놀란 표정으로 보아 이 황폐한 섬에 혼자 남게 될 거라는 생각은 전혀 하지 못한 게 분명했다. 커튼 선생이 계속 말했다.

"그러나 이번에도 나는 평소처럼 가장 효율적인 방식으로 목적을 달성했어. 게다가 한곳에 오래 머무는 건 좋지 않아. 그래서 여느 때와 마찬가지로 적당히 서두르는 것뿐이야."

"그렇게 급하다면 우리한테 그 작업을 시키는 게 어때요?"

케이티가 끼어들자, 커튼 선생이 날카롭게 웃으며 대답했다.

"고맙지만 일손은 충분해, 케이티! 그리고 나머지 암흑초는 여기에 남겨 두고 이 정도만 가지고 떠나도 된다고. 게다가 너희를 묶어 두는 게 훨씬 편하지."

"당신이 우리를 절벽에 내버리지 않는 이유를 모르겠어요. 이제 그 멍청한 식물을 채집했으니, 우리는 별다른 쓸모가 없을 텐데 말이에요."

케이티가 말했다.(친구들은 이 말을 듣고 불안해서 몸을 꿈틀거렸다. 케이티가 탈출할 기회를 만들려고 그런다는 사실은 알고 있었지만 불안한 건 어쩔 수 없었다.)

하지만 커튼 선생 역시 케이티의 노림수를 알아채고 시끄럽게 웃으며 대답했다. 치밀하고 정교한 술수는 케이티의 특기가 아니었다.

"정반대지! 너희는 쓸모가 아주 많아. 나도 그 문제를 가만히 생각했는데, 암흑초 원액을 제대로 빼내기만 하면 너희를 간단히 잠재워서 무기력하게 만들 수 있을 거야. 그리고 필요한 순간에만, 가령 정보가 더 필요할 때만 깨우는 거지. 너희가 있으면 베네딕트가 아주 약해진다는 사실은 벌써 충분히 입증되었거든."

너무나 섬뜩한 이야기였다. 하지만 케이티는 풀 죽은 모습을 보여주고 싶지 않아서 소리쳤다.

"어이쿠, 정말 멍청한 생각이군요. 우리는 넷이나 되는데 숨기기 어렵지 않겠어요? 사람을 축소시키는 기계라도 있나 보죠?"

커튼 선생이 입술을 꼭 다물고 깊이 생각하는 척하다가 대답했다.

"제대로 겹쳐 놓으면 옷장 하나에 충분히 들어갈 수 있어. 하지만 네 말이 맞아. 그런 방식은 너무 불편할 거야. 깊이 생각할 필요가 있겠어. 당신 생각은 어때, 베네딕트? 완전히 사라지는 게 좋겠어, 아니면 남은 평생을 옷장에서 자는 게 좋겠어?"

"나는 계속 자는 걸 아주 좋아해. 하지만 완전히 사라진 적은 없기 때문에 뭐라고 대답하기가 어려워."

베네딕트 선생님이 대답했다. 커튼 선생은 베네딕트 선생님의 차분한 태도에 약이 오르는지, 능글맞은 웃음을 지우고 차갑게 노려보며 말했다.

"그렇다면 당신한테 선택권이 없어서 다행이군. 이제 모두 조용히 하도록. 이 정도면 충분히 방해했어. 나는 두 번 다시 방해받고 싶지 않아. 분명히 말하는데 이제부터 한마디라도 뻥긋하는 사람은 내가 충분한 관심을 보여 주겠어. 약속하지."

이 말이 진심이라는 사실과 "충분한 관심"의 의미는 의심할 여지가 없었다. 아이들은 모두 은빛 장갑을 두려워하며 끔찍한 침묵 속에서 남은 시간을 보냈다. 열심히 움직이는 커튼 선생과 S. Q. 큰 발을 그 누구도 방해할 수 없었다.

레이니의 마음도 열심히, 필사적으로 움직였다. 그러나 아무 성과도 없었다. 탈출할 방법을 떠올리려고 무수히 노력했지만 실패했다. 커튼 선생이 속삭임을 다시 손에 넣게 되는 끔찍한 일이 벌어지면 어떻게 될까? 그러면 론다와 페루멀 선생님을 비롯한 다른 사람들은 어떻게 될까? 떠올리고 싶지 않은 온갖 생각이 계속 떠올랐다. 불행하게도 레이니의 상상은 여기에서 끝나지 않았다. 레이니는 머릿속에서 베네딕트 선생님 집에서 나와 돌마을을 우울하게 떠돌며 조용한 거리를 활보하는 텐 맨을 보았다. 커튼 선생이 암흑초에서 '제대로 빼낸 원액'에 의해 마을 전체가 깊은 잠에 빠져들고 있었다. 레이니는 아무리 애써도 마음의 눈을 돌릴 수가 없었다. 커튼 선생의 부하들이 커튼 선생에 반대하는 용감한 사람들을 손쉽게 제거하는 광경만 무서울 정도로 선명하게 떠올랐다. 저항하는 사람도 없고 항의하는 목소리도 없었다. 그리고 아침에는 커튼 선생을 반대하지 않는 사람들만 잠에서 깨어났다.

커튼 선생은 항상 갈망하던 소원을 이루게 된다. 절대 권력을 손에 쥐게 된 것이다. 이름만 니콜라스 베네딕트로 바꾸면 모든 일이 순조롭게 풀린다. 그것을 알아챌 사람은 아무도 없다.

그렇게 되면 아이들은 당연히 조금도 거치적거리지 않을 것이다. 이것 하나는 확실하다. 문제는 커튼 선생이 아이들을 어떻게 이용하느냐는 것이다. 아무리 머리를 굴려도 흐르는 식은땀을 막을 방도가 없었다.

유일한 희망은—아주 가냘픈 희망이긴 하지만—밀리건 아저씨가 나타나서 모두를 구해 주는 것밖에 없었다. 밤이 지나고 아침이 가까워지는 동안 레이니는 절박한 심정으로 그 희망에 매달렸다.

커튼 선생은 텐 맨이 넘버 투를(커튼 선생은 '그 여자'라고 말했다.) 잡아 오는 시간이 너무 오래 걸린다고 중얼거리다가 S. Q. 큰 발에게 동굴 밖으로 나가서 무전 연락을 해 보라고 지시했다. 레이니는 기대감에 가슴이 팽팽하게 부풀었다. 밀리건 아저씨가 바깥에 숨어 있다가 S. Q. 큰 발을 기습할 수도 있었기 때문이다! 하지만 S. Q. 큰 발은 무사히 돌아와서 무전 연결이 안 된다고 보고했다. 커튼 선생은 의심스러운 표정으로 이맛살을 찡그렸고, 레이니는 꺼져 가는 희망을 되살릴 수 있었다.

하지만 그 희망은 새벽이 오기 직전에 완벽하게 깨졌다. 맥크라켄이 쩔뚝거리며 동굴로 돌아온 것이다.

깜짝 놀란 케이티가 눈물을 터트렸다. 텐 맨이 나타났다는 사실에는 한 가지 뜻밖에 없었기 때문이다. 다른 아이들도 좌절감이 가득한 눈으로 서로 바라보기만 했다. 베네딕트 선생님은 케이티의 절망적인 울음소리를 듣고 두 눈에 눈물을 글썽이며 위로하려고 손을 내밀다가 석순 옆으로 쓰러져서 잠이 들었다.

맥크라켄은 이 모든 장면을 재미있다는 표정으로 바라보며 커튼 선생을 쩔뚝쩔뚝 쫓아갔다. 커튼 선생은 그가 다가오는 소리에 다른 방으로 쥐 죽은 듯 조용히 물러나 있었다. S. Q. 큰 발도 함께 사라졌다.

맥크라켄이 근처에 있는 석순을 날카롭게 바라보며 소리쳤다.

"7호 발령! 커튼 선생님, 공격하지 마세요!"

그리고 거만하게 덧붙였다.

"S. Q. 큰 발, 7호 발령은 '상황 종료'라는 뜻이야. 게다가 자네 신발 끝이 또렷하게 보여."

S. Q. 큰 발이 숨어 있던 곳에서 수줍은 표정으로 나왔다. 커튼 선생은 맥크라켄을 휠체어로 들이받기라도 할 것처럼 맹렬한 속도로 나타났다. 하지만 마지막 순간에 옆으로 미끄러지며 멈추었고 맥크라켄은 공손히 인사했다. 커튼 선생이 정말 들이받았다면 공중으로 날아가고 말았겠지만, 맥크라켄은 텐 맨답게 힘의 강약을 짐작하는 뛰어난 능력을 지니고 있었다.

어쨌든 맥크라켄으로서는 공중으로 날아가지 않은 게 다행이었다. 이미 끔찍하게 다쳤기 때문이다. 부러진 팔은 넥타이를 목에 걸어 고정했고 얼굴에는 피와 검댕이 잔뜩 묻었다. 우아한 고급 정장은 누더기로 변했으며 서류 가방은 마치 총 다트가 박혀서 고슴도치 같았다. 그러나 표정은 만족스러웠고 평상시처럼 차분한 목소리에는 기쁨이 가득했다. 마치 날씨에 대한 보고를 하러 온 사람 같았다.

"문제가 생겨서 해결했습니다."

커튼 선생이 불만스럽게 쳐다보자 맥크라켄이 대답했다. 그리고 아이들 쪽으로 머리를 끄덕이며 물었다.

"저 꼬맹이들은 어떻게 찾으셨습니까?"

"저 애들이 제발로 찾아왔어. 자네한테 맡긴 내 불도마뱀을 훔쳐 타고. 그래서 내가 잡아서 묶어 둔 거야. 너희 멍청한 패거리에 비해 아주 확실하게 처리한 거지. 그런 내가 자네들한테 월급을 줘야 하는 이유가 뭐지?"

커튼 선생이 차갑게 말했다.

"선생님이 대의를 달성하시는 데 필요하니까요. 게다가 선생님은 밀리건을 처리하신 게 아니잖아요."

맥크라켄이 빙그레 웃으며 대답했다. 부러진 이가 몇 개 보였다.

"베네딕트의 부하? 그놈이 섬에 나타났다는 거야?"

"어이쿠……. 저 애들한테 아무 말도 못 들으셨군요."

맥크라켄이 한쪽 눈썹을 추켜세웠다. 커튼 선생이 아이들을 무서운 눈으로 쏘아보며 말했다.

"그래, 못 들었어. 밀리건이라고? 잭슨과 질슨한테 아무런 보고가 없는 이유를 이제 알 것 같군."

맥크라켄이 동의했다.

"그렇습니다. 하지만 이제 걱정하실 필요 없습니다. 밀리건 문제는 깨끗하게 해결되었으니까요."

"자네가 그자를 직접 해결했다는 뜻으로 받아들이지. 그런데 자네 몸 상태가 아주 불량해."

커튼 선생이 텐 맨을 위아래로 훑어보며 말했다.

"저만 이런 게 아닙니다. 우리 측 피해가 컸습니다. 밀리건은 제가 지금까지 만난 상대와 달랐습니다. 호랑이처럼 빠르고 여우처럼 교활합니다. 하지만 그가 우리를 이길 가능성은 없었지요. 상대를 진짜로 해치지 않으려는 묘한 습관이 있었거든요. 자신을 박살내려고 끊임없이 달려드는 벼룩을 죽이지 않으려고 애쓰는 모습이 눈물겨울 정도였습니다. 하지만 저한테 그런 치명적인 약점을 드러낸 이상, 그를 끝장내는 건 시간문제에 불과했지요."

커튼 선생이 물었다.

"그래서 끝장을 냈나? 결론부터 말해, 맥크라켄. 그리고 너, S. Q. 큰 발, 허수아비처럼 가만히 서 있지 말고 어서 작업해."

S. Q. 큰 발이 벽을 긁고 이끼를 담으며 작업을 서두르는 사이에 맥크라켄이 보고했다.

"결론은 아주 허무합니다. 우리는 싸우다가 산속 높은 곳까지 올라갔어요. 그곳에서 저는 상대를 계곡 모서리 절벽으로 밀어붙였고 그 친구는 말벌이 달라붙는 걸 감수하며 커다란 바위 뒤에 숨어 있었지요. 다른 동료들은 이미 거의 움직일 수 없는 상태였어요. 하지만 저는 계속 밀어붙였습니다. 그 친구는 더 이상 물러설 곳이 없다는 사실을 깨닫고 그나마 덜 고통스러운 종말을 선택했습니다. 절벽에서 뛰어내린 거지요."

레이니가 팔을 들어서 케이티의 어깨를 감쌌다. 하지만 케이티는 아무런 반응이 없었다. 맥크라켄의 설명을 들으려고 눈물을 꾹 참고 있는 중이었다. 맥크라켄을 노려보는 눈에는 분노가 가득했다.

맥크라켄이 잠시 망설이다가 말했다.

"음, 시신을 확인하지는 못했습니다. 손전등이 다 부서졌거든요. 하지만 달빛에 비친 절벽은 15미터가 훨씬 넘었으니 최소한 그 정도

높이는 떨어졌을 겁니다. 그 전에도 몸 상태는 정상이 아니었어요. 성한 사람도 그런 높이에서 떨어지면 뼈마디가 모두 부러지고 말 겁니다."

"당신에게 복수하고 말겠어!"

케이티가 으르렁대며 앞으로 달려들었다. 모두가 움찔할 만큼 사나운 목소리였다. 맥크라켄만 꿈쩍하지 않았다. 그는 금속 고리에 걸린 수갑 때문에 갑자기 쓰러지는 케이티를 낄낄 웃으며 바라보았다. 맥크라켄에게 또다시 달려들다가 팔이라도 부러질까 걱정스러워서 레이니와 꼬챙이가 케이티를 뒤로 잡아당겼다.

맥크라켄이 다시 커튼 선생을 보며 보고했다.

"이렇게 찾아온 건 선생님의 지시가 필요하기 때문입니다. 아직 넘버 투를 쫓는 일이 남았지만 우선은 동료들을 모아야 합니다. 마티나 크로 아가씨를 포함해서요. 마티나 아가씨와 가로테를 초원에서 보았습니다. 마을로 돌아가는 두 사람을 밀리건이 기습 공격했을 겁니다."

커튼 선생이 눈살을 찡그리며 물었다.

"그는 상대를 진짜로 해치지 않으려고 애쓴다고 자네가 말한 것 같은데?"

"네, 맞습니다. 하지만 의식을 잃게 만듭니다. 그리고 벼룩은 뼈가 부러졌기 때문에 제가 부축해야 할 것 같습니다. 선생님이 그런 건 신경 쓰지 않아도 된다고 말씀하시면 제가 그냥 번쩍 들어서 불도마뱀에 태우겠습니다. 하지만 가능하다면 그들이 의식을 찾을 때까지 기다렸다가 함께 움직이고 싶습니다. 제가 발로 찼을 때 눈이 파르르 떨린 걸 보면 샤프와 가로테는 정신이 금방 돌아올 것 같습니다. 그래도 저는 선생님이 결정하셔야 한다고 생각했습니다. 애초에 세운 계획은 오늘 정오가 되기 전에 이 섬을 떠나는 것이었으니까요."

커튼 선생에게는 아주 당혹스러운 소식이었다. 하지만 더 고민하기 싫은 듯 단호한 표정으로 무뚝뚝하게 말했다.

"S. Q. 큰 발을 데려가. 서둘러야 해. 짐을 실을 준비가 거의 끝났으니까."

S. Q. 큰 발이 금속 상자를 한곳에 쌓기 시작했다. 맥크라켄이 깔보는 표정으로 S. Q. 큰 발을 바라보고 빙그레 웃으며 말했다.

"죄송하지만 커튼 선생님이 함께 가시는 게 좋을 것 같습니다. 제가 말씀드렸듯이, 벼룩은 뼈가 부러졌습니다. 그를 낙오시키면 좋지 않을 겁니다."

S. Q. 큰 발은 자존심이 상한 나머지 금속 상자를 발등에 떨어트리고 말았다. 큰 발이 끙끙대며 발을 움켜잡고 폴짝폴짝 뛰어다니는 동안 커튼 선생이 말했다.

"좋아, 내가 가지. S. Q. 큰 발, 그렇게 폴짝거리지 말고 어서 일어나 해."

맥크라켄이 서류 가방을 내려놓고 흔들리는 이를 손가락 끝으로 만지작거리더니, 쑥 빼서 재미있다는 표정으로 살피다가 주머니에 집어넣었다.

"보고할 내용이 또 있습니다. 밀리건이 아이들한테 친구들이 데리러 올 거라고 했습니다."

커튼 선생이 투덜거렸다.

"젠장! 그게 누구라는 말도 했나? 정부에서 파견한 구조대는 아닐 거야. 그렇다면 보고를 받았을 테니까. 자네들이 없는 사이에 아무런 무전 연락도 없었거든."

"블루진에게 연락을 받았습니다. 론다가 비둘기를 돌려보낸 것 같습니다. 선생님이 찾는 사람의 정체를 파악하긴 했는데 있는 곳을 찾으려면 며칠이 필요하다는 메시지를 보냈답니다."

커튼 선생이 가소롭다는 듯 말했다.

"속임수야. 필요한 물건은 이미 찾았어. 그런데 이곳으로 오는 사람이 누구란 말은 못 들은 건가?"

"네, 밀리건이 이름조차 말하지 않았습니다. 하지만 우리는 그들이 배를 댈 곳을 알고 있습니다. 벌써 도착하지만 않았다면요. 배를 댈 만한 곳은 남동부 해안밖에 없어요. 선생님이 원하신다면 동료들이 깨어난 다음에 그곳으로 달려가서……."

커튼 선생이 손을 흔들어서 말을 막았다.

"그럴 필요까진 없어, 맥크라켄. 지금 당장은 그들을 피하는 편이 좋아. 내가 원하는 건 탈출한 포로가 그들과 접촉해서 베네딕트가 있는 곳을 알리지 못하게 하는 거야."

"흠, 그 여자가 아직 그들을 만나지 못했거나 그들이 아직 구조대를 여기로 파견한 게 아니라면……."

맥크라켄이 말했다. 커튼 선생이 끼어들었다.

"그럴 가능성은 없어. 지난밤에 남동부 해안으로 아주 거친 파도가 몰아쳤을 테니까. 조류에 대해서는 내가 조금 알고 있거든. 아직까지는 해안에 접근한 배가 한 척도 없을 거야."

"다행이군요. 그렇다면 넘버 투가 문제를 일으키기 전에 제가 확실히 잡도록 하겠습니다. 마을 옆 숲에 숨어 있는 게 분명해요. 바람만 도와준다면 숲에 불을 질러서 넘버 투를 밖으로 몰아낼 수 있을 겁니다."

"자네 말대로 되면 좋겠군."

커튼 선생이 쌀쌀맞게 말했다.

이윽고 대화 주제는 휠체어로 넘어갔다. 커튼 선생은 휠체어를 가져가고 싶어 했다. 그러나 불도마뱀이 세워져 있는 곳까지 가려면 가파른 비탈을 내려가야 했다. 맥크라켄은 팔을 다쳤기 때문에 휠체어와 서류 가방을 한꺼번에 들 수 없었고, 커튼 선생이 들기에는 휠체어가 너무 무거웠다. 힘이 아주 센 사람이 아니면 그걸 들고 그런 가파른 길을 내려가는 건 불가능했다. 맥크라켄은 휠체어를 쓸 일이 거의 없을 거라고 지적했지만 커튼 선생은 자네 역시 머리를 쓸 일이 거의 없지만 그래도 그걸 떼어 놓고 다니고 싶은 생각은 없지 않느냐며 따졌다. 토론은 그런 식으로 계속되었다.

한편 케이티는 몰래 양동이를 뒤지며 뭔가 도움이 될 만한 걸 찾으려고 애쓰다가 마침내 조그맣게 중얼거렸다.

"이번 일을 어떻게 해결해야 좋을지 모르겠어."

"우리가 탈출하는 거? 나도 마찬가지야."

레이니가 대답하자, 케이티는 깜짝 놀란 표정으로 말했다.

"그 말이 아니야. 우리는 당연히 탈출할 수 있어!"

"그래? 어떻게?"

꼬챙이가 기대감에 차서 물었다.

"그건 앞으로 생각해야지. 지금 내가 고민하는 건 우리가 아빠랑 만나서 저 범죄자들보다 먼저 넘버 투를 찾아낼 방법이야. 넘버 투를 어떻게 구하는 게 좋을까?"

케이티가 속삭였다. 꼬챙이가 기대한 구체적인 계획은 전혀 아니었다.

"잠깐, 너는 밀리건 아저씨가 살아 있다고 생각하는 거야?"

콘스턴스가 속삭였다.

"당연하지! 처음엔 그런 생각을 못했는데, 가만히 생각해 보니까 우리 아빠는 스스로 죽음을 향해 뛰어들 사람이 아니야. 우리가 위험한 상황에선 더더욱. 뭔가 꿍꿍이가 있는 게 분명해. 하지만 여기로 오지는 않을 거야. 우리한테 해안에 있는 숲으로 곧장 가라고 했으니까. 아마 아빠는 우리를 찾으려고 그쪽으로 갔을 거야."

레이니는 케이티만큼 긍정적이지 않았다. 하지만 가능성이 없는 건 아니었다.

"가만가만, 네 말을 정리해 보자. 지금 우리는 커튼 선생이 우리를 어떻게 할지 모르는 채 동굴에 묶여 있는데 너는 넘버 투를 구할 방법이 궁금하다는 거야?"

"맞아!"

케이티가 속삭였다. 레이니는 그럴 마음이 없었는데도 저절로 웃음이 나왔다.

"한번 확인하고 싶었을 뿐이야. 내 생각엔 우리 자신을 구할 방법부터 고민하는 게 좋을 것 같아, 케이티."

"나도 알아. 하지만 시간을 벌어야 해! 저들이 정말 숲에 불을 지르면……."

케이티의 말에 콘스턴스가 끼어들었다.

"걱정 마, 시간은 충분하니까. 숲에 불을 붙이기는 쉽지 않을 거야. 바깥이 눅눅해지고 있어. 안개 아니면 이슬비야. 그런 눈으로 보지 마. 내가 그 정도는 느낄 수 있다는 건 너희도 알잖아."

"S. Q. 큰 발!"

커튼 선생이 소리쳤다. 아이들은 움찔하며 고개를 들었다. 커튼 선생이 자신들을 노려보고 있었다.

"우리 포로 중에 누구든 입을 여는 사람이 있으면 한 명도 빼놓지 말고 나중에 나한테 보고하도록. 돌아와서 괴로움을 양껏 맛보게 해 주지. 이건 명령이야, 알겠어? 누구도 입을 열면 안 돼. 자기들끼리 속닥거리는 일은 절대로 용납할 수 없어."

S. Q. 큰 발이 목청을 가다듬으며 대답했다.

"네, 선생님. 그런데 저, 선생님? 맥크라켄이 휠체어를 운반하고 선생님은 서류 가방을 들면 어떨까요? 제 말은, 불도마뱀이 있는 곳까지만요."

커튼 선생과 맥크라켄이 깜짝 놀란 표정으로 S. Q. 큰 발을 물끄러미 바라보다가 서로 쳐다보았다. 맥크라켄이 투덜거렸다.

"풋내기가 별걸 다 아는군."

커튼 선생이 벌써 움직이며 말했다.

"오솔길이 나오는 곳까진 휠체어를 타고 갈 수 있어. 그다음에 짐을 교환하는 거야."

커튼 선생이 통로를 휙 지나갔고 맥크라켄은 다리를 쩔뚝거리며 그 뒤를 따라갔다. 두 사람은 S. Q. 큰 발이 놀라울 만큼 실용적인 제안을 해서 문제를 해결했는데도 고맙다는 말은커녕 따뜻한 눈길조차 주지 않았다.

S. Q. 큰 발이 맥크라켄의 모욕과 커튼 선생의 냉랭한 대우로 받은 상처를 달래며 일을 다시 시작했을 즈음, 베네딕트 선생님이 말을 걸었다. 선생님이 언제 깨어났는지 아무도 몰랐다. 선생님은 조심스럽고 진지하게 입을 열었다. 아주 졸린 목소리였다. 아직 잠이 다 깨지

않은 것 같았다.

"S. Q. 큰 발, 바쁘다는 건 알겠는데, 조금만 시간을 내줄 수 없겠나? 수갑이 너무 꽉 껴서 손이 아파."

S. Q. 큰 발이 곤란하다는 표정으로 선생님을 보며 대답했다.

"그러면 안 돼요, 베네딕트 선생님. 말하지 마세요! 커튼 선생님한테 보고해야 한다는 사실을 모르세요? 그 명령은 누구도 어길 수 없어요. 선생님이 벌을 받는단 말이에요!"

베네딕트 선생님이 S. Q. 큰 발을 가만히 바라보며 말했다. 아직도 졸려서 느릿한 목소리였다.

"나도 알아, S. Q. 큰 발. 하지만 아무래도 좋아. 자네는 자네가 맡은 일을 해야 하니까, 친구. 자네한테 나쁜 뜻은 없어."

S. Q. 큰 발이 정말 다행이라는 표정으로 빙그레 웃더니 하품이 나오는 걸 억지로 참았다. 베네딕트 선생님이 다시 말했다.

"그런데 금방 말했듯이 수갑이 손목을 끔찍하게 조이고 있어."

S. Q. 큰 발이 선생님을 가만히 바라보았다. 주저하거나 의심하는 눈초리는 없었다. 선생님의 말을 머릿속에 오랫동안 새기는 것 같았다. 아이들은 아무 말도 하지 않았다. 이상한 기분이 들어서 숨도 쉴 수 없었다. 베네딕트 선생님이 S. Q. 큰 발한테 무슨 술수를 걸고 있는 게 분명했다. S. Q. 큰 발이 하품을 다시 뱉어 냈지만 두 눈은 베네딕트 선생님의 눈에 고정되어 있었다.

"너는 아주 피곤해, 그렇지, S. Q. 큰 발?"

베네딕트 선생님이 말했다. S. Q. 큰 발은 가만히 보기만 했다. 그러다가 고개를 천천히 끄덕거리며 속삭였다.

"네, 정말 피곤해요."

"그래, 그럴 거야, 친구. 그건 나도 마찬가지야. 내 옆에 앉아서 잠시 쉬도록 해. 하지만 우선 이 수갑을 풀어 줘. 너는 나를 좋아하잖아. 손목을 문질러서 아픈 걸 풀고 싶어."

그러자 놀랍게도 S. Q. 큰 발이 베네딕트 선생님 옆으로 다가와서 수갑을 풀어 주었다. 선생님은 잠시 움직이지 않았다. S. Q. 큰 발한테 고맙다고 말하며 손목을 천천히 문지를 뿐이었다. 그런 다음에 옆자리를 톡톡 치며 말했다.

"잠시 앉도록 해."

"잠시만."

S. Q. 큰 발이 천천히 대답했다. 눈꺼풀이 무거워지고 어깨는 축 늘어졌다. 큰 발은 베네딕트 선생님 옆에 앉아 석순에 등을 기댔다.

"너도 꽉 끼는 기분을 느껴 봐."

베네딕트 선생님이 말했다. 그리고 소매 단추라도 채워 주는 것처럼 느긋하게 S. Q. 큰 발의 손목에 수갑 한쪽을 밀어 넣더니 단단히 채웠다. 다른 쪽 끝은 금속 고리에 여전히 매달린 상태였다.

"됐어. 불편하지 않아?"

S. Q. 큰 발이 눈을 찡그리며 중얼거렸다.

"좀 거북해요. 아니, 살짝 끼는 거 같아요. 제 말은······."

S. Q. 큰 발이 말끝을 흘렸다. 걱정스러운 표정이었다.

"그럼 풀어야겠어. 자, 열쇠를 줘 봐."

베네딕트 선생님이 말했다. S. Q. 큰 발이 베네딕트 선생님한테 열쇠를 건네주었다.

선생님은 몸을 앞으로 기울여서 S. Q. 큰 발의 시야를 가린 채 열쇠를 아이들에게 살짝 내밀었다. 케이티가 열쇠를 받아서 자기 수갑을 풀고 친구들의 손도 재빨리 풀어 주었다. 그런 다음에 베네딕트 선생님은 아이들을 안전한 곳으로 데려갔다. S. Q. 큰 발은 석순에 등을 기댄 채 금속 고리에 묶인 수갑을 차고 있었다. S. Q. 큰 발이 눈을 쉴 새 없이 깜빡거렸다. 정신이 드는 것 같았다. 큰 발은 아이들과 베네딕트 선생님을 열심히 쳐다보았다. 당황한 표정이 또렷했다.

베네딕트 선생님이 말했다.

"미안해, S. Q. 큰 발. 내가 이럴 거라는 사실은 자네도 어느 정도 알고 있었을 거야."

S. Q. 큰 발이 정신을 차리려는 듯 머리를 열심히 흔들었다. 얼굴은 어두워지고 입술은 떨리기 시작했다.

"하지만…… 하지만 이럴 순 없어요! 나한테 거짓말을 할 순 없어요!"

"그런 적은 없어."

베네딕트 선생님이 말했다. S. Q. 큰 발이 깜짝 놀랐다.

"하지만 전에는 이런 적 없잖아요. 나를 꼬드기지 않았잖아요! 그러지 않겠다고 약속했잖아요! 진짜인지 확인하려고 내가 진실의 약까지 한 방울 먹였잖아요."

"그래, 하지만 이번에는 그런 약속을 하지 않았어, S. Q. 큰 발. 자네를 풀어 주겠다는 약속도 하지 않았고. 자네 손목에 있는 수갑을 풀어야 한다고 말했을 뿐이야. 그 수갑은 나중에 좋은 세상에서 기쁜 마음으로 풀어 줄 거야. 그런 세상에서 자네를 꼭 다시 만나고 싶어. 자네는 맑은 영혼을 지니고 있어, S. Q. 큰 발. 자네를 이런 곳에 남겨 두고 떠나게 돼서 정말 미안해. 하지만 어쩔 수가 없어."

베네딕트 선생님이 슬픈 표정으로 고개를 돌리며 말했다.

"얘들아, 어서 가자, 서둘러야 해."

케이티는 콘스턴스를 등에 업고 통로를 향해 재빨리 걸었다. 뒤에서는 S. Q. 큰 발이 어두운 얼굴로 가만히 앉아서 사방을 둘러보고 있었다. 베네딕트 선생님의 말을 곰곰이 생각하는 것 같았다. 지금 눈앞에서 벌어지는 일을 믿지 않으려 애쓰고 있었다.

"저 사람한테 최면을 걸었어요?"

통로를 바삐 지나가며 콘스턴스가 묻자, 베네딕트 선생님이 우울하게 대답했다.

"비슷해. 그보다 훨씬 잔인하지. 큰 발은 내가 자신의 친절을 배신하지 않을 거라 믿었고 나는 그걸 이용했으니까. 내 행동은 S. Q. 큰 발의 선한 마음에 끔찍한 상처를 입혔어. 우리 모두 S. Q. 큰 발이 그 충격에서 벗어나길 바라며 기도해야 해."

베네딕트 선생님이 레이니 어깨를 잡으며 덧붙였다.

"레이니, 나는 네가 S. Q. 큰 발 같은 사람을 절대로 포기하지 않길 바란다. 이 세상에는 늑대의 옷을 입은 양이 아주 많아. 큰 발의 선한 성품이 없었다면 우리는 탈출할 수 없었을 거야."

동굴 입구가 보이기 시작했다. 바깥에서 신비로운 소리가 들려왔다. 새벽이었다. 섬 특유의 바람이 일어나고 있었다. 아직 완전히 탈출한 건 아니라는 생각이 레이니 머릿속에 떠올랐을 즈음, 뒤에서 성난 고함 소리가 울려 퍼지며 바람 소리를 잠재웠다. S. Q. 큰 발이 마침내 자신이 처한 현실을 깨닫고 소리치기 시작한 것이다.

"커튼 선생님 말이 맞았어요! 나는 당신을 믿었어요, 베네딕트 선생님! 당신을 좋아했다고요! 하지만 다 거짓말이에요! 다 거짓말!"

동굴 입구에서 베네딕트 선생님이 걸음을 멈추고 뒤를 돌아보았다. 너무 피곤해서인지 아니면 S. Q. 큰 발의 고함 소리에 마음이 아파서인지, 아이들이 처음 보는 아주 슬픈 표정을 지었다.

"만일······."

베네딕트 선생님이 입을 열었지만 말을 끝내지 못했다. 깊은 잠에 빠져들었기 때문이다.

앞에 있던 꼬챙이 덕분에 베네딕트 선생님은 머리를 심하게 부딪히는 불행을 피할 수 있었다. 하지만 베네딕트 선생님 밑에 깔린 꼬챙이는 바닥에 이마를 부딪히고 말았다. 꼬챙이는 밑에서 빠져나와 베네딕트 선생님을 똑바로 눕히고 잠에 곯아떨어진 선생님의 안경을 똑바로 씌운 다음 자기 안경도 고쳐 썼다. 꼬챙이는 베네딕트 선생님의 팔을 흔들면서 다그쳤다.

"일어나세요, 베네딕트 선생님! 일어나세요!"

S. Q. 큰 발의 고함 소리가 갑자기 그쳤다. 윙윙거리는 바람 소리와 꼬챙이가 간절하게 부르는 소리만 들렸다. 아이들은 불안한 눈으로 선생님을 지켜보았다. 커튼 선생과 맥크라켄이 언제 돌아올지 모른다. 만일 그들이 깜빡 잊은 물건을 도중에 떠올리고 그걸 가지러 돌아오기라도 한다면……. 레이니는 동굴 밖으로 불안한 시선을 던졌다. 동이 트는 것 같았지만 햇살은 없었다. 콘스턴스의 예언대로 먹구름이 산 위로 나지막이 지나고 사방에 깔린 짙은 안개는 바람을 타고 연기처럼 소용돌이쳤다.

"선생님이 깨어나질 않아."

꼬챙이가 베네딕트 선생님의 얼굴을 톡톡 치면서 말했다. 콘스턴스가 끼어들었다.

"아! 기운이 완전히 빠지면 이렇게 될 수 있어. 그러면 이렇게 몇 시간 동안 누워 있어야 해."

"맞아, 선생님도 이렇게 힘든 적은 없었을 거야."

꼬챙이가 말하더니 레이니를 올려다보며 덧붙였다.

"상황이 심각해."

"들것을 만들어 보자. 이대로 기다릴 순 없어. 어서 만에 있는 숲으로 가야 해."

레이니가 말하자 케이티가 항의했다.

"넘버 투는 어떻게 하고?"

"일단은 숲에 가서 방법을 찾아야 해. 네 말대로 밀리건 아저씨는 우리가 그쪽으로 간 걸로 알고 있어. 그러니 그곳에 가서 아저씨부터 찾아야 해. 설사 아저씨가 없더라도 아저씨 친구들은 있을 거야. 그러면 도움을 청할 수 있어. 하지만 우리가 잡히면 그 모든 기회는 사라지고 마는 거야. 어서 움직여야 해!"

'움직인다'는 말은 언제 들어도 케이티를 설레게 만들었다. 게다가 레이니 말이 맞았다. 하지만 사내아이들이 과연 들것 한쪽을 잡고 산을 넘어서 만에 있는 숲까지 갈 수 있을까 의심스러웠다. 게다가 콘스턴스도 보살펴야 했다.

"썰매가 있으면 좋겠어. 그러면 베네딕트 선생님과 콘스턴스를 태우고 갈 수 있을 거야!"

케이티가 소리치며 동굴 속으로 재빨리 뛰어갔다.

세 아이가 베네딕트 선생님을 깨우려고 계속 애쓰고 있을 때 케이티가 돌아왔다. 케이티는 장비와 도구를 가득 올려놓았던 탁자를 질질 끌고 나왔다. 그곳에 있던 다양한 도구와 커튼 선생이 탁자에 올려놓았던 양동이 그리고 접는 칼을 사용해서 탁자 다리를 잘라 내 썰매 날처럼 밑에 길게 붙인 것이다. 그리고 조명등에서 뜯어낸 전선을 꼬아 썰매를 끌 밧줄과 손잡이까지 여러 개 만들었다. 임시변통으로 만든 것치곤 아주 훌륭한 썰매였다. 짧은 시간에 이 모든 것을 만들어 냈다는 사실이 더더욱 놀라웠다.

케이티가 아직도 자고 있는 베네딕트 선생님을 보면서 말했다.

"냄새나는 소금을 가져오고 싶었지만 S. Q. 큰 발의 주머니에 들어 있었어. 나는 그 옆에 안 가는 편이 좋겠다고 생각했어. 금방이라도 내 목을 비틀 것처럼 노려보고 있었거든."

아이들은 베네딕트 선생님을 썰매에 끌어 올렸다. 그런 다음 콘스턴스가 썰매 위에 올라가서 베네딕트 선생님을 꼭 잡았고, 다른 아이들은 밧줄을 잡아당겨서 튼튼한지 시험했다. 쇠로 된 탁자 다리가 바위를 긁으며 끔찍한 소리를 내긴 했지만 잘만 끌어당기면 썰매는 꽤 빠르게 움직였다.

"쉽게 내려갈 수 있는 길을 찾아봐야겠어."

케이티가 만족스러운 듯 말하더니 동굴 뒤에 있는 봉우리를 향해 급히 올라가기 시작했다. 바위 사이를 펄쩍펄쩍 뛰어가는 모습이 마치 섬에 사는 산양 같았다. 케이티는 순식간에 높은 봉우리에 올라가서 망원경으로 섬 동쪽을 살폈다. 제일 좋은 길이 한눈에 보였다. 북서쪽으로 살짝 내려가면 산양들이 다니는 길이 나왔다. 그 길을 따라 쭉 내려가서 산을 거의 다 내려간 다음에는 위험한 절벽을 최대한 크게 돌며 완만한 자갈 언덕을 비스듬히 가로지른다. 마지막으로 새까만 바위 지대를 지나면 만이 있는 숲에 도착할 수 있다. 봉우리에서 바라보는 숲은 희미한 회색 그림자처럼 보일 뿐이었다. 케이티는 아빠의 흔적을 찾아보려고 애썼지만 아무것도 보이지 않았다. 숲과 만 그리고 그 너머에 펼쳐진 바다는 안개에 덮여 있었다.

레이니는 한참 동안 밑에서 케이티를 쳐다보다가 갑자기 이상한 느낌이 들었다. 이런 기분이 드는 이유가 뭘까? 레이니는 주변을 살살이 살피며 그 이유를 찾으려 했다. 케이티 뒤쪽으로는 거대한 먹구름이 흩어져 있는 하늘과 바람에 펄럭이는 케이티의 머리칼이 보였다. 케이티 주변에는 축축한 습기에도 불구하고 흰털발제비가 사방에 뚫린 바위 구멍 사이를 쏜살같이 넘나들고 있었다. 그 위 높은 곳에는 매 한 마리가 원을 그리며 맴돌고 있었다. 아침 식사로 어떤 제비를 잡아먹을까 궁리하는 게 분명했다. 짙은 먹구름이 화면을 빠르게 돌릴 때처럼 휙휙 지나가고 있었다. 그런 하늘을 배경으로 잽싸게 날아다니는 제비들과 그 위를 맴도는 커다란 매를 함께 보고 있으니 레이니는 배 속이 비비 꼬이는 것 같았다. 그래, 이건 그냥 어지러운 거야. 하지만 그게 아니라면…… 아니야, 어지러운 게 아니야. 그렇다면 이건 어떤 느낌일까? 레이니는 예전에 어디선가 지금과 같은 장면을 본 것 같았다.

케이티가 기어서 내려오더니 건너편으로 넘어갈 통로를 설명한 다음에 결론을 내렸다.

"아주 힘든 길이 될 거야. 숲까지 내려가는 데 최소한 두 시간은 걸릴 것 같아. 너희 둘이서 썰매를 얼마나 끌어당기느냐에 따라 세 시간이 걸릴 수도 있고. 무사히 내려갈 수 있으면 좋겠다."

케이티는 봉우리를 오르는 사이에 풀린 머리를 다시 묶으며 덧붙였다.

"그리고 한 가지 더 있어."

"어떤 거?"

레이니가 물었다. 나쁜 이야기가 분명했다.

"숲까지 가는 도중에 들킬 확률이 높아. 커튼 선생이 넘버 투를 찾으면 여기로 돌아와서 우리가 사라진 걸 알게 될 거고, 그러면 내가 그런 것처럼 맥크라켄과 함께 저 위에 올라가서 주변을 둘러볼 거야. 하지만 넘버 투를 찾지 못했다면 불도마뱀을 타고 섬을 빙글빙글 돌면서 찾아다니겠지. 어느 쪽이든 바위 지대를 지나는 동안 들킬 가능성이 높아. 완전히 트인 장소를 아주 오랫동안 걸어야 하거든. 우리가 훨씬 앞서서 출발했다면 그들이 나타나기 전에 지나갈 수도 있겠지만……."

그때 콘스턴스가 끼어들었다.

"그래서 어쩌겠다는 거야? 저들은 우리가 어디 있는지 알게 될 텐데 우리는 우리를 도와줄 사람이 그곳에서 정말로 기다리고 있는지조차 모르잖아!"

레이니는 관자놀이를 문질렀다. 콘스턴스의 말이 당연히 맞았다. 그리고 맥크라켄의 예측이 옳다면 그때는 다른 텐 맨 두 명과 마티나가 정신을 차린 다음일 것이다. 그들이 이리저리 도망치는 아이들을 사방에서 쫓아오고, 날카로운 연필이 숲속 여기저기를 날아다니는 광경이 눈에 선했다.

"가만히 숨어서 베네딕트 선생님이 깨어날 때까지 기다리는 편이 좋겠어. 베네딕트 선생님이 깨어나면 방법이 있을 거야."

꼬챙이가 말했지만 케이티는 머리를 흔들었다.

"앞으로 몇 시간을 기다려야 할지 몰라. 우리 스스로 방법을 찾아내야 해."

케이티가 말한 "우리 스스로"는 대체적으로 레이니를 가리키는 말이었다. 케이티와 두 친구는 본능적으로 레이니를 바라보았고, 레이니를 얼굴을 찌푸렸다. 좋은 방법을 떠올리려고 무던히 노력했지만 이상한 느낌을 떨쳐 낼 수가 없었다. 왜 예전에 이 광경을 어디선가 보았다는 느낌이 드는 걸까? 레이니는 케이티와 하늘과 그곳을 맴도는 매를 차례대로 올려다보았다……. 잠깐, 저게 평범한 매인가? 레이니는 깜짝 놀라며 하늘을 가만히 쳐다보았다. 아니다, 평범한 매가 아니었다. 송골매였다.

"케이티! 저길 봐! 송골매가…….."

"아니, 저건 페잖아!"

케이티가 탄성을 내지르고는 호루라기를 꺼내서 불었다. 송골매가 하늘에서 곧장 내려와 보호용 가죽 장갑을 잽싸게 낀 케이티의 팔목에 가볍게 앉았다. 케이티가 송골매의 깃털을 쓰다듬으며 칭찬했다.

"우리 착한 페! 너한테 줄 만한 먹이가 없어서 정말 미안해. 나중에 하나 더 줄게."

가죽으로 만든 조그만 주머니가 폐의 다리에 묶여 있었다. 케이티는 끈을 급히 풀어서 편지를 꺼내며 소리쳤다.

"대포알이 보낸 거야!"

아이들은 모두 달려들어서 함께 읽기 시작했다.

보고 싶은 케이티에게,

우리는 너희가 이 편지를 볼 수 있기만 간절히 바라고 있어! 너희가 위험하다고 들었어. 그래서 우리 상황을 알려 주고 우리가 도울 방법을 알아내기 위해 최대한 급하게 이 편지를 쓰는 거야. 너희한테 어떤 내용이 중요한지 모르니, 최대한 자세히 설명하도록 할게.

어젯밤에 우리가 숲에 숨어서 너희를 초조하게 기다리고 있는데 갑자기 툭탁 소리가 들렸어. 그 직후에 산에 있는 동굴에서 비틀거리며 나오는 넘버 툭를 발견했어. 넘버 툭는 이제 괜찮아질 거야. 하지만 그때는 조그만 상륙정에 억지로 태워 지름길로 데려가서 급히 치료해야 하는 상황이었어.

넘버 툭는 아주 시끄럽게 항의했어. 툭탁 소리에 귀를 다친 거야. 그리고 정신이 약간 나가긴 했지만, 위험에 빠진 너희를 찾으려고 동굴에 들어갔다가 툭탁이 일어나서 바위가 무너지는 바람에 돌아가는 길이 막히고 말았다고 말할 정신은 있었어. 넘버 툭는 우리한테 자기는 내버려 두고 너희를 찾아보라고 다그쳤어. 하지만 그러면 밀리건의 지시를 어기는 셈이 되고 그러다가 밀리건이 세운 계획까지 망가트리는 위험을 감수할 수가 없었어. 게다가 넘버 특도 치료가 급했고. 물론 지금은 붕대를 감아서 안전하게 치료했고 정신도 충분히 돌아왔어. 페한테 편지를 묶어 보내는 것도 넘버 툭의 아이디어야. 지금 내가 시간을 너무 질질 끈다고 넘버 툭가 나무라고 있으니까 빨리 쓸게.

지금 우리는 육지에서 몇 킬로미터 떨어진 바다에 정박한 지금길에 타고 있어. 우리 계획은 숲으로 당장 돌아가는 건데, 문제가 있어. 만을 떠나다가 소형 상륙정 엔진이 모래톱에 긁혀서 망가진 거야. 물살이 아주 험하거든. 그래서 엔진 소음은 아주 크고 속도는 굉장히 느려. 상륙정을 타고 가다가 주변의 관심을 끌어서 너희를 위험에 빠트릴까 봐 걱정스러워. 밀리건은 우리가 조용히 움직이는 게 가장 중요하다고 강조했거든. 이 원칙은 아직도 똑같지 않을까? 케이티, 당신을 보내서 우리가 어떻게 하면 좋을지 알려 줘!

알고 있어야 할 사항: 육지에 있는 선장님은 밀리건이 지시한 대로 새벽녘에 영국 해군에 지원을 요청했어. 하지만 초계정(정찰에 쓰는 군사용 배/ 옮긴이)이 금방 도착할 수 없을 것 같아. 그렇다고 지금길을 몰고 섬으로 접근할 수도 없어. 바닥에 닿으면 안 되거든. 상륙정을 타고 가면 해안에 도착하는 데 최소한 두 시간은 걸릴 거야. 그러니 우리가 미리 가서 기다릴 수도 있고 너희가 도착한 다음에 갈 수도 있어. 어떻게 하면 좋을지 알려 줘.

우리는 페가 날카로운 눈으로 너를 찾아가기만 바라고 있어. 페를 돌려 보낼 때는 "개구리 음식"이라고 말만 해. 그러면 나한테 곧장 날아올 거야. 내가 페한테 개구리 음식을 계속 줬었거든. 케이티, 서둘러. 답장을 보내!

대토인(조 슈터).

편지를 다 읽은 레이니는 이리저리 거닐기 시작했다. 당장이라도 도망치고 싶었다. 편지를 보고 용기가 솟아야 하는데 그러기는커녕 오히려 심장이 터질 것 같았다. 지금 당장 답장을 써서 폐에게 매달아 보내고 모든 일이 제대로 진행된다면, 느리고 시끄러운 상륙정이 도착하는 시간에 맞춰 해변까지 갈 수 있을 것이다. 하지만 케이티가 옳다. 바위 지대를 지나다가 들킬 가능성이 높았다. 그러면 불도마뱀이 전속력으로 쫓아올 것이다. 밀리건 아저씨 말에 따르면 불도마뱀은 육지와 바다 양쪽에서 아주 빠르게 달릴 수 있었다. 그렇다면 설사 자신들이 상륙정에 올라탄다 하더라도…… 엔진이 고장 난 상륙정으로는 불도마뱀을 따돌릴 수가 없다. 지름길 근처에도 가기 전에 붙잡히고 말 것이다.

친구들도 레이니가 힘들어하는 이유를 알아차리고 한숨을 쉬었다. 빠져나갈 방법이 없었다.

"어쨌든 넘버 투가 안전하다니까 정말 다행이야."

꼬챙이가 우울하게 말했다.

친구들은 아무 말 없이 고개만 끄덕였다. 넘버 투가 안전하다는 소식에 모두가 다행스러워했다. 하지만 넘버 투에게 좋은 소식은 자신들에게 나쁜 소식이었다. 서쪽 숲에서 넘버 투를 찾지 못한 커튼 선생과 텐 맨 일당은 섬을 돌아다니고 있을 것이다. 아이들이 만에 도착하기 전에 그들과 마주칠 위험이 그만큼 커진 것이다.

레이니는 잠든 베네딕트 선생님을 가만히 내려다보다가 인상을 쓰더니 다시 이리저리 거닐었다.

"숨는 게 좋을 것 같아. 숨어 있으면 초계정이 도착할 거야, 응? 그래서 우리를 구해 줄 거야."

콘스턴스가 말했다.

"그러려면 운이 아주 좋아야 할 거야. 그것보다는 최선을 다해서 숲으로 뛰어가는 편이 좋겠어. 그러면 아빠가 기다리고 있을지도 모르잖아. 아빠만 만나면 해결될 거야."

케이티가 말했다. 꼬챙이가 안경을 정신없이 닦으며 물었다.

"네 생각은 어때, 레이니? 숲으로 가는 게 좋을까 숨어 있는 게 좋을까?"

레이니는 이를 갈았다. 내 생각이 어떠냐고? 누구든 텐 맨을 피해 오랫동안 숨기는 어려울 터였다. 그리고 설사 초계정이 금방 도착해서 섬에 상륙한다 해도, 해군이 교활한 커튼 선생의 부하들과 싸워서 이길 거라고 장담할 수 없었다. 텐 맨들에게는 불도마뱀이 있지 않은가! 그러면 숲으로 가야 할까? 레이니는 상륙정에 대해 곰곰이 생각했다. 대포알은 엔진 소리가 시끄럽다고 말했다. 그렇다면 안개가 아무리 짙다 해도 들킬 수밖에 없었다. 그리고 레이니는 케이티와 달리, 밀리건 아저씨가 이 문제를 해결할 수 있을 거라고 생각하지 않았다. 그렇다면 숨는 편이 훨씬 좋을 것이다. 하지만 숨어 봤자 희망이 없다. 하지만……

레이니는 걸음을 멈췄다. 새로운 가능성이 보였다. 사실 처음부터 그 생각이 떠올랐지만 애써 무시하고 있었다. 그러나 그렇게 할 수만 있다면 성공할 확률은 제일 높을 것이다.

"레이니, 네 생각은 어떠니?"

케이티가 재촉했다.

레이니는 잠든 베네딕트 선생님을 가만히 바라보았다. 지금까지 아이들은 베네딕트 선생님을 구하기 위해 온갖 위험을 감수했다. 베네딕트 선생님을 구하려고 지구 끝까지 달려왔다. 선생님이 지금 정신을 차린다면 레이니가 어떻게 하길 바랄까? 누가 소맷자락을 잡아당기는 느낌이 들었다. 콘스턴스가 레이니를 쳐다보고 있었다.

"그분을 믿어야 해."

콘스턴스가 말했다. 케이티가 되물었다.

"그분을 믿어? 누구? 레이니, 얘가 지금 무슨 말을 하는 거니?"

레이니는 콘스턴스의 눈을 보았다. 그 말이 옳다는 느낌이 들었다. 베네딕트 선생님이 자신한테 무엇을 바랄지는 분명했다. 문제는 레이니에게 그 일을 해낼 만한 용기가 있는지였다.

"레이니?"

레이니는 마음을 정하고 말했다.

"연필이랑 종이를 줘. 좋은 방법이 없는 것도 아니니까!"

어둠 속에서 반짝이는 용기

썰매를 끌고 산을 내려오는 일은 두 사내아이 중 누구도 겪어 보지 못한 너무나 힘든 일이었다. 케이티가 아니면 시도조차 하기 어려웠을 것이다. 강인한 체력은 말할 것도 없고 탁월한 눈썰미와 균형 감각, 거리와 경사도를 재는 뛰어난 능력 덕분에 사내아이들은 굴러떨어질 위기를 최소한 한 번 이상 피할 수 있었다. 세 아이는 썰매를 똑바로 유지해서 베네딕트 선생님과 콘스턴스를 보호해야 했으며, 콘스턴스는 자신은 물론이고 베네딕트 선생님이 떨어지지 않도록 온 힘을 다해 썰매를 붙잡아야 했다. 그런 식으로 산을 절반쯤 내려오자 레이니와 꼬챙이는 온몸이 쑤시며 덜덜 떨리기 시작했다. 그래도 썰매를 끄는 일은 절대 멈추지 않았다.

산을 다 내려왔을 즈음에는 케이티도 완전히 지쳤다. 시원한 안개와 끊임없이 불어오는 바람에도 불구하고, 얼굴은 빨갛게 달아올랐으며 다리 근육과 허파는 심한 피로에 시달리고 있었다. 자욱한 안개 사이로 드넓은 바위 지대를 바라보니 전날 밤에 그곳을 힘들게 지나온 기억이 떠올랐다. 케이티는 자신도 모르는 사이에 어깨가 축 늘어졌다. 사내아이들이 그곳을 지나가는 동안 계속—여러 번에 걸쳐서 오랫동안—쉴 것 같아서 걱정스러웠다. 하지만 자기 혼자 썰매를 끌 방법은 없었다. 케이티는 레이니와 꼬챙이를 보았다. 둘 다 허리를 숙인 채 가쁜 숨을 몰아쉬는 중이었다.

케이티는 미안한 듯 입을 열었다.

"오래 쉴 순 없어. 일이 분 쉰 다음에······."

꼬챙이가 갑자기 허리를 쭉 폈다. 땀으로 범벅된 피곤한 얼굴에 여기서 주저앉을 수 없다는 강한 결심이 피어올랐다. 케이티가 깜짝 놀랄 정도였다.

"아니야, 지금 출발해. 쉴 시간이 없어."

레이니는 꼬챙이의 말에 자극을 받고 놀란 얼굴로 꼬챙이를 쳐다보다가 뭔가 빠진 게 있다는 사실을 발견했다.

"꼬챙아, 안경은 어디에 있니?"

"중간에 흘러내려서 비탈로 굴러떨어졌어. 그걸 줍느라 시간을 낭비하고 싶지 않았어. 신경 쓰지 마. 앞으로 갈 길이 멀다는 것 정도는 충분히 아니까."

꼬챙이가 밧줄을 끄느라 다 까진 손으로 썰매 줄을 다시 움켜쥐며 말했다.

"난 준비됐어."

레이니는 떠날 준비가 조금도 되어 있지 않았지만 이마에 흐르는 땀을 훔치며 똑바로 일어서려 했다. 케이티도 꼬챙이의 강인한 정신력에 용기를 얻고 어깨를 쭉 펴면서 물었다.

"도대체 어디서 그렇게 대단한 힘이 나오는 거니?"

꼬챙이가 희미하게 웃으며 대답했다.

"그동안 안 쓰고 계속 모아 두었던 거야."

"그래, 바로 지금이 그런 힘을 써야 할 때니까."

케이티가 감동해서 말했다.

드넓은 바위 위를 끊임없이 걷는 동안 꼬챙이는 친구들 모두에게 커다란 희망을 주었다. 작전을 세운 사람은 레이니였고 길을 잡은 사람은 케이티였지만, 도중에 온 힘을 다해 친구들의 용기를 불러일으킨 사람은 꼬챙이였다. 깡마른 몸은 마디마디가 삐걱거렸고 이마에선 땀이 줄줄 흘렀다. 다리는 끊임없이 휘청거렸고 바닥에 쓰러지기도 했지만 그럴 때마다 벌떡 일어나서 마음을 다지고 상상할 수 없을 만큼 강인한 정신력으로 자신의 역할에 다시 매진했다. 사실, 꼬챙이에게는 지금 이 순간이야말로 지금까지 저지른 실수를 만회하고 친구들을 위험에서 구출할 기회였다. 그래서 자신이 어떤 희생을 치르더라도 꼭 해내고 싶었다.

레이니가 쓰러지면 꼬챙이가 일으켜 주었다. 케이티가 도저히 안 되겠다고 낙담하면 꼬챙이가 해낼 수 있다고 격려하며 한층 더 노력했다. 꼬챙이는 수없이 넘어지고 일어나며 앞으로 나아갔다. 정말 고귀한 행동이었다. 일행은 그러면서 숲을 향해 계속 나아갔다. 레이니는 설사 도중에 잡힌다 해도 꼬챙이가 최선을 다하는 모습을 보았다는 사실에 감사할 수 있을 것 같았다.

"우리가 정말로 해낼 것 같아!"

콘스턴스가 믿을 수 없다는 듯 말했다. 사실이었다. 비록 걷는 속도는 기는 것처럼 느렸고 사내아이들은 손에 물집이 잡혀서 피가 흘렀지만, 이제 몇 미터만 가면 바위 지대를 벗어나 숲으로 들어갈 수 있었다.

"그야 당연하지. 이제 조금만 더 가면…… 아니, 저게 뭐지?"

친구들도 앞에 튀어나와 있는 검은 물체를 발견했다. 바위와 색이 거의 비슷한 데다 안개가 자욱해서 바로 앞에 도착할 때까지 분명히 보이지 않았다. 그건 커다란 바위나 돌 더미가 아니었다. 낮게 쌓아 놓은 기다란 진흙 무더기 같았다. 그런 진흙이 갑자기 어디에서 나왔는지 이상했다. 아이들은 더 가까이 다가서다가 그 흙더미가 밀리건 아저씨라는 사실을 알아차렸다.

케이티가 비명을 지르며 앞으로 달려가서 그 옆에 무릎을 꿇었다. 밀리건 아저씨는 딸의 목소리를 듣고 눈을 떴다. 케이티가 아저씨의 얼굴에 묻은 진흙을 닦아 주며 괜찮은지 말하라고 다그치자, 아저씨가 안도의 미소를 지으며 대답했다.

"네가 괜찮다는 사실을 확인했으니, 이제 나는……."

케이티가 진흙을 무시한 채 온몸을 던져서 아빠를 안았다. 밀리건 아저씨가 신음을 내다가 힘들게 속삭였다.

"그만 껴안는 게 좋겠어, 케이티. 다시 의식을 잃을지도 몰라. 통증이 아주 심하거든."

케이티가 겁에 질려 후딱 물러섰다.

"아! 정말 미안해요, 아빠! 얼마나 심하게 다친 거예요? 정말로 절벽에서 떨어진 거예요?"

"사실은 뛰어내린 거야."

밀리건 아저씨가 대답했다.

"그런데 어떻게 여기까지 왔어요? 맥크라켄이 아빠 몸에 있는 뼈가 모조리 부러졌을 거라던데!"

케이티가 묻자, 밀리건 아저씨가 중얼거렸다.(입술을 움직이지 않으려고 애쓰는 것 같았다.)

"전부 다는 아니야. 그래서 줄곧 몸을 질질 끌면서 여기까지 왔어. 너희를 구하러 가는 중이었어."

밀리건 아저씨가 아이들을 보다가 썰매에 누워 있는 베네딕트 선생님을 발견했다.
"모두 괜찮니? 베네딕트 선생님은 어떠시니?"
순간 케이티는 말문이 막혔다. 그래서 머리를 흔들며 가만히 쳐다보기만 했다. 아빠를 발견한 충격에서 벗어나자, 아빠가 당한 심한 부상이 눈에 들어오기 시작한 것이다. 케이티는 예전에도 끔찍하게 다친 아빠를 본 적이 있었다. 사실, 일 년 전에도 지금처럼 온몸에 진흙이 뒤덮인 아빠를 보았다. 하지만 이번에는 훨씬 심했다. 우르르 달리는 소 떼에 짓밟힌 것처럼 보였다. 말벌에 쏘여서 온몸이 부어올랐고 심하게 까진 얼굴은 알아볼 수도 없었다. 셔츠와 바지는 누더기가 되었으며 모자와 겉옷은 잃어버렸다. 그런 몸으로도 아빠는 자신을 구하러 오는 중이었다. 케이티는 아빠의 손을 꼭 잡았다. 그러다가 아직 채워져 있는 수갑을 발견했다. 케이티는 가슴속에서 솟구치는 분노를 느꼈다.
밀리건 아저씨가 얼굴을 찡그렸다. 뒤에 서 있던 레이니가 케이티한테 아저씨를 누르면 안 된다는 사실을 상기시켰다. 케이티가 아빠의 손을 바닥에 조심스럽게 내려놓으며 말했다.
"베네딕트 선생님도 괜찮고 우리도 괜찮아요. 그런데 아빠는 계곡으로 떨어져서 아니, 뛰어내려서 어떻게 살아난 거예요?"
밀리건 아저씨가 힘들게 침을 꿀꺽 삼킨 다음에 대답했다.
"바닥이 진흙투성이였거든. 동굴을 찾으러 가다가 본 적이 있어서 그 사실을 알고 있었지."

"하지만 맥크라켄은 절벽 높이가 15미터도 넘는다고 했어요."

"그래……. 절벽 표면에 미끄러지듯 떨어져서 속도를 줄일 수 있었어. 중요한 건 진흙 위에 떨어지는 건데……."

아무도 만지지 않았는데도 밀리건 아저씨가 얼굴을 다시 찡그리며 가쁜 숨을 뱉어 냈다.

"하지만 주변이 어두워서 거리를 좀 잘못 판단했던 것 같아."

"케이티, 아저씨를 숲으로 옮기는 게 좋겠어."

레이니가 조그맣게 말했다.

"맞아! 좋아요, 아빠. 우리가 아빠를 썰매에 태워서……."

케이티가 말하자 밀리건 아저씨가 반대했다.

"잘 들어, 케이티. 내가 다시……."

밀리건 아저씨는 침을 꿀꺽 삼켰다.

"정신을 잃을 것 같아. 그러니 잘 들어. 나는 이대로 둬. 필요하다면 자갈 같은 걸로 덮어 두고 만으로 도망쳐. 나를 썰매에 태우고 질질 끌면서 도망칠 순 없어. 이건 명령이야, 알겠어? 어서 떠나……. 나는 이대로 두고. 이건 명령이야, 그러니 다른 생각은……."

밀리건 아저씨가 갑자기 두 눈을 감으며 침묵에 잠겼다.

"어른은 여기 오면 다 정신을 잃을 수밖에 없는 거야?"

콘스턴스가 탄식했다.

"밀리건 아저씨를 썰매에 태워. 그 명령에 따를 순 없어."

꼬챙이가 말하며 밀리건 아저씨 옆으로 다가왔다.

"당연하지. 아저씨를 구해야 해."

레이니가 맞장구쳤다.

"나는 아저씨가 우리를 구해 주기만 바라고 있었어."

콘스턴스도 끼어들었다.

케이티는 아무 말도 하지 않았다. 깊은 슬픔은 완전히 다른 감정으로 변했다. 케이티는 이를 악물고 주먹을 불끈 쥐었다. 아빠를 이렇게 만든 텐 맨에 대한 분노가 끓어올랐다. 맥크라켄이 가장 미웠지만 텐 맨 모두가 마찬가지였다. 케이티는 화가 치밀었다. 복수하고 싶었다. 다른 생각은 하나도 떠오르지 않았다.

레이니가 케이티 이름을 계속 부르며 어깨를 잡고 흔들었다.

"케이티! 왜 그러는 거야? 아저씨를 어서 옮겨야 해! 숲으로 들어가면 들키지 않을 수도 있어! 이제 거의 다 왔단 말이야, 케이티!"

케이티는 고개를 들고 자신을 걱정스럽게 바라보는 친구들을 쳐다보았다. 그리고 벌떡 일어났다. 하지만 너무 늦었다. 콘스턴스의 얼굴을 보면 알 수 있었다. 지금 콘스턴스는 두려움이 가득한 표정으로 안개 속을 바라보고 있었다. 이윽고 그쪽에서 소리가 들렸다.

꽈르릉!

아이들은 바위 지대 북쪽 멀리서 파도를 가르는 상어처럼 안개를 뚫고 다가오는 검은 그림자를 겁에 질린 눈으로 바라보았다. 불도마뱀이었다. 망원경을 재빨리 꺼낸 케이티는 조종간을 잡고 있는 맥크라켄을 발견했다. 맥크라켄 역시 케이티에게 망원경을 고정하고 있었다. 그 옆에는 커튼 선생이 일어나서 성난 몸짓을 하고 있었고, 그 뒤에는 이제야 정신을 차리고 복수를 다짐하는 마티나와 가로테, 샤프가 서 있었다. 망원경으로 보니 그들이 바로 앞에서 당장이라도 달려들 것만 같았다. 케이티도 간절히 바라는 바였다. 그들만 복수심에 불타오르는 것이 아니었다. 하지만 케이티는 분노를 삭였다. 지금은 때가 아니라는 생각이 들었다. 상대가 될 수 없었다. 맥크라켄에게 잡히기 전에 한 대만 때릴 수 있어도 다행일 정도였다.

"시간이 얼마나 걸릴까? 우리가 만까지 도망칠 수 있을까?"

레이니가 물었다.

"이런 속도로? 썰매를 질질 끌면서? 숲으로 10미터만 들어가도 다행일 거야. 그러면 저들한테 밑으로 내려오는 수고를 끼칠 수 있으니까 그나마 위안이 되겠지."

하지만 친구들은 그런 것으로 위안을 삼을 수 없었다. 레이니는 썰매를 힘없이 바라보았다. 썰매를 끌고서는 절대 만까지 도망칠 수 없었다. 그런데 썰매에 누워 있던 베네딕트 선생님이 똑바로 일어나 앉아서 하품을 하며 레이니를 쳐다보고 있었다.

"내가 잠을…… 아, 알겠어."

베네딕트 선생님이 중얼거리며 손으로 머리를 쓸어 올렸다. 그러고는 유감스러운 표정으로 레이니를 보며 덧붙였다.

"내가 정말 끔찍한 시간에 잠든 것 같구나."

베네딕트 선생님은 급박한 상황을 단숨에 알아차린 것 같았다. 레이니가 미처 뭐라고 말하기도 전에 밀리건 아저씨를 들쳐 업고 아이들한테 소리치며 숲으로 달렸기 때문이다. 아이들은 기쁨의 탄성을 내질렀고, 케이티는 콘스턴스를 짐짝처럼 등에 걸친 채 그 뒤를 쫓으며 소리쳤다.

"조심하세요! 아빠가 심하게 다쳤어요, 베네딕트 선생님!"

베네딕트 선생님이 나무 사이를 뛰어가다가 숨을 헐떡거리며 대답했다.

"그건 나도 알 수 있어, 케이티. 하지만 금방 좋아질 거야. 너희 아빠는 회복 속도가 그 누구보다 빠른 사람이야. 이제 괜찮을 거야."

레이니는 그 말을 믿고 싶었다. 하지만 지금 당장은 괜찮을 사람이 아무도 없는 것 같았다. 불도마뱀은 벌써 숲 가장자리에 도착해서 급하게 방향을 틀며 멈추었다. 덩치가 너무 커서 나무 사이를 지날 수 없었던 것이다. 꽈르릉 소리가 순간적으로 멈춘 걸 보면 이미 텐맨 한두 명이 뛰어내려서 뒤를 쫓아오는 게 분명했다. 그리고 불도마뱀은 숲을 돌아서 해안으로 따라올 것이다. 일행에게는 달리 도망칠 곳이 없었다. 레이니가 예상했듯이, 이제 죽기 아니면 살기로 달릴 수밖에 없는 상황이 펼쳐진 것이다.

일행은 숲에서 절박한 위기를 몇 차례 겪으며 만이 펼쳐진 바위 해안으로 비틀거리며 나왔다. 해안에 세워 놓은 수상 비행기가 위장용 천막을 쓴 채 그대로 있었다. 멀리 숲 가장자리에서 불도마뱀이 꽈르

룽거리며 나타나 아이들 쪽으로 방향을 틀었다. 하지만 파도가 몰아치는 만에는…… 아무것도 없었다.

꼬챙이는 텅 빈 바다를 한 번 더 보더니 무릎을 꿇으며 무너져 내렸다. 베네딕트 선생님은 안개에 휩싸인 만을 당혹스러운 표정으로 바라보며 중얼거렸다.

"뭔가 빠진 게 있는 것 같아."

레이니는 얼이 빠진 듯 얼굴을 두 손에 파묻으며 중얼거렸다.

"이게 최선이라고 생각했어요……. 제 말은, 행여나…… 아, 한때나마 희망을 품었다는 사실을 믿을 수가 없어요……."

베네딕트 선생님이 다정하게 혀를 차며 타일렀다.

"레이니, 네가 어떤 선택을 했든 나는 네가 최선을 다했다고 확신해. 기운을 내렴. 왜냐하면……."

"아직 끝난 건 아니에요."

케이티가 바다를 가리키며 중얼거렸다.

모두 그쪽을 바라보았다. 너무나 놀라운 광경이 순간적으로 모든 두려움을 날려 버렸다. 안개 사이로 만 너머에서 검은 산이 서서히 다가오는 것이 보였다. 마치 아폴로 신상의 거대한 다리 같았다. 하지만 그건 착각이었다. 거대한 물체가 모습을 드러내며 해안으로 힘차게 달려오고 있었다. 궁지에 몰린 일행은 그 모습을 멍하니 바라보다가 탄성을 질렀다. 지름길이었다. 지름길이 웅장하게 물살을 가르고 있었다.

지름길이 뱃고동을 울렸다. 보고 있던 사람들이 모두 귀를 막았을 정도로 커다란 소리였다. 불도마뱀에 올라탄 사람들도 역시 귀를 막았다. 이들 역시 경적 소리를 듣기 전에 지름길이 다가오는 모습을 보았다. 모두가 입을 쩍 벌렸다. 성격이 침착한 맥크라켄조차도 조종간을 급히 튼 다음, 믿을 수 없다는 표정으로 뒤를 돌아보았다. 하기야 누구라도 믿을 수 없을 터였다. 만은 조그마한데 배는 어마어마하게 컸기 때문이다. 욕조에 고래가 들어 있는 격이었다.

"이쪽이야!"

베네딕트 선생님이 소리쳤다.

이제 막 나타난 것 같았는데 지름길은 벌써 해안으로 올라오고 있었다. 아이들은 베네딕트 선생님을 따라 불도마뱀 반대편 해안으로 뛰어갔다. 하지만 지름길에서 단 한순간도 눈을 뗄 수 없었다. 웅장한 배는 파도는 물론이고 진흙까지 가르며 올라왔다. 지름길 앞부분이 쟁기처럼 만 밑바닥을 파헤쳤다. 레이니의 전갈을 받은 육지아나 선장님이 친구들을 구하려고 자신의 소중한 배를 몰고 육지로 올라온 것이다.

잠시 후에 마침내 지름길이 멈추었다. 조그만 만과 해안은 엄청난 재앙을 당한 지역처럼 변했다. 부서진 수상 비행기 파편이 지름길 양쪽에 둥둥 떠다녔고 지름길 앞머리는 나무들을 쓰러트린 채 숲 속에 처박혔다. 지름길 한쪽 옆에서는 텐 맨 가로테가 진흙탕에서 빠져나오려고 애쓰는 중이었다. 베네딕트 선생님과 아이들을 뒤쫓으며 숲을 헤매다가 막 따라잡으려는 순간, 해안으로 밀고 올라온 지름길 때문에 물살과 흙무더기에 압사당할 뻔한 것이다. 가로테 뒤에서는 잔뜩 화난 커튼 선생의 명령에 따라 불도마뱀이 지름길을 향해 다가오는 중이었다. 그리고 그 건너편에는 새로운 희망을 발견한 도망자들이 지름길을 향해 달렸고, 갑판에서는 대포알을 비롯한 선원 몇 명이 밧줄을 던져 주었다.

선원들은 밧줄마다 매듭을 묶어서 발을 댈 곳과 손으로 잡을 곳을 만들어 놓았다. 들것도 매달아 내려 주었다. 이윽고 선원들이 밧줄을 정신없이 끌어 올렸다. 아이들과 베네딕트 선생님과 밀리건 아저씨는 순식간에 높은 갑판 위에 올라설 수 있었다.

"시간이 없어요! 우리 모두 비밀 창고로 들어가야 해요!"

레이니가 갑판에 발을 딛자마자 소리쳤다.

대포알이 반가운 나머지 아이들을 차례대로 껴안으며 대답했다.

"걱정하지 마, 레이니. 육지아냐 선장님이 이미 명령을 내리셨어. 우리 모두를 밑으로 안내하려고 함교에서 내려오시는 중이야. 내 친구들과 나는 이곳에서 저들을 물리치고 싶지만······."

베네딕트 선생님이 엄숙한 목소리로 반박했다.

"그건 안 돼, 대포알. 용감한 건 좋지만 승산이 없어. 상대도 안 될 거야. 우리와 함께 내려가야 해."

바로 그때 육지아냐 선장님이 합류했다. 자신이 이런 놀라운 일을 저질렀다는 사실에 큰 충격과 쾌감을 동시에 느끼는 표정이었다.

"정말 완벽한 상륙이었어, 육지아냐."

베네딕트 선생님의 말에 육지아냐 선장님이 웃으며 선생님을 포옹했다.

대포알이 다른 건장한 선원과 함께 들것에 실린 밀리건 아저씨를 들고 급히 자리를 옮겼다. 사다리를 내려갈 즈음에 갈고리가 날아와서 덜커덕 불길한 소리를 내며 갑판 난간에 걸리기 시작했다. 커튼 선생과 텐 맨이 올라오려는 참이었다.

"영국 해군이 초계정 두 척을 파견했어. 앞으로 삼십 분이면 도착할 거야."

육지아냐 선장님이 일행을 아래로 이끌며 말했다. 그리고 비밀 창고 문 옆에 서서 사람들을 모두 들여보낸 다음에 자신도 들어왔다. 선장님은 손잡이를 돌리고 빗장을 걸어서 쇠로 만든 육중한 문을 잠갔다.

"얘들아!"

익숙한 목소리가 들리더니, 조그만 비밀 창고에 빼곡히 들어찬 선원과 금고 경비원들 사이에서 넘버 투가 나타났다. 머리에는 붕대를 둘둘 감았고 힘이 하나도 없어서 아이들을 일일이 껴안을 수는 없었지만 얼굴에는 기쁜 표정이 가득했다. 레이니와 꼬챙이가 넘버 투의 팔을 잡고 부축했다.

베네딕트 선생님이 잠긴 쇠문을 바라보며 물었다.

"삼십 분이라고 했나, 육지아냐? 확실해?"

"응, 조금 전에 무전으로 연락을 받았어. 그리 멀지 않은 곳이야."

베네딕트 선생님이 입술을 꼭 깨물었다. 그리고 주변에 모인 사람들을 바라보았다. 얼굴마다 두려움이 가득했지만 당황한 기색은 없었다. 육지아나 선장님에게 충분한 설명을 들을 시간이 없었기 때문에, 선원들은 지금 위에서 아주 사악한 사람들이 다가오고 있다는 사실만 알고 있었다. 프레시우스 이사가 추가로 고용한 경비원들은 해적이 공격해 왔다고 생각하고 가짜 다이아몬드를 내줄지 말지 시끄럽게 떠들어 대고 있었다. 베네딕트 선생님은 두 손을 들어서 시선을 집중시키고 아주 차분하게 말했다.

"여러분, 모두 조용히 해 주세요. 위에 있는 사람들은 우리가 어디에 있는지 아직 모르고 있습니다. 저들한테 우리가 있는 곳을 일부러 알려 줘서 이곳으로 오게 할 필요는 없어요."

그와 동시에 사방이 조용해지고 긴장과 침묵의 기다림이 시작되었다. 머리 위 멀리서 쿵쾅거리는 소리가 들렸다. 커튼 선생과 그 부하들이 커다란 배 안을 차례대로 뒤지며 다가오는 소리였다. 갑판에서 비밀 창고까지 오려면 몇 층을 내려와야 했고 도중에 뒤져야 할 복도와 선실이 많았다. 커튼 선생은 사냥감이 단 한 명이라도 빠져나가게 두지 않을 것이다. 십 분이 지났다. 쿵쾅거리는 소리가 점차 커졌다. 이십 분이 지났다. 소리는 더 커졌다. 이십오 분…….

바로 그때, 창고 앞에서 사람들의 목소리가 들리더니 날카로운 웃음소리가 뒤따라 일어났다.

베네딕트 선생님이 선언했다.

"이제 조용히 할 필요가 없습니다. 문가에서 멀리 떨어지세요, 모두 다요. 최대한 멀리 떨어지세요. 대포알, 밀리건을 옮겨 주겠나?"

모두가 문가에서 최대한 멀리 떨어지려고 애쓰며 몸을 밀착시켰다. 너무 꽉 달라붙어서 숨을 쉬기도 어려울 정도였다. 밀리건 아저씨가 누운 들것은 사람들 맨 앞에 놓았고 케이티는 그 옆에 무릎을 꿇은 채 두 팔로 아빠의 가슴을 보호했다. 그 뒤에서는 레이니와 꼬챙이와 콘스턴스가 넘버 투의 팔을(사실 콘스턴스는 넘버 투의 다리를) 꼭 움켜잡았고, 베네딕트 선생님은 가만히 서서 팔짱을 낀 채 호기심이 가득한 표정으로 쇠문을 바라보았다.

"그런데 저들이 원하는 게 뭔가요?"

경호원 한 명이 하얗게 질린 얼굴로 속삭였다.

"우리 친구들."

대포알이 대답하자, 경호원이 두 눈을 동그랗게 뜨며 물었다.

"그렇다면…… 저 사람들만 내주면……."

경호원이 팔을 휘둘러 베네딕트 선생님과 넘버 투와 아이들을 가리키며 말을 이었다.

"우리는 괜찮다는 건가요?"

아이들이 숨을 죽였다. 베네딕트 선생님은 눈썹을 추켜세웠다.

육지아냐 선장님이 고개를 돌려 경비원을 매섭게 쏘아보더니 꽉 깨문 이 사이로 말했다.

"이 배에서는 자기만 살려고 죄 없는 사람을 희생시킬 수 없어."

"맞아요, 맞아!"

대포알이 커다랗게 소리치자 다른 모든 선원과 경비원 일부가 맞장구쳤다.

온갖 두려움에도 불구하고 모르는 사람을 위해 위험을 기꺼이 감수하려는 사람들을 레이니와 친구들은 고마운 표정으로 바라보았다.(콘스턴스는 예외였다. 얼굴을 찡그린 채 문만 열심히 바라보았다.) 베네딕트 선생님이 고맙다는 표시로 한 손을 들어서 흔들었다. 조금 전에 자신과 아이들을 늑대들에게 넘기자고 주장한 사람이 있었다는 사실은 서운했지만, 감정을 겉으로 드러내지는 않았다. 그렇다고 다른 사람들의 고상한 용기에 놀란 것 같지도 않았다. 선생님은 손을 가볍게 흔든 다음, 여전히 문만 바라보는 콘스턴스 옆에 무릎을 꿇고 앉았다.

"저들이 밖에서 지금 뭘 하고 있니, 콘스턴스?"

콘스턴스가 속삭였다.

"아주 나쁜 짓. 안으로 들어올 계획을 세웠는데, 우리가 다칠 거란 사실을 알면서도 신경 쓰지 않아요. 아! 저들은 지금……."

콘스턴스가 눈을 동그랗게 뜨며 말했다. 하지만 그 말은 바다에서 울려 퍼지는 확성기 소리에 파묻히고 말았다.

"모두 주목! 배에 올라탄 사람들! 모두 두 손을 들고 갑판으로 나오시오!"

확성기를 타고 커다란 소리가 울려 퍼졌다. 영국 해군이 도착한 것이다.

모두가 환호성을 터트렸다. 그와 동시에 쇠문 건너편에서는 욕설을 퍼붓고 다투는 소리와 함께 쿵쾅거리는 소리가 잇따라 들려왔다. 커튼 선생과 그 부하들이 재빨리 갑판으로 도망치는 소리였다. 이 소리를 듣고 더 커다란 환호성이 일어났다. 그래서 콘스턴스가 미친 듯이 외치는 소리는 훨씬 나중에 들렸다.

"쇠문을 폭파하려고 해요! 폭탄을 설치했어요!"

갑자기 모두가 숨을 들이켜더니 순간적으로 침묵이 깔렸다. 이윽고 아수라장이 벌어졌다. 문 쪽에 가까이 있던 몇 사람은 최대한 멀리 벗어나려고 한 반면, 벽 쪽에 있던 사람들은 자리를 뺏기지 않으려고 했던 것이다.

문 쪽으로 다가간 사람은 자물쇠를 신속하게 푼 육지아나 선장님과 문이 열린 순간에 밖으로 뛰쳐나간 케이티밖에 없었다.

문밖에는 평범한 계산기처럼 보이는 물건이 달라붙어서 가늘게 삑삑대고 있었다. 케이티의 날카로운 눈매가 액정에 나타난 숫자를 재빨리 살폈다. 31이었다.

31이 30으로 바뀌었다. 그리고 29로 변했다.

케이티는 계산기를 낚아채 통로를 쏜살같이 달려갔다. 육지아나 선장님이 뒤에서 소리쳤다.

"안 돼, 케이티! 나한테 줘!"

하지만 케이티는 벌써 사다리를 원숭이처럼 재빨리 올라가는 중이었다. 피곤한 다리를 최대한 빠르게 움직여 통로를 달렸다. 넘어지지만 않는다면 갑판에 제시간에 올라갈 수 있을 것 같았다. 그래서 갑판에 올라서면…….

바로 그때 이상한 일이 일어나기 시작했다. 케이티가 통로를 달리고 사다리를 오르길 반복하고 있는데—계산기의 사악한 숫자는 계속 줄어들고 있는데—머릿속에서 온갖 장면이 차례대로 떠오르기 시작한 것이다. 선바아카겐에서 채찍을 들고 달려들던 텐 맨이 보였다. 은빛으로 번쩍이는 무시무시한 장갑을 들고서 자신의 계획을 베네딕트 선생님에게 즐겁게 털어놓는 커튼 선생도 보였다. 하지만 아빠가, 맥크라켄을 비롯한 텐 맨 일당에게 심한 부상을 당한 아빠가 가장 많이 보였다. 이제까지 겪은 일이 지금 이 순간에 파노라마처럼 펼쳐지는 이유는 무엇일까? 어떤 일을 하기로 굳게 마음먹을 때처럼 이상한 기분이 드는 이유가 무엇일까?

이제 갑판에 거의 도착했다. 케이티는 액정에 나타난 숫자를 힐끗 보았다. 15, 14, 13.

케이티는 마지막 사다리를 재빨리 올라서 난간으로 달렸다. 밖은 아주 혼잡했다. 초계정 두 척이 지름길 뒤에서 확성기를 틀고 전조등을 이리저리 비추고 있었다. 불도마뱀은 바로 밑에 있었다. 그곳에 탄 커튼 선생과 텐 맨 일당은 위를 올려다보고 있었다. 마티나 크로가 밑으로 내려가다가 마지막 3미터를 남겨 두고 발목에 밧줄이 꼬여서 대롱대롱 매달린 채, 커튼 선생에게 살려 달라고 고함을 지르는 중이었다. 이 모든 광경을 케이티는 한순간에 목격했다.

커튼 선생 역시 그새 계산기를 들고 난간에 나타난 케이티를 발견했다. 커튼 선생은 깜짝 놀라며 맥크라켄에게 소리쳤다.

"어서 가! 마티나는 그냥 둬! 당장 출발하란 말이야!"

맥크라켄이 꽈르릉거리며 불도마뱀을 후진시켰지만 케이티는 아주 좋은 위치에 서 있었다. 단숨에 끝낼 수 있었다. 제대로 던지기만 하면 계산기가 불도마뱀에 정확히 떨어질 터였다. 게다가 케이티는 던지는 솜씨가 좋았다. 그러면 불도마뱀은 단숨에 날아갈 것이다. 물론 거기에 탄 사악한 인간들이 죽을 수도 있지만 어차피 그들은 눈꼽만큼도 망설이지 않고 비밀 창고 문에 폭탄을 설치한 사람들이 아닌가!

만일 폭탄이 터질 때 하늘 높이 날아가야 마땅한 인간이 있다면, 그건 바로 저 사람들이었다. 의심할 여지가 없었다.

케이티는 손목을 살짝 흔드는 가로테를 보고 왼쪽으로 펄쩍 뛰었다. 면도날처럼 날카로운 연필이 어깨를 휙 스쳤다.

'더 고민할 필요가 없어.'

케이티는 이렇게 생각하며 팔을 들어 올렸다. 불도마뱀에 올라탄 사람들은 무기력하게 엎드린 채 두 팔로 머리를 감쌀 수밖에 없었다. 독 안에 든 생쥐였다. 이것보다 쉬운 일이 없었다…….

하지만 아빠 말이 옳았다.

커튼 선생이나 그 부하들처럼 행동해서는 안 된다. 완전히 달라야 한다. 선바아카겐에서 아빠는 그렇게 말했고, 케이티는 이제야 그 의미를 깨달았다. 무자비한 일을 조금도 망설이지 않고 저지르던 사람들이 바닥에 납작 엎드린 모습을 바라보면서 케이티는 절대 그럴 수 없다는 사실을, 아빠가 아닌 적을 닮을 수는 없다는 사실을 깨달았다. 아주 실망스러우면서도 동시에 아주 자랑스러운 깨달음이었다. 그래서 케이티는 불도마뱀이 아닌 먼 바다를 향해 계산기를 던졌다. 계산기는 바닷속으로 풍덩 빠졌다. 그와 동시에 물속에서 거대한 폭발이 일어나 지름길을 뒤흔들었다. 계산기가 떨어진 자리에서 6미터에 달하는 거대한 물기둥이 솟아올랐다. 초계정 두 척은 안전한 거리에 있었는데도 폭발로 인한 거센 물살에 앞뒤로 흔들렸다.

악당들은 환호성과 함께 폭소를 터트렸다. 케이티는 초계정이 따라올 수 없는 해안으로 급히 도망치는 불도마뱀을 가만히 바라보았다. 텐 맨 일당이 손뼉을 치고 있었다. 케이티의 결정에 박수갈채를 보내며 비웃고 있었던 것이다. 불도마뱀이 멀어질 때, 커튼 선생이 빙그레 웃으며 케이티에게 키스를 날렸다.

하지만 케이티는 그 키스를 단호하게 거절했다.

가장 마음에 드는 평가

"정말 마음에 안 들어. 이렇게 치워 놓으니까 물건을 찾을 수가 없잖아."

콘스턴스가 투덜대자 레이니가 물었다.

"그럼 예전에는 물건을 찾을 수 있었다는 거야?"

"내 말은 그게 아니잖아."

콘스턴스가 대꾸했다.

베네딕트 비밀클럽은 지금 콘스턴스의 침실 바닥에 둥글게 앉아 있었다. 그런데 아이들이 없는 사이에 누군가가 침실을 말끔하게 청소하고 깨끗하게 정리해 놓았다. 그뿐만이 아니었다. 집 안 전체가 깨끗해졌고 외풍이 파고들던 틈새는 말끔하게 메워졌으며 물방울이 떨어지던 수도도 모조리 수리되었다. 워싱턴 부부와 페루멀 모녀가 불안한 마음을 달래려고 계속 바쁘게 움직인 덕분이었다. 콘스턴스가 돌아온 건 불과 일주일 전이었다. 아직은 모든 것을 예전처럼 무질서하게 만들 시간이 부족했다. 그래서 기회가 있을 때마다 불평을 늘어놓는 중이었다.

지저분한 침대에 가득 쌓인 빨랫감을 가리키며 케이티가 물었다.

"그럼 저렇게 하는 편이 좋다는 거야? 우리가 돌아온 다음에 너는 옷을 단 한 번도 빨지 않았고 네 옷장은 텅 비어 있어. 곰팡이가 슨 핫도그밖에 없다고. 그게 왜 거기에 있어야 하는지 도무지 모르겠어."

"그럼 내 옷장을 뒤졌단 말이야?"

콘스턴스가 묻자, 케이티가 베네딕트 선생님이 처음에 선물한 여행 일지를 흔들며 말했다.

"그래, 이걸 보고 싶어서. 그런데 네가 속임수를 썼어. 여기는 네 차례가 아니잖아."

"나는 내 육감대로 따를 수밖에 없어."

콘스턴스가 뻔뻔한 표정으로 말했다.

아이들은 레이니가 콘스턴스에게 약속했던 대로 여행 일지에 여행기를 쓰기 시작했다. 콘스턴스는 지독한 뱃멀미에 대한 아주 구역질 나는 시를 써서 첫머리를 장식했다. 그다음에 케이티가 글씨가 십 년 후에 나타날 거라고 주장하며 레몬주스로 한 쪽을 써 넣었다. 레이니는 이번에 겪은 모험을 두 쪽 분량으로 생생하게 요약했다. 아이들이 생각했던 것과 달리 커튼 선생은 암흑초 쉰 상자를 들고 달아난 것이 아니었다는 이야기도 썼다. 자초지종은 이랬다.

> 그것은 모두 방해초였다. 베네딕트 선생님은 그 사실을 알고 계셨다. 넘버 투와 함께 동굴을 샅샅이 뒤졌기 때문이다. 한 데 레이지거가 암흑초를 처음 발견하고 반세기라는 세월이 흘렀는데, 그 기간은 얼마 안 되는 암흑초가 깡그리 사라지고도 남을 시간이었다. 하지만 베네딕트 선생님은 그 사실을 숨겼다. 나중에 커튼 선생이 적과 맞서 싸울지 아니면 소중한 이기를 가지고 도망쳐야 할지 결정해야 할 순간에 후자를 선택할 거라고 예측했기 때문이다. 결국 커튼 선생이 신속 동굴에서 가져간 건 암흑초가 아니라 방해초였다. 커튼 선생은 부하들과 함께 안개를 이용해 간신히 도망칠 수는 있었지만 나중에 커다란 허절감에 시달려야 했을 것이다.

레이니는 실망스러운 이야기는 쓰지 않았다. 암흑초가 있었다면 베네딕트 선생님의 오랜 고통을 끝낼 수 있었을 텐데, 이제 그것은 역사에 묻힌 전설이 되고 말았다. 베네딕트 선생님은 쌍둥이 동생이 불러올 엄청난 재앙을 막게 되어 정말 다행이라고 말했지만 선생님을 사랑하는 사람들은 그렇게 생각하지 않았다. 레이니는 이런 복잡한 마음을 정확히 묘사할 수 없었다. 그래서 "꿈은 또다시 무너졌다."라는 간단한 문장으로 자신의 여행기를 끝냈다. 베네딕트 선생님과 커튼 선생에게 모두 들어맞는 글귀였다.

그다음은 꼬챙이가 쓸 차례였다. 꼬챙이가 마지막에 써야 한다고, 그래야 꼬챙이가 여행 일지를 모두 써서 다른 사람이 쓸 공간이 사라지는 사태를 막을 수 있다고 모두가 합의했다. 그런데 콘스턴스가 그 차례를 무시하고 친구들 몰래 여행기를 하나 더 써 넣은 것이다.

"괜찮아. 어차피 이런 손으론 연필을 집을 수도 없으니까."

꼬챙이가 붕대를 감은 손을 들어 올리며 말했다.

"너희 엄마가 그걸 못 풀게 하시는 거니?"

레이니가 물었다. 레이니는 썰매를 당길 때 까진 상처가 거의 다 나았기 때문이다. 아직까지 붕대를 두르고 있는 친구는 꼬챙이밖에 없었다.

"아직은."

꼬챙이가 어깨를 으쓱하며 대답했다. 그리고 팔꿈치를 뒤에 대고 기대며 쾌활하게 앉았다. 부모님은 꼬챙이를 아기처럼 취급하는 데 하루의 절반을 쓰고 나머지 절반은 꼬챙이의 무모한 행동을 야단치며 보내는 중이었다. 이렇게 콘스턴스의 침실에서 열리는 모임이 꼬챙이에게는 그나마 부모님의 관심에서 벗어날 수 있는 좋은 기회였다. 꼬챙이는 고마운 마음에 너그러운 이해심을 한껏 자랑하며 이렇게 말했다.

"어떻게 썼는지 들어 보자, 콘스턴스. 나는 괜찮으니까."

"그래, 너라면 아주 마음에 들어할거야."

케이티가 의미심장하게 웃으며 콘스턴스에게 여행 일지를 건네주었다. 콘스턴스가 목청을 가다듬었다.

"제목은 '끔찍한 추락'이야."

콘스턴스는 굉장히 좋은 제목이라고 생각했는지, 친구들이 마음에 새기도록 잠깐 기다리다가 연극 대사를 읽는 목소리로 시를 읊기 시작했다.

> 그날 밤은 깜깜하고 부엉이가 울었네.
> 나는 곡식 창고 꼭대기에 올라섰네.
> 떨어질 거란 생각은 전혀 못했지……
> 나한테 부딪힌 사내아이 덕분에.

> 겁이 났지만 나는 정신을 바싹 차렸네.
> 누구는 분별없이 꾸벅꾸벅 졸았지만
> 나는 임무를 잊지 않았어, 아플 때까지…….
> 나한테 부딪힌 사내아이 덕분에.

꼬챙이는 갑자기 너그러운 마음이 사그라드는 것을 느끼며 이렇게 말했다.

"콘스턴스, 정말 미안해. 내가 벌써 스무 번이나 사과했잖아. 그랬는데 그걸 소재로 시까지 쓴 거야?"

레이니와 케이티가 킥킥거리며 웃는 와중에 콘스턴스는 이렇게 대답했다.

"나도 네가 잘못했다는 걸 알아. 그러니 시 낭송이 끝날 때까지 기다리면 좋겠어. 아직 많이 남았으니까."

하지만 남은 시는 나중에 읽어야 했다. 넘버 투가 문을 두드렸기 때문이다. 넘버 투가 안으로 들어오며 말했다.

"너희가 지금 무슨 음모를 꾸미는지 모르겠지만 어쨌든 방해해서 미안해. 하지만 무초가 파이를 거의 다 만들었다고 전해 달래. 베네딕트 선생님이 정부 관리들을 밖으로 모두 쫓아냈고, 육지아나 선장님과 대포알은 금방 도착할 거야. 아주 즐거운 모임이 될 것 같아."

넘버 투가 노란 바지 주머니에 손을 집어넣고 줄자를 꺼내며 덧붙였다.

"그리고 너희 치수를 재고 싶어. 모두 일어서 줄래?"

아이들은 체념하는 표정으로 모두 일어섰다. 넘버 투가 회복해서 예전의 모습을 되찾은 건 정말 반가웠다. 하지만 목숨을 걸고 자신을 구해 준 것에 보답하는 의미로 '뭔가 특별한 걸 만들어' 주겠다는 굳은 다짐은 반갑지 않았다. 케이티가 오늘 아침에 넘버 투가 그린 옷 디자인을 본 후부터 네 아이는 일부러 넘버 투를 피하고 있었다. 그런데 지금 이렇게 잡혔으니, 한 명씩 치수를 잴 수밖에 없었다. 투덜거린 아이는 콘스턴스뿐이었다.

넘버 투가 쪽지에 치수를 적으며 감탄했다.

"너희 모두 엄청나게 자랐구나! 하기야 그럴 수밖에. 마음이 크는 만큼 몸도 자라는 법이니까."

아이들은 눈알을 굴렸다. 정신을 차린 다음부터 넘버 투는 감상적으로 말할 때가 많았다.(처음에 케이티는 넘버 투의 정신이 아직 온전하지 않은 증거라고 주장했지만, 넘버 투가 정신없이 야단치다가도 꼭 껴안으며 뽀뽀를 해 대는 바람에 결국 도망치고 말았다.) 레이니로서는 콘스턴스가 넘버 투를 계속 괴롭혀서 예전의 상식적인 모습을 되찾아 주길 마음속으로 바랄 뿐이었다.

넘버 투가 선언했다.

"됐다! 자, 이제 너희끼리 음모를 다 꾸몄으면……."

넘버 투가 갑자기 말을 끊더니, 초조한 표정으로 쪽지를 내려놓고 주머니를 뒤졌다. 그러고는 건포도 봉지를 꺼내 한입에 털어 넣고 열심히 씹으며 다시 말했다.

"파이를 먹기 전에 준비 운동을 하는 거야. 너희도 어서 내려오렴. 파이가 식으면 무초가 실망할 테니까."

넘버 투가 나가자 콘스턴스는 치수를 적어 넣은 쪽지를 바라보며 말했다.

"넘버 투가 이걸 깜빡했어."

"잃어버린 거야."

레이니가 속삭였다.

체리 파이의 황홀한 냄새가 집 안에 가득했다. 아이들은 기대감이 가득한 얼굴로 군침을 흘리며 식당으로 급히 내려갔다. 식당에는 베네딕트 선생님과 론다 카젬베, 넘버 투, 워싱턴 부부와 페루멀 모녀가 아이들과 손님이 앉을 자리를 만들어 놓고(집 안 곳곳에 있는 의자를 다 가져왔다.) 기다란 식탁에 둘러앉아 있었다. 무초가 커피와 차, 접시와 우유 주전자를 바쁘게 옮기다가 아이들을 보고 이렇게 말했다.

"얘들아, 오 분만 기다리렴. 그리고 워싱턴 선생님, 괜찮으시다면 이것 좀……."

무초가 꼬챙이 아빠에게 문손잡이를 건네며 말했다.

"죄송스럽지만 이게 낡아서 나사가 빠지는 바람에……."

"네, 알겠습니다. 단숨에 고쳐 놓지요."

꼬챙이 아빠가 대답했다. 무초는 고맙다고 말하고는 주방으로 돌아갔다.

"저 사람도 우리만큼이나 흥분한 것 같아요."

론다가 이렇게 말하고 일어나서 따듯한 포옹으로 아이들을 맞이한 다음(아이들이 돌아온 후에 론다는 기회가 있을 때마다 이렇게 했다.) 덧붙였다.

"몇 날 며칠을 걱정하며 지내다 보니, 걱정이 없는 날은 그 자체로 잔칫날 같아."

콘스턴스는 달려드는 벌 떼라도 막으려는 듯 두 팔을 열심히 흔들었지만 론다를 막을 수는 없었다.

"벌써 흥분하지 마세요. 무초 아저씨가 만든 파이를 먹으면 또 달라질 테니까요. 아빠한테 가서 파이랑 아이스크림을 드시고 싶은지 물어볼게요."

케이티가 말하자 론다가 목청을 가다듬었다.

"내가, 음, 방금 다녀왔어, 케이티. 계속 주무시는 중이야."

"아직까지요? 진짜 주무시는 거예요, 주무시는 척하는 거예요?"

론다는 알 수 없는 침묵을 지키고 있는 베네딕트 선생님과 시선을 주고받았다. 밀리건 아저씨는 병원에서 삼사일 전에 퇴원해 베네딕트 선생님 집에서 치료받는 중이었다. 붕대를 감고 깁스를 한 몸은 미라처럼 뼈쩍 말랐다. 침대에서 일어날 수는 없었지만 옆에 간호사가 항상 붙어 있어야 할 정도는 아니었다. 아이들은 대화도 나누고 노래도 불러 주고 책도 읽어 주고(콘스턴스는 시 몇 편을 암송했는데 그중에는 "어두워서 거리를 좀 잘못 판단했어"라는 제목의 시도 있었다.) 짧은 연극 공연도 하면서 밀리건 아저씨를 즐겁게 해 주려고 애쓰고 있었다. 아이들은 밀리건 아저씨가 돌아온 다음부터 계속 이렇게 했고 그걸 막아 주는 사람은 아무도 없었다. 그래서 밀리건 아저씨는 혼자 조용히 있고 싶을 때마다 자는 척할 수밖에 없었다.

"아저씨가 실눈을 뜨고 있는 것 같긴 했어. 하지만 너도 알다시피 지금은……."

론다가 인정하자, 케이티가 벌써 문가로 향하며 한탄했다.

"맙소사! 아빠도 무초 아저씨가 만든 파이를 놓치고 싶지 않을 거예요."

레이니가 페루멀 선생님과 할머니 사이에 있는 의자에 앉자, 두 분이 등을 톡톡 치며 다정하게 반겼다. 두 사람은 최근에 레이니와 멀리 떨어지려고 하질 않았다. 특히 페루멀 선생님은 레이니가 방을 나설 때마다 불안한 눈으로 쳐다보았다. 그리고 다시 만날 때마다 등을 톡톡 두드려서 레이니는 행여나 온몸이 가루로 변하지 않을까 걱정스러울 정도였다. (전날 레이니가 농담하듯 불평을 늘어놓자 페루멀 선생님은 "그나마 가볍게 톡톡 치는 걸 다행으로 여기렴." 하고 대답하며 엄하게 쳐다봤다. 레이니는 앞으로 이런 농담을 절대 하지 않기로 작정했다. 처음에는 이곳으로 돌아온 것이 마냥 기쁘기만 했지만 꼬챙이와 마찬가지로 엄마의 감독을 받아야 하는 처량한 신세가 되고 만 것이다.)

콘스턴스는 베네딕트 선생님 옆자리에 앉아서 설탕 그릇을 잡으려고 손을 슬그머니 내밀면서(론다가 그것을 재빨리 치웠다.) 육지아냐 선장님과 대포알이 지금 막 도착했다고 말했다. 그러자 워싱턴 부부와 페루멀 모녀가 이상하다는 표정으로 쳐다보았다. 콘스턴스가 앉은 곳에서는 바깥이 보이지 않았기 때문이다. 심지어 할머니는 자신이 콘스턴스의 말을 잘못 들은 줄 알고 "육지에서 대포를 쏜다는 거야?"라고 아주 크게 소리쳤다. 하지만 꼬챙이는 창가로 곧장 가서 바깥을 내다보았다. 베인 씨가 짜증스러운 표정으로 정문에 떨어진 송골매 똥을 닦아 내는 중이었다. 페가 느릅나무에 앉아서 만족스러운 표정으로 바라보고 있을 뿐, 선장님이나 대포알은 보이지 않았다. 꼬챙이는 (두 손에 감은 붕대 때문에 두 팔로 어색하게 껴안은 채) 의자를 창가로 끌고 가 그 위에 올라가서 다시 살폈다.

"아무도 안 보여."

"어이쿠, 두 사람은 벌써 안으로 들어왔어. 베인 씨가 들여보냈거든. 물론 반기는 표정은 아니었지만 베네딕트 선생님이 그렇게 하라고 미리 말해 놓은 것 같아."

콘스턴스가 말했다. 베네딕트 선생님이 맞장구쳤다.

"그래, 그 말이 맞아."

꼬챙이가 얼굴을 찡그렸다.

"그럼 두 사람이 밖에 없는 걸 알면서도 내가 의자를 질질 끌고 가서 밖을 보게 만든 거야? 왜 미리 말하지 않았니?"

"네가 그러는 게 재미있어서."

콘스턴스가 대답했다.

페루멀 모녀와 워싱턴 부부는 더욱 혼란스러워졌지만, 워싱턴 부인에게는 꼬챙이의 위험한 행동이 더 신경 쓰였다. 부인이 한 손으로 이마를 짚으며 말했다.

"떨어지기 전에 어서 내려와. 엄마를 불안하게 만들지 말렴."

꼬챙이가 변명을 하려다가 생각을 고쳐먹고 한숨만 내쉬며 의자에서 내려왔다. 바로 그때 육지아냐 선장님과 대포알이 식당 입구에 나타났다. 사람들이 모두 뜨겁게 환영하자 두 사람도 기쁘게 답례했다. 대포알의 열정적인 성격은 당연히 모두를 압도했다. 사람들이 다시 의자에 앉을 즈음, 꼬챙이는 대포알의 모자를 쓰고 있었고 레이니는 머리에 까치집을 지었다. 페루멀 선생님은 선장님이 커피 애호가라는 말을 익히 들은 터라 무초가 내린 원두커피를 벌써 한 잔 따라 주었다. 육지아냐 선장님은 고맙다고 답례하고 조금도 망설이지 않은 채 커피를 들이켰다. 그러고는 빙그레 웃으며—억지웃음이라고 레이니는 생각했다.—쟁반에 커피 잔을 조심스레 내려놓았다. 선장님은 여전히 웃는 얼굴로 커피를 억지로 삼키며 아주 훌륭한 커피라고 정중하게 말했다. 하지만 커피 잔을 두 번 다시 건드리지 않았다.

친근하고 시끌벅적한 대화가 계속되는 가운데 베네딕트 선생님이 숟가락으로 찻잔을 톡톡 치며 말했다.

"모두 육지아냐 선장에게 주목해 주시겠습니까? 이 친구가 급히 떠나야 하는데 그전에 여러분에게 몇 가지 드릴 말씀이 있다고 하는군요."

육지아냐 선장님이 식탁을 쭉 둘러보았다. 얼마 전에 소중한 배와 더욱 소중한 경력까지 망가트린 사람답지 않게 기뻐서 어쩔 줄 모르겠다는 표정이었다. 그러면서도 약간 수줍어했는데, 그 이유는 금방 알 수 있었다.

"여러분만 괜찮다면 몇 가지 사과를 하고 해명할 것이 있습니다. 특히 레이니 너한테. 안타깝지만 초계정에 탔을 때만 해도 너무 혼란스러워서 설명할 틈이 없었어. 이제 그 기회가 와서 정말 다행이야. 아, 마침 케이티도 들어오는군!"

케이티는 찡그린 얼굴로 들어오다가—아빠를 깨우는 데 실패한 것이다.—육지아냐 선장님과 대포알을 보고 환하게 웃었다. 세 사람이 반가운 인사를 나눈 다음에 케이티는 의자에 앉았고 선장님은 연설을 다시 시작했다.

육지아냐 선장님이 아이들을 차례대로 둘러보며 말했다.

"너희가 해안에 도착해서 지름길이 없는 걸 보고 얼마나 실망했을지 나는 잘 알고 있어. 하지만 내가 우유부단해서 늦은 건 아니라는 사실을 알려 주고 싶어. 도착 시간을 정확히 맞추는 게 좋다고 생각했을 뿐이야. 레이니가 보낸 편지에 두 시간 후에 만나자고 적혀 있었거든. 추적자들이 아직 너희를 못 찾았는데 지름길이 일찍 도착하면 너희 위치를 알려 주는 꼴이 되지 않을까 두려웠어. 너희도 잘 알다시피, 대양을 오가는 커다란 배가 육지에 조용히 올라설 방법은 없거든. 그래서 초조한 마음을 억누르고 레이니가 정한 시간에 정확히 도착하는 게 좋을 것 같았어. 물론 우리가 늦은 것 같으면 섬에 내려서 너희를 구출할 생각이었지."

"그럴 필요가 없어서 정말 다행이었지."

베네딕트 선생님이 끼어들었다.

"맞아."

선장님이 동의하며 아주 진지한 표정으로 계속 말했다.

"여기서 분명히 밝히는데, 레이니, 내가 올 거라고 믿어 줘서 정말 영광이야. 나는 깊은 감동을 받았어. 내가 선실에서 가짜 다이아몬드를 주었다는 사실을 친구들한테 말했겠지?"

"죄송해요, 선장님. 우리 둘만 아는 비밀로 하자고 하셨지만 상황이……."

레이니가 말하자, 육지아냐 선장님이 급히 말을 가로챘다.

"그럴 필요 없어. 사과할 사람은 바로 나야. 되돌아보면 가짜 다이아몬드를 주면서 비밀로 하자고 말한 것 자체가 어이없는 행동이었어. 내가 아주 이상하게 보였을 게 분명해. 주변을 살핀 다음에 문을 꼭 닫고 은밀히 건네주었으니 특히 더 그랬겠지."

"저도 그게 궁금했어요."

레이니가 인정하자, 육지아냐 선장님이 말을 이었다.

"너를 선실에 데려오고 나서 마음이 불안했어. 프레시우스 이사가 보면 너한테 시간을 낭비한다고 나무랄 게 분명했거든. 그 사람은 매사에 그런 식이라는 걸 너도 잘 알 거야. 가짜 다이아몬드가 있는 걸 비밀로 하라고 했던 건, 음…… 그럴 만한 이유가 있었어. 그래도 변명밖에 안 되겠지만. 사실 나는 프레시우스 이사에게 그걸 네 개 달라고 부탁했어. 너희한테 고마운 마음을 나타내는 뜻에서 하나씩 기념품으로 주고 싶었거든. 하지만 프레시우스 이사는 내 부탁을 거절하더니 돈을 주면 팔겠다고 제안했어. 터무니없는 가격을 불러서 나는 하나밖에 살 수 없었지. 이런 이야기를 다 털어놓자니 너무 창피하구나. 이번 여행에서 나는 정말 모자란 점이 많았어."

"가벼운 오해가 있었을 뿐이네요."

레이니가 말했다. 그 오해가 아주 심각했다는 사실은 밝히고 싶지 않았다. 선장님은 레이니가 그것을 진짜 다이아몬드로 받아들일 수 있다는 사실을 상상도 하지 못한 게 분명했다. 레이니가 선장님이 귀중한 보석을 훔친 걸로 오해했다는 말을 들으면 선장님은 한층 더 민망해할 것이다.

육지아냐 선장님이 말했다.

"그렇게 말해 줘서 고마워. 하지만 그렇게 오해하게 만든 책임은 나한테 있어. 너희 모두가 용서해 주기를 바랄 뿐이야."

아이들은 모두 사과나 용서 같은 게 무슨 필요가 있느냐고 서둘러 대답했다. 아주 정중하게 부탁하니까 용서하는 거라고 선언한 콘스턴스만 예외였다. 자신들을 구하기 위해 모든 것을 희생한 사람에게 무엇을 더 바랄 수 있단 말인가?

콘스턴스가 끼어들었다.

"말이 나왔으니 말인데, 기분이 나빠야 하는 거 아닌가요? 배를 육지로 몬 바람에 이제 선장님을 고용할 회사가 없을 테니까요. 그런데 어쩜 이렇게 즐거워할 수 있어요?"

모두가 궁금해하던 일이었다. 너무 슬프고 우울한 문제라서 아무도 입에 담지 않았을 뿐이다. 콘스턴스가 이 말을 꺼내자 식탁에 둘러앉은 사람들은 혓바닥이라도 깨문 것처럼 얼굴을 찡그렸다. 그러나 육지아냐 선장님은 빙그레 웃기만 했다. 대포알은 콘스턴스의 머리칼을 헝클어트리다가 크게 소리쳤다.

"그건 선장님한테 다른 배가 생겼기 때문이야, 콘스턴스! 그래서 이렇게 좋아하시는 거야. 선장님이 내 자리까지 구해 주셨어. 그래서 앞으로 한 시간 안에 항구에 도착해야 해. 오늘 밤에는 바다를 달리고 있을 거야!"

모두가 깜짝 놀라며 환호를 올렸다. 육지아냐 선장님은 모두의 축하를 받은 다음, 턱수염을 긁으며 말했다.

"참 놀랍지 않습니까? 아직도 믿을 수가 없어요. 무슨 까닭인지, 프레시우스 이사가 지름길로 육지에 올라가라고 명령한 사람은 바로 자기라고 공개적으로 선언한 거예요! 그리고 나는 인류의 평화를 위해 영웅적으로 희생한 아주 훌륭한 뱃사람이라고, 나처럼 훌륭한 선장은 없다고 발표했죠."

육지아냐 선장님이 어이가 없다는 표정으로 머리를 흔들며 껄껄 웃고 말을 이었다.

"그 결과, 여러분도 충분히 예상하실 수 있듯이, 여기저기에서 계약하자는 제안이 들어왔어요. 그래서 대포알과 함께 가장 좋은 자리를 선택했지요."

"하지만 프레시우스 이사가 지름길로 육지에 올라가라고 명령한 게 아니잖아요. 그런데 도대체 왜 그렇게 말했을까요?"

케이티가 물었다. 육지아냐 선장님이 베네딕트 선생님을 살피며 대답했다.

"프레시우스 이사가 별다른 설명은 하지 않았어. 하지만 베네딕트 자네랑 만난 다음에 그렇게 발표했지. 그래서 나는 이번에도 자네가 내 목숨을 구해 주었다는 의심을 떨쳐 낼 수가 없어. 자네는 나를 빚쟁이로 만들려고 작정한 것 같아."

베네딕트 선생님이 빙그레 웃었다.

"그렇지 않아, 육지아냐. 내가 한 일은 거의 없어. 위험을 감수한 것도 없고. 아마 자네는 모르겠지만, 모두가 쉬쉬하면서 숨기는 이상한 사건이 일어났어. 프레시우스 이사가 다이아몬드를 도둑맞은 거야."

"도둑을 맞아요?"

대포알이 소리치며 육지아냐 선장님과 시선을 주고받았다. 육지아냐 선장님도 크게 충격을 받은 것 같았다.

"가짜 다이아몬드랑 특별 경비원까지 준비하며 호들갑을 떨었는데 누가 진짜 다이아몬드를 훔쳐갔다는 거예요?"

대포알이 다시 묻자, 베네딕트 선생님이 눈썹을 추켜세웠다.

"내가 보기엔 도둑맞을 수밖에 없었다는 사실을 증명하기 위해 프레시우스 이사가 그런 쇼를 한 것 같아. 진짜를 보호하기 위해 그런 노력까지 한 사람이 다이아몬드를 빼돌렸다고 의심하진 않을 테니까. 하지만 나한테는 프레시우스 이사가 다이아몬드를 도둑맞은 척하고 뒤로 빼돌렸다고 생각할 근거가 있어. 다이아몬드를 도둑맞을 경우 엄청난 보험금을 받게 되거든. 다이아몬드가 지닌 가치보다 훨씬 많은 돈이지."

"그럼 프레시우스 이사가 보험금을 받으려고 일부러 그런 계획을 세웠다는 건가요?"

꼬챙이가 물었다.

"내 정보통에 의하면 그래. 그래서 나는 전화를 걸었고, 프레시우스 이사는 육지아냐 선장에 대한 아주 훌륭한 평가를 공식적으로 발표하겠다고 제안했지. 그가 제시한 조건은 내가 비밀을 지키는 것 하나밖에 없어. 프레시우스 이사는 내가 그 의혹을 증명할 수 있다고 생각한 것 같아."

"하지만 그럴 수 없는 건가요?"

케이티가 묻자 베네딕트 선생님이 대답했다.

"나한테는 아무런 증거가 없어. 하지만 그 사실을 프레시우스 이사한테 말하는 걸 깜빡 잊었지."

대포알이 폭소를 터트렸다.

"선생님이 제대로 협박했네요! 베네딕트 선생님 만세! 분명히 말하는데, 그 황소개구리는 당해도 싸요!"

이 말에 모두가 웃었다. 하지만 할머니가 깜짝 놀라며 손을 귀에 대고 물었다.

"황소개구리가 어쨌다고?"

레이니가 할머니한테 몸을 기울이며 대답했다.

"나중에 알려 드릴게요, 할머니."

"하지만 프레시우스 이사는 어떻게 할 거예요? 그냥 그렇게 사기를 치도록 놔둘 거예요?"

콘스턴스가 불끈하며 소리치자, 베네딕트 선생님이 익살맞게 웃으며 대답했다.

"그 문제에 대한 내 입장을 그 사람이 오해할 순 있겠지. 하지만 나로선 조심스럽게 움직일 필요가 있어. 행여나……."

"짜잔!"

바로 그때 굵은 목소리가 울려 퍼졌다. 무초가 굵직한 두 팔로 김이 무럭무럭 올라오는 거대한 파이 쟁반을 들고 갑자기 들어온 것이다. 그와 동시에 모두가 환호를 지르며 황홀한 파이에 몰두하기 시작했다. 심각한 대화는 다 끝났다. 항구로 가야 하는 육지아냐 선장님과 대포알은 한 조각씩 급히 먹은 뒤 아직 남아 있는 파이를 아쉬운 표정으로 바라보며, 모두에게 정겨운 작별을 고했다.

두 사람이 떠나고 모두가 파이를 적어도 한 조각 이상 먹은 다음에야 대화는 프레시우스 이사의 다이아몬드 사기 사건으로 돌아왔다. 레이니는 베네딕트 선생님이 그 사실을 어떻게 알았는지 궁금해서 이렇게 물었다.

"아까 정보통이라고 하셨잖아요. 어떤 정보통인지 밝히면 안 되는 건가요?"

베네딕트 선생님이 대답했다.

"너도 잘 아는 사람이야. 바로 마티나 크로란다."

아이들이 입을 쩍 벌렸다. 마티나 크로가 도대체 그 사실을 어떻게 알고 있단 말인가? 베네딕트 선생님이 계속 설명했다.

"내 동생이 마티나 크로를 포기하고 도망친 탓에 마티나가 우리 수중에 떨어졌다는 사실을 생각해 봐. 몇 차례 대화를 나눴는데, 자기를 배신한 내 동생한테 복수하려고 정신이 없더군. 복수심이 정말 대단해. 그래서 내 동생의 계획에 대해 자신이 아는 모든 걸 털어놓았지. 하지만 사실 중요한 내용은 얼마 없었어. 내 동생은 가장 신뢰하는 집행부인 마티나조차도 실제로 믿은 건 아니더군. 그래도 마티나는 내 동생이 보석 상인과 거래해서 상당한 재물을 얻게 될 거라는 사실은 어렴풋이 알고 있었지."

"말도 안 돼! 그럼 고급 정장 차림에 서류 가방을 든 일당이 다이아몬드를 훔쳤단 말이에요?"

케이티가 묻자, 베네딕트 선생님이 자신의 코를 톡톡 치며 대답했다.

"그래 맞아, 케이티. 내 동생이 계획을 실행하는 데 필요한 자금을 충분히 확보한 셈이지. 그래도 바람직한 사실 몇 가지가 있어."

"바람직한 사실? 그렇게 된 게 도대체 어떤 점에서 바람직하다는 거죠?"

콘스턴스가 얼굴을 찡그리며 물었고 다른 아이들도 의심스러운 표정으로 바라보았다. 베네딕트 선생님이 눈빛을 반짝거렸다. 그 질문을 받아서 기쁜 표정이었다.

"예를 들어서 마티나를 생각해 봐. 나쁜 뜻으로 한 행동이라도 우리가 지혜롭게 활용하면 아주 바람직한 결과를 이끌어 낼 수 있다는 걸 보여 주는 좋은 사례 아니니?"

아이들이 잠시 망설이다가 정말 그런 것 같다고 대답하자, 베네딕트 선생님이 레이니를 의미심장하게 바라보며 계속 말했다.

"이 세상에는 나쁜 일이 끊임없이 일어나고 있어. 하지만 많은 사람이 그걸 막으려고 애쓰고 있다는 사실은 정말 바람직하지 않니? 너희가 도망치도록 도와준 젊은 사서 소피는 물론이고 내 동생한테 분풀이 당할 위험을 무릅쓰면서 나를 편하게 만들어 주려고 애쓴 S. Q. 큰 발, 그리고 우리를 구하려고 자신의 안전과 생명의 위협을 기꺼이 감수한 육지아냐 선장과 대포알을 비롯한 많은 사람을 생각해 봐. 정말 대단하지 않아?"

아이들 누구도 반박할 수 없었다. 무엇이든 따지고 드는 콘스턴스도 마찬가지였다. 정말 대단했기 때문이다.

베네딕트 선생님이 팔을 휘둘러 식탁에 앉아 있는 어른들을 가리켰다.

"그리고 우리 모두가 그렇게 하길 바라지 않았는데도 너희는 실낱같은 가능성을 따라오며 나를 구해 주었잖아, 그렇지? 너희들이야말로 세상에서 가장 용감하고 가장 훌륭한 아이들이라는 사실이 이번에 또다시 증명된 거야."

아이들은 바로 이 말이 이번 사건에 대한 가장 마음에 드는 평가라는 걸 인정하지 않을 수 없었다.

감사의 말

글 쓰는 작업을 도와주신 가족과 친구들에게 그리고 지금까지 만난 아주 훌륭한 편집자와 대리인은 물론 여러 서점 주인과 도서관 사서분들과 선생님들에게, 『베네딕트 비밀클럽 II』에 많은 관심을 보여주신 독자 여러분에게 특히 더 고마운 마음을 전합니다. 그리고 『이베리아 모험 The Iberian Adventure』을 쓴 폴 갤빈과 『네덜란드의 비밀 Secrets of the Dutch』을 쓴 트래시 스튜어트, 『사랑과 상자 거북 Love and a Box Turtle』을 쓴 마리안 이스트를 비롯해 15층에서 지내는 모든 분에게 특별한 감사를 전하고 싶습니다. 제가 이번 작품을 쓸 수 있도록 이분들 모두가 정말로 소중한 도움을 주셨습니다.

트렌톤 리 스튜어트

옮긴이의 말

『베네딕트 비밀클럽 II』에는 네 아이가 주인공으로 나옵니다. 레이니는 상황을 정확히 이해하고 문제의 해결 방법을 찾는 능력이 뛰어나서 친구들이 믿고 의지할 수 있습니다. 케이티는 겁이 없고 용감하며 운동 신경이 탁월하고 모험심이 강해서 친구들이 어려워하는 일을 솔선수범하며 풀어 가지요. 꼬챙이는 책을 아주 빨리 읽고 한 번 읽은 것은 그대로 암기하는 능력이 있습니다. 그래서 친구들이 상황을 정확히 파악할 수 있도록 자료를 제공하지요. 콘스턴스는 너무 어려서(이제 겨우 네 살이랍니다!) 짜증을 쉽게 내며 참을성이 없고 매사에 공격적입니다. 하지만 사람의 마음을 비롯해 자연의 흐름까지 읽어 내는 신기한 능력으로 친구들이 앞일을 예측할 수 있도록 도와줍니다.

네 아이는 어려움에 빠진 친구들을 구하기 위해 모험에 나서서 각자가 지닌 놀라운 능력을 발휘합니다. 하지만 세계 정복의 야욕에 불타는 커튼 선생은 끊임없이 공격해 오고 네 아이는 끔찍한 시련과 고통을 겪습니다.

그 과정에서 레이니는 인간의 선한 의지를 의심하는 성장통에 시달리고, 정의감에 불타는 케이티는 나쁜 사람을 죽이고 싶은 유혹에 시달립니다. 꼬챙이는 친구들을 위험에 빠트리는 너무나 나약한 자신 때문에 고통스러워하고 콘스턴스는 그런 꼬챙이를 계속 비난합니다.

하지만 고통은 인간을 성장시키는 열쇠입니다. 고통을 통해서 자신을 깨닫고 서로를 느끼면서 세상을 배우고 새로운 방법을 모색하게 되니까요.

수많은 고통과 좌절과 긴박한 상황 속에서 레이니는 도움의 손길을 내미는 무수한 사람을 통해 인간의 선한 의지를 깨닫고 세상을 새로운 눈으로 바라보기 시작합니다.

케이티는 상대를 죽일 수 있는 절호의 기회를 앞두고 고민합니다. 너무나 사악하고 너무나 비열하며 너무나 비겁한 사람들입니다. 자신과 친구를 죽이려 했고 사람 목숨을 너무나 가볍게 생각하는 자들입니다. 하지만 케이티는 '선한 방법으로 악인을 이겨야 한다'는 아빠의 가르침을 떠올립니다. 그리고 바로 그 자리에서 아빠의 가르침을 실천합니다.

꼬챙이는 자신의 연약한 몸과 마음 때문에 친구들이 어려움에 빠졌다고 자책합니다. 그래서 마지막 순간에 굳세게 결심합니다. 험난한 길을 뚫으며 드넓은 바위 지대를 지나는 동안 친구들한테 커다란 희망을 줍니다. 전부 포기하고 싶을 만큼 지치고 힘든 친구들에게 용기를 불러일으키고 모든 것을 헌신합니다. 깡마른 몸이 너무 힘들어서 삐걱거리고 이마에선 땀이 줄줄 흐르고 다리는 끊임없이 휘청거리다가 쓰러지지만 그럴 때마다 벌떡 일어나서 마음을 다지고 상상할 수 없을 만큼 강인한 정신으로 자신이 맡은 일에 다시 매달립니다. 꼬챙이에게는 지금 이 순간이야말로 지금까지 저지른 다양한 실수를 친구들에게 보상할 기회였던 것입니다. 그 숭고한 모습에서 친구들은 새로운 희망을 발견합니다.

콘스턴스는 어린 나이에도 불구하고 친구들을 위해 밤을 꼬박 새우며 보초를 섭니다. 졸지도 않습니다. 인내심을 배워 가는 것입니다.

이런 아이들한테 넘버 투는 이렇게 말합니다.

"너희 모두 엄청나게 자랐구나! 하기야 그럴 수밖에. 마음이 크는 만큼 몸도 자라는 법이니까."

저는 아이들이 자라면서 겪는 문제를 이렇게 상쾌하고 긴박한 모험으로 담아 냈다는 사실이 신기합니다. 하기야 그럴 수밖에요. 아이들이 자라면서 이런저런 함정에 빠지고 거기에서 빠져나오는 과정 자체가 일종의 모험일 테니까요…….

송천동에서
김 옥 수

지은이 **트렌톤 리 스튜어트** (Trenton Lee Stewart)
미국 아이오와 작가 워크숍을 졸업하고 성인 소설 『폭우의 여름 Flood Summer』을 출간했다. 어느 날 식당으로 가던 도중에 문득 새로운 작품에 관한 아이디어가 떠올랐고 식당에 도착할 즈음에 이 아이디어에 근거해서 어린이 소설을 써야겠다고 결심했다. 그것이 바로 『베네딕트 비밀클럽』으로, 그의 첫 번째 어린이 소설이다. 이 책은 영국, 독일, 일본, 러시아, 이탈리아 등에서도 출간될 만큼 큰 성공을 거두었다. 두 번째 이야기인 『베네딕트 비밀클럽Ⅱ』는 한층 더 박진감 넘치는 이야기로 그 인기를 이어 갔다. 그 후 독자들의 성원에 힘입어 세 번째 이야기인 『베네딕트 비밀클럽과 죄수의 딜레마 The Mysterious Benedict Society and the Prisoner's Dilemma』가 출간되기도 했다. 현재 부인과 두 아들과 함께 미국 아칸소 주 리틀록에서 살고 있다.

그린이 **다이애나 수디카** (Diana Sudyka)
노스웨스턴 대학교에서 회화로 석사 학위를 받았다. 시카고에서 살며 작품 활동을 하고 있다.

옮긴이 **김옥수**
서울에서 태어나 한국외국어대학교 영어과를 졸업하고 저작권 에이전시 임프리마 코리아 영미권 부장을 지냈다. 도서출판 사람과책에서 편집부장을 지냈고, 현재는 전문 번역가로 활동하고 있다. 옮긴 책으로는 『베네딕트 비밀클럽』, 『레모네이드 마마』, 『파랑 채집가』, 「파운데이션」 시리즈, 『돼지가 한 마리도 죽지 않던 날』, 『천상의 예언』 등이 있다.

비룡소 걸작선 058
베네딕트 비밀클럽Ⅱ

1판 1쇄 펴냄─2010년 8월 31일, 1판 10쇄 펴냄─2025년 2월 7일
글쓴이 트렌톤 리 스튜어트 그린이 다이애나 수디카 옮긴이 김옥수
펴낸이 박상희 편집주간 박지은 편집 장은혜 디자인 허선정 펴낸곳 (주)비룡소 출판등록 1994. 3. 17.(제16-849호)
주소 06027 서울시 강남구 도산대로1길 62 강남출판문화센터 4층
전화 02)515-2000 팩스 02)515-2007 홈페이지 www.bir.co.kr
제품명 어린이용 환양장 도서 제조자명 (주)비룡소 제조국명 대한민국 사용연령 3세 이상

ISBN 978-89-491-7100-5 74840/ ISBN 978-89-491-7000-8 (세트)